世界名作探偵小説選

エドガー・アラン・ポー
バロネス・オルツィ　サックス・ローマー 原作
山中峯太郎 訳著　平山雄一 註・解説

モルグ街の怪声　黒猫　盗まれた秘密書
灰色の怪人　魔人博士　変装アラビア王

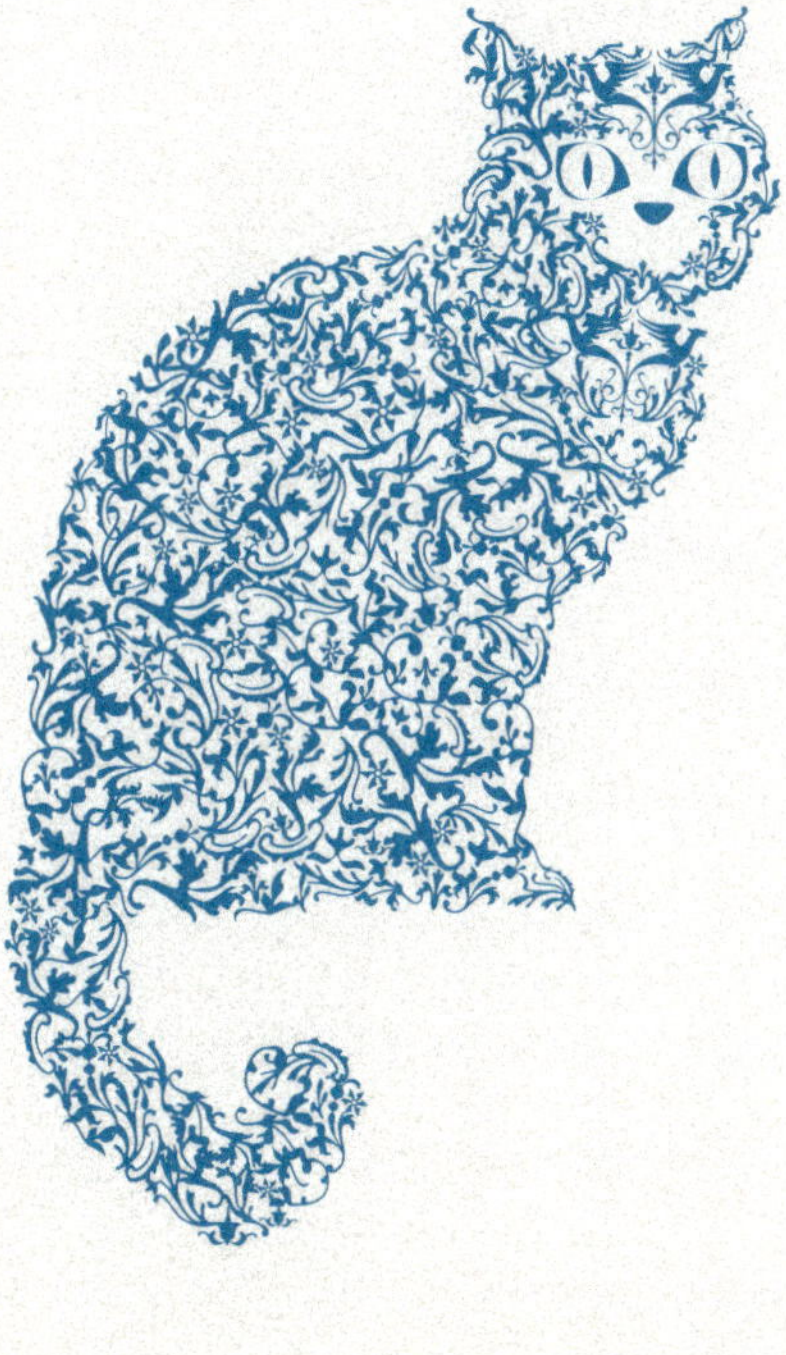

作品社

世界名作探偵小説選

モルグ街の怪声　黒猫　盗まれた秘密書
灰色の怪人　魔人博士　変装アラビア王

Contents

モルグ街の怪声　エドガー・アラン・ポー　7

声を出さない大統領　10／煙突の中に女の顔　22／腕くらべ探偵コンクール　33／婦人記者の女探偵　40／声の調子が変また変　47／これは当然の推理だろう　54／国際機密書類の謎　61／なにが何だか謎ばかり　68／あんたには、まいった！　76／必死のアッパー・カットで　83／怪声の謎を解く　90

盗まれた秘密書　エドガー・アラン・ポー　101

第一回　名探偵が全敗した？　103

妃殿下とスパイ少年　103／太い指さきでスーッと抜き出した　109／今度も莫大な報賞金　114／絶好チャンスを、つかまえろ！　121／張り込み警備二十余人　126／月下の敗戦記　131／推理の目と新聞の目　137／正面から圧された　142／まだまだ解けない謎　148／飛躍する一歩前　153

第二回　裏ぎった心臓　159

第三回　一秒間の決勝　174

魔人の舌が笑う　174／追っかけてくるか　179／いよいよ、ますます「名探偵」！　182

黒猫　エドガー・アラン・ポー　191

第一回　黒猫　193

なかなか現われない黒猫　193／白い大理石みたいな美人　198／深く突き刺した左目　203／今一秒、死の危機　208／神秘の不思議さ？　212／魔もの退治をやろう！　217／火の滝のように落ちた　221／なるほど、まさにそのとおり！　230

第二回　おまえこそ犯人だ！　235

変人がチョイチョイいる　235／屋根上から聞いた話　240／変人・奇人・異人　245／〝何者か〟は何者だ？　251／真剣の時に笑ったのは？　256／血まみれの弾が出てきた　262／美人コンクール特等の令嬢　268

灰色の怪人　バロネス・オルツィ　279

第一部　二重の怪奇、三重の意外!!!　283

怪夫人・銀足・口びる・モグラ・赤毛　283／ナポレオン皇帝陛下の密偵　293／夜ふけの森林に必死の突げき!!!　302／探偵の道すじを聞くと　311

第二部　人間は皆、敵であって友だちだ　321

暗の海岸に上陸した国王の弟　321／いかにも安全な、かくれ場所である　326／旗をあげる

秘密本営　330
第三部　アカシヤ館の大爆発　342
今に太陽が帰ってくる！　342／小針と大樽が親友だ　350／天外へ飛んだ国賊？　358
第四部　百姓天国の活劇　367
皇帝を追っかけるピクニック　367／銀髪令嬢と金髪令嬢　373／人間の情愛というもの　380

魔人博士　サックス・ローマー　395

第一部　迷路の怪家に魔人の声!!!　399
青年快探偵ネイランド・スミス　399／白対黄の第二回戦　406／森の中から上がった怪火　414／黄色のハンケチ、黒ネコ、ゴムテープ　422
第二部　あなたが僕なら、どうしますか？　430
怪敵の巣へ突進!!!　430／毒ヘビの頭がステッキに　437／ああ不思議な魔女!!!　444／落ちている黒い手首　453／殺人博士の科学実験室　462
第三部　魔女の正体を見よ!!!　472
広場で堂々と決闘!!!　472／星の空に怪オートジャイロ　482／古塔の窓に爆音を聞く　491／振りあげた白い爆弾　499

変装アラビア王　サックス・ローマー　511

第一部　怪青年首領セベラック・バブロン　515

「不思議な救世主、突然と現わる!!!」515／何十人の顔がみな同じ!?　522／二十世紀の新義賊　529／頭にみだれる疑問記号「？」536／真っ暗な大迷宮　543

第二部　幻のアラビア人　551

怪奇から怪奇へ突き入る！　551／「日本」という奴、小さいくせに　558／嵐の怪盗　565／「大々異変」と書け！　572／黄色い並木のように　580

第三部　女王・総理大臣・青年怪傑　587

奇人レバルドー博士　587／怪紳士ガイズ　594／発見、猛追跡、決勝へ!!!　602／肩すかしの怪計略　608／海賊の血が体内に！　616

解説　山中峯太郎の探偵小説翻案について　平山雄一　627

モルグ街の怪声

エドガー・アラン・ポー

ポーをお読みなさい!!!

【若人たちの座談会】

——「推理小説たのしからずや」[1]という標題で、有名な三人[2]の談話速記が、週刊朝日[3]に出てるのを読んでみたんだ。すると、国際ラジオセンター会長で日本探偵作家クラブ会員の長沼弘毅[4]さんが、映画スターの轟夕起子[5]さんに、

「まず、ポーをお読みなさい」[6]

と、すすめているのさ。

——そうね、〝ポー〟って名まえ、あたしも前から知ってるけれど、長編だって短編だって、まだ一つも、さいごまで読んでないわ。

——それは、どうしてなの?

——だって、むずかしいし読みづらくって、とちゅうから投げ出してしまうんだわ。ついていけなくって読むのに苦心がいるんだもの。

——そうか、そういう人が、ずいぶん多いようだね。だから、ポーは有名だが作品はそれほど読まれていないんだ。

——ぼくもそのひとりだな。「推理小説たのしからずや」でさ、たのしく読みたいのに、苦心して顔をしかめて読むなんか、反対だものね。

——しかし、長沼さんはハッキリ言ってるんだ。

「推理のトリックのタネは、ポーの五編の中に尽きている。あとはみんな、それをつないだり、合わせたり、重ねたり、逆転させたりしてるだけなんだ」[7]

と、ポーの作品は世界的に推理小説の元祖になってると言われてるんだ。[8]

——だから、そのポーの読みづらいのを、ほぐしてしまって、わかりやすく、やさしく、うんとおもしろいように、書きかえてもらいたいと、ぼくは、ずっと前から思ってるのさ。

——ポーはアメリカの作家だわね。[9]

——そうよ、天才なのね。四十才でなくなって、生まれたのは今から百五十年あまり前だって。

——早くなくなった人だが、そのみじかい生涯のうちに、すばらしい永遠的作品を、いくつも書いて、世界の各国語に訳されている。日本にも翻訳された全集や選集が幾種類《いくしゅるい》も出ているが、わかりやすく、おもしろく書きかえたのは、この『ポー推理小説文庫』だろう。そこで、

「まずこのポーをお読みください」

と、ぼくはいいたい。

この本の中に躍る人たち

推理の天才青年デュパン

『モルグ街の怪声』の奇妙な謎を、みごとに解きあかして、青年名探偵と言われだした。すばらしい才能をもっている。その前はパリ新聞の記者だった。その時すでに、無言の大統領から特大ニュースを取ったのだ。

デュパンの親友ロバート

図書館でデュパンと会ってから、なかよくなると、ふたりで古いボロ家の二階を借りて、いっしょに生活する。どこにも勤めていない。だんだん貧ぼうしている。ところが『モルグ街の怪声』を書いて出版した。

美少女カミイユ嬢

小学も中学もロバートと同じ組にいて、ケンカしながら、なかはよかった。おかあさんといっしょにモルグ街に住んでいる。夜なかに、ものすごい犯罪の中に巻き込まれて気を失い、うわごとにロバートを呼ぶ。

警視庁刑事部長プレバン

とても敏腕の刑事部長だと、前から新聞に書かれて、パリ市民もそれを信じ、自分もそう思っている。ところが、『モルグ街の怪声』だけはどんなに捜査しても謎が解けない。苦心に苦心をかさねて閉口する。

パリ新聞編集長エリオ

記者であったデュパンの頭のすごさを、前から知りぬいている。パリ全市をさわがしてる『モルグ街の怪声』の謎を、デュパンに推理させて特大ニュースにしようと、自分も大いに活躍して、さいごに成功する。

パリ新聞婦人記者シャル

社会部に勤めていて、ニュースを見つけるのだと、第一線に出て活躍し、デュパンが大すきなのだ。なんにでも出しゃばるから、ロバートは〝出しゃばりシャル〟と言っている、が、出しゃばるのが得意なのだ。

水夫長

これは謎の人物である。世界じゅうを船で乗りまわしパリに帰ってくると、自分をさがしている新聞広告を見て、デュパンをたずねる。ところが、デュパンに正体を見やぶられて、はげしい格闘をやるのだ。

声を出さない大統領

胸に窓をあけてる！

ぼくが小学四年の時[10]、

「みなさん、ちょっと考えてごらんなさい！」

と、ぼくはあんまり好きでない女のフランソワ先生が、金色の髪と白いおデコの下に青い目をパチクリさせて、

「こういう言葉があるんです、いいですか『良い友だちを見つけるのは、バナナを食べるみたいである』って、これはいったいどういうわけでしょう？」

と、ニコニコわらって、ぼくたちの顔から顔を、教だんの上から見まわした。

男の生徒が二十一人、女の生徒が十八人、みんなで三十九人のクラスだった。

〈友だちとバナナ？〉

ぼくは考えてみた、が、わからないから、「はいっ！」と、まっさきに手をあげられない。なんだか、くやしい気がした。

「はいっ、はい、はい、はいっ！」
七、八人、われさきに手をあげた。
〈もう考えついたのは、だれだ？〉

と、見てみると、やっぱり、いつものように女の生徒の方が多い。

〈フウン、女の子は、たいがい頭がよくって利口なんかな？〉

と、この時、ぼくは、ちょっと女の子に感心してやった。

ところが、フランソワ先生に名まえを言われて、女の生徒も男の生徒も、ひとりずつ答えを言うと、

「いいえ、ちがうようですね」

と、フランソワ先生は、そのたびに金色の髪を横にふって、ますますニコニコしている。なかなか教えてくれない。

〈こんなにグズグズしているフランソワ先生だから、ぼくはあまり好きでないんだ。早く自分で答えを言えば、いいじゃないか！〉

と、ぼくはカンシャクが、おきてきた。

「もうほかに答える人は、いませんか。ざんねんですね。では、先生から言ってみましょう」

先生がそう言うと、みんな目をみはった。ぼくは耳をすました。

「ねえ、こういうことなんですよ。目の前にバナナが、十本も二十本もある、けれども、どれがおいしいのか、まずいのか、見ただけでは、わからないでしょう。まず皮をむいて食べてみないと、味はわからないのですね」

と、フランソワ先生は僕の顔を見て、おしつけるみたい

に言った。

〈そんなこと、だれだって知ってらあ〉

と、ぼくが口をとがらせると、

「お友だちもバナナと同じではないでしょうか。良いお友だちなのか、良くないお友だちなのか、ただ外がわを見ているだけでは、わからない。つきあっているうちに、良い味がするか、どうもまずくって、いけない味なのか、食べてみてわかる。そこで良くない味のするのは、それきりにすることですね、そうでしょう！」

と、フランソワ先生がニッコリわらって、きれいな歯を見せた。

〈なあんだ、そんなことか。つまらないや〉

と、ぼくはおもった。〝友だちとバナナ〟の、たとえ話は、その後わすれていたのだが、**デュパン**と友だちになって、かれが、

「**たいがいの人間は、胸に窓をあけてるんだ**[11]」

などと言った時、ぼくは思いがけなくフランソワ先生の〝友だちとバナナ〟の話しを思いだした。同時に、デュパンの顔を横から見て、

〈いよいよもって、これは、すごく変な味のするバナナだな〉

と、おもったのである。

これから、だんだんに書いて行く、実に怪奇な事件の解決は、とても変な味のするデュパンの特異な推理と活躍によるのである！

第一等に好き

小学……中学……高校……大学、ずいぶん長かったようだ、が、むやみに早くて短かった気もする。そのあいだも、それから今だって、好きなものや好きなことは、いくらでも、ウンとある。ぼくがとくに第一等に好きなのは、うまいものを食うよりも、スポーツをやるよりも、むちゅうになっておもしろい本を読むことだ。

ところが、本屋の店にはいって、これだっ！と、おもしろそうなのを見つけても、すぐ買うことは、なかなかできない。いつも金入れやポケットの中が、貧弱でさみしいからである[12]。そこでぼくは町の図書館によく行く。図書館ファンなのだ。

図書館と言ったって、町のだから小さい。本は二万部くらいあるかな、朝八時半の開館から午後五時の閉館まで、いろんな本を借りて読みながら、ぼくはねばっている。それんなに長くいるのはいけないというものはいない。それに毎日のように行くものだから、貸し出しのおじさんと、すっかり、なじみになって、図書館がぼくの楽園になった。

ところが、

〈こいつも、よく来てるな〉

と、顔をおぼえてしまった、ひとりの青年が、その日も朝から来ていた。いつ見ても、ムッと怒ってるみたいな強いガンコな顔つきをしている。

むこうもぼくの顔をおぼえたらしいが、目と目があっても表情は動かさない、まるで知らない顔をしている。ひどく意地がわるそうだ。

〈なんだが、いやな奴だぞ、ケンカなら来い！〉

と、ぼくは思った、むこうも同じように思ったかもしれない。

なにしろぼくは、小さい時からカンシャクもちだ、気がみじかい、負けぎらいだから、だれとでもケンカする、生まれつきの性質は、なかなかなおらない。今でもそうなんだ。月給をもらって何年も勤めるなんて、そんな気の長いことは、とてもできない。勤めに出たとしても、上の者やおなじ仲間と、たちまちケンカするのにきまっている。ケンカしたら負けないんだ。

それに、なくなった両親がぼくにのこしてくれた金が、銀行にまだ少しある。父が死んだ時、母が死んだ時、ぼくは悲しくて涙がとまらなかった。生まれてはじめて親の愛というものが心に深くわかった。受けとった銀行の金によって、今なおひとりでケチケチと間借り生活をやっている。本が買えないから図書館ファンになった。きょうはギリシア神話の古典を読んでみようと、借り出しのメモに、その本の名まえを書きこんで、

「ねがいます」

と、貸し出しおじさんにわたした。ふと横を見ると、

〈ヤア、こいつか。きょうも来てるな〉

と、いつも顔を見知っている青年と、すぐそばで、たがいにピタリと視線をあわせた。

思い出の女生徒

茶色の目が大きく澄んでいる、まばたきもしない。眉が太くて鼻が高く、ムッと口びるをむすんでいる。背が高いから、えらそうにぼくを見おろしてるみたいな青年だ。

〈なんだい、何か用があるなら言え！〉

と、ぼくは目で言ってやった。

貸し出しおじさんのふとい声が、テーブルの向こうから聞こえた。

「ええと、ふたり同時の借り出しは、よわったね。このギリシア神話は珍本[13]なんで、一冊しかないんだし、デュパンさんとサイヤンさん、ジャンケンできめるか、いっしょに読んでくださいな」

〈サイヤンはぼくの名まえだ。この初対面の奴、デュパンというんだな〉

と、ぼくが思うと、そのデュパンが口びるだけを動かして、ゆっくりと言いだした。

「ジャケンは、いやだな。一種のバクチだから……」

「それならきみが借り出しをやめちまえ！」

と、ぼくは言いかけてアッと舌をとめた。

〈それだと、こちらが意地わるになる！〉

と、気がついた、とたんに**カミイユ**▼14の花びらみたいな口びるを、ありありと思いだした。

「意地わるっ！」

と、カミイユの美しい目がぼくをにらんで、花びらみたいな口びるが何度も言ったのだ。

カミイユの目・くちびる・声を、今なおハッキリとおぼえている、自分の記憶にぼくはおどろいた。小学も中学もカミイユとぼくは同じクラスだった。図書室で同じ本を借りようとして、ぶつかるたびに、

「ぼくがさきだい！」

「ちがうわ、わたしがさきに見つけたのよ」

「なにをっ、よこせっ！」

「意地わるっ！」

「よこさないか」

「意地わるねえ。ジャンケンできめない？」

「いやだい。さあよこせ！」

「むりにとるの、破けるわよ。いっしょに読まないの？」

「言うことをきかないな」

「あんたが意地わるなんだわ。ねえ、いっしょに読みましょうよ！」

カミイユにやさしく言われて、とうとうぼくの方が、そのとおりにした。同じテーブルにイスを近くならべて、カミイユといっしょに同じ本を読みあった。話しもする。とても楽しくて愉快だった。小学でも中学でも、**カミイユ・レスパネ**は第一等にきれいな女生徒であった。本も好きだった。だから、ぼくの思い出にきざみついているのだろう。

ところで今、図書館で顔をあわせた〝**デュパン**〟という奴が、「ジャンケンは、いやだな、一種のバクチだから」なんて言うと、茶色の大きな目がぼくをジッと見つめて、

「きみ、いっしょに読んでみないか」

と、カミイユと同じことを言った。

きれいでやさしいカミイユを思いだしたぼくは、このデュパンという茶色の目の強そうな青年といっしょに、同じ本を読んでみることにした。ところが、相手の神経のものすごさに、すっかり、まいって、

〈これは、たいへんな奴だな！〉

と、ひとりで舌をまいたのである。

カンシャク虫

デュパンとぼくは、すみの方のテーブルにイスをならべて、おもしろそうなギリシア神話を、第一ページから、いっしょに読みだした。▼15七百ページもある大冊だ。読む張り

あいがあって楽しみである。

〈とてもこれは、きょう一日で読みきれないぞ〉

と、そばにいるデュパンの顔を見ると、上をむいてムッとしている。茶色の目が大きく、鼻がツンと高い。

〈読まないのか、変な奴だな、かまうもんか〉

と、ぼくは、かってにページをはぐって、グングン読んでいった。

新しいページを半分ほど読んで、ふとまたデュパンを見ると、やっぱり上をむいてムッとしている。茶色の目が大きく、鼻がツンと高い。

ぼくは気になるから、きいてみた。

「読まないんか、きみは」

デュパンは、ゆっくりとこたえる。

「読んだよ。▼16 きみ、気にしなくて、いいんだ」

「読んだ？　ほんとうか。つぎのページのしまいまでか」

と、ぼくはおどろいた。

「ああ、そうさ」

と、デュパンのやつ、すましている。

「すごく早いんだな。ぼくだって、おそい方じゃないとおもっているんだが」

「そうだろう、そのとおりだ」

〈こいつ、なまいきを言うな〉

とぼくのカンシャクの虫が、たちまちグッと頭をあげた。

けれども、ここは読書室だ、大声は出せない。みんなシーンとして、めいめいが本を読んでいる。しずかなんだ。

ぼくは大冊のギリシア神話をバタッと閉じるなり言った。

「オイ、廊下へ出ろっ！」

どうして？　と、きくかと思うと、

「ああ、よろしい」

デュパンがスッと立ちあがった。背が高いし腕力も強そうだ。

〈なにを、負けるもんか。この高い鼻をひんねじって、ギュウギュウいわせてやるぞ！〉

と、ぼくはギリシア神話を貸し出しおじさんに、あずけると、腕に力をこめて外の廊下へ出て行った。

うしろにデュパンが、ついてきた。

足の動き・目いろ、鼻から息

小さな図書館だから廊下もせまい。突きあたりのカベの前へ、ぼくは行くなり振りかえって、デュパンにどなった。

「おい、おまえは読まないくせに『読んだよ』なんて言いやがって、おれが『すごく早いんだな』と言うと、『そうだろう、そのとおりだ』なんて、人をバカにするなっ！」

デュパンは茶色の目をみはった。ぼくの目を見つめると、ここでも、ゆっくりと言った。

「ぼくは、めったにウソを言わないよ。時どきは言うがね。

ハハアッ、読んだから、読んだといっただけだ」

「グズグズ言うなっ。読んだ証明を見せろ！」

「そんな証明よりも、あの神話のどこにきみが興味を感じたかを、ちょっと言ってみよう」

「なんだと？」

〈この野郎、言うことも変だな〉

と、ぼくは右手のゲンコツをかためてどなった。

「よし、言ってみろ。聞いてやろう」

「では、言ってみよう、『母である大地のガイアと愛の神のエロスが接しあって、星の多い国と波の荒い海を生んだ』[17]というところを読むと、きみはその時、〈これは、たまらなくおもしろいぞ！〉と、おもったろう、どうかね」

ぼくはビックリして、

「あっ、そうだ！」

と、言いかけた、が、負けぎらいだから、ききかえした。

「オイ、どうして、そんなことがわかった？」

「きみの左足の靴さきが、ヒクヒクヒクッと小さく動いたからね。あれはきみのクセだろう、おもしろくて、こうふんした時の」

「チエッ、そうかもしれないぞ。しかし、足のさきの動きが、どうしてわかった？」

「ぼくの右足にヒクヒクヒクッと、つたわってきたからね」

「そのほかに、まだ何かあるんか。あるんなら言ってみろ」

「いくらでも、あることはあるがね」

「フウム、言ってみろ！」

「そうだね、『チタンとキクローペとケンチマネという三つの神の親類がいた。この中のチタンが、ほかの二つの神の敵になって、大動乱をおこしたのである』[18]というところを読むと、きみはその時、〈なあんだ、こんなの、つまらない！〉とおもったろう。どうかね？」

「ううむ、そんなことが、どうしてわかった？」

「きみの目いろがゆるくなって、鼻からスッと息をはきだしたからね。あれもきみのクセだろう。おもしろくなくて、気のりがしない時の」

足のヒクヒク、目いろのゆるみ、鼻からスッと息なんて、ぼくは、ちっとも、おぼえていない。しかし、読んでおもしろかったり、つまらなかったところは、デュパンの言うとおりなのだ。

〈こいつは、まったく変な神経をもっているな！〉

と、デュパンの強そうな顔を、あらためてぼくは見なおした。

〈この高い鼻をねじってギュウギュウ言わせるどころじゃない。すごい奴なんだな！〉

と、おもったぼくは、なおさら、きいてみた。

「ぼくの目だの鼻だのを、そんなに、こまかく観察するのは、いったい何のためだ？」

大統領の沈黙発表[19]

ぼくはプンプンしてきく、デュパンは平気で、ゆっくりとこたえる。

「こまかく観察なんか、していない。何のためということもない。見ていると、しぜんにわかるだけだよ」

「しぜんに？　そんなことあるもんか」

「あるとも、だれだって、できることだからね」

「なに、だれにも、どうしてできるんだ。言ってみろ！」

「きみが電車かバスにのっている、その時、すぐまえの席に、ひとりの男が新聞を読んでいる。このような機会は、よくあるだろうね」

「ウム、ある。それでどうするんだ」

「そこで、その男が今、新聞をおもしろく読んでいるか。読みながら何か判断しているのか。つまらないと思っているのか。変わったことを読んで、こうふんしているのか。そのほか、いろんな感情の動きが、目いろやからだのようすで、しぜんにわかるんだ。やってみるといいだろう、おもしろいからね」

「フウム、よし、やってみよう！」

と、ぼくは、とても、おもしろい気がした。

「相手が女だと、なおよくわかるよ。たいがいの女が、たいがいの男よりも、敏感だからね。感情の動きが、外にすぐ現われる」

「そうか、なかなか現われないのは、きみみたいにムッとしてる男だな」

「ところが、どんなにムッとしている男だって、見る人によっては見やぶってしまう。きみは『大統領の沈黙発表』という話しを、知っているかね」

「いや、知らない。『沈黙発表』なんて、どういうんだ？」

「大統領と新聞記者の実話だがね」

つぎに書くのは、デュパンがぼくに図書館の廊下で、立ったまま聞かせてくれた〝実話〟である。

「パリ新聞社に、もっとも敏腕な記者だというC[20]がいたんだ。『もっとも敏腕』というのは、社の内外の評判でね、かれじしんは、そんなこと、おもっていなかった。十七才の若さだったがね。ところで、いつもかれが熱心にのぞんでいたことは、

〈なんとかして、大統領の談話をとってやろう！〉

と、これ一つだったのさ。

というのは、今までパリのどの新聞も、大統領の談話を一度も出したことがない。そのわけは、大統領じしんが選挙された時、

『わたしは新聞記者も雑誌記者も、すべて記者と名のつく

ものが、ゲジゲジ虫よりも、きらいである。だから、ひとりにしろ百人にしろ、記者会見をわたしは決してしない。会見は秘書がする。わたしは会わない！』

と、公に言いきって、どの社からだれが面会を申しこんでも、何度くりかえし行っても、出てくるのは秘書だ、それが判をおすみたいに、

『大統領の会見おことわりは、はじめからの公約ですから』

と言う。これには各社の記者も、とうとう、あきらめてしまった。

ところが、ひとりCだけは、思いきらずに、

〈新聞記者に会わない大統領なんて、あるもんじゃない。おれが何とかして会ってやるぞ。待ってろ！〉

と、かれは会う方法を、うまく考えついたのさ。

これが、きっと成功する方法なんでね」

まるで忍術つかい

「大統領は明日八時三十分パリ駅発の列車にのって、レー[21]グルの別荘へ単独休養に行く、という通信が編集部にはいった。夕方の七時すぎ、これを見たCは、

〈よしきた、しめたぞ、機会到来！〉

と、おどりあがって、よろこんだ。

もう一きれのパンも食わない、水一てきものまない。夜九時をすぎるとCはパリ駅へはいって行った。入場券を買うと人ごみにまぎれこんで、プラットホームに出てきた。あすにかけて各方面へ出て行く列車がズラリと長く何列もとまっている。Cは大統領が乗るはずの特別列車を、さがしあてると、外がわの闇の中に飛びこんだ。すばやくやったから、だれも気がつかなかった。

列車の中に大統領の個室がある。まだだれも乗っていない。影みたいにはいってきたCは、スッと身をしずめると、カーテンと窓のあいだに、かくれてしまった。そして思った。

〈まるで忍術つかいだな！〉

朝まで用はない。Cは大胆にカーテンの下で、グッスリねむった。

よく朝になった。

単独休養に出かける大統領は、列車の中にある自分の個室に、ゆうゆうとはいってきた。ごきげんがいい、ひとり自由になることは、めったにないからだ。長イスにもたれるなり、大きなアクビをはきだした。アクビも自由にできる。それから葉まきをとりだした。大統領の動きと気はいが、カーテンのかげで目をさましているCに、いちいち手にとるようにわかる。

大統領は葉まきに火をつけると、うまそうに煙をすいこんで、モヤモヤとはきだした。この時、列車がゆれて出発

すると、とたんに窓の前のカーテンがスッとあいて、十七才くらいの少年がツカツカと出てきた。ビクッとした大統領は葉まきを口からはなすとどなった。

『きみはだれだっ？』

『はい、……』

Cは大統領の前に出て行くと、ていねいに、おじきして言った。

『パリ新聞のCでございます』

『………』

大統領はすごく顔をしかめた。ゲジゲジ虫よりきらいな新聞記者が不意に目の前へ出てきたのだ。

Cはかまわずに質問した。

『イギリス女王▼22が近くパリを訪問されることに確定した、というロンドン通信がはいりましたので、大統領はむろん、ご承知のことと思いますし、これについてのご感想を、どうぞ！』

『………』

大統領は顔をしかめたきり、だまりこんでいる。海のカキが口をとじたみたいだ。

『イギリス女王のパリ訪問は、およそ、いつごろになるのでしょうか』

『………』

だんぜん、カキである。

『それでは、つぎの質問にうつりまして、ドイツに対する政府の外交方針が、さいきん、急転回したように聞いていますが』

『待てっ！』

と、どなった大統領がCをにらみすえて言った。

『わがはいはきみに、ただ一つだけ言うことがあるんじゃ』

カキが口をあけたから、

『はい、うかがいます』

と、Cがていねいに頭をさげると、

『この列車が次ぎの駅に着きしだいに、きみは出て行け、でなければ、警官に引きわたす。これだけじゃ！』

『はい、わかりました』

Cはまた頭をさげながら、

〈なるほど、とてもガンコなカキ大統領だ！〉

と、おかしい気がした。

次ぎの駅へ着くまでに、十五分ほどある。Cはカキ大統領の顔のまえに突っ立ったきり、とても早口でしゃべりだした。ことごとく質問である。

フランス政府の外交方針、内外の経済政策、これからの社会施設、教育の改善から婦人問題など、あらゆる今日の問題にわたって、同じ問題でも正面から横からウラから、こまかく深くCは質問ばかりつづけた、が、

『…………』

　口をひらかないカキ大統領が、

『フーッ！』

　葉まきの煙をCの顔にふきつけた。よっぽどシャクにさわったのだ。

　そんなこと、ビクともするCではない。目に入る煙なんか平気だ。ますますリンリンとしゃべりつづけて、息もつかなかった。

　列車の速度がゆるくなって、駅へはいってきた。

『ありがとうございます。すっかり失礼いたしました』

と、ていねいに頭をさげたCは、大統領のまえからヒラリと身をかわすと、ドアをあけるなり、まだ動いている列車からプラットホームに飛びおりた。

『あぶないっ！』

　駅員のどなる声が聞こえた、が、Cはすばやくホームから地面に飛びおり、レールをおどりこえて、長い柵を一気に飛びこえると、むこうの道へ、いっさんに走って行った。

　パリへ行く広い道が、東につづいている」

声で話さないが

「一大特報！　超大ニュース！

　パリ新聞の朝刊、第一面ぜんぶに上から下まで、大統領の談話が堂々と発表されたのだ。

　イギリス女王のパリ訪問について大統領の意見、フランスの外交、経済、社会、教育、婦人問題など、ほとんどあらゆる問題にわたって、記者と大統領の問答記事なのである。

　この超特大の発表を読んで、とてもおどろいたのは、ほかの新聞各社と大統領官房の役人たち、各政党の代議士など、それらよりも大統領じしんだったろう。

『今まで一度も新聞発表をしなかった沈黙大統領が、このような談話を記者と会ってしたのは、どういうわけだ？』

と、パリ市民も朝から、どこでも、ここでも、この話しばかりだ。

　大統領秘書官長からパリ新聞社長に、電話がかかってきた。

『けさの朝刊の第一面に、大統領談話を書いた記者に会いたい。今すぐ来てもらいたい！』

『承知しました』

　社長は受話器をおくと、そばにいるCに言った。

『来たぜ、秘書官長だ。えらくおこってるから、気をつけろよ』

『なあに、大じょうぶです』

　大統領官邸にCが行ってみると、秘書官長室にすぐ通された。ほかの秘書官が四人、来てる。みなおこっている顔だ。

ここでは秘書官長とCの問答がはじまった。

『大統領は不意にあらわれたきみに、「つぎの駅へ着きしだい出て行け」と、これだけを話したのにすぎないと、明白に言っている。けさの朝刊に、あのような大統領談話を、しかも、れいれいしく発表したのは、かってにきみが作ったものだ。全文を取り消すという謝罪文を、次ぎの号にかならずきみが署名して出さなければならない！』

『みんなウソですね』

『それみろ、きみが全部ウソを書いたのだ』

『ちがう。なんにも話さないなんて、大統領がウソを言ってるんだ。大ウソですよ』

『なにっ？　大統領がウソを言うものか！』

『ところが、ウソですよ。声では話さなかった、しかし、眉の動きで答えたり、まばたきが話したり、葉まきのすい方、煙のはきだしようなどで話した。いろんな質問をぼくがすると、〝そうだ！〟とみとめるか、〝ちがう！〟とみとめないか、答えを大統領は眉や目いろや手の指さきの動きなどで答えた。なんにも話さないなんて、大ウソですよ』

『それだけのことで、あのような長文の談話記事が、できるはずはない。ウソを言っているのは現に今、きみなんだ。けしからんぞ！』

『こうなると、この問題は、秘書官長のあなたよりも、大統領じしんが決定すべきですね。けさの朝刊の談話発表に、たとえ一行でも、大統領の考えとちがうところが、あるのだったら、その点を大統領から言っていただきたい！』

『………』

秘書官長と秘書官四人が、顔を見あわせた。

『もしもぼくが一行でも、ちがったことを書いていたら、早速、読者と大統領に、あやまる記事を書いて新聞記者をやめてしまう。今のままで取り消しなんか、できませんよ。さようなら！』

Cはそれきり秘書官長室を飛びだすと、新聞社へ両手を振って帰ってきた」

共同生活をやろう

「その日も、よく日も、パリ新聞社長に大統領秘書官長からなんとも言ってこない。社長はCに言った。

『大統領は談話発表の内容を、全部みとめたんだな。ウンともスンとも言ってこないからね』

Cは平気な顔のまま言った。

『自分で話しておいて、それが新聞に出てくると、書いた記者のまちがいだなんて、よく言う大臣がいる、あんなのは、ひきょうですよ。さすがに大統領は、その点、さっぱりしていますね』

大統領は声でこそ話さなかった、が、Cは相手のかすかな表情の動きが話しているのを、すっかり聞きとったのさ」

　と、デュパンがぼくに図書館の廊下で、

「だから、**たいがいの人間は胸に窓をあけている**のだ。外からのぞいて見ると、胸の中で思っていることが、わかるものだからね」

　と、茶色の大きな目をみはって、ゆっくりと言った。

「なるほど、それが相手の心の動きを読む『読心術』というのか」

　と、ぼくが腕の力をゆるめてきくと、

「いや、〝術〟とかなんとか、そんな特別なものではない。だれでもやれる推理だよ、今さっきも言ったように」

「そうかなあ、推理かなあ……」

　ぼくは感心して、このデュパンという青年に、はじめて話しあったこの日から、ひどく興味をもちだした。このあとも図書館でよく出会う。話しあうたびに親しさが深くなった。閉館までがんばって、いっしょに帰る道でかれが言った。

「きみとぼくと似てるところがあるようだね」

「どういうところ？」

「本は好きだが、思うように買えないから、図書館に通う」

「そのとおりだ。それも推理なのか」

「さあ。本が買えない程度に、ふたりとも貧ぼうしている。共通貧ぼうだ。[23] ところで、ふたりが同じ部屋を間借りして共同生活をやると、それだけ少しは貧ぼうでなくなるんだ。どうだね？」

「よし、さんせいだ！」

　ということになって、デュパンとぼくは方々に空き間さがしをやった結果、さみしいフォーブウル・サン・ゼルマン[24]という町の路地に、とても古い家の二階を借りることにした。

　きたなくてカベもボロボロの、この古い部屋が、パリじゅうから目をつけられることになるとは、おもいもしなかったのである。

怪奇きわまる事件

　共同生活をはじめて一週間ほどすぎた。ぼくが前いた部屋から運んできた三百冊あまりの本を、デュパンはすっかり読んでしまった。

　むやみに早い、しかも、みんなおぼえている。おどろくべき頭だから、ぼくはいよいよ、うらやましくなって言った。

「オイ、そのすごく早い読書術を教えろよ、ぜひ！」

「ハハア、また『術』か」

　と、同居してから笑いはじめたデュパンが、

「ただ読むだけだよ。活字がバラバラッと目に飛びこむん

だ」

　と、これまた平気な顔をして言った。

　活字がバラバラッと目に飛びこむ。新聞を読むのも、デュパンはものすごく早い。ひろげたかと思うと、五、六分のあいだに両面とも読んでしまって、

「フウム、この標題のつけ方は、まずいなあ」

などと、編集長みたいなことを言ったりする。

　ふとぼくは気がついて、

「オイ、きみの名まえは、C・オーギュスト・デュパンだと言ったね、そうだろう」

　と、ねんのためにきいてみると、

「ああそうだよ、図書館で話したパリ新聞の記者Cは、ぼくのことじゃないか、と言うんだろう、ハハア」

　と、デュパンはぼくのききたいことを、さきに言って笑った。

「そうさ、そうなんだろう。ハッキリ言えよ」

「ウン、きみの推理のとおりだよ。カキ大統領に談話発表をやらせたCは、ぼくだったがね。あんなのは、今から思うと、つまらないさ」

「新聞記者を、やめてしまったんだな」

「そうさ、ぼくは同じ仕事を[25]、およそ一年つづけていると、つまらなくなるんでね。これも読むだけつまらないね[26]」

　と、デュパンが民友新聞の夕刊を投げてよこした。

　それを読んでみたぼくの目が、特大号活字の見出しに、たちまち引きつけられた。

深夜の謎！[27]**　怪奇きわまる傷害事件！！**

〈なんだろう？〉

　読みはじめたぼくは、おどろきの叫び声がノドを突いて出た。

「アアッ大へんだ！」

「知ってる人のことが、出てるんだな」

　と、デュパンが横から言った。

「たいへんだ。学校の同じクラスにいた**カミイユ**が、おそわれたんだ！」

　その記事をぼくは、むちゅうになって読みつづけた。

煙突の中に女の顔

六人の推理

〈おちつけ、おちつけ、……おちついて読め！〉

　と、ぼくは気をしずめながら、夕刊の記事に引きつけられた。

深夜の謎！　怪奇きわまる傷害事件！！

　きょう深夜の三時すこし前、サンローシュ区の住宅地の人々は、悲鳴のような激しい叫び声の連続に、眠

りをさまされた。交番の巡査ふたりと近所の人五、六人が駆けつけて行った。

おそろしい叫び声が聞こえたのは、モルグ街の中であり、**レスパネ夫人**（43）と娘の**カミイユ・レスパネ**さん（19▼28）が住んでいる四階の家からであった。

駆けつけた巡査ふたりが先頭に、玄関のドアをたたいた。かたくしまっているので、近所の男がもってきた金づちを使って固いドアを打ちやぶり、六、七人がおしあって中にはいった。このために手間をとって、**おそろしい叫び声はやんでいた**。

六、七人が階段を駆けあがって行った。すると、**なにか激しく言いあらそう叫び声が二言か三言、上の方から聞こえてきた**。

三階へ、みんなが駆けあがって行った。**この時、叫び声はまたやんで、家じゅうが静かになり、なんの物音も聞こえなかった**。

みんなは手わけして、叫び声はどこからおきたのかと、部屋から部屋を駆けまわって見た、が、どこにも異状がない。四階のウラの大きな部屋の前へ出てきてみると、残っているのは、この部屋だけであった。

ドアにカギが中からかかっていた。それをむりにおし破って、いちどきに中にはいった。

とたんに、みんなはハッと立ちすくんだ。

目をふさぎたいほど、すごくみだれている。あらゆる家具がみな、メチャクチャにこわされ、あたりに投げちらされたままだ。ベッドは一つしかない。寝どこがはずされて、ユカのまん中に投げ出されている。**イスの上にのっているのは、刃の長いカミソリだった。血がついている。殺人犯か、と、みんなが思った、が、レスパネ夫人もカミイユさんのすがたも見えない**。

ユカの上に金貨が散らばっている、それに黄色の宝石の耳かざり、銀の大形のサジ、小形のサジなど、バラバラに散らばっている。これを見ると強盗ではならしい、と、六人とも思った。

袋が二つころがっている。口をあけてみると、およそ四千フランほど札がはいっている。**いよいよこれは強盗でも窃盗でもないらしい**。

すみの方に机があり、引き出しがあいている。**中をかきまわしたらしく、ひどく乱れている**、が、いろんな書類が重なっている。

ユカに投げ出されている寝どこの下を見ると、小さな鉄の金庫がころがっていた。フタがあけられ、カギがフタについたまま抜きとってない。中をしらべてみると、古い手がみばかりが六通はいっていた。

強盗や窃盗のしわざではない、とすると、レスパネ夫人とカミイユさんのゆくえこそ、なおさら重要である。**悲鳴をあげた叫び声は、ふたりが叫んだのではないか。イスの上のカミソリに血がついている**、と、六人は真けんに部屋じゅうをしらべて、探偵推理[29]の神経をするどくした。

一方のカベの前に、木の枝や石炭をもやす大きなダンロが口をあけている。まっ黒なススが下にひろがって、あたりのユカが一面に黒い。これは怪しいと、巡査のビドー氏[30]がダンロの口から上の煙突をのぞいて見た。レンガ作りの太い煙突である。暗い中を見あげたとたんに、ビドー巡査は叫び声をあげた。女の顔が見えたからである。

謎はまだ解けない

〈煙突の中に女の顔!?〉

と、ぼくはギョッとした。

すごくて気みがわるい、が、

〈おちつけ、おちつけ、…おちついて読め!〉

と、なおさら気をしずめて、記事のつづきを読んでみると、

じつにおそろしいことが発見された。煙突の中に女がさかさになっている。このような自殺はあり得ない、しかも、このような犯罪は今までになかった。ビドー巡査とほかの五人が力をあわせて、煙突の中からダンロの口へ、そしてユカの上に女のからだをズルズルと引きずり出した。

女はカミイユさんであった。目をふさいだきり気を失っている[31]。しかし、心ぞうは動いている。ビドー巡査とドレーズ巡査が人工呼吸を行なった。が、カミイユさんは血の気もなく、息をふきかえさない。顔から肩、胸に手足に、無数の傷がついている。せまい煙突の中へ、むりにおしこめられ、さらに引きずり出された。そのための傷にちがいなかった。

ドレース巡査は交番へ走って、この異変を警視庁に急報し、救急車を依頼した。凶悪な犯行におどろいた警視庁は、名刑事部長と言われる**パゥル・プレバン氏**[32]に、いっさいの捜査を命じた。

プレバン氏は部下の刑事ふたりと共に、現場に急行してきた。カミイユさんは気を失ったきり、名まえをよんでもこたえない。救急車にのせO・S病院へ送りつけた。さらにプレバン氏は独特の推理神経によって、現場とこの家じゅうを、こまかく捜査した。後ろの庭へ出て見ると、うつむけに倒れているレスパネ夫人が発見された。肩さきと胸に深く切りつけられて重傷を負い、出血の中に気を失っている[33]。救急車によって夫人もO・S病院へ送られた。

この夕刊を出すまでに、この怪奇きわまる傷害事件

の原因その他は、まだなんの手がかりもあがっていない。プレバン刑事部長は記者の質問をあびながら、ひとことも答えずにいる。事件の真相は謎につつまれたままである。しかし、朝刊において何らかの推理結果を、読者に報告し得るであろう。

だから何だと？

おそろしくて気みのわるい夕刊記事を、やっと読んでしまったぼくに、デュパンがそばから、ゆっくりと声をかけた。

「そのカミイユという娘さんときみは、学校の同じクラスで、よっぽど親密にしていたんだね」

　これもぼくの顔いろや気はいの動きから、デュパンが見てとったのにちがいない。ぼくは、うなずいて言った。

「ウン、そうだ。学校の図書室で、いろんな本をいっしょに読んだのさ。きみとぼくが図書館でやったみたいに」

「ハハア、それでカミイユ嬢がきみの思い出に、かなり深くきざまれているのだね」

「そんなことよりも、この『怪奇きわまる傷害事件』の犯人は、逃げてしまったんだろう。プレバン刑事部長につかまるだろうか」

「さあ、そいつは、まだわからないね」

「オイ、デュパン！　きみの推理でもって、なんとか見当がつかないか」

「カミイユ嬢のためにだろう」

「むろん、そうだ。煙突の中へおしこんで行くなんて、凶悪きわまる奴だ。一日も早くつかまえて、カミイユとおかあさんの夫人に知らせるべきだ」

　凶悪犯人にたいする憎しみが、ぼくの胸いっぱいに、はげしくわきあがった。

　すると、デュパンが茶色の目をみはって、ぼくを試験するみたいにきいた。

「きみは犯人を、どんな奴だと思うんだ？」

「ウム、カミイユを煙突の中へ、さかさにおしこんだ奴だから、**すごく力の強い奴にちがいない。きっと大男だと思うんだ**」

「なるほど、そのほかに？」

「金貨や宝石の耳かざりや札などはすてておいて、机の引き出しや金庫の中をさがしたのは、**なにか重要な秘密書類**▼34をとりに、はいってきたのだと、ぼくは思うんだ」

「フウム、そのほかに？」

「レスパネ夫人に重傷を負わせたカミソリを、イスの上にのせて行ったのは、じつに大胆だ。おちついた奴だ」

「そうかもしれない。そのほかに？」

「そのほかにはない。きみの気のついたことを言えよ」

「ぼくには、わからないことだらけでね」

「エッ、どうして？　きみがわからないと、こまるじゃないか。ハッキリ考えてくれよ」

「それがハッキリしないんでね。なにしろ夜ふけの三時すぎ、というと、たいがいの人間がグッスリ眠ってるだろう」

「ウム、それはそうだ」

「その深いねむりを近所の人が家の中でさまされた、というんだから、悲鳴のような叫び声は、すごく高いものだったのにちがいない。きみはこの点を、どう思うかね」

「ウウム、カミイユとおかあさんが不意をおそわれて、必死にたすけをよんだ叫び声だったろう」

「なるほど、それでは巡査ふたりと男四人が、玄関のドアをぶち破っておし入った時、叫び声がやんでいたのは？」

「カミイユもおかあさんも、犯人を前から知っていた男だと気がついたから、叫ぶのをやめたんだろう」

「そうか、ところが、階段を六人が駆けあがって行くと、なにか激しく言いあらそう叫び声が、二言か三言、上の方から聞こえてきた、というのは？」

「それは、『秘密書類を出せっ！』『そんなものはない！』『なにっ！』と、激しく言いあったんだろう」

「フウム、**そうかもしれない、が、そうでないかもしれないね**」

「オイッ、おれの考えばかり聞かずに、きみの推理を、なぜ言わないんだ」

「待った、待った。カンシャクをおこすのは、いけないぜ。推理と言ったって想像だからね。ハッキリした理由がないと、想像は、あてにならないさ」

「フウン、おれの推理は、あてにならないか、チェッ！」

「おこるなよ。きみばかりではない、大ぜいの読者がこの記事によって、いろいろと想像するだろう、しかし、どれがあたるかは、読者じしんにもわからないんだぜ」

「だから何だと言うんだ？」

「カミイユ嬢と母のレスパネ夫人が病院で気がつくと、犯人が何者であるかを、でなくても重要な手がかりを知らせるだろう。それとも何か秘密があって、ふたりとも、だまっているか。どちらにしても名刑事部長と言われるプレバン氏が、極力、捜査に熱中していることだけは、たしかだね」

「きみの言うことは、それだけなんか」

「今のところはね。あしたの朝刊が、くわしい記事を出すだろう。それまで待つのさ。カンシャクをおこしたってなんにもならないぜ」

と、デュパンはすましこんで言った。

ぼくはしかたなしに、だまりこんだきり、カミイユの花びらのようだった口びるを、ありありと思いだして、犯人への憎しみが、なおさらつよくわきあがってきた。

うわ言で呼ぶ

この夜、ぼくは、ほとんど、ねむれなかった。カミイユを思い、夜のあけるのを待って、左に右に寝がえりした。となりのベッドにデュパンは、スヤスヤとねむっていた。朝がきた。町へ飛び出して行ったぼくは、十字路で朝刊を買ってくるなり、食いつくみたいに読みだした。そばからデュパンが、のぞき読みをはじめた。

と、大見出しの横に、

モルグ街の怪奇事件に各種の証言!!

プレバン名刑事部長の推理活躍!!

と、これも太い活字がならんでいる。

　おそるべき謎の傷害事件の被害者であるレスパネ夫人は、O・S病院において手あて中、出血多量のために危篤、意識不明で尋問に答え得ずにいる。カミイユさんは意識を回復しかけたが、非常な恐怖におそわれたためか、極度にこうふんして、うわ言を口ばしり、鎮静剤を注射されて絶対安静に看護されている。院長レイヌ・レイノー氏は「憂《うれ》うべき精神異常の症状を現わすのではないかと心配している」と眉をひそめて記者に告げた。うわ言の中にときどき「ロバート！　ロバート！」とさけぶので、あるいは犯人の名ではないかと、プレバン刑事部長はその方面をも捜査中である。

　と、読んできたぼくはビクッとして、どなった。

「カミイユはぼくのほかにも、『ロバート』という奴を、知っているんだな▼35」

　すると、デュパンが、おかしそうに微笑して言った。

「たぶん、きみのことだろうね。きみがカミイユ嬢を印象しているのと同じように、あるいはそれより以上に、カミイユ嬢がきみのことを、今でもおぼえているのだろうよ」

「そうかな、そうかな？」

　ぼくは胸さわぎしながら、

「プレバン刑事部長の捜査の手が、ぼくにまで、のびてくるのかな？」

　と、少し危険を感じて言うと、デュパンは笑って答えた。

「ハハア、それほどプレバン氏は、バカじゃないだろうね」

〈そのプレバン氏が、どんな「推理活躍」をやったのか〉

　と、記事のさきを読んでみると、

　レスパネ夫人もカミイユさんも、院長の意見によって、いっさい面会謝絶であり、事件の真相と犯人の手がかりが、もっとも重要なふたりから得られない。プレバン刑事部長はこの怪奇事件の解決を、外がわからしぼって行くために、手のつくせるかぎり証人をさがし、諸方面から捜査材料を集めた。この尋問と陳述の場面に、記者も立ちあい速記した。

ガラガラ声とキンキン声

巡査ビドー氏とドレーズ氏▼36の合同証言。

玄関のドアは、内がわにカンヌキがかかっていなかったので、ぶち破ってからは、すぐおしあけたのです。おしあけるまで、激しい悲鳴のような叫び声が、つづいていました。その声は苦しそうにひびいて、ひとりか三、四人の叫びでした。太く長くつづいて、みじかく急な声ではなかったです。わたしたちがドアをおしあけると、ピタリと急にやんで、聞こえなくなったのです。

わたしたちふたりが先頭になって、二階にのぼった時、上の方で激しく言いあらそっている二種類の声を聞いたのです。**一つは太いガラガラ声で、一つは細くて奇妙なキンキン声でした。**

ガラガラ声は、たしかに女の声ではなかったです。フランス語で、聞きとれたのは、「やめろっ、やめろっ!」と言ったのと、「アアッ、大変だ!」と言ったのと、二つです。

キンキン声の方は、外国人の声です。ほそかったですが、男の声だったか、女の声だったか、明白でない。ことばの意味もわからない、しかし、どうもスペイン語らしかったのです。

これを読んで、ぼくはデュパンに言った。

「太いガラガラ声の奴が、犯人だったんだな! **たしかに女の声ではなかった**、というんだから」

早く読んでしまって、腕ぐみしているデュパンが、いつものように、ゆっくりと言った。

「そうかもしれない、が、そうでないかもしれない」

「オイ、ハッキリ言えよ」

「ハハア、おこっては、いけない。**犯人が『やめろっ、やめろっ!』とか『アアッ、大変だ!』とか言ったのは、ちょっとおかしいみたいだね**」

「そうか、しかし、カミイユと夫人を前から知ってる男だから、夫人とカミイユが抵抗したのを、止めたんじゃないかな?」

「フム、前から知りあっていたとすると、カミイユか夫人が、犯人と何か秘密の関係をもっていた、ということも考えられるね」

「そうだ、でないと、男が夜ふけの三時すぎに、婦人だけの家へ、はいってくるはずがないだろう」

「なるほど、謎の人物らしいな」

「大男で力が強い、おちついていて凶悪な謎の人物だ。そいつと話しあったキンキン声が、カミイユか夫人だったんだ。女の声は、たいがいキンキンひびくだろう」

「ハハア、しかし、男の声だったか、女の声だったか、明白ではなかった。外国人の声でした、というんだから、これもおかしいみたいだな」

「そうすると、どう判断するんだ？」

「さあ、それに、どうもスペイン語らしかったなんて、らしかった、というのは怪しいから、あてにならないさ」

「そうか、次ぎの証言を読んでみよう。疑問だらけだ！」

占いのあたる夫人

クリーニング屋の婦人[37]ボーリング・デュブールさんの証言。

問、あなたがレスパネ夫人の家へ出入りしはじめたのは、いつごろからですか。

答、三年ほど前からですの。

問、そのじぶんから、あの家に男の主人はいなかったんですか。

答、そうですわ、なんでも早くに、おなくなりになったそうですの。

問、すると、よほど前から、レスパネ夫人とカミイユさんと、ふたりだけの家族だったんですか。

答、そうですの、おふたりだけでしたわ、ズッと前から。

問、手つだいの人が、はいっていたことは？

答、いいえ、わたしは一度も、そういう人に会ったことがないんですの。

問、クリーニング代の支払いぶりは、どんなふうでしたか。

答、ええ、それはもう、いつだってキチンキチンと、まい月、月末に払ってくださいますの。ちっとも心配のない方ですわ、おくさんもお嬢さんも。

問、そうすると、生活ぶりは、ゆたかで、ぜいたくなのか、それとも質素なのか。

答、そういう生活のことなんか、わたし、わかりませんわ。

問、レスパネ夫人はほかの場所で、なにか商売をしているのですか。

答、いいえ、そういうことは、聞いたことがないんですの。

問、家の中で何か内職は？

答、内職かどうか知りませんけれど、占いをなさって、とてもよくあたるということですわ。

問、それでは占ってもらう客が、出入りしているんですか。

答、いいえ、わたしは、そういう人を、一度も見たことがないんですの。

問、すると、どこか外へ出張して占いをみる場所をもっているんですか。

答、それもわたし、知らないんですの。

問、カミイユさんは、どこかへ勤めに出ているんですか。

答、いいえ、そういうことはない方ですわ。いつも家にいらして、とてもやさしいお嬢さんですの。わたしがクリーニングものを、おとどけすると出ていらして、たいがい本をもってらっしゃるんですの。よっぽど本好きのお嬢さんですわ。

問、夫人との仲は、どんなふうですか。

答、とても仲がよくって、愛しあってらっしゃるんですの、これは、わたしだってわかりますわ。

問、親類の人が、どこかにいるというような話しを、聞いていないですか。

答、ちっとも聞いていませんの。

問、今度の事件について、なにか少しでも心あたりがないですか。決して迷わくはかけませんから、えんりょなしに言ってください。

答、ほんとうに、とんでもない災難におあいになって、お気のどくだと思いますわ。おくさんもお嬢さんも、人から恨まれるような方ではないんですもの。きっと強盗に見こまれて、おもいがけないめに、おあいになったんですわ。

「そうか、これでみると、さみしい家なんだな。そしてカミイユは今でも読書が好きなんだな」

　と、ぼくが息をつきながら言うと、

「ハハア、それは、たしかにそうだね。だから、カミイユさんは今でも、きみのことを、わすれずにいて、『ロバート！　ロバート！』と、うわ言にさけんだんだろうね」

　と、デュパンはおかしいみたいに、わらっていった。

　しかし、ぼくは笑えない、真けんな気がしているから、ムキになって言った。

「おかあさんが占いをやるって、その占いと凶悪な大男の犯人と、なにか関係があるんじゃないか」

「ホホウ、そこまで推理するのは、きみも、なかなか神経過敏だね」

　と、デュパンはひやかすみたいに言った。

「オイ、ひやかすな。じょうだんじゃないぞ！」

「おこっては、いけないね。巡査とクリーニング屋の婦人の話しだけで、むやみに想像を走らせると、かえって真相をあやまる。次ぎの証言を読んでみろよ」

「きみはもう読んだのか」

「とっくに読んだがね、どうも謎また謎の怪事件だ」

聞いたことのない声

　銀細工の職人アンリ・デュバル氏の証言。

問、あなたはレスパネ夫人の家の近くにいるんですね。

答、そうでさ、だから、あのすごい叫び声で、夜なかに目をさましたんで、どぎもをぬかれちゃってね。

問、レスパネ夫人とカミイユさんに、あなたは会ったことがありますか。

答、そりゃあ近所だから、それに、おくさんも娘さんも銀細工が好きでもって、なかなか目のきく方だから、話しはじめると、おたがいにおもしろいんでさ。

問、夫人は占いをやるそうだが、どんな方法で占うんですか。

答、おくさんが占いを、変だね、そんなことは知らねえですよ。ほんとかなあ？

問、あなたは夫人とカミイユさんと、たびたび話したのだから、ふたりの声をおぼえているでしょう。

答、もちろん、おぼえていますあ、あの娘さんときたら、きれいな声でね、どこかの歌手になると、すばらしいじゃねえかと、今でもわたしは思っているんで。

問、あなたはあの家の階段を上がって行った時、上の方で言いあらそうガラガラ声とキンキン声を、聞いたでしょう。

答、ああそうでさ、上の方で、けんかをやってたんで。

問、そのキンキン声の方に、聞きおぼえはなかったですか。

答、はてね、ええと、聞きおぼえはと、そうだなあ、**聞いたことのない声**だったんで。

問、それは男の声だったか、女の声だったですか。

答、ええと、男の声だったかな、なにしろ、けんかしてるんで、女の声だったかもしれないんで。

問、なにを言っていたのか、ことばをおぼえていませんか、ひと言でも。

答、フランス語だと、わかるんですがね。

問、すると、外国語だったんですか。

答、そうでさ、イタリア語だなと思ったんで。

問、あなたはイタリア語を話せるんですか。

答、いや、知らないんで、けれども、友だちにイタリア人の夫婦がいるんで、ふたりが話しているのを聞いたことがあるんでさ。

問、けんかしていたキンキン声は、スペイン語じゃなかったですか。

答、スペイン語、そいつは、まるっきり知らないんで。

問、レスパネ夫人か娘さんの声でなかったことは、たしかですか。

答、**そりゃあ、たしかでさ。おくさんも娘さんも、あんな変な声じゃないんですから。**

「どうだね、所感は？」

と、デュパンはぼくが読んでしまうと、すぐにきいた。

「読めば読むほど、変な気になって、わからなくなるようだ」

「キンキン声は、レスパネ夫人やカミイユさんの声ではないと、たしかに証言しているね」

「しかし、**必死にさけぶ声は、いつもの声とちがうんじゃないか**」

「なるほど、そうかもしれないね、ところで、『**聞いたことのない声**』とも言っているのを、きみは、どう思う？」

「さあ、銀細工の職人の耳の方が、すこし変なんじゃないかな。それよりも、ぼくはきみの推理を聞きたいんだ。なにか言えよ」

「想像だと、いくらでも言えるがね。まだ今のところ、謎を深めるばかりだ。次ぎの証言を読んでみろよ」

まだまだ謎の重なり

料理屋のコック、オーデンハイマア氏の証言。

［オランダ人で、フランス語がまだよく話せない。通訳による問答。］

問、あなたは、傷害事件のあった家へ、どうしてはいることになったのですか。

答、わたしはオランダのアムステルダムにいた時から、夜ふけの町を歩きまわるのが、とても大好きでして、あの家の前を通りかかったのです。すると、おもいがけない叫び声を聞いて、立ちすくんだのです。

問、それをじぶんの家の中で聞いた者は、「悲鳴のような叫び声だった」というのだが、あなたは、その家のすぐ前の道の上で聞いたのだから、声の調子などハッキリと耳に入ったでしょう。おもいだして、くわしく言ってみてください。

答、**その悲鳴のような叫び声は、三、四分間、つづいい、今にも死にそうな声でした。とても長い高い声で、なにか恐ろしい悲しい、今にも死にそうな声でした。**

問、そんなに長く、ただ叫び声だけで、なにか言ってはいなかったですか。

答、ことばは、わからなかった。ことばがわたしにわかったのは、お巡りさんのあとから家の中にはいって、階段を上がって行った時です。

問、それは激しくケンカしてるような、太いガラガラ声と細いキンキン声でしたか。

答、あ、そのとおりです。

問、あなたが聞いたことばを、そのとおりに言ってください。

答、太いガラガラ声で、「アッ、いけない！」と、これは一度だけでした。それから「やめろ、やめろ！」「アッ大変だ」と、くりかえして言ったんです。そのほかに何を言ったのか、わたしには聞こえてもわからなかったんです。

問、ほそいキンキン声の方も、なにか言ったのではないですか。
答、フランス語にちがいないが、ひと言もわからなかったんです。
問、たしかにフランス語でしたか、スペイン語かイタリア語か、外国語のように聞こえなかったですか。
答、わたしが聞いたのは、たしかに男のフランス語でした。
問、男の？　女の声ではなかったんですね。
答、そうです、「キンキン声」というよりも、はげしく怒っていて、どなりつけるような、すごい荒い調子でした。**女の声ではなかったです。**

　これを読んで、ぼくも悲鳴のような叫び声をあげた。

「ウウーム、ますますわからなくなるだけだ。こんがらかって……」

　腕ぐみしているデュパンが、わらって言った。

「ハハア、ますますわからなくなる、だから、ますますおもしろくなるのさ。謎が重なってね」

「犯人の奴、『アッ、大変だ』と、レスパネ夫人かカミイユが、何かしたので、おどろいて言いやがった、重要な秘密書類が欲しかったんだな」

「重要な秘密書類か、そういうものが、あったかどうかは、まだわからないぜ」

「いったい、プレバン刑事部長は証人に、声のことを重《おも》にきいているようだが、もっとほかに手がかりが、つかめないのかな？」

「**声が手がかりだろうね。さすがに名刑事部長のプレバン氏さ**」

「エッ、それはどういうわけだ？」

「まだまだ謎の重なりだ。つぎの記事を読んでみろよ」

「ウム、……」

腕くらべ探偵コンクール

いよいよますます謎だ

　いろんな人が、おなじ声を聞いた。ところが、その声について感じたことを言うのは、いろんなふうに、ちがっている。どうもこれは謎の重なりだ。

「じっさい変だなあ！」

　と、ぼくはデュパンに言いながら、朝刊の次ぎの記事に引きつけられた。

　プレバン刑事部長は、今までの証言を考えあわせたが、何の意見もまだ発表していない。ただ一言、
「ぼくにははじめての怪事件だ！」
　と、言ったきり、記者の質問に答えようとしなかっ

た。

名刑事部長のプレバン氏も、この事件の怪奇さを解くのは、今のところ、よほど困難を感じているらしい。

現場を捜査し、この捜査に証人たちを立ちあわせて、プレバン氏はさらに尋問し、証言をもとめた。

問、この犯行のあった部屋のドアは、あなたがたが駆けつけた時、内がわからカギが、たしかにかかっていたのですね。

答、そうです。たしかにかかっていました。

問、その時、部屋の中にだれかの声か、何かの物音が、聞こえなかったのですか。

答、なんにも聞こえなかったのです。うなり声も、カタリという音も、なんにも聞こえずに、すっかり静まりかえって、ヒッソリしていました。

問、ドアをおしあけて、はいった時は？

答、**部屋の中にだれひとりも、いなかったんです**。

問、そうすると、ガラガラ声とキンキン声が聞こえてから、この部屋にはいるまでに、何分間ほどかかったのですか。

答、三分間くらいでした。いや、ぼくは五分間はかかったと思うんです。［この答は各人まちまちで、一致しなかった］なにしろドアをおしあけるのは、すごく骨がおれたんです。

「オイ、デュパン、この問答だけでは、さっぱり得るところがないぜ。きみの考えは、どうなんだ？」

と、ぼくは読んでもわからないから、カンシャクがおきてきた。

デュパンは茶色の目を見はりながら、

「いけないよ、むやみに解決をいそぐと、判断をあやまる。記事はまだあるじゃないか。さきをおちついて読んでみろよ」

と、シャクにさわるほど、ゆったりしているデュパンなのだ。

胸いっぱいに怒り

〈自分の頭がわるいから、わからないんだ〉

と、ぼくは思いたくない。

〈探偵推理の神経は、ぼくにだって、あるんだぞ！〉

と、ジーッと気をおちつけて、朝刊記事を読んでいった。

プレバン刑事部長の現場捜査は、じつにこまかく徹底的に、すみずみまで行なわれた。

各部屋の家具をはじめ、あらゆる置物がもちあげられ、ユカ下も捜査された。が、手がかりになるものは、なに一つ発見されなかった。

カミイユさんが、さかさにおしこめられていた煙突は、下から高く屋根の上まで捜された。しかし、まっ黒なススがものすごく、ドサッドサッと落ちてきただけで、犯行の手がかりにはならなかった。

　屋根ウラに部屋があった。しかし、ホコリがあつくて、五、六年間は使われたあとがなかった。

各部屋とも窓はみな閉ざされ、ガラスのまわりのワクは内がわからネジクギで止められたままであった。

　これを読んでぼくはデュパンに言った。

「窓はみな閉ざされている。外へ出た形跡はない。下から巡査ふたりと男四人が階段を駆けあがって行ったから、犯人と、ぶつかるはずだ、ところが、だれもいない。大男の犯人は、どこから逃げ出したんだ？　とても変じゃないか」

「ハハア、変だとも」

　と、笑ったデュパンは、自分のヒザをピシャッとたたいて、

「だからさ、この事件は今までにない謎をかくしてるんだ。もしかすると、名刑事部長のプレバン氏だって、さいごまで解けないかも知れないぜ」

　と、声を小さくした。

「ぼくはカミイユのために、この犯人をさがしだして、つかまえたいんだ、どうしても！」

　と、ぼくは真けんになって言うと、きゅうに涙が熱くにじみ出てきた。

〈いけない、涙を見られるのは、はずかしいぞ。相手の気もちをすぐ見ぬくデュパンだから〉

　と、ぼくが横の方をむくと、

「うむ、この怪奇きわまる謎のかさなりを、なんとかして解きたいもんだな！」

　と、デュパンは腕をくみしめて、茶色の目を強くかがやかした。

　ぼくは、この時、

「たのむ！」

　と、デュパンの強い目いろを見つめて言った。

〈カミイユ！　カミイユ！　ああカミイユ！〉

　かわいそうに、煙突へさかさに押しこめられ、今は病院でまだ気がついていないというカミイユを思うと、この凶悪な憎むべき大男の犯人を、捜し出して捕らえずにはいられない、ぼくの胸いっぱいに、怒りが激しく燃えあがっていたのだ。

　ドアをたたく音がきゅうにガタガタと、つづけて聞こえた。

〈だれだ？　デュパンやぼくをたずねてくる者は、めったにいないはずだ。変だぞ！〉

　ぼくはそう思った。それほど神経がイライラしていたのだ。

　デュパンがドアを見つめて、ゆっくりと言った。

「はいって、よろしい」

はたして真犯人か？

　ドカンとドアを押しあけて、ヌッとはいってきたのは、むやみに身のたけが高い、二メートルくらいあるだろう、帽子なしに顔が細長くて、デュパンを見るなり右手をのばすと、微笑しながら早口で言った。

「ヤア、しばらくだったね、デュパン君、元気そうじゃないか、どうだ？」

　立ちあがったデュパンが、握手しながら、

「ここに電話はないが、不意に今ごろなんですか？」

　と、きくと、ぼくの方をふりむいて、

「パリ新聞のエリオ編集長[38]だ」

　と、知らせて、そのエリオ編集長に、

「ここに同居している、ロバート・サイヤンです」

　と、ぼくを紹介した。

　エリオ編集長がぼくを見ると、うなずきながらデュパンに、

「きみ！　きみは今でも毎日、うちの新聞を読んでいるだろうね？」

「むろん、読んでいますよ」

「フム、そうだろうと思った。よろしい！」

「ハハア、まあおかけなさい」

「ありがとう、だが、いそぐからね、きみ！　きみは今、パリ全市民を不安にさせている深夜の謎、モルグ街の怪奇な事件に、むろん、興味をもってるんだろう？」

「そうですよ、たまらないほど興味をもっていますね、謎だらけの事件ですから」

「ウム、そうだろうと思ってきたんだ。大いによろしい。一つ乗り出さないかね、どうだ？」

「ハハア、むろん、出て行きたいですよ。まず犯行の現場を見てみないと、新聞の記事だけでは、これだなという手がかりの鍵が、どうしても、つかみにくいんでさ」

「鍵か、ウム、うちの記事だって警視庁に止められて発表できないことがある。現にゆうべおそく、プレバン刑事部長が容疑者を逮捕したんだ」

〈カミイユを煙突に押しこめた凶悪犯人が、つかまったか、何者だ？〉

　と、ぼくは、からだじゅう熱くなって、立ちあがろうとした。

「しかし、共犯がありそうだからと、記事は差し止めときた。プレバン刑事部長、この怪奇事件の捜査には、ものすごく真けんになってるからね」

　と、エリオ編集長は立ったまま、細長いアゴのさきを左手でなでまわした。

「フウム、容疑者を？　こいつはおどろいた！」

グッと目いろを強めたデュパンが、エリオ編集長の細長い顔を下から見あげて、

「それはいったい、どこの何者です？」

と、ぼくのききたいことを、強い口調できくと、

「ミニョー銀行の外交員で、**アドルフ・ボン**という二十四才の青年だ。うちのカメラマンが、すばやく写真もとったが、なにしろ紙面に出せないんだから、ニュースにならないのさ」

「ハハア、銀行員ですか。どういう点にプレバン刑事部長が疑問符を打ったんです？」

「ウム、犯行当日の午後一時ごろ、ミニョー銀行にレスパネ夫人が行って、預金の中から四千フランの支払いをもとめた。銀行ではすぐに札で四千フランを二袋にわけると、外交員のアドルフ・ボンに持たせて、夫人の家へ同行させた。なにしろ夫人ひとりで多額の現金を持って帰るのは、途中が危険だからと、これは銀行として客にたいする当然のサービスだろうさ」

ぼくはエリオ編集長の早口を、ひとことだって聞きもらすまいと耳をすまし、探偵推理の神経をするどくしていた。

〈アドルフ・ボンという銀行員の青年が、はたして真犯人なのか？　きめ手は何だ？〉

いやですね、ぼくは！

「レスパネ夫人の家へ、アドルフ・ボンが同行してみると、玄関のドアがあいた。出てきたのは……」

と、エリオ編集長は立ったまま、太いマドスパイプに火をつけると、煙をプカリとうまそうにはきだして、

「とても、きれいな令嬢でね。『まあ、ごくろうさま、ありがとう！』と、札のはいってる袋の一つを、ボンから受けとったというんだ」

〈カミイユだな！〉

と、ぼくは目の前にカミイユを、ありありと見るような気がした。

「もう一つの袋を、母のレスパネ夫人が受けとって、令嬢のあとから中へはいると、ドアをしめたから、アドルフ・ボンはおじぎをして、そこから引きかえしてきた。その時、道にはだれひとりも歩いていなかった。うらどおりで、さみしいところだった、というのだがね、フウッ！」

エリオ編集長はタバコの煙を、高くふきあげた。

腕をくんでいるデュパンが、まばたきしながらきいた。

「それは、アドルフ・ボンがプレバン刑事部長の尋問にこたえて言ったことですね？」

「そうさ、それを刑事部長が、うちの記者だけにソッと知らせてくれたのさ。だが、記事にしてはいけないと言うの

だからね」

「フウム、それだけのことだと、アドルフ・ボンを逮捕した理由は、どこにもないようですね」

「そうなんだ。あのプレバン氏は名刑事部長と言われるだけに、捜査の要点となると口をふさいでしまう。そこできみにぼくの切望があるのさ。どうだ、わかるだろう？」

「ハハア、プレバン刑事部長に会って、事件の真相を探り出せというのでしょう？」

「フウッ、そのとおりズバリときたね、きみは声をださない大統領に、あれだけの発表をさせて、特大ニュースにしあげたんだ。あの時の記者感覚を、もう一度はたらかせて、今度は怪奇事件の真相を、沈黙のプレバン刑事部長から発表させてくれないか、たのむんだ、臨時に、うちの記者になってさ、どうだ、いいだろう！」

「いやですね、ぼくは！」

「エッ、どうして？」

「あなたは、カメラマンがすばやくとったアドルフ・ボンの写真を、むろん、見たんでしょうね」

「ああ見たとも、謎の容疑者の写真だからね」

「どんな体格の男ですか？」

「フウッ、ぼくよりも身のたけは低いようだが、やはりスラリとしていたな、やせがたでね」

「それは、おかしいですよ」

「なにがおかしい？　残酷な犯罪をあえてした奴に、かえってやさしい体格の男がいるものだぜ。こんな柔和な顔をしている男が、どうして鬼みたいなことをやったのかと思うことがさ」

「ところが、煙突へさかさに押しこめられていたカミイユ嬢を、巡査と近所の人と三人か四人がかりで、やっと引きずり出したように、新聞記事でぼくは見たのですよ」

「それは、そのとおりだったらしい、フウッ！」

「だとすると、やせがたのスラリとしてるアドルフ・ボンひとりの力で、カミイユ嬢を押しこめたとは、思えないですがね」

「そうだっ！」

　と、耳をすましていたぼくがさけぶと、エリオ編集長はチラッとぼくを見ながら、

「いや、だから、プレバン刑事部長はアドルフ・ボンのほかに共犯者がいるらしいと、捜査をつづけているのさ、もっとも秘密のうちに。その秘密捜査の方向と進み方を、きみの独特の感覚で探ってほしいんだ、ぜひ、どうかね？」

「いやですね、ぼくは！」

　と、断然ことわったデュパンが、エリオ編集長にまたきいた。

「ジスケエ警視総監[▼39]を、あなたは知ってるでしょう？」

ふたりとも新聞記者

エリオ編集長は、すぐ横にあるイスを左手で引きよせると、とうとう腰をおろした。

〈デュパン、おれの言うことを、なかなかきかないな。とても気の強いやつだから……〉

と、思ったらしい。右手のマドロス・パイプを胸のポケットへグサッと突きさすと、眉をしかめて、

「ジスケエ警視総監は、むろん、前からよく知ってるよ、どうしてだ?」

やはり早口で、デュパンにきくと、

「よろしい!」

と、うなずいたデュパンは、まるでエリオ編集長の上役みたいに、今までとは反対の口調になって、

「それだと、警視総監に交渉して、今度入社した記者のデュパン、すなわちぼくが、怪奇事件の現場その他を捜査する特別許可を、総監から取ってください! でないと、特大ニュースなど書けないですからね」

「フウム、すると、きみが直接に探偵しようというのか?」

「むろんですよ、刑事部長の捜査方向とか進み方なんか、たずねてみるなど、およそつまらんですからね」

「そうか、ふうむ、きみはプレバン刑事部長と腕くらべの探偵コンクールをやってみるつもりかね?」

「ハハッ、そんなこと、考えてないですよ。しかし、結果は当然、そうなるかも知れないな。ぼくは今のところ、新聞記事だけで推理してるんですが、プレバン刑事部長とは別の捜査方向をとってみたいんだから」

「どんな方向だ? 言ってみてくれ!」

「いや、今のところ断じて、言うべきではない!」

「オイッ! デュパン!」

「エッ、何です?」

「大統領を気どるなよ!」

「ワアッ、そんな気もちないですよ、ぼくは!」

「フウッ、……」

エリオ編集長は太いマドロスパイプを、またすいだして、

「きみは自分が直接捜査にあたって、今度の怪奇な事件を、きっと解決し得るという確信があるのかね?」

「それは、やってみないと、わからないですよ、ぼくは専門の探偵じゃないんだから」

「フウッ、なんだか危ない話しだな。しかし、やってみて特大ニュースがとれたらすばらしい! パリ新聞の読者がまたウンとふえるんだ。ジスケエ警視総監にきみの直接捜査の許可をねがってみよう」

「よろしい、だか、条件があるんです」

「まだ何かあるのか、金だろう。成功したら賞金を社から、

ウンと目がとびでるくらい出させるさ、フウッ！」

「ハハッ、金もほしいが、このロバートもぼくと同じように、パリ新聞の記者にして事件の直接捜査その他の特別許可を、警視総監からとってください」

ぼくはギクッとした。

〈新聞記者、ジャーナリスト！　そうなったら、すばらしいぞ、腕だめしだ、やりたいなあ！〉

婦人記者の女探偵

煙を変に吹きだした

ぼくの心ぞうが、ドキドキとはやく脈を打ちだして、顔が熱くなり、こうふんしたのが自分でわかった。

エリオ編集長は、ぼくの顔とからだつきを、見まわしながら太いマドロスパイプをくわえたきり、

〈待てよ、これが新聞記者のベテランに、なれるのかなあ？〉

と、ぼくを目でテストしだした。

デュパンが腕ぐみをとくと、エリオ編集長に、ゆっくりと言いつづけた。

「このロバートは、ぼくの兄弟みたいな親友なんです。それに、今度ひどいめにあった令嬢のカミイユとは、小学も中学も同クラスだったんですよ」

「ホホー、そうか」

と、エリオ編集長は、ちょっとおどろいたようだ。

「だから、憎むべき凶悪犯人を、どうしても探りだして捕らえるんだと、義憤にもえて真けんになっているんです」

「そうか、フウム、それはまた興味をそそられるね」

ぼくの顔をエリオ編集長は、おもしろいみたいに見ていた。

〈なんだい、そんなに人の顔を長く見るもんじゃないぞ。いくら編集長だって〉

と、ぼくはムッとしたから、にらみかえしてやった。

しかし、デュパンが言った〝ぼくの兄弟みたいな親友〟と、この方がぼくの胸の中にジーンと深くしみた。

〈デュパンには、たしかに友愛の誠意がある。このような友だちをもったのは、おれの幸福だな！〉

と、ぼくは心から思った。

すると、デュパンがエリオ編集長によけいなことを言った。

「新聞に出ていた、カミイユ穣が病院で『ロバート！　ロバート！』と、うわ言にさけんだのは、このロバートを呼んだのらしいと、ぼくは想像しているんです」

「フフウッ、ヘエ、……」

パイプの煙を変に吹きだしたエリオ編集長に、デュパン

が、

「小学と中学でズッと仲よしだったから、カミイユ穣は今もわすれずにいるらしいんです」

ぼくはカッとなって怒なった。

「よけいなことを言うなっ！」

「ハッハッハッ……」

わらって立ちあがったエリオ編集長が、

「今から警視庁へ行って、ジスケエ警部総監にきみたちふたりの現場捜査その他の特別許可を、極力ねがってみよう。そこできみたちふたりとも、すでにパリ新聞の記者なんだぜ」

と、背の高い全身をクルリとまわすなり、ドアを引きあけて、いそがしそうに出て行った。

バッとドアを開けはなしたきりだ。しめるのを、わすれたらしい。そそっかしい編集長だ。年は四十くらいだろう、おじさんみたいだった。

〈いやな気はしなかったな〉

と、エリオ編集長のみどりのネクタイが、ぼくの目にのこっていた。


さあこい来たれ！


デュパンもぼくもタバコをすわない。タバコを買う金があったら、きっと本を買うだろう。エリオ編集長のパイプの煙が、部屋の中にのこっていてください。

ぼくは立って行って窓をあけながら、デュパンにきいた。

「警視総監が、おれたちの直接捜査をゆるすだろうか？」

天じょうのすみを見つめて、なにか考えていたデュパンが、

「そうだね、百パーセントゆるすと、ぼくは思っているんだ」

「どうして？」

「エリオ編集長が出て行く時、目いろに自信がいっぱいだったしね」

「そうか、そこまでぼくは気がつかなかったな」

「それに、今度の事件の怪奇さを、プレバン刑事部長が持てあましているらしい。むやみに証人を集めたりしてさ、まだたしかな手がかりをつかんでいないからね。これがもしも迷宮にはいって犯人不明となると、警視庁は攻げきされる。総監は今、あせっているだろう。銀行員をつかまえてみたって、それが、はたして真犯人なのか、全然まだわかっていないだろうと、ぼくは思うんだがね」

「だから、おれたちが断然、突進するんだな」

「ハハッ、エリオ編集長は警視総監に会ってさ、『うちの社の青年ベテラン記者をふたり、今度の事件の直接捜査に参加させてください。きっと成績をあげますから』と、強引にねがうのにきまっている。怪奇な謎の解決にあせって

いる総監は、たちまち許可するさ。『考えておこう』なんて言わないだろう」

「おれたちはベテラン記者かな？」

「ハハハッ、ベテランになってみせるのさ」

「警視総監が直接捜査を許可しないで、犯行の現場を、おれたちが見られないとなると、どうするんだ？」

「なあに、その時こそ外がわから間接捜査の推理を、おれたちの手でやろうじゃないか、どうだ？」

とても気が強い、不屈のデュパンだ。

〈たのもしいぞ！　兄弟みたいな親友！〉

と、ぼくは胸いっぱいにモリモリと気ばって言った。

「よしきた、やろう！　だが、外がわから間接捜査となると、新聞記事のほかに何の材料もないぜ」

「ウム、直接に犯行現場をしらべるとしても、その準備に新聞記事の整理は必要だ。今からやろう」

「よし、やろう！」

「こう言ってる今でも、プレバン刑事部長は推理を、どの方向かへ進めているんだ。おれたちはもう、かなり立ちおくれてるからね」

スッと立ちあがったデュパンが、部屋のすみにかけてある新聞つづりを、すばやく取ってくると、茶色の目をキラキラさせて言った。

「ロバート！　いくら頭のいい人間だって、今までの材料をすっかりおぼえていないだろう。紙と鉛筆を持ってこいよ」

「よしきた、さあこい来たれだ！」

いよいよ推理の行動開始である。

雲の中に何がある？

さて、読者のみなさん！

今までの新聞記事に現われた捜査材料を、デュパンとぼくは熱心に整理しながら話しあい、要点を書いてみたのです。

怪奇な犯行の現場について、実さいに見聞きした証人たちの材料を、まず調べてみると、

「第一に注意すべきは、証人たちが犯行の現場から『ガラガラ声とキンキン声』を聞いている。それが何者の声だったかということだね」

と、デュパンの茶色の目が、するどくなっている。

「そうだ、書いておこう」

ぼくは鉛筆を走らせた。

▽太いガラガラ声は？

▽巡査ふたりが聞いたのは、女の声ではなかった。〝フランス語で「やめろっ、やめろっ！　アアッ、大変だ！」と言った〟
▽料理屋のオランダ人が聞いたのは、〝一度だけ「ア

ッ、いけない！」と、くりかえして「やめろ、やめろ！」「アッ、大変だ！」と言った〟

▽細い奇妙なキンキン声は？

▽巡査ふたりが聞いたのは、〝外国人の声だった。男か女か明白でない。意味もわからない。スペイン語らしかった〟

▽銀細工の職人が聞いたのは、〝聞いたことのない声だった。イタリア語だと思った〟

▽料理屋のオランダ人が聞いたのは、〝フランス語にちがいないが、ひと言もわからなかった。男の声だった〟

ぼくが書いてしまうと、そばから見ていたデュパンが、するどい目いろのまま言いだした。

「さあ、どうだ、何かつかんだか？」

ぼくは鉛筆を投げだして、

「まるで雲をつかむみたいだ」

と言うと、ニッコリ笑ったデュパンが、

「ハハッ、雲の中に何かありそうだぜ」

「エッ、何がある？」

「それを、これから推理するんだ！」

デュパンは笑いながら強い口調になった。

多くなる疑問点

「いいかね、ぼくは、こう思うんだ」

デュパンの強い口調が、ゆっくりと、

「刑事や巡査の神経は、ふつうの人間にくらべると、探偵的に敏感なんだろう。それが今の場合、巡査がふたりそろって、太いガラガラ声は、フランス語で男の声だったという。これはたしかな事実だと、ぼくたちは決定していいだろう」

「ウン、そうだ。だから、その男が凶悪な犯人なんだ！」

と、ぼくが気ばって言うと、デュパンは、

「いや、まだ、そこまで決定はできないぜ」

「エッ、どうして？」

「巡査ふたりも、ほかの者もみな、声を聞いただけだ。レスパネ夫人を傷つけカミイユ嬢を煙突の中に押しこめている現行犯を、じっさいに見た者は、だれも、いないじゃないか」

「アッ、そうか、そうだ、そのとおりだ」

ぼくはデュパンの推理神経がこまかくて実さい的なので、この時も感心した。

「料理屋のオランダ人も、太いガラガラ声が『やめろ、やめろ！』『アッ、大変だ！』と、さけんだのを、巡査ふたりと同じく聞いている。だから、これは疑えない。しかし、およそ犯人が『やめろ！』だの『大変だ！』だのと、さけぶだろうか。ここに疑問点があるんじゃないか？」

　と、デュパンにきかれて、ぼくは前に言ったことを、もう一度くりかえした。

「だからさ、それはカミイユかレスパネ夫人が何かやりかけた。たとえば犯人がねらってきた秘密書類を破りすてようとしたから、おどろいた犯人が、いきなり止めたんだろう」

「ハハッ、それもきみじしんの想像にすぎないんだぜ」

「そうさ、むろん、ぼくが見たんじゃないからね」

「ウム、だから、**太いガラガラ声の男が、はたして犯人であるのか、どうかは、まだまだ疑問だよ**」

「フウン、そうかなあ？　では、細い奇妙なキンキン声は、どうなんだ？」

「さあ、これまたさらに変だね。巡査ふたりとも、『外人の声で男か女か、意味もわからない。スペイン語らしかった』と言っている。ところで、ふたりの巡査が前からスペイン語を知っていたのか、どうなのか？　『らしかった』と言うのさえ、これは信じられない話しじゃないか？」

「そうだな、これまた疑問点だ」

「それから銀細工の職人は、『聞いたことのない声で、イタリア語だと思った』と言っている。この職人が前からイタリア語を知っていたのか、どうなのか？　『思った』と言うのだから、これも信じられない話しじゃないかね？」

「どうもこれは、疑問点が多くなるばかりだな」

「そうなんだ、料理屋のオランダ人は、『フランス語にちがいない、男の声だった』と言っている。ところが、このオランダ人はフランス語をよく知らなくって、通訳をつけられたんだ。男の声だったかフランス語だったか、たしかにわかるはずがないじゃないか。オイ、そこに立ってる先生、はいってこいよ！」

　デュパンがいきなりドアの方へ声をかけた。

　ビックリしたぼくは、ドアの方をふりむいて見た。

ずいぶんだわ、ひどいわ！

「オホホホ、ごめんなさい！」

　うららかな声をひびかせて、ドアのかげから、ダンスするみたいに踊り出てきた女性に、ぼくは目を見はった。▼40銀髪に目がクルクルとまるく動いて、桃色のほっぺたがふくれてる。純白のブラウスに、うすむらさきのスカート、白皮のバンドをしめている、と見るより早く、

「デュパンさん、しばらくね！」

　デュパンのすぐ前へくるなり、なつかしそうに言った。ぼくたちと同じ年くらいだろう。

「チエッ、なにが、しばらくだ」

　デュパンが、いまいましいみたいに、左手の指をパチン

と鳴らして、

「立ち聞きするなんて、ひきょうだぞ！」

　と、やりこめると、

「わるい？」

　と、おかしいみたいにニッとわらった。

「フム、聞きたかったら、堂々とはいってきて、正面から質問しろ！」

「あら、そんなことしたって、あんたは何にも答えないのに、きまってるじゃないの？」

「ハハア、エリオ編集長に言われて来たな」

「むろん、それもあるわよ、『デュパン君が今度の怪奇事件について、何か推理してるから、うまく聞きだしてこい。記事になるかも知れないから』って」

「フウン、『かも知れない』か。どうだ、立ち聞きしてみて、ニュースになると思ったか？」

「そうね、途中から聞いただけよ、けれど、書きようによっては特ダネ記事になりそうだ、と思ったわ」

「チェッ、あいかわらず、なまいき言いやがら」

　またパチンと指を鳴らしたデュパンが、ぼくに、

「パリ新聞社会部の婦人記者マドモアゼル・シャル▼41、すごい腕ききだよ。おれなんか、とても、かなわない」

　と言うと、目をクルクルさせてるシャル嬢に、

「ロバート・サイヤン、ここに同居してる。ぼくの兄弟みたいな親友だ」

　と、しょうかいした。

「あらそう、……」

　エリオ編集長のいたイスに、シャル嬢はスッと腰をおろすと、

「いいわねえ、『兄弟みたいな親友』って、うらやましいわよ」

　と、デュパンの顔を見つめながら、

「ねえ、あんた、社にいた時、あたしを姉か妹みたいな親友と、思ったことがある？」

「だれが、そんなこと思うもんか」

「では、なんだと思ってた？」

「そうだな、敵だと思ってたさ」

「エッ、敵、どうして？」

「ハハア、特ダネを争って取る第一の敵が、シャル嬢だったからさ」

「まあ！　だって、あんたは政治部、あたしは社会部だったじゃないの。敵だなんて、ずいぶんだわ、ひどいわ！」

「フン、ぼくが特ダネを取るのは、手あたりしだいだ。政治だって社会だって何だっていい、興味のある方へ飛び込んで行くだけさ。今度の怪奇事件だって、まさか政治方面に関係ないだろう。エリオ編集長はぼくからの取材をきみに言いつけて、それから、どうした？」

「いそいで警視総監に電話をかけて、すぐ出て行ったわ。なんのために、総監に会いに行ったのかしら？」

「編集長にきいてみろ」

デュパンはシャル嬢を振り切るみたいに、また指さきをパチンと鳴らすと、ぼくに、

「ロバート！　こういう女性を相手にしてると、むやみに時間がすぎるだけだ。おれたちは失礼して、さっきのつづきをやろう、頭の整理だ。必要なところを書きとめてくれ」

と、新聞のページをバッとはぐった。

「よろしい、やろう！」

ぼくは鉛筆をとりあげながら、胸の中で思った。

〈カミイユは、どうしてるか？　このシャル嬢くらい大きくなってるのに、ちがいない、同じ年くらいだから、……カミイユに会いたいぞ！〉

眉の表情

デュパンは今までの新聞記事をこまかく読みつづけた。茶色の目がキラリとするどくなると、

「よし、これこそ確かだと思われる推理を、一つずつ書いといてくれ！」

と、ぼくに言い、ぼくはそれを、まちがわないように書いていった。


シャル嬢がそばから、ジッと見つめていた。これも何だか、するどい気はいだった。
一、犯人を見た証人は、ひとりもいない。
二、犯行現場の部屋のドアは、内がわからカギがかかっていた。だから、犯人はドアから逃げ出たのではない。
三、部屋の窓はしまっていて、ワクにはクギがさしこんであった。だから、犯人は窓から逃げ出たのではない。
四、煙突にカミイユ嬢が押しこまれていた。だから、犯人は煙突から逃げ出たのではない。
「ふしぎだわねえ！」

シャル嬢は息をついて、

「デュパン、その部屋のどこかに、秘密の出入り口があるのじゃないかしら！」

と、女探偵みたいな口をきいた。

「フム、プレバン刑事部長と刑事たちが、こまかく捜査したというのだから、秘密の出入り口くらいは見つけるさ」

「見つけたけれど、まだ発表しないんじゃないの？」

「ハハア、きみは刑事部長の新聞記者会見に、出ていたんだな」

「そうよ、銀行員のアドルフ・ボンを逮捕した理由だって、刑事部長は一言も発表しないんだわ、あの先生、ガンコだ

から」

「アドルフ・ボンは四千フランの札を二袋にわけて銀行から運んで行った。それに目をつけて、夜ふけにレスパネ夫人をおそったのじゃないかと、刑事部長は犯行の動機を、そのように推理したのだろう」

「それだと、おかしいわよ、変だわ」

「なにが？」

「だって、犯行の部屋に袋が二つころがっていた、中に四千フランほどの札がはいっていた、というんだから、アドルフ・ボンはそれを取っていないんだわ。変じゃないの？」

「そうさ、いかにも変だな」

「それに、金貨だとか宝石の耳かざりや銀のサジなんかが、散らばっていた、というんだから、ますます変だわ。プレバン刑事部長はなんと推理してアドルフ・ボンに疑いをかけたのかしら。あんたはどう思う？」

　こうふんして言うシャル嬢の眉の動きを、ぼくはあきれながら見ていた。

　両方の眉が激しく上がったり下がったり、ひろがったと思うと、まん中に強くちぢむ。それにつれて目玉がクルクルまわって、ボカッと大きくなる。

〈目の神経が、おれたちとちがうんかな？〉

　と、見ているうちに、ドアの外から突然、

「デュパンさん！」

　と、さけんだのは、だれか少年の声だった。

声の調子が変また変

刷ったばかりの号外

　みどりの詰めえり服を着た美少年がサッと飛びこんできた。左手に新聞の折ったのをつかんでいる。

「あらっ、レーモン君！▼42 どうしたの？」

　シャル嬢が眉をピクッとあげてきいた。

　レーモン少年はシャル嬢を見むきもしない。デュパンの横へツカツカときて突っ立つと、上着の胸かくしから取りだした封筒を見せながら言った。

「これ、エリオ編集長から！」

「ヤア、元気だな、レーモン君！」

　デュパンは受けとった封筒の中から、つまみ出した手紙をひろげて読むなり、ぼくにわたした。

〈なんだ？〉

　読んでみると、

　ぼくの親愛な**デュパン**君！
きみときみの兄弟みたいな親友**ロバート**君にたいす

る許可は、

〝**プレバン**刑事部長に了解させてから〟▼43

と、総監の意見なのだ。

だから、今しばらく、おそらく、きょうの夕方くらいまで、待たなければならない。

時間は惜しいがね、おたがいに！

今、刷りあがった号外を読んでくれ。**プレバン**刑事部長の新しい発表だ。

総監から連絡のありしだい知らせる。

ロバート君によろしく！

きみに敬意をもっている

エリオ

「そうか、待機だな」

と言うぼくの横から、シャル嬢が、からだをゆすぶってデュパンにきいた。

「ねえ、なんなのさ？　言ってよ！」

「なあに、ぼくとロバートの直接捜査を、警視総監に承知させるのさ」

「あらそう、フウム、エリオ編集長、けしからないわ！」

「ハハア、きみを直接捜査のグループにくわえないからだな」

「むろんよ、バカにしてるわ。でも、かまわないわよ、あんたが許可されたら、あたし、ジスケエ警視総監に会ってさ、あたしだって許可をとるわよ、チェッ、ふんがいだわ！」

「ハハッ、ここでふんがいしたって、はじまらないぜ。その号外を見せてくれ、レーモン君！」

新聞社につとめているのにちがいないレーモン少年が、号外をテーブルの上にひろげた。

デュパンとぼくとふんがいしているシャル嬢が、三方から顔をそろえて号外の記事を読みだした。刷ったばかりのインクのにおいが、なまなましい。デュパンが顔を横にふって言った。

「プレバン刑事部長、証人しらべをまだやってるね。ずいぶん、しつこいなあ！」

この耳も変てこ

号外の記事。

読者に異常な不安と刺激をあたえているモルグ街の怪奇事件の謎を、一日も早く解決すべく、警視庁のプレバン刑事部長は、さらに捜査線をひろげて、新たに証人を発見した。その尋問と陳述。

洋服商ウィリアム・バード氏▼44［英国人、三年前からパリに住んでいる。犯行の当夜、家の中へ飛び込んで行ったひとり」

問、あなたが階段を上がって行った時、上の部屋の中から、太いガラガラ声と細い奇妙なキンキン声を聞きましたか。

答、ええ、聞きました。夜ふけのことですから、家じゅうにすごくひびいたんです。

問、それが、どんなことを言ったのか、おぼえているとおりを言ってください。

答、ええと、太いガラガラ声の方は、たしかにフランス人の声らしくて、フランス語で「アッいけないぞっ！」「やめろ、やめろっ！」「アッ、大変だっ！」と、どなったんです。すごい必死のガラガラ声でした。

問、そのほかには？

答、むやみに怒なるんで、ことばはハッキリ聞こえなかったんです。

問、細い奇妙なキンキン声の方は？

答、とても高いさけび声で、なにをさけぶのか、**フランス語らしくもないし、英語でもない**。英語だったらわたしにわかるはずです。

問、男の声だったか、女の声だったか。

答、女の声みたいでした。どうもドイツ人の声のようでした。

問、あなたはドイツ語を知っているのですか。

答、いいえ、前に聞いたことはあるけれど、ことばは知らないんです。

シャル嬢が眉を上げ下げして、さけびだした。

「ねえ、デュパン！　細い奇妙なキンキン声は、何者の声なの？　『女の声みたいだった』というから、レスパネ夫人かカミイユ嬢が叫んだのか、と思うと、『ドイツ人の声のようだった』なんて、この証人の耳も変てこだわ。どこの洋服屋かしら？」

「ハハア、どこだっていいだろう。つぎの記事を読んでみろよ」

自分は読んでしまったデュパンがわらって言った。シャル嬢なんか、まるで相手にしてないみたいだ。

ぼくもシャル嬢には、すこしの興味もない。号外の記事を読みつづけた。

新発見

葬式屋アルフォン・カルシオ氏［スペイン人］の証言。

問、あなたも巡査ときんじょの人たちといっしょに、あの家の階段を上がって行ったのですか。

答、いいえ、わたしはそうじゃなくって、階段の下に立っていたんです。

問、それは、どうしてですか。

答、わたしは実のところ神経質なんで、あの家へ飛びこんでみたものの、上の方から怒なる声と叫び声が聞こえて、とても、こわくなったから、外へ飛び出そうと思ったんです。ところが、こわくって、ふるえて足が動かなかったんで。今おもいだしてみても、ゾッとするんです。

問、怒なった声は、どんなことを言ったのですか。

答、ことばの意味は、聞きとれなかったけれど、たしかにフランス語でした。太い荒ら荒らしい声で、**土工か水夫のような気がしたんです**。

問、キンキンと叫んだ声の方は？

答、これも意味はわからなかった、しかし、たしかに英語でした。

問、あなたは英語を知っているのですか。

答、いいえ、知らないんです。しかし、声の調子でわかります。あのキンキン声の調子は、たしかに英語でした。

「おどろくわねえ！」

と、眉をピクッと上げたシャル嬢が、デュパンに、

「この証言がまた変だわ、『声の調子が、たしかに英語だった』なんて、どうして『たしかに』と言えるんだろう。あんた、どう思う？」

「どうも思わないね。それよりも、この証言には新発見があるようだ」

「あら、新発見？　どんなこと、おしえてよ！」

「**太いガラガラ声は、『荒ら荒らしくって、土工か水夫の声のようだった』と、これは今まで、どの証人も言わなかったことだから、注意すべきだろうね**」

「そう、それこそ犯人が怒なったのね、荒ら荒らしい奴だからさ」

「ハハア、そこまでの推理は、まだ早すぎるようだな」

「いやだわ、あんたは人の言うことを、なんでも反対するのね、わるいクセだわよ、気をつけなさい！」

「ハハッ、ご忠告ありがとう。これから少し気をつけるとしよう」

美少年のレーモンが、すずしい声できいた。

「ぼく、もう帰っていいですか？」

「ああよろしい、ありがとう！　エリオ編集長に『第二の通知を待っています』と言ってくれよ。きみは自転車で来たんだね」

「そうです、さようならっ！」

飛び出したレーモン少年に、うしろから、

「ちょっと待って！」

声をかけたシャル嬢が、

「エリオ編集長に、『シャルがおこってプンプンしてるって、言っといてよ！」

と、これこそキンキン声でさけんだ。

レーモン少年は振りむきもしないで、バタバタと行ってしまった。シャル嬢の言うことなど、耳にいれてないみたいだ。デュパンが言った。

「まだ証言の記事があるぜ、読んでみろよ。もう反対はしないから、ハハッ」

堂々と挑戦して

菓子屋の主人アルベルト・モンターニ氏「イタリア人」の証言。

問、あなたは巡査と近所の人たちといっしょに、あの家の階段を上がって行ったのですか。

答、行きましたとも、お巡りさんのうしろから、飛びあがって行ったんでさ。なにごとが起きたんだ？　と、たまげましたからね。

問、その時、上の方から太い声と細い声を聞いたのですか。

答、聞きましたとも、あれが聞こえなかったら、ツンボでさ。

問、それでは、どんなことを言っていたのか。あなたの聞いたとおりを、ここで言ってみてください。

答、ええと、それがね、なにしろ怒なるのと叫ぶのが、からみあってたので、なにを言ってるんだか、聞きわけることなんか、こっちも面くらってるし、だめでしてね。

問、しかし、どこの国のことばでしたか。

答、そうですね、太い方はフランス語でした。なんだか、「やめろ、やめろ！」とか怒なってたんで。

問、キンキン声で叫んでた方は？

答、そうですね、どうもロシア語みたいだったと思うんですが。

問、あなたはロシア語を知っているんですか。

答、いや、知らないんで、でも、その声の調子がね。

シャル嬢がまた声をあげて叫びだした。

「ワァッ、こんどはロシア語ときたわ。なんて変なんだろう！　デュパン、あんたはこれを、どう思う？」

「どうも思わないね。きみに反対しないよ」

「いやだわ、なんとか言ってよ。反対でもいいからさ」

「きみはぼくの考えを、いちいちきいてみるね」

「ええそうよ、わるい？」

「フム、まとめて記事にするつもりだろう」

「むろん、そうよ、でなきゃあ、立ち聞きなんかはじめからしないわ。『デュパン氏の推理意見』として記事にするんだわよ！」

「よせよ、そんなバカらしいことは」

「あら、なぜ？　なにがバカらしくって？　ねえ、デュパン氏がたちまち新たに有名になるわよ、とてもいいわ！」

「うるさいなあ。そんな記事を出すのは、プレバン刑事部長に挑戦することになるんだ」

「挑戦、いいじゃないの。どうせ推理コンクールの腕くらべを、やることになるらしいから、こちらから堂々と挑戦してさ、勝っちまえばいいんだわ。相手より早く真犯人を発見してさ、フレー！　フレー！　デュパン！　だわ、ねえ、どう？」

「オイ、帰れよ、まったく、うるさい」

「いや、帰らないわよ。敵が『名刑事部長』なんて言われてるんだもの、あたしパリ新聞の記事でさ、あんたを『名探偵デュパン』にするわよ、ねえ、どう？」

「断然やめてくれ、おことわりだ、バカバカしい！」

デュパンがはきだすみたいに、にがにがしく言った。

特別賞与の金一封

シャル嬢は目玉をクルクルさせながら、性質は岩みたいにガンコで強いらしい。デュパンが「帰れ！」「おことわりだ！」と言ったたって動かない。眉をひらいたり、ちぢめたりして、

「あたし、やめないわよ。あんたが『名探偵デュパン』になったら、それだけ出世するんだわ。いろんな事件をほうぼうから依頼されてさ、ますます有名になるわよ、どう？　わるかないじゃないの」

にがわらいしたデュパンが、

「有名になんか、ならなくていいんだ」

「あら、そんなの変人だわ！」

「ハハア、変人か。出世するより変人の方がいいようだな」

「よかないわよ、『名探偵デュパン』になってさ、いろんな謎の事件を片っぱしから解決すると、ジャンジャンお金がはいってくるわ。たちまち財産ができて、すばらしいじゃないの」

「きみはうるさくって、しつこいね」

「そうよ、しつこいわよ。お金ができたら、こんな古いボロ家に間借りして、パンばかりかじってなくてもいいんだわ」

「ハハッ、たまには肉だって食ってるぜ、ブドー酒も飲むしさ」

「いやだなあ、そんなの貧弱じゃないの。あんたは、やっぱり変人なのねえ！　きょうはじめてわかったわ」

「ハハッ、やっぱり変人か。変人だってこの部屋を借りてるのは、ぼくとロバートだぜ。『帰れ』と言ったら帰れよ、こう言う権利は、ぼくのほうにあるんだから」

「あんたのために言ってるのに、そんな権利を使うのは横暴だわよ」

「オイ、新聞記事のしめきり時間だろう」

「アッ、……」

手首をかえして腕時計を見たシャル嬢は、立ちあがると、

「あたし今から帰って書くわよ。さいごに『このようにして優秀な推理神経のもちぬしである青年デュパン氏は、天才的な探偵の卵なのだ』と、プレバン刑事部長への挑戦になったって、勝てばいいんだわ。負けたって、読者はおもしろがってパリ新聞が飛ぶみたいに売れるしさ、あたしは社長から特別賞与の金一封をもらうんだわ、では、またくるわね！」

目をクルクルさせながら、サッサと銀髪を振って出て行ってしまった。

ぼくはデュパンに言った。

「あの方が変人だな」

正直な記録

〈デュパンの推理神経について、婦人記者のシャル嬢がパリ新聞の記事に書く。エリオ編集長は、むろん、それを、特ダネ記事にするだろう〉

と、ぼくは思いついて、デュパンにきいてみた。

「おれたちの直接捜査を、警視総監が許可しなくても、きみは推理を進めるんだろう」

「そうさ、やってみるつもりだ、すごく興味があるしね。それにきみだって、カミイユ嬢のために、この事件の怪奇さをスッキリ解かずにいられないだろう」

「ウム、そのとおりだ。そこで考えついたのさ、今のシャル嬢が、きみの推理意見をニュース記事にする。ぼくはそれよりも、はじめから順序をおって、できるだけこまかく書いておこうと思うんだがね」

「フウム、それは、なんのために？」

「きみが、『名探偵デュパン』になるかもしれない、その最初の事件だから、ハッキリと記録しておくのさ」

「オイ、じょうだん言うなよ、だれが名探偵なんかになるもんか。まっぴら、ごめんだな」

「きみはなりたくなくても、みんながそう言いだしたら、そうなるんだぜ」

「チェッ、きみまで、うるさくなってきたね、シャルにかぶれたのかな」

「いや、あんな強気の女、ぼくはきらいだ、が、今度の事件に関する記録だけは書いておこう」

そうして今も書きつづけているのが、この記録なのである。

〈はじめは、どこから書こうか？〉

と、考えてみて、デュパンとぼくがはじめて会った図書館からにした。

ぼくはもとから文章がまずい、だから、ただ正直に書いていくだけである。

これは当然の推理だろう

来たぞっ、しめた！

> **許可証**
> パリ新聞記者
> **オーギュスト・デュパン**
> パリ新聞記者
> **ロバート・サイヤン**
> モルグ街における犯罪事件の現場捜査を、きょうから二日間▼45、許可する。
> 年　月　日
> 警視総監**ヘンリー・ジョセフ・ジスケエ**

「来たぞ、しめた！」

ぼくがさけぶと、デュパンは茶色の目をキラキラさせながら、ゆっくり言った。

「予定のとおり、今からスタートを切ろう」

レーモン美少年が、エリオ編集長からことずかってきた、警視総監の許可証である。

それに手紙を読んでみると、

> ぼくの最も親愛な**デュパン**君！
> きみと**ロバート**君に対する**ジスケエ**警視総監の許可証を、ぼくは今さっき受けとってきたから、ここに送る。
> 警視総監はぼくに言った。
> 「**プレバン**刑事部長は了解した。が、かれは衝撃を感じてぼくに言った、『新聞記者に現場捜査を、なんのために許可するのですか、かれらの探偵に期待する何ものもないはずです』と、しかし、ぼくはただ、だまっていた。
> 切にぼくが希望しているのは、一日も早い事件の解決である！」と。
> それにしても、許可の「二日間」は、みじかすぎる、だが、ぼくはきみと**ロバート**君の勝利を期待している！
> **ロバート**君によろしく！
> きみに最大の期待をもっている
> **エリオ**

ぼくはモリモリと張りきって、デュパンに言った。

「エリオ編集長は、こんなに期待しているが、実さい二日間は、みじかすぎるじゃないか。謎ばかりの事件を捜査するのにさ」

「ウム、警視総監は刑事部長に、気がねしたらしいな、だから、二日間にしたのだろう」

「どうだ、二日間でだいじょうぶか、きみの見こみは？」

「やってみないと、わからないさ。今から行ってみよう。レーモン君、『ロバートとデュパンが現場へ出て行きました』って、エリオ編集長に言ってくれよ」

レーモン美少年が、デュパンにあまえるみたいに顔をかしげて言った。

「ぼくもねえ、つれてってくださいよ。行ってみたいなあ！」

「ハハッ、だめだよ。刑事かお巡りが見はっていて、許可証なしにははいれないからね」

〈いよいよ現場捜査へ出発だぞ！〉

と、ぼくは自分の推理神経をするどくして、

〈なにか新発見をやるんだ。髪の毛ひとすじも見のがすものか！〉

と、けんめいに気ばった。

玄関に用はない

デュパンとぼくはモルグ街へ、足を早めて出て行った。

午後二時すぎ、よく晴れていて、さわやかな夏風が気もちよかった。

電車もない、バスも通っていない。道がせまくなってきた。両がわに立ち木が多い。あたりがヒッソリしている。ふたりの靴おとがかたくひびく。

デュパンが右手をのばすと、

〈あそこだぜ！〉

と、指さして見せた。

右がわに、二十人ほどかたまって、鉄の門の中をのぞいている。学校の帰りの生徒たちもいる。新聞に大きく出た謎の家を見にきたらしい。門の前へ行って見ると、標札がない。だれが住んでいるのか、わかりようがない。門柱の前に若い巡査がひとり立っている。いかめしい顔して警戒厳重だ。

巡査の前へ行ったデュパンが、警視総監の許可証を出して見せると、

「……ホホウ？」

ビクッとした巡査がデュパンとぼくの顔を見つめて、ていねいに言った。

「おはいりください、どうぞ！」

〈なるほど、警視総監てえらいんだなあ！〉

ぼくは感心しながら、デュパンといっしょに門の中にはいって行った。

〈さあ、いよいよ現場だぞ！〉

ひたいに汗がにじみ出てきた。

左の方に古い四階建ての建物が立っている。壁の色がホコリにまみれて、上も下も窓がみなしまっている。しずまりかえって人の気はいがしない。玄関の古いドアもピッタリしまっている。が、荒くこわされている。

〈カミイユは、こんなさみしい家に、おかあさんとふたりだけでいたのだな……〉

　ぼくは、いよいよさみしい気がした。

草がいちめんにしげっている。まるで手入れしてない、荒れ庭だ。

　玄関へデュパンは行かずに、草の上を[46]右の方へまわって行く。だれもいない。が、どこからか見ている者がいるかもしれない。聞いている者がいないとはかぎらない。ぼくはソッと小声でささやいた。

「家の中へ、はいって見ないのか？」

　顔を横にふったデュパンが、やはり小声で、

「玄関は用なしだ」

「エッ、そうか、どうして？」

「あのドアを見ろよ、こわれてるのは、中からカギが、かかっていて、巡査と近所の連中が、ぶち破って押し入ったからだ。だから、あそこから犯人ははいっていない、出てもいない。関係なしだ」

「そうか、すると、うらの方に出入り口があるのかな？」

「さあ、あるかもしれない、ないかもしれない」

「なかったら、犯人はどこから、はいったんだ？　窓はみんな中からしまってるじゃないか？」

「ハハア、おれは犯人じゃないぜ。だから今、しらべているのさ」

「なに、おれだって気をつけてるんだ」

「ところが、きみの頭の中は今、カミイユ嬢でいっぱいじゃないか」

「ウウン……」

　ぼくは、うめいた。

〈いよいよ現場へ来て、推理神経をするどくしている。が、現場へ来ているだけに、カミイユのことが、むやみに気になる。デュパンの言うとおりだ。まいったぞ！〉

　ぼくは草の中を歩いて行きながら、タジタジとなった。

　右の方は林みたいに木が多くて、[47]中が見えない。あたりの草むらが、まばらになって、ところどころ赤土が出ている。デュパンは、ゆっくりと歩いて行きながら、うつむいて赤土の上をジーッと見て行く。

〈そうか、犯人の靴あとを発見するつもりだな〉

　ぼくもうつむいて、右に左に赤土の上を見て行った。ところが、靴あとらしいものは、一つだってない。小さな石のカケラが、四つばかり目についた。

〈カミイユは、このへんを散歩したんだろうな、……〉

と、おもった時、右の方の立ち木の間から、不意にバッ

と走り出てきた者がいる。ぼくは見るなりおどろいて立ちどまった。

変わった足あと？

〈あっ、シャルだ！〉[48]

婦人記者のシャル嬢が、むこうからデュパンを見つめながら、いっさんに飛び出してきた。

デュパンが口の中でいった。

「フウム、来てたな」

その口の動きで、言ったことがわかったらしい。前へ来て立ちどまったシャル嬢が、眉と両肩を上げ下げして言った。

「そうよ、来てたわよ。あんたを待ってたんだわ」

にがわらいしたデュパンが、

「刑事か巡査に、よく見つからなかったな」

「林の向こうから、くぐりぬけてきたんだわ。わけないわよ。そこいらに、だれかいる？　バカにヒッソリしてるわね」

「だれもいないようだ。きみは何か見つけたのか？」

「ウウン、まだ、なんにもだわ。あんたの今までの推理をまとめた記事、エリオ編集長が読むなり、おどりあがって喜んだわよ。『大々的に出して新読者を引きつけるぞ！』って、デュパン氏が一躍有名になることよ！」

「ハハア、そのかわり、ここで失敗すると、一転ガタ落ちだね」

「ダメよ、失敗しちゃあ。エリオ編集長も言ってたわ、『これはプレバン刑事部長に正面から挑戦する記事だ。パリ新聞対警視庁の探偵試合に負けちゃいられない。こんな記事が出るとは警視総監も思っていないだろう。きょうとあすの二日間に、デュパン君が成功するかな？　とても心配だ！』って、あんたの責任まさに重大だわよ！」

「ハハッ、うるさいな。おれに責任なんかあるもんか。成功か失敗か、やってみないと、わからないんだ」

「だって、パリ新聞記者になってさ、直接捜査の許可を警視総監から取ってくれってたのんだの、あんた自身じゃないの」

「フム、それは、そうだがね」

「だから、責任があるわよ、大いにあるわ。あたし、あんたに勝たせたいから、たすけに来たんだわ。もう何か発見した？」

「いっこうに、なんにもなしだ」

「いけないわ。四階の現場、まだ見てないのね？」

「ゆっくりと見て行くさ。犯行の日の翌朝ドシャ降りの雨[49]だったろう。おぼえていないか？」

「知らないわ、あたし、気象台につとめていないから」

「ハハア、そうか。うらの方へ行ってみよう。出入口があるかな？」

デュパンが歩きだした。草むらの間の赤土を、うつむいてジーッと見て行く。

家の角を左へまわった。すると、高い避雷針が左の方に現われた。

デュパンが立ちどまると、ぼくとシャル嬢の顔を見てきいた。

「**変わった足あと**▼50を、見つけなかったかね？」

〈変わった足あと？〉

と、ぼくとシャル嬢は顔を見あわせた。

避雷針をぶっ倒す？

シャル嬢のクルクルしてる目が、ぼくにきいた。

〈あんた、「変わった足あと」なんて、そんなもの見つけた？〉

〈いや、見ない〉

ぼくも目でこたえた。

ところが、ぼくははじめから、このシャル嬢がシャクにさわっていたのだ。ぼくたちの部屋へやってきた時から、そばにいるぼくを、まるで見むきもしない。ぼくのいることを気にしないばかりか、まったく知らないみたいだ。デュパンを相手にベラベラと、しゃべってばかりいて、しかも自分の言いたいことだけを、おしつけて言う。

〈なまいきな、ゴーマンな女だな、こいつは！〉

と、いやな奴が、今また、だしぬけに出てきたのだ。

しかも、デュパンに「あたし、あんたに勝たせたいから、たすけに来たんだわ」などと、なまいきな、えらそうなことを、眉を上げたり下げたりして言った。

「きみなんかが、たすけにこなくても、ぼくたちふたりでやるんだ。帰ったらいいだろう！」

とズバリ言ってやろうとすると、顔をそむけたシャルが、デュパンにきいた。やっぱりぼくを相手にしてないんだ。

「おかしいわね、『変わった足あと』なんて、気がつかなかったわ。あたりまえとちがう靴をはいてる人間が、事件に関係してるの？」

「ウム、まだぼくにもわからないんだがね……」

デュパンが茶色の目を、すごくキラキラさせると、

「なにしろ、ドシャ降りのにわか雨に、地面がすっかり洗われてる。今まで見たところでは、刑事連中の靴あとさえ残っていない。雨が犯人に味方したとも言えるようだね」

「そんなの悪雨だわ。犯人がこのへんを通ったと、あんたは推理してるの？」

「おもての玄関からは、はいらなかった。とすると、うらからはいったのだろう、とすると、このへんを通らなければならない。これは当然の推理だろう。ロバート、きみはどう思う？」

「ウン、さんせいだ。しかし、『変わった足あと』というのが、わからない。説明してくれよ」

「さあ、そいつはまだ、ぼくの想像にすぎないのさ。当然の推理とは言えないのでね」

〈想像は推理じゃない〉

と、デュパンは前から思っているらしい。

だまっていないシャルが、また口を出した。

「想像だって、あたればいいじゃないの。あたしはそう思うわ」

「フム、あたらない方が多いんだぜ、想像だの直感だのというものは、……」

デュパンはうつむいて、あたりの赤土を見まわしながら、避雷針の下へ歩いて行った。

まわりは深い草むらだ。小さな白い花が方々に咲いている。

「これは何という花だ？　シャル嬢」

デュパンがきくと、

「知らないわよ、こんな雑草、つまんないじゃないの」

「ロバート、きみは？」

「知らないね、花の名まえなんか」

「知らなくていいから、怒るなよ、ハッハッハッ」

デュパンが大声でわらいながら、▼51避雷針の鉄柱を両手でつかむと、力をこめてゆさぶりだした。出しゃばりシャルが、またさけびだした。

「あらあ、どうするのよっ、避雷針をこわすつもり？」

飛び入りはだまってろ！

「フウム、よほど古いがビクともしないぜ」

両手をはなしたデュパンが、息をつきながら、避雷針の上の方を見あげた。

晴れきっている青空の光が、まぶしかった。

避雷針のさきは感電をよくするために、よく光っているものだ。ところが、これは「よほど古い」とデュパンが言ったように、赤黒くさびている。左の方二メートルほどはなれて、これも古い灰色の屋根が急傾斜して、すぐ下に四階の窓が二つともしまっている。

〈あの窓の中が犯行の現場だな、カミイユのいた部屋だな！〉

と、ぼくは心ぞうが早く打ちだして、顔がカッと熱くなった。

自分の心ぞうのくせに、思うようにならない。かってにドキドキ打ちだすんだ。

ぼくの気もちの動きを、「当然の推理」ですぐ知ってしまうデュパンが、避雷針の下から歩きだしながら、肩をすくめると、

「クスッ、フフフ……」

と、ひとりで笑った。

するとと、眉をビクッと上げたシャルが、えらそうに言った。

「どうしたの？　なんだかへんだわねえ！」

「ちっとも変じゃないぞ！」

ぼくのカンシャクが爆発して怒なると、シャルがさけんだ。

「あら、なによっ？」

「飛び入りは、だまってろ！」

つづけて怒なったぼくは、しかし、グッとだまりこんだ。すぐ向こうに、はたして出入り口のドアがあり、白く長いアゴヒゲの老人巡査がひとり、ボソッとした顔で立ち番しているのだ。ボソッとしていても、巡査は巡査である。

〈シャルとやりあっていられない。今は大事な場合だ。おちつけ、おちつけ！〉

と、ぼくは気をしずめた。

えらい年よりのお巡りさんだ。デュパンが出して見せた警視総監の許可証を、ショボショボした目で読むと、

「ハッ、よろしいです。おはいりください」

と、言いながら、シャルを見てきいた。

「あなたは？」

ニッコリわらったシャルが、デュパンを指さしてこたえた。

「あたし、この人の助手ですのよ」

「助手、お名まえは？」

「マドモアゼル・シャル、いい名まえでしょう！」

「ハッ、どうも、よろしいです」

〈なんだ？　許可証に書いてないシャルを入れるんか？〉

ぼくは不平でムッとした。

ところが、老人のアゴヒゲお巡りは、ドアにさしこんである長いカギを、ガチッとまわすと、古いドアを引きあけた。とたんにシャルが、

「ありがとう！」

と、さけびながら先に飛んではいった。

デュパンがにが笑いしてはいり、ぼくは不平のまま、つづいてはいった。

中はうす暗い台所であった。

〈ここでカミイユが料理を作ったのだろう！〉

ぼくの心ぞうが、またドキドキと早く打ちだした。

謎の家の中へ、ついにはいったのだ。

デュパンの全身に気力が満ち満ちたのを、ぼくはそばにいるから感じた。

出しゃばりシャルが、ささやいた。

「さあ、今からだわ。あたしもやるわよ！」

ぼくは、いまいましい気がして思った。

〈チエッ、女探偵を気どってやがる。やるならかってにや

れ！〉

国際機密書類の謎

犯人はハダシだった？

うす暗い台所から廊下へ、ぼくとデュパンとシャルが出た。せまい廊下だ。ここも、うす暗いのは、窓がないからだった。

左にも右にも階段が見えない。シャルがすぐしゃべりだした。

「古い家だわねえ。階段はおもての玄関の方に、あるだけだわ。台所から食事を運んで行くの、とても手数がかかるわよ、いちいち回って行って階段を上がるんだから」

デュパンが笑って、ひやかした。

「ハハッ、きみも女だね、そんなことに気がつくのは」

「あら、むろん、女だわよ、男じゃないわ、りっぱな女だわ。ロバートさん、どう思う？」

シャルがはじめてぼくにきいた。

ぼくは突きはなして言った。

「そんなこと、だれが知るもんか！」

「オイ、ここでケンカしちゃいけない。やるなら帰ってからやれよ」

デュパンが先頭に立って、廊下の突きあたりを右へまがった。

すると、すぐ右がわに幅二メートルくらいの階段が現われた。手すりも古くて低い。左がわが玄関になっていて、ドアがこわれている。シャルがまた口を出した。

「玄関にはお巡りが番してないのね、こんなの、どうかと思うわ。警戒がなってないじゃないの？」

ぼくは、やりこめて言った。

「門に立っている巡査が、玄関も見はってるんだ。飛び入りがよけいなことを言うな！」

「なにがよけいよっ？ 推理には、あらゆる神経を使うんだわ。あんたこそよけいだわよ、フン！」

「ケンカ中止！」

デュパンが階段を上って行き、ぼくとシャルはだまってつづいた。だまりケンカだ。

各段とも靴あとだらけだ。敷物はない。赤土の泥が散っている。

「巡査ふたりと近所の連中、それからプレバン刑事部長と刑事たちの靴あとだわ。どれがだれのだか、わからないけれど、あんたにはわかる？」

シャルにきかれたデュパンは、うつむいて一段ずつ、ゆっくりと足もとを見まわしながら二階へ、三階から四階へ上がってしまうと、ひとりごとみたいに言った。

「フウム、やっぱり、**変わった足あとは、ないようだな**」

「あら、足あと足あとって、靴あとじゃないの、犯人はハダシだったという推理なの▼52？」

シャルが目を見はってきくと、

「いや、まだ想像さ」

と、デュパンは平気な顔で言った。

ぼくも、さまざまな靴あとのほかに、「**変わった足あと**」などは、一つも見なかったのだ。

〈デュパンは、いったい何を想像してるのか？〉

これまた新たに謎の一つになってきた。読者はデュパンの想像を何と想像されるだろうか？……。

あたりまえの泥棒じゃない

〈謎がみんな、どれ一つも、おれには解ける見当さえついていない。どうも、おれはよっぽど感じが鈍いのかな？〉

ぼくは何だか、自分が信じられない気がしてきた。

〈待てよ、こうなると、自分の神経だって謎なんだ。ますます変なことになってきたぞ。ああおれは鈍感なのか？　敏感なのか？　推理なんか、できそうもないようだな〉

と、ガッカリしてるぼくのそばから、シャルがデュパンにまたきいた。

「二階と三階の部屋は、捜査しなくていいの？」

と、眉をヒクヒクと上げ下げして、口調が探偵ぶっている。

「見なくていいだろう。巡査ふたりと近所の連中が、駆けまわって見たが、どこにも異状はなかったと言うしさ、プレバン刑事部長もむろん、すみからすみまで捜しまわったろう、とすると、一階二階三階は犯人に関係ないと判断していいだろう」

「そう、ハダシの犯人？」

「フム、まだわからない」

デュパンは四階の廊下を、ウラの方へまわって行った。

すると、左がわに古い大きなドアが、ぶち割られている。

〈さあここだ。鈍感も敏感もあるもんか！〉

憎むべき大男の凶悪犯人を、ぼくは想像して呪いながら、デュパンといっしょにドアの中へはいった。女探偵を気どってるシャルが、はいるなり見まわすと、さけびだした。

「▼53イスの上にあったという、血まみれの長いカミソリがないわ、重要な証拠品だのに。ああそうか、プレバン刑事部長が血液鑑査のために、警視庁へ押収して行ったんだわ。そうだわね？」

「たぶんそうだろうな」

デュパンはシャルを相手にしない。ここでも、低くうつむいて、さまざまな靴あとの間を、こまかく見つめながら、すみの方まで歩いて行く。

〈そうか、どこまでも「**変わった足あと**」を、見つけよう

とするんだな！〉

と、ぼくは気がついた、が、

〈おれはおれで、なにか発見してやるぞ！　いくら鈍感だって、やるんだ！〉

と、グッと口を引きしめた。

　キラキラと光ってる金貨、耳かざりの黄色い宝石、銀の大きなサジなど、ユカの方々に散らばっている。

「あたりまえの泥棒が見たら、ヨダレを流して飛びつくわねえ！」

　シャルが感心したみたいに言った。これだけは、ぼくもそう思った。

〈犯人はやっぱり、あたりまえの泥棒じゃないんだ。そして「変わった足」を持っているのかな、そして大男だ、とすると？……〉

英国の妃殿下

　大きな袋が二つ、ころがっている。中には四千フランの札が、今もはいっているのだろう。中が捜されたあとだから、デュパンもぼくもシャルも開けて見なかった。

　すみの方の机の引き出しが、あけたままになっている。行って見ると、中をかきまわしたらしい。ひどく乱れている、が、底にはいろんな書類がキチンと重なっていて、ぼくが抜き書きした新聞記事のとおりだ。

　ところが、引き出しの中を見ていたシャルが、ハッと肩をすくめてさけびだした。

「今わかったわ、犯人はこの中を捜してるうちに、目的の重要書類を見つけて取って行ったんだわ、だから底の方はそのままになっている。そうじゃない？」

　デュパンは引き出しの前に立ったきり、腕ぐみして言った。

「そうかも知れない、が、そうでないかも知れないね」

「まあ！　あんたはアイマイなことばかり言うわね。あんたに似あわないと、あたし思うわよ」

「わからないことは、たいがいアイマイさ、ハッハッハッ」

「いやだわ、笑わないでよ。あんた一週間ほど前から各新聞が発表禁止になっている、国際機密書類の紛失事件[54]を知っている？」

　シャルが何か大へんなことを言いだしたから、ぼくはビクッと耳をすました。

　デュパンの茶色の目が、ジーッとシャルを見つめると、

「ちっとも知らないことだ。『国際機密書類』なんていうものは、いろいろあるんだろうな」

「この事件を社内で知ってるのは、社長とエリオ編集長と社会部長のヘンリー氏[55]と、あたしだけなんだわ」

「フウム、言ってみてくれよ、おもしろそうだ」

「交換条件があるわよ！」

「そんな条件よりも、その事件の内容を言ってみろよ」

「言うかわりに、あたしの希望は何でもきくこと？」

「話しを飛ばしては話しにならない。その『国際機密書類』なるものは、いったい、どこにあったんだ。外務省か？」

「ちがうわよ。個人が持ってたんだわ」

シャルが声をひそめてささやいた。

腕ぐみしたままのデュパンも、小声になって、

「その個人は、だれなんだ？」

「英国のメリー妃殿下▼56よ！」

「フウム……」

「個人の資格でパリに来ている。グラン・ホテルにまだ泊まってるわ。機密書類を盗まれたから、取りかえさないとロンドンへ帰れないらしいの」

「すると、盗んだ奴を一日も一時間も早く発見して、逮捕すべきだ。そうか、警視庁の主力はその方面に秘密活動をやってるんだな」

「そうなのね、ところが……」

なお声をひそめたシャルが眉をしかめると、

「盗んだ者ははじめからわかってるの、それでも証拠がなくって逮捕できない相手なんだわ」

「ホホウ、それはいったい何者なんだ？」

「この話しは極秘なのよ」

シャルがぼくの顔をチラッと見ながら、デュパンにささやいた。

「共和党総裁の外務長官マラー氏▼57なのよ、明白に！　妃殿下の目の前で盗んで行ったというんだから」

「フウム、すごくおもしろい事件だな、妃殿下を相手の堂々たる窃盗か、いや、目の前で取って行ったのだと、これは窃盗とも言えないんだな」

デュパンがにわかに乗り気になって、腕ぐみしたまま全身に気力があふれだした。

胸が痛むだろう

「だからさ……」

と、シャルがデュパンのまねをして腕ぐみすると、

「英国のメリー妃殿下が盗まれた国際機密書類と、ここの引き出しから凶悪犯人が取って行った何かの重要書類と、まさか関係はないだろうと、あたし思うけれど、これだってどうだか、わからないわね。なにしろ、とても怪奇な事件だから」

「そうさね、ウム、英国の妃殿下が国際機密書類を共和党のマラーに盗まれたという方が、ここの事件よりも、推理する興味が多いようだな、その方へ引きつけられるぜ」

デュパンが茶色の目をランランとかがやかした。その腕

をぼくは横からギュッとつかんで言った。

「オイ、ここの事件を、このまま見すてては、いけないぜ、断然、絶対に！」

「ハハア、そうか、カミイユ嬢のために、断然、絶対に全力をあげなければね。よろしい、おれは、おれのロバートのためにやるんだ。だから、シャル嬢！」

「なによっ？」

「フム、きみの声もキンキンひびくね。国際機密書類の方は、ここの怪奇さを解いてからだ」

「フウン、あんたの自由だわよ」

「そんな国際的な重大事件があるから、警視庁総監も刑事部長も、ここの事件に全力をかけていられないんだな。やたらに証人を集めてみたり、証拠のうすい銀行員をつかまえたり、なんだか間がぬけてると思ったんだ」

言いながらデュパンはうつむくと、ユカに投げ出されている寝どこの下から、小さな鉄の金庫を引きずりだした。

これまたぼくが書き抜いた新聞記事のとおりだ。フタがあけられて、カギがフタについている。それをデュパンがグッと抜きとって見た。

太くて短い鉄のカギだ。さきが折れている。▼58
「フウム、……」

カギの折れ口を、ジーッと見つめたデュパンが、

「むりに回して、フタをこじあけたらしいぜ。とすると、すごく力の強い奴だ」

と言うと、シャルがそばから、

「そうだわね。折れたさきが金庫の中に、はいってやしない？」

と、のぞきこんだ。

中には古い手紙の封筒が、キチンと重なっているだけだ。

「カギの折れはしなど、見つけたって意味ないだろう」

デュパンが金庫のフタに、カギをもとのとおりにさしこむと、立ちあがってダンロの方を見ながらぼくに言った。

「ロバート、あれだな。胸が痛むだろう」

忍術を知っていた？

大きなダンロが一方のカベの前に、広い口をあけて、上にレンガ作りの太い煙突が天じょうウラへ突きぬけている。

〈大男の犯人におそわれて、気を失ったのにちがいないカミイユが、さかさに押しこめられた煙突だ。病院に送られても気がつかずに、おれの名まえを、うわごとに言ってるカミイユ！　あの口びるは花びらみたいだった……〉

ぼくは「胸が痛む」どころか、カミイユを見たくって身ぶるいした。とたんにハッと気がついたことを言った。

「デュパン！　犯人が何かの重要書類を見つけて、盗み出したとしても、カミイユを煙突に押しこめて、夫人にカミソリで重傷を負わせた、**そんな残酷な仕業《しわざ》を、なぜしたの**

か？　そこがぼくには、まったくわからないんだ」

「ウム、きみの言うとおりだ」

と、めずらしく、デュパンがさんせいすると、ぼくを見つめて、

「**その点に、この事件の謎を解くカギがある**と、ぼくははじめから思ってるんだ。あまりに残酷な犯罪だからね」

と言うと、シャルがまた、だまっていなかった。

「その残酷な凶悪な犯人が、この部屋から消えて無くなったんじゃないの、その点こそ、とても、ふしぎだわよ！」

「フウム、きみにも、わからないのか？」

「そうよ、わからないから、ふしぎなんだわ！」

「だから、この現場で三人がよく考えてみようじゃないか。しかし、きみたちがケンカしちゃあ話しにならない。いいかね？」

「いいわよ、ケンカなんかしないことにするわ。なにを考えるのか、それからまず言ってみてよ！」

「残酷凶悪な犯人も幽霊じゃないはずだ。身長も体格もあったろう、それが部屋の中で、たちまち消えてしまったなんて、あり得ることじゃない。その点をまず解決しなければならない」

「あら、そんなこと、だれだって考えることだわ」

「フム、考えたって、わからないじゃないか。こうして見まわしたところ、どこにも秘密の出入り口など、ありそうじゃない」

「それはプレバン刑事部長も、しらべて言ったことだわ」

「とすると、身長も体重もある犯人が、どこから抜けて逃げたのか？」

「そうねえ、あのドアは中からカギが、かかっていたというんだし、窓は二つとも内がわからワクに、あのとおり長いクギがさしこんであるんだから、抜けて逃げたところは、どこにもないんだわ。忍術を知っていて、煙みたいに消えちまったのかしら？」

「バカなことを言っちゃいけない。ドアの外には、巡査ふたりと近所の連中が階段を上がって来たのだから、ドアに犯人が、どんな細工をしたとしても、出れば巡査たちと、ぶつかるはずだ。だから、窓をしらべてみるほかに捜査の方法がない、内からクギがさしこんであるけれどさ」

デュパンが窓ぎわに歩いて行き、ぼくもシャルもついて行った。

ところが、ところが、ところが

かなり大きな窓が二つ、右と左にならんでいる。ぼくは見るなり言った。

「かなり長いクギだな」

どちらも右がわのワクに、さしこんであるクギの黒い頭が、かなり大きい。だから長さも、かなり長いにちがいな

い。デュパンでなくても、だれだって、わかることだ。

「こんな長いクギがさしこんであるんだもの、抜かなくちゃあ、あかないわよ」

と、シャルもクギの頭を見つめていた。

ところが、

「そうかもしれない、が、そうでないかもしれないんだ」

と、茶色の目をキラキラさせたデュパンが、

「今から三人で、この窓を上へ押しあけてみるんだ、力をあわせて！」

と、強い調子になって断こと言った。

「あら、だって、長いクギがワクから柱にさしこんであるの、このままで押しあけるなんて、できっこないわよ、クギを抜かなくちゃあ！」

シャルの考えに、この時ばかりはぼくもそう思った。

ところが、

「きわめて力の強い奴が、この窓を上へ押しあけた。クギは鉄だが古くてボロボロになっている。ワクと柱の間で前から折れていた、でなければ、強い力で押しあげられて折れた、そこで窓が内からあいたと、思えないことはないだろう」

デュパンはそう言うなり、クギの黒い頭に指をかけると、力いっぱい引っぱってみた。

しかし、ビクとも動かないクギだった。

「折れてないじゃないの？」

「いや、中で折れてるかもしれない。だが、古くて前からさびついてると、折れていたって動かない。レスパネ夫人もカミイユ嬢も、このクギを抜いて窓をあけていたかな？三人の力でこの窓を押しあけてみるんだ！」

デュパンの強烈な気はいに、さすがのシャルも圧《お》されて、

「では、いいわ、やってみるわ」

と、窓の上の方のワクへ、両手をかけた。

デュパンとぼくは下のワクについてる二つの掛け金を右手でつかんだ。

「いいか、一、二、三、それっ！」

デュパンが号令をかけて、三人とも同時に力をこめた。

「ウウム！」

ぼくは、うめいた。

〈まるで一ミリも動かないぞ！〉

シャルが息をついて、窓ワクから手をはなすと、あえぎながら言った。

「ダメじゃないの。ああ苦しい。こんなのを開けようなんて、むりだわよ、ああ苦しい！」

ところが、

「ハッハッハッ」

声をあげて笑ったデュパンが、やはり強い調子で、

「こいつはダメだって、窓はまだ左にもあるんだ。そっち

も、やってみようぜ」

　言いながら足もとを見まわすと、

「フウム、刑事部長と刑事や巡査たちの靴あとだな。先生たちもこの窓をあけようとした、が、このとおりビクとも動かない。あきらめて止《や》めたのにちがいない」

　と、左の窓の方へ歩きだして行った。

「犯人がさ、クギを抜いて窓をあけて逃げた、としたって、外から窓をしめてクギをさしこむなんか、不可能だわ。だから、左の窓も犯人と関係ないわよ。このとおり、こっちもクギがさしこんであるじゃないの」

　と、シャルが眉を上げ下げした。

　ところが、

「フム、やることは、どこまでもやるんだ！」

　左の窓の下のユカを、ジーッと見まわしたデュパンは、

「ここには、刑事や巡査連中が来てないぜ。なるほどクギはさしこんであるし、右の方の窓と同じく開くものじゃないと、あきらめたらしいな。しかし、おれはあきらめないぞ。シャル、ロバート、さあ手をかせよ！」

　と、今度は自分が窓の上のワクへ、両手をかけた。

なにが何だか謎ばかり

ヒクヒク動く頬っぺた

　いつだって、ゆっくりしてるデュパンだ。それが、どこまでもやりぬく、不屈な気もちをもってるから、ぼくは感心した。

　シャルはしかし、不平満々の顔になって、

「またやるの、いやだなあ、手のひらがヒリヒリしてるわよ」

　と、口をとがらせると、わらったデュパンが、

「ハハッ、いやならよせよ」

「ウウム、いやだけど、力をかすわよ」

　シャルが、えらそうに言った、これは何でも負けていない女だ。

　今度はぼくとシャルが、窓ワクの掛け金に手をかけた。ふたりのからだが両方からさわって、ぼくは、

〈チエッ、いやだなあ、こんなやつ！〉

　と、からだをすくめると、

「いいか、一、二、三、それっ！」

　デュパンが前よりも強く号令をかけた。

「ムッ！」

ぼくは力いっぱい掛け金を上げた。

すると、意外！

「ワアッ！」

シャルがさけんだ。

窓ガラスがガタガタと音をたてて上がり、スーッと窓ぜんたいが上まで開いた。▼59
〈クギは？〉

と、見るとワクにさしこまれている、もとのままだ。

「はなすなよ！」

デュパンが開いた窓の外へ顔を出すと、左右を見まわした。両手を上のワクにかけている。

ぼくもシャルも掛け金をささえて、はなさずに、外へ顔を出して見まわした。

むこうの正面は林だ。青くしげっている。すぐ左に古い避雷針が下から見たとおり、二メートルほど▼60はなれて黒く立っている。

「フウム、この避雷針から窓のふちへ、きみは自分で飛びつけると思うかね？」

と、デュパンがぼくにきいた。

「そんなこと、できるもんか、避雷針に足場がないし、やったら落ちらあ。四階の高さだ。下は草むらだが、落ちたらペシャンコだろう」

デュパンがシャルにきいた。

「きみだと、どうだろう？　からだが軽いから」

「できないわよ、サーカスじゃあるまいし、そんな放れわざ、百万フランの懸賞だって、やらないわ。あんたなら飛べる？」

「ハハア、ぼくも鳥じゃないものね」

明るい声で笑ったデュパンが、

「よし、一時に手をはなすんだ。いいか、一、二、三！」

三人が一時に手をはなした。

窓がガタガタとゆれながら、ガターンと落ちてしまった、が、クギはもとのとおりさしこまれている。鉄の黒い頭が動いていないのだ。

ぼくは腕をくんで言った。

「そうか、なるほど、ワクと柱の間で折れてるんだな、古クギだから、さびついてるけれど」

すると、シャルが眉をグッとあげて、ぼくにきいた。

「犯人は、この窓をあけて逃げたんだと、あんたは判断するのかしら」

女探偵を気どってる、なまいきなシャルに、ぼくはききかえしてやった。

「きみは、どう判断するんだ？」

「フン、そうね……」

シャルの頬《ほ》っぺたが、ヒクヒク動いた。

サーカスのレスリング選手？

頬っぺたが動いて口をとがらせたシャルが、

「フフン……」

と、えらそうに鼻さきでわらうと、

「それはね、からだの軽い犯人だったら、窓べりから避雷針に飛びついてさ、スルスルと地面へおりてしまえるわよ。あたしは、そう判断するのよ、どうなの、あんたの考えは？」

と、ベラベラと早口でききかえした。

質問と質問の正面衝突だ。

ぼくのカンシャクが、ムラムラと頭をあげた。

「犯人は身軽じゃなくって、凶悪な大男だと、ぼくは推定してるんだ。この窓べりから二メートルあまりむこうの避雷針へ、大男がヒラリと飛びつけるもんか！」

と、やりかえすと、

「フン、からだが重くたって、敏しょうな男が、いくらでもいるじゃないの。レスリングの選手みたいにさ」

〈そうか、体格のでかいレスリング選手、犯人はそんな男かもしれないぞ〉

と、ぼくは急に気がついた。

しかし、こんなシャルにやりこめられるなんか、断然、シャクだ！

「いくら敏しょうだって、程度というものがあるんだ。はいった時は、やはり避雷針からこの窓へ飛びついて、外から力まかせに開けたと、きみは思うんか、そんな敏しょうな男がいるものかい」

「サーカスだったら、やるわ！」

「犯人はサーカスのレスリング選手か？」

「そうかも知れないわね。犯人がこの部屋に侵入して逃げたところは、この窓しかないんだから」

「その凶悪な奴が、『あっ、いけない！』『やめろ、やめろ！』『ああっ、大変だ！』なんて怒なったのは、どういうわけだ？」

「それは、レスパネ夫人とカミイユ嬢と犯人の間に、きっと何かの事情があったのに、ちがいないと、あたしは判断してるのさ。どう？」

〈フム、それはおれだってはじめから、そう推理してたんだ。が、このシャルに、さんせいだなんて言うのは、シャクだぞ！〉

と、ぼくは話題をかえて、突っこんでやった。

「細くて奇妙なキンキン声を、きみはなんだと判断してるんだ？」

「フン、あんたの考えを聞いてみたいわね」

「チエッ、きみは女探偵を気どってるじゃないか。婦人名探偵の意見を聞きたいんだ」

〈こう言うと、いくらなまいきでも、きまりわるいだろう〉

と、顔を見てやると、

「あらそうお！」

と、えらそうにシャルが得意な表情になって、

「それもね、あたしには、あたしの推理があるんだわ、……」

と、今度は鼻をヒクヒクさせた。じつに方々が動く顔だ。


ずいぶん変わってるぞ！


まったくシャクにさわる、なまいきで早口のシャルが、ガッチリと腕ぐみすると、まるで講演するみたいな口調で、

「奇妙な細くて高いキンキン声は、スペイン語かイタリア語か、あるいはフランス語かドイツ語か、もしかするとロシア語なのか、聞いた者の耳によって、それぞれちがうんだわ。こんな変なことって、あるもんじゃない！」

と、しゃべりながら、横目でデュパンの顔をチラッチラッと見ながら、

「その証人たちはみんな、ヨーロッパ人なのに、あたし気がついたの。だから、奇妙なキンキン声でさけんだ者は、アジア人かアフリカ人じゃないかしら▼61？　インド語か日本語か中国語、でないとすると、エチオピア語か、アジアにもアフリカにも、いろんな国がゴチャゴチャあるんだもの、ねえ、あんたは、どう思うこと、あたしの推理をさ！」

と、さいごはデュパンにきいた。ぼくを見むきもしないんだ。

ぼくもデュパンに言った。

「オイ、そばでニヤニヤ笑ってばかりいないで、きみの意見を言えよ、デュパンの推理を！」

「そうだなあ、……」

と、おちついてるデュパンが、ニヤニヤしながら、

「シャル嬢の考えは、おもしろいね。アジア人かアフリカ人かなんて、ちょっと考えつかない意見だ、えらい！」

「あらあ、おだてないでよう！」

シャルはそう言いながら、とても得意らしく目をキラキラさせた。

「しかしね、……」

と、デュパンはニヤニヤをやめると、

「細くて高い奇妙なキンキン声は、鳥にも獣にも、そんな声を出すのが、いるんじゃないかな？」

と、これまたとんでもないことを言いだした。

「そんなこと、ちっとも推理の中心に、ふれてないじゃないか？」

ぼくがイライラして言うと、

「そうだね、ふれてないかもしれない、が、ふれているかもしれない」

と、デュパンはダンロの方を指さして、

「あのダンロの焚き口も、こうして現場に来てみると、思ったより小さくて、せまいしさ、煙突だって意外に細いんだ。あの中へ、気を失っているお嬢さんを、しかも、さかさに押しこめて行くなんて、**いくら凶悪な犯人だって、ふつうの神経のある者のすることじゃない**と、ぼくは思うんだがね」

「あっ、わかったわよ！」

と、おどりあがったシャルが、

「ふつうの神経をもってない気ちがいなんだわ。凶暴な気ちがいが、どこか近所の精神病院から、夜なかに抜け出してきたんだわ。あんたは、そう判断しない？　その気ちがいが、きっとアジア人かアフリカ人なんだわ！」

と、ひとりで興ふんして、眉をひろげたり、ちぢめたりした。

ぼくは思った。

〈なんだい、おまえこそ、ちょっと気ちがいみたいじゃないか、ずいぶん変わってるぞ！〉

女の威ばった顔

「精神病院を抜け出た気ちがい患者が、この犯罪をやったのだ、とすると、病院から警察へむろん、届け出てるはずだ。そこで犯人はすぐ明白になる。ただちに逮捕だ！」

と、ぼくは、なまいきなシャルを一気にやりこめて、

「それが今まで、どこかの精神病院から、そんな届け出があったと、どんな新聞にも出てない、ぼくたちも聞いてない。いいかげんな出たらめ想像は、やめるべきだ！」

と、ビシッと言うと、

「フン、たとえ想像でもさ、気ちがいが夜なかに看護人のすきをねらって、病院を抜け出すと、思いがけない大変な犯罪をやってしまう、また病院へ帰って自分のベッドにはいるなり、グウグウ寝ちまうのは、あることじゃないの。病院では看護人だってお医者だって、ちっとも気がつかないから、警察へなんか届け出ないのが、あたりまえだわ！」

と、ぼくをおさえつける目つきになって、

「そうじゃないのさ。その患者は朝か昼になって、やっと目がさめると、痴呆症の気ちがいだから、夜なかに自分のやったことなど、すっかり忘れていてさ。今ごろ病室でノンキな顔してるかもしれないわ。どうなの？」

「ぼくは、あたりまえの人間だ。気ちがいの気もちは、わからないさ。しかし、何かの重要書類を気ちがいが選び出して行ったなんて、そんな想像は、なってないと思うんだ」

「フウム、気ちがいだから、むやみに引き出しを開けて、手あたりしだい中をかきまわしてみたり、金庫のカギをま

わしてみたりしたんだわ。何かの書類を捜したなんて、それこそ、いいかげんの想像だから、やめるがいいわ。ねえ、デュパン、あんたは、どう思う？」

「ハハア、おもしろい説だね」

「説？　人を茶かさないでよ。気ちがいだから、金貨や宝石や札など見たって、欲しいと思わずに投げだして行ったんだわ。たとえこれが、あたしの想像だって、ちゃんと推理に合ってるじゃないの！」

と、シャルがぼくをジロジロとにらみつけた。

ぼくはカンシャク虫の爆発をおさえて言った。

「きみは女探偵を気どってるんだな」

「なによっ、気どらなくたって、探偵するんだから探偵だわ。わるいの？」

「待った、待った！」

ニヤニヤしていたデュパンが、

「きみたちふたりは、すぐケンカするね。ケンカしたからって、謎は解けないぜ。しかし、シャル嬢の想像推理は、なかなかおもしろいようだ。考えついたことを、もっと言ってみてくれよ」

と、なんだか、おだてるみたいに言った。

すると、シャルはなおさら威ばった顔になった、えらそうに目をみはって。

ヘン、どうなのさ！

「どんな気ちがいだって、人間の良心はあるわね」

と、女探偵のつもりのシャルが、威ばったするどい顔つきになって、

「だから、ものすごい凶悪な暴力をふるいながら、『あっ、いけない！』『やめろ、やめろ！』『ああっ、大変だ！』なんど、自分で自分に怒なったんだわ。それを聞いた証人はみんな、フランス語だったと言うんだから、犯人は気ちがいで太いガラガラ声のフランス人に、ちがいないと、あたしは推理するの、どうお？　デュパン、あんたの考えは？」

「なるほど、すじの通ってる説だね」

「あら、また説？　あたしが刑事部長だったら、むやみに証人を捜しだして尋問したり、銀行員を逮捕なんかしないわよ」

「ハハア、きみだと、どうするかな？」

「パリの内外の精神病院に、刑事をやってさ、凶暴性のある患者について捜査させるわ。むろん、お医者と看護人の協力も必要だし、患者の着ている服からベッドのシーツなんか、こまかく、しらべるんだわ」

「なるほど、それも必要だろうな」

「あら、『だろう』どころじゃないわ。レスパネ夫人にカ

ミソリで、ものすごい重傷を負わせて行ったんだもの、気ちがいの服のどこかに、きっと血の飛んだあとが、残ってるはずじゃないの。そのままベッドにもぐりこんだとすると、シーツにも血がついてるはずだわ」

ぼくはだまって、聞いてるうちに、

〈フウム、なかなかどうして、うまく気がつくぞ。神経もするどい。女探偵のネウチがあるようだな……〉

と、ざんねんだが感心した。だから、なおさら、だまりこんでいた。

すると、シャルの強い目つきが、

〈ヘン、どうなのさ！〉

と、言うみたいにぼくを横からにらみつけて、

「プレバン刑事部長も、そのほかのみんなも、犯人が気ちがいのフランス人だとは、まるで気がついていないんだわ。だから、このままだと、この事件は迷宮入りにきまってるわよ、フン！」

と、鼻のさきを鳴らした。

ぼくはすぐ気がついた。

〈プレバン刑事部長も、「そのほかのみんなも」という、その中にデュパンもおれも入れてるんだな〉

とても、いまいましくなって、デュパンにきいてみた。

「オイ、どうだ。犯人は気ちがいのフランス人だと、きみも、そう判断するのか？」

「ハハッ、……」

ほがらかに笑ったデュパンが、上着のポケットから鉛筆と手帳を抜き出すと、

「シャル嬢、今からこれを持って社に帰ってさ。広告欄へ出すように、エリオ編集長に言ってくれよ。ぜひ出してくれって！」

と、言いながら、なにかスラスラと書きはじめた。

デュパンのやり方は、なんだか突飛だ！

道案内だけをやれ！

熱帯地方から帰ってきた船乗りの某君に告げる！

あなたといっしょに帰ってきた者[62]が、ボア・ド・ブローニュ公園の中で、ぼくといっしょになった。今、ぼくの手もとにいる。あなたに返したいと思うのだが、条件そのほかは、あなたと直接に会ってからの話しにしたい。

ぼくの住所と名まえは、パリ新聞社編集局社会部のマドモアゼル・シャルにきいてください。

なお二日すぎても、あなたと会えないとなると、ぼくは今いっしょにいる者を、ぼくの自由にするだろうことを、ここに予告する！

手帳の一ページに、デュパンが手ばやく書いて、シャルとぼくに読ませた。

「へえ?……」

と、シャルが眉をひろげて、

「これまた謎だわ。『熱帯地方から帰ってきた船乗りの某君』なんて、だれなのさ?」

デュパンは、すましこんで答えた。

「フム、それがね、わからないのさ」

「あら、やっぱり変ねえ。わからない者を、この広告文で引きよせて会おう、という工作なのね」

「そう、そのとおり、まちがいなし」

「だって、さっぱりわからないわ。『ボア・ド・ブローニュ公園の中で、ぼくといっしょになった』って、これもいったい、だれなの?」

「そいつも、わからないな」

「変なことばかり言わないでよ。『今、ぼくの手もとにいる』って、男なの女なの?」

「さあ、それも、わからないんだ」

「あたしとロバート君のほかに、だれも今、あんたといっしょにいないじゃないの?」

「ウム、それだけは、ウソだがね。どうも今の場合、そのウソを言わないと、出てこないだろうと思うんだ」

「出てくるのは、『熱帯地方から帰ってきた船乗りの某君』なのね。それが、あたしを新聞社へたずねてくるか、電話をかけてきたら、どうするの、ここへつれてくる?」

「むろん、ここへ、すぐつれてきてくれ。だが、きみはなんにも、その男にきいてはいけないぜ」

「あら、どうしてさ? 事件に関係のある謎の人間らしいじゃないの。きいてみたいわよ」

「いや、断じていけない。すこしでもその男に警戒されると、それきり謎が解けなくなるかもしれない。きみはただ、ここへつれてきさえすれば、それでいいんだ」

「なあんだ、道案内のガイドだけやるのか。つまんないなあ!」

「ハハッ、そのかわり、この男によって謎が解けてみろ、特大ニュースをきみが書くといい。ハッキリ署名してね。一躍して女名探偵シャルになるんだ。すばらしいぜ!」

「ほんとに、そうしてもいい?」

「いいとも!」

「その男が、社へ出てくるか、電話をかけてくるかなあ?」

シャルは息をはずませて、広告文を読みかえすと、大事にハンドバッグに入れながら、いそいでパリ新聞社へ帰って行った。

あんたには、まいった！

こうふん、するなよ！

デュパンとぼくは、かれが言ったとおり「兄弟みたいな親友」なんだ。だから、ぼくはなおさら、きいてみずにいられなかった。

「今さっきの広告は、いったい、どういうことになるんだ？　ぼくには、さっぱり見当もつかないんだが、……」

「ハハア、なあに……」

ニッコリ笑ったデュパンが、

「ぼくにもまだ、たしかな見当はついてないのさ。本人に会って、直接にたしかめるまではね」

「フウム、『本人』って『熱帯地方から帰ってきた船乗りの某君』のことなのか？」

「そう、名まえがわからないから『某君』さ、ハッハッハッ」

「そんな者を、どうして捜しあてたんだ？」

「そこが推理じゃないか。そんなに前もってぼくにきくよりも、その本人が出てきてさ、おそらくあの広告を見て出てくるだろうが、シャルにつれられて、ここに現われたら、どういうことになるか、目の前で見る方が、よっぽど興味があるぜ」

「それまで待てない気がするんだ」

「ハハッ、気がみじかいね。ところが、ぼくの見当ちがいでさ、そんな本人なんか出てこないと、ぼくの顔はまるつぶれだ。エリオ編集長も笑うだろうしね。それよりも、英国のメリー妃殿下が目の前で盗まれた国際機密書類の事件というのも、かなりおもしろそうだぜ、この方も考えてみようじゃないか。熱帯地方から帰ってきたらしい本人が出てくるか来ないかが、ハッキリするまではさ」

と、言いきったデュパンは、それきり、この怪奇事件については、ひとことも口にださなかった。

〈快活で意志の強いデュパンだな〉

と、ぼくだけがイライラしていた。

よく朝のパリ新聞を見ると、デュパンの書いた広告文が、そのとおりに出ていた。しかも、目のつきやすい第一面の左はしなんだ。

「オイ、果然、出てるぜ！」

ぼくがデュパンに言うと、

「ウン、それよりも、社会記事を見ろよ」

「なんだい？」

と、社会面をひろげてみたぼくは、いきなり胸を突かれた。

モルグ街の怪奇きわまる傷害事件の被害者レスパネ

夫人は、Ｏ・Ｓ病院長レイノー博士[63]の発表によると、出血多量のため[64]昨夜十一時五十二分ついに死亡した。なお憂うべき精神異常の症状を現わすのではないかと心配されているカミイユ嬢は、今なお意識不明のまま深く眠りつづけている。今後の見こみについてレイノー博士は、「この種の患者は、三か月も眠りつづけた実例もあることだし、今のところなんとも言えません」とだけ言った。


ぼくは、とたんにさけんだ。

「カミイユが、かわいそうだ！　おかあさんの死んだことも知らないんだ！」

デュパンが、しずかに言った。

「そのとおりだがね。しかし、なんとも、しかたがない。ロバート、むやみに、こうふんするなよ」

「いや、『熱帯地方から帰ってきた船乗り』が、犯人だときみは推理したのか？　これだけ教えてくれよ！」

「ウム、まだ、たしかな見当はついていない、が、おそらくかれは犯罪していないだろう」

「エッ、そうか……」

「今にシャルが、その本人をつれてくるかもしれない、が、はたして、どうかな？」

あっ、こいつだな！

昼になり、夕がたになった。

このあいだの長かったこと、ぼくは百時間くらいの気がした。ジリジリして部屋の中を、むやみに歩きまわってると、デュパンが吹きだして声をかけた。

「フッフッフウ、オイ、動物園のライオンはやめろよ」

ぼくはドスドスと歩きながら怒なった。

「ライオンなんか、だめだっ！」

「ハハッ、すると、なにがいい？」

「ワシかタカになれば……」

「ハハア、Ｏ・Ｓ病院へ飛んで行って、窓からカミイユ嬢を見るか」

「ウウン、行ったたって、面会謝絶だろう。ジリジリするなあ、熱帯地方から帰ってきた船乗りの某君なんて、実さいにいるのか、きみにだって、わからないんだろう」

「ああ、わからないね。いたとしても、パリ新聞の広告を見ないかもしれないね」

「チェッ、ジリジリするなあ、いったい、この家に電話のないのが、いけないんだっ。シャルと連絡できないじゃないか、おれはパリ新聞社へ行ってみよう！」

「ハハッ、行きちがいになったら、どうするかね、おちつけよ、ロバート！」

「カミイユが、かわいそうだ……」

それからまた一時間ほどすぎた。ぼくには二十時間くらいの気がした。

夜になってきた。

ズッと遠くの方に、電車の走る音が聞こえる。天じょうの電燈が、いつもよりなお暗いようだ。

「止まれ、ロバート！」

デュパンが強く命令みたいに言った。

ハッと立ち止まったぼくは、ふりむいてきいた。

「なんだい？」

「来たようだ」

「エッ？」

ぼくはギクッとなって、耳をすました。

遠くに電車の走る音、かすかに町のひびき、ほかに、なんにも聞こえない。

「おもてのドアを、しめたようだからね」

と、デュパンも耳をすましながら、

〈しめた！〉

という力のこもった顔になって、ささやいた。

「そら、来た！」

階段に靴音がひびいてきた。ふたりだ。上がってくる。

デュパンとぼくは顔を見あわせると、目と目で言いあった。

「いよいよ来たな、デュパン、おまえの図ぼしだ！」

「ウン、これからだ！」

ふたりの靴音が、ドアの外に立ちどまった。ノックする音がつづいて早い。

デュパンが、ていねいに声をかけた。

「どうぞ、おはいりください……」

ガチャッと外から取っ手をまわして、ドアを内がわへ押しあけた。

立っているのは、はたしてシャルだ。目をボカッと見ひらいて顔が血の気もなく青ざめながら、

「おはいりなさい、ここですから」

と、うしろをむいて言う声が、ふるえている。

シャルのうしろから、ヌッとはいってきた男を、ぼくは見るなりギョッとして思った。

〈あっ、こいつだな！〉

〝あいつ〟とは何だ？

顔が人なみよりも、すごくでかい、しかも頰の口とまわりからアゴに濃いヒゲがムシムシとのびて、でかい顔の半分が毛むくじゃらの中から出ている。目にもすごみがきらめいていて鼻が太い。耳まで赤黒く日焼けしている。悪魔とでも格闘しそうなヒゲヅラなんだ。背が高くて二メートルはあるだろう。ヌッと突っ立って右手に太い棒をつかんでいる。ステッキではない、木刀みたいな一種の武器だ。

ボロの古シャツから毛むくじゃらのたくましい両腕を出して、青い古ズボンに赤皮の大きな靴をはいている。

〈凶悪な力の強い大男だ、こいつこそ犯人らしいぞ。こんな恐るべき奴を、シャルがここまで、しかも夜道をよくつれてきたものだ！〉

シャルの大胆さに、ぼくはギョッとしながら感心した。

ゆったりしているデュパンが、すぐ前のイスを指さして、大男のヒゲヅラを見あげながら言った。

「おかけなさい。待ってたんだ。よく来たですね。ゆっくり話しましょうよ」

ところが、凶暴な顔をグッとしかめた大男は突っ立ったまま、デュパンの顔へ上から太いガラガラ声をあびせた。

「オイッ、新聞にあんな広告を出したんは、おまえかね？それから聞きてえんだ！」

「たしかに、ぼくだがね。きみを案内してきた、そこに立っているお嬢さんに、きみは聞いて来たのじゃないかな」

「なにをっ、お嬢さんだか何だか知らねえが、ウンともスンとも言わねえ女だ。あの広告を出したのが、おまえなら、あいつを返してもらおうじゃねえか。おれは受けとりにきたんだ」

〈ひとことも聞きのがさないぞ！〉

と、耳をすましているぼくは、

〈〝あいつ〟とは何だ？〉

と、疑いに突かれて、シャルの方を見た。心ぞうがドキドキと早く打っていた。

テーブルの向こうに立っているシャルも、ぼくを見ると青ざめてる顔と目で言った。

〈わからない！「あいつ」って何だろう？こいつがきっと犯人にちがいないわよ！〉

「ハハア、しかしね」

と、わらいだしたデュパンが、まだ突っ立っている大男に、

「ただ返すのは、ちょっとぼくの気にいらないんでね。広告に書いたように、『条件そのほか、会ってからの話しにしたい』のさ」

「ウウム、ただじゃあ返せねえと言うんか？」

「そう、そのとおり。ボア・ド・ブローニュの公園から引っぱってくるだけでも、大変だったからね」

「チクショー、よく引っぱってこれたもんだ。あいつは今、この家の中においてあるんか？」

大男のすごく険悪な目が、部屋のまわりをギロギロと見まわして、ヒゲの中から出る声が太くて荒いガラガラ声だ。

「ハハア、こんな古いボロ家には、入れとけないさ」

と、おちついているデュパンが、

「すぐ近くにある貸し馬屋に、ちょうどよく馬屋があいてたからね」

と、すました顔して言った。

ぼくとシャルは、また目と目で言いあった。

〈なんのことだか、きみはわかるか？〉

〈わからないわよ、こんな変な話しってないわ！〉

一瞬に消えた！

「ウォーッ！」

と、猛獣みたいな声で怒なった大男が、

「貸し馬屋にあずけたか、それじゃあ、いくらか借り賃を取られるんだろう、エッ、チクショッ、一日いくらでえ？」

と、デュパンをにらみすえた。

平気な顔をしているデュパンは、

「そうだね、一日いくらだか、それをきみが出そうというのかな？」

「クソッ、おれはゼニなしだ。たいそうなことはできねえが、なるほど、ただで返してくれたあ言えねえ義理だ。▼65ヤイッ、貸し馬屋は一日いくらでえ？」

「ハハッ、きみに金をださせようとは、おもってないのさ。まあイスにかけて話したら、どうかね？」

「なにをっ、金はいらねえんか、それじゃあ、『条件』てのは、なんでえ？」

「べつのことではないさ、夜ふけにモルグ街で、えらいことをやったね」

「な、なんだと？」

大男の血相がすごく変わった。「モルグ街」と言われたからだ。右手の太い棒をにぎりしめた、いきなり振りあげると、

「こ、この野郎っ！」

怒なった声より早くデュパンの頭を、すごい力でなぐりつけた。

「キーッ！」

シャルのさけび声と同時に、

「ドアにカギを！」

デュパンの声が聞こえた。

「あっ？」

〈イスの上にデュパンが見えない。一瞬に消えた！　どこへ？〉

と、ぼくは立ちすくんだ。

「ガアーッ！」

吠えた大男の声が、下から聞こえた、と見ると、頭を下へ逆さになっている。右手に太い棒をつかんで、ドサッとイスへ投げつけられた。ユカにひびいて窓ガラスが動き、倒れたイスの横に大男が、うつむけに、のびている。

〈猛烈に投げつけられて、動けないのか？〉

と、ぼくも立ちすくんだきり、動けなかった。

頭を血まみれに割られて倒れ、うごめいているはずのデュパンが見えない。

「ああっ、デュパン！」

シャルのさけぶ声が、横から聞こえた。

早業の術

ぼくは顔が動いた。ふりむいて見るなり声が出た。

「どうしたっ？」

ドアの前に立っているデュパンが、まわしたカギを手早く抜きとって、ズボンのポケットへ突っこみながら、

「ハハッ、このカギをかけておかないと、その先生に逃げ出されては、それきりだからね」

と、おちついていった。

その先生の大男が、ユカにのびている。ひろい肩はばがビクッと動くと、

「ウウッ、ウウッ！……」

ふとい声で、うめきだした。

テーブルの向こうに青い顔をしているシャルが、ふるえ声でデュパンにきいた。

「あ、あんた、だいじょうぶ？」

「さあ、だいじょうぶだろうな。オイ、でかい先生、立てないのかね？」

と、デュパンが大男の背なかへ声をあびせた。

すると、〝でかい先生〟が毛むくじゃらの顔を横に動かした。右手の太い棒をはなすと、両手をユカに突き立てて、

「ウウッ、か、かなわねえっ！」

ガラガラ声で言いながら、ムクッと起きあがると、アグラをかいたきり、

「エエッ、なんてえ術でえ？」

と、デュパンを下から見あげ、急にゲッソリと力なく目をショボショボさせた。

〈術？〉

と、ぼくもデュパンの顔を見つめた。

〈こんな早業のすごい術を、デュパンが身につけてるとは、きょうはじめて知った！　どこで練習したんだ？〉

「ハハア、その棒でガンとやられちゃあ、それこそ、かなわないからね」

わらいながら、〝でかい先生〟の前に来たデュパンは、たおれてるイスを引きおこして、腰をおろすと、

「どうだね、水でも飲んで話すとしようか？」

と、ゆっくりきいた。

ヒゲヅラをブルッと横に振った、でかい先生が、やはりガラガラ声で、

「いいや、いらねえ、それよりも、あんたは何だね、学生じゃねえんかね？」

「ハハッ、ここにいる三人とも、新聞記者なんだ。が、な

んでもみな新聞に書くわけじゃないから、すっかり話してくれないかな。そうする方が、きみのためにもいいんだぜ」

「ウウン、新聞記者って、パリ新聞のけえ？」

「そのとおりだよ」

「そうか、だがよ、あの広告に、熱帯の方から帰ってきた船乗りってあったが、どうして、あんたはそんなこと知ってたんけえ？」

テーブルの向こうからまたシャルがソッとよってきた、と思うと、〝でかい先生〟の横にころがってる太い棒を、いきなり靴のさきでけとばした。棒がテーブルの下へころげて行った。

すごい眼力

「ハハア、それは、ぼくの想像なのさ、『船乗り』と書いたがね」

と、腕ぐみしたデュパンが、イスにもたれると、足のすぐ前にアグラをかいているヒゲヅラの大男に、

「船長とか事務員とか機関士というのじゃない、甲板へ出て働いている水夫のひとりが、きみだったんだろう！」

ズバリと言うと、ガックリうなずいた大男が、

「ウウン、そうだ。あんたの眼力はすげえや。おれが船の水夫だと、どうしてわかったのけえ？　いっぺんも見たことがねえくせに」

「そんなことは、なんでもないさ。あの高い避雷針をスルスル登って、二メートルあまりはなれてる四階の窓へ飛びつくなんて、いつもマストのてっぺんに登ったり下りたりしてる水夫でないと、ちょっとできない芸当だからね。はじめはサーカスの団員かなと、おもってみたんだが」

「ウォーッ、まいった！」

大男がまったく降参したみたいに、両方の手のひらでヒゲヅラの長い頬を、ゴシゴシとなでおろした。

「まあ！……」

と、ぼくの横に立っているシャルが、感心した声を出した。

「だがよ、いくら新聞記者だといっても、おれが熱帯の方から帰ってきたって、これも、あんたの想像というものけえ？」

力なく目をショボショボさせてきく水夫の大男に、デュパンは、うなずいて見せると、

「そうさ、ぼくの想像でね、あいつは熱帯地方でないといない奴だからさ。いったいきみは、どこで、あいつと会ったんだ？　こうなったら、みんなザックバランに言っちまえよ！」

「言わあ、あんたには言うよ」

「水はいらないかね？」

「いらねえ……」

　ぼくとシャルは、すみからイスをもってきて、腰をおろした。

〈怪奇きわまる謎の真相が、いよいよ今から解けるらしいぞ！〉

〈そうよ、デュパンの推理はすごいわ！〉

　と、ぼくとシャルは、たがいに視線をかわしながら耳をすました。

必死のアッパー・カットで

ジャングル見物!?

　水夫だというヒゲヅラの大男は、イスにかけるよりもアグラが、らくらしい。それに目の前のデュパンに投げつけられて、すっかり降参しきっている。それが見ているぼくにもシャルにも、

〈みんな白状しちまえ、ざまみろ！〉

　と、おもわせた。

「アジアへ往復するマストの高い貨物船なんでね、インドから中国、日本へまわってから、帰りの航海に……」

　毛むくじゃらのヒゲの中から、ふといガラガラ声が部屋じゅうにひびいて、

「東南アジアのボルネオって島へ寄ったんだ。でっかい広い島だ、熱帯のね。そこに上陸して、せっかくアジアの熱帯へまわってきたんだから、よく見て帰れてんで、一週間の泊まりを船長が思いついたもんだ」

「フウム、おもしろそうだね、くわしく話してくれよ」

　と、デュパンの茶色の目がキラキラした。

「ウン、洗いざらい言っちまわあ！　そこでおれは、こう見えても水夫長だから、手下の水夫のモハメッド▼66ってのをつれて、ボルネオ島のおくのジャングル見物に出かけたもんだ」

〈ジャングル見物!?〉

　と、ぼくとシャルは顔を見あわせた。

　シャルの頰がヒクヒク動いた。なにか言いだしたいのを、自分でおさえているらしい。

「ところがよ、このモハメッドが仲間のうちでも一等の酒のみでね、いや、あいつは特等だったぜ。ジャングルのおくの土人小屋へ泊まりこんじゃあ酒を出させて、グイグイ飲みやがる。それが何しろ土人の作った酒でもって、すごく強いんだ。モハメッドの奴、うんと飲みやがってグッスリ寝こんで、朝になって起きたって、まだ酔っぱらってやがる。こいつには、おれも、よわったがよ」

〈話しが、わき道へそれるぞ〉

〈そうだわ〉

と、ぼくもシャルもイライラした。

「酔っぱらいのモハメッドの奴、『オイ、水夫長、ジャングル探検と行こうぜ』って言いやがって、すごく深いジャングルのおくへ、おれよりさきにグングンはいって行きやがった。道なんかどこにもありゃしねえ。こんなところへ、モハメッドをひとりでおいて行くわけにもいかねえ、おれは奴の背なかをつかまえてさ、むりに引っぱって帰ろうとしたんだ。ところが奴は、言うことをきかねえ、おれとジャングルのおくで取っ組みあいになったんだ」

デュパンが、おもしろそうに、

「どっちが、勝ったのかね？」

と、きいたのは、この〝でかい先生〟の話しを、どこまでも引き出して、自分の推理をたしかめるつもりらしい。

「なあに、奴だって腕っぷしが強くってさ、酔ってやがるくせに、このおれをねじ伏せようとしやがる。なにをっと、おれもけんめいになってもみあっているうちにガッチリ組みあった。ドタリと木の根っこへ横だおれになったんだ」

「ハハッ、勝負なしかな？」

「ウウン、勝つか負けるかというところだ。くそっ、この野郎と、しんけんになってさ、おさえこもうとすると、奴もこちらをおさえようとしやがる。横だおしになったきり、もがいてると、横の方の木の間からヌッと出てきた奴があるんだ。エッ、こいつを何だと思うんでえ、フウッ！」

と、ヒゲヅラが長い息を吐きだした。


なんだっ、コンチクショッ！


「フム、なにかしら？」

女探偵を気どってるシャルが眉をしかめて、ささやいた。

ぼくも小声で言った。

「土人の酋長かもしれないぞ」

ニッコリ笑ったデュパンが、でかい先生に、▼67
「ウム、そこできみがはじめて、そのゴリラに出くわしたんだね」

と言うと、でかい先生の両肩がビクッと動いて、

「そ、そうなんで、ヌッと背の高いゴリラが、いきなり木の間から出てきやがったんで」

「あっ、ゴリラ！」

「類人猿だな！」

と、シャルとぼくは顔を見あわせると、同時にささやいた。

「猛烈な奴だぞ、きっと」

「おどろくわねえ！」

実さい、ゴリラが出てきたのは、ぼくにもシャルにも、まったく意外だった。

それをデュパンははじめから判断していたらしい。腕ぐみしたきりニヤニヤしながら、でかい先生に、さいそくし

て言った。

「それからゴリラときみたちは、どうしたのか、ズンズン話してくれよ」

「ウウン、俺もモハメッドも、おどろいちまって立ちあがった。組みあってるどころじゃない。逃げたってゴリラの方が早いにきまってる。モハメッドがゴリラにむかって、『なんだっ、コンチクショッ！』と、大声で怒なったんで」

「きみはだまってたのかね？」

「おどろいちゃって、口がきけなかった、ピストル一ちょう、刃物もねえんで。ゴリラの奴は、おれとモハメッドが地面で組みあってたのを、木の間から見てやがったにちがいねえ、ヌッと出てくると、立ちあがった人間に怒なられて、いきなりモハメッドに飛びかかった！　カッと口をあけやがって、その両腕の長いこと、ゴリラってのは足より腕がすごく長いんだ」

「モハメッドは、つかまれたのか？」

「ウウン、つかまれかかったが、そこは水夫だ、サッと横へ飛びのいた、身をかわしてさ。おれも必死になっちまって、モハメッドをたすけるより自分の命があぶないんだ。ゴリラの左胸を目がけて、横から必死のアッパー・カットを食わせたんだ。こう見えても水夫仲間じゃボクシングで、おれにかなうものはねえんだから」

「ハハア、さっきはぼくがきみに突かれなくて、たすかったね」

「いいや、あんたは、あんな術を知ってるから、かなわねえ。あの早業は何と言うんだね？」

「ハハッ、なあに、日本のジュードー▼68だがね」

日本のジュードーをデュパンが習っていたとは、これまたぼくにもシャルにも、おどろきだった。

「ウウム、あれがジュードーというものか！」

と、アグラをかきなおした、でかい先生は、

「とてもかなわねえ。おれが知ってたら、ゴリラの奴をデングリ返しに投げつけてやるんだったが」

と、目をむいて言った。

血まみれの毛顔

「ゴリラの奴、毛ぶかくてね。ところが、おれの必死のアッパー・カットを、心ぞうのところへ食やがって、カッと口をあけたきり、すごく長い腕を両方とも高く上げやがった。だが降参したんじゃねえ。不意打ちを食って、ビックリしやがったんだ」

自分も毛むくじゃらの、でかい水夫の先生が、対ゴリラ決死奮闘談をつづける。

しかし、ぼくははじめから、

〈こいつこそ、カミイユを煙突の中へさかさに押しこめて、おかあさんのレスパネ夫人に重傷を負わせた、凶悪きわま

る、にくむべき犯人じゃないか！〉

と、胸いっぱいの呪いと憎みを、けんめいにおさえていたのだ。

ところが、デュパンは憎みも怒りも、まるで感じていないらしい。ゆったりしていて、

「すごくおもしろいね。それから、どうした？」

と、興味にのっている。

すると、シャルがポケットから抜きだした小形の手帳に、スラスラと鉛筆で書きはじめた。

〈この話しを、新聞記事にするつもりだな。それこそパリ新聞の読者が、うんとふえるぞ〉

と、ぼくはエリオ編集長の顔を、ありありと思いだして、なおまた、

〈シャルは賞与をもらって、月給もふえるな〉

と、気がつくと、

〈カミイユこそ、かわいそうだ。面会謝絶だって、おれは見まいに行くぞ！〉

と、思わずにいられなかった。

「横に飛びのいたモハメッドが、『組みつくと、やられるぞ！』と、怒なりながら、足もとの岩をもちあげるなり、ゴリラの顔を目がけて、ガクンと投げつけたんだ！」

と、太いガラガラ声が、なお太くなって、

「組みついたら、敵の長い両腕にしめあげられて、息が止まるにきまっている。おれは右に左に飛びながら命がけのアッパー・カットを、猛烈なピッチで連続、敵の顔と胸へ食わせたんだ。モハメッドは足もとに、いくつもころがってる岩をもちあげては両手で投げつける。ゴリラのまっ黒な顔が血まみれになりやがって、血が目にはいるもんだから、奴は見当がつかずにヨロヨロしだしたんだ。そこへおれのアッパー・カットだ！」

〈決死奮闘談が手がら話しになってきたな。事件の怪奇な謎と何の関係があるんだ？〉

と、ぼくはまたジリジリしていた。

シャルはしきりに鉛筆を走らせている。なかなか熱心なんだ。

「ゴリラって奴は、すごく力が強いくせに、胴体はでけえし、からだぜんぶが人間みたいには敏しょうに動けねえんだね、そこはライオンや虎やヒョーとはちがうようだぜ、ウム！」

と、でかい先生が、ひとり知ってるみたいに、うなずいた。

大変な獲ものだな！

「敵がヨロヨロしだしたから、おれはガンガンと連続三発、敵のノド骨を突きまくるなり、『今だ、モハメッド！』と怒なった。モハメッドも必死だ。両手のでかい岩

をまた敵の顔へ、ガクンと投げつけた。命中！　敵は両方の腕で空気をかきまわすみたいに、右や左に振りやがると、うしろへヨロヨロしやがって、とうとう、ぶったおれやがった！　『ワーッ！』と、モハメッドがさけんでね、だが、息をつくひまもねえ」

　と、でかい先生のガラガラ声に力がはいって、

「木の太いツルが地面にのびてるのをもぎとるなり、敵のノドクビに巻きつけて両方から力いっぱいしめあげたんだ。ゴリラの奴、息がつまりやがって、長い手足をドタドタやりながら、のびちまいやがった。ウム、おれらの勝ちときたもんだ、日本のジュードーは知らねえが」

「大変な獲ものだな！」

　と、デュパンが感心したみたいに言うと、

「そうさ、おれはモハメッドに、『オイッ、こいつを殺しちまっちゃあ、いけねえ、生けどって帰ったら、ウンと高く売れるんだ』と、考えついたことを言ってさ。ゴリラの奴の血まみれの顔から胸から両腕と両足を、木のツルでもってグルグル巻きに、しばりあげたんでえ！」

「ハハア、そういうところを、見たかったね」

「なあに、ジャングルのおくだ。見てたのは鳥くらいのもんだ。ところが、ゴリラの奴、おれとモハメッドでかつぎあげてみると、おもいの何のって、ジャングルの中をやっと通りぬけたが、今度はふたりがヨロヨロだ。何度も地面へ奴をおろしてさ、おれもモハメッドも息をついたがね、ゴリラの奴、息をふきかえしやがって、あおむけのままギロッと目をあけやがった！」

「ワッ！」

　と、シャルが口の中でさけびながら、鉛筆を走らせている。

「ところが、奴、からだじゅうがグルグル巻きだ。おれが『なにをっ、この野郎っ！』と怒なって上からにらみつけると、奴はおれの顔を見るなり、目をそらすようになった。とてもかなわねえと、降参しやがったんでね」

〈おまえがデュパンに投げつけられて、降参したのと同じじゃないか〉

　と、ぼくは急に痛快な気がした。

「なにしろ毛むくじゃらで顔の黒い、でっかい奴だ。そいつをかついで帰ってくると、船長も機関長もみんながビックリしちまって、えらいさわぎになったんでえ」

「それはそうだろう、それからどうしたのかね？」

　と、デュパンはどこまでも、ゆっくり、やさしくきいた。

「ウン、『こんなものを、どうするんだ？』と船長が言うから、『パリへ運んで帰るんだ。だれにも、めいわくはかけねえ。おれが生けどったんだから、おれのもんだ！』と、みんなにタンカをきってさ。あいてる狭い貨物庫の中へ、ほうりこんでおいたんでえ。フム、パリへ帰ったら動物園

かサーカスへ、ウンと高く売りつけるつもりでさ」

「そいつが、うまくパリへ帰ってきたわけだね」

と、デュパンがまたニッコリした。

〈さては、いよいよ事件に近くなったぞ！〉

と、ぼくはイスにかけなおして張りきった。

〝変な声〟って変よ！

毛むくじゃら先生の対ゴリラ決死冒険談が、ゴリラ飼育談に変わってきた。

「奴を一週間、なんにも食わさずに、貨物庫の中へころがしておいたんだ。グルグル巻きもさ、木のツルじゃ嚙み切りやがる、と思ったから、船で使う長くて太いクサリをもってきて、ツルの上から巻きつけたきり、鉄の柱につないでしまった。水だけはおれが持って行って、ガブガブ飲ませてやったがね。一週間も食わさずにおいたもんだから、野郎、おれの顔を見るたびにゲッソリしてやがんだ。よく見ると、男だから野郎だ、女じゃねえんで」

「フウム、八日めから、君の食いあましをやったわけだね」

デュパンが、おもしろいみたいに言うと、

「そうなんで、そうしてるうちに、野郎はおれになれてきやがった。なにしろ食いものをくれるのは、おれだけだからね」

「モハメッド君は、どうしたのかね？」

「ウン、あいつは帰る航海中に、ひでえ熱を出しやがって、行って見ると、うめいていやがる。医者は『熱帯病』だと言ってたが、ゴリラはおれひとりのものになってね、パリへ陸の道は会社のトラック▼69でさ、貨物の間にころがしてきた。おれがズッとそばに付いてたんだ。だれにもさわらせねえでさ、ずいぶん手数が、かかったもんで、金もうけも、らくじゃねえと思ったがね」

「ボルネオ島からパリへ、ゴリラの運送に成功したのだね。水夫長のきみだから、できたわけだ」

「ウフン、ところが、本社の倉庫じゃあ入れてくれねえ。おれの借家へ運んで行って、寝室のとなりの物置き部屋に閉じこめた。ドアにカギをかけてね。水と食いものだけは、はこんでやった。航海中、あき家にしておいたんだから、ホコリだらけさ。そこに奴が、たれながしやがる、くさいの何のって。しかし、おれにはすっかり降参してやがって、ボカッと横っ面にパンチを食わせると、『クヮッキーッ！』と変な声でさけびやがるんだ」

シャルが鉛筆を止めると、ぼくの顔を見てささやいた。

「『変な声』って変よ！」

「ウム……」

ぼくはハッと思いあたって、デュパンの顔を見た。

デュパンの茶色の目が、果然、微笑していた。

「早く動物園へ売ってやろうと思ってるうちに、四日ほどたってさ、夜に水夫仲間と飲みに行って、おそく帰ってきたんだ。ところが、寝室へはいるなりギョッとした。奴が出てやがるんだ。おれの寝室に灰色の毛むくじゃらの奴が！」

太いガラガラ声が、こうふんして、

「ドアを破って出てきてやがる。どうしてはずしやがったか、鉄のクサリと木のツルが、ドアの下にのびていて、奴は、おれの鏡を見てやがる。カミソリを右手にもって、でかいまっ黒な顔が石けんの泡だらけだ」

ぼくとシャルは目を見あわせた。そんなゴリラの顔、想像しても怪奇だった。

高い所に窓とあかりが

「おれは毎朝、目のまわりから鼻わきの毛を、カミソリで取るんだ。うるせえからね、ゴシゴシと石けんをつけてさ。それを奴が、となりの物置き部屋のカギ穴から、のぞいて見てやがったにちがいねえ。自分の顔を石けんの泡だらけにして、カミソリをあててやがるんだ、まねしやがって」

その時のおどろきを今も思いだしたらしい、ガラガラ声がふるえながら、

「おれはいきなり、『こらっ、やめろっ！』と怒なって奴の首すじへ、横から飛びかかって行った！」

話しが、いよいよ事件に突入してきたから、ぼくも紙と鉛筆をもちだしてきて、速記をつづけた。それを次ぎに写しておこう。

「ビックリした奴が、おれの顔を見るなり、カミソリを持ったまま、おれがはいってきたドアから外へ、いきなり飛び出しやがった。

こいつは大変だ！　と、おれは酒のよいもさめて、あとを追っかけた。ところが、走るのは奴の方が早い。手足が自由になって、いっさんに逃げて行きやがる。とても追いつけねえんだ。

真夜中の道に、だれも歩いていねえ。逃げるゴリラと追っかけるおれだけだ。奴の振りあげるカミソリが、街燈にキラキラしてさ、おれは汗だらけになって、息が切れてきた。

ところが、奴、時々ヌッと止まりやがって、おれの方を見やがると、おれの身ぶりを、まねして見せやがる、何をっと追いついて前へ行くと、またバッと逃げて行きやがるんだ。

人間の町の中が、奴にはめずらしくって、それに自由になったもんだから、どこまでも逃げやがって、グルグルまわりながら、せまい道へはいって行った。暗い中に、左がわの四階だけあかりがついていて、窓があいてるんだ。あとで考えてみると、真夜中にあかりをつけて窓をあけてい

たのが、あの母親と娘の不運だったんだ」

〈娘……カミイユ！〉

と、ぼくの胸がキュッと引きしまる気がした。

「それにさ、わるいことには、あの建物のそばに避雷針が立ってるんだ。奴がそれを見つけやがると、いっさんに走って行って、たちまち登りやがった。高い所の窓やあかりが、めずらしかったにちがいない。登るのは奴の得意だ。カミソリをまだはなさずに、キラキラとあかりに光るんだ。こいつはいけねえ！　と、おれも後から走って行くなり、あの避雷針を登って行った。ところが、奴はおれが後から追いつくのに気がついたか、窓べりへ飛びついて、カミソリをもったまま窓の中へくぐってはいりやがった！」

「フウム、思ったとおりだ」

と、うなずいたデュパンが、やはり、ゆっくりと言いだした。

「それからあとは、ぼくが話してみよう。もしもまちがってたら、すぐ言ってくれたまえ、いいかね！」

怪声の謎を解く

ペコリと頭をさげた

怪奇な謎の中心を、ぼくのデュパンが今からえぐり出して解こうとする。ぼくもシャルも真けんに耳をすまして鉛筆を走らせた。速記レースだ。

「きみはゴリラのあとから避雷針を登って行った。登るのはきみも得意だ。だが、おくれていた。部屋の中にはおかあさんのレスパネ夫人とカミイユ嬢が、まだ起きていた。四階だからはいってくる者はないと、窓をあけはなして夜なかの涼しい空気を入れていた。そこに突然、灰色の大きなゴリラが窓いっぱいにはいって来た。ドアにはカギがかけてある。逃げだすひまも、すきもない。気を失うほどおどろいたふたりは、声をかぎりに助けを呼んだ。それをきみは避雷針を登りながら、聞いたはずだがね」

「ウウム、聞いた！　殺されるような声だった。おれはたまげて避雷針をおりたんだ」

と、太いガラガラ声が低くなった。

「その殺されるような叫び声が、四階の窓から夜ふけの四方にひびいて、交番の巡査や近所の人たちをおどろかせた。婦人ふたりが同時に助けを呼ぶのだから、非常な叫び声だったろう。きみもおどろいて避雷針を、おそらく地面まで下りてきたが、ゴリラが婦人に何をするかわからない。ゴリラを逃がしたのは、自分の責任だと気がついて、避雷針をまた登って行ったのじゃないか？」

「そ、そうでさ。あんたは見てたんですか？」

と、ガラガラ声がふるえて、ていねいに言いだした。

「だれが見てるもんか。だが、わかることはわかるんだ。きみは避雷針を上まで登りついて、四階の窓の外から部屋の中をのぞいて見ると、ふたりの婦人がダンロの前にかたまって、抱きあったままふるえている。もう声も出ない。すぐ前に灰色のゴリラが立ってカミソリを片手に、ふたりを見おろしている。きみもおどろきと恐ろしさに突かれて、避雷針から窓▼70べりへ飛びつくと部屋の中へ、むちゅうではいって行った、ゴリラをおさえるために、そうじゃないのかね？」

「そ、そうなんで、まったく、ああ、……」

と、でかい先生のヒゲヅラが、ガックリとうつむいた。

「おかあさんのレスパネ夫人とカミイユ嬢は、自分たちの財産をしらべていたのだろう。金庫を出して宝石類や金貨をかぞえ、銀行から送らせてきた札入りの袋も、そばにおいていた。書類のはいってるデスクの引き出しも、あけたままだったろう。それはゴリラがはじめて見るものだ。めずらしがって、キラキラする金貨や宝石や銀のサジを、つかんでは投げ散らした。テーブルもイスも打ちたおした。婦人はふたりとも青ざめたきり、ふるえている。きみはゴリラに大声で怒なった、『こらっ、いけないっ！』と、何度も、むろん、フランス語でさ。きみはフランス語のほかに知らないはずだからね」

「ああ、じっさい、そうなんで……」

「ところが、ゴリラは人間の女を見るのもはじめてだ。ふるえてるふたりのそばへ、ドスドスと近づいて行った。なにをするかわからない。きみはつづけて怒なった、『あっ、やめろっ、やめろっ！』と、目の前のありさまに気をとられて、この時、巡査と近所の者が、おもてのドアを打ち破って階段を登ってきたのを、まるで知らなかったろう。それとも気がついていたのかね？」

「ウウム、知らなかったんで、へえ」

でかい先生がペコリと頭をさげた。頭もでっかい。

ぼくとシャルは鉛筆を走らせながら、いっしゅんに目と目で言いあった。

「この男は犯人じゃなかったぞ！」

「そうよ、デュパンの推理はすごいわ！」

すべてが動物的だ

「ゴリラはおそらくカミイユ嬢の方へ、せまったのだろう。おかあさんのレスパネ夫人は娘をまもるために、ゴリラのすぐ前へ必死になって立ちあがった。そうじゃないのかね？」

デュパンがズバズバと言うと、でかい先生のヒゲヅラが、うつむいたきり、だまってしまった。

「こうふんしているゴリラは、立ちあがった人間を見てカッと怒ると、右手のカミソリを振りあげた。おどろいたきみは怒なった、『ああっ、大変だっ！』と、レスパネ夫人もカミイユ嬢も必死にさけび、同時にゴリラは人間の女の声をまねてキンキンと高く叫びだした。婦人ふたりとゴリラの高い声だから、聞いた者は、どこの国のことばだかわからない。ドイツ語かロシア語か、いろんなふうに聞こえた。ところが、それどころじゃない、ゴリラはレスパネ夫人に切りつけた。それを見たカミイユ嬢は、それきり気を失ったのだろう」

　ぼくは鉛筆をはなした。カミイユを思って書けなくなった。

「オイッ、きみは水夫長のくせに卑きょうだぞ！」

　デュパンの茶色の目が激しく、でかい先生をにらみつけると、

「ゴリラが切りつけたのを見ると、窓から飛び出るなり避雷針をつたわって地面に下りた。あとも見ずに自分の借家へ、いっさんに逃げて帰ったのだろう。どうだ？」

「へえ、もう、そ、そのとおりなんで……」

「レスパネ夫人は重傷を負うと、気を失って倒れた。ゴリラはカミソリをイスの上に投げすてた。血を見て狂いながら、カミイユ嬢を抱きあげると目の前のダンロの中へ、さかさに押し入れた。人間のするわざではない。すべてが動物的だ。この犯行は、おそらく類人猿の仕業だと、ぼくが推理したのも当然だろう」

「そうだわ、そうだわ！」

と、シャルがささやき、ぼくはだまっていた。

▼71
「狂っているゴリラは、さらにレスパネ夫人を抱きかかえると、窓から出ようとした、が、窓べりにつかえて、むりに出た。窓わくのクギが折れて、出たあとに下りて窓がしまった。ゴリラはレスパネ夫人を片手に抱きかかえて避雷針に飛びついた。これも、ふつうの人間にはできないことだ。グラグラゆれる避雷針を下りてしまったが、夫人は血だらけのまま気を失っている。草むらへ投げすてて、林の中へ逃げて行った。ジャングルにいた奴だ。林つづきに逃げ走って、ボア・ド・ブローニュ公園の林のおくへ行ったろうと、ぼくは思うのだが」

「エッ？」

と、ヒゲヅラをあげた、でかい先生が力のぬけたガラガラ声できいた。

「あんたは公園の林のおくで、うまくつかまえたんじゃねえんですか、あいつを、エッ？」

ほかにニュースは？

「オイッ、立て！」

と、デュパンが強烈に命令した。

その強烈さに、ヒゲヅラがおさえられて、ヨロヨロと立ちあがった。

「公園の中でぼくがゴリラをつかまえたと、広告に書いたのは、ウソだ。あのように書かないと、きみは出てこなかったろう。それよりも今すぐ警視庁へきみが行って、すべてを話すんだ、行けっ！」

ビクッとしたヒゲヅラが、

「け、警視庁へ？」

「むろんだ。ゴリラは今、おそらく公園のおくに、ひそんでいるだろう。ゴミ箱の中に食いものがなくなると、町へ出てくるにきまっている。パリ市民の非常な危険だ。すべてがきみの責任だぞ！」

「ウウム、ヘエ……」

「逃げてもかくれても、きみの人相には特長がある。すぐつかまるぞ！」

「ヘエ、どえらいことに、なっちまって……」

「今からすぐ行けっ、まっすぐに！」

立ちあがったデュパンが、ドアの前へ行くと、カギをまわして引きあけた。

犯人ではなかったヒゲヅラの大男が、ころがってる棒をひろいあげると、オドオドしながら出て行った。

「警視庁が沸きたつね、シャル！　ほかの社の記者が聞きつけるよりさきに、パリ新聞で第一に発表しちまえよ」

と、デュパンが微笑して言った。

「そうよ、むろんだわ、すごい超特ダネだわ！」

シャルが手帳と鉛筆をポケットに突っこんで立ちあがると、

「待った、待った、記事のあとに書きそえるんだな。警視庁はゴリラをつかまえるために、ボア・ド・ブローニュ公園の林へ武装機動隊を派遣するだろうとね、そうするのにきまってるんだから」

「いいわ、書くわよっ！」

シャルが大いそぎで出て行くと、廊下から声が聞こえた。

「ああ、おどろいた！」

しかし、シャルよりもおどろいたのは、パリ新聞数十万の読者であり、その特ダネニュースをつたえ聞いた市民たちだった。同時に「デュパン」が一躍、たちまち有名になった。シャルが「天才の名探偵」などと書きたてたからだ。

各新聞社の記者が、「追っかけ記事」を書くために、ぼくたちのボロ部屋へゾクゾクと集まってきた。いろいろの質問をデュパンに、あらそってする。

苦笑いしながらデュパンは、キッパリと言った。

「パリ新聞へ出たほかに、ぼくの知ってることは、なんにもないですよ。それよりも、その後のニュースを、ぼくに聞かせてください」

記者のひとりが、これまた苦笑いして言った。

「銀行員のアドルフ・ボン氏は釈放されたですよ。プレバン刑事部長の黒星ですな」

「いや、あれは真犯人を、ゆだんさせるためだったでしょう」

「しかし、真犯人がゴリラだったんだから、ゆだんするも、しないも、ないでしょう」

みんながドッと笑った。

「今さっきはいったニュースですがね、デュパンさん！」

と、べつの記者のひとりが、

「警視庁の武装機動隊はゴリラを、ボア・ド・ブローニュ公園の林のおくで発見し包囲した。捕獲しようとしたが猛烈に抵抗するので射ち倒したというのです[72]」

「ハハア、それはよかった。ほかに被害がなくって。なにかまだニュースはないですか？」

盗まれた秘密書

またべつの記者のひとりが、

「ゴリラはレスパネ夫人の金色のバンド[73]を引きちぎって、自分の腕に巻いていた。これが、犯人はかれである証拠材料になったのです、たしかに！」

と言うと、またべつの社の記者が、

「ゴリラが犯人は、おかしいじゃないか？」

「あっ、そうか、人間じゃないからね、犯ゴリラだ」

みんながまたドッと笑った。

なにしろ異常な怪事件だった。


新聞記者がみな帰って行き、夕方になった。

部屋の中をぼくが歩きまわっていると、

「オイ、ロバート！」

デュパンが横から呼んだから、

「なんだっ？」

「ハハア、クシャクシャしてるね。カミイユさんを見まいに行ってこいよ」

「ウウン……」

行こうか、と、おもっていたところだ、しかし、

「面会謝絶だろう」

「行ってみないと、わからないだろう」

「ここに電話がないのは、まったく不便だな。パリ新聞から賞与をもらったら、さっそく電話をつけようよ」

「ハハッ、電話なんて、やっかいだぜ。ジリジリ鳴りだすと、いやでも出なけりゃいけないからね」

「なあに、いやな時は鳴ったって出ないさ」

「オイ、電話みたいにジリジリするなよ。カミイユさんを見まいに行ってこい」

ドアにノックが聞こえた。

「はいれっ！」

ぼくが怒なって、

「チェッ、また新聞記者か、うるさいなあ！」

と、見ていると、ドアをおしあけながらはいってきたの

は、新聞記者だが、エリオ編集長だった。

〈ヤア、約束の賞与をもってきたな、いくらだろう？〉

と、ぼくが見つめる背の高いエリオ編集長のあとから、五十才くらいのブクブクにふとっている紳士が、それに出しゃばりシャルがはいってきた。三人だ。

エリオ編集長がぼくたちに、しょうかいしたブクブク紳士は、警視総監のヘンリー・ジョセフ・ジスケエ氏だったから、

〈ヘヘエ！〉

と、ぼくはおどろきながら握手した。

警視総監の手は柔らかくて、ブヨブヨだった。

デュパンは総監に、

「ぼくに何か用ですか？」

と、ムッとガンコな顔になってきいた。鼻がツンと高い。はじめて会う者には、とても、いやな感じをあたえる。

ジスケエ総監が来たのは、英国メリイ妃殿下の大失敗である国際機密書類の紛失について、推理と至急の捜査をデュパンにたのむためだった。その話しをデュパンが聞いてしまうと、腕ぐみしながら、ゆっくりと言った。

「フウム、これは興味の深い事件だから、やってみましょう。その秘密書を盗みだした者はマラー外務長官だと、わかっているのですね、明白に？」

ジスケエ総監は、うなずいてこたえた。

「そうですじゃ。なにしろ今までにない、重大な機密事件じゃから、ぜひとも骨を折って解決していただきたい！」

▼1　『週刊朝日』一九六一年七月十四日号掲載。

▼2　後述の二人以外の参加者は、中島河太郎（一九一七～一九九九）、推理小説評論家。第一回江戸川乱歩賞受賞者。日本推理作家協会理事長、ミステリー文学資料館館長などを歴任。主要著書として『日本推理小説史』（全三巻）がある。

▼3　長沼弘毅が経営した貸スタジオ。赤坂のカナダ大使館裏にあった。

▼4　（一九〇六～一九七七）、大蔵事務次官、公正取引委員会委員長、日本コロムビア会長などを務めたかたわら、日本人シャーロッキアンの草分けとして活躍。研究書を九冊発表する他に、クリスティの小説の翻訳なども行なった。ベイカー・ストリート・イレギュラーズ日本人会員第一号である。

▼5　（一九一七～一九六七）、女優。宝塚少女歌劇団出身。『宮本武蔵　地の巻』『姿三四郎』などに出演。映画監督マキノ正博と結婚した。上述の対談の人物紹介では「クイズ『それは私です』の常連回答者などテレビ出演も多い。推理小説のファン代表として出席」とある。

▼6　この長沼の発言は、松本清張や水上勉の作品が面白く、翻訳は「昔の人ならクロフツ、いまだったらダールなんか好きです」という轟に向かって、「まあ、老婆心みたいなことをいうけど、轟さんは古典のいいものを読むといいですよ。『樽』よりももっといいものがありますよ」と言い、轟が「これから勉

強します。（笑い）」と返したときに、発せられたものである。
▼7　この引用元は、「トリックのタネは、たとえばポーの五編の中に尽きてる。あとはみんな、それをつないだり、あわせたり、重ねたり、逆転させたりしているだけなんだ。ただポーに出てこないのは、被害者すなわち犯人というトリック。それから双生児、それから一人二役も出てこないけれども、あとは声のトリックも、動物犯人も、密室も、それから大きすぎる凶器も、安楽イス探偵も、ワトスン役も、探偵即犯人も、盲点心理も、暗号も、みんな出てきてる」という長沼の発言。
▼8　長沼は『週刊朝日別冊』一九六一年五月号から五回にわたって「推理小説ゼミナール」と題して、ポーのこれら五編「モルグ街の殺人」「マリー・ロージェの怪事件」「黄金虫」「お前が犯人だ」「盗まれた手紙」を詳しく分析し、同題名で翌年十二月に講談社「ミリオン・ブックス」の一冊としてまとめた。その第一回は「モルグ街の殺人」であり、峯太郎に影響を与えた可能性がある。
　なお、同書の最後に、ポーの探偵小説は何編あるかという異説も紹介している。
▼9　（一八〇九～一八四九）、アメリカの作家、評論家、詩人。上述以外の作品として「アッシャー家の崩壊」「黒猫」「大鴉」などがある。探偵小説の始祖と目されているが、その他にも恐怖小説やSF小説など、多くの分野で活躍した。
▼10　以下の少年時の回想は、原作にはない峯太郎独自の加筆。原作ではかわりに分析的知性や、トランプの一種ホイストについて語られる。
▼11　原作にあるデュパンの有名なセリフであり、観察するだけで他人が考えていることがわかるというのは、フランソワ先生の〝友だちとバナナ〟の話と好対照をなしている。
▼12　原作では「ぼくの経済状態は彼のそれよりいくらか良かった」（一三頁）。
▼13　原作では、語り手の名前は最後まで不明のままである。
▼14　娘の名前は原作通りに「カミイユ・レスパネー」だが、語り手と幼馴染《おさなじみ》だったのは、峯太郎版独自の設定である。原作では新聞記事を見て「デュパンはこの事件の成行きに異様なほど関心をいだいているらしかった」（二七頁）とあるように、語り手よりもデュパンが主導である。
▼15　原作では同じ稀覯書《きこうしょ》をたまたま二人とも探していたのがきっかけとあるだけで、子供のように肩を並べて読む場面はない。どちらが先に図書館で本を借りたのかは、不明のままなので、峯太郎は独自の解決をつけたのだろう。
▼16　峯太郎版のデュパンは、速読術を身につけているらしい。原作のデュパンは「読書範囲の広さは、ぼくを驚かした。それになかんずく、彼の想像力の奔放な熱烈さと生気にあふれた新鮮さは、まるでぼくの魂を燃え立たすように感じられた」（一三頁）。
▼17　この一節によく似た表現が、出口王仁三郎の『霊界物語』（『第七十六巻　天祥地瑞卯の巻』天声社、一九三四）にある。「次に『ガイヤ』即ち母なる地は『エロス』と接触して『ウラノス』（星の多い天）と広大な山々と『ポントス』（荒い海）を生む」（二七頁）。
▼18　この引用も、前述と同じく『霊界物語』の一節に酷似している。「『ウラノス』と『ガイヤ』の系統には『チタン』と『キクローペ』と『ケンチマネ』と言ふ三つの神族があつた。このうち『チタン』族は後の神族の敵となつて、この世界に大

動乱を起したもので」（二八頁）と書かれている。峯太郎は浄土真宗とキリスト教に造詣が深く、若いころには一燈園に関係していたこともあったが、大本教との関係は不明である。王仁三郎と峯太郎は同じ「ギリシア神話」の本を種本としていたのかもしれないが、その具体的書名はわからない。ご存知の方がいらっしゃったなら、ご教示をお願いいたします。

　なお、「チタン」は現在「タイタン」と日本では呼ばれている。また「キクローベ」は「キュクロープス」、「ケンチマネ」は「ヘカトンケイル」という巨人族である。

▼19　原作ではこのかわりに、語り手の心中を読んで「たしかに、あいつはひどく丈が低い。寄席のほうが向くだろう」（一五頁）といきなり発言して、驚かせる場面が描かれている。その後どうやったかの説明が続くのだが、複雑かつ難解でわかりにくいので、峯太郎はこちらの場面に書き直したのだろう。ちなみにこれに似た場面が『黄色い部屋の秘密』（ガストン・ルルー）の前半にもある。主人公ルールタビーユは同じく新聞記者であり探偵で、予審判事が乗る列車に乗り込んで取材を行なうところまでは一緒だが、予審判事が質問に言葉で答えてしまうのが大きな違いである。

　なおこの手法は「ノンバーバル・コミュニケーション」と呼ばれ、『ＦＢＩ捜査官が教える「しぐさ」の心理学』（ジョー・ナヴァロ、マーヴィン・カーリンズ、河出文庫）などの解説書が出版されている。

▼20　原作では「Ｃ・オーギュスト・デュパン」とフルネームが書いてあるが、この「Ｃ」は「騎士（シュヴァリエ）」の称号を略したものではないだろうか。彼は名門の出と説明されている。

▼21　レーグルは、ノルマンディー地方にある実在の町。

▼22　原作発表当時の一八四一年ならヴィクトリア女王、峯太郎版発表時ならエリザベス二世女王である。

▼23　前述のように、原作の語り手は遺産からある程度の生活費が賄《まかな》えるが、デュパンは「貧苦に悩み、生来の気力も衰えた」（一二頁）とあり、「ぼくが彼の許しを得て金を出し」（一三頁）て屋敷を借りて同居をした。二人の間には収入の格差があった。一方コナン・ドイルのホームズとワトスンはベイカー街の下宿を共同で借り、江戸川乱歩の「二銭銅貨」でも、語り手の「私」と松村は対等な立場で下宿で共同生活を送っている。友人同士で上下関係があってはいけないと、峯太郎は考えて変更を加えたのだろう。

▼24　フォーブール・サン・ジェルマンは、パリのセーヌ川左岸にある地域。エッフェル塔、ユネスコ、パリ日本文化会館などがある。峯太郎版では珍しく長い固有名詞をそのまま記している。

▼25　原作のデュパンは「世間で活躍しようとか、資産を取戻そうとかいう志を捨ててしまっていた」（一二頁）とあるように、一切職業についていない世捨て人である。

▼26　原作で「次のような記事がぼくたちの注意を惹《ひ》いた」（一九頁）と、二人とも興味津々だったのは、世捨て人デュパンらしからぬと、峯太郎は判断したのだろうか。そこでカミイユが幼馴染だったという伏線が、生きてくる。

▼27　峯太郎の『名探偵ホームズ全集』の第一巻の題名と同じ。

▼28　原作では母娘とも年齢の表記はない。日本の新聞の形式に合わせたのだろう。

▼29　『名探偵ホームズ全集』では「探偵神経」という表現が

繰り返し登場していたが、戦後に「探偵小説」から「推理小説」へ呼び方が変わった影響が、ここに現れている。「推理神経」という表現も、後に登場する。谷口基は「本格＋変格の『お化け屋敷』」（押野武志他編著『日本探偵小説を知る』北海道大学出版会、二〇一八）で、一九六一年四月発行の『文学』（第二十九号）の特集「日本の推理・探偵小説」について、「同特集のコンセプトが、〈探偵小説の死／推理小説の新生〉という図式の提示にあったことは明白であろう」（一四四頁）と述べているが、その翌年に出版された本書は、まさに時代の変革期にあったことが推察される。

▼30　原作にはない名前。後述のドレーズ巡査も同様。

▼31　原作では絞殺された上に、たくさんの擦過傷がついていた。読者に近い年齢の女の子を殺すのを遠慮したのだろうか。死んでしまったのだから、原作では当然O・S病院に搬送されず、遺体は現場に置かれたままだった。

▼32　原作にない登場人物だが、峯太郎版では『盗まれた秘密書』にも登場する、重要人物である。

▼33　原作では首が切断され、手足に切創、全身には打撲傷と骨折があった。

▼34　原作にはない動機の示唆。次の『盗まれた秘密書』を連想させる。

▼35　これも原作にない語り手のファーストネーム。フランス人ならロベールではないだろうか。

▼36　原作では現場に突入した警察官は「二人」（一九頁）とあるが、証言で名前が上がっているのは「イジドール・ミュゼー」のみである。また原作では「『糞ッ』という言葉と『やいっ』という言葉」（二二頁）を聞いているが、峯太郎版のほうが真相のヒントになっている。

▼37　原作ではこちらが巡査よりも先に証言をしている。煙草《たばこ》屋《や》ピエール・モロー、銀行員アドルフ・ル・ボン、医師ポール・デュマ、外科医アレクサンドル・エティエンヌの証言が割愛されている。また、デュパンとル・ボンが知り合いだという設定が省かれている。

▼38　原作にはない登場人物。ル・ボンの証言をかわりに説明している。

▼39　原作では「警視総監のG＊＊」（二九頁）で、デュパンと懇意なので、現場に立ち入る許可も簡単に出してもらっている。新聞社の編集長の仲介はいらない。ちなみに彼のフルネームは「ヘンリー・ジョセフ・ジスケエ」（本書五四頁）である。

▼40　『名探偵ホームズ全集』の頃から、峯太郎版の美女は「銀髪」と相場が決まっている。

▼41　原作にない女性登場人物。『名探偵ホームズ全集』でも、ワトソン夫人やハドソン夫人が原作以上に活躍したが、シャルはそれをさらに上回る準主役である。江戸川乱歩の「少年探偵団」シリーズでは、「探偵団のおねえさま」の花崎マユミが『妖人ゴング』（一九五七）から『超人ニコラ』（一九六二）までの八作品に登場し、一方『少女・世界推理名作選集』（金の星社、一九六二～六七）というシリーズも出版されており、『少年探偵全集』（光文社、一九五〇～五二）が発行された十年前と違って、少女も重要な読者として認識された結果、つけ加えられた存在なのではないだろうか。

▼42　新聞社は原作に登場しないのだから、この給仕の少年も当然峯太郎の創作である。

▼43　原作では「簡単に許可して」（二九頁）もらっている。

▼44　原作ではル・ボンの証言の後にあった。
▼45　原作ではこのように期限を切っていない。
▼46　原作では、監視の許可を得る前に「ぼくたちは通り越して横町へはいり、もういちど曲って、家の裏手へ出た。デュパンはその間、家屋とその周囲を細心の注意で調べていた」（三〇頁）。建物が建て込んでいるパリ市内なので、庭はないようだ。
▼47　建物の周囲は囲まれておらず、雑木林に続いている様子だ。犯人の逃走に好都合なように、峯太郎は改変したのだろう。また赤土の地面に犯人の足跡が残っていたかもしれないと、峯太郎は合理的な示唆をしている。
▼48　原作にない登場人物なので、当然この場面に登場しない。
▼49　原作にない一節。犯人の足跡が残っていない合理的な説明を、峯太郎はつけている。
▼50　この時点で、すでにデュパンは犯人の見当がついているようだ。あとでシャルが指摘しているように、靴あとではなく犯人ははだしだったと考えている。
▼51　原作のデュパンは中庭には出たが、犯人の体重を支えられるほどの強度が避雷針にあるかどうか、確かめていない。峯太郎版のほうが実際的だ。
▼52　シャルは事件の核心に気づいている。原作にはない指摘。犯人だけでなく、飼い主の水夫も避雷針を登るときには、はだしになっていたかもしれない。
▼53　原作では「そこには二つの死体がまだ置いてある」（三〇頁）が、カミソリへの言及はない。現代では考えられないほどいい加減な遺体の扱い方だから、もしかしたらカミソリも放置したままだったけれども、ポーが言及しなかっただけなのかもしれない。
▼54　次巻の『盗まれた秘密書』に、関連づけている。
▼55　原作に登場しない人物。フランス人なら「アンリ」のはずだ。
▼56　原作では「王宮」（『ポオ小説全集　第四巻』、二四〇頁）の「貴婦人」（同）。「盗まれた手紙」は一八四五年発表だから、オルレアン朝のルイ＝フィリップ一世治世下（一八三〇～一八四八）だろう。ここで言及されている「王宮」はテュイルリー宮殿、この貴婦人は王妃マリー・アメリー・ド・ブルボン（一七八二～一八六六）と推定される。一方、峯太郎版の「メリー妃殿下」は、イギリスの王族だとすると、ジョージ五世（一八六五～一九三六）の王妃メアリー・オブ・テック（一八六七～一九五三）ではないだろうか。
▼57　フランスで共和派のマラーといえば、フランス革命時のジャコバン派の政治家ジャン＝ポール・マラー（一七四三～一七九三）を思い出す。原作の犯人は「D＊＊」という匿名になっていて、頭文字もマラーとは異なる。「共和党総裁の外務長官」というのは、峯太郎版の設定。
▼58　原作では「鍵はさしたままであった」（二〇頁）。
▼59　原作では先に折れた釘の先を引き抜いている。原作で警察が窓を開けられなかったのは、秘密のバネがあったからであり、峯太郎版のように窓ワクの掛け金で開くのなら、警察も窓を開けられたのではなかっただろうか。
▼60　開けっ放しの窓から犯人が侵入したことになっているが、どうやって開けたまま固定していたのだろうか。
▼61　シャルの論理的で妥当な推理。白人の植民地支配について関心のあった峯太郎ならではの発想である。

▼62　原作では抜け毛を示して犯人はオラン・ウータンだとあっけなく明かし、新聞広告にも明記している。峯太郎版のほうが、謎を最後まで引っ張って緊迫感がある。「二日すぎても」と時間を切っているのは、警視総監から許された捜査の期限だからだろう。また長沼は『推理小説ゼミナール』で、「船員の好むリボンやレスパネ夫人の指の間にはさまれた動物の毛などは、もっと早く読者に知らせておくべきものであった」（五三頁）と、ポーの手落ちを指摘しているが、峯太郎が割愛しているのはそれに気がついたからだろうか。

▼63　原作では夫人は現場で即死しているので、入院するわけがなく、また病院長が登場するはずもない。遺体を確認した医者はデュマとエティエンヌである。

▼64　長沼弘毅は『推理小説ゼミナール』で、「レスパネ夫人は、部屋のなかで、剃刀《かみそり》によって喉首を斬られたのだが、裏庭で発見されたときの体の損傷は、これでは説明ができない。『重量のある鈍器』でやられたと検視医はいっていたが、デュパンは、この鈍器は、裏庭の敷石すなわち大地であると断定したのである」（六二頁）と述べている。残念ながら峯太郎版では長沼のいう「盲点心理」（二三九頁）を生かした凶器が、活用されなかった。

　長沼は同様の例としてブラウン神父の作品を挙げているが、法医学はおろか犯罪捜査科学が皆無だったデュパンの活躍した十九世紀前半ならともかく、ブラウン神父が設定された二十世紀前半で、このことに誰も気がつかないということがあるのだろうか。

▼65　原作ではデュパンに謝礼を払おうとしており、貸し馬屋の借り賃の話は出ていない。しかも峯太郎版では、「モルグ街で、えらいことをやったね」と指摘されると、大暴れする。原作のほうが紳士的だ。

▼66　原作には出てこない名前。単に「彼ともう一人の者がオラン・ウータンを生捕りにしたのである」（五一頁）とあるだけだ。

▼67　峯太郎版では、同じ類人猿でも種類が異なる。ゴリラのほうが子供に馴染み深いと思ったのだろうか。ただしボルネオにはゴリラはいない。

▼68　原作にない設定。ホームズを真似たのだろうか。

▼69　原作ではどうやってパリまでオラン・ウータンを運んだのか、説明がない。馬車なら馭者に目撃されるだろう。

▼70　原作では窓から部屋の中を覗き込んだだけ。

▼71　原作では窓から放り投げている。手ぶらなら飛び移るのは水夫でもできるかもしれないが、片手が塞《ふさ》がった状態と強調することで、犯人の異常性を描き出している。

▼72　原作では飼主が捕獲して、植物園に売却された。

▼73　原作にない物的証拠。

盗まれた秘密書

エドガー・アラン・ポー

この本の中に躍る人たち

青年探偵デュパン

『モルグ街の怪声』の謎を、みごとに解いて、一躍、大評判になった天才青年。推理の才能が人なみすぐれている。今度は英国からパリにきているメリー妃殿下の秘密書が盗まれたのを一秒間に取りかえすのだ。

デュパンの親友ロバート

推理に最大の興味をもっている、が、デュパンにはかなわない。助手みたいになって謎の事件と解決を記録し、新聞記事にしたり本にして出版し、デュパンと同じく有名になった、が、カンシャクもちである。

パリ新聞編集長エリオ

まい日、朝も夜も、どこかにニュースの特ダネはないか？　と、神経が張りきっている。奇怪な謎の事件が起きると、それっとデュパンへ解決の相談にくる。それを新聞に連載して、ますます読者を引きつける。

婦人新聞記者シャル

社会の第一線に活躍して社内にいる時間が少《すく》なくピチピチしている。何にでも口を出す、どこへでも出て行く、デュパンを有名にしたのは、あたしだと威ばっている。だからロバートは、〝出しゃばりシャル〟と言う。

パリ警視総監ジスケエ

総監の責任は重い。さいきん、奇妙な怪事件がヒンピンと起きて、警視庁の刑事部だけでは、なかなか捜査がむずかしい。デュパン青年の推理をたのみにくる。ロバートとシャルは〝赤毛のデブ総監〟という。

フランス外務長官マラー

すごい腕まえをもっている。大ぜいの国際スパイをあやつって、英国、ドイツ、ロシアの外交を工作している。ロンドンからパリ観光にきたメリー妃殿下を、不意にホテルへたずねて行くと、たちまち暗躍した。

金髪無名の麗人

名まえがわからない。金髪のスター女優みたいだ。マラー外務長官といっしょに暗躍する。隠現出没、謎の怪女だ。長官の官邸で、夜ふけの野原に、出てくると警視庁の刑事隊など、まるで手だまにとられる。

第一回　名探偵が全敗した？

妃殿下とスパイ少年

奇妙、奇々怪々

パリ警視総監**ジスケエ**氏！▼1

〈なんといっても〝総監〟なんだから、どこかに、えらいところが、あるんだろう〉

と、ぼくは横の方から、ソッと見ていた。

頭のテッペンがツルツルだ、赤くはげてる。髪も赤い。耳がえらくでかくて、赤毛のマユの下に細い目が糸みたい、だが、底光りをもっている。目が細いのは、マブタが上からたれさがってるからだ。鼻もでかい。総監のくせにヒゲなしだ。口びるは太くて厚い。アゴは肉があまってる、二重にくびれていて、白シャツのエリが苦しそうだ。それでもキチンとネクタイをしめている。ネクタイも茶色、服も茶色だから、

〈この総監、おしゃれなんだな〉

と、ぼくは観察した。あたっているだろう。

おしゃれはいい、ところが、総監のからだぜんたいが、イスの両横にはみだしている。ブヨブヨにふとってるからだ。もしかすると、身のたけよりも横の方が出ばってるかもしれない。

〈赤毛の総監、横ぶとりか、ハハア〉

ぼくは腹の中で、こんな悪口を考えて、おかしかった。

「そうじゃ、**デュパン**さん！　ぜひとも、あなたの全力をだしていただきたい！」

と、声はふとくて低い。でかい腹からノドへ出るらしい。

五十才くらいの総監が青年のデュパンに、ていねいに言うと、

「それだと、総監！　事件の動機から内容を、できるだけくわしく、あなたからデュパン君にお話しになるんですな」

と、パリ新聞の**エリオ**編集長▼2が、そばから言った。左手にもうマドロスパイプを抜き出している。

「ええ、そうよ！」

と、ぼくの右がわから変な声を出したのは、銀髪婦人記者の出しゃばりシャルだ。どんな時にも口を出す。自分だけだまってるのは損だ、と、いつも考えているらしい。

デュパンは今度の新事件『**盗まれた秘密書**』の推理に、モリモリと興味を湧きたたせている、すごい気あいが、兄

弟みたいな親友のぼくには直感でわかる。茶色の目をキラキラさせて、赤毛総監にズバリと言った。

「事件そのものは、かんたんなんですな」

「かんたん？　ウム、そうです、かんたんじゃ。われわれの手だけで解けると、思っていたのじゃが……」

「それだと、警視庁で解決しちまうのが、いいでしょう」

「いやいや、ところが、なにしろ非常に変わっとる奇妙な事件じゃから、急には解けなくなったんじゃ」

「ハハア、かんたんで、非常に奇妙に変わってるんですな」

「ウム、大いにそのとおり、じつに奇々妙々じゃから、なんとも手のつけようがないのじゃ」

「奇妙だがハッキリしすぎていて、かえって手が出せないんですね」

「そのとおり、**プレバン刑事部長**[3]もそれで、じつはよわりぬいとる。奇妙で手が出せない……」

赤毛総監は〝奇妙〟と言うのが、口ぐせらしい。さかんにくりかえして、〝奇々怪々〟と言ったりした。よほどよわっているんだ。

銀髪が肩をすくめた

だまっていない出しゃばりシャルが、

「あら、プレバン刑事部長は、**『モルグ街の怪声』**でデュパンさんと探偵コンクールに、負けてギャフンとしたんだわ。きっと意地になってるわ！」

と、キンキン声で横から口をとがらせると、

「いやいや、ぼくもプレバン刑事部長も、そんなことは、みじんも考えとらん。今の奇妙きわまる事件には、フランス国家、英国、ロシア[4]が関係しとる。国際間の重大問題じゃから、探偵コンクールの意地などは、決して考えておれん。一日も一時間も早く、解決しさえすれば、それでよいのじゃ。デュパンさん、どうかね？」

赤毛総監が、ますます熱心になって、はげ頭が湯気をあげるみたいに赤くなった。

エリオ編集長がマドロスパイプの煙を、プカリと、はきだした。目がおもしろそうに笑っている。

デュパンが、いよいよ乗り気になって、赤毛総監にきいた。

「ロシアが関係してると、どうして、わかったんです？」

これはぼくもまだ聞かなかったことだ。

「ウム、それはじゃ、**『盗まれた秘密書』**は初めロシア大使館から、何者かがグランホテル[5]に、とどけてきたのじゃ」

「フウム、それはメリー妃殿下の言われたことですか？」

「いやいや、そのくらいのことは、プレバン刑事部長がグランホテルの受付を捜査して、わかったことじゃ」

「ロシア大使館から英国の妃殿下へ、ますます国際的に怪しいわねえ、編集長！」

シャルのキンキン声に、エリオ編集長は煙を天じょうへ高くふきあげて言った。

「フーッ、きみはだまってろよ！」

肩をすくめた銀髪のシャルが、ぼくをチラッと見ると、赤い舌のさきを出して見せた。

ぼくは目で言ってやった。

〝おまえはバカだ！〟

「フン……」

と、眉を上げ下げして、銀髪シャルが顔をそむけた。

赤毛総監の相手はデュパンだ。糸みたいに細い目を、熱心に光らせて、

「その秘密書の内容は、妃殿下もぼくに話されない。しかし、妃殿下が封を切って、すでにお読みになったことは、妃殿下じしんがぼくに直接、そう言われたんじゃ」

「フウム、封を切られた国際秘密書、それが盗まれた……？」

と、デュパンが、ひとりごとをささやくと、

「ウム、そうなんじゃ。しかも、**盗んだ犯人は、その場でわかっとる**。現に目のまえで盗むところを、妃殿下が見ていられたのじゃから」

「なるほど、かんたんすぎる事件ですな、**推理するまでもない**。その犯人は共和党総裁で外務長官のマラー氏なんでしょう、妃殿下の目の前にいたのだから」

「そうなんじゃ。その重要秘密書が今なお、マラー長官の手もとにかくされているのも、およそ明白なんじゃよ、デュパンさん！」

「そうですか、そのわけは？」

と、さすがのデュパンも、これだけは意外らしく、茶色の目を見はってきいた。

美人で才気満々

「ウム、そこに重要なカギがあるのじゃ！……」

赤毛総監が声をひそめて、

「というのは、その秘密書がマラー外務長官の手もとから、何者かの手に移ったとすると、すぐにその波が四方にひろがって、表面へ現われるはずなんじゃから、ウム！」

「表面というのは？」

と、デュパンが両腕をガッチリとくみしめた。今さっき〝推理するまでもない〟と言ったが、腕をくんだのは、推理神経をするどくしたのだ。

「いや、表面というのは第一にアメリカ、第二にドイツ、第三にイタリアなど、各国政府と外交界がさわぎだすのにきまっとるからじゃ」

「フウム、それは、だれの意見ですか？」

「だれというよりも、妃殿下が言われたのじゃ、『だから一時間も早く、マラー外務長官の手もとから秘密書をとりかえして、わたしにとどけてください！』と、なにしろ、このように奇妙な重大な事件は、わしもはじめてなんじゃ」

「各国政府と外交界がさわぎだす。エリオ編集長、そんな気はいは今のところ、ないんですね？」

「まだないようだ。大公使は夏休みで、たいがい山の別荘か海岸へ出かけている。このところ目だった動きは、まるでないんだから、フウッ……」

「秘密書の内容について、編集長の意見は？」

「さあ、それだがね。もしかすると、ロシアが英国と秘密同盟▼6をむすびたい、そのための準備工作として、ちょうどパリに来ているメリー妃殿下に、ロシア大使館を通じてなんらかの予備工作を、あえてしたんじゃないか？　なにしろメリー妃殿下は英国女王になるかもしれない候補者▼7だし、美人で才気満々の人気者だからね」

「まあ！　ロシアと英国の秘密同盟、世界の大問題だわ。フランスだってジッとしてられないわ！」

「きみはだまってろよ、フウッ！」

「だって、わたし、愛国心があるわ！」

「それなら、なおさらだまってろ！　デュパン、その秘密書が現在、どこにかくされているかを、今至急に捜し出さねばならない。きみの直感と推理で手がかりが、なんとか今までの話しで、つかめないだろうか？」

「さあ、ロバート、きみの考えは、どうなんだ？」

デュパンが突然、ぼくに声をかけた。

〈アッ……〉

と、ぼくは不意を突かれて、あわてた。じつはなんにも、まだ考えていなかったんだ。

莫大な金になる

こうしてぼくが、これを書いてるのは、いずれ本にして出版したいからだ。だから読者にきいてみたい。エリオ編集長がデュパンにきいたのと同じように、

「きみの直感と推理で手がかりが、なんとか今までの話しで、つかめないだろうか？」

もしも何か手がかりをつかんだ人がいるとすると、その読者こそ、すばらしい名探偵なのです！

ぼくはまだ、なにひとつも、つかんでいなかった。だから、ビクッとあわてながら、エリオ編集長にきいてみた。

「マラー外務長官がその秘密書を、自分の手もとにかくして外へ出さずにいる。そのわけは、いったい、どういうんです？　これも一つの手がかりになるだろうと、ぼくは思うんですが……」

すると、煙を高く天じょうまでふきあげたエリオ編集長

が、

「なあに、かれマラー氏は外務長官であると同時に、共和党の総裁だからね。次ぎの総選挙に共和党員が多数を占めると、自分は新内閣をつくって首相になれる。ところが、総選挙に勝つためには、どこの国でも莫大の金がいるから▼8ね」

と、言われても、わからないぼくは、

「秘密書が金になるわけは、どういうんです？」

「フム、ロシア大使にウンと高く売りつけるさ」

「なるほど、フウム……」

「ロシア対英外交の秘密を、にぎられたんだから、大使はいくら高くても証拠の秘密書を、買いとるだろう。総監、そうじゃないですか？」

「ウウム、そうじゃ。マラー氏は今ごろすでにロシア大使に売りつけ交渉を、はじめとるかも知れんのじゃ」

「またじっさい、マラーとなると、どんなことだってやる男だからな。人間として正しいことだろうと、不正のことだろうと、汚職でもなんでも、おかまいなしなんだ。警視庁は公安課も刑事課も、相手が外務長官だというんで、今までもずいぶん、えんりょしてたんですな、フウッ！」

「いやいや、エリオ君、そのようなことは、ウウム、決して……」

と、今度は赤毛総監があわてて、はげ頭がまた赤くなった。

「そこで、一時間も早く解決をいそぐこの重大な事件に、デュパン君もロバート君も、まだ何の手がかりもつかんでいない。ついては、総監が妃殿下から直接に聞いた現場のことがらを、はじめから順序をたてて、くわしくぼくたちに話してください！　ここにはデュパン君とロバート君もいる上に、ぼくも協力するし、シャル嬢も推理のベテランなんですから、どうですか？」

エリオ編集長も熱心に言い、赤毛総監は聞きいれて、これまた熱心に話しつづけた。ぼくとシャルは『**モルグ街の怪声**』の時と同じように、速記コンクールをはじめた。ところが、総監の口調は、〝したんじゃ〟とか〝そうなんじゃから〟とか、どうも聞きづらい。その点だけを、あたりまえの口調に書きかえたのがぼくの速記なんです。

コーヒーを何ばい飲んだか

「犯行された被害者が、犯人を明白に知っている、しかし、なんともできない、そのことを犯人もまた知っている。このような奇妙な事件は、めったにあるものではない。しかも、現に目の前にいるその犯人が、平気で方々を堂々と行動している。じつにけしからん事件ではないか！

犯行が起きた日、メリー妃殿下は、ホテルの自分の部屋に、ひとりで休んでいられた。

そこへ部屋付きのボーイがはいってくると、テーブルの上に一通の手紙をおいて、

『ただいま、受付にこのお手紙がまいりました』

と言うと、敬礼して部屋を出て行った。

（なんだろう？）

と、妃殿下の視線が手紙の上へむいた。

まっ白な厚い大形の封筒に、むらさきインクで自分の名まえが、そうして下に赤インクで『必ず親展！』と、フランス語ではなく英語で書かれている[9]。

（だれの手紙かしら？）

妃殿下は封を切って、中の手紙を読みはじめると、

（このような国際関係の秘密に、わたしが接触するのは……）

と、おどろきながら、しかし、非常な興味と強烈な刺激を感じた。むちゅうになって読んでいくうちに、ふと人の気はいを感じて横を見ると、テーブルのそばに立っているのは、いつのまにはいってきたのか、ロンドンから同行して来た少年のフランク[10]だった。

　フランク少年は妃殿下よりも二つ年下の十九才、とても利口な性質であり家は貴族だし、メリー妃殿下付きということになっている。ところが、じっさいは英国政府の高官から秘密に訓令されて、妃殿下のパリにおける行動を、すつかりロンドンの内閣へ報告する任務をもっているのだ。

　メリー妃殿下のフランス旅行は、英国の皇室に関係がない。個人のミス・メリーとしての観光にすぎない。だから、フランス政府は歓迎の会も開かない。ところが、それだけに英国政府は心配なのだ。

（才気満々の若い妃殿下が、パリで何をするかわからない！）

と、そこで利口な少年フランクに、秘密訓令をあたえたのである。

　ところが、これまた妃殿下は気がついていた。

（フランクはわたしのすることを、朝の食事にコーヒーを何ばい飲んだかをさえ[11]、いちいちロンドンの内閣官房長官へ、忠実に報告している！　わたしにスパイが付きそっているのだわ！）

　そのスパイ少年のフランクが今、秘密書を横からのぞいている。

（これはいけない！）

と、妃殿下はテーブルの上へ秘密書をおくなり、フランクの目を見てきいた。

『なにか用なの？　フランク！』

『はい、いいえ……』

　フランクはドギマギして、目がチラチラと動いた。

　この時、ドアにノックする音が聞こえた。

　飛ぶように走って行ったフランクが、ドアをあけると、

そこに現われた人物こそフランス外務長官マラー氏なのだった」

ここまで話してきた赤毛総監は、デブデブにふとっていて、よほど暑いらしい。ひたいに流れる汗を、ハンカチで横からゴシゴシとふきだした。

それを見ているシャルが、クスッとわらった。

ぼくは、だまっていた。

太い指さきでスーッと抜き出した

見られる、しまった！

「外務長官マラー氏は身長二メートルくらいあるだろう、肩はばもひろくて堂々たる岩みたいな体格のもちぬしだ。六十二才と言われてる、が、血色もよく肉も引きしまって眉が太いし目もするどい、ガッチリと鬼みたいな顔をしている。二年前にロンドンにきた時、バッキンガム宮殿でメリー妃殿下と会ったことがある。今は二度めの会見なのだ。

立ちあがった妃殿下が、テーブルをへだててマラー氏を見迎えた。すると、長官が、

『おお、わたくしの最も尊敬するメリー妃殿下！』

『マラーさん、お元気ですね。お尋ねくださって、ありがとう！』

テーブルの上に、ふたりは握手した。

『ここは自分の部屋なので失礼でございます。前もってお知らせいただくと、応接の方でお待ちするのでした、どうぞ、あしからず』

『いや、こちらこそ恐縮なのです、不意に出てきまして、なにしろ公私ともに余暇というものがありませんですから、時に殿下、パリはお気に召しましたですか？』

『はい、なかなかすばらしい所もあれば、そうではない方面もありますようで、これはロンドンにしても、そうなんでしょう。どうぞ、おかけください。十分間ほど、お話しをうかがいましょう』

『はっ、おそれいります』

『さあ、どうぞ！』

妃殿下とマラー外務長官が、同時にイスへかけた。大きなテーブルが、ふたりの間をへだてている。

この時、マラー氏は、するどい視線をテーブルの上へ投げた。

妃殿下はハッとした。

（大事な秘密書を見られる、しまった！）

と、目をふせて見ると、名あてのあるところが上に出ていて、文章のところは大部分が下にかくれている。

（ああ、よかった！）

ホッと息をついた妃殿下は、パリ名所のことなど話しだ

したマラー外務長官に、うまく話しを合わせようとした。

ところが、マラー外務長官は、体格に似あわない、とても敏感な神経をもっていた。相手の妃殿下が何かあわてたようすなのを、すぐ感じとったらしい。

（おかしいぞ！　そうか、妃殿下の視線の動きからみると、目の前にある何かの手紙が、重要な秘密をもっているのだな！）

と、観察したらしい。しかし、そんなことは顔いろにも気はいにも出さずに、

『エッフェル塔に上がってごらんになりましたでしょうか？』

『ええ、パリじゅうが見わたせまして……』

『凱旋門も、ごらんになりましたでしょう？』

『はい、さすがに立派な芸術のように思いました』

『そうおっしゃってくださいますと、わたくしたちも光栄にぞんじます』

などと言いながら、自分の上着のポケットから、つまみ出したのは、やはり何かの手紙らしく、それを指さきですばやくひろげた。

（なにかしら？）

と、妃殿下はきゅうに怪しい気がした。

テーブルのそばに、スパイ少年フランクが、キリッと張りきったまま突っ立っていた。

手紙の下になった秘密書

「スパイ少年フランクは、

（妃殿下とマラー外務長官がどんなことを話すのか？　すっかり聞いて、ロンドンへ報告するんだ！）

と、これまた敏感に、耳と目の神経をするどくしている。

フランクがそばで耳をすましているのを、妃殿下は、むろんはじめから気がついていた。目の前のマラー氏、すぐ横にいるフランク、両方に注意しなければならない。

（マラー外務長官、早く帰って行かないか？　自分の手紙をひろげたりして、どうするのだろう？）

と、怪しみながら見ていると、

『いや、どうも年をとりますと、とかく何でも、もの忘れをいたしまして、出てきます時に来た至急の手紙を、車の中で読むつもりでいましたのが、それきり忘れてしまいまして、ハッハハハ、いや、失礼いたします』

自分ひとりで笑いだして、ふと気がついたみたいに、

『こちらに立っている美しい少年は、どなたですかな？』

『ああそうでした。お引きあわせするのを、わたくしも忘れていまして、これはロンドンからつれてまいりました、フランクと言いますのです。フランク、ごあいさつを！』

『はっ……』

スパイ少年フランクがマラー外務長官に頭をさげると、

くちびるをゆがめて敬礼した。

『ホホー、フランクさんか、いい名まえだね。妃殿下のお供をしてパリ観光は、すばらしい幸運というべきだな』

と、鬼みたいな顔のマラー氏が、気げんよく言いながら、自分の手紙の下になっている秘密書を▼[12]、太い指さきでスーッと抜き出すなり、上着のポケットに突っこんでしまった。

(あっ、いけない!)

妃殿下はビクッと身ぶるいした。

(止めて取りかえそうか、しかし、スパイのフランクが見ている!)

声をあげて人をよぶこともできない、妃殿下は目の前の思いがけないできごとに胸を打たれた。

すばやく大胆に、あっと思うより早く、秘密書をマラー外務長官が盗みとってしまった。しかも、

『十分間のお許しを、まことにありがとうございました。ひさしぶりでお目にかかれまして、この上もなく光栄に喜ばしくぞんじます』

と、ヌッと立ちあがると、鬼みたいな顔がニヤッと微笑して、

『またお目にかかる機会をもちたいとぞんじます。フランクさん、きみともまた会いたいね。では、どうぞ、お元気に!』

グッと右手をのばした。

妃殿下はなんとも言えずに、しかたなく握手した。心ぞうが早く打って息がつまり、目がくらみそうになった。

マラー外務長官はフランクとも握手すると、岩みたいな巨大な体格をグルリとまわすなり、ゆうゆうと出て行ってしまった。

テーブルの上にのこっているのは、マラー氏がひろげたままの手紙なのだ。忘れて行ったらしい、が、妃殿下の重要な秘密書を、目の前で盗んで行った。じつに大胆不敵な男である」

変です、この手紙は……

「顔も青ざめている妃殿下に、スパイ少年フランクが、ささやいてたずねた。

『マラー長官は、なにかポケットに入れて行きました。お気づきでしたか?』

妃殿下が気がついていたと、フランクはむろん知っている、それを知らない顔してきくのは、スパイが探りを入れるのだ。

(ウッカリしたことは、言えない▼[13]!)

と、妃殿下はなおさら気を引きしめて、

『いいえ、ちっとも、気がつかなかったけれど……』

と言うと、くちびるをキュッとゆがめたフランクが、するどい声になって、

『しかし、殿下がお読みになっていた何かの書類のようでした。あれはなんだったのでございましょう？』

『さあ、べつに何でもなかったように、おもうけれど……』

『殿下、おどろいたことです！』

『まあ、なにが？』

『一国の長官である者が、泥棒して行くなんて、とても、おどろくべきことです！』

『そうだとすると、こまったことだわね』

『外務長官が目をつけて、殿下の前から取って行ったのですから、あの書類は何か外交関係の、重大な意味をもっていたのでしょう！』

『フランク、あなたはいったい、いくつになったの？』

『はい、十九です』

『まだ子どもだわね。外交だの何だのって、考えなくていいのじゃないの』

『いいえ、わたくしはもう子どもではありません、おとなです！』

『そうかしら……』

『そうです、おとなです！　マラー外務長官は自分に来た至急の手紙を、おき忘れて行きましたから、あれでもよほどあわてていたのでしょう』

テーブルの上にひろげたままの手紙を、十九才のフランクがジーッと見つめると、目をみはってさけびだした。

『殿下、変です！　これは……』

『エッ、どうしたの？』

マラー外務長官おき忘れの手紙を、妃殿下は、

（人の手紙など、読むものではない！）

と、思いながら読んでみると、

『まあ！……』

おどろいて、

（マラー氏に来た手紙ではない！）

自分も目をみはって読みつづけた」

迷路に立った総監

> わがもっとも敬愛するメリー妃殿下[14]！
> ここに、わたくしは個人の資格において、敬愛するあなたに、あえてこの手記をささげるものです。
> あなたの身のまわりに、今、内外の新聞記者はむろん、ことに各国のスパイたちが、するどい視線を、ひそかにそそいでいる。この事実を、あなたはおそらく、ごぞんじないでしょう。
> もしかすると、あなたのすぐそばにさえも、昼夜たえまなく、ある方面からのスパイが目を光らせているかもしれない！

あなたは、パリ観光の行動にも、まただれとの会談にも、すべて十二分より以上の注意を払われんことを！

このようなことを、わたくしが口に出して話さず、この手紙によって忠告をあえてするのは、あなたが才気にまかせて、この重大な注意を忘れはしないかを、わたしは恐れるからです。

あなたのパリ観光が安全ならんことを！

あなたに最も忠実に奉仕する
M

「読んでしまった妃殿下は、おどろきながら、

（まあ！　〝あなたのすぐそばにさえも、昼夜たえまなくスパイが目を光らせている〟って、このフランクのことではないか。こんなことをマラー外務長官が、どうして、いつのまに知っていたのだろう？）

と、これも手紙を読んでしまったフランクの白い顔を、まばたきもせずに見つめた。

くちびるをゆがめているスパイ少年フランクの白い顔が、まっかになると、目をチラチラさせながら、どなるみたいにさけびだした。

『け、けしからん奴だっ！』

『待ちなさい！　どんなことがあっても、外国の長官を「奴」などというのは、礼儀にそむきます』

『し、しかし、かれは何か重要な書類を盗んで行った。かれこそスパイだ。長官だから大スパイです！』

（すると、おまえは小スパイ！）

と、妃殿下は思いながら、だまっていると、

『これは妃殿下をバカにしてる手紙です。かれは自分が大スパイのくせに、スパイに注意するようになどと、こんな「忠告」があるもんですか！』

と、自分もスパイのフランクが、猛烈に憤がいしながら、

『殿下！　大スパイのかれが盗んで行った書類は、じっさい何だったのでしょう？』

と、まだ、どこまでも探ろうとした。

『いいえ、わたしは知らない！』

才気満々の妃殿下も、パリにいるのが、すっかり、いやになってしまった。

（見えないスパイが自分に目をつけているという。そう言うマラー氏もスパイだった。早くロンドンへ帰ろう！）

と、思った、が、

（マラー氏に盗まれた秘密書だけは、取りかえして行きたい。自分はおよそ半分ほどしか読んでいなかった。あとの半分に、もっとも重要な機密なことが、書かれていたのにちがいない。それを知りたい！）

妃殿下は考えに考えた結果、フランクに用を言いつけて外出させると、パリ警視庁に電話をかけた。総監のジスケエ氏と直接に話しあうために、ホテルに来てもらい、**盗まれた秘密書**の取りかえしを依頼したのである。

ジスケエ警視総監は、メリー妃殿下の意外な依頼を聞いて、おどろきながら、考えた。

（待てよ！　外国の妃殿下からの、このような依頼を、承諾すべきだろうか？　マラー氏はフランスの外務長官なのだ）

総監は迷路に立った」

大統領にさし出せ！

「さて、ところで、フランスの今の大統領も、首相も、内務長官も、最高級の有力者だ。むろん、政府党である『民主党』の幹部である。政府反対の『共和党』総裁であるマラー外務長官が、外国の妃殿下の前で盗賊にひとしい行為をあえてしたのは、まことにけしからん、と、大統領[15]と首相と内務長官は警視総監の報告によって、秘密に会談した結果、

『長官といえども、ただちに検挙して、共和党の勢力を打ちくだくべきだが、物的証拠がない。しかも、その**盗まれた秘密書**というのが、いったい内容はどういうものなのか？　外務長官が目をつけて盗み取ったのは、何か国際的関係に重大な意味をもっているからだろう。警視庁は全力をあげて、その秘密書をもっとも秘密のうちに一日も早く奪いかえし、大統領にさし出せ！』

と、警視総監は大統領の厳命を受けたのだ。

これは総監が総監になってから初めて経験する最重大事件であり、しかも、犯人は明白にわかっていながら検挙できない、じつに奇妙な、推理はいらない、中心点は秘密書を発見して奪いかえすことである、一日も早く、一時間も早く！

こういうぼくの苦しい心境を、察してくれたまえ、わかるだろう、きみたち……」

ここまで話してきた赤毛総監のはげ頭に、汗のツブツブがにじみ出てるのを、ぼくはありありと見て、

〈総監、煩《はん》もんしてるな〉

と、同情しながら、だまっていた。

出しゃばりシャルも、このときは、さすがにだまりこんでいた。

今度も莫大な報賞金

まぬけの脳足りん

赤毛の総監ジスケエ氏が、息をついて、

「わかるじゃろう、きみたち」

と、言った、聞き手はぼくたち四人なのだ。

四人の中心になっているデュパンが、ガッチリと腕ぐみしたきり、あおむいて天じょうのすみを、にらんでいる。総監の話しを聞いているのか、いないのか。なにかほかのことを考えてるみたいだ。

エリオ編集長は太いマドロスパイプを、口からはなさずに、青い煙をフーッフーッと、ふき出してばかりいる、が、〈総監の話しは、おもしろいニュースになりそうだぞ！〉と、おもっているらしい、とても明るい快活な顔になっている。

しきりに眉を上げ下げしてるのは、出しゃばりシャルだ。なにか口を出したいのを、がまんしつづけて、イライラしているんだ。

ぼくはというと、**『モルグ街の怪声』**によって一躍、名探偵になったデュパンの、くわしい記録を今度も書いて出版したいから、▼16 赤毛総監の話しも、一言だって聞きのがしてはならない。耳をすまし神経をするどくして、いちいち記憶しておくことにした。速記をつづけると、赤毛総監は秘密のことを話さないかもしれない。シャルも速記をやめた。こうなると聞き手は、とても骨が折れる。まぬけの脳足りんには、できない仕事だ、というと、なまいきかもしれないが……。

「大統領の機密命令によって、警視庁は秘密書の発見に全力をあげた。とくに張りきったのは、むろん、プレバン刑事部長だ。捜査の結果、グランホテルの受付へ妃殿下あての親展書をとどけてきたのは、ロシア大使館の高級事務官であることが、捜査線上にまず浮かびあがった！」

赤毛総監は、はげ頭から顔じゅうの汗をハンカチで、ゴシゴシとふきながら息をつくと、

「ところで、明白な犯人であるマラー外務長官は妃殿下に、『今、内外の新聞記者はむろん、ことに各国のスパイたちが、するどい視線を、あなたの身のまわりに、ひそかにそそいでいる』と、忠告している。が、マラー長官じしんの手下スパイが、グランホテルに初めからひそんでいて、妃殿下あての親展書がロシア大使館からとどけられたのに気がつくと、すぐ長官に急報したのにちがいない、と、これもプレバン刑事部長の推理なのじゃ！」

「そう、それはあたってるわ！」

と、女探偵を気どってる出しゃばりシャルが、とうとうさけびだした。

その方をふりむいた赤毛総監が、目をまるくしてきいた。

「ホホー、あたってる？　あんたの判断は、どういうんかな？」

二枚も三枚も上手

総監に質問された出しゃばりシャルは、ここだ！　と張りきって、こうふんすると、

「だってさ！」

と、高いキンキン声で、

「長官たる者が外国の妃殿下を訪問するのに、たとえ個人の資格といったって、電話で前もって、つごうをきいてからにするのが、礼儀じゃないの、どう？」

と、まるで詰問するみたいにさけぶと、

「オイ、待ってくれ、わしは外務長官ではない。わしを責めたって、しかたないことじゃよ」

と、赤毛総監のヒゲのない口がにがわらいした。

「そうよ、総監さんに怒ったんじゃないの。かれマラー外務長官が、あんまり悪ずるいから、わたし腹がたつんだわ。かれは手下のスパイから急報を受けると、

（よしきた！　その親展書を、おれが断然、うばい取って、うまく金にしてやろう！）

と、悪知えでもって、たちまち決意したんだわ。そこで妃殿下あてに、わざとスパイの忠告なんて手紙を大急ぎで書いてさ、突然、たずねて行ったんだわ。不意に居室へはいって来たものだから、妃殿下はかれを応接室にむかえる暇もなかったのね。かれの考えたとおりに、秘密の親展書を半分ほど読んでいたところへ、かれが現われたんだわ。だから、かれはとても巧みにやってのけて、まんまと目的の秘密書を奪いとるなり、ゆうゆうと出て行ったんだわ。腕まえが一枚も二枚も三枚も、警視庁の連中より上手なのね、フム……」

ズバリと言いきって眉を上げると、えらそうにフムと鼻を鳴らした。

赤毛総監はますますにがわらいしながら、

「いや、どうも手きびしいね。きみはマラー外務長官を『かれ、かれ』と友だちのように言うが、会ったことがあるのかな？」

「フム、わたし新聞記者だから、どんな人にだって会いますわよ」

「それにしても、マラー氏の今後の行動について、きみの推理は、なかなかこまかく、あたっているようだ。婦人探偵になっても、適当だと思われるね」

「あらあ、推理神経がないと、記者の腕がふるえないわ！」

自分は女探偵のチャキチャキだと、初めから思いこんでいるシャルが、チラッとデュパンの顔を横から見てきいた。

「ねえ、マラー氏に関するわたしの推理、あんたはどう思うこと？」

あおむいて、まるっきり知らない顔のデュパンが、シャ

ルには答えずに、総監にきいた。

「**盗まれた秘密書**を発見して取りかえすために、警視庁はどのような方法をとったのですか？」

　ぼくもそれを、くわしく聞きたいと思った。でないと、デュパンにしても、これからの捜査方針を新しく考えつけないだろう。

大失敗、大黒星

　どんな捜査方法をとったのか？　と、デュパンに質問されると、赤毛総監ジスケエ氏は、

「ウム、それはじゃ……」

　と、口ごもりながら、急にグッと胸を張って見せた。

〈アッ、急に威ばりだしたぞ。口調も声も変わって、どうしたんだ？〉

　と、ぼくは、この〝総監〟という人間の威ばり方を、興味をもって観察していた。

「つまるところ、妃殿下の**盗まれた秘密書**が、まだマラー外務長官の手にかくされていて、どこにもほかには行っておらん、これだけは、たしかじゃと、わしもプレバン刑事部長も、おなじく判断したのじゃ。あんたは、この点を、どう考えるかな？」

　と、総監は、どこまでもえらそうに反問した。

〈威ばってるくせに、やっぱりデュパンの意見を聞きたいんだな〉

　と、ぼくはおかしい気がした。

　デュパンは平気な顔をして、ゆっくりと言った。

「おそらく、そのとおりでしょう」

「ウム、あんたも同意見じゃの。よろしい、そこで、わたしとプレバン刑事部長は今の判断と確信によって、断然、秘密に捜査を進めたのじゃ。まず第一に、マラー長官がいつもいる官邸を、徹底的に捜しつくす。これが近道じゃと、わしもプレバン刑事部長も決意した、が、困難を感じたのは、あの悪がしこいマラー氏が、われわれの捜査をすぐ感づくかもしれない。その時は、大統領と首相に猛烈に食ってかかるにちがいない。そうなると、警視庁の大失敗、大黒星じゃ……」

「フウム、フーッ！」

　だまって聞いていたエリオ編集長が、パイプの煙を長く吹き出して、

「しかし、秘密の家宅捜査は警視庁刑事部のお得意で[▼17]、いつも、お手のものではないですか」

　と、なんだか、ひやかすみたいに言うと、

「ウム、それはむろん、前からそうじゃがね」

　横ぶとりの赤毛総監が、デブデブの重いからだをゆすぶったから、古イスがギシギシと音をたてた。

　出しゃばりシャルがぼくの方を見てささやいた。

「ものすごい重さだわね！」

ぼくは目をパチパチさせて、

〈ウン、重いなあ！〉

と、さんせいしてやった。

「じゃから、困難を感じはしたが、わしもプレバン刑事部長も断じて絶望しなかったのじゃ」

と、赤毛のデブ総監は、ぼくたち聞き手の顔を見まわして、

「マラー外務長官の日常生活を探ってみると、ほとんど毎夜、官邸の外にとまっている。どこへ行っているかも、すぐに捜査してわかったが、これはマラー氏個人の私生活[18]にわたることじゃから、言うかぎりではない。きみたちの想像にまかせよう」

と、でかい額の汗をハンカチで、またゴシゴシとふいた。

〈そんな想像、事件に関係ないだろう。意味ないな〉

と、ぼくが、シャルの顔を見ると、今度はむこうが目をパチパチさせて、

〈そうよ、意味ないわねえ！〉

と、さんせいした。

エリオ編集長はパイプにタバコを、新しくつめかえた。

デュパンはあおむいて天じょうのすみをみつめた。

あたしは有力に動いた！

「官邸に夫人はいない。召使いは料理人と共に四人、男ばかりじゃ[19]。それがみな夜になると、長官の居室を遠くはなれて、庭のすみにある別棟の方へ行ってしまう。夜があけると、本館の方へ出てくるんじゃ。ところで、これはここだけの話しじゃが、パリじゅうの、どんな家の部屋でも、ドアだろうが戸だなだろうが、タンスだろうが金庫だろうが、すぐに開けて中を見る、さまざまな型の各種類のカギが、わが警視庁には、いつも準備してあるのじゃ！」

〈ヘエ、警視庁ってさすがに、たいへんな準備をしてあるんだな！〉

と、ぼくが感心して、デュパンの顔を見ると、するどい茶色の目がチラッとぼくを見て言った。

〈ちょっと、おもしろいみたいだな〉

デュパンも興味をもちだしたらしい。

「ところで、これもここだけの話しじゃが、この**盗まれた秘密書**を取りかえすには、妃殿下からも大統領からも莫大な成功報賞が、わたされているのじゃ！」

と、赤毛のデブ総監がまたからだをゆすぶって、古イスがギシギシと音をたてた。

「待ってください、フッフウー……」

と、煙をはきちらかしたエリオ編集長が、

「その莫大な成功報賞は、いったい、だれが受けとるんですか？」

「ウム、それはむろん、成功したら、わしとプレバン刑事部長が、そろって受けとるべきものじゃよ」

「警視庁が失敗の黒星で、こちらが成功の白星の時もですか？」

「こちらというのは、どこのだれかね？」

「それこそ、むろん、ここにいるデュパン君とロバート君とシャル嬢と、ぼくもはいってるんですよ、フウッ！」

「ウム、そうか、こうしてデュパン君に、わしは協力をたのみにきておる。成功したら報賞をデュパン君にも分けるつもりじゃ」

「あらっ、待ってえ！」

さけびだした出しゃばりシャルが、眉をヒクヒクさせて、

「あたしは、どうなるんです？」

と、赤毛総監を見すえてきいた。

「あんたか？　……」

と、赤毛総監はシャルを、まるで初めて見つけたみたいな顔になると、

「フウム、あんたも協力するのかな？」

「まあ、総監さんもずいぶんだわ。あたしは『**モルグ街の怪声**』を解いた時だって、とても有力に動いたんだもの、あたしの存在を無視したら、だめですわよ！」

ぼくは、

〈出しゃばりシャル、えらく自己宣伝をやるなあ！『**モルグ街の怪声**』の時、〝とても有力に動いた〟なんて、ほんとうに自分でそう思ってるのか？　そうだとすると、うぬぼれシャルだ。ひどい自身過多だぞ！〉

と、おどろいていると、

「だってね、総監さん、あなたは協力、協力とおっしゃっても、あたしたちは『**モルグ街の怪声**』を解いた時、警視庁とまったく別に、自主的に捜査して成功したの、知ってらっしゃるでしょう！」

にが虫をかみつぶしたみたいに、クシャッと顔をしかめた赤毛のデブ総監が、

「ウウム、知っとる……」

「でしょう、だから、デュパン党のあたしたちとプレバン刑事部長との探偵コンクールになっちゃって、あたしたちデュパン党が優勝したの、これも、知ってらっしゃるでしょう！」

「ウウム、知っとる……」

赤毛総監が、とうとうふきげんな顔になった。

デュパンが、めずらしく口を出した。

「シャル嬢、だまってろよ。ぼくらは今、聞き手なんだ。マラー外務長官の官邸捜査のようすを、くわしく聞くんだ。それにデュパン党なんて、そんなもの、どこにもありはし

ないぜ」

よほどまぬけのボンクラ

〈中心人物であるデュパン君が、わしの話しを聞きたがっとる、よろしい！〉

と、おもったらしい赤毛総監ジスケエ氏は、ふきげんな顔がやわらかくなって、

「ウム、官邸捜査のようすはじゃ、充分に熟練しとる腕ききの刑事をえらびだして、指揮したのは、むろん、わしとプレバン刑事部長、まず第一にマラー外務長官の居室をはじめ、一部屋ごとに、どこもかも、すみずみまで、のこるところなく、しらべあげたのじゃ、あらゆるものについて、ウム！」

と、自分ひとり得意らしく、えらそうに、うなずいて見せた。

「ええと、待ってくださいよ、フーッ、あらゆるものについて、なにから手をつけたんですか？」

と、エリオ編集長も、〝警視庁の家宅捜査〟のやり方を聞くのは、今が初めてらしい。興味をそそられて目をかがやかすと、

「総監、そのへんのことを、できるだけくわしく説明してください、デュパン君の参考になりますから」

「ウム、よろしい。まず第一に手をつけたのは、各部屋の家具類じゃ。デスク、タンス、金庫など、引出しという引出しは、ことごとく開けて中のものを、上から下まで、しらべあげたのじゃ」

「フッフウ、たいへんな手数ですね」

「いや、手数など考えては捜査ができん。それに訓練されとる刑事たちじゃから、秘密の引出しなど、ひと目で見やぶってしまう。この特別捜査によって、秘密の引出し一つでも見のがすようだと、よほどまぬけのボンクラじゃ。そんなまぬけ者は、わしの警視庁におらん！」

　ビクッと肩をすくめたシャルが、さけびだした。

「みんな腕ききの、すごいんですわねえ、でも、ずいぶん時間が長くかかるんでしょう？」

「ウム、むろん、一晩や二晩ではいかん。そこが苦心を要するところじゃ。部屋が幾《いく》つもあるからのう」

〈この話しも、時間が長くかかるな〉

と、ぼくは聞き手のひとりとして、すっかり最後まで聞くかくごをきめた、が、ふと気がついた。

〈**『モルグ街の怪声』**を解いたデュパンが、エリオ編集長からパリ新聞社の賞金を、まだ受けとっていないぞ。編集長はポケットに入れて来てるんかな？　早く出せよ！〉[▼20]

　その金がはいると、ぼくは一部分をもって、なつかしいカミイユの見まい品を買いに、デパートへ急行するんだ。

絶好チャンスを、つかまえろ！

超特級の犯人

読者のみなさん！

〈赤毛のデブ総監ジスケエ氏が、からだをゆすぶり、汗をふきながらの話し、警視庁得意の家宅捜査は、お得意だからなおさら長々とつづきそうだ。いつ終わるんだか、けんとうがつかない。やっかいだなあ、これは！〉

とぼくは思ったんです、が、聞き手の中心人物デュパンが、今は熱心に目をキラキラさせて聞いている。

〈なるほど、深い探偵的興味が、デブ総監の話しの中にあるからだな〉

と、気がついたぼくも、さらにおもしろくなって、しまいまで聞いたのです。

それをまた、すっかりのこらず書きつづけて行きますから、みなさんも探偵的興味によって、これをしまいまで読んでください！

「ウム、あらゆる引出しという引出しをみな、ことごとく洗いざらい、しらべあげたが、目ざす**盗まれた秘密書**らしいものは、ざんねんながら、まだ見あたらんのじゃ。マラー外務長官、かれはなかなかの曲者《くせもの》でのう。プレバン刑事部長は、わしに、

『超特級の犯人ですぞ！』

と、闘志をもやして言ったくらいじゃ！」

デブ総監じしんも、力をこめてそう言うと、

「ちょっと待ってくださいよ」

と、快活な笑顔のエリオ編集長が、横から質問を投げた。

「あらゆる引出しの中を、すっかり捜したりすると、超特級の犯人はすごく敏感だから、あとで、

〈さては妃殿下の秘密書を、取りかえしにきた者がおるぞ！〉

と、気がつかずにはいない。

それこそさらに超特級の警戒によって、秘密書をどこか最も秘密の方面へ、かくしてしまうでしょう、捜査も発見もできない方面へですよ。この点、どうですか？」

「ウム、いやいや、相手は超特級の犯人にちがいないが、わが警視庁の腕きき刑事たちは、捜査のあとを犯人に気づかれるようなまぬけたことは、断じてやらん！　そんな心配はいらんのじゃ」

「そうですか、フッフーッ、そうすると引出しのつぎは、どこを捜したんです？」

「戸だなをことごとく、それから、あらゆるイスをじゃ」

「イスですか。ずいぶん数があるんでしょう？」

「いかに数が多くとも、手わけしてやったからのう」

出しゃばりシャルが、目をまるくしてきいた。

「イスの、どこを捜したんですの？」

「なんじゃ、婦人探偵のあんたに、これくらいのことが、わからんかのう」

「チェッ、ねんのためにきくんですわ」

〈ハハア、シャルのやつ、わからないのを、〝ねんのために〟なんて、負けぎらいだな！〉

と、ぼくはおかしくなった笑いの視線を、投げてやった。するとシャルはぼくの顔を見ながら、どこまでも負けぎらいで、

〈あんたなんか相手にしてないのよ！〉

と、くちびるをキュッとゆがめて見せた。

長針・真綿・虫めがね

「イスには皮イス、クッション付き、ウィンゾルなど、形、大小、デザイン、さまざまの種類があってのう……」

家具屋みたいなことを言いだしたデブ総監が、ぼくたち四人を見まわして、

「だから、わが警視庁の腕きき刑事たちは、きわめて細く長い針を用意しとる。それをもって、イスの皮の下、クッションの中などを、すみずみまで探るのじゃ。書類がもしもかくしてあると、針のさきでわからんはずはない。ウム、これほど、こまかく捜査するのは、わが警視庁の独特秘密の方法でのう、どうじゃ、おわかりかな？」

「フッフーッ、どうもその『わが警視庁の腕きき刑事たち』は、耳につまってきたですが……」

と、エリオ編集長が、快活にわらいながら、

「その『独特秘密の方法』によっても、イスからは秘密書が発見できなかったのですね？」

「ウウム、いかん千万じゃが、そうじゃった。そこでイスのつぎには、デスク、テーブルの類《たぐい》にかかった」

「引出しはもう捜査ずみですね、フーフッ」

「引出しではない。デスクやテーブルの類には、上に板を張ってあるのが多い。しかも、何か秘密のものをかくすためには、その上板がはずれるように作ってあるのじゃ」

出しゃばりシャルが、とんきょうな声をあげた。

「へええ、おどろいた！　マラー外務長官、いかにも超特級犯人だわ！」

「ウム、そこでデスクやテーブルの類の上板のあるものは、みな、ことごとく、はずしとって、下を捜したのじゃ。あとは、もとのとおりに、うまく、はめておいた、いや、相手に気づかれるようなヘマなことは、断じてせんぞ！」

「だって、それでも、**盗まれた秘密書**は上板の下にも、なかったんですわね」

「いかんのいたりじゃが、ここにもなかった。それから寝台の足、大イスの足などにも、中をくりぬいて、秘密のも

のをかくせるからのう。これまた、見のがしにはできん、充分に捜査したのじゃ」

「あら、そんなガランドーの足なんか、外からたたいてみたら、中に何か、かくしてあるかどうかくらい、音ですぐわかるんじゃないんですか、エヘン！」

出しゃばりシャルが、えらいみたいに胸を張って、わざと高いセキをすると、デブ総監がニヤッとわらって、

「ウハハア、そんなことを言うようだと、あんたはまだ、婦人探偵のタマゴにもなれんのう」

「まあ、それはいったい、どういうわけですの？」

「探偵する者は、もののウラを裏と考えねばいかん」

「そんなこと、知ってますわよっ！」

「そうかな。秘密書類を真綿か布につつんで、寝台かイスの足の下につめておくと、外からたたいてみた音だけでは、ぜったいにわからんのじゃ、どうかな」

「フウン、そんなこと……」

出しゃばりシャルが今度は眉をキュッとしかめた。

「ウム、そればかりではない。あらゆる家具類を、みな、分解して見るわけにはいかんからのう、わが警視庁の腕き刑事たちは、度の強い拡大鏡、すなわち虫めがねを使うのじゃ」

「あらあ、秘密書類の字が虫めがねでないと読めないくらい、こまかいのかしら？　変だわ！」

「ウハッハア、いよいよもって、あんたは婦人探偵のタマゴにもなれんのう」

デブ総監が左右にからだをゆさぶって、ここの古イスは足が折れそうだった。

ことごとく、すみずみまで

「ウウム、強度の虫めがねなるものは、秘密書類の文章や暗号を読みとるためではないのじゃ」

と、デブ総監がムッと気ばると、顔ぜんたいが、ふくれたみたいになって、

「イスの類、テーブルの類、寝台、かざり棚など、家具の類の横がわや足には、つぎ目のあるものが多い。これは、あなた方も気がつかずにいるじゃろう。ところが、つぎ目はくせものなんじゃ」

「へええ……」

出しゃばりシャルが、変な声を出した。「婦人探偵のタマゴにもなれんのう」と言われて、負けぎらいの声を出したんだ。

「そこで、あらゆるつぎ目を虫めがねでもって検査する。ウム、ちいさなゴミ一つでも、リンゴくらいに見えるからのう」

「あら、そうだと家じゅうリンゴだらけに見えそうだわ！」

「あんたは、だまって聞いとればよい。そこでもしも、さいきんに、つぎ目をはずして中へ何かをかくし入れたらしいあとがあると、強度の虫めがねじゃから、たちまち、ここだと見やぶる。各部屋の家具について、この独特秘密の方法をやってみたのじゃが、いかん千万、ついに、**盗まれた秘密書**は現われなかったのじゃ」

この時まで、だまって聞いてたぼくは、めんどくさくなった。

デブ総監の話しが、あんまり長すぎるからだ。

『モルグ街の怪声』の読者は知ってるはずだ。ぼくはもとから気がみじかくて、カンシャクもちなんだ。まわりくどい話しは、大きらいだ。赤毛デブ総監の〝なんとかじゃ、ウム、なんとかじゃ〟の長話しが、たまらなくなって、

「総監さん、そのつぎは、各部屋の寝具、敷きもの、カーテン、ブラインドなどを、ことごとく、虫めがねで見てまわったんでしょう。ところが、これまた、いかん千万、**盗まれた秘密書**は、ついに現われなかった、そうでしょう！」

と、さきを見こして質問すると、

「ウム、そうじゃ。きみはなかなか探偵の知能があるのう。感心じゃ！」

「ハアーッ……」

と、また変な負けぎらいの声を出したのは、出しゃばりシャルだ。

ぼくはカンシャク虫が目をさましてるから、つづけてグングン質問した、出しゃばりロバートになって、

「敷きものの下のユカ板も、ことごとく、捜したんでしょう？」

「ウム、むろんじゃよ」

「その結果、どうしたんです？　早く言ってくださいっ！」

「待て待て、捜査にも話しにも、前後の順序があるのじゃ」

「順序よく早くやってくださいっ！」

「ハアッ、さんせい！」

と、出しゃばりシャルが、この時はぼくに味方した。

エリオ編集長もイライラしだして、パイプの煙をさかんに吹きつづける。

おちついているのはデュパンだけだった。

「ウウム、むやみに早くやっては、捜査も話しも、くわしくはできんものじゃ。敷きものは一枚のこらず、ことごとく引っぺがした。ユカ板のつぎ目も虫めがねでもって、すみずみにいたるまで、しらべたのじゃが……」

「カベ紙は？」

「しらべたとも、むろんじゃ」

「地下室は？」

「しらべたとも、ウウム、きみは感心じゃ。わが警視庁の刑事部に来てくれんかのう？」

「だめです。家の内部をそのくらい捜査した、とすると、外の庭や、地面は、どうしたんです？」

「ウム、あそこの庭も地面もレンガ敷きでのう。レンガとレンガの間の青ゴケを、ことごとく、しらべたのじゃ、しかし、いかん千万じゃが、レンガの間にも下にも、発見できなかったのじゃ」

暴力をもって断然！

イライラしてるエリオ編集長が、突然、ユーモアを飛ばした。

「フッフウッ、青ゴケの中のアリが強度の虫めがねによって、ライオンくらいに見えたんじゃないですか？」

「バカなことを言ってはいかん。青ごけをしらべてみたが、レンガ一枚も動かしたあとは、どこにもないのじゃ」

と、デブ総監は〝イカン千万〟という顔をしかめて、

「こうなると、**盗まれた秘密書**はマラー外務長官官邸の内部にも外にも、かくされてはおらんと、わしもプレバン刑事部長も、いよいよ明白に推定したのじゃ。そこで、さいごに残っとるのは、マラー長官のからだ一つなのじゃ！」

と、顔から首すじの汗を、ふきとると、

「上着、下着、ズボン、あるいは靴の中、特別の裁縫師に言いつけると、どこにでも、二重三重の秘密ポケットが作れる。超特級犯人のかれは、巧妙きわまるポケットによって、秘密書を身につけとるにちがいない。これを捜査しなければならん！」

エリオ編集長がパイプを口からはなすと、顔をかしげて、

「へえ、ちょっと、おどろきですね。そうなると、外務長官の身体検査をやるんですか？」

「ウム、そうなんじゃ」

「催眠剤でも飲ませてやるんですか？」

「いや、そういう方法も、考えてはおるが、かれに直接飲ませ得る人間がおらん、また飲ませる機会も見つからん。不可能なんじゃ」

「とすると、目をさましてる相手のからだを捜査して秘密書を取りあげるには、強奪するほかに方法がないでしょうな」

「ウウム、そうなんじゃ」

ムカムカしてるぼくは、汗ふき総監にどなって言った。

「強奪しちまえば、いいじゃないですか！」

「ウム、強奪は警視庁が暴力を使うことになる、しかも、相手は外務長官じゃ、が、しかし、この問題の国際的重要性を考えると、目的をはたすためには、方法をえらんでいられない。暴力をもって断然、決行するのじゃ！ ▼21」

と、上着のポケットから時計を出して見たデブの汗ふき

総監が、

「いよいよもって、機会が近づいたぞ。わしが今まで長々と話しとったのは、時間のくるのを待っていたのじゃ。デュパン君、エリオ君、そしてきみときみ！　今から、わが警視庁の腕き刑事たちが、超特級犯人マラー外務長官を襲げきする現場に、きみたち四人が立ちあって、ことにデュパン君独特の探偵眼をもって**盗まれた秘密書**のかくされとるところを、じっさいに見やぶってもらいたい！　このために、わしはここへ来たのじゃ。デュパン君、ぜひともたのむのじゃ！」

と、言うと、にわかに立ちあがって、古イスが後ろへドサッとたおれた。

ぼくは思わず立ちあがって、デュパンに言った。

「行こう、こんな機会って、めったにないぜ！」

「ワアッ！」

と、さけんで立ちあがったのは、出しゃばりシャルだ。

張り込み警備二十余人

黒茶の覆面に変装

夜ふけの月の光が明るく、目の前の広い野原を照らしている。


パリ市のはずれにあって、この野原を市民は〝**サン・ポーロの原**〟▼22といっている。

原いちめんにまっ青な草が深い。ところどころにクローバーがしげり、小さい白い花が咲いている。

「四つ葉のクローバーをもってると、幸運が来る！」

と、そんな迷信が、むかしから言いつたえられている。

クローバーの葉は、たいがい、三つだ。四つ葉のは、なかなか見つからない。パリ市内にいる女の子たちは、

「あたしに何でも幸福がくるように！」

と、欲ばったいのりを胸にだいて、四つ葉のクローバーを見つけに、友だちをさそいあって、サン・ポーロの原へあそびにくる。

しかし、今は夜ふけである。月の光は明るくても、女の子はむろん、おとなだってひとりも、草の深い野原へくるものはない。

風もない。原の四方、シーンとしずまっている。天に雲もない。月の光は青白い。

ところが、今……。

深い草むらの方々が、時々、ゆれるみたいにザワザワと動く。風がないのに草が動く。下から動く。

なんだろう？

赤毛でデブの汗ふき総監がじまんして、いく度も言った〝わが警視庁の腕き刑事たち〟が、草むらの中に身を伏

せているのだ。二十人あまりいるらしい。どこかにジスケエ総監もプレバン刑事部長も、かくれているのだ。

みな、黒茶色のゴム覆面を、ピッタリと頭から顔にかけ、さまざまのシャツや服やコートによって変装している。さすがに腕きき刑事だから、たくみに変装して、ちょっと見ただけだと、警視庁の者だとはわからないだろう。猛悪なギャング隊みたいだ。パリにも方々にギャングの群れが、いつも巣から出てくるとウロウロしている。

こちらの草むらの中に、かたまったきり、すわっているのは、デュパン、エリオ編集長、出しゃばりシャル、ぼく、四人である。

四人ともデブ総監の意見によって、覆面し変装して来たのだ。シャルは黒のトルコ帽みたいなのを覆面の上にかぶり、黒のマントみたいなのを肩にかけている。まるで男みたいだ。もっとも性質は男で、かたちだけが女なんだ、と、ぼくは初めから思ってるんだが……、いや、こんなことは書かない方がいい。これが本になって出版されると、シャルがすぐ読むのにきまってるからだ。

それからぼくたち四人とも、これもデブ総監からわたされて、大形の望遠鏡をもってきた。

「ウム、これは、世界的に有名なドイツ・カール会社[23]の製品でのう、いつもわが警視庁に備えつけてあるのじゃ」

むやみにじまんして渡すと、左手に受けとったシャルが、眉をヒクヒクさせながらきいた。

「すごいのねえ、虫が象ぐらいに見えるんですの？」

「バカを言ってはいかん。望遠鏡は遠くのものを近いところで見るように、レンズで工作してあるのじゃ」

「そう、でも、大きくも見えるんじゃないかしら？」

「ウム、むろんじゃ」

「だったら、いいわ」

その大形の重い望遠鏡を、シャルが目にあてて、月の光の明るいサン・ポーロの原を、草むらの中から見わたしている。

〈マラー外務長官の乗用車が、どの方面から出てくるか？〉

ぼくも望遠鏡を目にあてて度を合わせながら、北の方を見まわしていた。

「夜ふけに官邸へ帰ってくるマラー長官は、プレバン刑事部長が探りとった情報によると、サン・ポーロの原を通ってくる。運転手のほかに護衛はついていないというのじゃ。超特級犯人だけあって、大胆不敵なものじゃ。拳銃ぐらいはもっとるんじゃろうが……」

と、デブ総監がこの時は、汗をふかずに言ったのである。

待ちぼうけか知ら？

「いや、どうも、こいつは弱ったな」

と、ぼくの後ろから言ったのは、エリオ編集長だ。

「なにが？」

と、ふりむいたぼくに、

「ロバート君、きみはタバコを、やらないんだね」

「ええ、やらないんです」

「そうか、ぼくはタバコをすってないと、耳がガンガン鳴りだすんだ。頭はイライラしてくるしね、どうも弱るよ」

パリ新聞の名編集長と言われるエリオ氏が、今は覆面したまま弱音をはきだした。

ガンガン鳴るという耳は両方とも覆面の外へ出ている。目、鼻の穴、口も出ている。その口に火のついてないマドロスパイプをくわえながら、また言った。

「どうも、この張りこみってのは、ラクじゃないねえ、デュパン君！」

「ハハッ！」

ぼくの横で笑ったデュパンを見ると、いつのまにか覆面をぬいでいる。ひたいに草の影が黒く映って、なおさらたくましい顔が微笑しながら、

「タバコをやりなさいよ、いくらでもスパスパと」

「いや、ジスケエ氏から厳禁されたからね」

「なあに、かまうものか、ぼくたちは刑事じゃないんだから。それに草の下のパイプの火を、遠くから来る敵が見つけるなんて、よけいな心配だな」

「そうだわ、あたしも紙まき一本やろうかな」

シャルが出しゃばった。覆面の上に黒のトルコ帽をかぶってるから、変テコなお化けみたいだ。

パッと草むらの中が明るくなった。ライターをシャルがつけたのだ。紙まきタバコを口にくわえてる。とたんに向こうの草むらから怒なる声が聞こえた。

「こらっ、やめろっ！」

「火を消せっ！」

腕きき刑事たちの声だ。なるほど、目が早い。

ライターをパチッと閉じたシャルは、タバコに火をつけてしまった。すばやく両手でかくしながら、

「フーッ！」

覆面の口から煙をふきだすと、

「やっぱり、うまいわ、フフフ、さあ、これでつけなさいよ！」

と、手のひらでかくしてるタバコの火を、エリオ編集長のパイプのさきにつけてやった。

「ハハッ、ありがたい、フウッフー！」

編集長は草むらの下へ覆面の顔をうつむけて、しきりに煙をはきだした。

モヤモヤと煙があがって、あたりに散る。においがひろがって行って、刑事たちがまた怒なりだした。

「だれだっ、タバコをすってるのは？」

「やめろっ、警備中になんだっ！」

自分たちがすいたいのに、ちがいない。

デュパンが小声で言った。

「あの中に、マラー長官のスパイが、はいってるかもしれないね[24]**」**

「エッ？」

おどろいたエリオ編集長が、

「だとすると、今夜ここに待ち伏せしてるのを、マラー氏はすでに知ってるのかな？」

「スパイ報告を受けている、とすると、むろん、知ってるでしょうね」

「そうか、すると、この原を通らずに、別の方面から官邸へ、もう帰ってるかな？」

「いやだわ、そんなの、まんまと肩すかしをくわされて、待ちぼうけなんか、なってないわ。タバコくらいすったって、フーッフーッフッ！」

出しゃばりシャルがおこりだして、タバコの煙をむやみに吐きちらした。

「マラー長官、ここへこないのか？」

と、ぼくはとたんにムシャクシャしてきた。


けしからんぞ、何者か？


「フウム、そうか、超特級犯人のマラー外務長官だけあって、警視庁の腕きき刑事の中に自分のスパイを、前から入れておくのは、むしろ当然だろうね」

エリオ編集長が、この時はボソボソと小声で、

「そこまでは気がつかなかった、ぼくの方が、ボンヤリしてたんだなあ……」

と、感心したみたいに息をついて言うと、だまっていないシャルが、トルコ帽と覆面を片手でぬぎながら、

「そうだわ、ボンヤリぞろいなのね。あたしたちだけじゃなくってさ、本職のジスケエ総監もプレバン刑事部長だって、自分たちの行動をすっかり、スパイに報告されてるんだわ。ああバカバカしい！　マラー外務長官は今ごろ官邸の寝室で、ブドー酒を飲んでるかも知れないわよ」

プンプンして空の月と星を見まわすと、

「ボンヤリしてないのは、あんたひとりだわ、デュパンさん！　でも、それならどうして、あんたまで、こんなところへ出ばってきたのさ、バカバカしいじゃないの？」

と、紙まきタバコのすいがらを、向こうの草むらへ投げとばした。

「ハハッ、外務長官の手下スパイが、警視庁にはいってるだろう、と、ぼくは思ってることを言っただけだぜ」

デュパンが笑い声で、おかしそうに言った時、向こうの草むらからまた怒なりだした。

「やめろと言ったのに、なぜ止めんかっ！」

「すいがらを投げた奴、出てこいっ！」

「けしからんぞ、何者かっ？」

草むらの中からヌッと立ちあがった、ふたりとも覆面している。〝腕きき刑事たち〟がガサガサと出てきた。拳銃を右手に、

「オイッ、警備のじゃまするなっ！」

「しゃべったりタバコをすったり、なんだっ？」

ふたりの足もとからスックと立ちあがったシャルが、やりかえした。

「話したりタバコをすうのが、なぜわるいのさ、そんなこと自由だわよ！」

「警備の妨害だ！」

「フン、相手が出てこないのに、なにを警備してるの？」

「よけいなことを言うなっ！　きみは何者だっ、どこの女か？」

「チェッ、新聞記者だわよ」

「なんだ、タネ取りか。じゃまするなら帰れっ！」

「ジスケエ総監にたのまれてきたのよっ！」

「ムッ……」

「総監に聞いてみるといいわ、フン！」

向こうの草むらから、いきなり号令みたいに怒なった。

「伏せっ、オイ！」

〈デブ総監の声だ、なんだろう？〉

と、ぼくは原の四方を見わたした、とたんに自分の口から叫び声が走って出た。

「ヤアッ、来たぞ！」


たしかに敵よっ！


北の方、遠くから黄色の強烈な光が二すじ、こちらの草むらまで近くカーッと照らしてくる。

〈自動車のヘッドライトだ！〉

と、ぼくが思うより早く、覆面の刑事がふたりともガバッと身を伏せた。

シャルも草むらにかくれると、あわてて覆面とトルコ帽をかぶった。

「デュパン君、どうだ。はたしてマラー長官の乗用車かな？」

と、エリオ編集長が望遠鏡を目にあてた。

「たぶん、そうでしょうね」

デュパンは覆面をかぶらずに、望遠鏡も目にあてていない。

「とすると、この警備を知らずにきたんだな。それとも、ほかの人間が乗ってるのか？」

「ハハッ、今にわかるでしょう」

エリオ編集長とデュパンの問答を、

「だまれっ、だまれっ！」

おさえるように怒なったのは、身を伏せてる刑事だ。ふたりとも覆面の顔をあげて、草むらの中から光のくる方向を、ジイッと見つめている。

〈ここの話し声が、向こうの車の中に聞こえるものか！〉

と、ぼくはおかしく思いながら、望遠鏡を目にあてたまま視線をこらした。

左も右もレンズがギラギラとかがやく。まぶしくって、光のほかになんにも見えない。

〈こいつは、いけないぞ、くそっ！〉

と、カンシャクがムラムラしている、とたんに光が横にそれて、ありありと近く映って見えたのは、高級乗用車の運転台だ。

〈オッ、ふたりならんでくる。運転手と助手だな〉

と、見てとると、またギラギラとレンズが光になった。

野原の中のまがってる道に、ヘッドライトをかがやかしてくる。いよいよ光が強烈になって、まぶしさに目が痛くなる。ぼくは望遠鏡を目からはなした。なみだが出そうだ。

すぐ横からシャルがぼくのわき腹をグンと突いた、と思うと、

「敵だわ、たしかに敵よっ！　こんな高級車、かれが乗ってるのにきまってるわ！」

と、こうふんして息を切りながら言った。

その高級車がすごいスピードで近づいてきた。カーッとヘッドライトをかがやかして、車体が黒い。望遠鏡の必要がない、肉眼ですぐ見える。車内にひとり乗っている。

〈マラー外務長官だな、超特級犯人！〉

と、ぼくが視線をそそいだ時、すでに目の前三十メートルほどだ。

「おそえっ！」

デブ総監の声だ。

「かこめっ！」

プレバン刑事部長らしい。

バラバラと草むらの中から覆面の腕きき刑事たちが現われた。拳銃を振りあげて走る、二十人あまり、高級車のすぐ前に、横へ、後ろへまわった。[▼25]

〝ギギギ、ギギギギ……〟

ブレーキを引いた、急停車の運転台から何か激しく怒なった。

フランス語にちがいない、が、何とさけんだのかわからない、ぼくはとたんに『**モルグ街の怪声**』を思いだした。

月下の敗戦記

絶体絶命

黒ぬりの大型乗用車が深い草むらの中に、ドッシリとす

わったみたいだ。

　これを取り囲んだ覆面の腕きき刑事たちが二十人あまり、そろって右手の拳銃をサッと、四方から突きつけた。

〈すごく訓練されてるぞ！〉

　と、ぼくは走って行きながら張りきった。

　横の方からドタドタと、おくれて走ってきたのは、からだつきでわかる樽みたいなデブ総監だ、みんなと同じく覆面している。背が低くて丸い。

　ぼくたち四人は、刑事連の後ろ三メートルほどに、ならんで立ちどまった。

「引きずり出せっ！」

　だれか裂くような声でさけんだ。

　見ると、両肩が高く骨ばっていて、からだぜんたいに肉がないくらいに、やせている。神経のかたまりみたいで背が高い。

〈これがプレバン刑事部長だな、なるほど！〉

　と、ぼくはすぐ右がわに立ってるデュパンの顔を見た。

　デュパンも今は覆面している、が、ゆっくりと腕ぐみして、なにを考えてるのか、ノッソリと突っ立っている。とても〝名探偵〟には見えない。気がきかないまぬけみたいだ。

　覆面の刑事たちは〝引きずり出せっ！〟の命令を聞くなり、車室と運転台の両がわへ飛びついて行った。ドアを開けて中にいる者を実力で引きずり出そうとする。ぼくは息をつめて、

〈怪人みたいなマラー外務長官も、こうなっては絶体絶命だ。デュパン！　犯人の長官が身につけてる秘密書を、ここで見つけて奪いとれ！〉

　と、思った時、運転台のドアが両方ともバッと開いた。

「ワアッ!?」

　シャルがさけび、ぼくも見るなりギョッとした。

乱闘乱射

　望遠鏡で見た時は、レンズがヘッドライトを受けてハッキリとは映らなかった。ところが今、運転台の両わきに、ドアの中からおどり出てきたのは、ふたりとも背が高くてたくましい黒人▼26なのだ。

「オオッ!?」

　エリオ編集長も、おどろきの声をあげた。

　月に照らされて髪も顔も裸の胸も、石炭をきざんで作ったみたいに真黒だ。ギロギロと殺気だってる太い目を、まわりの刑事たちにむけると、身がまえて何か太い声でわめいた。フランス語らしいが、意味がわからない。

〈マラー長官、護衛に腕の強い黒人を使っているのだな！〉

　と、ぼくは一瞬に思った。

しかし、ふたりとも拳銃も何にも持っていない。たくましい太い裸に青いズボンをはいている。

車室のドアに外から刑事のひとりが手をかけた。グッと引きあけようとする、とたんに、

「ウウッ！」

うなった黒人が両腕をあげて飛びついた。すごい早わざ！　刑事は拳銃を右手にあげたまま両足が浮いた、と、ななめに高くモンドリ打って、頭からさかさに草むらへドッと投げつけられた。

ドアはしまってる！

「この野郎っ！」

怒なったべつの刑事が、突っ立っている黒人の胸さきへ拳銃を突きつけた。

〈アッ、一発！〉

ぼくはハッと立ちすくんだ。

黒人がとっさに刑事の右肩へ上から一撃を振りおろした。怒なってよろめいた刑事が横に倒れながら、射ったひびきと共にガバッと草むらへ身を伏せた。

黒人は猛悪な顔になりながら突っ立ってる、弾はあたっていない！

ハッとぼくは立ちすくんだきり、気がついた。

〈刑事はあたらないように射った。おどかし発射だ！　警視庁の刑事隊がギャングに変装して傷害事件を起こしたとなると、責任は総監から内務長官、首相におよぶからな〉

ところが、おどかし発射の拳銃の音が、運転台の前になん発もわきあがった。ここにも黒人が、

「ウウッ、ウウッ！」

と、うなるのは気あいだ。うなっては目の前の刑事たちを投げつけ、なぐり倒す。刑事たちは突きつけた拳銃を射ち、パッパッと火花が銃口にきらめく、が、弾は黒人の頭と肩のすぐ上を飛んで行く！

〈腕きき刑事だけあって射撃も名手がそろってるな。あたらないように、しかも、スレスレに射つ！〉

と、ぼくはこれまた気がついた。

車室のドアはまだしまってる！

ドアのすぐ外へ刑事たちがせまりながら、黒人の奮とうにふせがれて、手がつけられないのだ。

ぼくは足ぶみして思った。

〈マラー長官、車内でどうしてるか？　ギャングにおそわれながら、大胆不敵に平気でいるのか？　いや、警視庁刑事隊の変装だと初めから知っていて、ゆうゆうとかまえているのか？〉

武装機動隊の急行？

「デュパン君！」

拳銃乱射のひびきの中に、エリオ編集長がデュパンを呼

ぶと、

「こいつは、すごくおもしろいことになるぜ。この原の東はしには交番があるんだ。知ってるかい？」

と、覆面の中から早口できいた。

デュパンは腕をくんだまま、ゆうゆうとしていた。目の前の乱闘乱射も、どこに風が吹いてるんだ、といったみたいに、いつもと同じ平気な口調で、

「さあ、知らないですね。ぼくはここへきたことがないから」

「いや、この拳銃のひびきを交番の巡査が、聞きつけずにはいない。本署へ急報する。深夜の動乱だからね」

〈新聞の編集長は、こんな事件をおもしろがるんだな、なるほど！〉

と、ぼくは拳銃のひびきの中に耳をすました。

「本署は時をうつさず警視庁へ急報する。すてておけない非常事件だ。警視庁の夜も起きてる武装機動部隊が急行してくるさ。いよいよこれは見ものだぜ！」

「ハハッ、では、見ていましょうよ」

「武装機動隊がこの変装ギャングを、たちまち包囲する。そこでどうなると思う？」

「さあ、ますますおもしろくなるでしょうな」

「そうさ、包囲してギャングぜんたいを検挙しようとする。ところが、なんと意外にもジスケエ総監ありプレバン刑事部長あり、手下のギャングはみな、友だちの刑事連中ときてる。こんなことはきみ、パリ空前の奇怪事、大々的特ダネニュースだ！」

「ハハア、しかし、内務長官が発表禁止令を出すでしょう」

「だから、さきを越して今からすぐ記事にするんだ。朝刊に間にあわなければ、号外を出す。一ページ大の号外だ！」

エリオ編集長の早口が、こうふんしてベラベラと何かを破りすてるみたいだ。

出しゃばりシャルが口を出さずにいる。

〈変だぞ、どうしたんだ？〉

横の方をふりむいて見たぼくは、これにもおどろいた。ぼくたちのところへ弾は飛んでこない、刑事たちの後ろの方だから。ところがシャルは草むらの中に低く身を伏せたきり、顔だけあげて草の間から、すごい乱闘を見ている。黒いトルコ帽のさきが右に左に動いている。

〈ヤッ、ずるいぞ、出しゃばりのくせに、いや、これは利口なんだな、バカじゃない！〉

と、ぼくが思った時、エリオ編集長の早口が、

「だからデュパン君！　ぼくは今から社に帰って特大ニュースの記事を書く。あとはきみにたのむ、マラー長官の身体検査はむろん、すべてをいいかね？」

「ハハア、武装機動隊の急行も、書くんですか？」

「書く。今十分間いないに現われるだろう！」

「出てこなかったら？」

「だから、ぼくの推定がちがっていたら、きみはすぐ近くから社へ電話してくれたまえ！　いいかね、オイ、シャル嬢、聞いてるか？」

「みんな聞いてるわ。編集長、タバコがすいたいでしょう」

「よけいなこと言うな、きみにもたのんだぞ！」

「だいじょうぶ、ワッ、また射ったっ！」

「ロバート君、きみにもたのむぜ！」

エリオ編集長が身をひるがえすと、草の中を、たちまち走りだした。

後ろの方百メートルほどに、パリ新聞社の乗用車二台が待機している。エリオ編集長は運転もうまいのだ。が、社へ三十分はかかるだろう、フルスピードで飛ばしても！

目の前の乱闘は、さすがの黒人も多数の変装ギャングに押しつめられて、ふたりとも車室の横がわへ、タジタジと後ずさりしていた。一発もあたらない、おどかし射撃がまだつづいてる。ブレバン刑事部長らしい怒なる声が、また聞こえた。

「引きずり出せっ、向こうがわを気をつけろ、逃がすなっ！」

車の向こうがわにも、覆面の刑事連が拳銃を右手に、六人か七人、立ちならんでいる。車内から逃げ出るすきはないのだ。

ドアは閉じたまま、車内のあかりは消えている。

「超特級犯人のマラー外務長官、今は袋の中のネズミだな！」

と、ぼくはデュパンに小声で言った。

すると、デュパンは腕ぐみしたまま、微笑して言った。

「さあ、まだわからないぜ」

月の光がなお明るく澄んできた。

ところが意外、敗戦だ！

「警視庁の武装機動隊は、まだ現われないぜ。このさわぎを交番のお巡りが報告しないのかな、眠っていて？」

デュパンにぼくが言うと、

「ハハア、ズベ公のお巡りさんだって、まさか眠ってはいないだろうよ」

「では、警視庁からどうして急行してこないんだ？」

「さあ、公安部長がジスケエ総監から、この原における覆面刑事隊の不意うちを予告されてるかもしれない。そうだとすると、交番から急報があっても、武装機動隊など出動させないだろうね」

「なにしろ空前の特大ニュースに、ちがいないわ！」

出しゃばりシャルが草むらの中から、さけんだ時、黒人ふたりが必死に守ってる後ろのドアが、いきなりスッと中から開いた。

「アアッ！」

と、さけんで草むらから立ちあがったのはシャルだ。ぼくは見るなり立ちすくんだ。

そばからデュパンが、うなるみたいに言った。

「フウム、やっぱり、そうだったか！」

開いたドアの横に、スラリと姿を現わしたのは、月の光に照らされて、顔も全身の装いもまっ白な婦人なのだ！

金髪も月の光にかがやき目もすずしい、耳かざりがキラキラとゆれて、すばらしい麗人[27]だ、それがビクともしていない。目の前に立っている黒人の頭を上から見おろして、なにか言った。声も澄んでいる、が、ことばはわからない。

「アフリカ語かな？」

と、ぼくはとたんに思った。

黒人がドアの右と左へサッとわかれた。

おどろいてるのは、刑事連も同じだ。右手の拳銃をみなおろしたきり、金髪の麗人を覆面の中から見つめている。ジスケエ総監もプレバン刑事部長も、ならんで立ちすくんでるみたいだ。

婦人がドアのそばから、みんなに声をかけた。りっぱなフランス語だ。

「わたくしに何かご用ですの、たいへんなさわぎではございませんか？」

〈ギャングにおそわれたと思っていないのか、変だぞ！〉

と、ぼくはハッと推理神経が熱くなった。

ジスケエ総監もプレバン刑事部長も、だれひとりも、麗人にこたえる者がいない。みんなシーンとだまっている。意外な敗戦だ。

ツカツカとすぐ前へ出て行ったシャルが、右手を突き出すと、金髪の麗人に、

「おまえさん、ビクともしないで、えらいわね。マラー氏がいっしょに乗ってるんじゃないの？」

と、麗人のまっ白なスカートを右手ではらいのけると、黒いトルコ帽と覆面の顔を中へ突っこむなり暗い車内を見まわしてさけんだ。

「ちがった！　だれもいないわ……」

麗人の表情が苦笑いに変わって、

「おや、あなたは婦人でいらっしゃるのね。マラー氏って、お会いしたこともないんだし、どういう方かしら？」

と、とても大胆にききかえした。

デュパンがぼくの腕をつかんで後ろへグッと引っぱると、シャルに声をかけた。

「オイ、よせよ、引きあげるんだ！」

デュパンも、敗戦だと思ったらしい。

「チェッ、チェッ、チェッ！」

シャルが舌うちするなり、クルリと後ろをむくと歩きだしてきた。

推理の目と新聞の目

アフリカの女王か？

おちついてるデュパンが、たちまち、えらいスピードで走りだした。うしろにつづくぼくとシャル、草が深くて走りにくい。うっかりすると、つまずいて倒れそうだ。

「ま、待ってよっ、追いつけないわよ……」

ぼくの後ろの方からシャルが、息をきってあえぎながら、さけびだした。

「ああ苦しい、待ってよっ！」

デュパンはこたえなしに走って行く。草の上をサッと飛びこえて、鳥みたいだ。ぼくはデュパンの敏しょうなのを、この時はじめて見たのだ。

パリ新聞社の乗用車が一台、草の中に停まっている。運転台の前に社旗が月の光をあびて風にひるがえり、ほかの一台はエリオ編集長が運転して行ったあとだ。

ぼくが追いつくと、早くも運転台に乗ってるデュパンが覆面をぬぎハンドルをにぎっていた。あけはなしてあるドアの中へ、ぼくはおどりこんだ。助手席に腰をおろして、

「えらく急ぐんだな……」

やっと息をついて言うと、

「ハハア、一秒も早いのが、いい時だからさ。シャル嬢、おそいな」

と、デュパンはギヤをいれた。

「ぶっ倒れたかもしれないぜ、草につまずいて」

エンジンがまわりだした。

「かの女は倒れたら、キャーとかギャーとかさけぶよ」

やっと追いついてきたシャルが、車室のドアを引きあけて、ヨロヨロしながらはいってくると、

「いやだわ、……チェッ、人をほったらかして、ひどいわよ！」

と、シートに腰をおろしながらドアをバタンとしめた。あえぎながら怒ってる。

すぐにスタートさせたデュパンが言った。

「ふたりとも覆面を取れよ」

ぼくは気がついて、覆面をぬぐと、バックミラーを見た。トルコ帽と覆面をはずして横においたシャルが、眉をはげしく上げ下げしながら、さっそく、デュパンにききはじめた。

「どこへ引きあげるの、あんたの部屋？」

「きみの社へ行くんだ」

「編集長に途中から早く電話しないと、マラー長官はいなくって、あんな女が出てきたし、武装機動隊なんか出てこなかったしさ。エリオ編集長、とんでもない記事を書くわよ！」

「ハハッ、とんでもないのは、あの婦人だったろう。きみが見て、かの女を何者だと思った？」

「あのワンピースのスタイル、最新流行のデザインだわ、それに黒人をふたりも使っていてさ、なんだろうなあ？」

「アフリカの女王[28]かもしれないぜ」

　草むらがデコボコで、車がガクンガクンとゆれながら走って行く。シャルがトルコ帽をかぶった。天じょうに頭をぶつけない用心らしい。なかなか利口である。

スター女優か？

　パリ新聞社の編集室は、三階にあった。夜あけ前だから、意外にヒッソリしている。向こうのすみのデスクにエリオ編集長がうつむいて、原稿紙へペンを走らせていた。ドカドカとはいって行ったぼくたち三人の靴音に、顔をあげて見るなりきいた。

「ヤッ、どうした？」

「ますます怪奇だわ！」

　と、シャルがまっさきに、デスクの前へ急いで行くと、サン・ポーロの原における〝怪奇〟を、すごい早口でしゃべりつづけた。

　ペンを投げだしたエリオ編集長は、マドロスパイプをとりあげると、

「その白衣の女[29]は、いったい何者なんだ、わからないんか？」

「アフリカの女王みたい、正体不明の怪女だわ！」

「フーッ……」

　煙をはきだしたエリオ編集長が、デュパンとぼくを見ながら、

「覆面の刑事隊は、どうしたんだ。総監が指揮して引きあげたんか？」

「そりゃあ大失敗をやったんだから、さっそく引きあげたにちがいないわ」

「フーフッ、深夜のサン・ポーロ原に覆面のギャング隊が突然と現われ、通りかかった大型の高級車に乗っている正体不明の美しい怪女をおそった。怪女を護衛している黒人ふたりがギャングと奮闘苦戦し、たがいに血を流したが、ついにギャングは引きあげ、怪女の乗用車は原の南方へ月明りの下を走り去ったと、これだけでも記事になるぜ、特ダネニュースだ！」

　と、またペンをとりあげたエリオ編集長が、パイプを左手にもったまま、新しい原稿を書きながら、

「デュパン！　きみはその怪女を、いったいなんだと見た

のか、言ってくれよ！　今後の捜査に書いていけないことは書かないからね」

　デュパンは苦笑いしてこたえた。

「おそらくマラー氏の愛人だろう、と思うんだ、が、しかし、証拠はない」

「きみの直感だね、そうか、それから？」

「マラー氏は、ちょっと演出をやってみたらしい。警視庁に入れてある手下スパイから、総監の命令による覆面刑事隊の待ち伏せを聞いて、自分のかわりに愛人を高級車に乗せた。それを黒人に運転させたりして、ちょっとすごい活劇をやらせた。ジスケエ総監とプレバン刑事部長に、『さあ、どんなものだい？』と、芝居を一つ打って見せた。と、ぼくは思うんだ、が、しかし、証拠はない」

「たいへんな筋書きね、そうだとすると、あの女の演出も満点だったわ」

　シャルがすぐ乗り出して、

「そうよ、マラー長官の愛人にちがいないことよ、だから、覆面刑事隊におそわれるのを、はじめから予期してサン・ポーロの原へやってきたんだわ。ピストルを射たれたって、おどかしだと知っていてさ、ゆっくりとドアをあけると、平気な顔して応対したんだわ。もしかすると、あれは劇のスター女優だったのよ。あたしそう推定するわ、ねえ、デュパンさん！」

「フッフーッ、きみはしばらく、だまってろよ」

　と、ペンを走らせてるエリオ編集長が、

「デュパン！　すべてきみの直感どおりだとして、そうするとマラー長官は今ごろ愛人の家にとまっているのかな？」

「さあ、愛人の家を警視庁に知られては、まずいことになる。おそらく別の車に乗って今ごろは、官邸に帰ってるでしょうね。芝居を打ったのも何くわない顔しながら、腹をかかえて笑ってるかもしれない」

「そうか、ものすごい腕まえだな」

「だから、ぼくは今から行って、直接、会ってみようと思うんだが▼30」

「エッ？」

　エリオ編集長もぼくもシャルも、おどろいてデュパンの顔を見た。

ヤッ、これは失礼

　ペンを投げ出したエリオ編集長が、早口でデュパンにきいた。

「きみ、今からマラー長官に何しに会いに行くんだ？」

　茶色の目をキラリとかがやかしたデュパンが、

「それは、むろん、メリー妃殿下の**盗まれた秘密書**を取りかえしに、すくなくとも見つけに、と思うんです、が、しかし、うまくいくかな？」

「きみの直感と推理によると、やはりマラー氏が秘密書を、いつも肌身につけているのか。どうなんだ？」

「それは、直接、会って見ないと、まだわからないんですよ」

「もしかすると、愛人にあずけているかも知れないね」

「ハハッ、まさか、そんなことはしないでしょう」

「どうして？」

「そんな方法は、もっとも危険だから」

「危険？　マラー外務長官にそんな愛人があるなんて、だれも知っちゃいない。ぼくたちさえ今夜はじめて気のついたことだ。だから、その女にあずけておくのが、もっとも安全じゃないのか？」

「ハハア、そうかもしれない、が、しかし、女は男よりも、ネコの目みたいに気が変わりやすい、というから、愛人といってもマラー氏を裏ぎって、秘密書を妃殿下か何者かに、売りわたすかもしれない、危険性がある。およそ女は男よりも、金がほしくて欲ばりで……」

と、シャルの顔を見たデュパンが、ニコッと笑うと、

「ヤッ、これは失礼！」

と、言った。

グッと眉をあげてるシャルが、

「女をバカにしないでよっ、そんなのみんな男のことだわ、気が変わりやすくって欲ばりでさ、それに威ばりたがって、ケチンボーで、ウソつきで、おまけに男は……」

「待った待った！」

と、エリオ編集長が右手を振りまわすと、

「今は大事な時だ。内わゲンカの男女くらべなんか、やめろよ。それよりもマラー外務長官が、この夜なかに会うだろうか？」

「会うでしょう。（サン・ポーロ原における今夜の事件を、パリ新聞が早くも嗅ぎつけたな、それに、おれが関係して裏から芝居を打ったことまで、はたして探りとったのか？こいつは会って、ひとつ確かめてやろう！）と、すぐ会わずにいられないのが、マラー氏の今の気もちだし犯人の心理でしょう」

「そうか、なるほど、よし、ぼくの名まえで会見申し込みを、今すぐやろう！」

エリオ編集長が電話機を取りかけると、デュパンが顔をふって言った。

「いや、それは、やめた方がいい」

「エッ、なぜ？」

「マラー氏はメリー妃殿下を訪問するのに、不意に行って、目的の秘密書を巧妙に盗みとってきた。ぼくもマラー氏の不意をねらってみたい、この方がおもしろいし、前もって警戒させない方がいい。もしかすると、マラー氏は今ごろ

デスクの上に、秘密書をひろげて読みかえしてるかもしれない」

「ワアッ、あたしも会見記事を取りに行くっ！」

シャルがさけびながら、ガタガタと靴でユカをけった。

壁に小さなラッパ

外務長官の官邸まで、パリ新聞社から十五分間ほどかかった。

パリ市内の夜あけまえだ。大通りにも人がまだ歩いていない、犬もいない。車は何かを運んで行くトラックだけ、ガーッと走りすぎる。街燈が明るい。

「四人の目で見てやろうじゃないか、推理眼と新聞眼だ。デュパン！　ぼくとシャル嬢が同行したって、きみの直感と推理のじゃまにならないだろう、どうかね、フーッ？」

すごく乗り気になって熱心にきくエリオ編集長に、デュパンは、うなずいて、

「いいですよ、記者が四人そろって不意の訪問は、いかにも非常事件らしくて、マラー氏がなおさら警戒する。だから、どこの何を警戒するかを、見やぶってやる！　人間は警戒している時に、かえってボロを出しやすいですから、しかし、シャル嬢、きみはあんまり口を出さずにいてくれよね」

「あら、あたしは新聞記者だもの、必要の質問がある時は、だまってないわよ！」

シャルがツンと上をむいた。

そこで四人は編集室に覆面と望遠鏡をおいて、時を移さず出てきたのである。運転はエリオ編集長、外務省の横の坂道をグングン登って行った。

〈デュパンが言ったとおりに、マラー外務長官、いるかな？　いても会うかな？〉

ぼくの心ぞうが、にわかに早くドキドキしだした。推理神経のこうふんにちがいない。

右がわにいるシャルも、目をむいたきりジーッと前を見はっていた。

太い石の門柱に鉄のドアが両方に開かれている。シャルがさっそく言いだした。

「この門、『さあ、はいれ！』と言ってるみたいだわ。あたしたちがくるのを、マラー氏が予期しているんじゃないかな、デュパンさん、どう思う？」

「知らないね。マラー氏にきいてみろよ」

と、デュパンが言い、エリオ編集長が、

「だまって、だまって！」

と、小声で言いながら、門の中から広い玄関の前へまわって車をとめた。

四人が車から出た。正面にすばらしく大きなドアがしまっている。石段を上がって行ったエリオ編集長が、柱につ

いてる呼びりんボタンを、ジーッと押した。

建物は三階らしい、が、どの窓にもあかりが見えない。まわりに太い木の葉がしげって、月の光をあびている。無人の邸《やしき》みたいだ。

奥の方で呼びりんが鳴っているのだろう、が、玄関には聞こえない。

〈よほど奥深いんだな、すご腕のマラー長官、いるのか？〉

と、ぼくの心ぞうが、なおさら早くドキドキして、ノドがヒリヒリにかわいていた。

ドアの中にスリッパの音が、しずかに聞こえてきた。

〈おちついてるな、歩き方が……〉

と、ぼくは耳をすました。

パッと天じょうに明るい電燈がつくと、

「どなたですか？」

と、なんだかやさしい声が、ドアの横の方から聞こえた。見ると、カベの上の方に、小さなラッパが口をあけている。拡声器にちがいない。

エリオ編集長がきゅうに太い声で言った。

「夜なかに失礼ですが、パリ新聞の記者が四人、ぜひ至急に直接、長官にお目にかかりたくてきました。と、おつたえください！」

ドアの中は、だまっている。

〈奥へ用むきを言いに行くかな？〉

と、思うぼくの目の前に、

「ガチッ！」

カギをまわした、ひびきといっしょにドアを静かに開いた。

〈中に立ってるのは？〉

と、見るなりぼくは、

「アッ!?」

と、あやうく声をたてるところだった。

正面から圧された

陥しワナの中へ？

〈金髪・美顔・白衣・スラリとしてる、マラー長官の愛人？　スター女優？　正体不明の怪女！　ここにまた現われた……〉
一瞬、ぼくの推理神経が電光みたいに、パッパッときらめいて、
〈サン・ポーロ原から、ここへ早くも帰っていたんだな、あの黒人に運転させて！〉
と、怪女を見つめるぼくとデュパンとシャルと、そしてエリオ編集長を、怪女の美しくすずしい目が上から見かえ

しながら、

「こちらへ、どうぞ！」

と、白衣のスカートの右はしをななめに引いて見せた。

〈サン・ポーロ原で聞いたのと同じく澄んだ美しい声だ。しかし、長官につたえもしない、自分ひとりで〝こちらへ！〟と言う。ぼくたちがくるのを、長官もこの怪女も予期していたのか？　とすると、どうして知っていたんだ？〉

と、ぼくが思うより早く、

「では、失礼を！」

と、エリオ編集長がすばやく、怪女のすぐ前へ上がって行った。

つづいてシャルが赤い絨《じゅう》たんの上へ、おどりあがった。からだじゅう張りきって目を見はり、するどい顔をしてる。闘志満々の表情だ。

〈シャル、ここでよけいなことを、しゃべるな、大事な場合だぞ！〉

と、ぼくは出しゃばりの後ろから上がると、背なかの下をソッとおさえてやった。注意の信号だ。

わかったらしいシャルは上を向いた、が、ふりむきもしなかった。

デュパンは、ゆっくりと上がってきた。いつものとおり、おちついている。後ろにドアが静かにしまって、ガチッとカギのかかった音がした。自動式に開閉するらしい。▼31
ぜいたくな赤い絨たんが長く廊下にのびている。厚くて靴音が聞こえない。さきに立って行く金髪の怪女、うしろにエリオ編集長とシャルがならんで行き、つづいてデュパンが左にぼくが右に二列行進だ。だまりこんで行く、が、

〈この金髪の怪女をサン・ポーロ原で見たのは、デュパンとシャルとおれの三人だ。三人とも覆面していた。刑事連の後ろの方にいたのだから、ぼくたちを怪女が知ってるはずはないぞ！〉

と、ぼくの胸にも闘志がムラムラと燃えていた。

超特級犯人のマラー外務長官と怪女への満々たる闘志だ！　同時に、

〈デュパン、たのむぞ、**盗まれた秘密書**を取りかえせ！　すくなくとも見つけろよ！〉

と、いのるみたいな気になった。

ぼくの左がわにデュパンが、ゆったりと歩いて行く。なにを考えてるのか？　この時もまたなんだかまぬけみたいに、まるで乗り気になっていないようだ。

廊下は曲がりまがって、金髪の怪女が奥へ奥へとぼくたち四人をつれて行く。

〈これは陥《おと》しワナの中へ、おれたちを閉じこめるんじゃないか？〉

と、疑ったぼくはデュパンの顔を見ると、気はいできい

た。

〈オイ、だいじょうぶか、こんなのは？〉

とても意外な笑い

デュパンのくちびるに、微笑が浮いた。

〈だいじょうぶだ、そう心ぱいするな！〉

と、その微笑が生き生きと言ってる。

〈そうか、よしきた！〉

と、ぼくはデュパンを、この時あらためて信頼した。

まがり曲がって行く長い廊下の両がわに、ドアが幾つもならんでいる、が、標札は一つも出ていない。ドアは皆しまっている。

〈何をする部屋なのか？〉

いよいよぼくの推理神経が、するどく張りきった。

〈部屋の中に人のいる気はいがしない。邸ぜんたいが空屋《あきや》みたいだぞ！〉

前に行くシャルも、しきりに右を見たり左を見たりして、この迷宮みたいな邸の中の気はいを、さぐって行く。

〈女探偵を気どってるな、出しゃばり！〉

と、ぼくはシャルの首すじを後ろから見てやった。うすく毛がはえている。

先頭の怪女がスッと立ちどまった。ぼくたち四人も二列のままピタリと立ちどまった。右がわの大きなドアを、怪女が合図なしに音もなく押しあけた。

〈この中へおれたちを入れて、どうするんだ？　こんな奥に応接室のあるわけないぞ！〉

と、ぼくが思うより早く、さきにはいった怪女が、ふりむきもしないで言った。

「みなさん、こちらへどうぞ！」

エリオ編集長・シャル・ぼく・デュパンの順になって、ドアの中へはいった、とたんにぼくは目がくらむほどの明るさに打たれて、ビクッとした。

広い天じょうと三方の白いかべから強烈な電燈の光が、部屋じゅうにカーッと満ちている。一方の窓のカーテンも白い。明るいよりも、まぶしいんだ。しかも、奥の方に巨大なテーブルをへだてて、ドッカリと巨大な男が、こちらを向いている。

〈マラー外務長官だな、ここにいた、超特級犯人！〉

と、ぼくたち四人とも思った。

テーブルの前にイスがない。四人が前へ行って一列にならんだ。

「このような時間に、しつれいとは思っていますが、至急にお目にかかりたい事件が突発しましたので……」

エリオ編集長が早口で言いだすと、

「ム、ハッハッハッ！」

マラー長官の鬼みたいな顔が、いきなり声をあげて笑った。とても意外な笑いだ。

濃いヒゲが突然の笑いに動きながら、鬼みたいな顔と全身の気はいは堂々と動かずにいる。巨大な荒《あ》らけずりの岩がイスにもたれてるみたいだ。えりの開いてるまっ白なシャツに両肩がもりあがって、腕を出したらとても太いのにちがいない。立ちあがったら二メートル以上あるだろう。

電燈の光に映る青黒い目がぼくたちを見すえて、笑い声を飛ばすと、

「パリ新聞の連中だろう。名まえを言えよ！」

と、長官らしくないザックバランな口調で言った。声がこれまた意外に細くて高い。

ドアをしめてきた金髪の怪女が、テーブルのはしをスーッとまわると、マラー長官の左うしろに立って、ぼくたちを見ながらニッコリと美しく微笑した。

〈あなた方を前から知っていますわよ！〉

というような微笑なのだ。

ぼくは、とっさに思った。

〈謎の怪人と怪女がならんでる、どちらもまっ白な服を着て……〉

正面宣戦

訪問してきた者が、自分の名まえを言うのは、あたりまえの礼儀だ。ところが、エリオ編集長は張りきっていて、名のるのをわすれていたらしい。

「いや、どうも失礼しました。ぼくはパリ新聞社会部の……」

と、はじめて名まえを言うと、つぎにシャルからぼく、そしてデュパン、ならんでいる右から順に、自分で名のると、

「なんだと？　待てよ！」

マラー長官の青黒い目が、テーブルの向こうからデュパンを見すえて、

「パリ新聞に『デュパン』という記者が、ふたりか三人いるのか？」

いかにも疑わしいという口調できいた。

デュパンはぼくの横から、ゆっくりとこたえた。

「さあ、どうですか、ぼくひとりだ、と思うんですが……」

「今の編集長の話しだと、きみも社会部にいるのか？」

「そういうことに、なっています」

「待てよ、前には政治部にいたのじゃないか？」

「前には、そうでした」

「ホホウ、パリ新聞政治記者のデュパン、というと、新聞記者には声を出さないカキ大統領[▼32]に、長文の特別声明を発表させたのは、きみなんだな！」

岩みたいなマラー氏が、ズバリと切りつけるような口調

できいた。

後ろに立っている怪女も目いろを強めて、

〈そうだったのか！〉

と、デュパンの顔をジーッと見つめている。

〈さては、このふたりとも、『**モルグ街の怪声**』を読んで、声を出さない大統領とデュパンの第一章を、おぼえているんだな！〉

と、それを書いたぼくは、とてもおもしろい気がした。

「ええ、そうですわよ！」

と、デュパンにかわってシャルが口を出した。

その方へジロリと視線を投げたマラー長官が、またデュパンの顔を見つめながら、ニヤリと気みわるく笑うと、

「そうか、だとすると、これは恐るべき敵手が乗りこんできたわけだぜ！」

と、頭からひやかすみたいに言った。

するとデュパンも微笑してる口調できかえした。

「ハハア、ぼくを『敵手』というのは、どういうわけでしょう？」

「こちらの表情の動きで、なにを読みとるか知れない相手だからね、ぼくはカキのようにだまってはいないが、ムハッハッハッ！」

大声で笑いとばすマラー氏に、おちついてるデュパンが、

「なあに、あなたの表情はマスクみたいで、あたりまえとちがっている。読みとるのは、ちょっと不可能だな」

と、まるで友だちに話すみたいに言った。

「ハッハッハ、そうかなあ、フウム……」

と、マラー長官もザックバランに、

「なんにも読みとれない、とすると、今のところきみの方の負けかね？」

「いや、これから、勝とうとしてるんだが」

「オイ、おれと戦って何を勝つというんだ？」

「それは、あなたがすでに、知りぬいてるはずだ」

「ムハッハッハッ、念のためにきみの口から言ってみろ！」

「言うまでもない、**盗まれた秘密書**を取りかえしにきたのです[33]よ！」

デュパンが正面からそう言ったから、エリオ編集長もシャルもぼくもギョッとして、ぼくは、

〈正面からぶつかった宣戦だ、デュパン、しっかり！〉

と、横から気あいをかけながら、タラタラと冷汗が顔にながれだした。

ゼロ敗のゲーム

ぼくたち四人が立ちならんでいる、両はしに広くのびているのは、じつに巨大なテーブルだ。四メートルはあるだろう。上に、いろんな物が乱ざつにおかれている。各国各

種の新聞、雑誌類、本、パンフレット、インクスタンド、万年筆、タバコのケースにパイプ、ライター、など、マラー氏の日用品にちがいない。▼34
〈だらしないマラー氏、からだの大きい人間は、だらしないんかな？〉

と、ぼくはこのテーブルの前へきた時に、そう思った。

官邸だが外務省ではない、だから、外交関係の書類はおいてないんだろう。それに書類らしいのはテーブルの上に一つもない。積みかさねた物もない。みなバラバラに散らばってる。雑誌など何冊もひろがって投げ出されたままだ。読みかけておもしろくないから、いきなり投げつけたのかも知れない。

〈マラー氏、おれと同じようにカンシャクもちかな？　それにしても、かたづけることをしない、ひとりよがりのガムシャラらしいぞ！〉

と、ぼくは判断した。これも一つの推理だろう。

そのマラー氏が、〝恐るべき敵手〟と言ったデュパンからズバリと、

「**盗まれた秘密書**を取りかえしにきた！」

と、正面きって言われて、ギクッとするかと思うと、

「ウム、そんなことか、ハッハッハッ！」

また意外にも、おもしろいみたいに笑いとばして、ザックバランに言いつづけた。

「オイ、カキ大統領に無言の声明をさせたり、『**モルグ街の怪声**』を解決したきみにしては、まったく似あわないことを言うじゃないか。この邸は中も外も、すっかり捜査ずみだ。何を取りかえしにきたって、あるわけがないぜ！」

「あらっ？」

と、声をたてたシャルの顔へ、これもおもしろいみたいに視線をむけた超特級犯人のマラー氏は、

「ハッハッハッ、きみも知ってきたんだな、ジスケエ警視総監となんとかいう刑事部長が、部下の刑事を指揮して、この邸の内外をじつに巧妙に、すみにいたるまで捜査したのを、ところが、**盗まれた秘密書**などいうものは、ついに発見されなかったのも、きみたち四人は知ってきたのじゃないか、どうかね」

と、またひやかすみたいに、顔に似あわない細い声で言う、こうなると、ぼくたち四人がデュパンでさえ、マラー氏に正面から圧《お》されたのだ。

妖女もおもしろそうに美しく微笑している、と、負けぎらいのシャルが、ブルッと身ぶるいしてマラー氏に言った。

「あなたのおっしゃるとおりですわ、でも、そんなこと知ってらっしゃるの、あなたのスパイが警視庁にはいってるからですわね！」

「ムハッハッハッ、それもきみのおっしゃるとおりだね」

「あなたは長官のくせに、とても、ずるい人だわ。妃殿下

の秘密の手紙を盗み出したり、スパイを使ったり、愛人を身がわりにしたりさ、超特級にずるいわ！」

「ホホウ、愛人か、そんなものが、どこにいる？」

「チェッ、その人だわ！」

シャルが妖女の顔を、まともに指さした。

ところが、妖女は自分のことを言われながら、ただ微笑している。目だけがチラチラと動いて、マラー長官の後ろからテーブルの上を見ている。これもマスクの顔みたいだ。美しい表情がまるで変わらない。

エリオ編集長が突然ふりむいて、デュパンに言った。

「どうもこれは初めから、こちらのゼロ敗じゃないか、これで引きあげとしようよ！」

「ハハア、どうもね……」

と、腕をくんだデュパンが、苦笑いした。

じっさい完全にやられてしまった、〝ゼロ敗〟のゲームだった。

さすがのシャルも、うつむくと眉をしかめながら、口の中で舌うちした。

「チェッ、チェッ、チェッ！」

まだまだ解けない謎

ものすごい大親分

うす白い夜あけの道を引きあげてくるとちゅう、車の前にひるがえってるパリ新聞の社旗が、ぼくには白旗みたいな気がした。

白旗は降伏の旗なのだ！

デュパンとぼくのあいだに、はさまってるシャルが、ムズムズと胸から上をゆさぶった、と思うと、

「あたし、くやしいわ、たまらないっ！」

と、デュパンの方を見るなり、キンキン声でさけびだした。

「さすがのあんたも、とうとう負けたのね。くやしくないの、みじめじゃないの？」

車内の天じょうを、あおむいてるデュパンが、平気な声で、

「そうだな、べつにくやしかないね。なにをぼくが負けたんかな？」

と、おかしいみたいにきくと、運転しているエリオ編集長が、

「なんと言っても負けだ！　ざんねんだが、かれはぼくた

ちより五ページも六ページも、さきを読んでいる。だから
はじめから勝負にならなかったのさ。まるでぼくたちを頭
から呑んでかかったじゃないか。反対党から出て外務長官
になってるだけに、ものすごく切れる頭と度胸をもってい
る大親分だな」

と、感心して言った。

するとデュパンがぼくにきいた。

「ロバート、きみは、どう思ってるんだ？」

「負けたじゃないか。敵は初めからなんでも、すっかり知りぬいていたんだ。これではもう、**盗まれた秘密書**が取りかえせようとは、おもえない気がするんだ」

「そうかなあ、三人ともそう悲観してるんでは、ぼくもいっしょに、いよいよ負けましたとカブトをぬぐかな」

デュパンは、しかし、それほど悲観もしていないらしい、ほがらかな口調で言った時、エリオ編集長が車を社の前へ着けた。夜がすっかり明けていた。

三階の編集室に、四人がはいってくると、イスを何脚もならべてあおむけに寝ていた青年記者が、ムクリと起きあがって、眠そうな顔をしながら言った。

「編集長、今さっき、あなたに警視庁から電話でしたよ」

イスにもたれたエリオ編集長が、パイプをくわえながら、

「警視庁のだれから？」

「ぼくがかわりに出て聞いてみたんですが、言わないで、すぐに切っちまって」

「フーッフッ、かけてみよう」

ダイヤルをまわしながら、エリオ編集長が目いろを強めた。

警視庁が電話に出た。男の太い低い声が、

「パリ警視庁です。あなたは？」

「パリ新聞のエリオです。総監室へつないでください！」

「ウッ？　総監に？」

「そうです！」

エリオ編集長はぼくたちにも聞こえるように、受話器を耳の外へむけた。

場面急転？

「ウウム、エリオ君かのう？」

受話器にデブ総監の威ばってる声がひびいて、

「そうじゃ、今さっき、わしから電話したのじゃ」

「ご用は？」

と、エリオ編集長がすかさずきくと、

「サン・ポーロ原における事件を、新聞記事にするつもりかのう？　それならば、やめてもらいたいのじゃ」

「いや、それは、むりですな。警視庁の名を一字も出さなければ、いいでしょう」

「いいや、いかん！　なんと書こうが、いかんのじゃ」

「原稿が今ここにできてるんです。発表禁止の命令権は、警視庁にないはずですが」

「ウウムッ、内務長官に申請しとるヒマがないから、わしがたのむのじゃ。ぜひとも、やめてくれ！」

「しかし、サン・ポーロ原へ出てくれとぼくたちに言ったのは、総監、あなたじゃないですか」

「それはじゃ、デュパン君の直感力を信頼したからじゃ。ほかの三人は付いてきたのじゃからのう」

ジーッと聞いていたデュパンが、右手をさし出すと、

「ぼくにかしてください！」

と、受話器をエリオ編集長の手から、もぎとるなり、ハキハキ言いだした。

「デュパンです。総監、至急に今、こちらへ出てきてください！　要件があるんですから」

「ウウム、デュパン、きみはそこにおったのか？」

「いるから、電話してるんです。あなたは今すぐ出てきなさい！」

「なに、きみはわしに命令するのか、オイッ！」

デブ総監が怒ったようだ。声がきゅうに荒らくなった。

「ハハア、命令とか、やかましいことを言ってるから、足をすくわれるんですよ」

「ウム？　きみこそグズグズ言うなっ、だれが足をすくうか？　会いたければ、そちらから出てこい！　エリオ編集長を出せ、けしからん！」

「総監、**盗まれた秘密書**を、欲しくないんですか？」

「オオッ、なんじゃと？」

「欲しかったら、いらっしゃい！」

「デュパン！　見つかったかっ？」

「そんなことを、電話で言うのは、よした方がいいですよ」

「ここは警視庁じゃぞ、しかも聞くのはわしじゃ。言ってよろしい、言えっ、見つかったのか、デュパン！」

「あなたに会って、直接して言う必要があるんです」

「じゃから、こっちへこいと言うんじゃ」

「そこへ行って話すのは、おもしろくないわけがあるんです。では、あなたのご自由に！」

ハッキリ言いすてたデュパンは受話器をおいた。

エリオ編集長とシャルとぼくが、デュパンの顔を見つめて、同時にきいた。

「どうしたというんだ？」

「あんた見つけたの？　エッ、ほんとう？」

「オイ、またまた場面急転か？」

やっぱり、すてき

苦笑いしたデュパンが、推理的な顔になってこたえた。

「まだ、見つけてはいないんだが……」

シャルが躍起になったキンキン声で、

「でも、マラー長官が、やっぱり身につけてたのね？」

「いや、そうではないようだが……」

「あんたに似あわない、ハッキリ言ってよっ！　マラー長官が警視総監の足をすくったのは、たしかだわ！」

「待て待て！　これはロバート君が言ったように場面急転するね。ジスケエ総監を呼びつけたりして、ちょっと痛快だしさ」

　と、パイプを取りあげたエリオ編集長が、デュパンに、

「この急転する場面は、すべてきみに一任するぜ、いいだろうね」

　と、強くきくと、

「ハハッ、いいです。責任を負いますよ！」

　と、デュパンが推理的な顔をしながら、快活にこたえた。

「フーフッ、しかし、やってくるかな？　ジスケエ氏、威ばって怒ってたが」

「くるでしょう。なんといっても、秘密書を取りかえしたいんだから」

　警視庁からパリ新聞社まで二キロくらいだ。七、八分すぎると、ジスケエ総監が編集室に、ひとりでドスドスとはいってきた。禿《は》げ頭から湯気があがって顔は充血し、すごい怒りをおさえている。デスクの前へくるなり、デュパンをにらみつけながら、わざと静かに言った。

「ウウム、見つかったのか、取りかえしたのか、なにか手がかりをつかんだのか、どうなんじゃ？」

「いや、どうも……」

　と、ほがらかに微笑したデュパンは、

「わざわざきていただくのは、失礼なんですが、お目にかからないと、電話では言えないことですし、どうぞおかけください。おたがいに立ったままでは」

　と、すぐに横にあいているイスの方へ、手をやって見せると、

「ウム！」

　デブ総監がドスッと腰をおろした、が、新聞社のイスはかたくて音をたてなかった。

「デュパン、きみは『至急に今、要件があるから出てきてくれ』と言ったが、要件は秘密書のことじゃろうの？」

　ハンカチで頭の上の禿げから顔じゅうの汗をふきはじめたデブ総監は、デュパンのほかのぼくたち三人を、ジロジロと見まわした。

　デュパンが、うなずいて言った。

「そうです、なにしろ至急を要するんですが、目的の秘密書はまだ、ここにはないので[35]……」

「ここにはない？　どこにあるかが、たしかに判明したのか、エッ？」

「さあ、たしかにとは言えない、が、**およそわかったつも**

りです」

「まわりくどいことを言うな、デュパン君、どこにあるのじゃ？」

「いや、それは、取りかえしてからにしましょう」

ぼくとシャルは目と目で話しあった。

〈秘密書のあるところが、〝およそわかった〟って、どこなんだろう？〉

〈わからないわよ、でも、デュパンはすてきだわ、やっぱり……〉

「フウッ、わからんなあ……？」

と、うなったのは、エリオ編集長だった。


ますますけしからん！


デブ総監は頭のまわりの赤毛を、ハンカチでゴシゴシとこすりながら、きゅうにムッと怒った顔になってデュパンに言った。

「オイッ、およそわかったなどと言うのは、実さいに判明せんのじゃろう。それくらいの話しに、わしをここへ、わざわざ呼びつけたのは、けしからんぞ。ウウム、警視庁へ出てきて報告すべきが、当然の礼儀じゃ、けしからん！」

ふと笑ったデュパンが、おかしいみたいにこたえた。

「いや、警視庁へ行って話すのは、危険ですからね」

「危険？　けしからんことを言うなっ。良民にとって最も安全な場所は、すなわち警視庁じゃぞ！」

「ハハア、ところが、今度の変な事件にかぎって、ぼくの推理を裏から、巧妙にじゃましているのが、なんとほかでもない、あなたの警視庁なんだから、おどろきでしたよ」

「バ、バカなことを言うなっ！　ますますけしからん、理由を言え、理由を！」

「**もっとも有力なスパイが、警視庁の中にいて**、マラー外務長官と絶えず連らくしているから危険ですよ」

「オイ、デュパン！　きみは総監のわしを侮じょくする気か？　わしの部下に、そのようなスパイがおるわけはない。かってなことを邪推して言うと、しょうちせんぞ！」

「では、あなたも一つ推理してください」

「なっ、なにをじゃ？」

「ぼくたちパリ新聞の四人が、サン・ポーロ原へ出かけて行った、が、四人とも覆面して、しかも刑事連とはズッとはなれていた。気のつく者はないはずだ。ところが、パリ新聞の記者四人がサン・ポーロ原の現場へきていたのだと、マラー長官が知っていたのは、どういうわけです？　この謎を一つ解いてみてください！」

目をむいたデブ総監が、ハンカチをにぎりしめてきいた。

「マラー長官がそんなことを、どうして知っとったのか？」

「さあ、謎が解けないですね」

「ウウム、長官が知っとったと、きみが知っとるのは、どういうわけか？」

「なあに、今さっきぼくたち四人が、マラー長官と会ってきたんです」

「ムムッ、結果はどうじゃった？　なにか手がかりをつかんだか、エッ、結果は？」

「いや、編集長もシャル嬢も、ロバートまで、『ざんねんだが、ぼくたちの完全なゼロ敗だった』と言ってるんです」

「完全なゼロ敗、というと、最悪の結果か？　ウウン……」

「なにしろ、マラー長官は初めからぼくたちの行動も、あなたが指揮した家宅捜査まで、すっかり知っていましたからね」

デブ総監がギョッとしてきいた。

「家宅捜査を長官が知っとったか？」

「だから、警視庁の内部に、マラー長官の有力なスパイがはいっているのは、たしかだと、ぼくは思うんですが」

シャルがぼくの右腕を横から突いて、ささやいた。

「そんなスパイ、やっぱり刑事だわね、どう思う？」

「ウン……」

とだけぼくはこたえて思った。

〈いろんな謎また謎が、さっぱり解けないんだ。デュパン、しっかりしろよ、がんばれっ！　〝もっとも有力なスパイ〟って何者なんだ？〉

飛躍する一歩前

活劇の一つ

これまた意外にもデュパンが、警視総監を尋問するみたいになった。

「そこで、ぼくたち四人が、サン・ポーロ原へ覆面して出て行くのを、総監のあなたが部下の刑事たちに、あらかじめ話しておいたのですか、どうなんです？」

デブ総監は自分の権威を傷つけられる、と思ったらしい。ブルッと顔を振ると、両肩をあげて怒なった。

「だれにも話しておらん！　わしだけの考えでやったことじゃ」

「そうでしょう。しかし、プレバン刑事部長だけには、あなたが話しておいたのだ、と、ぼくは思うんですが、この点、どうなんです？」

「ウム、かれは覆面刑事隊を直接に指揮するのじゃ。きみたち四人が出てくるのを、あらかじめ知らせておくのが、わしとして当然のことじゃぞ！」

「すると、ぼくたちが現場に出ているのを、前から知っていたのは、あなたとプレバン刑事部長、ふたりだけのほかに、だれもいないんですね？」

「ウム、むろん、そうじゃ。オイッ、だからなんだと言うのか？」

「だから、**マラー長官に連らくして、すべて秘密に、あらゆることを、すばやく報告しているのは、プレバン刑事部長なのだ**▼36、と、推定すべきでしょう」

「オッ!?　フーッ……」

　と、エリオ編集長が目を見はって煙を吐きだし、ぼくとシャルはささやきあった。

「あんた、気がついてた？」

「いや、きみは？」

「すごいおどろきだわ……」

　負けぎらいのシャルは、〝まったく気がつかなかった〟とは言わない、が、グーッと眉をあげたきりでいた、すごくおどろいたんだ。

「バ、バカなことを言うのも、いいかげんにしろっ！」

　と、顔じゅうまっ赤になって怒なったデブ総監が、

「あの時、プレバンは極力、あの車に向かった部下を激れいして、『おそえっ！　かこめっ！　引きずり出せっ！　向こうがわに気をつけろっ、逃がすな！』と真けんに指揮したのじゃぞ！」

「それは、ぼくも見ていましたがね」

　と、平気な顔してるデュパンが、

「あれはプレバン刑事部長が、車の中にだれが乗ってるかを、はじめから知っていて、とても真けんに演出して見せたんですよ。マラー長官と協力してやった活劇の一つです！」

　デュパンが、めずらしく断言した。

　ところが、聞きいれないデブ総監は、禿げ頭に湯気をたてて怒なりつづけた。

「おまえは推理するよりも曲がって邪推するんじゃ。なんの証拠があってプレバンをスパイだと言うか、証拠をあげて言えっ！」

「ハハッ、マラー長官が、あなたの家宅捜査も、サン・ポール原における非常手段も、すべて知っている。これが明白な証拠でなくてなんですか？」

「ムム……」

　と、口を引きしめたデブ総監が、きゅうにだまりこんで鼻から長い息を吹きだした。

謝礼金倍増

「マラー長官は、笑って言ったですよ」

　と、デュパンは自分も微笑しながら、だまりこんでいるデブ総監に、

「それは演出の笑いでなくって、マラー氏の、ほんとうの

笑いでしたよ。『ジスケエ警視総監と、なんとかいう刑事部長が部下の刑事を指揮して、この邸の内外をじつに巧妙に、すみにいたるまで捜査した。ところが、**盗まれた秘密書**などというものは、ついに発見されなかった』と言った、が、すばらしく頭のいいマラー氏が、捜査されたのを知っていながら、それを直接に指揮した刑事部長の名まえを、忘れるはずがない、知らないわけもない。ところが、『なんとかいう』などと、わざと名まえを言わずにいる、とすると、これはマラー長官自身とプレバン刑事部長が、なにか秘密の関係をもっている、それをぼくたちに知られないためだな、と、ぼくは初めて気がついたのです。これはぼくの邪推ではないでしょう」

「ウウム……」

と、疑い深く目いろをしずめたデブ総監が、

「しかし、プレバンがわしを裏ぎっとるとは、断じて信じられん。エリオ君、きみはどう思うかのう？」

と、力のない声になってきいた。

パイプの煙をプカリと吐きだしたエリオ編集長が、いつもの早口で、

「そうですね、マラー長官が来年の総選挙に政権を取って共和党の首相になったら、あなたにかわって警視総監になるのは、[37]おそらくプレバン刑事部長じゃないかと、ぼくは思いますがね」

と言うと、つづいてシャルがすぐ口を出した。キンキン声で、

「そうだわ、総監さんの足もとにいて足をすくってるのが、プレバン氏だわ。じっさい、おどろきだわ。あたし、デュパンの推理があたってると、信じずにいられないわ。デュパンさん、もっと何か解いてよっ！」

デュパンはシャルをはじめから気にしていない、キンキン声が切れると、ジスケエ総監にたずねた。

「ところで、メリー妃殿下と大統領からの報賞金は、あなたが預かっているんでしょう？」

話しがきゅうに変わって、デブ総監は目をチラチラさせた。

〈総監のくせに、おちついていない。プレバン刑事部長がスパイか、どうなのか？　と、ひどく迷ってるんだな〉

と、ぼくが見ていると、

「ウム、そうじゃ、あずかっとる。妃殿下も秘密書の取りかえしを急がれて、報賞金をはじめの倍額になさった。わしが、あずかっとる」

「ハハア……」

と、愉快らしくニッコリ笑ったデュパンが、

「では、きょうの午後六時三十分、失礼ですが、それを持ってぼくの部屋へ、きていただきたいのですが」

「なに？　妃殿下の報賞金をか、どうするんじゃ？」

「ぼくが、もらうからです！」

「ムムッ？」

デブ総監がクシャッと顔をしかめて、わからない表情を見せた。

エリオ編集長もシャルもビクッとして、

〈わからない！〉

〈どうしたというの？〉

と、デュパンの顔を見つめた。

ぼくもビックリしながら、しかし、デュパンに横から言った。

「オイ、えらく飛躍するなあ！」

紙・インク・ペン・封筒

「な、なにか、デュパン、**盗まれた秘密書**を、きみは……」

と、デブ総監はイスから立ちあがると、

「すでに取りかえした、というのか？」

右手を前へのばしてきいた。目的の秘密書を今受けとりたい姿勢だ。

愉快らしいデュパンが、ほがらかにこたえた。

「いや、そう早くはいかないです、なにしろ相手が、頭も腕も意外にすばらしいから……」

「どこにあるんじゃ？　秘密書は、エッ？」

「取りかえしてから、言いましょう」

「オイ、それで取りかえす確信があるのか？」

「きょうの午後六時三十分、ぼくの部屋へきてください。ロバート、さあ行こう！」

デュパンがぼくに言って立ちあがると、シャルも立ちあがるなりさけびだした。

「あたしも行く！　どこへ行くの？」

「きみはこない方がいい。編集長、車を借りますよ！」

デュパンとぼくは編集室を出て、ドカドカと一階へ下りてきた。

社の前に社の乗用車とトラックが幾台もならんでいる。中に警察の青い旗がひるがえっているのは、ジスケエ総監が乗ってきたのだろう。はしの方にある新型を見つけて、デュパンとぼくが運転席へはいると、社の玄関の方から高い叫び声が聞こえた。

「待ってえ、待ってよっ！」

「ヤッ、シャルだぜ！」

と、ぼくが言うと、ハンドルをつかんでいるデュパンが、

「ハハッ、かの女には失礼しよう」

と、笑うなりスタートさせた。

朝の町を男も女もスタスタと足を早めて行く。こんな生き生きしてる風景をぼくは見たことがない。

「みんな早起きなんだなあ、デュパン！」

「なあに、まだグッスリと寝こんでるのも、いるだろう、きみみたいにさ、ハハッ」

「きみだって早起きのほうじゃないぜ。これから帰るんだろう？」

「いや、買いものだ」

「買いもの、何を？」

「**紙、インク、ペン、封筒**▼38」

「そんなものは、部屋にあるじゃないか」

「ところが、オッ、あそこの文房具店によってみよう。あるかな？」

「紙やペンが文房具店になくて、どうするんだ」

「うるさいね、ハハア、シャルのウルサ病が伝染したのかな」

「変なこと言うなよ！」

「ハッハッハッ」

　十字路のかどにある、かなり大きな文房具店の前へ、デュパンが笑いながら車を停めた。

　さまざまの紙がある、うすいのや厚いの、それから、いろんな色のインク、さきが太いのや細いペンさき、封筒の長いのや短かいの、など、あるだけを女店員にならべさせて、デュパンが選びながら買ったのは、青黒の高級インクだけだった。女店員は変な顔をしていた。

　それからまた車に乗りこんで、朝の町をまわって行った。デュパンは文房具店を見つけると、車を停めてツカツカとはいって行く。いろいろならべさせて、一つ一つしらべてみた結果、買う時はまだいいが、なんにも買わずに出てきたりする。こんなわがままかってなデュパンを、ぼくは見たことがない。

「いったい、なんのために、こんな買い方をするんだ？」

　と、ぼくは運転席にならんで行きながら、きいてみた。

小んぴら党の親分

　道のはしをグングン走らせて行きながら、デュパンは愉快らしく言った。

「なあに、道具だよ」

「道具？　なにか書くんじゃないのか？」

　わからないぼくが、なおきくと、

「そうさ、紙やインクは、書くためにあるんだろう」

「ただ書くだけだと、こんなに一つ一つえらびださなくて、いいじゃないか？」

「ハハッ、ところが、**きわめて大事な道具**だからね」

「わからないな」

「なあに、今にわかるさ」

「ぼくには言えよ。秘密書のあるところは、ほんとうに、どこなんだ？　それも言えよ！」

「それも今にわかるはずだ、おそくとも、……オッ、いい奴が行くぞ、これは幸運だ！」

　運転席の窓から顔を出したデュパンが、前の方へ大声で呼んだ。

「オーイッ、アンリイ！」

　大きな黄色のピケ帽をかぶって行く小男が、立ちどまると振りむいた。小男のくせに目がギロリと大きく、ピンとヒゲをはやしている。青のシャツに茶色のズボンをはき、両手をポケットに突っこんだまま、なにか口をあけて言った。デュパンを知ってるからだろう。

　車を停めるなり飛び出して行ったデュパンが、小男の前に立って何か話しだした。

「ウム、ウム、ウム！」

　と言ったらしい、うなずいた小男が、クルリと後ろを見せると歩きだして行った。

　運転席に帰ってきたデュパンがスタートさせて、小男の左わきを、スレスレに人ごみの中を通りすぎた。ぼくはまたきいてみた。

「今のはなんだい？」

「ハハア、町の親分だがね」

「フウン、ちっぽけな親分だな、ヒゲをはやしていたが、子分がいるんか？」

「二、三十人、いるだろう。みんな小《ち》んぴらだが、ピチピチ動くのさ」

「きみはみょうな男を知ってるんだね、『アンリイ』なんて女みたいじゃないか▼[39]」

「ハハッ、ほんとうの名まえは、子分も知らないだろう」

「年は？」

「二十二だと言ってたが、疑問だね」

「疑問の親分か？」

　こんなことを言ってるうちに、ぼくたちは間がりしているボロ屋へ、やっと帰ってきた。

　二階の部屋にはいって見ると、テーブルの上にかさなってるのは、いろんな郵便物だ。〝名探偵デュパン〟の部屋だがきたなくて古くて、ほこりだらけだし、ドアにカギもかけてない。だれでも出入自由だ。

　郵便物の中に小包があるのを、ぼくは引きぬいて見た。

〈だれが何を送ってきたんだ？〉

　あて名はデュパン、ぼくではない、が、かまわずにヒモをほどいて、上紙の厚いのをひらいてみると、小さいが厚い原稿紙のつづりなんだ。

「まただれか原稿を送ってきたぜ」

　と、デュパンに言いながら、表紙に黒インクの細い字で書かれてるのを、読んでみると、

裏ぎった心臓▼[40]

「なんだか怪奇な題名だぜ」

と、表紙をはぐりながら、ぼくが言うと、ベッドに腰をおろしたデュパンが、

「フウン、なんというんだ」

「**裏ぎった心臓**だってさ」

「興味がありそうじゃないか、ちょっとはじめだけ読んでみろよ」

「おれが朗読するんか?」

「ハハッ、マラー長官にぶつかるまでに、今ちょうど時間があまってるんだ。『**裏ぎった心臓**』なんて、かなり推理的じゃないか!」

第二回　裏ぎった心臓

わたしの、一ばんに、あこがれてる、デュパン先生!

先生の大ファンは、だれよりも、わたしです!

『**モルグ街の怪声**』!

読んでしまった、とたんに、わたしは、先生が大すきになったんです! ほんとうです!

だって、デュパン青年探偵は、すばらしいんですもの……。


ぼくは声をあげて読みながら、ベッドにあおむいてるデュパンに言った。

「オイ、聞いてるんか?」

「ハハッ、耳にはいってるよ」

「『先生の大ファン』が、またひとりふえたぜ、『一ばんに、あこがれてる』のが」

「はがきや手がみをくれるのは、みんな『大ファン』だな」

「中ファンや小ファンは、手がみをくれないんだろう」

「ハハア、小ファンなんて、あるのかな？　さきを読んでみろよ」


　わたしは今年、十七なんです。

　名まえは、あとでいいます。でも名まえなんて、どうだっていいものなんでしょう。先生のおかんがえをきかせてください。

「デュパンとぼくの対話」
デュ＝その「大ファン」は、女らしいぜ。▼41 そう思わないか？
ぼく＝ウン、おれもそんな気がしてるんだ。十七才の少女らしいな。
デュ＝反抗期だろう。「**裏ぎった心臓**」なんて、反抗期の少女が考えそうな題名だぜ。
ぼく＝そうかな？　さきを読んでみよう。字はきれいだ。

　わたし、学校で教室の中に、ひとりだけで、のこってる時も、そとの運動場で、クラスの友だちが、ヒソヒソと話してる、その声が、みんな聞こえるんです。

　――そうだよ、ジャンヌは、どうかすると、気が変になるんだ。ジャンヌの神経は、ふつうとちがってる時があるんだものな。

　と言ってるのは、レオンの声なんです。

　すると、また、

　――ええ、そうよ、わたしもそうおもうわ。ジーッとだまりこんでさ、ひとりぼっちになって、なにか深くかんがえこんでるわね。そうかとおもうと、とたんに変な声でさけびだして、プンプンおこってさ、むやみに、わたしを、やっつけるのよ！

　と言ってるのは、シュリーヌの声なんです。

　すると、また、

　――だからさ、ジャンヌは気ちがいになる時が、あるんだわ。なにをプンプンおこっているんだか、そばにいるものにだって、わからないじゃないの。その時は、目いろも顔つきも、すごくかわっちまって、べつのジャンヌみたいだわね。わたし、あんなのを見るの、こわいのよ！

　と言ってるのは、マドリーヌの声なんです。

　わたしのことを、みんながヒソヒソ話しあっている。顔は見えなくっても、声でハッキリと、それが、だれだか、すぐわかるんです。

　そうして聞いてるうちに、しゃべってる顔も、ありありと見えてくるんです。

　コンパスでクルッとかいたみたいに、まんまるいレオンの顔！

ほそ長いくせに、ほお骨が両方へ突き出てるシュリーヌの、いやな顔！

マユが毛虫みたいで、目がほそいし、ハナのひくいマドリーヌの顔！

このほか、まだ、いろんな声が聞こえて、いろんな顔が見えるんです。

デュパン先生！　わたしの、あこがれの……！　！　！

わたしは、友だちの言うように、時どきでも、気がちがうんでしょうか？

じぶんでは、わからないんです、ちっとも！

友だちの声や顔だけではなく、わたしは、ジーッと耳に神経をあつめると、天地のあいだの、あらゆるものおとが、なんでも聞こえるんです。

地獄のひびきさえ、聞こえるんです。

ほんとうに、わたし、気がちがうんでしょうか？

わたしのデュパン先生！

おしえてください！　おねがいですから……。

ぼく＝だんだん変になってきたぜ。「ジャンヌ」というのが、自分の名まえだろうが、一種の気ちがいじゃないのか？

デュ＝自分の神経で、ありもしない音が聞こえたり、目の前にないものを見たりするんだな。

ぼく＝そういう気ちがいなんだろう。

デュ＝まぼろしの音を聞いたり、まぼろしのものを見るから、医者は「幻聴」とか「幻視」とか「幻覚」とかいうんだが、気ちがいとまではいかないんだろうね。

ぼく＝そうかなあ、「天地のあいだの、あらゆるもの音」は、むやみに大きいぜ。「地獄のひびき」なんて、こんな変なの読むのは、やめようじゃないか？

デュ＝ハハッ、「**裏ぎった心臓**」が、まだ出てこないから、出てくるまで読んでみろよ。心臓がいったい何を裏ぎったのか、だれの心臓なのか？

ぼく＝犬かネコの心臓かもしれないぜ、読んでみよう。

人は、いろいろ言いますけれど、わたしは、じぶんが気ちがいだなんて、けっしておもえないんです。

気ちがいなのか、正気なのか？　それは、これを読んでくださると、わかっていただけるとおもうんですの。

気ちがいに、こんな**裏ぎった心臓**の、くわしいことが、先生に書けるでしょうか？

わたしは、さいきんまで、わたしを愛してくれるおじいさんと、ふたりだけで、いっしょに、おなじウチの中にいたのでした。

おじいさんの名まえは、エドア・レイノーというんです。年は、じぶんで六十九といっていました。

　わたしが小学四年の時、母がなくなり、父がつづいて交通ジコでなくなり、近くにいたレイノーおじいさんが、わたしを引きとって、そだててくれたんです。

　レイノーおじいさんにも、わたしにも、親るいという人が、ひとりも、いなくって、

　――ジャンヌ！　おまえは、わたしのマゴだよ！

　と、レイノーおじいさんは、よくいってくれました、顔を見るたびに！

　だから、わたしも、おじいさんに、心から、なついていたんです。

　ところが、二年ほどまえから、とても、きらいになって、しかも、すごく、おそろしくなったんです。

　あの目！　目！　気みがわるい、おそろしい黄いろの▼42目！

　どんなふうに書いても、デュパン先生でさえも、このおじいさんの目の気みのわるさは、おわかりになれないと、わたしはおもうんです。

　黄いろくてジーッとしずんでいる二つの目！　ひとみが黄いろいんです、底光りをたたえて……

　――ひとみが黄いろい目なんて、あるものか！

　と、デュパン先生でも、そうおっしゃるでしょう。

　でも、レイノーおじいさんの目は、両方とも左も右も、ほんとうに黄いろいんです、黄いろの底光りをたたえて、ジーッと見すえて動かないんです。この目に見つめられると、わたしは、ゾーッとして、からだじゅう手も足も、つめたくなって、こごえる気がして、とても、たまらないんです。

　このような気みのわるさ、おそろしさが、二年あまりも、つづいたんです。

　おじいさんは、かわいがってくれるから、わたし、すきだ。けれど、あの目がおそろしい、にくい！　あの黄いろの目を、両方とも左も右も、なんとかして、つぶしてしまいたい！

　と、わたしは、おなじウチの中にいて、いつも、そうおもうようになったんです。

ぼく＝ますます変になってきたぜ。黄色の目なんて、あるんかな？
デュ＝目の中が白くなる病気を、「白内障」というんだが、「黄内障」というのは、聞いたことがないね。▼43
ぼく＝そうだ、「緑内障」というのもあるんだろう、これは目の中が緑いろになるのかな？
デュ＝ハハア、ネコには金の目の奴もいるし、銀の目の奴もいるんだぜ。
ぼく＝エッ、ほんとうか？　じょうだん言うなよ。
デュ＝ハハッ、実さいに、右が金目で左が銀目の奴もい

るんだ。▼44

ぼく＝フウン、そいつはめずらしいな、そんなネコは、よっぽど高いんだろう。

デュ＝ネコの話しよりも、その心臓の方を早く読めよ。

ぼく＝よしきた、この「ジャンヌ」という反抗期の少女、ずいぶん書いたもんだなあ。まだまだあるぜ！

とても気みがわるい、すごい、おそろしい黄いろの目を、両方とも、左も右も、どんな方法で、つぶしてやろうか？でも、この方法が、わからなかったんです。

おじいさんは二階に、わたしは下のヘヤに寝るんです。あの黄いろの目は、夜なかでも、気みわるく、まっくらの中にジーッと、あいてるんじゃないかしら？

こうおもうと、わたしは下のヘヤでも、ねむれなくなったんです。こわくって、神経がさえて……、

ソーッと行って、見てやろう！

手さげランプに火をつけて、まわりについてるフタをしめて、それを左手にさげて、わたしは、ソーッと二階へのぼっていきました。

夜なかの一時すぎでした。

おじいさん、まさか今ごろ起きてはいないだろう、でも、黄いろの目は、ジーッとあいてるかもしれない！

こわいのを、ひっしに、がまんして、ドアのカギに手をかけると、わたしは、両方の耳に神経をあつめました。

おじいさんの寝息を聞こうとしたんです。

わたしの耳は、ヘヤの中のようすが、ドアのそとからでも聞こえる。おじいさん、まさか起きてはいないだろう？

……？

すると、ヘヤの中のベッドの方から、聞こえてきたのは、

――ドッキン、ドッキン、ドッキン、……ドキドキドキ、ドキドキドキ、……ドッキン、ドッキン、ドッキン、

おじいさんの心臓の音！

と、すぐ気がつきました。

ねむってるのか、起きてるのか？　心臓は動いてる。おじいさんは生きている！

けれど、おかしいのは、

――ドッキン、ドッキン、ドッキン、

と、規則ただしく打っているうちに、ふと止まって聞こえなくなる、間をおいて変だとおもうと、

――ドキドキドキドキ、

と、きゅうに早く打ちつづけて、また止まる。聞こえなくなって、そのまま間をおいて、脈が抜けるんです。

おじいさんの心臓は、変なんだ、あたりまえじゃないんだ！

と、わたしは、なお気がついたんです。

けれど、ねむってるのか、起きてるのか、心臓の音だけ

では、わからない。ドアのカギを、ソーッと音がしないようにまわして、なおソーッとドアを二十センチほど、あけてみたんです。

ぼく＝心臓が出てきたぜ、なにを裏ぎったのかな？

デュ＝ハハア、そのジャンヌという女の子は、そんなにくわしく書けるんだ。なかなか推理的な神経をもっているんだな。

ぼく＝オイ、きみは何を書いているんだ？

デュ＝ハハッ、これか、まったくべつのものさ。いつのまにか、デュパンがテーブルの前に行って、なにか書いている。紙もペンもインクも、パリ新聞社からの帰り道に、方々の文房具店から買いあつめてきたものだ。

ぼく＝オイッ、書きながら聞いて、すっかりわかるんか？

デュ＝ああわかるよ。グングン読んでくれ！　心臓が今に裏ぎるんだろう？

――若いときから、すこしでも明るいと、わたしは、ねむれないタチでね。

おじいさんは、まえからそういって、夜になると、マドの戸もカーテンも、すっかり、すきまなくしめて、電燈もけしてねるんです。

だから、ヘヤの中はまっくらで、一センチさきも見えない、わたしはドアのすきまから、ソーッと少しずつ顔をいれて、まっくらな中のようすを、気はいを、うかがったんです。

おじいさん、ねむってるか、目をさましてるか？

――ドキドキドキ、……ドッキン、ドッキン、ドッキン、……ドキドキドキ、……

早くなったり間がぬけたりする心臓の音が、わたしの耳にひびく。けれど、顔を見ようと目に神経をあつめても、ここでは、まっくらのせいか、すこしも見えないんです。手さげランプも、ドアの中へ入れて、これもソーッとフタを一ミリくらいずつあけて、五ミリほどになった、ほそい細い光を、まず、おじいさんの足のほうへ、むけてみたんです。

うすい茶いろのモウフを、両足のさきまでかけて、おじいさんはジッとしている。その足のさきから上のほうへ、ほそい細い光を、うつしていったんです、ムネからノドへ、それから、いよいよアゴからハナへ、とうとう目の上に、……ああ、黄いろの目は、あいていない、ふさいでいるんです。

ねむってる？　目をふさいだまま起きてる？

なんともわからない、わたしはゾーッと、からだじゅう、つめたくなって、足がふるえて、手さげランプと顔をそとへ出すと、ドアをしめて、またソーッと階だんをおりてきたんです。

夜があけるまで、とうとう、ねむれませんでした。

朝の食事に、おじいさんが、おりてきました。トーストに牛にゅう、サラダ、コーヒー、わたしのヘヤで、いつものように、いっしょにたべながら、

——ジャンヌや……。

と、おじいさんが、やさしい声でいいました。

——なあに？

——おまえ、ゆうべは、よくねむったかな？

わたし、ギョッとしたんです。

夜なかにドアをあけて、おじいさんのようすを、手さげランプで見たのを、おじいさんは、知ってたのか？　目をふさいで、ねむったふりをして……。

なんとも、わたしは、へんじができなくて、のみかけていたコーヒー茶わんを、下においたきり、うつむきました。そうすると、

——どうかしたのか？　このごろ、おまえは、なんだかソワソワしているでな、夜も、よくねむれないんじゃないか？

おじいさんが、トーストをかじりながら、きくんです。

——いいえ……。

と、顔をあげて見た、とたんに、わたしは口もきけずに、からだも気もちも、つめたく、ブルブルとふるえたんです。

黄いろの底光りをしずめてる目！　ジーッと動かずにらみすえている、気みわるさ、すごさ、わたしをのろってる目！　ああ、たまらない、この黄いろの目を、どうしても、つぶしてやろう！　と、わたしは、いよいよ心をきめたんです。

すごくて、こわいのは、目なんでした。だから、むろん、おじいさんをころそうなどとは、わたしはじめから、おもってもみなかったのです！

朝の食事は、それきりですみました。夜がくるまで、そして夜なかになるまで、なんという長い長い時間だったでしょう！　とうとう夜がふけて、わたしは、ゆうべとおなじように、手さげランプをさげて、ソーッと二階へのぼっていきました。

スリッパもはいていません、ハダシで一段ずつ気をつけて、コトリとも音をたてなかったんです。

しずかに、しずかにカギをまわして、ドアをソーッとあけました。

——ドッキン、ドッキン、ドッキン、ドッキン、……ドキドキドキ、……ドッキン、ドッキン、
聞こえるのは、おじいさんの心臓の音なんです。

まっくらなヘヤの中へ、わたしは、ソーッとはいりました。ゆうべ、わたしが、こうしてはいってきたのを、おじ

いさんは知っていて、朝の食事をしながら、ゆうべはねむれたか？　と、きいたのではないか？　今も目をふさいでいながら、おきているのではないか？

わたしは、まっくらな中に、ブルブルふるえながら、手さげランプのフタを、ゆうべとおなじように、一ミリくらいずつ、あけようとしたんです。

黄いろの目を、今夜もふさいでるか？

――カチッ！

わたしの右手のオヤユビが、フタのかけ金を、はずしそこねて、音をたてたんです。

ハッとわたしが立ちすくむと、

――だれだっ？

おじいさんの声が、まっくらなヘヤじゅうにひびいて、いきなりムクッと起きあがった、おじいさんの気はいが、わたしの顔にもムネにも、風みたいにわかったんです。

わたしは立ちすくんだきり、いきもつかずにいました。すこしでも動くと、すぐ知られる！

――だれだっ？　オイッ！

おじいさんの声が、まえよりも強く、突きとおすみたいに聞こえました。

あとはだまって、ヘヤじゅうシーンとしてるんです。

けれど、おじいさんはベッドの上に、横になった気はいがしない。起きあがったきりまだジーッとしている。あの黄いろの目が、こちらを、にらみすえているらしい。わたしもまるで動かずにいたんです、まっくらの中に……。

――ドキドキドキドキ、ドキドキドキドキ、
心臓の音が、すごく早く打っている。

おじいさんの心臓、今に破れつするんじゃないか？　たいへんだ！

と、わたし動かずにいてもギョッとしたんです。

けれど、おじいさんはジーッとまだ動かずにいる。わたしも動かずに、こうして何分間すぎたか、何時間たったのか？　今でもおぼえていないんです。

夜あけはまだなんだ、今のうちに、ドアのそとへ出て、下のヘヤへ帰ろう、ソーッと、おじいさんに知られないように……。

と、わたしは、いきをつめたきり、うしろへ足が動きかけた、このとき、とたんにギクッとしたんです。

だれか、べつの人間が、このヘヤの中にきている！▼45
気はいでわかったんです。

動いている、まっくらの中に、黒い影のようなものが、ソロソロと動いている、歩いているのか、音はしない……？

わたしは、じぶんの耳に神経を、あつめました。もう、ひっしだったんです、気みがわるくって、こわくって！

聞こえる、おじいさんの心臓の音が、すごく早く打って

いる、けれど、黒い影みたいな別の人間の心臓のひびきは、まるで聞こえない、打っていない……。

だれだろう、なにものなのか、男か、女なのか？

このとき、おじいさんの、ひくい声が、

——ネズミかな？　いや、生きものに、ちがいないが……。

と、考えてるみたいに言うと、

——ムシが、いくひきも、はいってきたのかな？　マドの戸を今夜は、あけておいたが、あまり暑いで……。

と、ひとりごとを、ボソボソと言う、その方へ黒い影が、ジリジリと動いていくんです。

おじいさんを、ねらってるようだ！

と、黒い影の気はいから、わたしは、

——おじいさん、あぶない！

と、言おうとした、それより早く黒い影の気はいが、サッと動いて、おじいさんに飛びついたんです。

——ギャアッ！

と、わたしの耳いっぱいに聞こえたのは、おじいさんの声です。

ハッとわたしは黒い影をおさえようと、うしろから飛びつきました。

けれど、まっくらな中で見とうがわからずに、わたしが飛びついたのは、ベッドの上に起きていたおじいさんなんです。

あっ！　と、おもったあとは、わたし、ほんとうに、むちゅうでした。なにを、どうしたのか、なにが、どうなったのか、まるで、おぼえていないんです。

むちゅうのうちに、ふと気がついてみると、わたしは、まっくらな中で、ベッドのすぐそばに立っているようなんです。ああっ！　と、また気がついて、手をのばしてさがしてみると、起きていたおじいさんが、あおむけになっているんです。

——おじいさん！　おじいさん！

と、よんだのです、けれども、おじいさんはビクとも動かずに、たおれている、黒い影におそわれて、ひっしに幾度も助けをよんだ、おじいさんの大声を、わたしは、ゆめのように思いだしました。気がついて、耳に神経をあつめてみると、

——……

おじいさんの心臓の音が、まるで聞こえないんです。すごく早く打っていた、破れつしそうだった心臓が、破れつしたのか止まってる、死んでいる！

おじいさんは死んだ！

と、わたしはワッと泣きだしかけて、とたんにギョッとしたんです。

黒い影の気はいがしない。おじいさんをころして、にげ

てしまったのか？　そうじゃない！　あの黒い影のようなものは、ほんとうは、わたしではなかったのかしら？
ぼく＝オイ、デュパン！　これはいったい、どういうことなんだ？
デュ＝さあ、そういうことなんだろうね。つづけて読んでみろよ。さきがまだあるんだろう。
ぼく＝おじいさんが死んだ。心臓マヒだとすると、殺人じゃないだろう。
デュ＝さいごまで、早く読んでみろよ。あまり時間がないんだから。
ぼく＝なんの時間？
デュ＝いいから、早く読めよ！

おじいさんの心臓が、止まっている、死んでいる！

黒い影のようなものが、わたしが、おじいさんをおそって、息を止めた、心臓を止めた、ころしたんだ！

わたしは、じぶんの心臓も、止まりそうな気がして、あたまの中がボーッとなって、ヘヤを出たのも、階だんをおりたのも、まったく気がつかなかったんです。

じぶんのベッドの上に、うつむけになって、モウフを頭からかぶったきり、ブルブルふるえていました。

おじいさんは死んだ、黄いろの目がつぶれた！

わたしは、かなしいのと恐ろしさに、ふるえていながら、あの黄いろの目が、とうとう、つぶれた！

とおもうと、すくわれた気がしたんです、うれしかったんです。

かなしみ、おそろしさ、うれしさが、うずまきみたいに、グルグルまわっていました。これが、わたしの、ほんとうの気もちでした。いいも、わるいも、ないでしょう。

ぼく＝フウム、やっぱり、こんなのが、反抗期の少女の変な気もちなんだな、デュパン！　そうだろう。

デュ＝いいから早く、さきを読めよ、シャル病にならずに！


ふいにゲンカンのドアをたたく音が、はげしくひびいて、

——あけなさい、あけなさいっ！

——だれか、いないですか？

どなりつづける大声、ガチガチとカギをまわす音、くつ音もひびくんです。

わたしは、たまらなくなって、ゲンカンに出ていきました。

——どなたですか？

と、きいてみますと、

——警視庁の者です、あけなさい！

わたしはギクッと、からだがこわばって、つめたいアセがながれました。

そとから、どなる声が、

――あけなさいっ、どうしたんだ？

と、耳を打って、このとき、わたし、心をきめたんです。おじいさんを、わたしがころしたことは、どんなことがあっても言えない！　言ったら、わたしは死刑にされる、言えない、言うもんか？

と、心をきめてカギをはずしたんです。

すると、そとからドアをおしあけて、ドッとはいってきたのは、おまわりさんがふたり、あたりまえの黒服とグレーの服の人が三人、とても明るいナショナル・ランプ▼46の光が、わたしの顔からムネから下まで照らして、黒服の人が、するどい声でききました。

――あなたは今まで、どこにいたんです？

――はい、この、うしろのヘヤに……。

――二階で助けをよぶ声を聞かなかったですか？

――いいえ、わたし聞きませんでした。

――となりの人が聞いて、急報してきたんだ。下のヘヤにいたあなたの耳に、はいらないはずはない。よほど深くねむっていたんですか？

――はい……。

――それは昼の服ですね。ねるのにネグリジェを着ていないのは、どういうわけだ？

五人の十の目が、わたしの髪から足のさきまで、ジロジロと見ているんです。

――はい、ウトウトしてるうちに、ねむってしまったんです。

――職務の上から、この家を臨検する。二階へ案内しなさい！

――はい……。

うしろへよったわたしを、いきなり、ふたりがおしのけて、わたしのヘヤへ、ドカドカとはいっていきました。

――二階へいくんだ！

と、黒服の人がわたしの右ウデをつかむと、強い声でききました。

――三階はないんだな？

――はい……。

階だんを上がっていきながら、

――だれが、二階にいるのか？

――おじいさんです。

――そのほかに？

――おじいさん、ひとりです。

心臓が止まって死んでる！　黄いろの目が、つぶれてしまった！

――きみの名まえは？

——ジャンヌ・サイヤンです。

——おじいさんの名まえは？

——エドア・レイノーです。

——名まえがちがうな。おじいさんときみの関係は？

——いいえ、なんにも、ないんです。

——なんにもない？　親るいでもないのか？

——はい、そうです、なんにも……。

と、こたえて、階だんを上がりきったとき、わたしはギョッと立ちどまったんです。

——ドキドキドキッ、……ドキッドキドキ、……ドキドキッ、
すごく早く打って、止まると打つ心臓の音が、へヤの中に聞こえる！

おじいさんのほかに、だれかがいる！

あの黒い影のようなもの？

——どうしたっ？

わたしの右ウデをつかんでる人が、グッと力をこめて、へヤの中へ引きずり入れました。

ほかのふたりが、明るいナショナル・ランプで、へヤじゅうを照らしたんです。

——アッ？

わたしはビクッと声をあげました。

だれもいない！

ベッドの上に、おじいさんがいない！

黒い影もいない……。

ユカに手さげランプがころげ落ちて、ガラスもフタもこわれてる。わたしが黒い影に飛びかかった時、むちゅうで投げつけたんだ。

——オオッ！

ベッドの向こうへ、まわって行ったおまわりさんが、立ちどまってどなったんです。

——ドキドキドキ、……ドキドキドキドキ、……ドキドキドキ、
早く打って切れる心臓の音が、ハッキリと聞こえる。

——被害者です！

と、おまわりさんが、黒服の人に言いました。

わたしの右ウデを、まだつかんでいる黒服の人が、ギュッと力をこめて、わたしをベッドの向こうへ、引っぱって行きました。

おまわりさんが明るいナショナル・ランプの光を、下にむけている。足もとを見たわたしは、からだじゅうがつめたくなり、ワナワナとふるえたんです。

——おじいさんが、ユカの上に、あおむいてる！　黄いろの目をボカッとあけて……。

——ドキドキドキ、……ドキドキドキドキ、……ドキドキドキ、

おじいさんの心臓の音だ、おじいさんは生きている！▼47
生きかえった！　止まってた心臓が、また今は動いてる……。

黄いろの目は、つぶれていない！　ざんねんだ、つぶしたと思ったわたしを、心臓が裏ぎった！

黒服の人が、わたしにききました。

――これがエドア・レイノーだな？　ちがいないのだな？

わたしは口が動かなかったんです。

おじいさんが生きかえっている、うれしい！

黄いろの目が、つぶれていない、ボカッと気みわるくあいて、ジーッと、わたしをにらんでいる。ざんねんだ、心臓が裏ぎった！

――レイノーさん！　気がついていますか？　しっかりなさい、だいじょうぶですか？

と、黒服の人が声をかけました。

おじいさんはビクとも動かずに、黄いろの目がわたしを、ジーッとにらんでいるんです。

ああ気みがわるい！

わたしはギョッと立ちすくみました。どうしていいか、わからなかったんです。

おまわりさんとグレーの服の人が、うつむいて、おじいさんの顔からノドのへんを、ナショナル・ランプの光で見ながら、黒服の人に言いました。

――ノドの下に傷あとがあります、三か所！

――なんの傷あとか？

――ツメあとらしいです、しめたものです！

黒服の人が、わたしのウデをゆさぶって強くききました。

――オイ、まっすぐにこたえるんだ！　このレイノーさんのノドをしめて、ころそうとしたのは、わたしですと！

――いいえ、いいえ……。

――まっすぐに言うんだ。そこに落ちてる手さげランプは、だれのものだ？　かくさずに言うほうが、おまえのためになるんだぞ。おまえが下から持ってきたんだろう！

――はい、いいえ……。

――どっちだ？

――わたしではないんです！

――では、だれだ？

――おじいさんをしめころしたのは、黒い影なんです。

――なんだと？　黒い影とは何者だ？

――このヘヤの中に、いたんです！

――それがレイノーさんを、しめころしたのか、ハッキリこたえろ！

――おじいさんの心臓は、止まったんです！

――すると、おまえはその時、ここにいたのだな！

――いいえ、はい……。

——おじいさんの左手が、このときビクッと動きかけた、とおもうと、わたしの方へのびて、口も動きだして言ったんです。

——わたしのノドをしめたのは、においで、わかったんだ。こ、このジャンヌだ！

——ちがう、おじいさん、ちがう！

と、わたしがさけんだとき、両方の手くびにカチッカチッと音がして、鉄のジョウがはめられたんです。

——近くの医者を！

と、黒服の人がおまわりさんに言って、わたしに、

——ジャンヌ・サイヤン、▼48殺人未遂の容疑で逮捕する！

こいっ！

と、手ジョウについてるクサリを引っぱってヘヤを出たんです。

ドアのそばから廊下へ、引きずられて出たとき、うしろのヘヤの中に、

——ドッキン、ドッキン、……ドキドキドキ、
おじいさんの心臓の音が、まだ聞こえていました。

夜なかの道を、警視庁へつれられて行く、車の中でわたしは、ナミダが出てきて出てきて、うつむいたきり泣いていました。手ジョウをはめられていて、ナミダがふけずに、ヒザの上のスカートがグッショリとぬれました。

警視庁では、べつの黒服の身のたけの高い人が、またいろいろときくのです。そうして、

——エドア・レイノーのほかに、おまえの保護者というべき人は、どこにいるのか？ なんという人だ？

——いいえ、そういう人はいないんです。

——逮捕されたことを、知らせたい人もいないのか？

——はい、それはいるんです、ひとりだけ、いるんです！

——それはだれだ？

——デュパン先生です！

——なに、デュパン、**『モルグ街の怪声』**で有名になったデュパンか？

——はい、そうです。

——おまえはデュパンに、会ったことがあるのか？

——いいえ、でも、わたしがおじいさんのノドをしめたのではない、そうではなかったんだと、本当の点を探って、疑いをなくしてくださる人は、デュパン先生のほかにないと思うんです！

——それくらいの理由で、デュパンをここへよぶわけにはいかん。

身のたけの高い黒服の人は、しばらく考えてから言いました。

——しかし、おまえがデュパンに会って言いたいことを、すっかり、くわしく書いてみろ。紙とペンを貸してやる。

それはデュパンに送ってやるんだ。

——そうして、どうするんですの？

——デュパンは、むろん、それを読むだろう。おそらくくるだろう。おまえに会いに、ここへくるかもしれない、おそらくくるだろう。おまえは名探偵などと言われて、ウヌボレてる男だからな。おまえは逮捕されている事件のいっさいを、ありのままに書くんだぞ、いいか！

——はい、書きます、書かしてください！

——いそぐんだから、早く書け！　とくに許してやるんだ。

——はい……。

デュパン先生！　わたしの、あこがれのデュパン先生！　こうして、わたしはこれを書きました。

身のたけの高い黒服の人が、これを先生に送ってくれて、先生がお読みくださったら、どうぞ、おねがいです、「殺人未遂」という恐ろしい疑いを、先生のすばらしい推理によって、はらしてください！

わたしはおじいさんを、けっして、しめころしたのではありません！　ころそうとしたのでもないんです！


ぼく＝これで終わりだ。このジャンヌという少女は、これを書きながら泣いてたらしいぜ。インクがところどころ、にじんでるんだ。ナミダのあとだろう。とても変な事件だが、「殺人未遂」の真相は、どうなのか、きみの推理は？

デュパンがテーブルの向こうに、スックと立ちあがって言った。

「**こんな敵の策に、引っかかっちゃあ、いけないぜ**」

「敵の策？　敵ってだれだ？」

「考えてみろよ、そのジャンヌが書いてるじゃないか」

「エッ、そうか、待てよ、わからないなあ」

「待てないね。六時半にはデブ総監が、やってくるだろう。さあ出かけるんだ！」

ドアの方へ歩きだしたデュパンに、ぼくはあわててきいた。

「どこへ行くんだ？」

「ハハッ、外務長官と今から決勝戦さ、しかし、腹がへったなあ、時間がないから、がまんしようぜ」

第三回　一秒間の決勝

魔人の舌が笑う

決勝訪問

外務長官の官邸へ、デュパンがパリ新聞社の乗用車を運転して、ぼくとふたりが行ったのは、午後五時すぎだった。夏だから、まだ明るかった。

石の門の鉄ドアがこの時もあいていた。門番もいない。

「警戒してないんだな、マラー長官、大胆不敵に、だれでもこいというわけか」

と、ぼくが小声で言うと、

「そんなことだろう。むやみに警戒したりすると、政治家は人気があつまらないからね」

デュパンは言いながら玄関へ車を停めると、運転台から飛び出して、太い柱の呼びりんボタンをおした。

巨大なドアが、この前のとおりにしまっている。そしてこの前のとおりに、しばらく待たされた。この前のとおりに不意の訪問だ。

ドアの中にスリッパの音が、しずかに聞こえてきた。

〈あの怪しい妖女だな！　……〉

と、ぼくが思うと同時に、

「どなたですか？」

はたして、この前のとおりに、やさしい声がドアの横の方から聞こえた。カベの上の方に小さな拡声器がついている。

デュパンが笑い声で言った。

「あけてください。前にきたパリ新聞の者です」

一分ほどすると、

「ガチッ！」

カギをまわしたひびきといっしょに、ドアが静かにひらいた。

スラリと立っている金髪白衣の妖女が、デュパンとぼくを見るなり、

「こんどは、おふたりですのね」

と、勝ちほこってるみたいな口調で、

「ご用は？」

と、デュパンの顔を見つめてきいた、美しい目いろが澄んでいる。

「長官にお目にかかりたい、ほかに用件はないんです▼49」

デュパンが平気な顔して言うと、

「そう、ただお会いになるだけですの？」

と、探ってかかる疑わしい気はいになって、

「いつも突然ですのね」

と、妖女がえらそうに言った。

「くれば会ってくださるのに、きまってるからです」

「あら、それは、なぜでしょう？」

「長官自身が、ぼくの訪問に興味をもっている。会わずにかえすのは、ちょっと不安な気がするんじゃないんですか？」

「まあ！　あなたは、ずいぶん自信がおありなんですね、デュパンさん！」

妖女はデュパンの名まえを、明白におぼえていた。

「ハハア、ところが、あなたも長官と同じく、このままぼくをかえすのは、すこしばかり不安じゃないんですか？」

「ホホホ、ホホホホ……」

美しく笑いだした妖女が、スッと後ろへ身を引いて言った。

「どうぞ、おあがりくださいませ！」

無声の声援

デュパンとぼくは、赤い絨たんがのびている廊下を、妖女の後ろから歩いて行った。

前にきたとおりだから、廊下のようすがわかっている、が、ぼくは妖女に探りを入れるために後ろから話しかけてみた。

「長官のつごうを、きいてみなくって、いいのですか？」

「マラー氏がこの邸にいるときは、どなたにでもお目にかかりますの。いろんな方が、いらっしゃいますけれど、新聞社の方は、とくべつに大事だと、いつも言っていますのよ」

と、妖女がふりむきもしないで、なんだか、やわらかな調子で言った。

〈ぼくたちを新聞記者だと、ほんとうに思ってるのか？〉

と、ぼくはマラー長官とこの妖女の気もちを、疑わずにいられなかった、推理神経がイライラしてたから……。

長い廊下を奥の方へ、まがり曲がって行く。両がわのどの部屋の中も、人の気はいがしない。

立ちどまった妖女が、右がわの大きなドアを、合図なしにスーッとおしあけた。

これまた、この前と同じ部屋だ。

デュパンとぼくが妖女の横から、前へ出て行った。

すごく巨大なテーブルの向こうに、岩みたいなマラー長官が、ドッカリとイスにもたれていた。

一方の窓のそとは、まだ明るい。日の光が白いカーテンに映っている、が、天じょうと三方の白カベから強烈な電燈の光が、カーッと部屋じゅうを照らしている。

〈これは、客の一挙一動を、すぐ見ぬくためだな!〉

と、ぼくは気がついた。

テーブルのすぐ前に、デュパンと僕がならんで立つと、

「ヤア!」

と、鬼みたいな顔に似あわない細い声をかけた超特級犯人のマラー長官が、ニタリと笑ってデュパンに言った。

「直感青年、またきたか。編集長と婦人記者は、どうした?」

デュパンが、ゆっくりとこたえた。

「ふたりとも、社にいますよ」

「長官によろしくと、言わなかったか?」

「聞かなかったです。編集長は特別記事を、特急に書いていましたから」

ドアをしめてきた金髪白衣の妖女が、テーブルのはしをスーッとまわると、長官の左うしろに立ちどまって、デュパンとぼくの顔を見ながらニッコリと美しく微笑した。これまたこの前と同じとおりだ。

「ムハッハッハッ……」

声をあげて笑いだした怪人長官が、

「特級に特別記事か、サン・ポーロ原の突発事件だろう!」

と、ズバリ言いあてた。

ぼくはドキッと張りきって、デュパンの横から気あいをかけた。

〈今度こそ負けるな! 決勝戦だぞ!〉

無声の声援なんだ。

怪人、そして魔人

言いあてられたデュパンが、苦笑いして言った。

「それは、そのとおりです」

「ハッハッハッ、その記事の発表は、ジスケエ総監が中止を言うだろう、警視庁の大失敗だからね」

「それも、そのとおりです。冒険的な芝居が、あなたの筋書きどおりに成功したわけですね、俳優の演出も一流スター以上だったし、活劇で愉快でしたよ」

「ホホホ、ホホホホ……」

その演出をやってのけた妖女が、あでやかに得意らしく笑った。

〈決勝戦にしては、対話がやわらかすぎるぞ。よく知りあってる友だちどうしみたいじゃないか?〉

と、張りきっているぼくはイライラした。

巨大なテーブルの上も、この前どおり乱ざつだ。すこしも片づいていない。新聞、雑誌、本、パンフレット、万年筆、インクスタンド、タバコのケースにパイプ、ライター、など、いっぱいに散らばっている。

「その直感はあたっていないぜ、デュパン!」

と、マラー氏の青黒い目いろが、笑いをふくんで、ぼくは、

〈ヤッ、怪人がすこし、ゆだんしだしたか？〉

と、イライラしながら見ていると、

「芝居は許したが、筋書きはぼくが作ったのじゃない、めんどうだからね」

と、またニヤリと気みわるい笑顔になった。

デュパンが快活に笑って言った。

「ハハッ、筋書きはプレバン氏だな」

妖女がハッとデュパンを見すえた。が、岩みたいな怪人長官は、

「直感青年、大いにいいぞ、そのとおりだ！」

と、デュパンをほめると、包みこむような笑顔になって、

「きみの優秀な直感力を買って、ぼくはきみと組みたいのだが、どうかね、ここで一つ相談にのらないか？」

と、声に力をこめてきいた。

〈なんの相談があるんだ？〉

と、ぼくは怪人長官の表情の動きに、全身の注意をそそいだ。

デュパンは平気な顔して言った。

「あなたと組むのは、おもしろそうだな、張りあいがあって」

「ハッハッハッ、そうこなくてはいけない。そこで来年の春は、全国の総選挙だ。どうだ、きみはパリ第三区から立候補しないか！」

怪人長官がデュパンを、ゆさぶるみたいに言った。迫力があって、しかも相手を包みこんで引きつける、やわらかくて強い気はいの怪人であり魔人みたいなマラー氏を、ぼくはこの時に見た。

ところが、デュパンは、愉快らしく微笑してきいた。

「ハハア、代議士になるんですね？」

「そうだとも、もっとも若い、最年少の国会議員になるのだ！」

「それは、とてもいいですね」

ぼくはデュパンに横から言った。

「オイ、こんな決勝戦があるんか？」

怒なる短気青年

デュパンがぼくだけにわかることばを、

「シャル病にかかるなよ……」

と、笑いながら言うと、怪人長官にきいた。

「選挙には金が、ウンといるんでしょう？」

怪人長官が、はじめてうなずいて言った。

「金のかからない選挙は、どこの国にもないだろう[50]」

「ハハッ、すると、ぼくは貧ぼうだから、選挙にもゼロ敗だな、ロバート！」

デュパンがぼくに言ったから、ぼくはすぐこたえた。

「よせやいっ！　やめろやめろっ！」

妖女がおかしそうに、クスッと笑ったから、ぼくのカンシャクが爆発して怒なりだした。

「オイッ、なにを笑うんだ、失礼だぞ！」

「ムハッハッハッ、直感青年に短気青年か、おとなしくしろよ。怒って話しあいはできないぜ」

と、怪人長官は大声で笑いながら、デュパンに、

「きみが総選挙に立候補するのを、ぼくの共和党が公認するのだ。選挙費そのほか、すべてぼくの手から出す。どうだね、最高票で当選するだろう、疑いなく！」

ぼくは長官に怒なった。

「一躍有名になってるデュパンを入党させると、共和党に市民の人気が引きつけられるんだ。そんな工作の道具にデュパンを使うのは、ぼくが断然、反対だっ！」

「ハッハッハッ、短気青年は反対でも、本人のデュパン、きみの意思は、どうなのかね？　青年期から議政壇上に立って、将来は長官になり首相になり大統領になる！　男に生まれた者として、もっとも望むところじゃないか、金も名誉も、思うとおり自分のものになるのだ！」

と、怪人長官が青黒い目をキラキラさせて、巨大なからだがイスの前へのりだした。

「そいつは、ありがたいですなあ」

デュパンは、ゆうゆうと平気な顔で、

「そうすると、総選挙にかかる金は、およそ大変なものでしょうな、ぼくたちの想像より以上に」

「むろんだ！」

「とすると、あなたの苦心も大変なんでしょう」

「なあに、選挙戦は資金戦だ。勝てばいいだけのことなのだ」

「それで、あなたが盗んできた秘密書を、妃殿下に売りつける必要があるんですね、なるほど！」

デュパンが突然、**盗まれた秘密書**を言いだしたから、ぼくはおどりあがって、

〈そこだっ、デュパン、がんばれっ！〉

と、横から気あいをかけた。

妖女の気はいが、ビクッと動いた。

デュパンをジーッと見すえた怪人長官が、また大声で笑いだして言った。

「ムハッハッハッ、直感青年、そんなものをまだねらってきたのだろうが、この邸の中に秘密書など、ありはしないのだ。この前も言ったが、きみたちは若いくせに、記おくがよくないのだな、ハッハッハッ！」

〈じっさいに、ないのかな？〉

と、ぼくの推理神経が、疑いによろめいて、

〈デュパン、今度もゼロ敗になるんじゃないか？〉

と、にわかに悲観した時、窓ガラスにひびくさけび声が、カーテンを通して聞こえた[51]。

「なにをっ、やっちまえっ！」

「逃げるなあっ！」

「なんだと？」

つづいて聞こえたのは、不意に一発、

「ピシッ！」

と、窓ガラスにひびいた。

ピストルの音にちがいない！

追っかけてくるか

きらめく電光みたいに

〈なんだ？　なんのさわぎだ？〉

ぼくは耳をすました。窓のそとの方へ……。

さけぶ声、どなる声が、大勢だ。なにか言いあらそって、声が殺気だっている！

妖女が窓ぎわへ急いで行くと、まっ白のカーテンを横へサッと引いて、外を見た。

広い庭だ。木がしげって幹のあいだから向こうに鉄サクが黒く見える。大勢が言いあらそって、ガヤガヤと激しくもみあっているのだ。

「ヤイ、手めえの方だぞ、くそっ！」

「なにをっ、くたばれっ……」

もみあううちに、ひとりがドサッと倒れた。

〈ケンカだな、大勢の……〉

と、鉄サクのすぐ外に見えるさわぎに、ぼくは気をとられた。

ピストルの音がつづいて、三発か四発ひびいた。流血の乱闘だ！

妖女が窓の横へ身を引くと、金髪が夕日にかがやいた。

「ワアッ、こ、この野郎っ！」

「やっつけろ！」

どなった声が近くなって、鉄サクの上へ三、四人がのぼるなり内がわへ飛びおりた。キラッと光ったのはナイフらしい。

妖女が窓べりの柱についてるボタンをおしたのを、ぼくは見た。

〈なにかの信号だな？〉

と、ぼくはデュパンの顔を横から見た。

デュパンは平静に、窓のそとをながめていた。

怪人長官の鬼みたいな顔が、これまたなんの動きも見せない。おちついている、が、デュパンとの選挙の話し、秘密書の有無も、庭へはいってきた乱闘に、重要な交渉が中止されている。

この時、ぼくは、ふと気がついた。

〈怪人長官、タバコをすわないんか？　ケースもライターも、テーブルの上にあるのに▼52……〉

　妖女の声が窓のそとへ、なにか高くさけんだ。

〈フランス語じゃない！〉

　と、窓のそとを見ると、太い幹のあいだを走っているのが、ふたりの裸の黒人なのだ。体格がたくましい。

〈アッ、サン・ポーロ原で覆面刑事隊と奮闘した黒人だ！　妖女の信号で呼ばれてきたな！〉

　と、ぼくは目を見はった。

　この一瞬だった、平静なデュパンの気はいが、なにか電光が閃《ひら》めくみたいに動いた、と思うと消えた!?

　怪人長官がデュパンに言った。

「あの黒人はふたりとも、レスリングの第一級選手なんだ」

　デュパンは微笑してこたえた。

「すごく強いですなあ」

「少年期にアフリカから、ぼくがつれてきたんだが、パリのレスリング練習所に入れてみると、ふたりとも、すごい運動神経をもっていますと、所長がおどろいて報告にきたんだ」

　と、庭のさわぎなど気にもしていない、デュパンと友だちみたいに話す怪人マラーだった。

「ウウッ！」

　黒人の気あいの声が、ものすごく聞こえた。

　窓のそとを見ているぼくが立ちすくんだ。

空想青年？

　木と木のあいだに動いて見えるたくましい裸の黒人が、庭にはいってきてる六、七人を、つかむと投げ飛ばし、押したおし、右に左に振りまわすと、いきなり地面へ投げつける、まっ黒い猛烈な攻勢だ！

　飛ばされ突き倒されたやつが、地面に立ちあがると鉄サクを目がけて走って行く。猿みたいによじのぼっておどり越えるなり、外の道へ飛びおりて走る。逃げるのも敏しょうだ。ナイフを投げすてて行ったやつもいる。

　窓のカーテンを引いてしめた妖女が、テーブルの向こうへかえってくると、マラー長官の後ろに立って言った。

「町の不良少年でしょう、縄ばりあらそいとか言って、さわぎを起こすのです」

「ムハッハッハッ、縄ばりあらそいか、選挙戦にも相手の縄ばりを、うまく手に入れた方が勝つんだ！」

　怪人長官はデュパンを自分の共和党へ、どうしても入れたいらしい、ものすごく熱心に力づよく、

「それには、きみのように優秀な才能をもっている候補者が、ぜひとも必要なのだ。資金はぼくの手から充分より以

上に出す。どうかね、ここで決意して承諾しては？」

と、青黒い目をかがやかしながら、くりかえして言うと、

「さあ、どうしますかね……」

と、デュパンはかるい口調で、

「ぼくは今のところ貧ぼうで、ロバートといっしょに、こまってるんですが、さいきんに、ちょっとした金が、ころがりこんでくる予定なんですよ」

と、愉快らしく言った。

「金の予定は、あてにならないぞ、デュパン！」

「ハハッ、予定だが、**もう確定してるんです**」

「どこからくる金だ？」

「プレバン氏からの情報で、あなたは知ってるはずですがね」

「なに？　すべてを言ってみろ！」

「あなたが盗み出してきた秘密書を取りかえすと、妃殿下と大統領からの報賞金を、莫大に受けとれる、貧ぼうでなくなるわけですね」

「ムハッハッハッ、きみは直感青年であると同時に、空想青年だな。その秘密書なるものが、実のところ、どこにあるのか、それさえ知らなくって、取りかえせると、ゆめを見ているのを、気がつかずにいる。おどろくべき空想でなくてなんだ、ハッハッハッハッ」

「そう言われると、またまたゼロ敗らしいな、ロバート、怒るなよ、長官にはかなわないんだ。帰ろう！」

デュパンが、ゆうゆうと平気な顔をして、妖女に、

「あなたにも失礼しました、ゼロ敗して帰るんです、さよなら！」

と、身をひるがえしてドアの方へ、スタスタと歩きだした。

ぼくは、たまらなく憤がいした。

〈デュパン、これはなんてことだ、なってないぞ！〉

と、歯ぎしりした、が、なにも言うことができない。あいさつなしに、デュパンのあとについて歩きだした。

帰る全速力

明るい夕がたの帰り道を、デュパンは全速力で飛ばしてきた。ぼくは横の助手席に、だまりこんでいた。

〈二度も負けてしまった、連敗だ！〉

ざんねんで、たまらない。くやしい沈もくだ。すると、デュパンが運転して行きながら、シャンソンみたいな口笛をふきだしたから、おどろいた。

「オイッ、ゼロ敗つづきが、くやしくないんか？」

と、憤がいしてきくと、デュパンは、

「ハハッ、きみはそばにいたじゃないか」

と、笑って言いながら、口笛をまたふきだした。今度はちがうメロディーの流行歌だ。

「だれのそばにいた？　いつもいたのは、きみといっしょだ」

「だからさ、オッとあぶない、この曲がりかどは、ぶつかるんで有名だぜ」

車また車の曲がりかどを、やっと通りぬけると、また全速力でぼくたち間借りのボロ屋の前に、たちまち着いた。

下りながらぼくは言った。

「すごく急いだな。なんだか追われてるみたいじゃないか？」

「ハハア、追ってくると、やっかいだからね」

「エッ、だれが？」

「マラー氏はこないだろう。あの女が命令して黒人が追っかけてくると、ふたり相手のレスリングは、ちょっと手にあまるからね」

「なんだって追ってくるんだ？」

「ヤア、来てるだろうと思ってたんだ」

ぼくたちの部屋にはいっていたのは、エリオ編集長と出しゃばりシャルのふたりだった。顔を見るなり、ふたりがきいた。

「どうだった、マラー長官を突いてきたんだろう？」

「うまくいった？　取りかえした？」

イスにもたれたデュパンが、エリオ編集長に、

「一秒間の決勝でしたよ」

と、言いながらテーブルの上を見ると、

「なんだ？　この新しい綴《つづ》りは？」

と、ぼくも見ると、「**裏ぎった心臓**」の原稿にならべてべつの綴りがおいてある。

「あたしが持ってきたんだわ！」

と、シャルが早速、キンキン声でやりだした。

いよいよ、ますます「名探偵」！

ドシッドシッと重い靴音

「ここへ出てこようとすると、編集へ小包が来たんだわ」

と、こうふんしてるシャルが、眉を上げ下げしてデュパンに、

「あけてみると、『デュパン氏に、わたすように！』と書いてある原稿なの」

「むろん、きみは読んでみたろう」

デュパンが笑って言うと、

「原稿だから読んだわよ、編集長といっしょに。名まえは『**黒猫**』[53]って付けてあってさ、そこにある『**裏ぎった心臓**』よりも、まだすごい怪奇な事件なのよ、ねえ、編集長！」

パイプを口からはなしたエリオ編集長が、デュパンに、

「フッフー、そうだ、きみたちが帰ってくるのを待ってる

あいだ、それを読んでみたがね。かなり変な事件だから、十二、三回の連載記事にしようかと思ってるんだ、ところで、それを書いたジャンヌという十七の娘が、実さいに殺人未遂の犯人なのか？　その点、きみの意見は、どうなんだ？」

腕をくみしめたデュパンが、茶色の目をキラキラさせると、

「こんなものを書かせて、ぼくに送りつけてきたのは、おそらくプレバン刑事部長の工作だろう、と思うんですがね」

「あら、ほんとう？　どうして？」

「警視庁でジャンヌを尋問した『身のたけの高い黒服の人』というのが、プレバン刑事部長らしい、においがするんだ」

「あらっ、あんたの直感なのね、でも、なんのためにそれを書かせて、あんたに送りつけてきたのかしら、ねえ？」

「なあに、ぼくが秘密書の捜査に手をつけてるのを、プレバン刑事部長は、むろん知っている。ぼくの推理神経を、この**裏ぎった心臓**の方へわかれさせて、注意を乱そうとしたらしい。プレバン氏は相当の敵手だよ、ハハッ」

「あんた、そんなこと言って、マラー長官に会わなかったの？　成功したのか失敗なのか、笑ってないで、ハッキリ言ってよ！　じれったい人ねえ！」

「フーッ、きみ、『一秒間の決勝』って、その点をぼくも聞きたいんだ！」

と、エリオ編集長が煙をパッとはきだした。

「それは今にジスケエ氏がくるから、……そら来た！」

階だんを上がってくる靴音が、ドシッドシッと重く聞こえる。デブ総監にちがいない。

約束・約束・約束！

赤毛のデブ総監が息をはきだしながら、ドシドシとはいってきた。よほど急いできたらしい。ぼくたち四人の顔を見ると、

「オオ、そろっとるな、ウム！」

と、テーブルの前へくるなり、デュパンを見つめてきいた。

「このとおり、わしは約束の時間にきた。ところで、きみの方はどうなのじゃ？　外務長官から直接に、目的のものを実さいに取りかえしたのか？」

「まあ、おかけください……」

「今は暇がないのじゃ。秘密書の有無を妃殿下に、とりあえず報告しなければならん。妃殿下がわしの報告を待っていられる」

「では、約束のものを、出してください」

「ウウム、きみの方は、どうなんじゃ」

「約束のとおり交換しましょう」

「なに、ウウム……」

デブ総監が上着の内ポケットに手を入れると、つかみ出した黒皮の紙入れから、小さな証書を二枚ぬきだして、テーブルの上にひろげた。

ぼくたち四人が、それを見た。ぼくは目をこらした。

〈フランス国立銀行に持って行くと、現金に代えてくれる支払い証書だ。署名は一枚がメリー妃殿下、一枚が大統領！　すごいぞ！[54]〉

「さ、交換じゃ、デュパン！」

と、デブ総監が顔をあかくして言った。

デュパンも上着の内ポケットに手を入れた。スッとぬき出したのは、よごれてる封筒だ。デブ総監の前へ、ピタリとおくと、

「これです。妃殿下へかえしに行く途中に、気をつけてください！」

「ムムッ！……」

封筒をとりあげたデブ総監の太い指がふるえた。きたない封筒のはしが破れている。中からつまみ出した厚い紙を、ひろげてジーッと見すえたデブ総監が、

「こ、これじゃ！」

顔じゅう汗になって、たたんだ紙を封筒に入れると、

「デュパン、たすかったぞ！」

と言うなり後ろをむいて、ドタドタところげるみたいに部屋を出て行った。

エリオ編集長とシャルが顔を見あわせ、ぼくはあいた口がふさがらなかった。デュパンを見ると、イスにもたれたまま、ほがらかに微笑していた。

手品を二重に

エリオ編集長とシャルが、あらそってデュパンにたずねだした。ふたりとも新聞記者だから質問の嵐だ。デュパンは、いつものように、ゆったりと微笑しながら、ハキハキこたえる。

「きみ！　**盗まれた秘密書**はどこにあったんだ？　まずそれを言ってくれ！」

「なあに、テーブルの上ですよ。[55]　このまえ行った時、あなたもシャル嬢もロバートも、目の前に見ていながら、気がつかなかった、それだけのことですよ」

「まあ！　あのバカでっかいテーブルの上なの？」

「そうさ、いろんなものが、むやみに散らばっていた。どれでもすぐに手にとれるように、かさねてあるものは一つだってなかった。あれがマラー氏の巧妙な工作らしいんだ」

「フウム、そうか、あんなだれでも目につくテーブルの上に、もっとも重大な秘密書がおいてあるとは、だれだって

思わないからね、フッフー、ぼくも見たことは見たんだろうが……」

「あたしも見たのかしら？」

「ハハッ、みんな見てるさ。ところが、あの時、まるで見ずにいるのは、マラー氏だけなんだ。〈こいつは、いささか変だな！〉と思ってると、あのスター女優みたいな金髪の麗人は、表情こそべつに動かさないが、澄んでいる目を注意ぶかく、テーブルの上の同じところへ投げるんだ。〈さては！〉と、そこをぼくはなにげなく見てみた。すると、何かの宣伝パンフレットの上に投げ出されたままの、きたない封筒があってさ、封は切られて破れてる。読んだあとらしい。おもてに書かれてるのは、らく書きみたいなヘタクソな字なんだ」

「まあ！……」

「ぼくは〈これだな！〉と、ピタリと胸にひびいたが、女は警戒している、長官はすぐ目の前にいる。手に取れなかったのさ。取ったって取りかえされるからね。**ほんとうにかくそうとする物は、かくさずに出しておく方が、もっとも巧妙な方法なんだね**」

「フーフッ、なるほど、長い針や虫めがねで、かくし所を、どんなに捜したって見つからないわけだ。腕きき刑事連も、あのテーブルの上は見ただけで、見すごしたんだな。しかし、きみはそれを見つけたから二度めの今さっき盗み出して取りかえしてきたのか？」

「ハハッ、そう簡たんに行きそうでないから、ちょっと手品をやったんですよ、内からと外からと、二重にね、ハッハッハッ」

思いだすのもおかしいみたいに、デュパンが愉快に笑った。

〈さあわからないぞ、〝内からと外からと、手品を二重に〟とはなんだ？　おれはいっしょにいたんだが……〉

と、ぼくはだまって聞いていた。

どうもぼくは書くことは書けても、あまりしゃべれないんです、舌が早く動かないから。

タネを明かすと

「内からの手品は、宣伝パンフレットの上に、投げ出されていた封筒と同じ封筒、破れてた中から、のぞいてた紙と同じ紙、おもての落書きみたいな字と同じ字、まねして書くのは、ちょっと苦心したですよ、インクも同じ色のを使って、すっかり同様の封筒を作ったわけです、ハハッ、おもしろかったなあ！」

デュパンが快活に言い、聞いてる三人は目を見はるばかりだった。

「なあに、ところが、この手本をしめしてくれたのは、敵のマラー長官だ。ぼくの創作じゃない。かれがやったのを、ぼくが、まねしたんだ。まったく同様のものを作って、かれの前へ出て行ったが、予想のとおり、すりかえるスキがない。うまくやってくれたのは、外からの手品でしたよ」

「おどろくわねえ、あんた、外から何をやったの？」

「ハッハッハッ、たのんでおいたとおり、町の青年親分がさ、約束したとおりに、手下のチンピラ一党を引きつれてきて、あそこの庭さきへ外から、芝居のケンカさわぎをもちこんできたんだ」

「アッ……」

と、ぼくは思いあたって声が出た。

「あの女優らしいのが、ピストルの音におどろいて、テーブルの前から窓ぎわへ行くなり、外のさわぎに気をとられた。信号して黒人を呼んだ。チンピラ党があばれまわる。血を流しそうだ。さすがのマラー長官も窓の方へ顔をむけた、決勝チャンス！　と、手ばやく一秒のあいだに、すりかえてね、ハッハッハッ、敵が気づくと追い打ちをかけるから、帰りは全速力で大いに急いだ、ロバート、そうだったな！」

「ウン……」

ものすごく莫大！

「ウウム、フーッ、そうか！」

と、エリオ編集長が、これも上着の内ポケットから、つかみ出したのは厚い札たばである。テーブルにおくと、

「社から、『**モルグ街の怪声**』の特大ニュースに対する賞金だ。経理課がきょうやっと出してくれてね、フーッ……」

メリー妃殿下と大統領の支払い証書、パリ新聞社からの賞金、三つならんだ。ものすごく莫大だ！

とたんにシャルがデュパンの顔を見てさけびだした。

「ねえ、あたしにも分けてね！」

〈アッ、欲ばりシャル！〉

と、ぼくが思うそばから、エリオ編集長が、

「待った待った！　今さっき言ったように、その『**裏ぎった心臓**』を連載したいんだが、青年名探偵デュパンの推理を入れて解決しないと、完結にならないからね。そのレイノーというおじいさんのノドに、しめられた傷あとがついていた、というのは、だれの犯行なのかな？」

茶色の目をキラリと強めたデュパンが、

「それは、ぼくが判断するよりも、警視庁で指紋をしらべて、明白にしてるでしょう▼56」

シャルが果然、出しゃばってきいた。

「まっくらな中に、黒い影のようなものがいたって、いったいなんなの？」

「ハハア、きみはなんだと思う？」

女探偵を気どってるシャルが、鼻をヒクヒク動かした。

負けぎらいだから、わからないとは言わない。エリオ編集

長の方をむくと、

「この『**黒猫**』の方が、あたし言ったでしょう、『**裏ぎった心臓**』よりも、ずっと怪奇ですわ、『**黒猫**』を連載しましょうよ！」

「フーフッ、それも一案だな、しかし、デュパン君に読んでもらわないと、なんとも言えないんだ。スピードをかけて読んでくれるかね？」

デュパンがぼくにきいた。

「ロバート、どうする？」

ぼくは、ずっと怪奇だという『**黒猫**』を、早く読んでみたかった。

「すぐ読んでみようよ。そのあとで、『**裏ぎった心臓**』のきみの意見を、いっしょに聞きたいもんだな」

読者のみなさん！

このつぎは、『**黒猫**』を読んでみてください！

▼1　この場面は前巻『モルグ街の怪声』の最後と繋がっている。『名探偵ホームズ全集』でもよくみられた、それぞれの事件を有機的にからみ合わせる峯太郎独特の手法。原作でも「あのモルグ街の事件、およびマリー・ロジェ殺しの謎」（『ポオ小説全集　第四巻』二三七頁）を話題にしていたところに警視総監が現れたのだから、状況は似ている。しかし「マリー・ロジェの謎」（『ポオ小説全集　第三巻』）によると、後者の事件が起きたのは「モルグ街の惨劇の約二年後」（一四九頁）だった。
▼2　原作では警視総監が一人で訪れている。もちろん後述のシャルはいない。
▼3　原作では警視総監が主体になって捜査を進めていた。
▼4　原作にない国家名。原作では国内問題であり、外交は関係していない。
▼5　原作では、手紙の書き手の正体は「S＊＊公爵」（二六〇頁）であり、貴婦人は王宮で受け取っていた。グランホテルというのは、現在のインターコンチネンタル・パリ・ル・グランホテルのことだろうか。このホテルは一八六二年開業で、日本の遣欧使節団も宿泊した。原作のポーの時代にはまだ存在しないが、峯太郎版は二十世紀が舞台のようだから、可能性は否定できない。
▼6　ロシアは伝統的にフランスと親しい。しかしイギリスと英露協商を一九〇七年に結んでいる。
▼7　ジョージ五世のメアリー王妃は、一九一〇年にエドワード七世が崩御すると、皇太子妃から王妃となった。この時期は、辛亥革命（一九一一〜一二）、第二革命（一九一三）が起きており、後者には峯太郎本人が参加するなど、彼の政治的関心が高まった時期でもあった。政争を描く際に、自分が若かった頃を思い出していたのかもしれない。
▼8　原作では、「書類の所有者は、名誉と平安が危険にさらされているさる有名な方に対して、有利な位置に立っている」（二四〇頁）と、政治的優位性を動機にしている。
▼9　原作にはない奇妙で目立つ特徴。
▼10　原作では「もう一人の高貴な方」（二四一頁）が同席していた。「その方にはとりわけ隠したいような手紙」（同）だっ

た。この人物は夫のルイ＝フィリップ一世で、内容は王妃の浮気かなにかだろうか。デュマの『三銃士』では、イギリスのバッキンガム公爵がルイ十三世王妃アンヌ・ドートリッシュと恋人だったという設定だった。
▼11 『名探偵ホームズ全集』では、ホームズがやたらとたくさんコーヒーを飲むのが特徴的だった。
▼12 原作では、二通の手紙を横に並べて、間違えたふりをして片方だけ持って行った。だが目の前で他人の手紙をポケットに納めたら、その場で文句を言われても仕方がない。何も言われなかったのは、結果論である。峯太郎版のやり方なら、盗んだこと自体に気づかれず、マラーが去ったあとに手紙を忘れていることに気がついて手に取った時点で、初めて盗難が発覚したかもしれない。こちらのほうが巧妙だ。
▼13 原作では単なる同席者にしかすぎなかったが、峯太郎版では緊迫感を高める役割を果たしている。
▼14 原作は大臣が置いて行った手紙の内容に言及はない。フランクとの仲違いをするように仕向け、イギリス政府でなくパリ警視庁にメリー妃殿下は依頼することになる。
▼15 原作は王政下だったが、峯太郎版は共和制のようだ。メアリー・オブ・テックがヨーク公爵と結婚したのが一八九三年、王位についたのが一九一〇年だから、その間のカルノー、カジミール＝ペリエ、フォール、ルーベ、ファリエールの各大統領どれかの治世下だったのだろう。
▼16 『モルグ街の怪声』のくわしい話を出版したということは、パリ新聞の記事ではない。これを書いたのはシャルだと明らかになっているからだ。いつ出版されたのだろう？
▼17 原作では「御承知のように、ぼくの持っている鍵を使えば、パリ中のどんな部屋だろうと、戸棚だろうと、開けることができる。三カ月間というもの、ぼくが自分じしん出かけて行ってD＊＊の官邸を捜索しなかった晩は一晩もないんです」（二四二頁）とあるように、警視総監自らが忍び込んで手紙を探し回っている。これに対して長沼は「常識の域を超えている」（『推理小説ゼミナール』二一一頁）と批判をしている。峯太郎もこれは不自然だと考えたのか、ブレバン刑事部長と警視庁刑事部に実際の捜査を任せている。
▼18 しかし謎の美女の存在は、事件と関係があったのではないだろうか。
▼19 原作では「召使も大勢じゃない」（二四二頁）。
▼20 デュパンと語り手の二人が貧乏だと強調をしている一節。前述のように、原作では語り手のほうが多少裕福で、デュパンを養っているかたちになっている。しかし峯太郎版では二人は同程度に貧しいという設定なので、こうした描写になるのだろう。もちろん原作では賞金はない。
▼21 原作ではすでに「二回も待ち伏せをかけた」（二四三頁）が、空振りだった。そのうちの一回を、峯太郎版では次章で詳しく描写している。
▼22 イタリア語で「聖パウロの原」。フランス語なら「サン・ポール」だ。パリにはサン・ポール通りやサン・ポール駅（地下鉄一号線）がある。
▼23 カール・ツァイス社（一八四六年創業）のことか。かつて東郷平八郎元帥も愛用した双眼鏡や、望遠鏡、レンズなど光学機器のメーカー。
▼24 政府内の諜報戦なら、当然あってしかるべき予想。峯太郎版のほうが複雑怪奇である。

▼25　ドイルの「ボヘミアの醜聞」でも、ボヘミア王の配下がアイリーン・アドラーを襲って、写真を持っていないかどうか身体検査をしているが、おそらく本作品を参考にしたのだろう。しかし峯太郎版の大掛かりな襲撃は、その後問題にならないかと心配になる。

▼26　原作に登場しない。彼らは前述の召使いの中に含まれるのだろうか。

▼27　彼女も原作に登場しない。悪役のアジトにいる美女といえば、江戸川乱歩の少年探偵団シリーズに登場する「ネコ夫人」（『黄金豹』一九五六）や「美しい女の人」（『奇面城の秘密』一九五八）を思い出す。峯太郎作品の美人といえば、シャルのように銀髪が多いが、彼女は珍しく金髪である。

▼28　『アフリカの女王』（一九五一、米・英）は、ハンフリー・ボガード主演の映画で、作中では人間ではなく船の名前。

▼29　『白衣の女』は、ウィルキー・コリンズの探偵小説（一八五九）。邦訳は田中早苗訳（一九二二）が、当時は入手可能だった。

▼30　原作のデュパンは、語り手にも黙って一人でD＊＊を訪問した。

▼31　日本国内の建築で自動ドアが普及したのは、昭和三十年代になってからだといわれている。

▼32　『モルグ街の怪声』で紹介された、峯太郎版独自のエピソード。ちなみに「カキ」は苗字でなく、口をしっかり閉じている「牡蠣」の比喩である。

▼33　原作では「ひょっこり訪ねて来たという様子で大臣の官邸を訪れた」（二五九頁）とある。紹介もなしに訪れてよもやま話ができるとは、名家の出身だとはいえいささか無理のある話の運びであり、末尾で明かされるようにウィーンで因縁があったとしたら、なおさらである。峯太郎版のように堂々と対決をするほうが、わかりやすい。

▼34　原作では「彼のすぐそばにある大きな書きもの机には、特に注意を払った。その上には、いろんな手紙や書類がごたごたと、一つ二つの楽器や数冊の本といっしょに乗っかっていた。でも、長い時間かけて丁寧に調べた結果、ここには特に疑わしいものが何もないってことが判った」（二五九～二六〇頁）。映画『陸軍中野学校』（大映、一九六六）では、机の上に乗っている品物を一瞬目にしただけで、すべてを答えるという入学試験が行われていたが、これは実際にあったエピソードである。

▼35　原作では、自分からやってきた警視総監にいきなり手紙を渡し、何の説明もしなかった。峯太郎版とは逆さまである。

▼36　大臣のスパイが警視庁に入り込んでいることは、峯太郎版独自の設定。しかも前巻で重要な登場人物だったブレバン刑事部長というのは、読者の意表をついている。これは原作に登場しない登場人物だからこそ、できる技である。また、家宅捜索や身体検査が空振りに終わった理由が原作にはなかったが、峯太郎版では合理的に説明できる。

▼37　戦前の日本では、警視総監以下の警察の高官は政治任用がなされていて、政権が交代すると大臣だけでなく、彼らも一斉に交代していた。

▼38　原作では「なあに、家で丹念にこさえて置いたものさ」（二六二頁）としか言及していないが、峯太郎版では、偽物を作る過程を丁寧に説明する。

▼39　「アンリイ（Henri）」は英語ならヘンリーになる、男性の名前。しかし日本では歌手の杏里など、女性の名前として使

われることがあるので、この発言になったのだろう。
▼40　作中作として、ポーの別の作品「告げ口心臓」が挿入されている。
▼41　峯太郎版の語り手は十七歳の少女ジャンヌだが、峯太郎版以前に「告げ口心臓」の語り手を女性とした翻訳は見つからなかった。しかし女性と解釈しても不合理ではない内容であり、むしろ恐怖感が増すように思える。
▼42　原作では「大凶の眼」（『ポオ小説全集　第三巻』二二五頁）。その目で睨むことで、相手に呪いをかけることができると信じられていた。
▼43　加齢黄斑変性という病気はあるが、瞳が黄色になるわけではない。黄疸では白目の部分が黄色く変色する。
▼44　いわゆるオッドアイの猫。縁起がいいと言われている。
▼45　原作にない謎の登場人物。
▼46　一九二七年に現在のパナソニックから発売された角形ランプ。『八つ墓村』（横溝正史、一九五一）や、そのモデルになった津山事件（一九三八）でも、犯人が使用している。
▼47　原作では死体をバラバラにして床下に隠したにもかかわらず、心臓の音が聞こえるという不気味さが描かれているのだが、峯太郎版では少女が殺人を犯すのを避けたのだろう。
▼48　語り手の名前がロバート・サイヤンだと、『モルグ街の怪声』で述べられている。彼女は親戚なのだろうか？
▼49　原作では「金の嗅ぎ煙草入れ《たばこ》」（二六一頁）をわざと忘れて取りに行くという口実を設けている。居候のわりに贅沢な品を持っているものだ。
▼50　本書が出版された一九六二年の二年前、一九六〇年に行なわれた大韓民国大統領選挙は、不正選挙としてよく知られている。
▼51　同じトリックをドイルは「ボヘミアの醜聞」（『名探偵ホームズ全集　第二巻』「写真と煙」）で使っているが、さらに女性心理の機微をつけ加えて改良した。
▼52　重要な手がかりのように見えて、あとが続かない。残念である。
▼53　第三巻『黒猫』への橋渡し。
▼54　原作では警視総監がその場で五千フランの小切手にサインをして、デュパンに渡した。
▼55　原作では「ボール紙製の、透し細工をした安物の名刺差し」（二六〇頁）に差してあった。しかしそれでは裏側だけでなく、表側も半分近くが見えないのではないだろうか。デュパンが偽物をつくってすり替えるとしたら、どうやって観察をしたのだろうか。峯太郎版のほうが説得力がある。
▼56　十九世紀のフランスではベルティヨン法が個人識別に用いられていたが、末期には指紋もその一部として取り入れられた。

黒猫

エドガー・アラン・ポー

この本の中に躍る人たち

青年名探偵デュパン

『**モルグ街の怪声**』『**盗まれた秘密書**』謎また謎の怪事件を二つとも、みごとに解いて、パリからフランスじゅう〝デュパン〟が大評判になった。いろんな投書が方ぼうからくる。中に『**黒猫**』が出てきたのだ。

デュパンの親友ロバート

気がみじかくてカンシャクもちだ。が、デュパンと気があって、ぼくも名探偵になりたいぞと思っている。だから、デュパンの推理する方法その他を、くわしく速記して出版し、そのために有名になってしまった。

婦人新聞記者シャル

パリ新聞社会部につとめている。頭がいい。なんにでも口を出す。デュパンが大好きだ。『**モルグ街の怪声**』も『**盗まれた秘密書**』も新聞に書きつづけて、デュパンを有名にしたのは私だと、いばりかえっている。

黒猫に呪われたセオドル

少年の時から気が小さかった。青年になり、おとなになっても、神経質で気が弱い。動物が好きで、いろんなものを飼っている。結婚すると夫人が黒猫を一ぴき、もらってきた。すると事件が起きたのだ。

庭造りのドロン

白髪のおじいさんだ。セオドルの家に昔からいて、セオドルを小さい時からかわいがっている。ところが今度、黒猫が家にきてから、セオドルの気が変になって、ついに怪しいことが起きた。火事になったのだ。

村の金もち老人シャットル

とても人がいい、しかし酒のみだ。だれにでも酒をのませて、よろこんでいる。乗馬もすきだ。愛馬にまたがって野原をとおり、町の銀行へ出ていった。すると行くえ不明になり、馬だけが血を流して帰ってきた。

奇人博士ルグラン

いなかの野原や池や密林のおくにはいって、めずらしい昆虫類をあつめている。助手に黒人を使って、ふたりとも変わった生活をしている。シャットル老人が行くえ不明と聞くと、ふたりが急に活躍しだした。

第一回　黒猫

なかなか現われない黒猫

〝いや人〟という人種

「青年名探偵・われらの**デュパン**！　と、いろんな人が、男も女も言ってるわよ。すごい、すばらしい人気だわ！」

と、パリ新聞社会部の若い婦人記者**シャル**が、デュパンの顔を見つめて、

「あんた、それを自分で知ってる？」

と、眉をウンと上げてきいた。こうふんすると、ヒクヒク動く変な眉なんだ。

「知らないね」

と、デュパンが、

〈うるさいぞ！〉

という顔になると、そばにいるぼくに言った。

「腹がへったなあ！」

「ウン、グウグウ鳴ってるんだ、今さっきから」

胃と腸が食ったものがカラになって、カスだけのこってるんだろう、ほんとうにグウグウッと鳴ってひびく、だから、

「胃と腸のイビキみたいだぜ」

と言うと、シャルの眉がビクッと下がって口を出した。

「あんた下品ねえ、いやだわ！」

「いやでけっこう、こっちもいやだ、きみなんか！」

と、ぼくはやりかえした。腹がへってイライラしてたんだ。

するとシャルは負けぎらいだから、すぐ、からみついてきた。

「アラッ、言ったわね、フン、こちらだって大きらいさ、いやだ、いやだ、いや人だわよっ！」

「エッ、いや人？　そんな人種が地球のどこにいるんだ？」

「チェッ、そこにいるじゃないの！」

「待った、待った！　きみたちの話しは、およそ九十パーセント、ケンカになるんだね、おどろいたもんだ」

と、苦わらいしたデュパンが、

「シャル嬢、すぐ前の町かどに、『トレー・ボン』[1]って喫[2]茶店があるんだ。トーストとサラダとコーヒーを三人まえ、すぐもってくるように、きみ言ってきてくれよ」

「貧じゃくねえ、そんなの、あたしいやだわ。**ロバート**君、

あんたが言ってきたら、どうなのさ」

ぼくは、だんぜん、言ってやった。

「デュパンもぼくも時間がないんだ。この『**黒猫**』を大急ぎで読むようにって、**エリオ**編集長が言ってたのをきみも知ってるじゃないか。ヒマがないんだ」

「かってなこと言ってるわ、チェッ、青年名探偵デュパンが空腹だというから、あたし行ってくるわよ！」

スッと立ちあがったシャルが、ぼくをにらんでから、肩をふってスタスタと出て行った。ドアは開けっぱなしだ。

ちょっと変な少年だった

デュパンがぼくを、**ジスケエ**警視総監に、

「兄弟みたいな親友」

と言って、しょうかいしたことがある。

ぼくも、むろん、同じくそう思ってる。これは『**モルグ街の怪声**』に書いたとおりだ。しかし、ほんとうの兄弟だって、なかのよくないのがいる。性質もずいぶん、ちがってるのが、中学にも高校にもいた。

ところで、デュパンはすごく敏感、ぼくはどうも鈍感なんだ。同じ本をいっしょに読んだりすると、とてもかなわない。デュパンはぼくの五分の一か六分の一くらいの早さで、さきの方までスーッと読んでしまう。ものすごいスピードだ。▼3
だから、ぼくは、ちょっと警戒して言った。

「この『**黒猫**』も、ぼくが朗読して行くから、▼4きみは聞きながら推理するんだ、いいかね？」

「ハッハッ、よかろう。ゆっくり読んでくれ」

「シャルが帰ってくると、あいつは、うるさくって、いやだぜ」

「ハハア、だまってれば、いいのさ。こちらが何か言うと、彼女は二倍か三倍くらい言いかえすからね、それだけ頭がいいんだろう」

「バカでないのは、わかってるんだ。読むぜ！」

ぼくは「**黒猫**」を、声に出して読みはじめた。すると、グーゴロロといったのは、猫じゃない、ぼくの胃か腸なんだ。

❖

まえがきを、ぼくは書いておきたいとおもう。
少年期から、ぼくは気がよわいのだった。小学一年の時にも、女の子ばかりと、なかよくして、男の子はみんな、こわい気がしていた。▼5
先生を見ても、男の先生は、とてもこわくて、算数とか理科など、教だんの上から何を言われても、耳にはいらないのだった。
女の先生だと、教えられることが、すっかり、あたまにはいって、気もちよくおぼえられた。

だから、テストされたけっかは、学年が上になっても、女の先生の科目は、どれも「優」であった。しかし、男の先生の科目になると、たいがい「不可」であった。

中学生になってから、男の友だちはぼくの気がよわいのを軽べつして、遊ぎのグループにも入れてくれなかった。

女の友だちとは、みんなと、たのしく遊んで、

「あんたは、なさけぶかいわね」

「あんたのこころは、やさしいのね」

と言われたりすると、顔がすぐ、あかくなった。しかしうれしいのだった。

ここまで読んだ時、シャルが目を見はりながら飛びこんできた。ドアは開けっぱなしだ。デュパンの横のイスにかけるなり、息をきって言いだした。

「どう？　どこまで読んだ、おもしろい？　猫はもう出てきた？」

チャッカリ人種

古いボロ部屋だから、天じょうのペンキが、はげ落ちている。それを見ていたデュパンが、あおむけのままシャルに言った。

「猫は、なかなか出てこないようだな。今まだ『まえがき』のところだ」

シャルは『**黒猫**』を、社の編集室で、エリオ編集長といっしょに読んできたんだ。だから知ってる。

「あら、そうなの。まだ『まえがき』なんて、読むスピードおそいわね。それを書いたの、女みたいな男でさ、とても気がよわくって、あたし、そんなの大きらいだわ！　あんたは、どう？」

「ハハア、女だって気のつよいのが、いるね。たとえばシャル嬢みたいにさ」

「チェッ、変なこと言わないでよ。その『**黒猫**』の女みたいな男、気がよわいくせに、ものすごく残酷だわよ。さいごになると、まるで残酷物語だわ」

と言いながらテーブルの上を見たシャルがとんきょうな声をあげて、さけびだした。

「あらあ、妃殿下と大統領と社からの賞金、どこへやった？」

『**モルグ街の怪声**』を解決し、『**盗まれた秘密書**』を取りかえして、デュパンが獲得した莫大な賞金だ。ぼくが『**黒猫**』を読んでるうちに、どこかへ、しまったんだろう。なにしろすばやいデュパンだ、アッというまの一秒のうちに決勝したりする▼6。

「どこへやったって、いいだろう」

と、天じょうをまだ見てるデュパンが、すました顔して

言うと、シャルが頬をふくらませて言った。

「あたしに賞金わけてくれないの？　そんなの、いやだわ！」

「ハハッ、ぼくも、いや人人種になるかなあ」

「いや人くらいでは、すまないわよっ！」

　ぼくはカンシャクが爆発しかけて、

「きみたちもケンカするじゃないか、シャル嬢、きみは『黒猫』を読んだんだから、聞かなくていいだろう。社へ帰れよ！」

　と、どなると、シャルがツンとして言った。

「人の行動に干渉しないこと！」

「だが、きみはもう、ここで用はないはずだぞ！」

「あるわよ、『青年名探偵デュパン氏の推理意見』というのを、連載の中に入れて書くんだから、それを聞いて、さっきの莫大な賞金をわけてもらってからだと、帰るわよ。どう、わるい？」

「うるさくて、チャッカリしてるなあ！」

「チェッ、どうせチャッカリ人種だわ。トレー・ボンの料理、早くこないかなあ」

「オイ、ロバート！」

　と、デュパンがぼくを呼んだ。

「なんだい？」

「シャル嬢を相手にしてないで、さきを早く読めよ」

「ウン……」

　人間の性質は、男でも女でも、生まれつきと生まれて三、四才までのあいだに、根本ができあがってしまう。それは一生のあいだ、けっしてなおらないものであるという。

　ぼくは自分の気のよわさを、どうかしてなおしたいと思い、さまざまに苦心し努力した。しかし、高校を出て、大学を卒業したあとも、ついになおらなかった。

　意志がよわいのは、自分のなおらない性質だと、ぼくは、これを書きながらでも、しみじみと深く思う。

〈なるほど、黒猫がなかなか出てこないな〉

と、ぼくは読みながら思った。

❖ぼくが結婚する？

　ぼくの父はパリ郊外に、大きな五階建ての邸宅と広い庭、大小の池、深い森を、そして市内に貿易商社をもっている。自分一代で出世し、財産家になったフェルナン・バルドー[7]、有名だし意志の強い人であるとぼくは思う。この父をたすけた母も、かしこい人であると、ぼくは今でも思っている。

子どもはぼくひとりなので、とても大事にされ、あまやかされ、それに幼稚園にかよいはじめた時から、むやみに動物が好きだったし、どんなものでも思いどおりに、いろんな動物を家の中や庭で飼うことができた。

金魚、いろんな小鳥、ウサギ、リス、小猿も飼ってならしたし、犬や猫は、むろんであった。

金魚が白いアワツブみたいなタマゴを生むと、それをべつの池に入れてやった。すると二、三日して針のさきより細い黒い子になって、およぎまわる。それに毎日エサをやると大きくなるのが、とても楽しみであった。ゆめに大きな金魚を何度も見た。

金魚は夜、目が見えるのかしら？

これは今でも、ぼくの疑問である。

大学を出ると、ぼくは就職試験などなしに、父の貿易商社の社員になった。まじめに勉強するつもりなのに、重役の人たちも部長とか課長とかという年上の人も、ぼくに仕事をさせるより、変にペコペコするのだった。社長の子だから、そんなふうにするのだろうと思うと、気のよわいぼくは、ほかの社員にわるくて、たまらなくなり、一月あまりして社をやめてしまった。

家にいたって、これという仕事はないのだった。朝から夕がたまで、ぼくは動物たちにエサをやり、かわいがり、話しをしたり、これほど楽しい幸福なことはなく、夜も犬や猫やウサギと何時間も遊んでいた。

人間は相手をだましたり、心にもないことを言ったり、ウソをついたりする。そんなことが動物には、すこしもない。みんながむじゃきで、正直で、心の底から平和に楽しく遊べる。ところが、そのうちにぼくの結婚を、父と母がいっしょに言いだしたのであった。

ぼくが結婚する？

それは今まで思いもしないことであった。


ここまで読んできたぼくは、デュパンに言った。

「まだ**黒猫**が出てこないぜ。すこし飛ばして読もうか？」

デュパンは、おかしいみたいな笑顔になって、

「いつでもきみは気みじかだなあ。その結婚から**黒猫**が出てくるんじゃないか」

「エッ、結婚から**黒猫**が、どうしてだ？」

シャルがふきだして、えらそうに出しゃばった。

「フフフフ、飛ばしたりしたら推理できないわよ。忍耐しないと推理は不可能だわ！」

白い大理石みたいな美人

女神のように見えた

〈結婚から黒猫が出てくる？　フーム、そうなるんか？〉と、ぼくは、さきを飛ばさずに、読んで行った。

母はぼくと同じ年くらいの女性を、いくにんも家に招待して、さまざまの会を盛大に何度もひらいた。

ぼくの中学と高校の同窓生、それにはじめて会う人も、母の知りあいの夫人たちの関係から招かれてきて、いつの会もにぎやかに、おもしろく進行するのだった。

結婚など、まるで思っていなかったぼくも、さまざまの女性と、つきあっているうちに、自分の妻になってほしい女性のタイプや性質を、ソッと胸にえがいてみるようになった。

このぼくの気もちの新しい動きを、母は予想していたのであろう。これも母の愛というべきであった。

❖

イレーヌ！▼8

彼女はぼくと同窓ではない。家ではじめて会ったのだ、が、その時、とてもきれいだな！　とだけぼくはおもった。それから何度も会い、話しもしてみた。いろんな美しい女性がきている。その中でも、イレーヌが一等きれいに見えた。それにぼくの気もちを引きつけたのは、口かずがすくなくて、おとなしいことであった。

みんなが、しゃべりあい、笑いあい、さわいでいる中に、イレーヌは、つつましく微笑していた。けれど、のけものにされているのではない、だれとでもなかよくして、みんなから尊敬されているようであった。

ほかの女性のように、おしゃれもしていない、しかし、一等きれいだし上品なイレーヌは、ぼくに女神のようにさえ見えてきた。

イレーヌと結婚したい！

ぼくは、そう思うようになった。けれど、口に出して言えなくて、ひとりで思い、ひとりで苦しんでいた。

母はぼくの思いを手にとるように感じとったのであろう。父とも相談したらしく、ぼくの気もちをたしかめてから、イレーヌの両親へぼくとイレーヌの結婚を、ていねいに申しこんだ。

はじめて会ってから、およそ一年あまり交際し、婚約してからも一年すぎて、ぼくはイレーヌと望みどおりに結婚した。天国に生まれたような大きな喜びを感じた。

庭の森の中に、二階建ての別館があり、ぼくとイレーヌは本邸から別館にうつって、ふたりも思いどおりに生

活することになった。▼9
　ぼくは、かわいがっている動物たちを、みんな別館へ引っこさせた。じぶんのそばに、いつもおきたいからであった。
　なおさらに幸福であったのは、イレーヌも動物はなんにかぎらず好きなのであった。ぼくの喜びは二重にも三重にもひろがった。
　新婚生活が八か月ほどして、イレーヌは高校の同窓会へ出て行った。夕がたになって帰ってきてぼくに見せたのは、左手にだいている小さな猫の子で、あたまから尾のさきまで耳も足も、まっ黒くて美しい、とても、めずらしい種類なのであった。

「やっと**黒猫**が出てきたぞ、小《ち》っぽけなやつなんだな」

と、ぼくがデュパンに言うと、

「やっぱり結婚から出てきたじゃないか、ハッハッハッ」

デュパンが快活に笑った時、階だんを上がってくる二、三人の靴音が聞こえた。

〈だれだ?〉

と見ると、はいってきたのは男ふたりに女ひとり、三人ともまっ白なエプロンを胸にかけているのだ。

すき腹いっぱい

　白パンに丸いバター、肉スープ、エビ入りコキール、汁をかけた焼肉、アスパラガスやセロリーや白菜のサラダ、白ブドー酒と黒ビールに炭酸水など、ぜいたくな料理とグラスとカップ、銀のスプーンとナイフとホークなどを、ぼくたちのきたない古テーブルに手ばやくならべてしまうと、

「まいど感謝しています!」

と、一列にキチンと立ちならんだ白エプロンの三人が、声をそろえて言うなり、右をむいて一列になったまま出て行った。

「これは、どういうわけだ?」

　ぼくはビックリして、デュパンにきいた。とたんに、料理を見た目の神経が、胃と腸を刺げきしたらしい、グーゴロゴロときゅうに鳴りひびいた。

「ハハア、きみの腹の音は、子猫が鳴くのより高くひびくね」

　と、デュパンはすでに小さな**黒猫**について、なにか考えているらしい。茶色の目をキラキラとかがやかすと、シャルに言った。

「きみはラ・セーヌに、行ってきたね」

　大通りにある有名なレストランが、〝ラ・セーヌ〟だ、が、ぼくは一度も行ったことがない。財布がかるくて行け

もしない。広い店のかまえを、おもてから横目に見て通るだけだ。

「ええそうよ！」

と、シャルは料理を見ながら、眉と鼻をヒクヒクさせて、

「ねえ、早くたべないと、まずくなるわ。あんたがトーストにサラダにコーヒーなんて、貧弱なことを言うから、あたしラ・セーヌに行って、好きなものを言ってきたんだ▼10わ！」

と、イスを前によせてスプーンをとりあげるなり、さっそく、スープを飲みだした。

「ハハッ、ロバート！　シャル嬢のごちそうになろう」

と、デュパンがパンの皿を引きよせると、シャルがスプーンをおいて、

「だめよ、あたしのごちそうじゃないわ。あんたが払うのよ」

と、キンキン声で言った。

「ハハア、だって、きみが注文してきたんだぜ」

「いやだわ、あたしが払うなんて、だんぜん抗議するわ。あんたは賞金をもらって、一躍、金もちになったんだから、このくらいのもの、払うべきだわ！　ねえ、ロバート、そうだわね！」

出しゃばりがぼくに同意をもとめた。

「ウウム、そんなこと、ぼくに関係ないな」

と言いながら、ぼくはパンを食いスープも飲んでいた。

〈とても、うまいぞ！　どの皿もみんなたいらげてやれ！〉

と、思うほかはない。払いなんか、どうだっていいんだ。なにしろ腹がへっている。三人とも腹いっぱい食いつづけた。黒ビールも白ブドー酒も炭酸水も、どれもこれも、みんなうまかった！　すっかり飲んで食ってしまうと、デュパンがぼくに言った。

「エリオ編集長は、いそいでたぜ。ロバート、つづきを早く読めよ。子猫だから大きくなるんだろう」

すがたを変えた魔女

『黒猫』のつづき……

今までに見たことがない、めずらしい種類で、まっ黒くすばらしい毛なみをしている。ぼくはひと目で喜び、おどろいて、イレーヌにたずねた。

「こんなすばらしい子猫を、だれがくれたの？」

「お友だちのひとり、だれだっていいでしょう、わたしたちのものになったのだから」

と、イレーヌはテーブルの上へ、まっ黒な子猫をソーッとおろした。

生まれて二月くらいであろう、まだ赤んぼの小びなの

に、イレーヌの顔をジーッと見あげると、ぼくの顔も下から見つめる、目がするどく光っていて、なにか考えているようだった。

「すごく利口そうだね。名まえをなんとつけようか。もうついてたの？」

と、ぼくはイレーヌに相談してみた。

すると、イレーヌは、この時も思いがけないことを言った。

「わたしは小さい時に、何度も聞いたんです。あたりまえの猫でなくって、からだじゅうまっ黒なのは、魔女がすがたを変えたのだって……」

「そんな話しは迷信じゃないかしら」

「でも、これを抱いてくるとちゅうから、ほんとうのような気がしてきたんです」

「へんだなあ。そんなの気みがわるいから、返してきたら？」

「もらってきたものを、返しに行くの、いやです！」

と、イレーヌがキッパリと強く言った。

「では、かわいがって、そだててやろうよ。名まえをなんとつけるの？」

「とちゅうで考えてきたんです。**プルートウ**とつけましよう」

「プルートウ？　聞いたことのない名まえだけれど」

「まあ！　ごぞんじないの。ギリシア神話の中にでてくるんです」

「ぼくはギリシア神話を、読んだことがないから」

「地獄の魔王なんです」

「そんな恐ろしい魔王なんかの名まえを、子猫につけなくてもいいように思うけれど」

「わたしがつけたいから、つけるんです！」

イレーヌがまたもキッパリと強く言った[11]。

「…………」

ぼくは圧《お》さえられて、だまってしまった。

「イレーヌってなんだか、すごいおくさんだなあ！」

と、ぼくが言うと、

「そうよ、すごいんだわ、でも、そんなおくさんほうぼうにいるわよ、いくらでも！」

と、シャルがしゃべりだして、デュパンが口を入れた。

「待った待った！　また話しに花が咲くとケンカになって、時間がすぎる。ロバート、さきを早く読んでくれ。子猫はまだ大きくなってないんだから」

❖ 生きてる美術品

魔女がすがたを変えたとか、地獄の魔王だとか、そんなことをぼくは信じなかった。しかし、名まえはイレーヌがつけたのだから、そのままにして、プルートウをぼくはかわいがってそだてた。

　まい日、ミルクを飲ませ、分量も回数もぼくがきめた。むろん入浴もさせた。日に日に大きくなり、まっ黒な毛なみもやわらかく光ってきて、プルートウは動物というよりも、美術品のようになってきた。

　生きている美術品がプルートウであった！

　プルートウは、そうして男猫であった。

　動物はみんな人間の愛情を、よく知っている！

　プルートウは大きくなるにつれて、イレーヌよりもぼくになついた。ヒザに上がってくると、抱かれようと胸に飛びつき、ゴロゴロとノドを鳴らしてあまえる。頭の上にあがってすわると、ゴロゴロがぼくの鼻までひびくのだった。

　ぼくが歩いてると、プルートウは足にじゃれついて、からみつき、ズボンのはしをくわえて、歩けないようにするつもりか、引っぱってはなさない。

「プルートウ、いけないよ！」

　と、こまって声をかけると、利口だからはなして、すぐあとからついてくる。

　ぼくが外の道へ出ても、プルートウはきっとついてくる。どこまでもくるから、

「プルートウ、いけないよ、お帰り！」

　と言うと、かわいそうにスゴスゴと道のはしを帰って行くのだった。

　プルートウだけではなく、ほかの動物がみんな、イレーヌよりもぼくによくなついているのだった。

　イレーヌが動物たちを、ぼくと同じようにかわいがったのは、結婚して別館にうつったあと、二月か三月くらいであったろう。だんだん見すてておくようになったのを、ぼくは気がついていた。

　きれいで上品な、しかも賢いイレーヌは、まっ白な大理石を彫刻したような感じを、ぼくにあたえるのだった。白くて美しいけれども冷たい[12]！

　この冷たさが家じゅうにひろがり、気のよわいぼくは、日に日に憂うつにしずんでいった。

　この憂うつさが動物たちにもつたわって、みんながプルートウも、しずみがちになり、不満らしい顔をするようになった。

　ぼくは自分でも思いがけなかった、しかも、自分があえてした一生の最大の悲劇は、この家の中の冷たさが原因であったと、今もそう思わずにはいられない！

深く突き刺した左目

特別スカートのポケット

「やっと出てきた黒猫が、なんにも活劇を起こさないでさ、『家の中の冷たさが、一生の最大悲劇の原因』なんて、まったくへんな話しじゃないか。わからないぜ」

ぼくが息をついて、ちょっと休みながらデュパンに言うと、すぐにシャルが出しゃばった。

「あんた、いつも気みじかだわねえ、どんな本だって、しまいまで読んでみないと、わからないわよ。ことに推理的な読みものは、そうなんだわ、フン！」

と、えらそうに鼻を鳴らした。

〈なにをっ、なまいき言うな！〉

と、ぼくは憤がいして、やりかえそうとすると、白エプロンの三人が、はいってきた。

ラ・セーヌ料理店の三人だ。男ふたりに女ひとり、横へ一列にならぶと、そろって頭をさげた。なかなか礼儀が正しい。はしの男が両方の手のひらを、こすりあわせて言った。

「ありがとうぞんじます。おすみのようでございますね」

威ばってこたえたのは、シャルだ。

「ウン、すんだわよ、おいしかったわ」

「ハッ、おそれいりますが、どうぞ、ご計算を」

と、白エプロンのポケットから、つまみだした計算書をシャルの前へさしだした。

「アラア！」

「払ってよ、早く！」

と、横をむいたシャルが、デュパンに言った。

デュパンがニッコリ笑うと、

「きみが払えよ、注文してきたんだから」

「ちがうわよっ、あんた、すばらしい金もちになったくせに、ケチケチしないでよっ！」

白エプロンの三人が顔を見あわせると、三人とも変な顔になった。

「ハッハッハッ！」

快活に笑いだしたデュパンが、

「シャル嬢、きみも金もちじゃないか、ケチケチするなよ」

「アラ、あたし、いつだってハンドバッグもポケットも金なしだわ。じょうだん言わないでよ」

「そうかなあ。スカートの左のポケットを、ちょっと見てみると、いいだろう」

「エッ？」

スカートの左のポケットに、手を入れたシャルが、にわかに眉を上げ下げしてさけびだした。

「まあっ、変だわ、変だわ変だわっ！」

欲しいものがウンとある！

さけびながらシャルがスカートのポケットから、テーブルの上へ、つかみ出して置いたのは、ドッシリと厚い札たばだ。

「こ、これ、編集長が持ってきたんじゃないの、まあっ……？」

と、シャルがパクッと口をあけて、デュパンの顔を見た。

ぼくもアッと、おどろいた。

〈たしかに、エリオ編集長が持ってきて、デュパンにわたした**『モルグ街の怪声』**の賞金、真新しい千フランの厚い札たばだ。合計いくらあるんかな？〉

と、見つめるぼくのそばで、シャルが両肩をはげしくヒクッヒクッと、ふるわせると、顔がまっかになって、

「あたし知らないわよ、盗んだんじゃないわよ、デュパン！　あんたが、あたしのポケットに、いつのまにか入れたんだわね？　ハッキリ言ってよっ！」

と、キンキン声で高くわめきたてた。

おもしろいみたいに笑ってるデュパンが、

「ハハア、札が飛びこんで行ったんだろう」

「バカにしないでよ、そうか、わかった！」

「なにがわかった？」

「チェッ、**盗まれた秘密書**をさ、あんたが、一秒の決勝ですりかえた指の奇術を、ここでまた使ったんだわ！　そうでなくって何さ？」

「ハッハッハッ、くだらないことを言ってないで、払いを早くすませろよ。ラ・セーヌが待ってるんだ」

「チェッ、チェッ、やられたなあ！」

と、舌うちしながら▼[13]計算書を見すえたシャルが、

「一千八百二十フランか、フーン、高くも安くもないわね、払うわ！」

千フランの札を二枚、スッと抜きとると、後ろに立っているひとりに手わたして言った。

「ハイッ、あまりはチップ！」

白エプロンの三人が、そろって頭をさげると、テーブルの上を手ばやく片づけだした。

ぼくはシャルにきいてみた。

「札たばは厚くって重いんだろう。ポケットにはいってたのを、気がつかなかったのか？」

「フーン、あんた、あたしみたいな特別のスカートを、はいたことがあるの？」

「あるもんか、おれは男だ」

「だったら、よけいなこと言わないで！　ちゃんと腰をかけてるとさ、このスカートのポケットはイスに乗っかっ

てるから、はいってる物の重さなんて、気がつかないわよ！」

　と、はげしく眉を上げたシャルが、デュパンを見つめて、

「テーブルごしに、こんな奇術が、よくできたもんねえ！　教えてみせてよ、あたし練習するからさ、ね！」

「ぼくは、そんな先生じゃないからやめだ。それよりも、ロバート、**黒猫**のつづきを読めよ。モタモタしてると、エリオ編集長がくるぜ。『なんだ、まだ読んでないんか』と、おこられるのは、シャル嬢だがね」

「いいわよ、おこられたって。この賞金、どうするの？」

「ハハア、きみのポケットに、飛びこんでたんだから、入れといてやれよ」

「アラアッ、ほんとう？　デュパン！」

　と、耳までまっ赤になったシャルが、札たばをつかむと、大形の黄色いハンドバッグをあけて、底の方へグッと突っこみながら言った。

「しめた！　みんな使っちまうわよ、ずいぶん買えるわ。欲しいものが、ウンとあるんだから、フッフッフッ！」

　テーブルの上が、すっかり片づいて、白エプロンの三人が出て行ってしまった。ドアはもとのまま開けっぱなしだ。

「さあ、つづきを読むぜ。地獄の魔王の**黒猫**、すごく活躍するんかな？」

　ぼくは腹いっぱいになったから、グングンと読んで行った。

❖ 人間の目も猫の目も

　美しいけれど冷たい、白い大理石を彫刻したようなイレーヌと、いっしょにいるのが、気のよわいぼくには、とても苦痛になってきた。

　たまらない！　家の中にいるのが苦しい、こんなこと想像もしなかった！

　ぼくは憂うつになり、朝起きても昼のうちも、夜になるとなおさら暗い気もちになり、家にいられなくて町へ出て行き、歩きまわり、酒場にはいることをおぼえた。▼14
　酒にもよわいぼくであった。けれど、だんだんと飲めるようになり、いろんな酒の味をおぼえて、酔うと気が強くなるのだった。

　なにをっ、大理石みたいな女が、なんだというんだ！

　と、夜おそくなって、フラフラと酔ったまま家へ帰ってくると、玄関でイレーヌが、とても冷たい顔をして冷たい声で言った。ぼくをにらみつけて、

「酔ってくるのは、やめること、今夜かぎり！」

　その強烈きわまる気はいに、ぼくは頭からおさえられて、いちどきに酔いがさめてしまい、身ぶるいした。

　酔いがさめると、にわかに気がよわくなり、ぼくはふ

るえながら、うつむいてしまった。

冷たくて高慢なイレーヌに、ぼくはこの時からムラムラと憎みを感じだした、けれど、こんなこと口に出しては言えない。おそるべきイレーヌなのだった。

ガッチリと突っ立っているイレーヌの足もとに、まっ黒なものがいる。プルートウなのだった。

ぼくが帰ってくるのを待っていて、むかえに出ている。

「ああ、プルートウ!」

と、ぼくは声をかけて、ソッと抱きあげた。

まっ黒なビロードのように柔らかい毛なみをしている、まるで美術品のようなプルートウが、よろこんでノドを鳴らした、と思うと、いきなりぼくの腕から飛び出して、サッとすがたをかくした。

「どうしたんだ?」

と、おどろいたぼくを、イレーヌが冷たい目でにらみつけて、

「おまえが酒くさいからだ!」

と、切りつけるような激しい口調で怒なった。

ぼくは言いかえすことも、できなかった。

強くて激しく冷たく、女性的な感情が、まるで欠けているイレーヌに、ぼくはなおさら憎みを感じるだけであった。

うつむいたきり、ぼくはフラフラしながら、あたりを見まわした。すると、イレーヌのスカートのかげに、ジイッと動かずにいるのが、まっ黒なプルートウであった。

まっ黒な顔に二つの目がキラキラと光って、ぼくを下からにらみつけている。その冷たさが猫のようではない、まるでイレーヌの目と同じ感じで、ぼくを呪うように見つめている!

ぼくはゾーッとして、イレーヌとプルートウを、人間と猫を、同じもののように思い黒猫は魔女がすがたを変えたのではないかという気がした。

長い刃のジャックナイフ

憂うつで暗い、愛が感じられない、のろいと憎みだけが、朝も昼も流れている、これがぼくの家の中であった。

あれほどかわいがっていたプルートウでさえも、ぼくになつかなくなった。ほかの動物たちも、ぼくの前へは、あまりこないようになった。

なぜだろう?

ぼくが家にいることが、すくなくなり、かれらを今までのようにかわいがってやらない、このぼくの気もちが、そのままかれらにつたわっているのであった。

イレーヌはむろん、動物たちさえも、みんなぼくをいやがっている。こんな家にいるのが、いよいよぼくは、いやでたまらなくなり、ますます外へ出るようになった。

町には昼でも、ことに夜は、暴力団のすごい連中が、うろついている。ちょっと目があっても、それだけで突っかかってきて、時計も金入れもハンカチまで、ことごとく奪いとってしまう。

　そんなめに二度もあったぼくは、とうとうジャックナイフを買った。▼15バネをおすと飛び出す刃が、十四センチほども長く、さきがとがっている。

　相手を突き刺そうなどとは、すこしも思っていない。ただこのようなナイフを持っているだけで、ぼくは気じょうぶなのであった。

「酔ってくるな！」

　と、じつに冷たいイレーヌが命令するように言う。いや、それは実さいに強迫する命令なのであった。

　ぼくは外でとまることは、いちどだってしなかった。そこの家が、どんな家だかわからないし、とまると夜なかに、どんなめにあうかも知れないし、とてもおそろしいからであった。

　だから、歩きまわって酔いをさましてから、ソッと帰ってくる。けれども、酔いというものは、いちどさめたと思っても、時によって、またカッと頭のさきまで上がって、その時のぼくはそのままムラムラと、むちゅうになってしまうのだった。酒におぼれたぼくのじつにわるいクセであった。

　その夜、酔いをさまして帰ってきたのは、いつもより早く、十時すぎだったと思う。しかし、玄関のドアはピッタリとしまって、電燈も消えていた。

　イレーヌがぼくをしめ出したんだ！　と思いながら、ぼくはしずかにドアをたたいた。

　内からなんのこたえもない。ぼくはがまんして、しずかにたたきつづけた。

　すると、ドアのすぐ向こうから、

「だれ？」

　と、イレーヌのするどい声が、切りつけるように聞こえた。

　むろん、ぼくだと知ってきく、冷こくな女！

　と、思った時、さめていた酔いが、カーッと頭に上がった。むちゅうになって、

「おれだ、あけろっ！」

　と、怒なると、しばらくしてドアがあいた、とたんに飛び出してきたまっ黒なものが、ぼくを目がけて飛びかかった。

「なにをっ！」

　と、ぼくはそいつを払いのけた、が、左の手首にするどい痛みを感じて、右手にジャックナイフをつかみ出したのも、バネをおしたのも、むちゅうだった。

「ギャアッ！」

と、奇妙な声をたててまっ黒なものが、下へころげ落ちると消えた。

プルートウの左目を深くジャックナイフで突き刺した▼16のを、ぼくはその時、むちゅうで知らなかった……。

今一秒、死の危機

夜の烈風と豪雨

「なんだい、気みのわるい黒猫が活躍しないで、左目を刺されたんだな、フーン……」

ぼくは意外な気がして言った。

すると、シャルが、また、

「自分かってに想像すると、正しい推理はできないわよ」

と、ハンドバッグからつまみだした紙まきタバコに、パチッとライターの火をつけると、上をむくなり、

「フーッ……」

と、煙を、うまいみたいに高く吹きあげた。

「女探偵を気どってるんだな、チェッ！」

と、言ってやると、

「そうよ、フーッ、だれだって推理する者は探偵だわ、女だって男だってさ。デュパン、あんたどう思う？」

「ハハア、うるさいと思うね」

「あら、なにがうるさいの？」

「それが、うるさいな。きみたちはなんでも一段かいごとに、ケンカをはじめる。それがまた、なんのプラスにもならない、うるさいばかりだ」

「そうだ、さきを読むぜ。目を突き刺された黒猫、死ぬんかな？」

ぼくはシャルを相手にしないで、さきを読んでいった。

この方が利口だろう。

「何をするっ？」

と、血相を変えたイレーヌが、ぼくの胸を突き右腕をつかんだ。

ぼくはよろめきながら、自分がジャックナイフを持っているのに、ハッと気がついた。

「プルートウを殺すのかっ？」

と、青ざめているイレーヌが怒なった。

すっかり酔いがさめたぼくは、ふるえながら言った。

「知らなかった」

「知らなかったですむか、酔いどれ！」

イレーヌは憎みと呪いの激しい視線をぼくに投げつけて、ののしりわめいた。

ぼくは左の手首を見た。

傷から血がタラタラと流れている。

プルートウが引っかいたのではない、すごくかみついた傷にちがいない。それほど痛く深いのだった。血が止まっていない。

「そんなものがなんだ？」

と、イレーヌが傷と血を見ながら怒なった。▼17
この時、玄関の外の庭に、すごく強烈な音が聞こえて、おびえたぼくは立ちすくみながら耳をすました。烈風と豪雨のひびきであった。

今までにない強大な台風が、おそってくると、二、三日前から予報されているのを、ぼくは思いだした。

イレーヌがぼくの腕をはなすと、足もとを指さして怒なった。

「これを見ろ！」

血が流れている。すじを引いて長く向こうへ、赤くダラダラとつづいている。

ぼくは口がきけずに、だまっていた。

暴風と豪雨のひびきが、いよいよ強くなって耳を打ちだした。

まっ黒の女服

青ざめているイレーヌが、ものすごい魔女のような顔になって、

「おまえの血じゃない、プルートウの血だ！」

と、わめく声が暴風雨の音の中に、高く笛を吹くようにひびいた。

ぼくも青ざめていたのだろう、手首から流れている血もそのままで言った。

「ああ、それはそうだ」

「プルートウが死んだら、殺したのはおまえだ。いっしょにこいっ！」

と、イレーヌが、流れている血がつづいている床の上を、足音もあらく歩きだした。

ぼくはあとについて行った。

玄関から右へ廊下が長く通っている。天じょうに下がっている電燈が、窓のすきまから吹く風にゆられて、生血の赤い流れもイレーヌの黒い影もぼくの黒い影もユラユラと動くのだった。

廊下の突きあたりは古い壁になり、左におりる階だんがある。この別館にはもとから深い地下室があって、物置きになっているのだった。けれど、ぼくはこの時まで、まだ一度も用がなく、おりてみたことがなかった。

プルートウの血が階だんの下の方へつたわっている！

左目を深く突き刺されて、廊下から地下室へ逃げこんだ、そして死んだのか？

と、ぼくの胸いっぱいに、プルートウのかわいさと憎みが、渦をまいてこみあげた。

かわいそうなことをした、ゆるしてくれ！　いや、ざまをみろ！

生きていてくれよ！　いや、死んでしまえ！

ぼくの手首から血が、まだ出ていた。

イレーヌが怒りにもえている気はいのまま、階だんをおりて行った。

ぼくもおりて行きながら、憎みと後悔を感じて胸が痛くなった。

ことばつきさえ男のようなイレーヌ！　ああおれは、とても非常に強い女と結婚したのだ！　強い妻に弱い夫、……こんな女、死ねばいいんだ！

イレーヌが階だんをおりてしまうと、柱についている電燈のスイッチを力強くまわした。うす暗いあかりが、地下室の天じょうについた。

ホコリくさくて、古い家具や何かが、いっぱいに積まれている。床の上が暗くて、プルートウの血も見えない。

激しい暴風雨の音が、この地面の下までひびいてくる。

イレーヌが声をあげて呼んだ。

「プルートウ！　プルートウ！　プルートウ！」

この時、ぼくは気がついた。イレーヌはまっ黒なワンピースを着ているのだった。

魔ものは変化する

ぼくはシャルにきいてみた。

「黒猫プルートウ、死んだんか？」

「まあっ、なんて気みじかだろう。しまいまで読めばいいじゃないの、うるさいわねえ！」

「うるさい？　ヘッ、デュパンのまねするなっ！」

ぼくはやっつけてから読みつづけた。シャルがなにか言いかえしたが、耳にとめなかった。


いろんな家具類の間から、おくの方へ逃げこんだ、とすると、うす暗い中にまっ黒なプルートウのいるところは、とても捜しようがないのだった。

しかし、どこまでも気の強いイレーヌは、いくども声をはりあげて、プルートウを呼びつづけた。

激しい暴風雨の音のほかに、なんのこたえる声もしない。

この時、ぼくはまだジャックナイフを右手に持っているのに気がついた。酔いがのこっていたからだろう。刃のさきが赤黒くぬれているのは、プルートウの目の血にちがいない、と、それを見たぼくはゾクッと、寒気がした。

暴風雨が庭と家の建物に、集まってきたのかと思われるほど、すごい音をたてはじめた。

　地下室もゆれる気がする。ぼくはイレーヌに言った。

「上の家がくずれて倒れると、ここにいては生きうめになるんだが……」

　イレーヌははねかえして怒なった。

「その時はその時だ。プルートウをどうしても捜すんだ！」

　ぼくはいつものように、だまりこんだ。おそるべきイレーヌ！　こんな女、死ねばいいんだ！　しかし、ぼくはこの時、自分に危険を感じた。右手にグッと力が、きゅうにはいった、自分では思わない力が、ジャックナイフのツカをにぎりしめた。

　プルートウを突き刺した、この長い切っさきでイレーヌを、この地下室で今、……こんな女、死ねばいいんだ！

　ぼくのからだにも力がはいった。とたんに、まっ黒のワンピースを着ているイレーヌと**黒猫**のプルートウは、同じもののような気がした。

　大きさがちがっても、人間と獣はちがっていても、魔ものはなんにでも変わるんじゃないか!?　きっとそうだ！

　と、ぼくがジリジリしてジャックナイフの切っさきを、イレーヌの背なかへむけた時、高い天じょうの電燈がスーッと薄くなって消えた。台風のための停電だ。

　地下室がまっ暗になった。

　烈風と豪雨の音が耳を打つ。さけんだって外へ聞こえるはずがない！

おれが悪魔か？

黒猫の怪！

黒猫の呪い！

　と、ぼくは早鐘のように打っている自分の心臓の音といっしょに、そんな気がした。

　そうだ、怪物を殺すんだ！　黒い魔ものを！

　と、まっ暗な中に突き刺すけんとうを、間近くイレーヌの背なかにつけると、すぐ前に、

「プルートウ！　プルートウ！」

　と、イレーヌの呼ぶ声が、悲鳴のように聞こえた。

　電燈がスーッと、うす暗くついた、明るくなると、ナイフをつかんでいるぼくの力がゆるんだ。

　イレーヌは真後ろからぼくが突き刺そうとしているのを、まるで知らずにいる。力いっぱいグサッと突き刺すと、背なかの左から心臓を突きとおして胸の前へ、切っさきが出る。今がイレーヌの命のさいごなんだ！

　と、思ったぼくの口から知らずに声が出た。

「死ねっ！」

「エッ？」

と、ふりかえったイレーヌの胸の下へ、ぼくはすばやくナイフをおろした、見つからないように！

イレーヌがぼくを見つめて怒なった。

「プルートウが死ぬもんか！」

ぼくがナイフをおろしたのを、イレーヌは気がつかずにいる。

電燈がまた明るくなってきた。

「おまえはやっぱり殺すつもりだったんだな！」

と、イレーヌの血相がすごく変わって、ぼくを呪わしく見すえた。

そうだ、おまえを殺すつもりだった！　おまえとプルートウは同じ魔ものだ！

血！　血！　血！　血！　今一秒でおまえは死ぬところだった！

と、ぼくはナイフを右手にさげたまま、きゅうにあえぎだして息苦しくなった。

「悪魔！」

と、イレーヌがぼくをののしった。

悪魔、おれが悪魔か？　きさまはなんだ？　死ねばいいんだ！

と、ぼくは息苦しくあえぎながら、ナイフをにぎりしめた。

イレーヌはぼくをにらみすえて、また叫びだした。

「プルートウ！　プルートウ！　プルートウ！」

ああ黒猫が自分を呼んでいる！

と、ぼくはイレーヌを呪って思った。

電燈がスーッとうす暗くなって、また消えた。

神秘の不思議さ？

瓶から幾口も

まっ暗な地下室の中に、憎みと呪いがみちている。イレーヌの胸の前にぼくは切っさきの長いナイフをさげて立ったまま、からだじゅうの力が、にわかにぬけだしたのを感じた。

気のよわい自分は、相手を殺そうとする決意など、五分間とつづかないんだ！

と、力がぬけたぼくは、イレーヌの前からソッと後へはなれた。

暗やみの中に動いたぼくの気はいを、すぐに感じとった魔女のイレーヌが高い声でさけんだ。

「どこへ行くっ？」

ビクッとしたぼくは、左手で壁をさぐりながら出口の方へ歩きだした。

階だんを上がると、右手が重かった。長いジャックナイフをさげている。バネをおして刃を入れた。廊下も電燈が消えていた。

「プルートウ！　プルートウ！」

暴風雨のひびきの中に、イレーヌの声が地下室から、かすかに聞こえて、ぼくはゾーッと寒気がした。

ぼくの寝室は一階にある。ここもまっ暗だった。しかし、ベッドのあるところは、わかっている。町の酒場から買ってきた、もっとも強い酒の瓶が、ベッドの下にかくしてある。これをイレーヌはまだ見つけていない。

この強烈な酒の名まえを「ジン」という。これを飲むとぼくは酔って気が強く大胆になるのだった。

刃を入れたナイフを、ズボンの右ポケットにしまって、ジンを瓶から幾口《いくくち》も飲むと、ベッドへあおむけになった。家にいて酔う秘法が、これであった。

地下室で魔女は**黒猫**を、夜があけても呼んでいるだろう！

と、ぼくは酔いはじめた時、おかしい気がした。

魔ものの毒がまわる

目がさめてみると、すごく苦しかった。

頭の中がキリで突き刺されるようにズキズキと痛んで、吐きだしたい気がする。酔いがのこっている。ぼくは息を吐きだすと寝がえりした。とたんにズキッと左の手首が痛んだ。

魔の**黒猫**が飛びついて肉をかみ破ったのだ！

と、思いだして見てみると、傷の血が止まって赤黒くかたまっている。

なお気がついてみると、窓のカーテンに光が明るくさしている。暴風豪雨のひびきが聞こえない。

ゆうべのことは、酔って夢を見ていたのか？

と、ぼくは自分を疑った。

いや、そうではない。手首に傷と血が現にのこっている。このように痛むじゃないか！

ぼくは苦しいのをがまんして、ベッドをおりると、廊下から庭へ出てみた。呪いがみちている家の中にいるのは、たまらないからであった。

太陽の光がまぶしく、空は青く晴れきっている。けれど、地面の方々に太い木が倒れて横になり、いろんな枝が折れて散らばり、葉がいちめんにかさなって、どこにも土が見えない。葉の上を向こうから白髪の年よりがひとり、ぼくを見ながら歩いてきた。

ぼくが生まれる前から、家に使われていて、名まえを「**ドロン**」[18]という。ぼくは小さい時から、このドロンが好きであった。抱かれたり、おぶされたりした。ぼくが結婚してからも、別館へいっしょにきていて、庭の手入れをしたり、いろんな手つだいをやっている。頭は白髪だけれど、からだはじょうぶらしい。

「ひでえ嵐でしたのう。わたしはこの年になって、こんな風と雨にあったのは、はじめてだ」

と、ぼくの前へきたドロンじいさんが、ひとりごとのように言った。

青空の下で好きな相手と話しをするのだから、ぼくの気もちが、すこし明るくなって、

「おどろいたよ、家が倒れるかと思って」

と言うと、ぼくの手首に目をつけたドロンじいさんが、ギョッとしてきいた。

「そ、その傷はどうなさっただ、エッ？」

「ゆうべ、**黒猫**にかまれたんだ」

「オオッ、あの奇妙な名まえの黒いやつですかい。おくさんが、かわいがっていらっしゃる」

「イレーヌと**黒猫**は同じ魔ものじゃないのかと、ぼくはそんな気がするんだ」

「さあ、むかしから猫は魔ものだと言いますだから」

「そうか、**黒猫**でなくって、あたりまえの猫でもか？」

「そうですよ、子猫のうちはまだ、そうでもねえが、年をとってくると、だんだん魔ものになるだって言いますだよ」

「やっぱりそうか。人間の女もそうじゃないんか、いや、そうなんだ！」

「はあ、そうかも知れねえ。早くその傷にクスリをつけなさい！　魔ものがつけた傷だから、毒がまわると、それこそ、あなたまで魔ものになったら、どうしますだ？」

ドロンじいさんが真けんに気みのわるい顔になった。

おれまで魔ものになる、毒がまわって……。

と、ぼくは手足が冷たくなった。

乗り移る性質

「なんのクスリもぼくは、もっていないんだ。どうしようか？」

と、ぼくは青くなって、ドロンじいさんに相談した。

ドロンじいさんも、ひどくあわてて、

「そ、それは大変ですぞ、早くしないと、毒が脳にまわったら、気ちがいになるかも知れねえだ。今から町のクスリ屋へ行きましょうて、早く！」

と、ぼくをいそがせて、ふたりは町へ出て行った。▼19
十字路に立っている時計を見て、ぼくはおどろいた。三時二十八分であった。止まってはいない。針は動いている。

「アッ、こんなにぼくは眠っていたのか、ゆうべ地下室から寝室へ帰ってきてジンを飲んだのは、何時ごろだっ

たろう?」

　おどろいて、おもわずひとりごとを言うと、ドロンじいさんが横からきいた。

「エッ、嵐がこわくて地下室へ逃げなさったか?」

「いや、そうではない……」

　ゆうべのじつに思いがけないできごとを、ドロンじいさんに話して聞かせると、

「ムムムッ、わたしゃ、まったく、そんなことまでは知らなかった。こまったことだなあ!」

　と、歩きながら嘆息して、ドロンじいさんは白髪の頭をふりながら、ひくい声でボソボソと言いつづけた。

「いったいのう、あなたの寝室が一階でもって、おくさんのは二階にあるちゅうのが、あたりまえではない。▼[20] どういうわけかと、わたしゃ思っていたが、じつのところ、おくさんの顔つきから、ことばつきまで、あたりまえでなくなったのは、なるほど今わかった、おそろしいものじゃのう!」

「待ってくれ、ドロン!　今わかったというのは、どういうことなんだ?」

「いや、あの**黒猫**に奇妙ななんとかいう名まえをつけたのは、おくさんでしょうがのう?▼[21]」

「そうだ。プルートウというんだが……」

「そのプルートウが大きくなってきてから、魔ものの性質がだんだんと、おくさんに乗りうつったにちがいないだ!」

「乗りうつるのか、性質が……」

「あの**黒猫**は、いつも一階にいますだか?　いや、二階にいるでしょうがのう」

「ウム、二階にいるようだ」

「だから、夜はおくさんのベッドにはいっているのに、ちがいないだ!」

「そうか、それは、ぼくの知らないことだ」

「いや、夜じゅういっしょに寝てるから眠っているうちに、性質が乗りうつるだ。人間でも同じことでのう」

「そういうものかなあ、そうかも知れないな」

「あのプルートウという奴は、男でしょうが」

「そうだ、男だ」

「だから、おくさんの顔つきから、ことばから、性質までも、男のように、いや、男になってきたんですよ!」

　ぼくは読みながら思わず怒なった。

「バカな、こんなことって、あるもんか!」

どこにもいる黒服の女

　出しゃばりシャルが、ガクンと靴さきで床をけると言った。

「常識ではあり得ないことだわ、でも、神秘的な不思議なことだって、世の中にいくらもあるんだわ。早くしまいまで読むといいのよ。もっと神秘的な不思議なことが現われるんだから！」

「フウン、神秘的な不思議か。デュパン、きみはどう思う？」

デュパンがニヤリと笑った。どういう笑いなのか、わからない。神秘的な不思議な笑いかも知れない。

カップにのこっている、なまぬるい水を飲んで、ぼくはさきを読んで行った。

❖

町の通りが台風のあとの片づけに混乱していた。いろんな物が落ちている。

曲がりかどに薬局を見つけたぼくとドロンじいさんは、いそいではいって行った。

「いらっしゃいませ！」

と、若い女店員が早口で言い、ぼくは傷を消毒するのだからと、ぬりグスリとガーゼとホウタイと、頭痛にきくという飲みグスリを買った。

「こんなに頭の中がズキンズキン痛んで耳鳴りがするのは、まさか毒が脳にまわってきたのではないんでしょうね？」

と、クスリのことを知っている女店員に、ぼくは心ぱいのあまりにきいてみた。

「毒を？　なにかいけないものを召しあがったのでしょうか？」

「いや、**黒猫**にかまれたんです」

「あら、そのおクスリは、どんなバイキンでも消毒しますから、だいじょうぶだと思いますけれど」

と、そう言う若い女店員が、まっ黒のワンピースを着ているのだった。

黒猫！……

と、ぼくはビクッとして心臓の動きが早くなり、その薬局を後も見ずに出てきた。

追いついてきたドロンじいさんが、横へきてきいた。

「どうなさっただ、なにか気分が変になんなさっただか？」

「向こうの喫茶店に行って休もう。いや、あそこにも黒い服の女給がいるんじゃないかな？」

「はてな？　黒い服の女は、どこにもいますだよ」

ドロンじいさんがぼくの顔を横から見て、ひどく心ぱいそうに言った。

ぼくの心に深く魔ものの**黒猫**が、ねばりついているのだった。

これが黒猫の呪いでなくてなんだろう？

魔もの退治をやろう!

死んだか生きてるか?

〈シャルが言った「もっと神秘的な不思議なことが現われる」ってどんなことだ?〉

と、ぼくは、いよいよ推理の興味をそそられて、さきを読んでいった。

混乱の町を歩きながら、ぼくは手首の傷に消毒のクスリをぬり、ガーゼをあててホウタイを巻いた。頭痛にきくというクスリも、歩きながら飲んだ。

ノドから胸がヒリヒリにかわいていた。

喫茶店は今やっと開いたばかりであった。ぼくとドロンじいさんがはいって席につくと、女給がおいて行ったカップの水を、ぼくはいきなり飲みほしてしまった。

ドロンじいさんが、店の中を見まわすと、ひくい声で言った。

「黒い服の女は、ここにいないですよ。安心して、ゆっくり休みなさることだ。傷はまだ痛むだか?」

「痛みが肩まできたようだ」

「こまるだなあ、頭の方は、どんなだか?」

「耳鳴りが頭のシンまでひびくんだ。これは、やっぱり**黒猫**の呪いにちがいない。同じ魔もののイレーヌもぼくを呪っているんだ!」

地下室で「プルートウ! プルートウ!」と呼びつづけていたイレーヌの悲鳴のような声を、ありありとぼくは思いだして身ぶるいした。

緑の服を着ている女給が、コーヒーと菓子をおいて行った。茶碗をつまみあげたぼくの指がふるえていて、コーヒーをテーブルにこぼしてしまった。

これを見たドロンじいさんが、とても心ぱいして、

「早く帰ることだ。もう嵐も行っただから、おちついて家の寝室で休みなさい、それがいいだ!」

と言うと、胸に手をあてて十字をきった。

ぼくはドロンじいさんの言うとおりにした。気もちがすっかりよわっていた。帰る道にドロンじいさんはべつの薬局を見つけて、眠るクスリをぼくに買ってくれた。

家の寝室に帰ってきたぼくは、眠るクスリを飲んでベッドにはいった。

眠ろう眠ろうと思いながら、黒い疑いが胸の底に、ねばりついていた。

魔ものの**黒猫**は、ぼくに目を突き刺されて死んだか、いや、まだ生きているのか?

女はみんな猫か？

眠るクスリがきいて、目がさめてみると夜になっていた。

頭の中がなんだかカラになったようで耳鳴りはやんでいる。手首の傷の痛みだけがのこっている。家の中にいるのは、いやだ。ぼくはまた夜の町へフラフラと出て行った。

停電がなおってあかりが、いつものようについている。ところが、ぼくは歩いているうちに、いくども立ちすくんで、とても歩けない気になった。

パリの婦人に流行している色が、黒なのであった▼[22]！

向こうからくる女、そばをすりぬけて行く女、横道から出てきた女、どれもこれも黒の帽子をかぶって黒の服を着ている。ちがうのはデザインだけなのを、ぼくは気がついた。

黒！　黒！　黒！　……

黒猫が乗りうつっている！

恐ろしさに打たれて、とても歩けない気になったぼくは、すぐ横の細い道から裏どおりへ、まぎれこんだ。

酒場へ行ったって、黒い服の女給が、きっといるのにちがいない！

しかたなくぼくは家へ帰ることにした。このような自分がなさけなくなって、さみしく、歩きながら、なみだが出てきた。

家には、これこそ魔ものであるイレーヌとプルートウがいる！　いや、**黒猫**は死んだか生きているのか？　地下室であれきり息がたえた、とすると、死がいをイレーヌは、どうしたろう？　左目をつぶされた**黒猫**の死がいを！

その左目を突き刺したぼくを、イレーヌが、どんなに憎み呪っているか、黒い服を着ているイレーヌの、かぎりない憎み、かぎりない呪い！　……

家へ帰って行くのも、ぼくは足がすすまなかった。けれど、家のほかには行くところのない自分なのであった。

ドロンじいさんが見つけた薬局によって、眠るクスリをぼくは多量に買った。幸いに黒い服の女店員はその店にいなかった。

ところが、帰りの裏どおりには、黒のほかに茶色や黄色など、さまざまの服の女が、いく人となく歩いているのだった。ぼくは道のはしを、いそいで行きながら思った。

女はみんな猫のような気がする！

家へ帰りついて寝室へ、ようやくぼくははいった、けれど、安心はすこしもできないのだった。

ぼくをかぎりなく憎み呪っている魔もののイレーヌが、

夜なかにおそってくるかも知れない！

ドアのカギをかけ、窓にもかけ金をかけ、どこからもはいれないようにしてから、ぼくは眠るクスリを思いきって多量に飲み、ベッドの下にかくしてあるジンを飲んだ。

投げ輪を作って

もうすこし多く眠るクスリを飲んでいると、ベッドの上で苦しんで死んだかも知れない。新聞に時々「睡眠薬による自殺」が出たりするのは、自殺ではなく過って死んだのではないか？

と、ぼくは目がさめた時、ボンヤリしている頭の中で、そんなことに気がついた。

ああ、あぶなく、おれも死ぬところだった！

ベッドをおりたぼくは、ヨロヨロしながらドアの前へ行ってみた。

憎みと呪いのイレーヌが、おそってこなかったか？

古いカギが右へすこし動いたように見える！　イレーヌがきてまわしたのではないか？　左目を突き刺された**黒猫**が彼女に乗りうつっている。復しゅうにぼくの左目を突き刺そうと、夜なかにおそってきたのではないか？

ぼくはまたゾーッと身ぶるいした。**黒猫**の怪！　**黒猫**の呪いが、ぼくにからみついている！

窓のかけ金もしらべてみた。これも動いて、ゆるんでいるようだ！

ボンヤリしていた頭の中が、きゅうに恐れにふるえてハッキリしてきた。

カーテンに日の光が、きのうと同じように明るくさしている。家の中よりも外の方が、ぼくをたすけてくれる！

青空の下の庭へ、ぼくは出て行った。雲のない上天気であった。

ネズミ色の労働服を着ているドロンじいさんが、落ちている多くの枝を一方へあつめていた。ぼくを見ると歩きだしてきて、ソッと言いだした。

「**黒猫**の奴が生きていますだよ！」

「エッ？」

ぼくはギョッとしてきいた。

「ど、どこに？」

「それ、そこのカシの木の根もとに、いたですよ」

「左目は？」

「つぶれていましただ。右目でわたしを見るなり、うらの方へ逃げて行きましただ」

「地下室から出てきたんだな。イレーヌはいなかったのか？」

「見えないですよ。あなたは、お会いなさらんですかの

綱の長さを四メートルくらい、輪の大きさを十三センチくらい、かるくて長く強い投げ輪を、ぼくはドロンじいさんに作らせることにした。

むろん、これは、**黒猫**プルートウを捕らえるためであった。ドロンじいさんにそう言うと、

「それあ、あいつをつかまえるのに、ごくいいやりかたですのう。作りましょうて！」

と、乗り気になったドロンじいさんが、なお言った。

「魔もの退治だ。つかまえたら殺すがいいだ。かまうことはない、だけれど、そんな綱と輪を、うまく作るには、今から夕がたくらいまでかかりますだよ」

「ああ、それは、しかたがない」

「それに今は、猫の奴らが夜に出あるく時だ。鳴くしケンカするし追っかけまわすし、だから、あの**黒猫**の奴も、きっとまた夜に、このあたりへ出てきますだよ。つかまえるあなたは今夜、町へ出なさらんがいいでしょうて」

「そうか、きみも手つだってくれるね？」

「ハア、手つだいますだよ。あなたを不幸せにしている奴だ！」

ドロンじいさんが真けんに気力をこめて言った。

この日は夕がたから月が出ていた。夜になると、ドロンじいさんが言ったように、庭の方々や林の中で猫が幾匹か、やかましく鳴きあい、うめく声が聞こえ、中にはう？」

「会うもんか！」

「はてな、こまったことでのう……」

「生きているのか、プルートウが！　どうしたらいいだろう？　あいつもイレーヌもぼくを呪っているんだ！」

「どうしたらって、むかしから猫はたたると言うだから……」

「たたる？　相手を不幸にするんだな」

ぼくは手首のホウタイを巻きかえながら言った。

「あいつを殺したら、イレーヌの性質ももとのようになおるんじゃないか？　乗りうつっているものが、いなくなるんだから」

「さあ、それはのう、わたしにもわからないことですのう」

「ドロン、投げ輪を作ってくれ！」

白髪のドロンじいさんが、まじまじとぼくを見てきいた。

「投げ輪を、なんになさるだ？」

つかまえたら殺す！

中学時代にぼくは投げ輪競争をやり、組の優勝選手であった。▼23 忘れてはいない、今でも投げて引く腕におぼえがある。

殺されるような必死の声をたてる。ものすごい猫の闘争なのであった。

黒猫プルートウ、出てきているか？

と、ぼくとドロンじいさんは、シダの葉のかげに身をひそめた。ぼくの右手が投げ輪を、シッカリとつかんでいた。

人間の目は暗やみだと見えない。青白い月の光にすかして、木の根もとや台風のあとの落ち葉の上を見わたすのが、やっとであった。

猫がいるぞ！

と、見きわめようとすると、動きもしない、岩だったりした。

チラッと飛びあがって走ったのは、赤い猫だったりした。

一時間あまりすぎたであろう。猫ってこんなに多くいるのかと思うくらい、やかましく、いろんな声で戦いつづけている。

「これでは、だめじゃないか。奴が出てきたって、わからない……」

と、ぼくが言った時、ドロンじいさんが低い強い声で言った。

「いますだよ、あいつにちがいないだ！」

「エッ、どこに？」

「ソッと見なせえ、あそこを！」

と、ドロンじいさんがぼくの左の方を見つめていた。

火の滝のように落ちた

ジタバタしやがるな！

奴がいる！　たしかに、あいつだ、**黒猫**プルートウだ！

六メートルほど向こうに、青白い月の光をあびてまっ黒な奴が、落葉の上にいる。前足をそろえて黒い顔をさげ、シリの方と尾のさきをグッとあげている。今にも前へ飛びかかりそうだ！

前の方に猫が三匹、たがいにじゃれている、白い奴がおどりあがり、茶色のが飛びつき、組み伏せられたブチの奴が、すごい声でうなった。

ぼくはシダの葉のかげから、ジリジリとはいだした。ドロンじいさんが後ろについて、これもはってきた。

黒猫の奴、ぼくたちに気がついていない！　前でさわいでいる三匹の方に、気をとられている！

ぼくは横の方から、ジリジリと近づいて行った。

左目がつぶれているか？

と、見ようとしたが、うす暗くて見えない。耳が両方ともまっ黒く立っている。

奴、片目が見えなくて、飛びかかるねらいが、つかないんじゃないか？

と、ぼくは三メートルほどまで、近よって行った。

これより近づくと、奴は気がつく。逃げるのは、すばやいんだ！

と、ぼくは動くのをやめると、右手の投げ輪を振りあげた。

ジーッと息をしずめて、ねらいをつけた。奴のまっ黒な頭へ輪をかぶせるんだ！

ドロンじいさんも動かずにいた。

右腕に力をこめたぼくはパッと投げた。青白い光の中に音もなくのびて行った綱のさきに輪がひろがり、ねらったとおりにまっ黒な頭へかぶさった！

しめたっ！

と、思うより早くぼくは、綱を力いっぱい引きよせた。

「ギャーッ！」

必死の声をあげた魔ものの**黒猫**が、前へモンドリ打ってたおれた。

「やった、やった！」

と、ドロンじいさんがわめいて、立ちあがると走って行った。

ぼくも立ちあがった。綱をつかんだドロンじいさんがグッと強く引き上げた。輪で首をしめられた奴が、手と足をもがいて、グルグルとまわる。

「このやろう、ジタバタしやがるな！」

と、ドロンじいさんが怒なって、ぼくに言った。

「綱をはなしなせえ！」

「どうするんだ？」

「こいつを向こうの枝へ、シッカリしばりつけるだ。抜けだして逃げるだから」

と、ドロンじいさんは、もがいている**黒猫**を輪といっしょにぶらさげたまま、林の方へ走りだした。

綱をはなしたぼくも走りだした。林の方ではない、門の方へ、いっさんに走った。

憎みと呪いの奴をやっつけた！

こうふんしたぼくは、町の通りへ出て行くと、酒場のドアをあけて飛びこんだ。店の中はうす暗い。おくの座席へ行くと、ジンの大きな酒だるがおいてある。その上に何かまっ黒なものが乗っている、と見ると、ぼくは立ちすくんだ。

黒猫！　魔もののあいつではないか!?

怪、またも怪！

緑のブラウスに白い両腕を出している女給が、ぼくの横へよってきてたずねた。

「あんた、どうかなさったの？　すっかり青ざめてさ」

酒だるの上にいる**黒猫**[24]に、ぼくは視線を奪われたまま、女給にきいた。

「こ、こいつは、どうしたんだ？」

「どうしたって、今さっきはいってきたんだわ」

「今さっき、どこから？」

「どこからだか、だれも知らないうちに、そこに乗っかっていたの。変な猫だわ」

大きさもプルートウと同じだ！

と、背すじが冷たくなり、身ぶるいしながらぼくは、女給に言った。

「追い出しちまえ！」

「だめなの、みんなが、いくらシッシッと言ったって、このとおり動かずにいてさ。だれも気みわるがって、手を出すものがいないのよ。あんた追い出してよ、おねがいだから」

「いや、だめだ！」

「のら猫じゃないらしいわ、毛なみがいいから、でも、左の目がつぶれているのよ」

「エエッ？」

黒猫の怪！　……

からだじゅう冷たくなったぼくは、後ろをふりむくなり、酒場を出てしまった。

むやみに道をまがった。どこの通りを歩いているのか？

自分でわからないのだった。

黒い帽子と黒い服の女が、やはり向こうから歩いてくる。横道からも出てくる。ぼくは気みわるさと恐ろしさに打たれて、フラフラと裏通りのさみしい、せまい道へまがって行った。

心臓が早く打ちつづけて、今にも道にたおれそうな気がした。

右がわに何かの小さな店が見えた。その前を通りすぎると、店の中から女の高い声が聞こえた。

「あらっ、猫がついて行くわよ、黒い猫だわ！」

まっ赤に動くカーテン

ギョッとして後ろをぼくはふりむいた。

うす暗い、せまい道のはしに、まっ黒なものがヒタヒタと走ってくる。その顔がぼくの方を向いている。

来た！　後ろからつけて来た！

ここで倒れると、それきり息が切れて死にそうだ。ぼくはもう必死になって走りだした。後ろから黒い魔ものがついてくる[25]！

さみしい裏通りから、おもてのにぎやかな通りへ、ぼくは走り出た。魔ものから、はなれるために！

明るいあかりの前を、流れるように大ぜいの男女が歩いている。ぼくは人ごみの中へはいった。すりぬけて急いだ。前も後ろも右も左も人間ばかりになった。この中を魔ものは地面を走ってこられないだろう。

いそぎに急いで家へ帰りついたぼくは、寝室にはいるなりドアにカギをかけ窓のかけ金をしらべた。

天じょうの電燈もスタンドもつけた。けれど、敵は魔ものだから、どこのすきまからはいってくるか知れないのだった。

今夜は眠るクスリをやめよう。眠ってしまったあとに、おそわれると、それきりだ！

と、気がついたぼくは、ズボンの右ポケットをさぐってみた。

はいっている！　刃の長いジャックナイフがドッシリとはいっていた。

ベッドのそばにぼくは腰をおろしたきり、ズボンの右ポケットに手を入れたまま目をさましていた。ジンも飲まなかった。

心臓の動きをしずめようと、ぼくは息をすっては吐きだしながら、ジーッと考えてみた。それが頭の中で問答のようになってきた。

「おれは気がよわい、けれど、気がくるってはいないはずだ」

「そうだ、おまえは気ちがいではない」

「だから、見たこと聞いたこと考えることに、まちがいはないだろう。ドロンじいさんは、あの黒い魔ものを枝にしばりつけるんだと、林の方へ走って行った。それがどうして、酒場のたるの上に奴が乗っていたのか？」

「いや、ドロンじいさんは言った、輪を抜けだして逃げる奴だと。だから、どんなに固くしばりつけたとしても、輪も綱もほどいて抜け出したんじゃないか？」

「しかし、おれが酒場へ行く前に、どうして奴がはいっていたのだろう？　そんな時間はないはずだ」

「いや、人間が歩くよりも、猫の走る方が早いんだから」

「しかし、おれがあの酒場へ行くのを、奴がどうして知っていたんだろう？」

「だから、魔ものなんだ！」

「おれのあとを、つけてきたのは？」

「魔ものの呪いは、どこまでも、しつこいのにちがいない」

「ああ、おれは何が原因で、こんな目にあうのだろう？」

「ほんとうに、そうなんだ。学生時代にもわるいことをしたおぼえは、ちっともないんだ……」

自分と自分が問答しているうちに、頭がつかれてしまって、いつのまにか眠ってしまった。それきり何時間すぎたのか、今でもおぼえていない。

なにかバチバチと激しいひびきが耳にはいって、ふと目がさめた。

窓のカーテンがまっ赤に動いて、すぐ外に激しいひびきが聞こえる。ぼくはあわてて立ちあがった。

火事だ！

抱いてくれた愛

ドアをあけて玄関から外へ、ぼくはあわてて飛び出した。

月夜であった。

まっ赤な火の粉が風に飛ばされて、近くに落ち遠くへ流れて行く。すぐ上の二階の窓から炎を吐き屋根が燃えている。ぼくは火の粉のすくない方へ走って逃げた[26]。

太い木の下に立っているのが、白髪のドロンじいさんだった。ぼくを見ると、顔をしかめて言った。

「ぶじでしたか。ああもう、だめですのう」

ぼくはあえぎながら言った。

「だめだ、灰になるんだ。イレーヌを見なかったか？」

「いや、それだ、火もとは二階からだ、おくさんは……」

火と煙にまきこまれて死んだのか？


と、ぼくはイレーヌの魔女のようなけわしい顔の表情を、ありありと思いだした。

火の粉の空をドロンじいさんが見あげて言った。

「風が強いだ。本館は風下だ。だれもいなくて、かえってよかっただ！」

両親をはじめ本館のものがみな、かなり前から山の別荘へ行っているのだった[27]。

遠くから警笛のひびきが、風につたわってきた。

ドロンじいさんが白髪の頭をふって言った。

「川はない、井戸はあさいだから、この風では消せるもんじゃない、いく台きたって。あなた、わたしの生まれた町へ、今からいっしょに行きましょうて。この火は魔もののたたりだ。消せるものじゃないだ！」

「これも、あいつの呪いか？」

「そうですとも！　町にはわたしの息子が嫁に手つだわせて、ずっと前から大工をやってるだから、行けば安心できるだ。気がねはいらないだから！」

ドロンじいさんの愛情が胸にしみて、ぼくは泣きだした。小さい時に抱いてくれた愛そのままのドロンじいさんなのであった。

イレーヌが焼け死んだかもしれない二階が、炎と共にかたむいて、くずれると火の滝のように地面へ落ちてひろがった。パッと四方が明るくなった。

消防車の警笛のひびきが風の中に近づいてきた。

馬だけ帰ってきた

ドロンじいさんが「わたしの生まれた町」と言ったのは、名まえが「ラットル」といって、道の両がわに低い家が細長くつづき、まん中へ行くと二階や三階の家が多くなり、いろんな店がならんでいるのだった。[28]

この町へドロンじいさんとぼくが、疲れた足を引きずりながらはいって行った時は、夜があけていた。

「息子」とドロンじいさんは言った、けれど、ぼくよりも七つくらい年上に見える。たくましく血色のいい丸顔に、あごひげを頬からはやしていて、体格もよく、精力がみちみちている、しかし、目がやさしい。名まえは「**ドナルド・ドロン**」はじめてのぼくを気もちよくむかえ入れてくれた。

火事のことをドロンじいさんが話すと、やさしい目を見はったドナルドさんが、あごひげを引っぱってきいた。

「災難だなあ、どうして火が出たんだね？」

「それはまだ、わからねえ。別館の二階から出たことだけは、たしかだがの、なにしろ風が強くて、すぐに燃えひろがっただ」

嫁さんの「**アニー**」というのが、朝食のしたくをしてきて、テーブルにならべると、イスにかけてぼくにあいさつした。デップリとふとって目がクリクリしている、とてもおとなしそうな嫁さんであった。

熱いコーヒーをぼくは、むさぼるように飲んだ。パンもハムもセロリーもみな、新しくてうまかった。ドロンじいさんも、うまそうに口をモグモグさせた、火事のことをまた言った。

「もう、とりかえしはつかねえだ。きっと本館の方も丸焼けになったろうからなあ……」

「まあ！　たいへんな災難ですわねえ！」

と、アニーさんが同情して言うと、夫のドナルドさんが父のドロンじいさんにきいた。

「災難といえば、**シャットル**さんをおぼえているだかね？」[29]

「ああ、おぼえているだとも、この町第一の金もちじゃないか。シャットルさんが、どうかしただか？」

「うん、あの人は前から馬が大好きだったね」

「そうだよ、好きだったな、乗ることが好きでのう、いい馬を飼っていただ」

「もとからそうだったんだな。この前の土曜にシャットルさんは、朝早く馬に乗って出かけて行っただ。夕がたには帰ってくると、家の人にハッキリ言ってだ」

「どこへ？」

「キャドウ市へと言ったそうだが」

「そうか、キャドウ市は十五マイルほど向こうだな。▼30 馬だから夕がたには帰ってこられるだろう」

「ところが、出かけて二時間ほどすると、馬だけが帰ってきただ」

「それはまた、どうしてだな？」

「どうしてだか、馬はものを言わないから、わからない。鞍もどこかへ落としてきたし、胸には傷がついていて血が流れているし、足は泥だらけだ」

「ウウム？　馬の胸に傷は、どうしたことだ？」

「これはシャットルさんが、なにか災難にあったのにちがいないと、家の人から町じゅうがさわぎだして……」

ドナルドさんの話しに、ぼくは耳をかたむけながら思った。

災難はみな何かの呪いなのではないのか？

焼けあとの壁

❖

「町第一の金もち」であるシャットル氏の行くえを捜しに、町の青年たちが、警官といっしょに出て行った。

それからの奇怪なできごとを、ドナルドさんが話しつづけていると、町の新聞が配達されてきた。話しをやめたドナルドさんが、

「どれ見せろ」

と、嫁さんから受けとって読みだしながら言った。

「火事の記事が出てるだよ、パリからの電話で……」

ドロンじいさんが、コーヒーの茶碗をおくと、

「早いのう、なんと出ているだ？」

「ほとんど全焼、出火の原因に疑うべき点があり、別館に住んでいた者の行くえを、警視庁は捜査中、とあるだが……」

と、ドナルドさんのやさしい目が、ドロンじいさんを見つめて、真けんに言いだした。

「おやじさん、これあ、よくないぜ！」

「なにがよ？」

「この新聞の見出しに『夜半の怪火』とあるだ。捜しだされて放火の疑いをかけられたら、どうするだ？」

「バカなこと言うでねえ、なにが放火の疑いだ？」

ぼくもギョッとしながら言った。

「そんなことが、あるもんか！」

「いや、あるもんかと言ったって、刑事は疑いぶかいだからね、検事もそうだってことが、今度のシャットルさんの事件で、おれたちはみな、おどろいただ。なにしろ検事や刑事という人たちは、相手を疑ってかからないと、治安というものの成績が、あがらないだから、むりのないことだよ」

ぼくは非常な恐れに打たれた。

ドロンじいさんとぼくは、火事のさいちゅうに逃げだして、だれも見ているものはなく、行くえ不明になった。▼31

放火の疑いをかけられるのが、当然ではないか！

と、思うと、ドロンじいさんに言った。

「帰ろう！　帰って警視庁の人の前へ出て、疑いをはらすように、しらべを受けよう」

ドナルドさんが、さんせいした。

「それがいい、そうしてから、いつでもまた来るがいいだ。捜しだされて引っぱられて行くのは、見っともないだから」

「ああ、どこまでも災難だなあ！」

ドロンじいさんが顔をしかめて、ため息をついた。

来たばかりの道を、ふたりはまた引きかえしてきた。

おれは、なんにも、わるいことをしていないんだ！

魔もののイレーヌと**黒猫**は、どうしたか、焼け死んだのか、どこかに生きているのか？

こればかりをぼくは歩きながら思った。

そうして帰ってみると、本館も別館も焼け落ちて、ひろく見える焼けあとに壁だけが、ところどころにのこっている。悲しく、みじめなありさまであった。

二十人あまりの男女が、壁の前に立ってガヤガヤ言っている。

「ふしぎだわ、どうしたんだろう？」

「とても変だね、こんなものを見たのは、はじめてだ！」

ぼくとドロンじいさんは、その壁の前へ行って見るなり、ギョッとして立ちすくんだ。

また突き刺した！

壁が黒く焼けて、上がくずれている。まん中ごろに、なお黒く浮きあがっているのは、

「アアッ！」

と、立ちすくんだぼくは、さけんだきり口も動かなかった。

黒猫！　……

あたまから、からだつき、尾、魔のプルートウそっくりだ！

「オオッ！　……」

と、ぼくの横からドロンじいさんが、

「首！　首を……」

と、うめいてぼくの腕をつかんだ。

壁にドス黒く浮き出している魔ものプルートウの首に、巻きついているのは、投げ輪と綱なのだ！

よろめいたぼくの目に、壁の下の焼けた灰が見えた。鉄クズや黒い棒が落ちている。

「アッ！　……」

ぼくはまた叫んだ。

焼けたベッドの鉄クズと棒なのだ。この壁は、ぼくが寝るベッドの頭のところに、いつも立っていたのだ！

黒猫の魔の呪い！　……

　気を失いそうになって、ジッと立っていられずに、ヨロヨロとぼくはあるきだした。

　ドロンじいさんがぼくの左腕をつかんだまま歩いてきた。

　二十人あまりが変な顔になって、ぼくとドロンじいさんを見おくり、なにかささやいていた。

　ふたりが歩いているのは、廊下の焼けあとらしかった。ほとんど、むちゅうになっていたぼくは、ただ、ふるえながら歩いて行った。すぐ前に壁の焼けくずれた灰が、かたまって、足もとの左がわに、おりる階だんが、これも黒く焼けている。ぼくは何か引きこまれるように、階だんをおりて行った。

　ああ、地下室だ▼[32]！

　と、気がついたとき、階だんを下までおりていた。

「プルートウ！　プルートウ！　プルートウ！　……」

呼びつづけるイレーヌの気みのわるい声が、ぼくの耳によみがえってきた。

　暴風雨のひびきも、今また、はげしく聞こえる気がする。

　電燈が消えていて、おくの方はまっ暗だ。階だんの上の方からだけ、うすあかりがぼくの足もとにさしている。

　サッと黒いかたまりが、すぐ左の方からぼくに飛びかかってきた！

　黒猫！

　ズボンの右ポケットから、むちゅうでつかみだしたジャックナイフのバネを、おすと同時に黒いかたまりをぼくは、むちゅうで突き刺した。

　すごい悲鳴をあげた黒いかたまりが、ぼくの足の前へ、くずれ落ちてたおれた！　と、見ると、**黒猫**ではない、黒い服のイレーヌではないか▼[33]!?

きみの推理と意見は？

　階だんをかけおりてくる、何人かの靴音がぼくの耳にはいった。

「殺人の現行犯だぞ！」

　と、怒なる声がして、ぼくもドロンじいさんも手錠をはめられた。

　手首の傷の痛みにぼくは何かさけんだ、が、なにを言ったのか、今でもおぼえていない。

　血が流れているイレーヌを、抱きおこした人が怒なった。

「重傷だ、心臓の近くを刺されている、早く上へ運べ！」

これを聞くと、ジャックナイフをまだつかんでいたぼくは、なにもかもわからなくなって、気を失った。

❖

デュパン先生！

ぼくは、なにもかも、すっかり、じっさいに見たこと聞いたこと考えたこと、あったことを、そのとおりに書いたのです。

ぼくはイレーヌを突き刺そうとは、まったく思っていなかったのです。まして殺そうなどとは、思いようがないのです。

放火も、ぜんぜん、おぼえがないのです。

いったい、これはどういうことなのでしょう？　ぼくは知らずにやったのです！

デュパン先生、おねがいです！

裁判の時、ぼくの特別弁護人になってください！

ぼくは死刑になるのでしょうか？　……

セオドル・バルドー▼[34]

読んでしまったぼくは、息をつきながらデュパンにきいてみた。

「すごく怪奇な事件だが、きみは特別弁護人になってやる気があるのかね、どうだ？」

デュパンがこたえるよりさきに、シャルがまた出しゃばった。

「むろん、やるべきだわ！　法廷に出てさ、堂々と論じると、デュパン先生が、なおさら有名になるもの！」

あけはなしたままのドアの横から、ツカツカとはいってきたのは、太いマドロスパイプをくわえてるエリオ編集長だった。

「フーッ、**黒猫**を読んでしまったね、デュパン、きみの推理と意見を聞かせろよ！」

と、イスのそばに立ったまま、煙を吹きだして言った。

なるほど、まさにそのとおり！
しまったことをした！

デュパンは苦笑いすると、腕ぐみしながらエリオ編集長に、ゆっくりと言った。

「推理と言ったって、犯人がすでに明白な事件なんだから、考えてみる余地は、ないじゃないですか」

「いや、だけれど、この**黒猫**にしろ、**裏ぎった心臓**にしろ、すごく怪奇な事件だからね、きみの意見を入れて連載したいんだ。そうする方が読者の興味を引くからさ！」

「それにかぎるわ！　興味十二分の記事になるわよっ！」

キンキン声でしゃべるシャルを、

「きみはだまってろよ！」

と、おさえたエリオ編集長が、デュパンに、

「犯行には推理の余地がなくっても、怪奇そのものについて、きみの意見が何かあるだろう、そこのところを聞きたいんだがね」

ぼくは思わず口を出した。

「そうだ、ぼくもそれを聞きたいんだ。デュパン、言えよ！」

「さあ、かんたんなんだがね」

と、デュパンは、ゆうゆうとして、

「ねえ、編集長、人間には深層意識というものが、あるんでしょう」

「フッフー、深層意識か、表面に動いている神経や感覚や考えの底の方に、深く潜んでる心だな。フーッ、潜在意識ともいうやつだろう」

「そうです。その心は深く潜在してるから、表面の意識は気がつかずにいる、が、しかし、深い底の方から表面の意識を動かして、思いがけないことをやらせることがある。『黒猫』を書いた男も、『いったい、これは、どういうことなのでしょう？　ぼくは知らずにやったのです！』と書いている。知らずにやった、これは決してウソではない、真実の訴えなんだと、ぼくは思うんだが……」

「なるほど、そうか、フーッ、するとぼくたちも深層意識という奴に動かされて、知らずにとんでもない犯罪をやる危険性が、あるわけだな、こいつは、あぶないぜ」

「ハハッ、犯罪をやらないまでも、いろんなことを、知らずにやってるでしょうね、おたがいに」

「そうかなあ、だが、知らずにやったことだから、罪にならないんじゃないか？　その点『黒猫』を書いた男は、どうなるのかな、刑事が手錠をはめる時に怒なった『殺人の現行犯』は？」

「そうですね、精神錯乱して知らずにやった犯行は、刑法上の罪にならない、というんだが、裁判官の判決はどうなるか、問題ですね」

「フウム、そこできみの意見は？」

「女神のように美しい上品な女性だと、よろこびあこがれて結婚した、ところが、意外にも冷たくて固苦しくて、いちいち激しくおさえてかかる。気のよわい自分は、とてもやりきれない。気がよわいから離婚もできない。やけになって、酒におぼれだした。そして毎日、〈しまったことをした！　こんな女だとは知らなかった、死ねばいいんだ！〉と、思いつめていたんでしょう」

「いやだわねえ！」

と、シャルが口を出して眉をヒクヒクと上げ下げした。

消えた怪奇さ

天じょうのすみを、ゆったりと見ているデュパンが、腕ぐみしたままで、

「ほとんど毎日、〈死ねばいい！　死ねばいい！〉と、気がよわいからなおさら、一心に思いつめている、その呪いの心が深層意識にまで、かたまっているのを、自分は気がつかない。死ねばいい相手はイレーヌだ。だから、イレーヌのかわいがってる**黒猫**に手首をかまれると、左目をすぐに突き刺したのは、呪いの深層意識が、そうさせたのだ[35]」

「フーフッ、そうか、気のよわい者ほど深層意識に、動かされるわけだな」

と、エリオ編集長はまだ立っていた。

「そういうわけですね、焼けあとの地下室でも、**黒猫**が飛びかかってきた、と、錯覚をおこして黒服のイレーヌを、むちゅうで突き刺した。これこそ〈死ねばいい！〉と思いこんでいる深層意識の現われだ、と、ぼくは思うんだが……」

「火事の原因はなんなの？　二階から火が出たというの、イレーヌ夫人の放火かしら？」

シャルが口をとがらせて質問した。

「おそらく夫人のあやまった失火だろう、警視庁の調査が、なんとか決定するさ[36]」

「寝室の焼けのこった壁に、**黒猫**が浮き出ていたのは、二十人あまりも見てたんだから、錯覚じゃないわね、どういうわけかしら？」

「それは、化学の先生に、聞いてみるんだな」

「化学？　そんなの、やっかいだわ、ねえ、編集長！」

「フーッ、だまってないね、きみは！」

「だって、青年名探偵デュパン先生の話しが、深層意識だの化学だの、だんだんむずかしくなってきて、記事を書くのに、やっかいだわ！」

「やっかいだって、必要なことは書くんだ。デュパン、もっと話してくれよ、シャル婦人記者にかまわずに」

「ハハア、これは推理になるんですが、林の中の枝にしばりつけられた、**黒猫**プルートウは、ドロンじいさんが言ったように投げ輪を抜け出ることは、できなかった、シッカリと、しばりつけられたから、そこで死にものぐるいで綱をかみきると、地面へ飛びおりたのだろう、フラフラになりながら」

「フッフー、なるほど、猫のやりそうなことだな、魔ものでなくったって、できることだ！」

と、エリオ編集長が、うなずいて言い、ぼくも新たに推理の興味を感じた。

シャルがぼくに目をパチパチと、まばたきして見せた。

〈おもしろいじゃないの？〉

という信号なのだ、が、ぼくはわざとこたえずに、うっちゃっておいた。

「林の中から家の方へ、プルートウは首に投げ輪と綱のはしをつけたまま、いっさんに逃げだしてきた。ほかに行くところはない、いつも飼われてる二階を、走りながら見あげると、どの窓からも火が出ている。こんなすごい大きな火を、今までに見たことがない、こわくて、すっかりあわててしまった、と、ぼくは思うんだが、編集長、どうでしょうな？」

「どうでしょうなって、きみがまるで猫になったみたいじゃないか？」

デュパンじしんもぼくもシャルも、いっせいに笑いだして、**黒猫**の怪奇さが消えてしまった。

アラッ、失礼ね！

「すっかりあわてたプルートウは、しかも、左目がつぶれたばかりだから、方向がよくわからない。火の出ていない一階の壁を目がけて走って行くと、中の部屋へ飛びこもうと、力いっぱいぶつかった。ところが、この壁はボロボロに古いときている。ぶつかった箇所がボカッとくずれて、プルートウは中へめりこんだ！　と、ぼくは思うんだが、ロバート、どうだろうね？」

ぼくは笑いながらこたえた。

「ハハア、プルートウのありさまを、きみが現場で見てたようだぜ」

「いや、かわいそうなのは、プルートウだ。壁の中にめりこんでしまって、もがけばもがくほど、頭からからだのまわりに土がくずれて重くなり、ついに出られない。息がつまって動けなくなった、そうしておそらくそのまま死んだのだろう。火が燃えてきて壁ぜんたいが、外から焼けてしまった。中に死んでいたプルートウのからだには、アンモニヤがふくまれている。壁土とアンモニヤと熱の化学的作用で、ふくれあがったプルートウの形がそのまま、壁のおもてに浮き出たんだろう、と、ぼくは思うんだが、シャル嬢、どうだろうね[37]？」

「チェッ、知らないわよ、化学的作用なんて、でも、そうすると、**黒猫**の怪だの呪いだのなんて、みんな精神異常の錯覚か迷信なのね！」

「そうさ、そう解しゃくすべきだろうな」

「フーン、そうか、わかったわ『**裏ぎった心臓**』を書いてきたお嬢さんも、まったく錯覚にとらわれていたのね。あの事件の真相を、あたしが推理してみようかな？」

「よろしい、聞かせてくれ！」

と、デュパンが言うと、うんと乗り気になったシャルが、雄弁でしゃべりだした。

「ねえ、こういうんだわ、〈呪わしい黄色の目を、なんとかして、つぶしてやろう！〉と、長いあいだ一心に思いつめているうちに、それがあのお嬢さんの深層意識になってしまった、が、自分では気がつかずに、それが原因で、見えないものが見えたり、聞こえない音が聞こえたりしてきた、と、あたし思うんだけれど、編集長、どうでしょうね？」

「フーッ、知らないね、早く言ってしまえよ！」

「それから、とうとう夜なかに二階へ上がると、黄色い目をしてる老人の寝室に、ソーッとはいって行った。もう、むちゅうで深層意識に動かされている、けれど、自分は知らない。まっ暗な中に黒い影みたいな者がいる、と思ったのも錯覚だわ。あかりがついてたら、そんなものを感じるわけがない、と、あたし思うんだけれど、ロバート、どうお？」

すっかり聞いていたぼくは、ちょっと感心して言った。

「ウン、そのとおりかも知れない、デュパンのまねだからな」

「アラッ、失礼ね、まねじゃないわよ、あたし独特の推理だわ！」

と、鼻をヒクヒクと得意らしく動かしたシャルが、

「いよいよ今夜こそ、〈黄色の目をつぶしてやるんだ！〉と、深層意識がムラムラとわきあがって、老人のノドを力いっぱいしめた、が、黒い影みたいな者がやったんだと、やっぱり錯覚している。老人の心臓の音が聞こえたり止んだりしたのだって、そういう気がしただけの錯覚だ、と、あたし思うんだけれど、ねえ、デュパン、どうお？」

ニヤリと笑ったデュパンが、愉快そうに言った。

「なるほど、まさにそのとおり！　シャル嬢の推理、満点▼38だ！」

「エヘン、編集長！　あたし賞金をもらったんですのよ、フフフフッ！」

と、ますます得意になったシャルが、両手でハンドバッグをボカボカとたたいた。

「エッ、賞金だって？　きみが何をしたんだ？」

と、エリオ編集長がきいた時、ドカドカと荒い靴音が階だんを上がってきた。

〈だれだ？〉

と、ドアの方をぼくは見た。

この靴音の男から新事件が、しかも、黒猫から展開しようとは、じっさい、思いがけもしなかったのである！

第二回　おまえこそ犯人だ！

変人がチョイチョイいる

馬のことまで知ってる

ドカドカと荒い靴音をたてて、ドアの横に現われたのは、身のたけが高い、ガッチリとたくましい男だ。

ぼくたち四人が、この男を見た。

年は三十くらい、日に焼けて元気らしい丸顔に、あごひげを頰からのばしている。服はネズミ色の詰めえりだ。ヌッと突っ立って、ぼくたちを見まわしながら、太い声できいた。

「デュパン先生の部屋は、ここですかね？」

「おはいりなさい」

と、デュパンが、しずかに言うと、

「ええと、ごめんなすって！」

と、あらい口調で、ツカツカとはいってくるなり、テーブルの前に突っ立って、デュパンにいった。

「あんたが、デュパン先生ですかい？」

「あなたは、**ドナルド・ドロン**さんですね」

「オオッ？　……」

と、ひげだらけの口をとがらせて、おどろいたドナルド・ドロンが、

「ど、どうして、わたしを知っていなさるだ、エッ？」

「まあ、おかけなさい」

と、あいてる古イスを、デュパンが指さした。

立っていた**エリオ**編集長が、ぼくのそばへまわってきた、が、マドロスパイプをくわえたまま、まだヌッと立っている。

シャルは眉をグッとあげて、ドナルド・ドロンを見つめている。

〈ハハア、女探偵を気どって、観察してるんだな！〉

と、ぼくには、わかっていた、なまいきなシャルだ。

イスにドカリと腰をおろしたドナルド・ドロンが、たくましい胸をはって、デュパンを見つめながら、

「わたしは、**『モルグ街の怪声』**という本を読んで、先生のことを知ったです。それで、おねがいがあってきただが、話しを聞いてくれんですか？」

と、声はふといが口調はすこしていねいになった。

ほがらかに微笑したデュパンが、

「いいですね、ぼくの方も、あなたの話しを聞いてみたい、

と思っていたんだから」

　と言うと、

「オッ、おれのことを、先生、どうして知っていたですか、いくらデュパン先生でも、エッ？」

「いや、それよりも、**シャットル**氏の行くえは、わかったのですか？」

「オオッ、まだ、わからないですよ」

「馬は、どうしたですか？」

「死んだです、馬のことも知ってなさるだね」

「胸に受けていたという傷は、**なんの傷だったのか？**」

「ああ、あれは、町の警察から刑事がきてしらべただが、**弾の傷でね**」

「**その弾は、ピストルのだったか、猟銃のだったのか、それとも軍隊の小銃の弾だったのか**[39]**？**」

「**はてな、そこまでは、わからねえんで……**」

〈さてはデュパン、この事件によほど興味を感じてるぞ！〉

　と、ぼくも推理感覚をするどくして考えた。

〈デュパンの茶色の目が、きらめいてる！　それほど、これはすごい事件なのかな？〉

先生は使いに行かない

ドナルド・ドロンは、あごひげをつかみながら、デュパンのほかのぼくたち三人にはじめて話しだした。

「だしぬけに顔を出して、ごめんなせえ、いそいできたもんだからね」

　デュパンが三人を、しょうかいすると、

「ヤア、それなら、わたしはいいところへきただ。パリ新聞はフランス第一というだもの。新聞に書いて、わたしのおやじをたすけてください、これもおねがいだ！」

　イスから乗りだしたシャルが、たちまち、ききはじめた。

「あなたのおとうさん、**セオドル・バルドー**さんの家にいたのでしょう？」

「オッ、そうでさ、どうして知ってなさるだ、新聞記者だからか？」

「あなたは、きょう、おとうさんと会ってきたんでしょう？」

「ハイ、警視庁へたずねて行くと、検察庁へつれて行かれて、検事の立ち会いでもって、会わせてくれただ。おやじはわたしを見ると、なみだをこぼしてね、

『火をつけたおぼえはねえ、小屋で気がついた時は、別館の二階の窓から火が出ていただ。それに、おくさんをセオドルさんがナイフで刺すことなんか、おれは初めから思っていねえ。なんときかれても、おれの言うことは、これだけだから』

　と、おやじの言うことに、すこしもウソがねえのは、わ

たしにわかっているですよ」

シャルが口を出した。

「そう、あたしもそう思うわ。セオドル・バルドーさんにも会ったんですか？」

「検事が会ってみろと言ってね、呼んでくれたです。セオドルさんは、まったくショボンリしていてね、

『ぼくは、なんにも知らなかったんだ。みんな黒猫の呪いだ、たたりだ！』

と、それればかり言ってね、なんだか正気がないようでさ。おやじの方が、よっぽどシッカリしていましただ。いったい、なんにも知らねえおやじが、刑を受けるだか、そこのところが、わからねえんで」

「刑は受けないと、あたしは思うわ」

「オッ、そ、そうですか！」

「だって、放火の証拠は何ひとつないんだし、バルドー氏がおくさんを突き刺したのも、アッという一しゅんのできごとでさ、ドロンじいさんの共犯の証拠は、これまた何ひとつないんだもの、あたしが裁判長だったら、だんぜん、無罪を宣告するわ！」

シャルが大いに、とうとうと弁じたてた、が、ドナルド・ドロンはあごひげを右手につかんだまま、デュパンにたずねた。

「デュパン先生！　先生のお考えも、そうですかね？」

「全然、シャル先生の言ったとおりですよ」

デュパンが出しゃばりシャルに〝先生〟をつけた。

「そ、それなら安心ですだ、ウウン、ありがたい！」

と、ドナルド・ドロンが、あごひげをはなして、やさしい目になった。

立っているエリオ編集長が、早口で言いだした。

「フーッ、バルドー氏とドロン氏が裁判される時には、デュパン先生が特別弁護人になって、検事と大いにたたかうはずなんだから、この点も安心していいと思うんだ。ねえ、フーッ、やるだろうね、デュパン先生、どうなんだ？」

茶色の目をかがやかしてるデュパンが、

「やっていいですが、なおそれよりも、町第一の金もちだというシャットル氏の馬だけが、傷を受けて帰ってくると死んだ。乗って行ったシャットル氏は、捜しても行くえ不明だという、この不明な事件を、ひとつしらべてみたいですね。ドナルドさん、ぼくの質問に、あらためてくわしく今までのことを、聞かせてくれませんか？」

「それあ話すですだ。わたしゃズッと前から、シャットルさんの家に出入りしていて、世話になってるだし、恩があるだから」

「ゆっくり、こまかく聞きたいんだから、シャル先生、コーヒーと何か言ってきてくれよ！」

「アラア、あたしが？　ロバートさん、行ってくるといい

わ！」
と、腕をくみしめシャルが、ツンとして、
〈先生は使いに行かないわ！〉
という顔をしている。
ぼくはズバリ言ってやった。
「シャル嬢、すぐ行ってこいっ！」

胸を張って見せた

デュパンが笑って、ぼくとシャルに言った。

「ハッハハッ、ジャンケンにしろよ、ジャンケンに！」

ぼくとシャルはすぐにジャンケンをやった。

勝ったのはぼくだ！

〈ざまみろ！〉

と思うと、

「チェッ、勝負は運だわよ！」

と、立ちあがったシャルが、いきなり部屋の中から走りだして行った。

〈ぜいたくな料理を、また注文してくるかな？〉

と思ってると、五分もしないうちに、階だんをかけあがって帰ってきた。どこか近くから電話をかけたのにちがいない。イスにかけながら息をきってきいた。

「ドナルドさん、なにかもう話した？」

「いや、デュパン先生がまだきかれんから、話してねえです」

「そう、あたしも推理するのよ！」

と、シャル先生が胸を張って見せた。

イスに腰をおろしたエリオ編集長が、手をのばすとシャルの腕を横から突いた。

〈だまってろ！〉

という信号だ。

デュパンの茶色の目が、いよいよするどくきらめいている、が、ゆっくりとたずねだした。

「シャットル氏が、土曜の朝はやく馬で家を出た。ところが、**二時間ほどして**、馬だけが胸に傷を受けて帰ってきた、というのは、たしかなことですか？」

「それあ、シャットルさんの邸《やしき》の**モロー**支配人さんが、▼40 わたしにもそう言っただから、まちがいないでさ！」

「すると、馬の往復に、およそ二時間かかっている、と、判断してみて、一時間ほど行ったところで、シャットルさんは何かの故障のために、馬から落ちた、そして同じ場所で、あるいは馬が帰ってくるとちゅうで、鞍も落ちた、と考えていいだろう▼41」

「な、なるほど、そうでさ、ちがいねえだ！」

「町の青年たちが警察に協力して、捜索に出た、というのは、ほんとうだろうか……」

「ほんとですよ、わたしもはいって行っただから」

「そこで、キャドウ市へ行く街道で、馬に乗って行ったシャットル氏を、見かけたというものは、だれひとりも、いなかったのですか？」

「それがね、ひとりもいないだから、まるで手がかりがつかめない。みんなが、いったいシャットルさんは、どこへ行ったんだって」

「街道のほかのところに、馬を飛ばして行ったのか？」

「いや、そういうことは、シャットルさんはしないでしょうて」

「なぜ？」

「とっても、おとなしい人でね、だれにだって乱ぼうな口はきかないし、馬でも、むやみにかわいがるだから」

「しかし、帰ってきた馬は、足から泥だらけになっていたという、これは、どうなのか？」

「そうだ、それも、モロー支配人さんが話してただから、ほんとでしょうて」

「すると、その泥は見たところ、およそ野原のものらしかったのか、あるいは池とか沼とかの粘土らしいものだった▼42のか？」

「ウウン、そこまでは聞いてないんで……」

ドナルド・ドロンがあごひげを、またつかんで、こまった顔になった。

貧ぼうか金もちか？

しずかにはいってきたのは、まっ白のエプロンをかけている、前にもきたラ・セーヌのボーイふたりだ。テーブルの上へ、コーヒー・セットとクッキーの皿を順よくならべると、

「まいど厚く感謝いたします！」

ていねいに言って、しずかに出て行った。

するとシャルはピチピチしていて男みたいだが、女は女だからコーヒーを五つの茶碗に、うまくわけて入れた。

砂糖なしのコーヒーをデュパンは前から好きである。さっそく取りあげて飲みながら、推理の質問をつづけた。

「捜索に出たのは、およそ何人ほどでしたか、警官はべつにして」

「それあ、もう、われもわれもというさわぎになって」

と、コーヒーをググッと飲んだドナルド・ドロンが、にがそうに顔をしかめながら、

「なにしろシャットルさんは、町のだれよりも人気があるんで、教会にも役場にも学校にも警察にも公会堂にも、いつだって寄付なさるだし、だれにも親切だしね、だから、みんなが心ぱいして捜しに出て行こうとしたんでさ、すると、

『こんなに大ぜいでなくっても、捜査はできるだろう』

と、青年を二十人ほど、えらんだのでね」

「フーム、それは、だれが？」

「これも町のだれでもが好きな人でね、▼43**チャーリー・グッド**さんという人でさ」

「やはり、金もち？」

「なあに、チャーリーさんは貧ぼうでもって、町のはずれの一軒屋を借りて、ひとりで住んでいるんでさ」

「商売は？」

「さあ、チャーリーさんの商売というと、なんだかなあ、ひとりでブラブラしているようだが、シャットルさんとえらく仲がよくって、気があうんでさ、男どうし、それあ見ていてもいい友だちだ！」

「ふたりの年は？」

「シャットルさんは、ことし六十一でね。チャーリーさんは、さあ、二つか三つ下のように見えるだが、たしかなことは知らねえんで」

「すると、町で生まれた人じゃない？」

「なあに、生まれるどころか、町にきて住むようになってから、そうだなあ、半年ほどになるだかな」

「そのあいだ、町はずれの一軒屋を借りて、ひとりでなんの商売もしないでいるのは、貧ぼうではできないはずだが」

「ウウン、そう言えば、チャーリーさんは貧ぼうじゃないかな？　しかしね、町にはその、変人みたいのが、チョイチョイいるんでさ。チャーリーさんも変わりだねですよ、人がごくよくって、名まえからして『チャーリー・グッド』というだから、おやじも言ってましたよ、

『むかしからチャーリーという人に、わるい人はいないもんだよ』

　とね、じっさい、そうなんでしょうて」

屋根上から聞いた話

天使とあそぶ気もちになる

「そうなのよ！」

　きゅうに乗り気になったシャルが、こうふんして、またしゃべりだした。五分間もだまっていられないんだ。

「そうなんだわ、『チャーリー』って名まえの人は、生まれつき正直でさ、人がよくって、ほがらかで、ノンキ者なのね。あたしの中学の組にもチャーリーって男の子がいてさ、今は自動車会社の外交をやってるの、かれが行ってしゃべってると、たいがいの人が新車を予約するんだって！」

　エリオ編集長が顔を横にふると、

「きみは女チャーリーだろう、フーッ、コーヒーを飲みな

がらだまって聞いてろよ!」

「では、そうしようかな」

と、女チャーリーが肩をすくめた。

「シャットル氏が朝はやくから、馬でキャドウ市へ出かけて行ったのは、何かの用があったのか、それとも乗馬による気ばらしだったのか、その点、あなたに心あたりは?」

と、デュパンが、ゆっくりと、こまかくきくと、

「それあ、わかってますだ」

と、ドナルド・ドロンはあごひげに、クッキーのカケラがついてるのを、そのまま、

「シャットルさんは酒の注文に、キャドウ市へ出かけて行ったんでさ、馬に乗るのも好きだしね」

「すると、よほどの酒ずき?」

「いや、わたしの知ってるところでは、自分で飲むのも好きだが、人に飲ませるのが大好きでね、なにしろ根が親切だから」

「フーム……」

「キャドウ市へ出かけて行く日の前の日、金曜の昼に、庭の芝生にテーブルを出させて、飲みだしたんでさ。客は今さっき言ったチャーリー・グッドさんでね。気が合う男どうしだから、とても楽しそうで、わたしは屋根をなおしながら、上から見てただが、こっちまで愉快になってね」

「シャル先生が言ったように『ノンキ者』らしいな、昼から酒では、ふたりとも」

「そうなんでさ、チャーリーさんが、うまそうにガブガブ飲むのを、シャットルさんは楽しそうに見ていてね、

『チャーリーよ、きみは、ほかの酒よりも、そのマルゴ▼44が、よっぽど気にいってるね』

と言うと、チャーリーさんがいつものように大声で笑って、

『アハッハッハッ、むろん、このマルゴ酒とくると、酔った気もちが、たまらないからね、天国に昇って行って天使とあそんでいるようだよ』

と、カップからガブガブ飲んでるんでさ。

『ハハハハ、きみくらい飲みっぷりのいいのは、ぼくもはじめて見るね、元気なものだ。それくらい好きなら、マルゴの大箱を一つ、どうあっても送ってやろうよ。いつか近いうちにだ、きみが忘れてるころに、ドカッと大箱がとどくようにしてやろうて』

と、シャットルさんも、だいぶん酔っているようでね。そこへ庭にはいってきたのが、これこそ変わり者でさ、ブラブラと歩いてきながら、なにかひとりごとをブツブツ言ってね、おかしいんでさ」

デュパンがぼくに言った。

「ロバート、メモしとけよ、かなり複雑してる事件だ」

「よしきた!」

ぼくはテーブルの引出しから、推理手帳と鉛筆をとりだした。

そばからシャルが見て、だまっていながら、

〈フーン……〉

という顔をした。

エリオ編集長がかたいクッキーを、うまそうにバリバリとかみくだいて言った。

「いろんな人物が出てきて、おもしろい連載記事になりそうだが、『これこそ変わり者』というのは、どんな人なのかな？」

虫を集める博士

「それあまた変わってるんでね」

と、ドナルド・ドロンもクッキーを、エリオ編集長のまねするのかバリバリとかみくだいて、

「なんでもめずらしい虫を、とってきては集めてるんでさ、それを商売にしてるんじゃない、虫あつめのえらい学者の博士だということだが、世の中には変わった人もいるもんだと、町でみんなが話してるんでさ」

顔をかしげたエリオ編集長がきいた。

「フッフー、その博士の名まえは？」

「**イリアム・ルグラン**▼45というんで」

「イリアム・ルグラン博士、聞いたことないわ！」

と、シャルがえらそうに先生ぶって言った。

「いや、フーッ、有名でない人に、ほんとうの学者がいるもんだぜ。そのイリアム・ルグラン博士も、虫類を研究している大学者かもしれないんだ。フーッ、虫を集めるのが変わり者だとは思えないね」

「いや、それがね、顔から変わってるんでさ、なんとも言いようのない奇妙な顔をしてるんで」

「ハッハッハッ、どんなに変な顔をしているとしても、事件と顔はあまり関係がないだろうね」

と、デュパンが笑いだして、

「その学者のルグラン博士が、シャットルさんとチャーリーさんのテーブルにくわわったのかな？」

「そうなんで、シャットルさんもチャーリーさんも大よろこびでもって、

『よくきた！　よくきた！』

と、カップにマルゴ酒をついでから、三人で話しはじめたんでさ」

「どんな話しだったか、おぼえていますか？」

「三人とも声が大きくて、庭にひびいてね。それに、めずらしい虫の話しだから、聞いていたんでさ。ルグラン博士が話しだしたのは、

『アフリカにさえ一匹もいなかったが、さいきん、カブト虫を一匹だけだが、発見したぜ』

と、一匹、一匹と言うんでさ。すると、酔っぱらってるチャーリーさんが、

『へへえ、カブト虫というのは、大きいの小さいの、ツノのあるのないの、ハネをひろげて飛ぶのや飛ばないのや、いろいろさまざまといるんだろうね、そうだろう?』

と言うと、ルグラン博士が、

『きみ、あたりまえのことを言うものじゃない。ぼくが今度、発見したのは、じつにめずらしい、まだだれも知らない一匹なんだ[46]』

と、えらく力んで、それから三人が、われさきにとケンカのように、しゃべりだしたんでね。ほんとうはケンカじゃない、酔ってしゃべりあうのが、たのしいんでさ」

と、ドナルド・ドロンの自分も、ここへきてはじめて明るい顔つきになった。今までは、おやじさんのことが、とても気になっているらしくしずんだ表情をしていたのだ。

ゆだんできない野郎だから

〈シャットル氏が馬に乗って家を出たきり行くえ不明になった、その前の日に、どんな話しをしていたのか? そこに何かの手がかりが、つかめないか?〉

と、ぼくはドナルド・ドロンの話しを、注意ぶかく推理手帳につけながら、耳をすましていた。

「なにしろ酔っぱらっていてさ、中でもチャーリーさんが、グデングデンになっていて、

『それじゃあ、その一匹には、まだ名まえがついていないんか?』

と、きくと、ルグラン博士が言ったですよ。

『はじめて発見したものに、名まえがあるもんか。きみは、いったい、なんにも知らないんだな』

すると、チャーリーさんは怒りもしないでね、

『知ってるよ、なんだって知ってるさ』

と言うと、

『では、言ってみろ!』

『へへッ、名なしのカブト虫というんだ』

『このチャーリーは、すこしバカだね』

『発見したきみの名まえをとって、ルグラン虫とつけるのが、いいぜ』

と、シャットルさんが言うと、チャーリーさんが、

『いや、チャーリー虫とつけてくれよ、たのむ! そうすると、ぼくの名まえが後の後まで、つたわるんだから、ぜひとも、たのむ!』

『なんだい、きみとカブト虫と、なんの関係もないじゃないか。それにチャーリーというのはパリだけだって、何万人か何十万人といるぜ[47]、ヨーロッパとアメリカをくわえると、何百何千万といるんだ。ただチャーリーと言ったって、どこのチャーリーだか、わかるもんか。ここにいるチャー

リーは、その中でも、あまり利口のほうじゃないな、どうだい？』

『博士もシャットルも、おれをバカだという。チャーリー・グッドが、そんなにバカか利口か、おれにはわからない、なさけないことになったなあ、バカか利口か、チャーリー・グッドは』

と、チャーリーさんが泣きだしそうな声になって、わたしは聞いているのが、バカらしくなっただ。屋根のなおしも、ひとまずおわっただから、ハシゴをおりて、うらのほうで、しばらく休んでから、さあもう帰ろうか、と、道具をしらべてみると、ノコギリを屋根にわすれておりたんでさ。

商売道具をわすれちゃあ、すまねえと思ってね、ハシゴをまたのぼって、屋根へ出てみると、さっきとは別の声が庭から聞こえるんでさ[48]。顔を出して上から見ると、ルグラン博士はもう帰ってしまっていないんで、チャーリーさんがグデングデンに酔っぱらって、テーブルにうっぷしている。横に立っているのは、**ペニー**[49]さんなんで、なにかシャットルさんに食ってかかってるんでさ」

「待った！　そのペニーさんというのと、シャットル氏との関係は？」

デュパンが天じょうのすみを見てきくと、

「それがね、このペニーははじめから良くない男なんで、大きな声では言えないだが……」

と、声をひくめたドナルド・ドロンが、ぼくたちを見まわして、ヒソヒソと言いだした。

「町のものがね、ソッと話しあっているだ。

『あのペニーが怪しいだぞ、ゆだんできない野郎だでな』

と、じつのところ、わたしもそう思っているだが……」

おじさんは忠告したが

しばらくだまっていたシャルが、たまらなくなったみたいに、キンキン声でききだした。

「その『ゆだんできない野郎だから怪しい』っていうのは、シャットルさんの行くえ不明についてなの？」

「そうでさ」

と、うなずいたドナルド・ドロンが、やはりヒソヒソ声で、

「シャットルさんは、ペニーのおじさんなんでね、つまり、ペニーの自分はシャットルさんのオイなんで……」

「おじさんとオイ、というと、近い親類なのね」

「そうなんで、シャットルさんの弟が、ペニーのおやじさんだったんで、ところが、ええと四年前だったか、パリでなくなって、おくさんもつづいてなくなって、ひとり息子のペニーがのこされたんでさ」

「今年いくつなのかしら？」

「二十一でさ。シャットルさんには子がないだから、もしも、あすにでも目をつむるとね、大きな財産をそっくりもらうのが、ペニーなんでさ。だから、わたしが屋根で聞いているると、おじいさんに食ってかかってるんで、

『むやみに方々へ、いろんな寄付ばかりしていて、いったい、後はそれでいいんですか？』

と、やっぱりシャットルさんの遺産が、欲しいんでさ。酔っぱらってるシャットルさんは、手をふりながら、うるささうな声で言うし、ペニーはまた、しつこく、からみつくんで、

『なんだって、寄付ばかりするんですか？』

『寄付をするのは、わしの自由じゃないか。今こんなところで、そんなことを言うものじゃない』

『それあ、おじさんの自由だってもね。いったい、おじさんは遺言書を、もう書いたんですか、まだ書かずにいるんですか？』

『まだ書かずにいるがね』

『それあ、いけないや。一日も早く書いてさ、ぼくにわたすべきものを、ハッキリさせとくのが、おじさんとして当然の処置だな！』

『それは、おまえが、きまった職について、行く道はこうだと、わしも安心ができるようになった上のことだ。今のようにパリにばかり遊びに出あるいていて、どこで何をしているのだか、まるで一フランの収入もないようでは、とうてい見こみがないじゃないか』

と、シャットルさんは酔っていても、言ってきかせたんでさ、ところが、

『フウン、そうか、**おじさんはぼくに遺産をくれる気もちなんか、ないんだな、わかったよ！**』

と、ペニーは言いすてたきり、おもての方へ、まわって行ったんでね」

変人・奇人・異人

腕っぷしも強いが頭もいい

エリオ編集長から〝女チャーリー〟と言われたシャルが、えらそうに先生ぶってデュパンのまねの腕ぐみをすると、上をむいて、

「怪しいのが、ひとり出てきたわね、名まえはペニーか、フーム……」

と、眉を上げ下げして、口調までまねしながら、

「シャットル氏が行くえ不明のまま、いなくなったとすると、遺言書がなくっても、全財産がペニーの手にはいるんだわ、法律の上から、そうなるんだわね。デュパン先生、ちがう？」

と、しまいにはデュパンにきいた。

「そうなるだろうね……」

と、デュパンはシャルよりも、ドナルド・ドロンのほうに、

「ペニー氏が庭から出て行ったあと、シャットル氏とチャーリー氏は、また飲みなおしたのか、どうなのか？」

「いや、飲みなおそうにも、チャーリーさんはテーブルに両腕を投げだして打《う》っぷしたきり、酔いつぶれているんでさ。ペニーがきたことも、おじさんのシャットルさんに遺言のことなど言ったのも、チャーリーさんは知らなかったでしょうて、なにしろ、あのマルゴって酒は、とても強いだから」

「すると、シャットル氏はそのまま家の中へ、はいってしまったのか、チャーリー氏の酔いがさめるまで、とでも思って？」

「いや、わたしはノコギリを見つけただから、取っておりようとしていたんでさ。ところにドサッと庭に音がしただから、見ると、**チャーリーさんがイスからころげ落ちた音なんで、芝生にあおむけになったきり、まだ目をさまさねえんでさ**、よっぽど飲みすぎたんでしょうて。わたしも上から見て、あきれただ」

「やっかいなチャーリーさんだわね」

と、女チャーリーが言った。

「そうなんでさ、シャットルさんは親切だから、自分も酔っていながら、チャーリーさんの顔へ日があたらないように、ハンカチをソッとかぶせてやってね。わたしは感心してハシゴをおりてくると、うらの木のかげに立っているのが、ペニーでね。向きあって何か話しているのがルグラン博士なんでさ。

なあんだ、ふたりともまだいたのか、と見ると、虫の博士の後ろにヌッと立っているのが、まっ黒な黒人なんでね」

「エッ、黒人？　変わったのが出てくるわねえ！」

「虫の博士がアフリカから、つれてきたということでね。とっても腕っぷしが強くって、たけが二メートルより上あるんでさ」

「すごいのね。黒人の名まえは、言いにくいんじゃないかしら？」

「**ジュピター**▼50というんで」

「アラァ、ジュピターって神話に出てくる神々の王じゃないの？　デュパン先生、そうだわね！」

「知らないな。ペニー氏とルグラン博士が、なにを話していたのか？　あなたの耳に、ひとことも、はいらなかった？」

と、デュパンがドナルド・ドロンにきくと、

「それあズッと向こうの、木のかげで話してるんで、なん

にも聞こえないんでさ。わたしがハシゴをおりて行くのを、ジュピターが見ていたですがね」

「あなたをジュピターは、まえから知っているのか？」

「なあに、かれは町へよく買いものに出てくるだから、だれでもたいがい子どもでもでっかい黒人のジュピターを知っていますだ」

「すると、フランス語をよく話す？」

「よくどころか、パリっ子みたいにペラペラなんで、わたしなんか追いつかないんでさ、腕っぷしも強いが、頭もいいんでしょうて、あのジュピターは！」

〈フーム、変人、奇人、異人、いろんなのがいる町だな！〉

と、ぼくはメモしながら、だんだんおもしろくなってきた。

「フッフー、記事になるぞ！」

と、煙を高くふきあげたのは、エリオ編集長だ。

デュパンが決意した怪事件

「あなたが、シャットル氏の行くえ不明を知ったのは？」

と、デュパンの質問は、ズバッと言いながら、かんたんだ。

ドナルド・ドロンはあごひげを、大切そうになでおろしながら、

「土曜は台所のなおしに出かけていたんで、するとモロー支配人さんが、だしぬけに飛びこんできて、

『ドナルド、たいへんだ！　馬のジョリー[▼51]が血だらけで帰ってきて、だんなはどうなさったかわからない。おまえもきてくれ！』

というんで、わたしもあわてただ。えらいことがおきたと思って、台所から馬屋の前へ走って行ってみると、白馬のジョリーが血を流して地面に、ぶったおれているんでさ」

「その時、馬はまだ息していたのか？」

「さあ、馬だからまだ生きていたかもしれねえが、傷を胸に受けてるんで」

「それが、弾傷だとわかったのは？」

「チャーリーさんが、そう言ったんでさ」

「フーム、チャーリー氏がそこにきあわせたのは？」

「いや、わたしがあわてて、モロー支配人さんに、

『これは大事《おおごと》だ、だんなを見つけないことには！』

と言うと、

『おまえ走って行って、チャーリーさんに知らせてこい！　あの人に相談して警察へとどけるんだ』

と、モロー支配人さんもあわてて、シドロモドロなんで、これあ、むりのないことでね、だれだってあわてまさ。

わたしはチャーリーさんのいる一軒屋へ走って行って、

ドアをたたきながら知らせたんでさ、シャットルだんなのことを、すると起きだしてきたチャーリーさんが、ドアをあけてわたしを見るなり、

『シャットルさんの行くえが知れないって？』

と、ビックリしてブルブルふるえているんでさ。

『そうなんで、早くきてください！』

と言うと、チャーリーさんはパジャマを服に着かえるなり、ふるえながら出てきたんでさ。

馬屋へ走って行って、ぶったおれているジョリーの胸を、チャーリーさんはジッと見ると、モロー支配人さんに、

『弾の傷だ！　シャットルさんも射たれたんじゃないか？早く警察にとどけて、町からも捜索に出て、早く！』

と、オロオロしながら、さしずしたんで、それから町の者が大ぜいさわぎだして、警察から刑事も巡査も出てきて、シャットルさんを捜しにかかったんで、ところが、手がかりがどこにもないだから、いったい、どういうことだか、今もって、だれにもわからないんで、もう三日すぎただが」

「ペニー氏は、どうしているのか、その点を、くわしく！」

「ペニーも町の若い者といっしょに、捜索の連中になって、真けんに動きまわっているんでさ。あそんでばかりいた道楽者が、まるで人間が変わったように、すっかり真けんになってね」

「まあ！　それも変ね、もっとも怪しいのが、そのペニーなのに、変だわ。デュパン先生、そう思わない？」

と、腕ぐみしてるシャルを、デュパンは見むきもせずに、

「ドナルドさん、あなたは今から、町へ帰る？」

「そうでさ、おやじのことを先生に、おねがいしただから、これで帰りますだ」

「いっしょに行こう！」

だんぜん、決意したデュパンが、エリオ編集長に言った。

「やはり現場に行ってみたい怪事件ですよ！」

「フーッ、きみの推理的直感によって、シャットル氏は行くえ不明のまま今も生きているのか、**何者か**に閉じこめられて。それとも殺されて、死がいはかくされてるのか？この重要点は、どうなんだろう？」

「それこそ、現場へ行ってわかるでしょう。今ここで判定するのは、早すぎる！」

シャルが立ちあがって言った。

「あたしも行くわよっ！」

ほんものかな？

デュパンを中心にしてぼくとシャル、そしてドナルド・ドロン、四人がパリ新聞社の新型自動車に同乗して、ラットル町にはいって行った。

「ざんねんだが、いそがしくてぼくは行けない、が、シャットル氏の生死をたしかめて、連載になるだけの特ダネを取ってきてくれよ！」

と、エリオ編集長がデュパンに言うと、

「大じょうぶっ！」

と、手をあげてこたえたのは、シャルだ。

まずシャットル氏の邸へ、ドナルド・ドロンがぼくたちをつれて行った。すると、広い庭の芝生に、今から捜索に出て行く青年たちが二十人ほど集まってるところだった。

みんなが上着なしにシャツだけになり、ズボンにゲートルを巻きつけている。きょうまで毎日、長い道を歩きまわったのが、ズボンとゲートルのよごれで、すぐわかった。

ドナルド・ドロンがぼくたちをモロー支配人にしょうかいし、モロー氏がさらに知らせたのは、年よりのチャーリー・グッド氏にであった。

チャーリーさんは背が低くて体格も小さい、それにシャットル氏の行くえ不明に心を痛めているのが、悲しそうな顔じゅうに現われている。老人だがやはりゲートルを巻いて、赤皮の靴がよごれていた。

「オオ、そうですか、わざわざと、ようこそおいでくださいました。シャットルのために、どうぞ、お力をかしていただきたいので……」

と、ぼくたちとかたく握手して、心からねがうのが、いかにも同情せずにいられなかった。

つぎにしょうかいされたのが、ペニー氏だった。ほっそりとやせていながら目の光が強く、すごく精力的な感じをぼくたちにあたえた。デュパンをはじめ三人と握手しながら、なんとも言わない、ムッとしている顔つきと目いろが、

〈よけいな奴がきやがった！〉

と言ってるようだ。

ところが、まわりにいる青年たちはざわめいて、ささやきあう声がぼくの耳にはいった。

「オイ、デュパンがパリからきたんだとよ！」

「エッ、あれが青年名探偵のデュパンか、ほんものかな？女はなんだ？」

「パリ新聞の婦人記者だってよ、すましてやがるな」

「ヘエ、もひとりの男はなんだい？」

「ロバート・サイヤンと言ったから、『**モルグ街の怪声**』を書いた奴じゃねえか？」

「だれがつれてきたんだい？」

「わかんねえ。チャーリーさんはだれにでも、ていねいだな」

「デュパンてにがい顔してるんだなあ！」

ささやいてる評判が、あんまりよくないから、ぼくは、ちょっといやな気がした。シャルを見ると、すましきった顔をしていた。

人気者のおじさん

現場捜査！　いよいよ開始！

推理感覚をするどくしてぼくもシャルも張りきった。

ゆったりとにがい顔をしているデュパンが、モロー支配人にきいた。

「ジョリーという馬は、どうしていますか？」

「ハッ、馬屋の前にいますんで」

正直そうなモロー支配人が、かしこまってこたえた。

ぼくたち三人がならんで行き、チャーリーさんと怪しいペニーと青年たちが皆、ゾロゾロとついてきた。

馬屋の前へ行ってみると、白馬が地面にドタリと横むきにたおれている。生気がない、かわいそうに目をふさいだままだ。

「死んでるわ……」

と、シャルが小声で言った。

左胸の白い毛に血が赤黒くかたまっている。傷あとを、うつむいて見たデュパンが、

「このままにしておくのは？」

と、横をふりむいてきくと、チャーリーさんがこたえた。

「早く、うめてやりたいのですが、『犯人をあげるまで、このままにしておくように』と検事さんが言われましたので、犯人にこれを見せて尋問なさるのでしょう▼52」

デュパンはなんとも言わずに、白馬ジョリーの足に、するどい視線を投げた。

足の四本とも上の方まで、どす黒い泥土がベットリとかたまって、蹄《ひづめ》に打ちつけている鉄も泥だらけだ▼53。

「フウム……」

と、横の方に落ちている木ぎれを、ひろい取ったデュパンが、蹄鉄《ていてつ》の泥をほじくり出した。

まわりに立っている青年たちが、なにかまた話しはじめた。聞いてみると、

「あんなことして、なんになるんかなあ？」

「あんな泥、そこらじゅうにあるぜ」

「偽《に》せのデュパンがきやがって、あんなことを、わざとして見せるんじゃないか？」

泥のなくなった蹄鉄を、ジッと見つめたデュパンが木ぎれをすてて立ちあがると、すぐ横にきているチャーリーさんにきいた。

「どの方面を、いまから捜しに行くんですか？」

「いや、きょうまでに、もうずいぶん、諸方面を捜したのですが、まったくなんとも、手がかりがないのでして……」

「おつかれでしょう。きょうはぼくたちの車に乗ってください」

「いや、それは若い諸君にすみませんから、ご好意はあり

がたいのですが……」

　青年たちの中から、二、三人がさけびだした。

「チャーリーおじさん、乗ってください、ぼくたちにかまわずに！」

「そうだ、そうだっ！」

「おじさんの足とぼくたちの足は、ちがうんですよ！」

　シャルがぼくの腕を突いてささやいた。

「チャーリーおじさん、人気ものだわね」

〝何者か〟は何者だ？

みんな反抗期だな

〈現場捜査！　だが、しかし、その〝現場〟がどこにあるのか？　まるでわかっていない。今から見つけに行くんだ！〉

　という意気ごみだ。新車をデュパンが運転して行き、座席にチャーリーさんとシャルとぼくがならび、車の前にも後ろにも青年捜索隊が歩いて行く。だから、デュパンは速度を出さずに、チャーリーさんと話しながら町を出ると、

「キャドウ市への街道が、これですね？」

「そうです、シャットルはこの道を走らせて行ったのにちがいない、と思うのですが……」

「今まで捜されてない方面は？」

「それは、ここからだと東北の方で、アッ、あそこに検察庁と警察の人たちが来ています」

　ズッと向こうの十字路に十人あまりが、かたまっている。

「きょうも捜査▼54をつづけるのでしょう。**マル**検事さんも**リヨン**警部さんも、見えています。しょうかいしましょうか？」

「いや、あそこまでは行かない」

　すぐ目の前から右へまがる道へ、デュパンは車をまわした。どこへ行くのか、ぼくにもわからなかった。

　出しゃばりシャルが、今は感心にだまっている、が、肩をヒクヒク動かしたり、靴さきでカタカタと音をたてたり、なにかイライラしているんだ。

〈ハハア、〝先生〟になってきたが、なんとも見当がつかなくて、ウッカリしゃべれないんだな、化けの皮が、はげるから〉

　と、ぼくはおかしかった。

　しかし、

〈これからデュパンは、どうするつもりだ？〉

と、ぼくもじつは見当がつかなかった。

　道がせまくなり、両がわに家もなくなって、畑、野原、森がつづき、舗装のない小道になってきた。車を停めたデュパンが、ドアをあけながら言った。

「おりよう！」

そこからデュパンを先頭に三人が車をおりて歩きだした。おくれた青年捜索隊が、ズッと後ろになった。チャーリーさんが野原を見まわすと、デュパンに言った。

「このようなさみしいところへ、シャットルはこないと、わたしは思うのですが」

「しかし、あなたが言った、まだ捜されてない『東北の方』は、この方面ですよ」

「ハア、それはそうですが」

「人のいないさみしいところを飛ばして行くのも、乗馬の興味でしょう！」

「ハア、わたしは、そういうことを知らないのでして……」

大ぜいの靴音が後ろから走ってきた。ふりかえって見ると、青年捜索隊だ。先頭にいるドナルド・ドロンが右手を高くあげて、

「先生！『こんな方へシャットルさんの来るはずがない。よけいな骨を折らせるのは、やめろっ！』と、みんなが言いだしただ▼55！」

と、顔いろをかえてさけびだした。

青年たちがムッと不平満々の顔をして、ぼくたちのまわりを取りまいた。こうふんして何か怒なりそうだ。

〈みんな反抗期だな、危険だ！〉

と、ぼくはデュパンに注意しようと思うと、

「来るはずがないと、かってに断定しないで」

と、おちついているデュパンが、道のはしを指さして青年たちに言った。

「まずこれを、見たまえ！」

わかってハッとした

デュパンが指さした道のはしを、みんなが、ざわつきながら見た。泥土と雑草だ。

とたんに青年たちがさけびだした。

「オッ、馬の足あとだ、蹄のあとだ！」

「そうだ、そこにもあるぞ、見ろっ！」

「アッ、向こうにもある。二つだ！」

「四つだ、草むらのはしだ！」

「シャットルさんが、ここへ来たんじゃないか、あの白馬でよ」

ぼくもシャルもチャーリーさんもドナルドも、その蹄鉄のあとを泥と雑草のふちに、いくつも見つけた。

チャーリーさんの悲しそうな顔が青ざめて、くちびるがふるえながら、しわがれた声でつぶやいた。

「シャットルさん、ここへ来たのか……」

みんなのはしに立って、蹄のあとをジイッと見つめているのが、目いろの強い精力的な青年のペニーだった。その

横にモロー支配人がビックリしながら、草むらのふちを見おろしていた。

みんながだまってしまった。一秒か二秒、シーンとすると、シャルのキンキン声がさけびだした。

「デュパン先生！　この蹄のあとについて何か説明してください、先生の推理を！」

みんなが〝デュパン先生〟の顔を、まわりから見た。推理の説明を、みんなの若い表情が要求している。いよいよ〝先生〟になったデュパンが、にがわらいすると、シャルに言った。

「いや、べつになんにも推理なんてないんだ」

「だって、この蹄のあとが、ここにあるのを、どうしてあんたは知ってたの、ぐうぜん見つけたの？　ねえ、言ってみてよ！」

こうふんすると、みんなの前でも、いつものとおりの口調になった、やっぱり出しゃばりシャルだ。

「あのジョリーという白馬の蹄鉄は、シャットル氏が特別に作らせたものらしい」

と、デュパンは小道の向こうから野原の方を、青空の下に見わたしながら、

「鉄の質も形も、打ちつけた釘まで、ふつうの蹄鉄とはちがっている。そこでキャドウ市への街道へ出た時、たまっているホコリの中に、そのあとを一つだけ、ぼくは、やっと見つけたのだがね、車の速度をはじめからゆるめていたから」

「ウウム……」

と、うなり声を出したのは、チャーリーさんだ。デュパンの目のするどさに、感心したのだろう。青ざめている顔をしかめてききだした。

「それから、その蹄のあとが、ここまで、つづいていたのですか？」

「いや、つづいてはいなくて、ところどころしか見つからない、この小道には草が多いし、だが、後ろ向きになってるのもあってね」

「エッ、後ろ向き？」

と、青年のひとりがきいた。

「白馬ジョリーは胸に弾を受けた。おどろいて必死になり、いっさんに家の馬屋の方へ、後ろへ引きかえして帰った。その時の蹄のあとは、出てきた時とは反対に後ろ向きになっている。これは当然のことだろう」

「シャットルさんは、どうしたんですか？」

「土曜の朝はやく、シャットル氏が馬でキャドウ市へ行くのを、**何者かが知っていたのだ！**」

みんながしずまって、またシーンとなると、

〈その〝**何者か**〟は？〉

と、疑いが、みんなの中からムラムラとわきあがった。

ぼくはデュパンの目いろを見ると、すぐに、
〈その〝**何者か**〟を、デュパンは今すでに探ってしまったらしいな、すごいぞ！〉
と、わかってハッとした。

証拠を捜し出すと

「これは、ぼくがじっさいに聞いたのではない、しかし……」

と、デュパンはまだにがわらいしながら、

「シャットル氏がキャドウ市へ出かけたのは、おそらく今度がはじめてではなかったろう。今までに何度か自分で買いものに往復したらしい。モローさん、どうなんですか？」

不意にきかれたモロー支配人がビクッとしてこたえた。

「ハッそうなんで、だんなは何度もキャドウ市へよく出かけられますんで」

「しかし、車の多い街道を馬で行くのは、いっこうにおもしろくない。ひろい野原の方を、ひとりで自由に飛ばして行くのが、遠乗りの愉快さなのだと、話しのついでになんの気もなく、**何者かに話したのにちがいない**」

青年たちが、おとなしく熱心な表情になってきた。

「その**何者か**は、土曜のおそらく夜あけ前に、この野原へ、シャットル氏よりもさきに、むろん、ひとりで来たのにちがいない。弾をこめた銃器を持って」

と、デュパンが小道の右の方を指さした。

その方を、みんながふりむいて見た。

イバラの木がしげりあって、低くヤブみたいになっている。

「あの木のかげに**何者か**がひそんで、シャットル氏が馬を飛ばしてくるのを、待ちぶせていた。五分か十分が、おそらく一時間くらいの気がしたろう！」

デュパンがそう言うと、そのイバラの木のかげに、今も**何者か**がひそんでいるような、なんだか奇怪な気はいが、みんなのまわりに流れてきた。

チャーリーさんが、すっかり青ざめている。ペニーは？と、ぼくが見ると、イバラの木の方へジイッと強烈な視線を投げていた。

「自分をねらってる**何者か**がいるとは、まるで知りようがないシャットル氏は、愉快に愛馬を飛ばしてきた。そこに、ごうぜん一発、胸に弾を受けたジョリーは棒立ちになったろう。不意を打たれたシャットル氏は、まっさかさまに落ち、鞍も落ちたろう」

ビクッと眉をあげたシャルが、ぼくにささやいて言った。

「デュパンはもう、ぜんぶ知ってしまったのね！」

「ウン……」

ぼくは、うなずいた。

「射ったひびきは、ここの四方にひろがったろう、だが、この野原にその時は、だれひとりもいなかったらしい。射撃の音を聞いたという者が、その後も現われない。重傷を負ったジョリーは、必死に引きかえして自分の馬屋へ帰って行った、が、帰りつくと倒れて息たえた。血のあとが途中にのこってるはずだ、が、ぼくは見つけなかった。きょうまでの間に、小雨がふったからだろう。▼56 蹄鉄のあとだけが、かすかにのこっている」

青年のひとりが、またさけびだした。

「シャットルさんは、どうしたんですか?」

「落ちて気を失ったか、立ちあがって、木のかげから現われた**何者か**を見たか? まだぼくにはわかっていない」

「その**何者か**に殺されたんじゃないですか?」

「そうかもしれない、が、そうでないかもしれない」

「先生、ハッキリおしえてください! その**何者か**は、先生も見当がつかないんですか?」

「証拠のないことは、なんとも言えない。今からみんなで、証拠を捜し出すと、わかってくるだろう」

「オーイッ!」

突然、イバラの木のかげから太い声が聞こえて、みんながその方を、ギクッとして見た。

顔が奇形だ

イバラの木のかげから、ヌッと立ちあがった男が、日の光に照らされて、こちらを見ると、また太い声で、

「オーイッ!」

と、歩きだして来ながら、

「シャットルの捜索かあ?」

と、大きな口をパクッとあけた。

〈ルグラン博士だな、これが!〉

と、ぼくはひと目でわかった。

いかにも奇人らしい変な顔をしている。帽子なしに髪がバサバサにみだれ、額がむやみにひろがって前の方へ突き出ている、その下に両方の目が深く中へはいっていて、〝このおくに目がある〟と言ってるみたいだ。鼻は高いくせに口の下にアゴがない。頭デッカチのアゴなしだから、何かの球根をさかさにしたのと同じかっこうの顔である。なにしろ奇形だ。

「ヤア、チャーリー、チャーリー!」

と、チャーリーさんの前へ、奇形の顔が近よってくるときいた。

「シャットルの行くえは、まだ、見当もつかないのかね?」

青ざめているチャーリーさんが、

「それが、どうも、このあたりへ、来たらしいのだが……」

と、しわがれた声でボソボソと言うと、

「なんだ、このあたりへ来たらしい？　そいつは、ちょっと、おかしいぞ！」

と、奇形の顔が、ななめになった。

青年たちの中に立っているペニーが、いきなりルグラン博士にきいた。

「虫の先生なにがおかしいんだ？」

その方をふりむいた奇形の顔が、

「ヤア、ペニーか。おれはもう三日もまえから、このへんの昆虫を集めに、まわってるんだがね、シャットルのシャも見ないからなあ。オーイッ、ジュピター！　出てこーいっ！」

と、イバラの方をむいて呼び声をあげると、

「ワオーッ、今、すばらしい奴が沼へ飛んで行った、惜しいことをしたですぞ！」

と、わめき声といっしょに、柄の長い捕虫網が二本、イバラの中から高く上がると、まっ黒なはだかの大男の胸から上がヌッと現われた。

そこへ小道の横の方から、茶色やネズミ色や黒服の男と巡査が十人あまり、いそがしそうに出てきた。チャーリーさんが前に言ったマル検事とリヨン警部の連中だ。ぼくたちを見むきもしないで、イバラの木の方へスタスタと歩いて行った。草むらの蹄のあとには気がついていないらしい。

真剣の時に笑ったのは？

大きさに感心した

顔が奇形のルグラン博士も、検事や警部の方を見むきもしない。なんだかニヤニヤするとチャーリーさんにきいた。

「オイ、シャットルがきみに送ると言ってた、マルゴ酒の大箱、着いたかね？」

「いや……」

と、チャーリーさんが青ざめてる顔を横にふって、ききかえした。

「どうして、あなたは、そんなことを知ってるんだ？」

「なあに、シャットルは酔うと声が大きくひびくからね。この前、庭できみと飲んでいる時に、そんなことを大声で言ってるのが、ぼくの耳にはいったのさ。ハッハッハッ、ぼくもマルゴ酒は大好きだからね。まだ着いていないのか、フウム、シャットルがキャドウ市の酒屋へ、注文しなかったのかな？」

シャルが口を出した、いつものキンキン声で、

「シャットルさんの馬が、どんなに早くっても、十五マイ

ルあるキャドウ市へ、一時間では行けないわ。家を出て二時間ほどすると、帰ってきたというんだから[57]」

と言うと、ルグラン博士の深い目がまばたきしてたずねた。

「どなたですかね、あなたは？」

チャーリーさんがデュパンとシャルとぼくをしょうかいすると、

「ええと、待てよ。パリから来たデュパン先生か、なんだか聞いたことのある名まえだな、待てよ、ええ、思いだせないぞ」

と、ルグラン博士は自分の広い額を、手のひらでピシャッピシャッとたたきだした。

デュパンが快活にたずねた。

「ぼくの名まえなんかより、この向こうに沼があるんですね？」

「ウン、ある！　そうか、今さっきジュピターが、『すばらしい奴が沼へ飛んで行った』と言ってたのを、あなた、聞いていたんだね、ウン、『すばらしい奴』ってなんだと思う？　昆虫だぜ」

「ハハ、行ってみましょう」

デュパンが笑いながら歩きだした。

みんなが後ろについて行った。ぼくもシャルも蹄のあとに気をつけて行った、が、一つも見あたらなかった[58]。青年たちも草むらと泥土を左に右に見まわして歩きながら、

「オイ、馬はこのへんまではこなかったんだ、な、そうだろう」

「ウム、血のあともないようだし……」

「すると、シャットルさんは、どうしたんだ？」

「それがわかったら、おまえは名探偵だ」

ささやく声が、にぎやかになってきた。

イバラの茂っている横を外からまわって、向こうへ出てみると、目の前に青い沼があらわれた。水たまりがひろがったみたいな小さな沼だ。が、五人くらい乗れる釣り舟らしいのが二艘、岸につながっている。シャルが言った。

「魚が、こんな沼にいるんかしら？」

まだ青ざめているチャーリーさんが、ボソボソと低い声で言った。

「なにかいるのでしょう、あの舟で釣りをする人が来るらしいから」

その舟のすぐ向こうに、ならんで立っているのが、マル検事など十人あまりだった。

ドナルド・ドロンがデュパンに小声で言った。

「あの検事ですよ、むやみに人を疑ってかかって、わたしらを犯人みたいに、ひどく尋問しただ」

そのマル検事の横の方に、二本の長い捕虫網を立ててまっ黒な顔とはだかの胸をヌッと出してるのが、巨大なジュ

ピターだ。『**盗まれた秘密書**』を覆面の変装刑事隊がうばいかえそうとした時、女優みたいな麗人をまもって奮闘した黒人たちも、すごくたくましい体格だった、が、あれよりも、もっと巨大なのが、このジュピターだ。

〈どんなレスリングの選手が来たって、これには、かなわないだろう！〉

と、目を見はったぼくは、その大きさに感心した。

きみも手を貸せ！

チャーリーさんがマル検事とリヨン警部の前へ、きゅうにスタスタと出て行った。ていねいに頭をさげると、ボソボソ声で言いだした。

「ご苦労さまにぞんじます。じつはその、シャットルがこの近くに来たらしくて、馬の蹄のあとを、そこのイバラの木の向こうに、見つけましたので……」▼59
マル検事は体格も低く顔も小さい。眉をしかめると女みたいな細い声できいた。

「蹄のあと？　それは、あなたが発見したのですか？」

「いいえ、その発見は、パリからこられましたデュパン先生なので……」

「デュパン、フム……」

マル検事もリヨン警部も、ぼくたちの方を見た、が、ふたりの顔に軽べつと反感が、ハッキリと現われて、

「いったい、アマチュアの捜査に、われわれは期待をもっていないですからね」

と、マル検事が細い声を高くして、デュパンとぼくたちに聞こえるように言った。

シャルが舌打ちしてささやいた。

「チエッ、なまいき言ってるわ！　まだなんにも、わかってないんじゃないの？」

とたんにチャーリーさんが今までにあわない力をこめた大声で、マル検事に、

「いや、わたしの考えも、むろん、アマチュアの意見にすぎません。しかし、親友のシャットルがこの近くに来たと、判断すべきですから、この沼の中を捜してみたい！　もしかすると、かれはこの沼の底に、沈んでいるかも知れないからです！」

と、息もつかずに言いつづけた。

青年たちがきゅうに力づいて、

「そうだ、その意見のとおりだ！」

「この沼の捜査が必要だ！」

と、ざわめきだした。

眉をしかめてるマル検事が、沼の上を見わたして言った。

「やるなら、みなさんの手でやるがいいでしょう」

すると、飛び出してきた巨大な黒人のジュピターが、ルグラン博士に言った。

「ワオッ、やりましょうぜ！　シャットルさんを捜すのは、あなたも友だちだから、やらなきゃあ、すまないんだ！」

「ようし、やろう！　ジュピター、きみも手を貸せ！」

と、ルグラン博士の奇形の顔がまっ赤になった。


なかなか、おもしろいなあ！


二艘の釣り舟に青年たちがわれさきにと、あらそって飛び乗った。ひとりが怒なった。

「あんまり乗ると沈むぞ、古舟だ！」

巨大なジュピターが舟ばたをまたいで、乗ろうとすると、

「だめだっ、あんたが乗ったらすぐ沈むっ！」

と、まっ黒な胸をおされたジュピターが、パクッと口をあけると、

「これでやれっ！」

と、長い捕虫網を一本ずつ二艘の舟へ投げこんだ。

舟の中に太くて長い棒が、二本ずつ前からはいっていた。それを取りあげた青年が水底へ突き入れると、両足をふんばって漕ぎだした。前の方の舟にチャーリーさんとドナルド・ドロンが、横から出て行った舟にペニーがくわわって、みな真けんな顔をして岸をはなれた。モロー支配人はぼくたちのそばに立っていた。

シャルがまたささやいた。

「いやだわね、死がいが出てきたら。デュパン、あんたの推理は、どうなのさ？」

ところが、デュパンは沼の上を見ずに、ゆったりと腕をくみしめたきり、青空をあおいでいるんだ。

〈なにか考えてるな！〉

と、ぼくは思ったが、デュパンの神経の動きは、もとからわからない！

沼の底は浅いようだ。突き立てては引きあげる長い棒も、底を探って行く捕虫網も、青黒くドロリと重そうな水の中へ、三メートルくらいはいるだけだ。

「ワハハッ！」

笑った者がいる、突然に！

おどろいて見ると、虫集めのルグラン博士だ。奇形の顔が笑いにくずれて言った。

「なかなか、おもしろいなあ！」

〈死がいが上がるか、どうなのか？　という時に、なにを笑うんだ、なにがおもしろいのか？　いくら奇人だといっても！〉

と、ぼくはジュピターの方を見た。

すると、まっ黒の巨大な顔が目をむいて、これもなんだかニヤニヤ笑っているみたいだ。

笑いだして「おもしろいなあ！」と言ったルグラン博士を、マル検事もリヨン警部も刑事も巡査も青年たちも、みんなが、ふしぎに思って見た。ムッとなったリヨン警部が

きいた。

「なにか、おもしろいことがあるのですか？」

「いやあ、なに、飛んで逃げた昆虫が水に沈んでいて、網に引っかかってくるとね、おもしろいですからなあ、ワッハッハッ！」

「なあんだ、虫のことばかり考えてるのね」

と、シャルがささやいた。しかし、ぼくは、

〈ジュピターも笑い顔になってるのは、変だぞ！〉

と思った、が、だまっていた。よけいなことは、言わないほうがいいのだ。

泥だらけのセーター

捕虫網にも棒のさきにも手ごたえがないらしい。舟は二艘とも沼の向こう岸を、すみの方まで漕ぎまわりながら、ようやく引きかえしてきた。捕虫網が何度もすくいあげたのは、泥とゴミと石ばかりだった。

こちらの岸へ近づいてきた時、チャーリーさんが舟ばたから水の中へ入れた捕虫網を、なにか重そうに両手で引き上げた。

みんながその方を見た。

「オオッ、なんだ？」

と、だれかが言った。

捕虫網にドス黒くなにか敷物みたいなものが、重く引っかかってきた。それをチャーリーさんが舟の中にドサッと投げ出した。青年のひとりがつかみあげると、舟ばたの外の水につけてザブザブと洗った。舟が岸に着いた。洗った黒い物を青年が両手にひろげて、水がダラダラ流れるのを日の光にかざして見た。

「アラァ、セーターだわ！　赤糸でフチをとってさ、気どってる！」

と、シャルが言うのと同時に、青年たちがにわかにさけびだした。

「ペニーのセーターだっ！」▼60
「そうだ、いつも着てるやつだ！」

「ペニー！　おまえどうしたんだ？」

いっぽうの舟から岸に上がってきたペニーがまっ青になっている。帽子なしに、よろめいて来ると、

「止めろ！」

と、マル検事が右手でペニーを指さした。

刑事と巡査がバラバラとペニーの前へ立ちふさがると、ひとりが舟へ走って行き、泥だらけのセーターをさげてきた。

ツカツカと歩いてきたマル検事が、ペニーと向きあって立ちどまると、切りつけるような口調できいた。

「このセーターは、きみの物なのか？」

ペニーのくちびるがふるえて、

「そうです、ぼ、ぼくのセーターだ」

「きみのセーターが沼の中に、どうして沈んでいたのか？」

「いや、おれは知らねえ」

「おちついて正直に答えるんだ。おまえが自分で沈めたのだろう」

「いや、おれは知らねえ！」

「フム、おまえは土曜の朝早く、どこにいたのか？」

「それは、ウウム……」

「自分のいたところを、知らないことはあるまい。わずか三日前のことだ。土曜の朝早く、おまえは、どこにいたのか？」

　きびしく問いつめられたペニーは、自分の頭の髪を両手でかきむしった。

　まわりから、みんながペニーを見つめている。ひとりだけ野原の林の方をながめているのがデュパンだった。

射ったのは一発だ

　ペニーの目つきが、すごくきらめいて、いよいよ白状しはじめた。

「おれは、ズッと向こうの林の中に、いたんだ」

　マル検事の目も光って、

「朝早く何をしに、林の中へ行ったのか？」

「ウウム、鹿を猟にだ」

「フム、銃器を持ってだな。林の中で鹿を見つけて射ったのか？」

「射った！」▼61
「何発？」

「一発！　あたらなかった」

「何式の銃だったか？」

「ライフル銃だ」

「何連発の？」

「五連発だ」

「正直に言え、ライフル銃によって一発、シャットル氏の馬を射ったのだと」

「ち、ちがう！　そんなことを、おれがするもんか！」

「逮捕！」

　マル検事が命令し、刑事がふたりペニーをおさえると手錠をはめた。

〈ペニーが犯人か？　そうらしいぞ！〉

と、みんながザワザワした。

　すると、マル検事の前へ出て行ったチャーリーさんが、声をはりあげて言った。

「お待ちください！　ペニーは平生、品行が良くないのはわたしも知っています。しかしながら、自分のおじに危害をくわえるような、そんな悪質の青年では、だんじてございません！　この点をどうぞ、ご配慮くださいますよう、おねがいを申しあげます」

眉をひそめたマル検事が、つめたい口調で言った。

「そのようなことは、公判の時に裁判長に言うがいいでしょう」

青年たちがヒソヒソとささやきだした。

「オイ、じっさいにペニーが、やったんかな？　おれはチャーリーさんが言ったのと、おなじ気がするんだが」

「さあ、わからねえ、だが、なにしろ、あのセーターが怪しいぜ」

「といっても、それだとシャットルさんは、どうなったんだ？」

血まみれの弾が出てきた

もう一歩前進！

デュパンの運転する新車に、シャルとぼくが乗って、青空の下の野原を走らせて行った。

広く草がしげってる、道はない、地面はデコボコだ。車が上下左右に、はげしくゆれる。シャルがたちまちさけびだした。

「どこへ行くのよ？　こんなの、たまらないわ！」

デュパンは愉快らしく、

「ハハッ、野原、林、丘、いたるところへ車の散歩だな。シャル嬢、歌でもうたえよ！」

「いやだわ。いったい何が目的？　シャットル氏を捜すんじゃないの？」

「フム、検事の連中と青年たちが、捜査したあとだろうな、このへんの野原は」

「そう、あのペニーは犯人なのかしら？」

「なあに、あんな犯人があるもんか」

「アラ、どうして？」

「かれはオドオドしながら、検事にくってかかった、あの声の強さには、みじんもウソがなかったからね」

「そう、あんたの直感だわね」

「そんなものだろう」

「だって、あそこの沼にペニーのセーターが沈んでたの、あれはシャットル氏か馬の血がついたから、証拠をかくすために、ペニーが脱いで沈めたんじゃないの？」

「そうかな、そうじゃあるまい」

「では、あんたはなんと推理するの？」

「セーターがひとりで飛んで行って沈みはしないだろう、そんな暴風はさいきん、ふかなかったはずだ。とすると、**何者か**のしわざだろうね」

「また『**何者か**』が出たな。それをきみはもう推定してるんだろう。言えよ、今はシャル嬢とぼくが聞いてるだけだ」

と、ぼくがイライラして、さいそくすると、

「ハハッ、その推定がね、もう一歩のところなんだ」

「その一歩を早く前進してよっ！」

「ハハア、今、前進してるんだぜ」

「そうなの？　だって、こんな前進、のろいわよ。草ばっかりでさ、なんにもないじゃないの」

「早くやりすぎて、ガクンときても知らないぞ！」

「ワアッ！」

ぼくも前にのめった。デュパンがきゅうにブレーキを引いたのだ。

「どうしたんだっ？　おどかすなよ！」

「膝をぶつけたわ、ひどいわ、あ痛っ！」

「ハハッ、膝くらい、がまんしろ。まっさかさまに落ちるところだ。おりろ！」

急停止した車の横へ、三人がおりてみると、車ぜんたい右の方へかたむいている。

「ワアッ、どうしたのよ？」

「足もとに気をつけろ！」

すぐ足もとの草がたおれて、よじれている。

「なんだい、これは？」

と、ぼくは、草むらの低くなってるところを、上からのぞいて見た。

まだズキズキしてる

「かなり深い大穴だぜ！」

ぼくが、そばにいるデュパンとシャルに言うと、

「まあ！　こんな大穴、こんなところに、どうしてあるのかしら？」

と、シャルも上から大穴の底の方を、のぞいて見ながら、足もとに気をつけている。

まわりの土と草がくずれ落ちたらしい。うす暗い底の方の赤土が、真上から昼すぎの日光に照らされて、ボンヤリと見える。

「草のほかに、なんにもないぜ。枯れてる古井戸だな」

と、ぼくが言うと、デュパンがうなずいて、

「このあたりの地下水が、今さっきの沼へ流れこんで、こんな深いくぼ地ができたんだろうね」

ブーンと羽音をたてて青色の虫が、大穴から高く飛び出して行った。とたんにシャルが、

「アッ、昆虫だわ！　もう見えなくなった、早いやつねえ」

と、青空を見まわした。

するとデュパンが茶色の目をキラキラさせて言った。

「フウム、よし！」

「エッ、なにが『よし』なの？」

「半歩前進した、あと半歩だ。行こう！」

「どこへさ？」

「シャットル氏の家へ行ってみるんだ。今ごろ検事がペニーにあの白馬を見せて、むやみに問いつめて、ペニーが怒ってくってかかってるところだろう」

「そんなこと言って、何者かはどこにいるのさ？」

「あと半歩だ、と思うんだがね」

三人が車にまた乗った。あぶなく大穴へ、これこそ〝あと半歩〟で落ちるところだった。

バックしながらデュパンがきいた。

「シャル嬢、膝はどうなんだ？」

「まだズキズキしてるわよ！」

しかし、ぼくが見ると、そんなに痛そうな顔はしていなかった。

五から一ひく三？

シャットル氏の邸へ、ぼくたち三人が車を乗りつけた時、玄関の横の芝生に腰をおろしてたのは、沼から帰ってきている捜索隊の青年たちだった。

壁の前にマル検事とペニーが向きあって立ち、ペニーの両わきに刑事と巡査、そしてチャーリーさんが今なお青ざめて、ペニーのすぐ後ろに立っていた。

「チャーリーさんて誠意のある人ね。ここでもペニーをまもってるわ」

と、シャルはすばやく、あたりを見まわして、車をおりながらささやいた。

「虫の博士と大黒人のジュピターが、いないわね。どこへ行ったんだろう？」

「沼のまわりで、昆虫を捜してるんだろう」

「あんな奇人、見たことないわ」

ぼくとシャルが話しあってると、青年たちの中から立ちあがってきたのが、あごひげのドナルド・ドロンだった。

「先生！　今ね……」

と、デュパンに小声で、

「警部と刑事がモロー支配人さんに案内させて、ペニーの部屋を捜しに行ってるだ。それから警察の医者が、これも検事に言われて、あの馬の死がいを見に行ってるだが、どうなることだか？」

と、とても心配そうにきいた。

デュパンがききかえした。

「検事は沼のふちから帰ってきてペニーに今まで、なにを言ってたのかな？」

「しつこく言ってるだ、『あまり手数はかけないうちに自白するのが、おまえのためになるんだぞ』って、アッ、警部が出てきた！」

みんながその方へ目をむけた。ぼくたちは青年連中のそばへ行ってみた。

リヨン警部がさきに、刑事のひとりが長いライフル銃をさげ、なおひとりが何か持っている。見ると、黒皮の金入れなのだ。後ろからモロー支配人が、とても不安な顔をしてついてきた。

「ウム！」

と、マル検事が受けとったライフル銃を、ペニーの胸へ突きつけて言った。

「これが、おまえのライフルだな！」

手錠をはめられてるペニーが、グッと胸をはってこたえた。

「ウン、そうだ！」

「おまえは土曜の朝早く、これに五発の弾をこめて行って、一発だけ林の中で鹿を射ったと言ったな！」

「お、おれはウソを言わねえ、そのとおりだ。鹿を見つけて射った、一発だ！　あたらなかったんだ」

「フム……」

マル検事がライフル銃の弾倉をあけた。ガチッと音がしてバネにはじき出されたのこりの弾が、検事のてのひらにころげ落ちた。

シャルがささやいた。

「アッ、三発だわ。五から一ひく三なんて、おかしいわね」

発見したのは、あなたですね？

てのひらの上の弾三発を、マル検事がペニーの顔の下へ突きつけると、荒い口調で言った。

「見ろ！　弾の数が合わないぞ。鹿に一発射ったとしてもだ、あとの一発はなにに射ったか▼62？」

まっ赤になったペニーが、怒なりだした。

「おれは、知らねえと言ったら知らねえんだっ！」

「おまえの銃に、おまえが弾をこめた、おまえが射った、その弾数が合っていない、それをおまえ自身が知らないと、どうして言えるか？」

「知らねえから知らねえんだっ！」

青年たちの中から二つの声が、同時に聞こえた。

「もう白状しちまえ！」

「ペニー、がんばれっ！」

マル検事がペニーをにらみつけた。ライフル銃と弾をリヨン警部にわたすと、刑事がさし出した黒皮の金入れを受けとるなり、ペニーに見せて言った。

「これだと知っているだろう。どこまでも知らないでは通らないぞ！」

大形の黒い金入れを、ペニーがジーッと見つめながら、顔を横にふって言った。

「知らねえよ」

「知らない物が、自分の部屋にあるか？　おまえの言うことは、はじめからウソばかりだ。じっさいに証拠の物が、このとおり出てきたのだぞ！」

「フン、弾は一発、どっかへ飛んで行った。この金入れは部屋の中へ、どっかから飛んではいったんかな。どっちも、おれは知らねえから知らねえんだ！」

「おまえには、良心がないのか？　……」

　と、沈んだ声になったマル検事が、モロー支配人の方をふりむいてきいた。

「この金入れをペニーの部屋で発見したのは、あなたです[63]ね？」

　モロー支配人が頭を低くさげてこたえた。

「はい、それは、まちがいなく主人の物なので、すぐ目につきましたんで……」

「シャットルさんは土曜の朝、これを持ってキャドウ市へ行ったのですね？」

「そうでございます、『きょうはキャドウ市の農工銀行[64]へ預金してくるから』と、一万フランの札を何枚ですか、その中へお入れになりまして……」

「フム……」

　その黒皮の金入れを、マル検事が上下にはげしく振りまわした、が、紙きれさえ落ちない。カラなのだ。検事がペニーをにらみすえてきいた。

「この中に何万フラン、はいっていたのか？」

「知らねえと言ったじゃねえか！」

　ペニーがまた怒なった時、向こうの壁の横から白い消毒衣を着ている身のたけの高い男が、スタスタと出てきた。右手にキラリと光った物をもっている。

〈警察の医者だな！〉

　と、ぼくはすぐ見てとった。

なにかいい知えは？

　マル検事のすぐ横に、警察医が立ちどまった。右手に解剖刀をさげている。キラリと刃が細い。左手をひろげて上にのってる物を、検事に見せて言った。

「これを摘出しました。あの馬の心臓の左上およそ六センチ、深さ五センチくらいに、止まっていたのです。むろん、致命傷でして[65]……」

　青年たちがみな立ちあがって、ザワザワと見にきた。

　検事がてのひらに受けとった物は、血が黒くかたまりついてる弾なのだ。射たれた弾だ。それを検事はジイッと見つめると、ペニーにまた見せて言った。

「オイ、どうだ？　おまえのライフル銃にはいっていた弾とこれとは、まったく同じ種類だ。シャットル氏が乗っていた馬を、おまえが射った証拠が、ここに現われた！　これでも、おまえはまだ、知らないと言いはるのか？」

ペニーがバタバタと足ぶみして言った。

「知らねえと言ってわるけりゃ、おれはわからねえんだ。おれと同じライフルをもってる者が、世間にいくにんだって、いるだろうぜ[▼66]！」

青年たちが顔を見あわせた。

「おまえが今ここで自白しなくても……」

と、しずかな声になった検事が、ペニーに、

「証拠材料が、ものを言うのだ！」

と、血まみれの弾を、これもリヨン警部にわたして命令した。

「検察庁へ連行！」

「ハッ……」

警部と刑事と巡査がペニーを取りかこむと、庭からおもての道の方へ、グングン引きたてて行った。あとからマル検事が、ゆうゆうと出て行った。

チャーリーさんが青年たちに、まるで力のない声をかけた。

「どうもね、検事さんが言ったように、『証拠材料が、ものを言う』となると、セーターもあれば金入れもあるし弾が出てきたし、ペニー君を、わたしはたすけたくても、力が、およばない。なにかいい知恵はないでしょうか？」

青年たちがたがいに話しだした。

「ペニーは無罪だという証拠材料を、べつに集めなきゃあ、ダメだろうな」

「ウン、だが、そんな物の出てくるみこみがあるんか、どうなんだ？」

「ないだろうなあ。ペニーがやったんだと、おれだって、そういう気がしてるんだから……」

「あいつ、おじさんとケンカしたんじゃねえのか？」

「それよりもさ、おじさんが財産を方々へ寄付しちまわないうちに、ペニーが自分のものにしたくってさ、目がくらんでやったんじゃないかと、おれは思うんだ」

「欲望のために目のくらむのが、大多数の人間だからな」

シャルがデュパンの顔を横から見て、

「あんたの直感、こんどはマトをはずれたわね。**何者か**はペニーだったわ、たしかな証拠が、あれほど出てきたんだから」

とささやいた時、庭のいっぽうから不意に、

「ワオーッ、重いぞ、重いぞう！」

と、わめく声が聞こえたのだ。

美人コンクール特等の令嬢

いくつも穴があいてる！

まっ黒の巨人ジュピターが胸から上ははだかのまま、右の肩に、ものすごく大きな箱をかついで、ノッシノッシと歩いてきた。

「重いぞ、重いぞ、ウウムッ……」

と、玄関前に立っているぼくたちを、笑いながら見まわして、

「ヤア、モローさん！　これが今さっき着いたぜ！」

と、モロー支配人に言うと、みんなの前へ歩いてくるなり、肩の上の大箱を芝生の上にソッとおろした。

モロー支配人がビックリした顔になって言った。

「オオッ、マルゴの大箱じゃないか、▼67エッ？」

みんながそれを見た。箱の横がわに黄色のペンキで**マルゴ**と太く書かれている。

青年たちがガヤガヤと話しだした。

「すごくでかい箱だな、こんなの見たことないぜ、五ダース入りか六ダース入りじゃないか？」

「飲めるなあ、こんなにあると何人だって」

「さすがにシャットルさんだ、することがでかいや」

「オイ、こうなるとシャットルさんはキャドウ市へ行って、これを酒屋へ注文したんだろう。へんじゃないか？」

「そうだ、時間が合わないからな▼68」

ジュピターがまっ黒な額の汗を、大きな手のひらでゴシゴシとこすっている。そこへ出てきたのが、顔の奇形なルグラン博士だった。

なにがおかしいのか、ニヤニヤ笑いながら、みんなに言った。

「どうだい、諸君！　せっかくシャットルが届けさせたマルゴ酒だ。みんなでわけるのが、いい方法じゃないか？　このままにしておいたって、なんにもならないからね、そうだろう？」

だれも答える者がいない。二、三分してチャーリーさんが青ざめた顔のまま、ルグラン博士に言った。

「そういうことは、いけないと、わたしは思う。シャットルの行くえが、今もってわからない。それなのに、酒を分けあうなどは、もってのほかだ！」

「ワッハッハッ、なるほど、そうか、ところがね、シャットルが生きていると、『よろしい、みんなで大いに飲んでくれ、いっしょにぼくも飲むよ！』と、よろこぶのにきまってる。チャーリー、きみもシャットルの気もちを、よく知ってるじゃないか。オイ、ジュピターこのマルゴの箱を、ここであけろよ！」

虫の博士が陽気にガンガンとわめくと、

「よしきたっ！」

と、黒い巨人のジュピターがまっ黒な右腕を振りあげるなり、大箱のフタを上からなぐりつけた。

〈フタが割れるぞ！〉

と、見ていたぼくはハッと変な気がした。

フタの板が薄くてボカンと妙な音がした。中に瓶のつまってる音ではない。

〈何がはいってるのかな？〉

と、横にペンキのマルゴと太い字を見ると、黄色の字の中に穴が、いくつもあいている。

「デュパン、変だぞ！」

と、ぼくが言った時、大箱の薄いフタが中からメリメリッと裂けた。

「ワオッ！」

と、ジュピターが黒い両腕をのばすと、裂けたフタの板をつかんで両方へパッと開けた。

「ヒーッ!?」

とさけんでぼくの腕にすがりついたのはシャルだった。

シャルの悲鳴をぼくは初めて聞いた。

気を失った犯人

箱の中からヌウッと出てきたのは、なんと思いがけない白髪の老人だ。顔に生気がなく目をふさいでいて、すごく気みがわるい。死んでるようだ。

青年たちがさけびだした。

「シャットルさんだ！」

「シャットルさん、どうしたんですかっ？　シッカリしてください！」

死んでるようなシャットル氏がパッと目をあけた。白髪の頭を動かして、チャーリーさんを見とめると、くちびるをワクワクさせて怒なった。

「お、おまえこそ犯人だ！」▼69
みんなシーンとなった。シャルがぼくの腕にすがりついてふるえた。

「ムムウッ……」

うめいたチャーリーさんが、よろめいて仰むけにたおれた。おどろきと恐れに打たれて気を失ったのか？　両手をにぎりしめ、足を両方とも突き出したきり、芝生の上に動かなくなった。

「寝室へ抱いて行け！」

と、怒なったのはルグラン博士だ。

「ワオッ！」

と、ジュピターの太い両腕が、シャットル氏を箱の中から抱きあげると、玄関へはいって行った。

ルグラン博士が横について行きながら、モロー支配人とみんなに言った。

「医者を呼んでくるんだ。なあに、シャットルは大じょうぶだよ、気力がおとろえてるだけでね」

「アワワワ……」

変な声がした。見ると、モロー支配人が芝生にベタリとすわったまま、口をあけてさけんでいる。おどろいて腰がぬけたらしい。

「医者はぼくが呼んでくる！」

と、青年のひとりが走りだして行った。

あおむけに倒れたきり、目をふさいで動かずにいるチャーリーさんを、デュパンが上から指さして、ゆっくりと言った。

「この犯人のポケットを捜してみると、なにか証拠が出てくるだろう」

「オッ、おれがやるだっ！」

ドナルド・ドロンがあごひげをふって、〃この犯人〃の上へ、うつむけになった。上着のポケットに手を突っこむと、

「ヤッ、これかっ？」

と、怒なってつかみ出したのは、一万フランの厚い札たばだ。何枚かあるのを芝生においた。▼70
デュパンがまた言った。

「右の靴をぬがせてみると、なにか出てくるだろう」

ドナルド・ドロンがすばやく右足の赤靴をぬがせた。すると、底からころがり出た黒い小さな物を、つまみあげて見るなり大きな声でわめいた。

「ピストルの弾だ、射った弾だっ！」▼71
ぼくの腕をはなしたシャルが、キンキン声で言った。

「**何者か**は、このチャーリー・グッドだったのね！」

そのチャーリー・グッドは血の気もなく青ざめている顔が、くるしそうに目をふさいで仰むけになったきり、身動きもせずにいる。

デュパンが青年たちに言った。

「そのピストルの弾と札を、マル検事に見せてくるがいいだろう。ペニー君が気のどくだ。医者が来たら、この犯人もみせて意識を回復させるんだ、逃げないように監視して」

青年たちがさけびだした。

「そうだっ、ペニーをすくうんだ！」

「ペニーをすくい出せ！」

「行こう、検察庁へ！」

「だれだい、ペニーが犯人だと言ったのは？」

「いや、おれじゃねえぞ！」

「おまえだ、あやまれっ！」

芝居をやった奇人博士

午後の明るい光をあびて、パリへの帰り道に、デュパンはゆっくりと車を走らせてきた。シャルもぼくも助手席にならんで、むやみに質問をつづけた。

　三人の問答を書いてみると、

シャ「あんた、あのチャーリー・グッドが靴の中にピストルの弾をかくしてたの、どうして気がついたの？　おしえてよ！」

デュ「そうだね、かれはシャットル氏が生きていた不意の出現におどろいたのと恐怖のために、気を失って表面意識は眠ってしまった、が、深層意識はさめている。上着の左の内ポケットを警戒して、左手をその方へブルブルとふるわせた。右の靴を警戒して、右足のさきをヒクヒクと動かした。こんなことに気がつかなかったのは、シャル先生に似あわないな」

シャ「まあ！　だって、あたし、とてもこわかったんだわ、あんな人が箱の中からヌッと出てきたんだもの。モロー支配人だって腰をぬかしたわ」

ぼく「あのピストルの弾は、チャーリー・グッドがシャットル氏の白馬を射った、自分の弾なんだな？」

デュ「むろん、そうだと断定していい。おそらくかれは土曜の夜おそく、ペニーの部屋へしのびこんで、シャットル氏からうばいとった黒皮の金入れを、部屋のどこかへかくしておいたのだ」

シャ「カラの金入れだわね、中の札はみんな自分が取っちまってさ、名まえに似あわない、ずるいおやじだわ！」

ぼく「そう怒ったってしょうがないぜ。チャーリー・グッドはその時、ペニーの部屋にあったセーターと、ライフル銃から弾を一発ぬき出してきたんだな？」

デュ「まさにそのとおり、それからどうしたと思う？」

ぼく「馬屋の前に死んでいる白馬ジョリーのところへ行って、傷口から自分の射ったピストルの弾を抜き出した。かわりにペニーのライフルの弾を深くおしこんでおいたと、推理すべきじゃないか▼72？」

シャ「そうだわよ、あたしもそう思うわ。セーターだってチャーリー・グッドが沼に沈めたんだわ。そうしておいて、検事に沼の捜索をすすめてさ、どこまでもペニーを犯人にしようとしたんだわ。なんて悪いじじいだろう！」

ぼく「シャットル氏があの大箱の中にはいっていたのは、どういうわけだ？」

デュ「ハハッ、あれは奇人博士が自分の思い出になるような芝居を、黒人ジュピターに手つだわせてやったんだな」

シャ「まあ！　変な奇人だわねえ！」

デュ「ハッハッハッ、変だから奇人なんだ。ぼくたちの車がもう半歩のところで、あぶなく引っくりかえる大穴があったじゃないか、草むらの中に」

ぼく「アッ、そうか、あの中にシャットル氏が、落ちこんでいたのか？」

デュ「自分で落ちたのではないだろう。チャーリー・グッドがピストルをにぎって、あのイバラの木の下にひそんでいた。それとは知らずに馬を走らせて来たシャットル氏は、不意に射たれて、棒立ちになった馬から落ちると、ひどく頭を地面にぶつけた、とたんにチャーリーの顔を見たが気絶したのだろう」

シャ「そうだわ、わかった！　あの悪じじいが飛び出して行ってさ、シャットルさんの金入れを抜き取って、それからシャットルさんをあの大穴へ引きずって行くなり、底へ落としたんだわ。シャットルさんは老人だから頭を打って死んだとかれは思ったのね、悪じじいだって、あわててるから▼73」

ぼく「たぶんそうだろう。それを奇人博士とジュピターが昆虫採集に行って、大穴の中にいるシャットル氏を見つけたんだな、フウム……」

新事件に茶色の目

シャ「とても変わってる事件だわ！　あの大黒人ジュピターが大穴からシャットルさんを、たすけ出してさ、奇人博士といっしょに自分たちの家へ、かついで行ったんだわ。デュパン、そうじゃないのかしら？」

デュ「そのとおりだろうね、シャル先生の推理、満点だ、それから？」

シャ「むろん、満点だわよ。それからシャットル氏は頭を打って気絶しただけだから、老人でも間もなく気がついてさ、奇人博士とジュピターに世話されて、三日すぎると回復したんだわ。犯人はチャーリー・グッドなんだと、奇人博士に言ってさ、そこで奇人博士が芝居を考えついたんだと、あたし思うのよ。どう、満点じゃない？」

デュ「フウム、二重丸の満点だ、おどろきだね」

シャ「三重丸にしてよ。シャットル氏が家で回復してるのを、奇人博士もジュピターも知ってるものだから、沼へ出てきた時も、みんなが捜索してるさいちゅうに、笑いだしたりしたんだわ。そうじゃないかしら？」

デュ「その時そう気がついていると、三重丸だな。ところで、なお一つ疑問がのこっているんだがね」

シャ「エッ、なに？」

デュ「馬の鞍は、どこへ行ったのか？▼74」

シャ「アラ、鞍なんて、どうだっていいわよ」

　話してるうちに家の前に来て、デュパンが車を停めた。するると、向こうから走ってきた大型の新車が、これも停まった。総監旗をひるがえしている。

　シャルが小声でさけんだ。

「赤毛のデブ総監だわ、なんだろう？」

正しく書くと、パリ警視総監**ヘンリー・ジョセフ・ジスケエ**だ。向こうの車から大きな樽[75]がころげ出たみたいにおりてきた。こちらも三人が車を出た。

「ヤア、デュパン君、外出しとったのか？」

と、まばたきしたデブ総監に、

「ぼくに用ですか？」

デュパンがズバリときくと、

「ウム、道ばたで立ち話しは、いかんのじゃ」

「では、どうぞ……」

二階にあるデュパンとぼくの共同のボロ部屋に、四人がはいった。

デブ総監が腰をかけると、古イスがギシッと音をたててゆれた。

「ウム、そうじゃ」

とシャルを見たデブ総監が、耳の上の赤毛を太い指でかきあげながらきいた。

「あんたは、パリ美人コンクールで特等にえらばれた**マドモアゼル・マリー・ロジェー**[76]を、知っとるかのう？」

「ええ、おぼえてますわ。あんなに大きな写真を、新聞に出したんですもの」

「会ったことが、あるかのう？」

「いいえ、会ったことはいちども、ないんですの」

「デュパン君！　きみはどうかのう？」

「全然、知らないです」

「ロバート君！　きみはどうかのう？」

「さあ、そんな写真を新聞で見た時、すばらしい美人がいるなあと思ったのを、おぼえてるだけです」

シャルがイスを乗りだしてきた。

「マリー・ロジェー嬢が、どうかしたんですの」

「ウウム、新聞に出してはいかんぞ。掲載禁止じゃ」

「まあ！　どうしたんですの？」

「マリー・ロジェーの死がいが、セーヌ川の岸に浮きあがったのじゃ」

「まあ！　投身自殺したんですか？」

「それよりもじゃ、その死がいが、はたしてマリー・ロジェーであるのか、今のところ、どうもわからない点があるのでのう」

デュパンの茶色の目が、底深くきらめいたのを、ぼくは横から見て思った。

〈さては、この新事件も怪奇なんだな……!?〉

▼1　フランス語でTrès bon、「とてもおいしい」という意味。
▼2　『名探偵ホームズ全集』のホームズとワトソンなら、この三倍は食べただろう。デュパンは常識的な胃袋を持っていた

ようだ。
▼3　『モルグ街の怪声』冒頭部分を参照のこと。
▼4　ドイルのホームズ・シリーズでは、しばしばワトスンが手紙や書類をホームズのために朗読する場面が登場する。これはホームズの視力が弱っていたためではないかと論ずる研究家もいるが、「速読術」が原因だというのは、峯太郎の新説だ。
▼5　原作では「あまりに気がやさしすぎ、遊び仲間のからかいの的になるほどであった」（『ポオ小説全集　第四巻』六〇頁）とあるだけで、男性恐怖症というのは峯太郎版の誇張。
▼6　『盗まれた秘密書』のマラー大臣の書斎での、デュパンの行動をさす。
▼7　原作にない父親の名前。貿易商社の社長という設定も、原作にはない。「バルドー」は、当時人気だったフランス人女優ブリジッド・バルドーからとったのだろうか。
▼8　妻の名前は原作にはない。また「わたしは若くして妻をめとったが、幸いにして妻の性格もわたしのとさして違わなかった」（九一頁）とあるだけで、結婚に母親の関与はない。しかし峯太郎版のほうが、語り手の性格形成を考えさせる。
▼9　本館は両親が住んでいたのだろうか。
▼10　『名探偵ホームズ全集』のホームズの大食いを継承したのは、シャルのほうだった。
▼11　「口かずがすくなくて、おとなしい」はずのイレーヌが、黒猫を手に入れたとたんに性格が変わったように主張し始めるのは、原作にない峯太郎版の設定。悪魔的な猫にイレーヌが操られている印象がつけ加えられて、効果的である。
▼12　原作では「わたしの不平一つこぼさぬ妻」（六九頁）とあるように、妻の性格は変化していないし、反抗的な態度もとっていない。峯太郎版のほうが緊迫感がある。
▼13　一九六〇年にフランスフランの百分の一のデノミネーションが行われたが、それ以前なら四桁でも不自然ではない。
▼14　原作では「大酒という悪魔のため」（六二頁）に「気むずかしく、怒りっぽく」（同）なったとあるが、どうして酒に溺れるようになったか説明がない。ポーも同じようにアルコール依存症になっており、自身の体験を元にしていると思われる。
▼15　原作にない設定。語り手は実際は普段から抑圧されていた存在であり、そのはけ口として凶器を準備したという心理描写は見事だ。
▼16　原作では、猫が逃げようとしたのを引っつかむと反撃されて手首を噛まれたので、チョッキのポケットから小刀を取り出し、「あわれな猫の喉首を摑むと、片方の目を根こそぎぐりぐりとほじくり出してしまった」（六三頁）と、故意で悪質である。
▼17　原作では、妻はまったく怒った形跡がないし、暴風雨で家が崩れる心配も、地下室を探し回ったり、妻を殺そうとしたりもしていない。さらに傷口から毒が回るかもしれないという恐怖も描かれていない。峯太郎版の語り手のほうが、四方八方から追い詰められている。
▼18　原作に登場しない人物。フランスの俳優アラン・ドロンから名前をとったのだろうか。
▼19　町に出て行く場面は、原作にない。
▼20　家庭内別居も原作にはない設定で、夫婦関係をより深く描写している。
▼21　原作では、妻は「黒猫はすべて魔女の化身である」（六一頁）と口にしていたが、名前をつけたのはどちらかはっきり

していない。
▼22　一九五〇年代の流行色は、赤と黒だった。六〇年代になると様々な派手な色が使われるようになり、七〇年代はサイケデリックになる。
▼23　原作では「猫の首に縄をかけ、木の枝に出した」（六四頁）とあるように、投げ縄はしていない。一九五〇年代から六〇年代にかけて、映画や『ローハイド』『ララミー牧場』といったテレビドラマ西部劇が子供たちのあいだでも流行し、江戸川乱歩の「サーカスの怪人」（一九五七）の中でも、明智小五郎がカウボーイのように投げ縄ができたという描写がある。
▼24　原作では、猫を縛り首にした晩に火事になり、猫の姿が壁に焼きついているのを発見する。酒場で黒猫に出くわすのは、その数カ月後である。しかも今度の黒猫には、胸に白い斑点があるので、別の猫であるのは明らかである。
▼25　原作では、「あの猫を失ったことを残念に思うようにさえなり」（六五〜六六頁）、「この猫を譲ってくれ」（六六頁）と、自ら所望して連れ帰り、しばらく飼っている。このあたりの心理は、峯太郎版のほうがサスペンスとして首尾一貫している。
▼26　原作では、気がついたときにはすでに家中が火に包まれていて、出火場所も原因も特定できない。峯太郎版で妻のいる二階から出火しているのは、黒猫と妻との呪いが二重写しになっている。
▼27　おそらく語り手バルドーの親世帯をさすのだろう。原作にはない。
▼28　原作の引越し先は、火事の後は「貧乏ゆえやむなく住んでいた古い建物」（六九頁）。ドロンじいさんは登場しないのだから、もちろんその息子一家もいない。「ラットル」の名は、『お前が犯人だ』」の「ラトルバラー」（一〇七頁）である。Rattleboroughは、ラットル郡とでもいうべきか。長沼の『推理小説ゼミナール』では「ラットル町」（一五九頁）と訳している。しかしこの作品はフランスが舞台ではなかったので、地名も登場人物の名前も、フランスらしくない。
▼29　ここからは、ポーの別の短編「『お前が犯人だ』」が、挿入される。原作ではシャトルワーズィ氏（『ポオ小説全集　第四巻』一〇七頁）だが、峯太郎版によくあるように名前が短縮されている。
▼30　原作では「十五マイル程へだたる＊＊市」（一〇七頁）で、距離は同じ。また二時間で馬が戻ってきたのも同様である。
▼31　別荘に行っているとはいえ、本館に住む家族にどうして連絡をとらなかったのだろうか？　峯太郎版にしては珍しい矛盾。
▼32　原作では、火事にあった後に引っ越した「貧乏ゆえにやむなく住んでいた古い建物の地下室」（六九頁）。
▼33　原作では「用のあった妻はわたしについて降りてきた」（六九頁）とある通り、妻と一緒にいたことを語り手は自覚していた。猫に足を取られて階段から落ちそうになった語り手が逆上して、手斧で猫を殺そうとしたら、妻の手が止めたのでさらに怒りに駆られて、「妻の脳天めがけて斧をぶちこんだ」（同）。妻を殺す意思は明確である。一方峯太郎版では黒猫と妻が渾然一体となっていて、不気味さがさらに増している。一方原作は死体を壁に塗りこめることで、黒猫の影が壁に浮きだした不思議と対にしているが、峯太郎版では省略されている。子供向けにはあまりに残虐すぎるからだろうか。
▼34　原作にない名前。

▼35　原作にない「黒猫」の解釈。
▼36　原作でも、火事の原因は明らかになっていない。
▼37　原作の解釈では「火事だという声が伝わると、この庭はたちまち野次馬で一杯になったが——その中の一人が猫の縄を切り、あいた窓からわたしの部屋へ投げこんだに違いない。おそらく寝ているわたしを起こすつもりでやったのだろうが、そこへ他の壁がどっと倒れかかり、わたしの残虐な行為の犠牲を塗り立ての漆喰《しっくい》へ押しつけ、漆喰の石灰が火焔と死骸から出るアンモニアの作用によって、わたしの見たような像を作り上げたのであろう」（六五頁）とあり、前半は峯太郎版と異なるが、後半はほぼ同じである。
▼38　原作にない「告げ口心臓」の解釈。
▼39　長沼が『推理小説ゼミナール』で、「『私』の眼をはっきり開いてくれたのは、馬の胸腔のなかからグッドフェローが弾丸をみつけた一件であった」（一八五頁）と指摘しているほど、重要な証拠である。元軍人の峯太郎は、すぐに気がつく点だろう。
▼40　原作にない名前。フランスの女優ジャンヌ・モローからとったのだろうか。
▼41　原作にないデュパンの合理的な推理。
▼42　これも原作にないデュパンの推理。
▼43　原作では「チャーリー・グッドフェロウ」。峯太郎版でよくあるように、名前を短くしている。
▼44　原作ではシャトー・マルゴー。高級ボルドーワインの一つ。
▼45　「黄金虫」に登場するウィリアム・レグランドのこと。「ウィリアム」の最初の「ウ」を落とすのは、峯太郎によくあるやり方。
▼46　「ポー推理小説文庫」の第五巻は「黄金虫」と予告されていたが、未刊に終わっている。この記述は、その「黄金虫」への繋がりの予告なのだろう。
▼47　フランス語では「チャーリー」の正式名「チャールズ」は、「シャルル」である。前述のように原作はフランスを舞台にしていない。
▼48　原作では「二人の親友の話を立聞きしていたのである」（一二五頁）とあるように、語り手がドナルド・ドロンに相当している。しかし原作の語り手の正体は不明であり、峯太郎版のほうがわかりやすい。
▼49　原作ではペニフェザー。
▼50　原作「黄金虫」に登場するレグランド家の解放奴隷の老黒人。元奴隷なので、アフリカからきたわけではない。シャルが指摘するように、ローマ神話の主神ユーピテルの英語読みである。
▼51　原作には馬の名前はない。
▼52　原作では、「このとき、被害者の馬がたった今、受けた傷のために厩《うまや》で息を引きとった」（一一九頁）となっている。
▼53　原作で行われていない捜査。かわりにグッドフェロウが、胸の弾丸孔からペニフェザーのライフル銃に適合する銃弾を探り当てた。
▼54　どちらも原作に登場しない名前。
▼55　原作ではグッドフェロウは「巧妙な理屈」（一一二頁）で、捜索隊を思うがままに案内した。
▼56　原作にない合理的な記述。
▼57　これが真実だと、物語のクライマックスのトリックにチ

ャーリーがひっかからないのだが、忘れたのだろうか。
▼58　原作では、蹄鉄の跡をたどって「淀《よど》んだ水溜《みずたま》りのところまで来た」（一一三頁）。峯太郎版では舟まで浮かんでいる大きな沼になっている。
▼59　註58の本文にあるように、蹄鉄の跡がかすかに残っていた場所はかなり離れている。足跡が続いていた原作との混乱があったのだろうか。
▼60　原作では水溜りの水抜きをすると、「黒い絹のビロードのチョッキ」（一一三頁）が発見された。
▼61　原作にない状況証拠。
▼62　原作にはない証拠。また、原作では「被害者の血がべっとりとついた、ワイシャツとハンカチ」（一一九頁）が発見されているが、後になってこれは血でなくワインの染みだったと判明している。あまりにもばかばかしすぎるので、書き直したのだろう。
▼63　原作では家宅捜索をした警察官が発見した。
▼64　原作は「農商銀行」（一一八頁）。
▼65　原作では「グッドフェロウ氏は、胸の弾丸孔を注意深く探したあとで極めて大きな銃弾をさぐり当て、引出すことができた」（一一九頁）。しかし語り手は貫通銃創であることを覚えていて、「弾丸が出てしまったのに弾丸が馬の体のなかに発見されるのなら、発見者が入れたにちがいない」（一二四～一二五頁）と述べていて、重要な手がかりの一つになっている。しかし十九世紀前半ならいざしらず、現代では通用しないと峯太郎は判断したのだろうか。
▼66　十九世紀前半にはまだ銃の線条痕検査は知られていなかったが、原作では発見された弾丸は「ペニフェザー氏のライフル銃に正確に適合していたし、この町および近隣の、他の何人のライフル銃にも遥かに大きすぎることが判明したのである。しかも、よりいっそう事態を確実にしたことは、この弾丸には継ぎ目の右に傷があって、検査の結果その傷は、被告が自分のものだと認める鋳型に偶然あった隆起とぴったり一致していた」（一一九頁）。
▼67　原作では、ペニフェザーに死刑判決がおりたあとのことである。葡萄酒が配達されるという予告状を受け取ったので、「一ヶ月前に注文」（一二一頁）を出した酒が届くと友人たちに触れ回って開いた宴会の最中に、箱が届く。
▼68　以前、シャルが指摘していた時間の問題。犯人は、シャットルがマルゴを注文できなかったのを知っている。それなのに酒が届いたので、チャーリーは動揺している。しかし原作ではグッドフェロウも誰も気がつかず、呑気に酒を楽しもうとしていた。
▼69　原作では、死後二ヶ月経過した死体の咽喉のなかに鯨の骨を差し込んで、その体を二つに折り曲げて箱に入れ、蓋が開いたら飛び出すようにしていた。鯨の骨はバネに利用できるが、記述通りにするには、食道から胃にかけて差し込み、内臓を破ってしまうかもしれない。ちなみにこの声は、原作では語り手の腹話術である。かなり死体は腐敗しているだろうから、無理があるトリックではないだろうか。残虐なだけでなく、不可能だと考えて、峯太郎は変更を加えたのかもしれない。
▼70　原作では「最近のグッドフェロウ氏の大変な気前のよさ、金づかいの荒さ」（一二五頁）というところから、語り手は疑惑を強めた。
▼71　原作では貫通銃創になっていて、弾丸は発見されていな

い。長沼は『推理小説ゼミナール』で、「徹底した捜索を行なえば、弾丸を附近で発見したはず」（一八九頁）と指摘している。

▼72 原作ではグッドフェロウが馬の死体を調べて弾を発見しているが、都合がよすぎる。

▼73 原作では「人間の体より遥かに重くて大きいものが脇道から水溜りまで引きずりこまれたように見えた」（一一三頁）とあるが、長沼は「大体五百キロ以上もある馬の体を、一人で（たとえ短距離であるにせよ）、引きずって行けるものであろうか？」（一九〇頁）と疑問を呈している。峯太郎も同意見で、この描写を割愛したのだろう。馬の死体を水中に遺棄するのなら、シャトルワーズィ氏の死体も同じようにすればいいものを、わざわざ自分の馬に乗せて、離れたところにある古井戸に隠す必要がわからない。

▼74 原作で触れられていない謎。おそらく次巻で説明をするつもりだったのだろうが、未刊に終わったので、永遠にわからないままになってしまった。

▼75 次巻「セーヌ川の怪事件（マリー・ロジェの謎）」への橋渡し。原作でもG＊＊総監が自ら訪れて、デュパンに解決を依頼しているが、この事件が起きたのは「モルグ街の殺人」の二年後である。

▼76 原作にない設定で、ただの香水店の売り子である。

灰色の怪人

バロネス・オルツィ

この本を読む人に

皇帝ナポレオンの伝記を書いた著者は、今までに、およそ四万人あまりいるという。それらの伝記の中に、それから、ナポレオンが生きていた時の多くの秘密史の中に、「皇帝の密偵」とか「灰色服のスパイ」などと、断片的に記録されている怪人がいる。ほんとうの名まえも、年も、生まれたところも、わかっていない。ただ「フェルナン」とだけ、これもナポレオンが、そう言ったらしい。

この怪人フェルナンが、皇帝ナポレオンのために、さまざまな生死の危険をくぐりぬけて、痛快な探偵の腕をふるった、その秘密の記録によって、英国の作家オルツィ女史が、『闇を縫う男』という小説を書いた。オルツィ女史もまた、怪人フェルナンを、「ふしぎな謎の人物！」と書いている。

「ふしぎな謎の人物」「闇を縫う男」「怪人フェルナン」の歴史的探偵物語だから、この小説は当然、多くの人に愛読され、日本では浅野玄府氏が訳していられる。[▼1] それを僕がさらに、わかりやすく、おもしろいようにと、ここに述作したのである。

ナポレオンの生涯については、これもポプラ社出版の『運命の皇帝　ナポレオン』（僕が書いた）[▼2]を読んでいただきたい。

山中峯太郎

この物語に活躍する人々

皇帝ナポレオン
小島のコルシカ島に生まれて、フランス皇帝に成り、ヨーロッパから世界を征服しようとする。「英傑」「風雲児」「怪物」「成り上がり者」「野蛮人」などと言われ、自分の手もとに、さまざまのスパイを使っている。その中に、「怪人フェルナン」がいるのだ。

怪人フェルナン
「皇帝の密偵」「灰色のスパイ」などと、秘密史の中に書かれ、実さいにいた不思議な人物である。いくたびも生死の冒険をくぐりぬけて、探偵の腕をふるい、皇帝ナポレオンが爆死する直前に、または生け捕られる危機に、たちまち現われて大いに活躍する。

大検事サントロペズ
最高法務院にがんばっている、いかめしい人物。「皇帝の密偵フェルナン」が会いに来ても、あいさつさえしない。ところが、フェルナンは独特の腕をふるって、この大検事の正体を見やぶってしまう。

警視総監オトラント
皇帝ナポレオンのために忠実な人物。からだがデブデブにふとって、「大樽」と言われる。しかも、「怪人フェルナン」の親友なのだ。警視総監のくせに、いつもフェルナンにたすけられる。

警察署長ルフェブル
ナポレオンに反逆する「王党秘密団」と盗賊群の「シューアン」を捕えようと、武装警官隊を引きつれて、大森林のおくへ、夜ふけにおそって行く。失敗して、しかも、意外きわまる発見をする。

大僧正フランソワ
ローマ法王につぐ権威をもっていて、多くの信者から尊敬され、城のような大別荘に住んでいる。そこに「怪人フェルナン」が現われて、大別荘の捜査をはじめ、大僧正と探偵戦の勝敗を争う。

殿下ダルトア
フランスの前の国王ルイ第十八世の弟、英国にのがれていたが、ひそかにフランスに帰り、ナポレオン討伐の旗をあげようとする。「王党秘密団」と「シューアン賊」が、このダルトア殿下に味方する。

銀髪のテレザ

「シューアン賊」の女親分。ナポレオンを爆死させ、また生け捕ろうとする時、いつも現われて活躍する。そのたびに「怪人フェルナン」と闘い、たがいに変現のかぎりをつくし、公爵の味方になる。

公爵プレラン

いつもナポレオンの宮殿に出入りしながら、実は「王党秘密団」の総裁なのだ。さまざまの計略をめぐらし、さいごに村の宿屋「百姓天国」に現われると、「怪人フェルナン」にぶつかる。

公爵プレラン夫人

ナポレオンを生け捕るために、「百姓天国」の酒場へ、主人の公爵と共に出てくる。ところが、またも突然「怪人フェルナン」のために、金髪の令嬢コンスタンスを人じちに取られ、夫人は降伏する。

金髪白衣のコンスタンス

公爵の令嬢、両親と共に捕えられ、一度はぬけだしたが、「怪人フェルナン」にまた捕えられ、ナポレオンのために救われる。このコンスタンスを、ナポレオンは「パリ第一の美人だ」という。

第一部　二重の怪奇、三重の意外!!!

怪夫人・銀足・口びる・モグラ・赤毛

見えない客は？

今、夜十時すぎ、深い森のおくに、とても大きな旅行馬車が一台、ドッシリと止まっている。どうしたんだ？

高い駆者台《ぎょしゃだい》の前に、つながれている馬四頭、たくましく長い首を上下に動かし、前の二頭が足をあげると、地面の土をドタドタッとけりだした。止まっているのが、いやなのだ。

四頭立ての旅行馬車、走りだしたら早そうだ。馬は土をけって、いきりたっている。こんな森のおくに止まっているのは、どこか車の輪でもこわれたのか？

駆者台の上に、手綱をにぎりしめているのは、古い大きな鳥打帽をかぶり、厚ぼったいボロ外とうをきている老人だ。暗い中に、あごひげが白く見える。

駆者台の灯は、ガラスがこわれて、消えている。車の中も暗い。ヒッソリしている、が、満員なのだ。荷物といっしょに、ギューづめの客が、だれも口をきく者はない。どうかしたんだ！

「さあ行けっ！　森を出るまで並足！　走ると弾が追っかけるぞ！」

殺気のあふれている太い声が、駆者台のすぐ下から、わきあがった。何者か、六、七人、ズラリと立っている。が、暗い。顔が見えない。

「わ、わかりました。森を出るまでは、走らねえんで、へえ」

老人駆者の声が、ふるえて、あごひげが白くモクモクと動いた。

「よし、行け！」

別の声が、木の下からきこえた。

「ルルッ、ルルッ！」

老人駆者が舌をならした。

馬が四頭とも、ガバガバと土をけった。ぬかるみだ。車が動きだし、大きな車体がグラリとゆれると、ギギッ、ギー、音をたてて、きしり出した。

走ると大変だ、後から弾が飛んでくる！

老人駆者は手綱をグッと引きしめたきり、

「ルルッ、ルルッ！」

馬どもの気をしずめる、舌のならし方を、老人駆者は知っている。ゆっくりと並足で歩かせて行く。弾が一発でも後から車を突きやぶって、中の客にあたったら、それこそすまねえ！　ところが、森は深い。出はずれるまで二十分は、まだ、かかるだろう。ああ気がもめる！

この森を「カシュ・ルナールの森」という。フランスでも有名な大森林だ。松の木が多い。並足で、せまい道を、しばらく行くと、

「お、親分、……」

オドオドしている声が、車の中からきこえた。馬の手入れをする子分のエクトルだ。▼3

「エエッ、くそ、なんでえ？」

親分の老人馭者が、いまいましそうに言うと、子分のエクトルは、車の中から顔も出さずに、

「馭者台にいたお客、いねえんですか？」

「ヤッ？　車の中に、はいったんじゃねえか、ビックリして逃げこんで？」

「いいや、いねえですよ、だから、きいてみたんで」

「そいつは大変だ！　ここから引きずりおろされたかな？」

「きっと、そうですぜ」

「エエッ、おれは、賊の奴らに、鉄砲とピストルを向けられて、あのお客に気がつかずにいたんだ。車の中へ、逃げこんだと思ったが、……」

車の中から、どなる男の声、なきだした女の声、いちどきに客がさわぎだした。ドカドカと立ちあがった者もいる。大きな旅行馬車が、引っくりかえるようなさわぎだ。

「ルルッ、ルルッ、ルルッ！」

老人馭者はまた舌をならした。

馬だけじゃない、人間も、しずまってくれないと、車がゆれるばかりだ。

「パーン！」

後の方から鉄砲かピストルの音が、森の中に高くひびいた。

「アッ、射った！」

老人馭者はゾクッと首をすくめ、車の中の客も急にヒッソリした。

馬が四頭とも、にわかに走りだした。鉄砲かピストルのひびきに、おどろいたのだ。

「オッ、ルルッ、ルルッ！」

あわてた老人馭者は、一生けんめいに手綱を引きしめ、つづけて舌をならした。

ところが、馬たちは、おどろいて気がくるったように、四頭とも首をあげてふりまわし、引かれる手綱をちぎろうとするか、さきをあらそって、競馬みたいに走りだした。もう止められない！

大森林のおくを、ガタガタと大きくゆれながら四頭立て

の旅行馬車が、今にも横へたおれそうに走って行く。馬も車も気がちがったみたいだ。

八本の白い息

　フランスの都パリの西南、百五十キロあまりに、「アランソン▼4」という都会がある。かなり大きな市だ。

　市役所も五階の立派な建物だし、高い塔がそびえている教会のおくには、ローマ法王の次ぎの大僧正が、フランスじゅうの信者の尊敬をあつめている。検事局には、フランスに四人しかいないという大検事が、このアランソン市に来ている。

　商工会議所の建物も大きい。博物館も大きい。警察署だって大きい。「大」ずくめだ。旅館も大きい。

「アダム・イブ・ホテル」という変な名まえの旅館がある。これは、そんなに大きくない。まずふつうのホテルだ。夜、○時すぎ、門の前にガラガラギギーッと、すごい音がきこえて、いきなり止まったのは、四頭だての大きな旅行馬車だ。

「ルルッ！　ルルッ、ルールッ、ハーッ」

　老人の馭者が、舌をならし、ため息をつき、長い手綱を台の横へむすびつけると、立ちあがってヨロヨロしながら、

「ウウン、……」

　うめき声を出して、地面にやっととおりてきた。

　車の中から、まっさきに飛び出たのは、子分のエクトルだ。

「たすかったなあ！　親分、ハーッ！」

　と、これもため息をつくと、頭ごなしにどなられた。

「ヤイ、馬をほどけ！」

「ウヘッ、この上、どやされちゃ、たまらねえ。命からがら逃げてきたんですぜ」

「だまれっ、馬を見ろ、馬を！」

　馬が四頭とも、はなの穴からフーッフーッと、長い息をはきだしている。八本の息が門の灯にうつって、白い湯気みたいだ。なにしろカシュ・ルナールの森のおくから、ここまで一時間あまり、走りつづけてきたのだ。

　車のドアをおしあけて、両がわから客たちが、ドカドカとおりてきた。みな、顔いろをかえている。男も女も外とうや服を切られ、さげているカバンもバッグもケースも、引きさかれたり、ちぎられている。持っていた金や大事な物を、車の中へはいってきた森の盗賊に、ことごとく、うばいとられたのだ。

「くそっ、災難だ！」

「そうです、けがをしなかっただけ、まだよかったんだ」

「しかし、あんな奴らが森の中にいるのを、警察は何してるんだ？　このアランソン市の警察の者は？」

「ええ、そうよ。森の中といっても、カー町からこのアラ

ンソンへくる街道だもの、ああくやしい！　あたし指わを三つとも、ネックレスもブローチも、うで時計も、ヒーッ、……」

と、切るような泣き声をあげて、茶色の外とうにくるまってる女がさきに、ホテルの門をはいって行った。

今夜、このアダム・イブ・ホテルにとまる男女たち、市内に家のある者など、ひとり残らず森の賊から受けた被害と恐ろしかったのを、口々にわめきながら、自分の行く方へ散って行った。

老人馭者と子分のエクトルは、馬の胸にかけてある太い皮帯を、やっとほどくと、ホテルのうらの馬屋へ、二頭ずつ引いて行った。まもなく老人馭者だけが出てくると、まだヨロヨロしながら、

「まったく、とんでもねえこった！　命びろいをしたけれど、ハーッ」

ため息をはきだし、白いあごひげをなでおろし、車の中にはいろうと、ドアへ手をかけた。すると、門の中から、

「ゴンドラン！」

いきなり、よぶ声に、ハッとしてふりむいた。だしぬけに、だれだ？

賊の頭は一本足

ホテルの門の中から、ツカツカと出てきたのは、いやに気どったモーニング服を、この夜なかでも着ている、支配人のブレーズ君だ。まだ二十才くらいのくせに、チョビひげをはやし、はな目がねをかけている。

「ヤア、今ね、お客さんから聞いたんさ、ひどい災難にあったもんだなあ、ほんとに！」

女みたいな細いキーキー声で、気どりやのブレーズ君が、老人馭者ゴンドランのそばに、ソッと立ちどまると、

「みなさんがね、警察へとどけろって、おっしゃるんさ。そこでまあ、ゴンドラン、きみは馭者台に、はじめからいたそうだが、賊の人そうや身なりを見たんだろうね、どんな奴だったの？」

「ハーッ、それぁ、むりだ！」

「むり？　どうしてさ？」

「だって、いきなりバラバラッと何十人も両方から出てきやがって、ピストルと鉄砲を突きつけるなり、馭者台のランプを二つとも、ぶちやぶりやがった。暗くなって、それきり、なんにも見るどころか、車は止められたきりだ、『動かすと射つぞ！』と、どなりやがって、はあもう、……」

「その賊は、何人くらいだったの、何十人だなんて、ほんとうは？」

「ほんとうは、わからねえ、暗がりだもの。車の中へ乗りこんできやがったのは、六、七人かな？」

「そいつらを、さしずしてた奴が、いたんじゃないの？」

「いやがった！　わしにどなった奴だ。しまいまで馭者台の横に、突っ立ってやがって、しまいに、『さあ行けっ！』って、あいつが賊の頭《かしら》にちがいねえ」

「すぐ横に、しまいまで立っていたんだと、人そうくらい、上から、きみが見てさ、おぼえていないんかなあ。ガタガタふるえていたの？」

「チェッ、あんただって、その時にいてみなせえ、ガタガタどころか、アアッ、そうだ！」

「ワッ、だしぬけに大きな声するなよ。なにが『そうだ』なの？　しずかに言ってくれよ、ゴンドランおじいさん」

「ウン、そうだ。その頭にちがいねえ奴のそばに、手下みてえな奴がね、足もとに気をつけるためだろう、小さなカンテラの灯をさげてやがって、人そうは暗くて見えねえが、足は見えたんで、ウン、そうだ！」

「足なの？　足だけ見たって、なんにもならないだろうなあ」

「ところが、支配人さん！」

「ワッ、また大きな声するなよ。なんなの？」

「その頭の奴は、一本足でね」

「ほ、ほんとかあ、一本足？」

「そうだよ、ぬかるみを横の方へ、歩きやがった。はだしだ。片方は、あたりまえの足でもって、ウン、それが左だった。右の片方は、たしかに木の足だ。どす黒くて形が変で、奴、ほんとの足は、左の一本しかねえんだ！」

「ワーッ、大変な手がかりだ！　その賊の頭は、右足がなくって、つぎ足なんだね。それぁ警察の探偵が、すぐさがしだして、つかまえるぜ」

「ハーッ、そうなれぁ、これから森の中も安心だがなあ」

「馭者台にいたお客が、賊に引きずりおろされた、というじゃないの？」

「ウウン、引きずりおろされたか、自分で飛びおりたか？　知らねえうちに、いなくなったんで。なにしろ鉄砲とピストルを突きつけられて、わしは、まったく、むちゅうだったんだから」

「むりもないな。そのお客はまた何だって、馭者台なんかに乗ってたの？」

「それがさ、とちゅうから乗ったんでね、『もう満員だから』と、ことわったけれど、『いや、きょうじゅうにアランソンへ、ぜひとも行かなくちゃならねえから、馭者台でも、けっこうだ』って、むりに上がってきたんだから、わしの罪じゃねえだ」

「気のどくだな、賊にやられたろうが、どんな人だったの？　年より、青年？」

「若かったね、いろんなことを、わしと話しあって、灰色のえりの高い上着をきてたがね、からだはむやみに小さいようだった。一本足の賊の頭が、『さあ行けっ！』と言やがって、やっと車を出した時、パーン！　と、後から射ちやがった。おどかしの一発じゃねえ、あれであの人が、やられたんだろう、はあもう、今でも、たまらねえ気がするだ」

「探偵が今に警察から来たら、そういうことを、みんな、くわしく言うんだな。きみはなんにも、とられなかった？」

「そ、それがね、支配人さん！」

「エッ？　おどかすなよ」

「あんただから、言うだがね。カー町の郵便局から、このアランソンの本局へ、とどけてくれって、ズックの大きな袋に封印してある金貨を、のせてきただがね▼5」

「ワッ、金貨？　それをどうしたの？」

「おくの方の坐席の下へ、だれにもわからねえように、エクトルにも知れねえように、ソッと突っこんどいただ。賊の奴だって、気がつかずに行きやがったろう、ウウン、めっぽう気になるだ」

「それぁ大金じゃないの。のん気なこと言ってないで、早くはいって見ろよ。無かったら、すごい被害だぜ」

「ハーッ、……」

　ゴンドランおじいさんが、ため息をつくと、車の中へ、アタフタとはいって行った。

　おくの方の坐席の下を、ゴソゴソと、さがしているらしい、しばらくすると、ゴンドランおじいさんのしわがれた声が、切りさくようにきこえた。

「たたっ、た、大変だっ！　ど、どこにも、ねえだっ！　支配人さん、き、来てくれっ！」

　気どりやのブレーズ支配人が青くなると、あわてて門の中へ、玄関へ、飛ぶように走ってはいった。被害のあった馬車の中など、こわくて、はいれるものか！

怪夫人が、どこにいる？

　旅行馬車が不意に賊からおそわれたカシュ・ルナールの大森林。

　この森のおくに、奇怪な大穴がある。中に住んでいるのが、悪漢の盗賊どもだ。

　ねば土と木の枝をあわせて、大穴の天じょうをつくり、かべも、ゆかも、ねば土をかためたものだ。出入りする口は、ひくい木がしげっている地面の、深い草むらの中に、かくれている。だれも気のつく者はないだろう。

　大穴のおくに、盗賊どもが二十人あまり、ねば土のゆかの上に、あぐらをかいたまま、ズラリとならんでいる。うす暗いカンテラの灯にてらされて、すごい顔また顔が、みな、鬼みたいだ。やさしそうな奴は、ひとりもいない。

　森の怪賊である、みんなのまん中に、キラキラと、ゆかの上に光っているのは、旅行馬車の客からうばいとってきたものばかり、金時計、くさり、指わ、うでわ、首かざり、皮の財布など、ゴチャゴチャにおかれている。だが、こんなものよりも、みんなの殺気だっている目は、首領のズングリと太い手のさきをギロギロと見つめている。今、ズックの袋の中に、ザクザクと金貨を入れてしまった、首領の太くて長い手だ。金貨はみんなで、いくらあったか？　太い手のひらと指さきで、かぞえたにちがいない！

「フフッ、フフフ、フフッ、フフフフ！」

　ひげだらけの首領が、ひげの中から口びるをとがらせて、ふきだすみたいにわらうと、

「手めえら、いやに目をつけてやがるな。みんなで、そうだな、二百万[6]くらいのものだ。面くらったか？　たんまりありすぎて、おれも、かぞえきれねえや、フフフッ！」

　ズックの口についてる太い綱を、ギュッと強く両手でむすんだ。郵便局の封印の赤い紙が、やぶれて落ちてるのを、ジロリと見すえながら、

「今までの獲ものとは、くらべものにならねえ。すばらしく、でけえからな。こいつを持って行けぁ、マダムだって、よろこぶぜ」

　と、ひげだらけの黒い顔をあげて、みんなをジロリと見まわした。

　すると、手下の中のひとりが、

「ウウン、だがね、首領！　マダムをよろこばせるまえによ、おれらにも、すこしは、よろこばせてもらいてえね」

　と、目を光らせて言うと、ほかの手下どもが、

「そうだとも、ちがいねえ！」

「あの馬車をねらったのは、おれたち、みんなだからな」

「だからよ、いつものとおり、ちょっくら分けまえをくすねたって、マダムは大目に見るんだ。首領、ここで今のうちに、ちょいと分けてくれろよ、早いところ、たのまあ、ねっ！」

　と、口々にわめきだした。

　みんな、すぐに使えるピカピカの金貨が、ほしいんだ。

　ところが、ひげづらの首領は、

「待て待て、ここでチョッピリくすねるより、マダムがいいように、タンマリ分けてくれるんだ。それよりも、こいつを、うまい所へ、かくしておかなけれぁ、ウッカリ運んで行くと、目につくからな」

　と、いかにも首領らしく、おちつきはらって言った。

　手下どもは鬼みたいな顔を、たがいに見あわせた。ここで分けまえが、もらえなくて、不平なんだ。

　ところで、首領も手下どもも「マダム」と言った。どこかに夫人が、この盗賊仲間の上に立っているらしい、とすると、怪夫人だ！　そんな「マダム」が、どこかに、かくれているのか？

「フフッ、いそぐな、いそぐな。分けまえは後だ」

と、首領のひげづらが、わらいながらヌッと立ちあがった。

カンテラの灯に映って、立ちあがった首領の右足は、まくりあげてるズボンの下に、どす黒い木の足だ。形だけが足、指はない。

「どこへ行くんだ？　首領！　銀足！」

と、手下のひとりが、おし止めるみたいに右手を突き出してきくと、

「フフッ、だからよ、こいつを、かくしてこなくちゃあ、……」

と、金貨のつまっているズックの大ぶくろに、片手をかけた、「銀足」といわれた首領が、キッと出口の方をふりむくと、

「シッ！　……今の音は何だ？」

はげしく小声で言い、手下どもも急にシーンと、しずまって耳をすましました。

前にモグラ、後に口びる

夜ふけの大森林、ことに地面の下は、しずかだ。なんの物音も、しばらく聞こえない。

手下の中から、ひとりがスックと立ちあがった。上の口びるが切りさかれたのか、変な形にまがっている、それが言いだした。

「ごまかしちゃ、いけねえぜ、首領、なんの音もしやしねえ」

「いや、カサッと穴の外だ。獣の奴が、エサをあさりに出あるいてきたか？」

と、首領の銀足が、口びるの変な手下に、

「オイ、口びる！　おれは今から出て行くからな。おめえは、『閣下』の所へ行って、『今度は、コランヌだ』と、まちがわずに言ってこい。いいか、『コランヌ』だぞ！」

と、またさらに、みょうなことを言いつけた。それに「コランヌ」といったのは、何なのか？

「閣下」は、高級の役人にいうことばだ。

「オイッ、モグラ！」

と、首領の銀足は、口びるのそばに、あぐらをかいている手下の小男を、ジロリと見すえると、

「おめえは、マダムに会って、『赤毛に鍵をもたせてやる！』と言うんだ。いいか、わすれるな、『赤毛』だぞ！」

と、ますます変なことを言いつけた。

「チエッ、わすれねえよ、『赤毛』じゃねえか」

と、小男だがズングリふとってるモグラが、口びるの横に立ちあがった。

これにつれて手下どもが、みな、バラバラと立ちあがった。

キラキラ光ってる色んな獲ものは、みな、ゆかの上に、そのままだ。こんなものよりも、今すぐ手につかみたいのは、なんといっても金貨なんだ！

首領の銀足は、ところが、ズックの大ぶくろを右手にもちあげると、ドサッと肩の上へかついだ。すごい力だ。そのまま出口の穴の方へ、ドスドスと歩きだして行く。右足は木のくせに、たくましい歩き方だ。

森の中は、まっくらだ。深い草むらの中から、ヌッと出てきた銀足は、足音もたてずに、松の木のあいだを、たくみに歩いてきた。夜でも目が見えるのか、と思われるくらい、すこしも足を止めない。さすがに森の怪賊の首領だけあって、この大森林の中のようすを、すっかり知りぬいているらしい。

すると、後から、これまた足音もたてずに、くらい中を、すばやく追いかけてきたのは、口びるとモグラのふたりだ。

「ヤイ、銀足、待ちやがれ！」

モグラが、どなった。スタスタと銀足の前へまわると、

「みんな、このままじゃ、すまされねえってんだ。エッ、気もちよく分けまえを出してもらいてえ！」

と、わめきだした、すぐあとから口びるが、

「そうだとも、みんな穴の中で、待ってるんだ。銀足、引つかえせ！」

と、金貨の大ぶくろを、後からつかむなりグッと引きよせた。

「うるせえぞ！」

と、銀足は後へ引かれながら、右足は木のくせに、よろめきもせず、

「そんなに、ほしけれぁ、これでも食らえっ！」

言うが早いか両手に金貨の大ぶくろを、肩からはずすなり、グーンと横に振りまわした。

「アアッ！」

「ウーン！」

前にモグラが、後に口びるが、重い金貨の大ぶくろに、顔と肩さきをなぐりつけられ、うめいてよろけると、ドサドサッと、ふたりとも横へ、地面にたたきつけられた。

「フム、ざまあみやがれ、まだくるか？」

おちついて息もつかずに言う首領の銀足は、すごい怪力だ。

ところが、この時、森の外の方から、かすかにひびいてきたのは、馬の足音、パカパカパカと大ぜいだ！　と耳をすました銀足は、

「ヤッ、警官隊だ、来たぞ、立てっ！」

声をひそめて言うより早く、モグラも口びるもムクムクと地面から起きあがった。

道をいそぐ小人

この夜ふけ、警官隊の急来！　さては旅行馬車の被害を聞いて、この森の中を捜査だ！　と、いっしゅんにさとった銀足は、

「チェッ、早いぞ！　ゆだんはできねえ、ずらかれ！」

ずらかって逃げる、すがたをくらますんだ！　金貨の大ぶくろを、またドサリと肩へかけるなり、前のかくれ穴へはいるよりも、森のおくの方へ、まっくらな中を、ヒタヒタと走りだした。

起きあがったモグラも口びるも、たたきつけられた顔と肩さきの痛さをこらえて、銀足の後から、われさきに走りだすと、

「ヤイ、散れっ！　分けまえは後だ」

と、銀足の太い声が、

「わすれるな、口びる！　閣下に『今度はコランヌだ』と、いいか。モグラ！　マダムに、『赤毛に鍵をもたせてやる』だぞ！」

言いながら、木と木のあいだへ、すばやく消えて行った。まるで獣のようだ。

警官隊は三人の盗賊にとって、共同の敵だ！　仲間げんかなど、していられない。「散れっ！」と、首領の銀足が言ったとおり、口びるは左の方へ、モグラは右の方へ、バラバラに散ると、木の下から下をくぐりぬけて、たちまち、すがたをくらました。

馬のひづめの音が、森のおくにひびいてきた。灯をつけていない。剣ざやのぶつかる音が、ガチャガチャときこえる。

「わからんぞ、これぁ、……」

どなった声は、隊長だろう。このような大森林のおくへ、はじめて来たのだ。まっくらな中に、ようすのわかるはずがない。

「右へ向きを変え――っ！　これぁ、わからんわい」

ひづめの音、剣ざやのひびきが、にわかに右の方へまわると、森の外へ引きかえして行った。

「ブーブクブー！　ブーブクブー！　キッキッキー！　キッキッキーッ！」

あざけるみたいな、ふとい声と細い声が、高い木の上の方々から、

「ブーブクブー、ブーブクブー！」

「キッキッキー、キッキッキーッ！」

かわるがわる森のおくにひろがって、これまた、すがたは見えない。ふとい声は鳥のフクロ、ほそく高い声は獣のサル▼7なのだ。

とても太い松のみきが、地面にクネクネと根を幾本《いくほん》も出している。その下から、とつぜん、スッと立ちあがったの

は、人間だ、が、小さい。あたりを見まわすと、獣よりもすばやくサッと身をひるがえした。足音もたてずに、木と木のあいだを走りぬけ、森のおくを出てきた。とても小さくて、森の小人みたいだ。

せまい道が、森の中につづいている。旅行馬車がおそわれたところへ、スッと出てきた小人が、ふと立ちどまると、地面の上と草むらをジーッと見まわした。星のあかりが、うすぐらい。えりの高い灰色の上着をきている。身のたけ一メートルあまり、また急に歩きだした。

スタスタと足を早めて、小道から広い街道へ、そこから右の方へ、小人がひとり急いで行く。都会のアランソンの方向へ、しばらく行くうちに、しらじらと夜があけてきた。

はるか向うの空に、あかつきの光りをあびて、ゆめのように立っているのは、ノートル・ダムの高い塔[8]だ。雲に浮いているように見える。

「戦争で焼けなくて、よかったなあ、……」

小人が歩きながら、口の中でつぶやいた。声も細くて小さい。

ナポレオン皇帝陛下の密偵

大検事と変な小男

アランソン市の最高法務院、大きな建物の中の検事局に、昼すぎ〇時十七分、大検事が自分の広い部屋の中に、ドッカリと安楽いすへ、もたれている。

フランスに四人しかいない大検事のひとり、名まえを「ド・サントロペズ[9]」という。年四十二才、壮年だ、が、すでに大検事の最高位を占めている。すごい昇進、ずぬけた出世だ。法務院のだれからも、ひどく尊敬され、同時におそれられている。

いかにも最高の法律家らしい、決断力のかたまりみたいな固い顔をしている。ひたいが青白く広く、まゆがせまり、目に深い底力をたたえて、はなすじはまっすぐだ。ムッと引きしめている口びるが、上からひげにふさがれて、わらったことは一度もないだろう、と思われるくらい、威厳に満ちている表情は、そばへ近よれないような、いかめしいサントロペズ大検事である。

ところが、この大検事の前に丸テーブルをへだてて、とても見すぼらしい小男が、チョコナンと立っている。かみの毛はボサボサのまま、きたない灰色だし、小さな顔を洗ったことがないのか、まるであかだらけだ。えりの高い灰色の上着をだらしなく着こんで、ズボンもよごれた灰色、くつは黒皮で、子どもみたいに小さい。なにしろ身のたけが一メートルあまり、顔も手も足も小さく、チンチクリンだ。

　こんな変な見すぼらしい小人みたいな男が、いやしくも大検事の前へ出ているのは、アランソン市長がつれてきたからである。市長の名まえは「ビマール」もう六十一才の老人だ。まゆもひげも白い。きたない小人のよこがわに、つつましく立っている。

　この広い部屋にいるのは、三人きりだ。今さっき教会の鐘が、〇時十五分すぎを知らせた。すずしいひびきが、リリーン、リリーン……と、部屋の中にまだ残っている。

「フウム、……」

　大検事サントロペズが、ひげの中から、何か言いだそうとする。考え深い底力をたたえた目が、丸テーブルの上の厚い用紙にそそがれている。そこに書かれているのは、

> 　我が最も尊敬するド・サントロペズ大検事閣下！
>
> 　ここに、わたくしは、閣下にむかって、我れらのフランス皇帝ナポレオン陛下の直命により、陛下の密偵を、閣下のお手もとにおくることをまことに光栄とするものであります。
>
> 　言うまでもなく、陛下の密偵は、もっとも優秀なる第一級の探偵であります。この者の活躍に、閣下が十二分の助力をあたえられるよう、わたくしは心から確信し、深く期待するものであります。
>
> 　この密偵は、まず、アランソン市長をたずね、さらに閣下の前へ、まかり出るでありましょう。よろしく指導あるよう、陛下の直命により、あえて要望するしだいであります。
>
> 　　　　パリ警視総監　オトラント▼[10]

「フウム、……」

　サントロペズ大検事は、この文章を読みかえすと、ひげの中に口をひきしめて、二度、かすかに、うめき声をもらした。

　パリ警視総監オトラントが、自分で書いたものらしい。太い字がキチンとならんでいる。「陛下、陛下」と、前後四度もくりかえして、上からおしつけてきた。命令と同じ文章だ。従わなければならない！

「陛下の直命、陛下の密偵」

　こんな見すぼらしい変な小男が、実さいに、「もっとも優秀なる第一級の探偵」なのか？

　ところが、この命令的な文章の中に、「陛下の密偵」の名まえが、なんとも書いてないのは、どういうわけだ？

「フウム、……」

三度、うめき声を出したサントロペズ大検事は、突きさすような冷たい視線を、目の前に立っている小男にそそぐと、

「警視総監は、君の名まえを書いてきとらん。なんと言えばよいのかのう？」

と、おうように、たずねはじめた。

すると、変な小男が、クシャッと顔をしかめたきり、女みたいな細い声でこたえた。

「閣下！　わたくしの名まえも、よろしいように、ねがっておきます」

「陛下」と「陛下」の戦い

何を言いおるか？　ますます変な奴だ！　と、サントロペズ大検事は、まゆをビクッと動かすと、

「自分の名まえを、よろしいようにとは、どういうわけか、ウウム？」

と深い底力のある目をきらめかした。

「それは、わたくし、こちらでは、こちらだけの名まえを使いたい、と、そう思いますので」

と、小男の細い声が、いよいよ女みたいに、やさしくこたえた。

こいつ、もしかすると、女じゃなかろうか？　と、サントロペズ大検事は、するどく、うたがうと、ビマール市長の顔を、ジッと見すえながら、「陛下の密偵」という変な小男に、

「パリでは、君の名まえを、なんと言っとるのか、ウウム？」

「わたくし、パリのほうでは、『フェルナン』と、皇帝陛下も、そのように、およびなさいますので」

「フウム、しかし、ただフェルナンかのう。フェルナン何とかと、先祖からの名があるのだろう？」

「いいえ、パリではフェルナンで、よそへまいりますと、また別の名まえをつけますので」

「フム、めんどうだのう。ここでも、フェルナンにしておくがよかろう」

「はい、かしこまりました、閣下！」

「だが、しかし、ここに警視総監が書いてきたところでは、『陛下の直命により』君が『活躍』する、というのだが、そもそも君が受けていた探偵の任務は、どういう方面なのか、ウウム？」

「それは、ぜったいに秘密でございます、閣下！」

「かまわない！　ここにおるのは、わがはいと市長と君だけだ。何者も聞いてはおらん。何者もよぶまでは来ん。言え、君の任務を！」

「では、閣下と市長さまだけに！　実のところ、わたくし

が特別に、このアランソンへ行くようにと、陛下が仰せられましたのは、ここのアランソン地方において、最近、陛下に反逆の旗をあげようとする王党秘密団の計画を探りだし、その団員徒党を、一挙に捕縛せよ！　と、おごそかな直命なのでございます」

「ウウン、フウム、……」

大検事の冷たい固い青白い顔に、スーッと血の色があがると、すぐ消えた。

ビマール市長は、「王党秘密団」と聞くなり、顔いろが急に青ざめた。

「陛下に反逆の旗をあげる王党秘密団！」

この「陛下」は、むろん、フランス皇帝ナポレオン陛下だ。ところが、もうひとり、「陛下」が別にいる。フランス国王ルイ第十八世陛下[11]だ。このルイ国王陛下は、王の位をうばいとられて、今のところ海のむこうの英国へ、逃げていられる。しかし、「ルイ十八世」と言われて、この王の血すじはフランスに、むかしから「十八世」もつづいている。だから、王党の者たちはみな、ひそかに、

「打ちたおせ、ナポレオンを」

「われらの国王は、ルイ第十八世陛下だ！　英国から帰られて、ふたたびフランス国王の位を占められるよう、われら王党の手でナポレオンを打ち倒すのだ！」

と、この決意はかたく、「王党秘密団」をフランスの各地につくり、いっせいに「打倒ナポレオン」の旗をあげようとする。

フランス内乱、「陛下」と「陛下」と戦いの危機、今や日々にせまっている！

ところが、「王党秘密団」にとって、もっともこまるのは、戦いに使う軍用金が、なかなかあつまらない。このために、秘密団の連中が、その地方にひそんでいる盗賊群と力をあわせたのだ。ナポレオン政府に国民のおさめる税金を、税務署からうばいとり、あるいは郵便局、あるいは銀行をおそって、いちどきに大金を手に入れる。この盗賊群を「シューアン[12]」と言い、国民のみんなが、その暴力をおそれている。殺人、強盗を、大がかりでやるからだ。

「シューアン」はフランス語で、「ミミズク人」という意味だ。この盗賊群がおそってくる時、たがいの合図に、鳥のミミズクのなくような声を、

「ポッポッホー！　ポッポッホー！」

と、たくみに鳴きながら、ふいに現われる。しかも、手むかう者を皆殺し、すごい大金をうばいとって、すばやく、ミミズクみたいに、すがたをくらます。

「シューアン」は、だから、おそろしい盗賊群の名まえなのだ！

サントロペズ大検事は、ところで、目の前に立っている変な小男、ナポレオン皇帝陛下の密偵だという「フェルナ

ン」を、試験するみたいにききだした。

「フウム、君が陛下から受けてきた任務、王党秘密団を一挙に捕えるというのは、まことに、よういならぬ冒険だが、昨夜、カシュ・ルメールの大森林において、旅行馬車がおそわれたのは、シューアンの仕わざなのかのう、ウウム？」

変な小男フェルナンは、やはり女みたいな細い声でこたえた。

「はい、閣下！　わたくしは、その旅行馬車に乗っていましたので」

ビマール市長は、これを聞くとビックリして、なおさら青くなった。よほど気の小さい市長だ。


「エヘン、オホン、エヘン！」


気の小さい市長は、ハンケチを出して、顔にながれだした汗を、ゴシゴシとふいた。が、サントロペズ大検事の冷たくかたい顔つきは、この時、血のいろもあがらずに、あくまで冷たく、しずかに、

「そうか、フウム、君も旅行馬車に乗っとったのか、それで？」

と、はなのさきであしらうみたいに、口びるだけを動かした。

するど、相手の小男フェルナンも、まるで平気に顔いろも動かさず、

「わたくし、とちゅうから乗りまして、馭者台に、こしをかけていましたので」

「それから、ウウム？」

「盗賊群におそわれましたから、さっそく飛びおりまして、そばの草むらの中へ、身をひそめました。なにしろ、まっくらでございまして」

「その盗賊群は、シューアンだったか、ウウム？」

「さて、それは、わかりかねますので」

「なんだと、おかしいぞ！」

「はい？」

「君は『もっとも優秀なる第一級の探偵』と、パリ警視総監が、ここに明白に書いてきとる。それが、盗賊群におそわれながら、シューアンかどうかの、見きわめさえできんのか、ウウム？」

「できないことは、できませんので▼13」

「フウム、ナポレオン皇帝陛下は、『できないということばは、わがはいの字書にはないのだ！』と、言われたそうだが、君は、その陛下の密偵として、『できない』などと、平気で言えるのか、ウウム？」

ビマール市長が、ハンケチを口へあてると、

「エヘン、オホン、エヘン！」

と、せきを小さく三度つづけた。

大検事へ合図なのだ。

（皇帝陛下のことを、すこしでも、この男の前で言うと、告げ口をされますぞ。危険です、危険、危険！）

と、せきは危険信号である。

「フム、よし」

と、大検事は気の小さい市長の方へ、冷たい視線をむけると、

「ああそこで、ビマール君！」

「はい、なんでございましょうか？」

「ここの警察署の探偵たちにも、捜査のできない事件が、けさから二つあるのう、ウウム？」

「はい、さようでございます」

「ところで、その二つを、この皇帝陛下の密偵フェルナン氏に、君から話▼14して、優秀なる判断を、ねがってみてはどうかのう、ウウム？」

「はい、しかし、二つとも小事件でございまして、特にこのフェルナン氏を、わずらわすまでのことは、ないように思いますが、エヘン、オホン、エヘン！」

「いや、待て、そういうものではない。小事件といえども、探偵するとなると、なかなか困難なものもあるのだ。けさの二つの事件を、この『優秀なる第一級の探偵』フェルナン氏に、君から話してみるがよい。えんりょするな、ビマール市長！」

「は、はい、それでは、……」

と、ナポレオン皇帝陛下の密偵フェルナン氏に、「二つの小事件」を話そうとするビマール市長も、小男のフェルナンも、丸テーブルのそばに、はじめから立ちつづけている。すぐよこに、いすがある、それにかけろとも言わない大検事サントロペズは、安楽いすに、そっくりかえって上をむき、葉まきに火をつけると、うまそうに、プカリプカリと煙をはきだした。

殺された赤毛の男

ナポレオン皇帝陛下の密偵、変な小男のフェルナン氏に、「二つの小事件」を聞かせるビマール市長の話。

「ええこれは、大僧正の神聖なる図書室へ、窃盗がしのび入ったのでして、ところが、室内にある金製のかざり物、あるいは銀製のおき物などは、ひとつも盗まずにです。ごくつまらない書物を二冊ほど、さらって行ったにすぎない、と、これは大僧正みずから、仰せられたことですから、まちがいはございません」

密偵フェルナンの女みたいな声が、やさしくたずねた。

「大僧正は、そのようなことを、どなたに、おっしゃったのでしょう？」

「それは、捜査に出張しました警察署長ルフェブル氏にで、なにしろ大僧正のご身辺に起きた事件ですし、たとい盗ま

れた物は二冊の書物だけにもせよ、市長のわたくしは、むろん、ルフェブル警察署長も、まことにその、恐しゅくしておりますので、はい、……」

「ごもっともで。なお一つの事件は、どういうのでしょう？」

「これも、その、けさ早くのことで、市内の通りに、ひとりの男の死体が、たおれているのを、通りかかった農夫が見つけまして、これも、ルフェブル警察署長が、至急、現場へ臨検に行きました。ところが、いかにも貧弱な男で、ポケットは上着もズボンも、引っかきまわされているが、別に大金を持っていたようすはない。これは物とりの殺人ではなく、何か恨みのためにやられたか、それとも街の悪い奴から、けんかを売られて殺されたのだ、というのが、署長をはじめ探偵たちの意見でございまして、はい」

「傷はどこに受けていましたのでしょう？」

「ピストルを後から、射たれていまして、ただ一発、心ぞうをつらぬかれて、即死したものだということで、いや、大僧正の図書室の窃盗も、この殺人も、二つとも小事件で、大がかりのシューアンの仕わざとは思えませんし、陛下の直命によるあなたのお耳にいれますのは、まったく、その、よけいなことのように、わたくしは思いますので、はい、……」

「いいえ、わたくしは探偵ですもの、どんな小事件でも、聞きすてにはいたしません。その殺人の手がかりになる物は、なんにも発見できませんでしたの？」

「全然、なんにも！　ただその死体のズボンのポケットに、きたない、もみくちゃの紙が一枚、つっこんでありまして、ひろげてみますと、わけのわからない数字が、ゴチャゴチャに書きなぐってあって、子どもが、らくがきしたのではないか、こんなものは、なんの手がかりにもならない、と、署長も探偵たちも、そう言っておりました、はい」

「その数字を、見せていただけましょうか？」

「警察にございますので」

「いずれ見せていただきましょう。ところで、その死体に何か、とくべつに変わったところは、なかったのでしょうか？」

「ええと、それは、まるでキツネの毛のような、赤い髪の男だそうでして、つまり、赤毛なのだと、いうことでした」

「赤毛！」

と、「陛下の密偵」フェルナンの小さな目が、火のようにカッと強く燃えた、が、いっしゅんにスッと消えると、またボンヤリした目いろになった。どこを見ているのか、わからないみたいな、にぶい目つきである。

このいっしゅん、小男フェルナンの目がカッと燃えて消えたのを、サントロペズ大検事は葉まきの煙の中から、すかさず見てとった、が、これまたキラリと、するどく光った目いろが、たちまちもとにかえって、プカリと葉まきの煙を口からはきだした。

「その男の身もとは、まだ、わかりませんのでしょうか？」

フェルナンの女みたいな細い声だが、ビマール市長は、ハッと思いだしたらしく、

「そ、そうでした。身もとをはじめに申しあげるはずで、はい、それは、このアランソン市の社交界に、もっとも有名なプレラン夫人▼15の邸《やしき》に、いつも使われている下男なので」

「名まえは、なんと言いますのでしょう？」

「ええと、たしか『マクサンス』といったようで」

「プレラン夫人の下男マクサンス、赤毛の男!?」

と、ほそい声でつぶやきながら、フェルナンは大検事に、

「閣下の貴いお時間を、予定より長くいただきまして、ありがとうぞんじます。どうぞ、この上とも、お力ぞえを、シューアン捕縛のために、おねがい申しあげます。これで、きょうは、おいとまをいたします」

と、ていねいに小さな頭をさげて言った。

サントロペズ大検事の冷たく固い顔が、なお固くなって、葉まきの煙がモヤモヤと散っている中から、

「フウム、帰れ、……」

と、えらく冷たく、「またこい」とは言わなかった。「陛下の密偵」でも、気にくわなかったのだろう。

すばらしい傑作「コランヌ」

皇帝ナポレオン陛下の密偵なのに、ちがいないだろう、が、なにしろ見すぼらしい変な小男フェルナン、これも本当の名まえだか、どうだか、わからない、チンチクリンの小人を、ビマール市長は、大検事の法務局から市庁の自分の家へ、馬車でつれてきた。

「陛下」のおそばにいた「密偵」だから、とにかく、もてなしておかないと、こんなことで市長をやめさせられては、かなわない！　やっかいなチンチクリンが、飛びこんできたものだ！

「いかがですか、フェルナンさん！　白ブドー酒とウイスキー、キュラソー、おこのみのを、なんでも、おっしゃってください。ここで、おたがいに、ゆっくりしましょうよ。なにしろ、大検事閣下の前では、気がつまりましてな、はあ、やりきれんですからね」

自分の部屋だから、ここで、なかよく、まず酒を出そうとする。よほど気のよわい市長だ。

ところが、フェルナンは子どもみたいな小さな手を、ヒラヒラとふって、

「わたくし、お酒はいただけませんのですよ」

と、ニコッとわらって見せると、

「さっきの、『二つの小事件』のお話は、なかなかおもしろくうかがいましてね」

と、ささやくみたいな小声でいった。

「いいや、あなたは皇帝陛下の直命によって、王党秘密団シューアンの探偵と捕縛という、大きな重い任務をもっていらっしゃる。この地方の小さな窃盗とか殺人とか、ありふれた事件など、お気になさるまでのことは、ないでしょう。いかがですか、ごく甘いベルモットも、あるのですが、いっぱい？」

「ホホホホホ、……」

これこそ女みたいな声で、フェルナンがわらうと、部屋の中を見まわして、

「お酒よりも書物の方が、わたくし、すきなのでして、市長さんは、ずいぶん読書家でいらっしゃいますのね」

かべの前に書物だなが、高くズラリと四つならんでいる。

「いや、どうも、はい、……」

ビマール市長は、ふいに書物のことなど言いだされて、ドギマギしながら、

「まあその、すきなことは、人なみ以上かも知れませんので、このとおり、あつめてはおりますですよ」

「わたくし、たいくつな時に読むようなのを、なにか一冊、お借りできますでしょうか？」

「ええどうぞ！　なんでも、おすきなのを、この中から、お貸しするより、さしあげますですよ、はい」

「まあ、ありがとう！　でも、いただくのは気がひけますから、お借りすることにしまして、わたくし、スタール夫人▼16のすばらしい傑作だという『コランヌ』を、まだ読んでいませんし、市長さんはおもちでしょうか？」

「それはまた、ちょうど好《よ》く、わたしも愛読したものです。『コランヌ！』おもしろいですよ」

さっそく立ちあがったビマール市長が、書物だなの前へ行くと、部厚な美しい『コランヌ』を引きぬいてきて、

「はい、これですよ。いつまでも、おもちください！」

「きれいな表紙ですね、ありがとう、読むのがたのしみですよ、ほんとうに！」

フェルナンの小さな両手が、その『コランヌ』の美しい表紙を、いかにもたのしそうに、なでまわすと、いすからチョコナンと立ちあがって、

「それでは、わたくし、これで失礼いたします。市長さま！　またお目にかかりましょう」

と言うなり、クルリと後をむいて、スーッと部屋を出て行った。

このフェルナンの小さな後すがたを、ビマール市長は見おくりながら、フラフラと顔をよこにふり、かたをすくめた。こんなチンチクリンの変な人物が、実さいに「陛下の

密偵」だろうか？

「もっとも優秀なる第一級の探偵」などと、ほんとうに役にたつのかしら？

夜ふけの森林に必死の突げき!!!

大検事へ来た密書

夕かた、六時十八分すぎ。

大検事サントロペズの前へ、報告に出ているのは、警察署長ルフェブルなのだ。ズングリとふとって、目の光りが何ものでも見とおすように、するどい。口びるの上から、ほおの両方へ、ひげをはやして、大検事にまけないほど、いかめしい顔をしている。はじめから、いすへついているのは、市長やフェルナンとちがって、大検事の気にいりだからだろう。

「いや、わたくしは、ビマール市長から聞きました。ですが、あの変なチンチクリンな小男が、皇帝陛下の密偵というのは、ほんとうでございましょうか？」

と、ルフェブル署長、ひげの顔をかしげて、うたがうみたいに言うと、大検事の冷たく固い顔も横に動いた、が、

「いや、パリ警視総監が自分で、そのようにいってきたのだ。まさか、うそではないだろう」

「それでは、あのような小人に、閣下は何かお力を、かしてやろうと、お考えなのでございますか？」

「ウウム、パリ警視総監は、『陛下の直命』などと言ってきとるが、なあに、わがはいは、知らん顔をしとるつもりだ。こんなことは、君だけに言うのだぞ。陛下に知れては、わがはいといえども、危険だからのう」

と、大検事は、ビマール市長の「エヘン、オホン、エヘン」と、せきばらいの危険信号を思いだして、底光りのする目をきらめかした。

「ハッ、わかりました。実は、わたくしも、あんなチンチクリン野郎が、ここに乗りこんできましたのは、わたしども警察の者が、『おまえらは腕がないぞ！』と皇帝陛下と警視総監から言われたのも同然なので、まことに、しゃくにさわって、たまらない気がしますのです！」

「ウム、それは、わがはいの検事局としても、『おまえたちは無力じゃないか！』と、ナポレオン陛下から言われたのも同じだからのう。あのような小人探偵に、すこしでも手がらをたてさせてはならんのだ。君はあの小人に会ったのか？」

「きょうの昼すぎ、あいつが町の中を、チョコチョコと子ネズミのように歩いているのを、見かけまして、はてな、奇体な奴、何者だろう？　と、さっそく、しらべてみますと、奴は、わたくしの制服を見まして、『まあ！　これは

ルフェブル署長さま！』などと、なれなれしく、あいさつしおりました。あんなチンチクリン野郎に、どうして王党秘密団シューアンが、つかまるものですか！　ひとりでも、あいつの手につかまったら、わたくしは辞職いたします！」

「フウム、君がシューアン捜査に、署内の全力をあげとるのは、わがはいが十分に知っとる。辞職などは考えないでよろしい。それよりも、何か手がかりをつかんだのか？」

「ハッ、つかみました。実に意外なことは、プレラン夫人の下男マクサンスの殺人犯が、シューアン盗賊群から出ていますのです！」

「フウム、そうか、市長は『小事件だからシューアンに関係はないだろう』と、くりかえして言ったが」

「いや、わたくしも初めは、そのように思っておりました。ところが、マクサンスの殺された現場について、いろいろ聞きこみ捜査をやってみますと、『ボロ服を着こんで、口びるの変な形の男が、けさ早くから、うろついているのを見ました』と、三人まで言いまして、さらに、『あの口びるの変な男は、シューアンにちがいない。この前、銀行をおそった大ぜいのシューアンの中に、はいっていたのを、わたしはその時、たしかに見ました。口びるが変だったので、おぼえています』と、明白に言う者もおりますのです」

「フウム、口びるの変な男か。有力な手がかりだろう。しかし、シューアンともあろうものが、ひとりの貧弱な下男を、なんのために殺したのか？」

「ハッ、その原因を、署の探偵たちが、極力、捜査しております。その口びるの変な男をつかまえまして、そこからシューアンの徒党どもを、一挙に捕えます！　旅行馬車の馭者が見たという『一本足の親分』も、むろん、網にかけまして、閣下のごらんにいれます！」

「よろしい。その成功を、わがはいは期待しよう！　ところで、シューアン捕縛について、わがはいの手もとに、きょうの昼二時ごろ、この密書が何者からか、郵便によって速達されたのだ。すこぶる怪しむべきだが、……」

そばのテーブルに、グッと手をのばした大検事が、書類の中から抜き出した一つの封筒を、署長の目の下へ投げとばした。

「ハッ、密書？　……」

封筒の中の手紙を引きだすなり、ひろげて読みはじめたルフェブル署長は、ギクッとして顔が固くなり、ひげが両方ともピンとはねあがった。きんちょうしたのだ！

至急、武装警官隊を集合！

大検事ド・サントロペズ閣下に、無名の一青年からあえて密告する！　僕はシューアンに、うらみをもっているひとりです。母が殺されたからです。

今夜十時から十二時まで、シューアンの親分どもが、カシュ・ルナールの森のおくに会合するのです。彼ら一味の秘密集会です！

閣下が有力な武装警官隊に、うらの地図によって、シューアンの巣くつ急しゅうを命令されることを、ぼくは、いのっています！

閣下！　今夜、絶好機会です！


「ムムッ、ムー!?」

うなりだしたルフェブル署長は、この「密告」を読んでしまうと、すぐに紙のうらを引っくりかえして、ジーッと目をそそいだ。

カシュ・ルナールの森のおくの地図だ。小道から赤鉛筆の線が、まがって引かれ、はしに太く×のしるしは、「シューアン秘密集会」の「巣くつ」なのだろう!?

ムッと顔をあげた署長は、ひげのはねあがった両方のほおを、ヒクヒクと動かして、大検事にたずねた。

「閣下！　この密告に何か、お心あたりはございませんか？」

「ウウム、ルフェブル君、こうふんしては、いけない。わがはいに心あたりは、なんにもない。その密告の字も文章も、『青年』と言っとるが、子どものようじゃないか？」

「ハッ、この地図のかき方も、そうおっしゃると、子どものようにも見えますが、……」

「そのような『密告』なるものを、君は信ずるかのう？」

「信じます！　母が殺された青年の密告、信じます。わたくしよりも閣下は、武装警官隊の急しゅうを、ご命令になりますか？」

「いや、それは君に一任しよう。この無名の密告を信じて、シューアン急しゅうを、君が断行するというならば、わがはいに止める理由はない」

「断行いたします、大急しゅうを！　今夜、カシュ・ルナールの森へ！」

「よかろう、だが、あの奇体な小人探偵に、わがはいが『十二分の助力をあたえるように』と、警視総監から言ってきとるのだ。今夜の大急しゅうを、あのフェルナンという小人に知らせてやるか、どうするか？」

「閣下、ご無用にねがいます！　わたくしは、あのチンチクリン野郎に、『見ろ、おまえなどの手をかりなくても、このとおりシューアンを捕縛したんだぞ！』と、だんぜん、言ってやりますから、前もって知らせる必要は、毛すじほどもございません！」

「それもよかろう。君は小人に道で会って、あいさつされたと言ったが、それから、どうしたのか？」

「ハッ、実に、なまいきなチンチクリン野郎で、はじめは、ていねいでしたが、女のような細い声をしまして、『署長さん、赤毛の男のポケットにあったという紙きれを、わたしの宿へ持ってきてください。わたしは皇帝陛下の直命によって、ここに来ているのですから』と、えらそうに、まるで陛下の命令のように言いおりました。まったく気にくわない奴こでございます！」

「フウム、ところで、君はその宿へ行ったのか？」

「ざんねんでしたが、『陛下の直命』と言われては、なんとも仕方がございません。署にある紙きれを持って、あのチビ野郎にわたしてまいりました。実にざんねんで、ハッ」

「その宿というのは、どこなのか？」

「フランス町にあります、小さな古洋服屋の二階を、たった一室だけ借りて、『陛下の密偵』と言いながら、実は貧弱きわまるチビ奴こでございます」

「フウム、『第一級の探偵』というのだが、その一室で彼は、なにをしとったのか？」

「ひどく熱心な顔をして、本を読んどりました」

「小人の読書か。いささか妙だ。どのような本なのか？」

「わたくしも、そう思いまして、そばからソッと見てみますと、あんな奴こに似あわない、文学的な『コランヌ』という美しい本でございました」

「…………」

どうしたのか？　大検事の冷たく固い顔に、いきなり血のいろが消えて、見る見るスーッと青ざめた。

閣下！　どうかなさいましたか？　と、言いかけたルフエブル署長は、口びるの上のひげが、ブルブルとふるえた。ことばが出ない。青ざめた閣下が、こちらをにらみつけて、実におそろしい顔をしていられる。今にも飛びかかってきそうだ。どうしたのか？

「ハッ、その、武装警官をあつめますのに、時間がございませんから、……」

と、おどろいて立ちあがった署長は、後へさがって敬礼するなり、いそぎ足に部屋から、ろうかへ出てきた。

大検事閣下、いったい、どうされたのか？　脳出血の急病か？　チンチクリン野郎が「コランヌ」という本を読んでいた、これだけのことで、閣下が青ざめて恐ろしい顔になったのは、わけがわからんぞ！

署長は階段をおりてきながら、しきりに首をかしげ、ひげのさきを左の手で、つまんでは引っぱりまわした。今から十時までに、至急、武装警官隊を集合！　カシュ・ルナールの森へ、シューアン賊を大急しゅう！　今夜こそだ、絶好の機会！

最高法務院の正門を、ふとっているルフェブル署長が、ころがるみたいに飛び出して行った。

一気にグサッと一刺し

夜、十一時すぎ。

カシュ・ルナール大森林のおく、奇怪な大穴の中に、今夜は六人▼[17]、ねば土の上へ、あぐらをかいている。森の怪盗群シューアンの親分どもだ。まん中にあるカンテラの灯にてらされて、六人とも、ひどく殺気だっている。ひとりが低い声でボソボソと言いだした。

「もう十一時すぎたろう。まだ銀足がこねえのは、どうしたってんだ？」

「わからねえ。今まで時間をちがえたことは、銀足の奴、一度もねえんだから。フム、首領だからなあ」

と、ひとりが、あざけるみたいに、鬼のような顔を上へむけて言うと、よこからまた、ひとりが、

「チェッ、銀足の奴、はじめから首領づらしやがって、あの野郎、王党秘密団の幹部だってのは、ほんとらしいぜ」

と、変な形の口びるを、ゆがめて言った。

すると、向きあっているひとりが、ジッと上目になって、

「オイ、口びる！　銀足が王党秘密団の幹部だってのは、おれも感づいてるんだ。あの野郎が金貨の分けまえを、おれたちによこさねえで、ゴッソリどこかへ、かくしやがったのは、秘密団が旗あげの軍用金にするためなんだぜ！」

「だからよ、今夜ここで、奴をギューギュー言わせてだ。なんとしても分けまえを、よこさねえなら、首領もヘッタクレもあるもんけえ、一気にグサッと一刺し、地獄へやっちまうんだ。みんな、ぬかるな！　奴、一本足のくせしやがって、すばしこいんだ。チェッ、この前は、おれとモグラが外で、しくじったからな」

と、口びるが顔までゆがめて、ざんねんそうに言うと、よこにズングリしている小男のモグラが、

「銀足の奴が、ここへこねえのは、口びる、おめえが赤毛をやっつけたのを、奴が感づいたからじゃねえか、エッ？」

「なにを感づくもんけえ！　旅行馬車をおそってから、銀足の奴はアランソンに、まるで現われねえんだ。『一本足の怪賊』ってんで、警察の探偵どもが、真けんにさがしまわってやがる。それでも見つからねえんだから、フフン、奴が赤毛のことなど、たとい話を聞いたって、おれがやったなんて、感づくわけはねえ！　あたりまえの人殺しくらいに、思ってやがるだろう」

「だが、金貨のふくろのかくし場所は、おめえにまだ、わからねえのか、口びる！」

「ウン、赤毛のズボンのポケットから、引きずりだした紙きれの暗号数字を、おれは手帳に、すばやく写しとってよ。紙きれはもとどおり、赤毛のポケットに突っこんでさ。手帳に写した数字と、あの本とくらべあわせて、いろいろ考

えてみたんだが、まだその暗号の手がかりが、つかめねえんだ。金貨の大ぶくろのかくし場所を、銀足の奴、暗号文でマダムと閣下に知らせるつもりで、いやがったんだが、……」

「くそっ、その暗号がまだ解けねえのか。口びる、おめえは、その数字を写すのに、あわてて、まちがえたんじゃねえんか？」

「そ、そんなことはねえ！　赤毛のひとりくらい、やっつけたって、あわてるもんけえ！」

「あの本てのは、モグラ、おめえが大僧正の本だなから、くすねてきたんだな。それも、まちがいねえか？」

「チェッ、まちがうもんけえ。おれは字が読めるんだ。『コランヌ』と立派な表紙に書いてあってよ。ほかに一冊、『エレジャン』▼[18] てのを、ごまかすために、わざと抜きとってきたんだ、こいつは役にたたねえ方だ。が、銀足が二度も言った『コランヌ』を、まちがうもんけえ！」

「ウウン、口びるとモグラ！　ふたりで早いところ、その暗号を解いちまわねえと、金貨をみんな、マダムと閣下の手に、銀足が見す見す送っちまうぞ、そしたら元も子もねえんだ！」

「だからよ、ここで今夜、銀足の奴をしめあげて、かくし場所を白状させるんだ！　……アッ、来たぞ！」

　六人とも耳をすましました。

かすかにザワザワと聞こえるのは、風の音だ。銀足がしのんでくる時は、「ポッポッホー！　ポッポッホー！」と、シューアン合図の笛を、うまく鳴らしてくるはずだ。今夜十時から十二時まで、ここへ「秘密に集まれ！」と、六人に知らせてきた首領の銀足が、まだ出てこねえのは、どういうわけだ？　一本足が目にたって、ついに探偵どもの網にかけられたか？

「アッ？　聞けっ！」

「くつ音だ。ウンと来たぞ。火を消せっ！」

　カンテラの灯を、モグラが一気にふき消した。

鳥が飛びたち獣が走る

　まっくらな穴の中に、口びるもモグラも、ほかの四人も、スックと立ちあがった。

「オイッ、変だぞ、ここへむかって来やがる！」

「さては銀足の奴、ここを警察に知らせやがったな、くそっ、来いっ！」

　六人がすばやく、ねば土のかべに立てかけてある鉄砲を、手に手につかみとった。

　獣のような耳をもっている、六人とも森の怪賊だ。風の音の中に、しのびよってくる大ぜいの靴音が、草をふみ木の枝にさわって、いそがしく近づいてくるのを、ありありと聞きとった。

「チェッ、かこんで来やがるぞ！」

「西から突いて出ろっ！」

「今のうちだ」

西の方の出口へ、六人が大穴の底から、深い草むらの中へ、弾ごめの鉄砲をさげて、音もなく出てくると、横の方へ一列になるが早いか、いっせいに身を伏せた。

おしよせて来た武装警官隊の方も、まさに必死だった。おそるべきシューアンを急しゅう！　この森の中に今夜こそ捕える！　むろん、すごく手むかう賊群だ。死にものぐるいに、両方とも血を流さずにはいない！　と、草むらの中を先頭に進んできたルフェブル署長は、

「近いぞ！　音をたてるな。おれの号令で突っこめ！」

と、声をひそめて、すぐ後にくる警官たちに命令した。

まっくらな中に、みな、ムラムラと殺気だって、はげしい息がスーッスーッと、たがいに聞こえる。

ふとっている署長は、もう全身が汗グッショリだ。はきだす息も苦しくなってきた。右手にピストル、左手に地図、大検事に無名の一青年が密告してきた、この森の中の地図だ。シューアンの巣くつが、今、すぐ近いはず、だが、この森のおくへ来たのは、なにしろはじめて、まっくらな中に、木と木の間をくぐりぬけて、もしかすると方角をまちがえたかも知れない。とすると、やりそこなって、この大急しゅうは失敗だ！

「止、止まれ、……」

小声で号令すると、自分も立ちどまって、

「角灯！」

息をつきながら、ささやいた。

後から警官のひとりが、ソッと前へ出てきた。ふたのしまっている角灯を、左手にさげている。

「ウム、ここへ。ふたを一センチ、こちらへむけてあけろ」

署長に言われて警官は、角灯のふたをソーッとあけた。光りがひとすじ外へ細く流れた。

「ウウム、待てよ」

と、署長はおちつきを見せて、ほそい光りの下に、密告の地図をひろげた。

ひそかに通ってきた小道から、この方向へズーッと赤鉛筆の線、シューアンの巣くつ×の赤い記号は、この近くだ。たしかに、まちがいない！　敵近し！

「よし、ふたをしろ！」

と、うなずいて署長が言った、とたんに、すぐ前の方から、

「パーン！　パパッ！　ピシッ！」

角灯の光りを目がけて、たちまち射ちだした。署長は右腕と左ひざを、ピシピシとなぐられた気がするなり、もんどり打って、草むらにドサッところげた、が、

「伏せっ！　射てっ！　お、おれは、だいじょうぶだっ！」

大声をあげてわめいた。

草の中に身を伏せた警官隊が、いっせいに射ちだした。

敵も射つ。大森林のおくに射ちあう鉄砲の音が、けたたましく四方へひびいて、鳥が飛びたち獣が走り、上に下にヒューーン、ピチッヒューン！　と、弾が木の枝をかすめてあたり、バサッと折れて落ちる。

ダルニエという警部が、たおれている署長のそばへ、草むらの中をゴソゴソと、はいよってきた。

「どこですかっ？　署長！」

「ムーン、こ、ここだ」

「しっかりしてください。傷はどこです？」

「なにを、ひざと腕だ。やられた！[19]」

「止血しましょう。今射っているのは、味方だけです」

「な、なに、敵はどうしたっ？」

「おらんようです。鉄砲の火が見えなくなったです」

「ムーン、突っ、突っこめ――っ！」

あるだけの声でどなった署長の号令に、

「ワッワーッ！」

いちどきに警官隊がさけびだした。突げきだ。射つのをやめて鉄砲をとりなおし、バラバラと立ちあがると、

「ワッワーッ！」

声でおどかして、前の方へ突っこんで行った。必死だ！

それよりも重大な秘密？

一週間すぎた[20]。朝、八時十二分。

小さな古洋服屋の二階、小さな一室の中に、小さなフェルナンが、いすにチョコナンと、もたれている。両足のスリッパが、ゆか板に、やっとつくほど、足も子どもみたいに小さい。

よこの小さなテーブルに、かさねてあるのは、ビマール市長から借りてきた表紙の美しい『コランヌ』その上に、ルフェブル署長が持ってきた紙きれ、ゴチャゴチャに書かれている数字の列が、紙のはしに見える。

「フフン、フーン、フン！」

フェルナンが小さな顔をあおむけて、はなをならした。ほそい息が、はなの穴からもれる。顔いろが、なんだか、きょうは、とくいそうだ。ひとりで、はなをならしてる。

「カツカツカツカツ」

ドアをつづけてたたく音に、フェルナンは女みたいな声をかけた。

「おはいりなさあい！」

グッとドアをあけて、はいってきたのは、ルフェブル署長だ。上着の右腕とズボンの左ひざが、中からふくらんでいる。弾のとおった傷あとを、ほうたいしているからだ。

すっかり気力をなくして、ひげがダラリとさがり、いかめしかった顔つきも、ゲッソリと肉が落ちたようだ。フェルナンの前へ、すこしビッコを引いてくると、立ちどまって言った。

「ウウム、なんですか？　署に使いをくださったのは？」

　フェルナンの子どもみたいな手が、よこのいすを指さして、

「どうぞ、おかけになって。わたくし、警察署へ行くはずですけれど、目に立ちますからね。わざわざ署長さまに、お出《い》でをねがいまして、ほんとうに、おそれいります」

「いや、あなたは陛下の直命によって、……そのご用はなんですか？　早く、うかがいたいですな」

　と、署長は、とても苦い顔になって、いすにかけた。

　すると、フェルナンの小さな目が、同情するかのように署長を見つめて、

「シューアンの巣を急しゅうなすった、けれど、うまく行かなかったそうですね。市内の評判を、わたくし聞きまして、ざんねんに思っていますのですよ」

「ウウン、なに、射ちあってから、いっせいに突っこんだです！」

「そうしますと？」

「シューアンの奴ら、早くも風をくらって逃げおったです。奴らのおった巣くつの穴を、見つけてしらべたですが、ひとりもおらん。いや、われわれは、あのような森の中のようすを、まったく知っていなかった。その上に、月は出ない時だし、まっくらですからな。しかたないです」

「今夜は、晴れていたら、月の出る日ですね、十一時ころは上空に」

「エッ、月が、なんだというですか？」

「旅行馬車から、うばいとられた金貨を、署長さまの手に、わたしてさしあげましょう」

「ムムムッ？　ど、どういうわけですか？　それは、フェ、フェルナンさん！」

「行ってみないと、わかりませんがね」

「どこへ？　エッ、どこへですか？」

「やはり、カシュ・ルナールの森ですけれど、ズッとおくの方へ」

「金貨のかくし場所が、あなたに、おわかりになったですか、エエッ？」

　ルフェブル署長は、ギョッと目を見はると、この時も、ひげのさきを左手で引っぱりまわした。

　チンチクリンのフェルナンが、すました顔をしたまま、くりかえして言った。

「行ってみないと、わかりませんがね」

「ズッとおくの方？　よほど、その、谷そこですか？」

「あの大森林のおくに、湖があるようです。そこの近くで

しょう？」

「湖？　でしょう？　ハッキリしないですな、が、しかし、大検事閣下に、一応、報告する必要が、あるですぞ」

「閣下は、その後、どうしていられましょうか？」

「その後？　大急しゅうの失敗を聞かれて、閣下は、いつもの冷静に似あわず、火のようになって、すごく怒られたです」

「まあ！　では、今度も失敗すると、閣下にまたお気のどくですし、署長さま、あなたも、おこまりでしょうね。閣下に報告せずに、今夜十時、ここへいらっしゃい、ピストルだけもって」

「ムムッ、警官隊は何人、引きつれてくるですか？」

「いいえ、あなたおひとりで」

「オオッ？　危険ですぞ。敵はシューアンですぞ！」

「もっとも危険ですけれど、それよりも重大な秘密を、たもたなければなりません。警官に知れても、後で、こまることになるでしょう」

「重大な秘密？　なんですか、エエッ、それは？」

「行ってみないと、わかりませんがね」

「ウウン？　……」

「金貨をとりかえすと、その手がらは、署長さま、あなたのものにして、よろしいのですよ。いかがでしょう？」

「ムムッ!?　そうか、いいです、今夜十時、ここへ、ひとりで来るです！」

ひげのさきが、あまり引っぱられて、ねじ切れそうになった、ルフェブル署長は、ヨロヨロと立ちあがった。

探偵の道すじを聞くと

銀足、なにをするのか？

夜の大空に、雲ひとつない、十一時すぎ、月の光りがすみきって、下の湖に明かるくうつっている。カシュ・ルナール大森林のおくだ。

あたりの静かさのうちに、ポタリ、ポタリ、と、地面にひびくのは、高い枝の上から落ちる、つゆの音だ。そこに木と木のあいだから、ヌッと黒い人かげが二つ現われた。

シューアンのふたりだ。口びるは身のたけが高く、モグラは低くてズングリしている。ヒソヒソと小声で、口びるがささやいた。

「止まれ、ここらだぞ」

「ウム、……」

スッと立ちどまった、ふたりが前の方をすかして見ると、

「しめた！　湖だ」

「小せえぞ、沼じゃねえか？」

「わからねえ。コランヌの字には、湖とあったぜ、そうだ

ろう？」

「ウム、おれも、そう解いて読んだがな」

「やっと解けた暗号だ。待てよ、このほかにまだ、湖があるんじゃねえか？」

「かも知れねえ。『湖の北の方、およそ七十メートル、どろやなぎの木の東、七メートルの岩の下』と、銀足の奴がコランヌで組みあわせやがった、数字の暗号だ。北の方って、あっちだぞ。どろやなぎの木って、どれだ？　見えねえか？」

「見えねえぜ。どろやなぎって、どんな木だ？」

「おれも知らねえ。やなぎみてえに、ダラリと枝がさがってやがるんだろう」

「北の方だ。出て見ようぜ、もっと前へ」

木のかげから、湖のふちの北の方へ、ふたりが足音をしのばせて、歩きだそうとする、とたんに、足もとへサッと身を伏せた。

湖の岸に、草むらの中から現われた人かげが、スッスッとむこうへ歩いて行く。右かたにかついでいるのは、土をほる大きなスコップだ。そのからだつきが、見ろ、銀足だ！　と、口びるもモグラも息をつめた。

（銀足！　今まで、どこにいやがったのか？　赤毛が殺されて、数字の暗号文が、マダムと閣下にとどかねえと知って、一週間、ようすを見た上に、とうとう自分で金貨の大ぶくろを、掘り出しに来やがったな！）[21]

と、口びるとモグラは、とっさに胸と胸とで、うなずきあった。

（くそっ、やっちまえ！）

ピストルのねらいを、向うへ行く銀足の後すがたへ、ジーッとつけたモグラの右腕を、よこから口びるがおさえて、ささやいた。

「待て！　まだ早え！」

「チェッ、なぜだ？」

「奴に掘り出させて、それからだ！」

「ちがいねえ、……オッ、見ろ！」

あまり近くて、今まで気がつかなかった。すぐ右の方、四十メートルほど向うに、ふとく長い枝が四方へダラリとさがっている、これこそ、どろやなぎの木にちがいない。

湖のふちから北の方、およそ七十メートルだ。そこへ、スッスッと歩いて行った銀足が、いきなり立ちどまると、かついでいた大きなスコップを、ドサッと地面へ突き立てた、と見るまに、足もとにすわりこんで、ドカッと、あぐらをかき、両足とも前へ投げだした。

（なにをしやがるんだ？）

（わからねえ、見てろ、まだ射つな！）

モグラと口びるは、声を出さずに言いあうと、まばたきもせず、すぐ向う四十メートルほどにいる銀足を、ジーッと見つめた。

月が明かるい。銀足は上から光りにてらされて、ブルッと顔をふった。その影が黒く動く。両手を右足へかけると、うつむいた。なにをするのか？　さすがの銀足も、すぐ後の草の中にモグラと口びるが身をひそめて、まばたきもせず見つめているとは、気がついていないようだ。怪盗群シューアンの首領、王党秘密団の幹部である銀足も、夜の湖のふちに、ひとり、しのんできて、この時ばかりは、すきがあったのだ！

両足とも、りっぱに

銀足は、うつむいたきり、右足にかけた両手を、しきりに動かしている。これを見たモグラと口びるは、また声を出さずに、たちまち胸から胸へ気もちで話しあった。

（野郎、つぎ足をなおしてやがるんだ！）

（ちがいねえ。木の足の止め金か何か、はずれたんだろう）

（くそっ、今に見やがれ、一発だ！）

（待て、早まるな！　奴が金貨を掘り出してからだ！）

ところが、銀足の両手が右足からはなれると、持っているのは長い布だ。ほう帯みたいに、グルグルと右足へ巻きつけていたらしい。それを右足のそばへ、かためて投げすてた。口びるとモグラは目を見はった。

（はてな、何しやがるんだ？）

（つぎ足のやりかえだろう、そら！）

うつむいている銀足が、今度は両手で右足をなでまわし、グッグッと力を入れたようだ。すると、はたして木の足を、ひざの下から抜きとった。

（ぐあいがわるくて、やりかえやがるな）

（ざまをみろ。かたわのくせに、威ばってやがって、……）

口びるとモグラが、ジリジリして見つめる、その銀足が抜きとった木の足を、いきなりスコップのそばへ、ゴロリと投げ出した。

（アッ、何しやがる？）

（？　？　？）

モグラも口びるも、いよいよ息をつめた。

銀足はまた両手で右ひざの上を、おさえだした。うつむいて、からだじゅうの力をこめている。ムッと顔をあげた。とたんに、右ひざから生えて出たみたいにニュッと現われたのは、太くて長い足だ！

（アアッ!?）

（す、すげえ！）

モグラも口びるも、さけびかけた声を、あやうくおさえると、ブルブルふるえだした。これほど、おどろいたことはない！

銀足はスコップをつかむなり、スックと立ちあがった。両足とも、りっぱにそろっている。大またにスタスタと歩きだした。あとに木の足と布のかたまりが、月にてらされて残っている。

モグラと口びるは、ふるえながら木のかげに立ちあがった。

(銀足！　なんとすげえ奴だ。これじゃあ、探偵が何十人、何百人かかって、「一本足の怪賊」をさがしまわっても、見つからねえはずだ！)

(くそっ、いまいましい！　おれらまで、だましやがって！)

口びるもモグラも、歯ぎしりした。今までジリジリしていた上に、すごくおどろき、いまいましくて残念だ！　と、銀足の後すがたへ、ふたりともピストルのねらいを、ピタリとつけた。

大きなスコップを右手にさげて、むこうへスタスタと歩いて行く、身のたけの高い銀足が、後に殺気を感じたか、ハッとふりかえった、とたんに、

「パーン！」

「パーン！」

ほとんど同時に二発、グラリとよろめいた銀足が、

「ムーン！　……」

うめき声も太く、足もとへガクリと、ひざをつけると、スコップを投げ出し、たおれながら体をもがき、バタバタと両足で地面をけりだした。

(それ行けっ！)

(ざまをみろ！)

たおれた銀足を目がけて、木のかげからモグラと口びるが、いっさんに走って出た。

ズルズルと引きあげた

銀足はすでに足も手も動かさず、あおむけに、ドッカリとたおれたきり、月の光りにてらされて、カッと両目を見はっている。ひたいに二発、射ちこまれて、ふきだした血が顔じゅうダラダラと真赤だ！

「チェッ、地獄へ行きゃがれ！」

と、あざけるモグラに、口びるが、

「こいつより金貨だ！」

と、ピストルを皮バンドにさしこみ、スコップをひろいあげて、

「へへっ、こうなれぁ、ゴッソリと、こっちのものだ。モグラ、こいっ！」

と、歩きだした後から、

「早いとこやろうぜ」

と、モグラが、おどるように、はねあがって走りだした。

金貨の大ぶくろを、今からゴッソリ掘り出すんだ！

枝を四方へたれている、どろやなぎの大きな木、すぐそこにヌッと立っている黒い岩を、モグラが指さすと、

「これだ、この下だ！」

「ウム、しめた！　土が新しいぞ、掘ったあとだ」

と、口びるは両手にスコップをにぎって、岩のこちらへ、グサッと突き立てた。右足をグッとかけると、

「さあ、ここだ。銀足の奴、地獄から見てやがれ！」

ザクリと土を深く掘りあげた。

いよいよ金貨を皆、自分の手につかむんだ。たちまち大金もちに、財産家になれる！　ぜいたくは思うとおりだ！　掘りあげたスコップの土を、ドサッと横へ投げだし、グサッとまた突き立てて、ザクリと掘りあげる。

ドサッ、グサッ、ザクリ！　掘りつづける口びるは汗だらけになり、そばから見ているモグラも、むちゅうになった。

大きな穴を掘りひろげた。ザクリ、ドサッ、グサッ！　土が固くなった。スコップのさきが土ではない物に、ガチッとあたった。

「オッ、あったぞ！」

スコップを投げすてた口びるが、うつむいて穴の上から両手を突っこんだ。

「よしきたっ！」

モグラがピストルを皮バンドにさしこんで、これまた穴のふちから両手を中へ入れた。

「ヤッ、おもいぞ、ウウムッ」

「おもい方がいいんだ。それ上げろ！」

ふたりとも上からつかんだ、ズックの大ぶくろを、ズルズル引きあげると、穴のふちへ、ドサリとおいた。すごく重い！

「どうでえ、銀足の野郎、地獄からどんな顔して見てやがるか」

「ウフッ、一本足に見せてやがった罰だぜ」

と、ふたりが金貨の大ぶくろを、とうとう目の前に見て、ニヤリとわらった時、

「どうも、ご苦ろうですね」

ふいに女のような声が、岩のよこから聞こえた。

「オッ？」

「何だと？」

同時にどなったモグラと口びるが、皮バンドからピストルをぬくなり、ギクッと身がまえた。

「いや、待つ方がいいでしょう」

と、岩のよこからスッと出てきたのは、女ではなく小さな男だ。灰色の服をチョコンと着ている。

「オッ、手めえは何だ？」

と、ピストルをさしつけた口びるは、小男の後から出てきた制服の署長を見るなり、▼22

「アッ！」

　さけぶが早いか、振りむけたピストルの引金をひいた。モグラも射った、が、ふたりへドッと体あたりにぶつかった小男に、ふたりとも左に右に、ハッシと手首を打たれて、弾がそれた。いっしゅんの間だ！

「パパッ！」

　たちまち二発、射ったのはルフェブル署長だ。すぐ近くから、モグラは頭を、口びるは心ぞうを射ぬかれて、

「ガーッ！」「グーッ！」

　ふたりとも、しめ殺されるような声をさけび、ガクリと足もとへくずれ落ちると、モグラはあおむけに、口びるは横にたおれた。

「しまったことをしましたね、署長さん、殺さずに生けどった方が、よかったのに」

　と、おちついている小男フェルナンが、月の光りの下に苦わらいして言った。

さて、これは誰れ？

「ハッ、いや、あなたのおかげで、たすかった。あぶなく、こちらが、やられるところだった！」

　と、ルフェブル署長はピストルを右手にさげたまま、金貨の大ぶくろのそばにたおれているシューアンのふたりを、ジッと見おろした。

　にがわらいしているフェルナンは、

「さすがに署長さん、ピストルのねらいは、たしかですね。けれども、このふたりのシューアンより、むこうにたおれてる方が、とても、すごい男ですよ。行って見ましょう」

　と、穴のふちをよけて歩きだした。

　ルフェブル署長は、やっと息をついて、

「金貨をこのままにしておいて、よいですかな？」

「なに、取りにきた者がいれば、つかまえるだけですよ」

「ウウム、それはそうだが、ああ今夜は、実に意外きわまる！　一本足の奴が、あたりまえの二本足だったとは、まったく、岩のかげから見とった時、ぼくは実さい、自分の目を、うたがったですぞ。あなたは初めから、気がついとったですか？」

「そうですね。こんなことじゃないかな、とだけは、思っていましたけれど」

「いかにも怪賊ですな。『銀足』と、今さっきのシューアンが言っとったが」

　その銀足が、地面へあおむけにたおれている。血まみれの顔に、カッと両目を見ひらいて、横の方に落ちているのは、一本の木の義足と、ほう帯のような長い布のかたまりだ。

　小さなフェルナンが、銀足の頭のそばに立ちどまると、急に変なことを言いだした。

「署長さん、この男は、いったい、だれでしょう？」

「エッ、だれ？　といって、シューアンの首領、ほんとうの名まえはわからんが、仲間から『銀足』とよばれて、旅行馬車をおそった。そのほか、いくたびか犯罪をかさねとる。重大犯人がこの男だった！　このほかに、まだ何かあるですか？」

「よくごらんなさい。それだけでは、ないでしょう」

「エエッ、何かな？　このとおり、すごい顔をしとる。証拠は第一に、この木の義足だが、……」

「それでは、お待ちなさい」

フェルナンが、うつむくと、銀足の頭に、小さな手をあてた、と見るまに、指さきを動かして、スッと上の方へ、はぎとったのは、血だらけの髪のカツラだ！

「オオッ!?」

ルフェブル署長はギョッと立ちすくんだ。

髪のカツラを、そばにおいたフェルナンは、銀足の口のまわりから耳の下、はなの上へ、すばやく自分の指さきを動かした。はしから、むしりとったのは、つけひげ、ゴムで作った付け肉のはしきれ、それらを、すっかり、銀足の顔からとってしまうと、

「署長さん、さて、これは、だれでしょう？」

「………………」

月の光りの下に銀足の顔を、ジーッと見つめたルフェブル署長は、

「……ヤヤッ！」

後へタジタジと、よろめきながら、

「大、大検事、……閣下だ！　アアッ、……」

と、おどろきのあまりに、両手をあげてグルグルとふりまわした。

カツラ、つけひげ、つけ肉をとられた銀足の顔は、実に意外も意外！　大検事サントロペズ閣下がカッと両目を見ひらいたきり、死んでいるのだ！

「そうです、シューアン首領銀足の本名は、このとおりサントロペズ！　まちがいないですね」

と、小男フェルナンは、両手をふりまわしている署長に、にがわらいして、

「しかし、このことは、あなたと私、そして、なおひとりのほかには、今しばらく、ぜったい秘密にしておくべきことでしょう」

「ムムッ、こ、こんなことが、あろうか！　フェル、フエルナンさん、『なおひとり』というのは、だ、だれですか？」

「我れらの皇帝ナポレオン陛下だけには、わたくし、このことを報告しなければなりません」

「わ、わかりました。いかにも、あなたは陛下の直命で、こられた方ですから、……」

ルフエブル署長は、ふりまわしていた両手をさげると、チンチクリン探偵フェルナンの前に、ジーッと頭をたれた。とても、かなわないから、敬礼したのだ。

白衣の少女聖歌隊

二日すぎた。午前十時。

アランソン市の家々は、黒リボンをフランス国旗にむすびつけて、門や店の前にかかげた。市民の尊敬するサントロペズ大検事閣下の葬式を送る。悲しみの旗なのだ。

最高法務院の正門を、立派な葬式の行列が、しずしずと出てきた。騎馬巡査の行進を先頭に、花環《はなわ》また花環がつづき、市の音楽隊が「永き別れの曲」を合奏して行く。市民の男女と子どもたちが、道の両がわにならび、つつましく見送っている。花環のかさなっている霊柩車《れいきゅうしゃ》が、六頭の馬に引かれて行く。ビマール市長、商務総会長、検事長、判事長、工政局長、そのほか、「長」のつく人々が皆、フロックコートやモーニング服の腕に黒い布を巻いて、目を伏せたまま静かに付いて行く。

十字路に立っている市民の中から、ささやく声が聞こえた。

「まったく気のどくだなあ。大検事が自分でシューアンの捜査に出かけて行って、反対に暗殺されたのは、とりかえしのつかない損害じゃないか」

「そうだとも、市民の平和のために大検事が、ぎせいになったんだ」

「シューアンの親方らしい奴が、ふたり、大検事に射たれたって、そんなことくらい、大検事閣下のぎせいとは、くらべものにならないからな」

これは、そのとおり、各新聞の記事に大きく出たのだ。カシュ・ルナール森林において、大検事サントロペズ氏がシューアンのために暗殺された！　被害の金貨だけは発見された、と、全市民をおどろかせた、この変事を新聞記者に発表したのは、ルフエブル警察署長だった。

ルフエブル署長も、葬式の列に加わっている。長い行列が教会の門をはいって行く。署長は初めから一度も顔をあげない。上げられない。花環にうずまった霊柩の中にはいっているのは、大検事サントロペズ閣下にちがいない。が、同時に怪賊シューアンの首領銀足なのだ。奇怪きわまる、この事実を、だれも気がついていない！　真相を知っている者は、このように仕組んだ「陛下の密偵」フェルナンが第一、そして、そのさしずどおりにした、おれだけだ。やがて、皇帝陛下がパリで、フェルナンの報告を受けられる。おれはまだお目にかかったことはない、が、英傑のナポレオン陛下も、この奇怪きわまる事実にはおどろかれるだろう！　ところで、小人密偵フェルナンは、葬式に加わっていない。洋服屋の二階のせまい一室に、まだ何か考えているのか？　ああ実におそるべき小人だ！

教会の壇の上に、大検事……銀足の霊柩が安置され、フランソワ大僧正が司会して、おごそかな祈禱式が行われた。市の少女聖歌隊が三百人、白のリボンに白服のまま、つつましく讃美歌を合唱した。

何千人かの告別式が終って、ようやく解散、ルフェブル署長は、ひとりになると、フランス町の洋服屋の二階に、おそるべき小人フェルナンをたずねて行った。

「閣下」と「マダム」

フェルナンは、いすにもたれて、小さな足をブラブラさせていた。ニッコリと子どもみたいな顔をしている。はいってきたルフェブル署長を見ると、

「まあ！　葬式はすんだのですね」

と、やさしい女のような声できいた。

「終ったです、とにかく、……」

大検事の葬式に、全市民の同情があつまっている。一本足の怪賊が大検事だったとは、シューアンの賊群もいまなお知らないだろう。それを見たモグラと口びるは、署長に射ち殺された。このような奇怪きわまる秘密が、このままかくされて行くように、うまく仕組んだ、このフェルナンという小男は、さすがに「陛下の密偵」だけあって、おそろしいチンチクリンだ！　が、しかし、

「フェルナンさん！　葬式は秘密を知られずに、うまく終ったです、あなたの思うとおりに、ですが、あの湖の近くに、金貨の大ぶくろが、うずめてあることなど、あなたの探偵の道すじを、わたくしの腕をみがくために、聞かせていただきたいです」

ルフェブル署長が、声をひそめてきくと、

「そうですね。探偵の道すじといって、なんにも、たいしたことは、ありませんですよ。ただ、わたくしは、旅行馬車に郵便局から金貨入りの大ぶくろが、積みこまれたと聞いたものですから、さてはシューアンが、おそってかかるにちがいない！　と、その馬車に、とちゅうから、むりに乗りこみましてね。おそわれたら、すぐ飛びおりるように、わざと馭者台へ乗っていましたので、なにしろ、このとおり、からだが小さくて、飛びあがるのも飛びおりるのも、軽いのですから」

と、フェルナン自身、ニコニコとわらいだして、おもしろいみたいに話すのだった。

「フウム、すると、はじめから計画されたことですな」

と、ルフェブル署長が左手で、ひげのさきをつまむと、フェルナンはなお女みたいに、やさしくわらって、

「ホホホホ、すると思ったとおりに、馬車が森の中でおそわれましてね。わたくし、馭者台の上から草むらの中へ、まっさかさに、ころげ落ちました。クルリと引っくりかえ

って、またそばの木の下に、かくれてしまった後、金貨の大ぶくろをはじめ、客の物をすっかり、うばいとって行くシューアンどものあとから、ソッとつけて行ってみたので、まっくらですし、ホホホ、わけはありませんでした」

「ウウム、いや、感心です。それから、どうされたですか？」

「あの『銀足』という首領らしいのが、シューアンの中のふたり、『口びる』と『モグラ』という男に、言いつけたことばで、わたくし、耳にとめたのは、『閣下』『コランヌ』『マダム』『赤毛』『鍵』と、この五つでした」

「なるほど、五つとも変なことばですな、ウム、奴らの合図だな！」

「ところが、よく朝、大僧正の図書室から本が二冊、ぬすまれたというのでしょう。その一冊の『コランヌ』は有名な本ですし、一方には『赤毛』の男が、道で殺されたという。さては！　と、思いあたるのが、あたりまえでしょう」

「ヤッ、いかにも！　そこで、それから？」

「市長さんから、『コランヌ』を借りてきましてね、一方、『赤毛』の男のポケットにあったという数字だらけの紙きれを、署長さん、あなたから貸していただきまして」

「そ、そうです、フウム、いかにも！」

「数字は『コランヌ』の本のページと行と何字めということを、示していましてね。よく両方を突きあわせて読んでみますと、なるほど、金貨の大ぶくろのかくし場所が、ハッキリと通知されていました。銀足が『鍵』と言ったのは、この通知なので、これは『マダム』に知らせる暗号数字を、『赤毛』に持たせてやったのですね」

「待ってください。その『赤毛』を殺したシューアンが、それほど大事な『鍵』の数字の紙きれを、そのまま『赤毛』のポケットに残しておいたのは、わからんですな」

「それは、殺した者がシューアンだと、銀足に知れると、金貨の大ぶくろをねらっているのが、すぐ感づかれるからでしょう。だから『鍵』の数字を、すばやく写しとって、もとのようにポケットへ、入れておいたのでしょう」

「ムッ、なるほど。銀足と手下とは、あまり仲がよくなかったですな」

「大検事が意外にも、皇帝陛下に反逆する王党秘密団の幹部なのでした。反逆の資金を得るために、盗賊シューアンを使って、首領の銀足になっていたのです。いよいよ多大の金貨を手に入れてみると、今度はシューアン賊など、かえって、じゃまになったのでしょう」

「ウウン、それでわかったです！　無名青年の密告などを、銀足の大検事閣下が自分で作って、シューアン捕縛の武装警官隊を、署長の僕に指揮させて行かせたんだ。まんまと僕は、だまされたですぞ、銀足の大検事閣下に！　ウウム、実にすごい奴だ！」

「いいえ、ウッカリすると、署長さん、まだまだ、だまされているかも知れませんよ」

「エエッ？　まだまだですか。怪賊銀足すなわち大検事閣下は、今さき、すでに葬式されたですぞ！」

「その銀足が、けれども、手下の口びるに『閣下に今度はコランヌだと言え！』と言いつけたのです。この『閣下』は大検事閣下の銀足自身ではないでしょう。自分が自分に言うのは、変ですからね。なおほかに、別の『閣下』がいるのにちがいない。すると、これは、だれでしょう？」

「ムムムッ、そうか。それは何者か？　あなたに、わからんですか？」

「同時に銀足はまた、手下のモグラに『赤毛に鍵をもたせてやると、マダムに言え！』と言いつけたのです。この『マダム』は何者でしょう？」

「ヤヤッ、『閣下』と『マダム』な、何者だか？　いや、さっぱり、わからんです！」

ルフェブル署長は、いかめしい顔をしかめると、ひげのさきを、とうとう、ねじあげてしまった。

第二部　人間は皆、敵であって友だちだ

暗の海岸に上陸した国王の弟

ここにも現われた小人密偵

夏がきた。アランソン市内は、ひどく暑い。

年すでに七十をこえているフランソワ大僧正[23]は、暑さをきらって北の海岸のグランビル[24]に、引っこしてきた。大ぜいの共の者が、いつものとおり、付きそっている。

海岸はすずしい。それに城のように大きい別荘が、岡の上に高く建っている。ローマ法王の次ぎの大僧正だから、市長のムーラン氏が、尊敬してたずねてきた。

すると、大僧正は応接室で、

「これは早々、おたずねをいただいて、まことに、おそれいるばかりじゃ」

と、きげんよく、まっ白な長いまゆをあげて、窓の外を遠く見わたした。

はるかに波がおしよせてくるイギリス海峡が、夕ぐれの

雨もようである。今にも降ってくるのか、風も強く出ている、が、いかにも涼しい。いい気もちである。

「昨年、お目にかかりました時よりも、ますますお元気のように拝しまして、なによりもおめでたく存じます」

　ムーラン市長が、つつしんで言うと、

「いやのう、年をとるばかりで、見聞きするのは、いやな事の方が多い。今の世の中はさわがしく、ザワザワしておって、だれの心も、おちついてはいない」

　と、きげんのよかった大僧正が、まっ白いまゆを急にひそめて、

「この海岸地方の人気は、そこで近ごろ、どのようかな、市長さん」

「はい、ご質問でございますから、かくすところなく申しあげますと、……」

「さよう、ありのままを、お答えください」

「は、はい、実はさいきん、この地方もまことに、さわがしくなっていまして、と申しますのは、街道から海岸の方へ、いわゆるシューアンの盗賊群が、しきりに現われますので」

「それはまた、なおさら不安な事だな」

「はい、それに、極悪のシューアンどもの後に、王党秘密団の連中が、ひそかに動きまわっていますようで、今にもまた戦争が起きるかと、実に不安そのものでございます」

「何をそのように王党の者たちが、パリではなく、この海岸地方に動いているのかな？」

「実はそれが、パリから来ております探偵たちのさぐった情報によりますと、……」

「何かな？　わたしから秘密はもれはしない」

「は、はい、……その、ダルトア殿下▼[25]が英国から、こちらの海岸へ、ひそかに帰ってこられる。上陸なさった時は、ナポレオン軍の中にはいっている王党の軍隊が、すぐにぬけ出して、殿下のもとに集まるのだ！　と、このような不安きわまる計略を、王党秘密団が立てていますそうで」

「ホホウ、意外なことだ。それではまたフランスの内乱ではないか。ダルトア殿下というと、ルイ国王第十八世陛下の弟さんだったな」

「さようで、この弟殿下のもとに王党の軍隊が集まり、ナポレオン軍と戦いまして、すこしでも成功しますと、兄君のルイ国王陛下が英国から、堂々とナポレオン征伐のために帰っておいでになるのだ！　と、王党秘密団の者やシューアンどもが、民衆に言いふらしまして、皆の心を動かしております」

「容易ならぬ事ではないか。そうなっては、国民がまた戦争に苦しまねばならぬ。パリから来ている探偵たちは、そのような大それた計略を、王党秘密団の者が実行する前に、一日も早く、ふせげないものかな？」

「それは何とも、わたくしは、わかりかねますが、さいきん特に、ナポレオン皇帝陛下の直命によりまして、パリから密偵がひとり、わたくしをたずねてまいりました」

「ホホウ、するとそれは、特別のスパイというわけか。名まえは？」

「ただ『フェルナン』と申しまして、とても小さな、子どものような男でございました」

「なに、『フェルナン』！」

「はい、ご存じでございますか？」

「いや、会ったことはない。が、アランソンで私の図書室から、書物がぬすまれた時、その『フェルナン』という小人のような探偵が、なにか手がかりを得たとか、警察署長が話していた、それだけのことだ」

「その探偵は、そうして成功したのでございますか？」

「さあ、どうかな？　成功したかどうか、署長は別に、そこまでは話さなかったが」

「おそらく失敗したのでございましょう。小人の上に、ことばつきも声も女のようで、あのような者に探偵のつとまるわけは、あるまいと存じます。ナポレオン陛下は、ものずきのお気もちで、あのような変な小人を、お使いなのでございましょう」

「ハハア、そうかな。わたしは、なんにも知らないが」

「おそれいります。まことに長い時間を、おじゃまいたしまして、それでは、これで失礼いたします」

かしこまって立ちあがったムーラン市長は、大僧正に、うやうやしく敬礼した。

大僧正は手もさしださず、うなずいたきりだった。なにしろローマ法王の次ぎに、えらいのである。

意外な敵の警戒線

夜になって雨がふりだした。風も強くなり、波の音が高く、あらしになりそうだ。

大僧正の城のような別荘が、雨と風の暗《やみ》の中に、堂々とそびえ立っている。

前庭に向いて、大きな窓ぎわに、今さっきから身動きもせず、いすにかけているのは、フランソワ大僧正なのだ。とても広い応接室に、ただひとり、灯もつけず、老年の大僧正が何をしているのか？　なんにもしていない、ただジーッと暗い中に、こしをかけている。神にいのりをささげているのか？

風にザワザワと庭木がゆれて、雨の音もはげしい。浜辺の岩に波のくだけるひびきが、雷のように聞こえる。ハッと大僧正は窓ぎわから外の庭を見つめた。風と雨と波のひびきの中に、すぐ近くヒタヒタと、走ってくる人間の足音を聞いたからだ。

応接室のベランダが、前庭に突き出ている。広いコンクリートの上に、いきなり黒い人かげが、サッと飛びこんできた、と見るより早く大僧正は立ちあがり、窓わきのドアを引きあけた。

「オオッ、ここか?」

飛びこんだ人かげが、そう言うと大僧正にぶつかり、よろめきながら、ハアハアッと深い息をついて、また言った。

「フランソワだな!」

「はい、さようでございます」

と、大僧正はドアをしめて手早く鍵をかけ、窓に厚いカーテンをサッと引くと、

「さ、どうぞ、わたくしの居間の方へ、おはこびをねがいます。こちらへ、……」

ささやいて先《さ》きに立ち、応接用のテーブルといすの間を、すりぬけて行った。

ろうかへ出て右にまがり、おくの方の居間へ、大僧正の後から黒い人かげがまだハアハアと息をはきだしながら、いそがしく付いて行った。ボタボタと雨のしずくが、ずぶぬれのからだから、ろうかに音をたてて落ちた。

居間には灯が、デスクの上についていた。立ちどまった男は大僧正を見ると、うなずいて言った。

「フランソワ、ご苦ろう!」

「いいえ、殿下こそ! ただ今、お召しかえをもってまいります」

「ウム、……」

青白いひたいに、ぬれている髪が、まつわりついて、すみきっている目の光りがするどい。ずぶぬれの服がよじれて、ズボンも片方のすそが破れている。そばにあるいすに、ゆったりともたれると、

「意外だ! フランソワ、敵はこの暴風雨にも、すきまなく警戒している。わたしは追われたぞ」

と、ようやく息をしずめて言いだした。

大僧正はおどろいて、まっ白いまゆを上げると、

「追われてと、おっしゃいますのは、ここまで敵が、お後をつけてまいりましたか?」

「それはわからない。しかし、海岸に上がった時、すでに敵の見張りの線に、引っかかった。暗の中から、とつぜん、『止まれっ! だれか?』と、声をかけられたのだ」

「どちらの海岸でございました?」

「あまりに海が荒れるので、船長がアブランシュ湾につけた。この別荘には、すこし遠いように思ったが」

「しかし、殿下おひとりでは、ございませんでしょう?」

「ウム、おまえも知っているベルタモンと、ロアのふたりが、わたしを護衛して、いっしょに上陸したのだ」

「ふたりは、どういたしました?」

「敵の警戒が厳重なのは、おそらく私が上陸するのを前から知ってたのに、ちがいない。だから、三人いっしょにフ

ランソワの別荘へ行くのは、危険そのものだ！　と、ひとりずつ別々に行動したのだ。わたしは、まっすぐに、ここへ走りつづけてきたが、後から追いかけてきた者がいる。ベルタモンとロアは、どうしたか？　この嵐の中に、もしかすると敵の大ぜいを引き受けて、捕えられたか殺されたか？　……」

「それは今に、わかることでございます。お待ちあそばせ。お召しかえを用意してございます」

大僧正が、ていねいに言うと、となりの寝室へ、ドアをあけて急がしくはいって行った。

大理石に秘密の一点

国王の弟である青年のダルトア殿下は、大僧正が寝室から両手にささげた洋服を、下着からくつ下まで、すっかり新しく着かえた。いすにかけると、青白かった顔にすぐ血の色がさしてきた。

大僧正はさらに食堂から、ブドー酒の瓶とグラスを、銀の盆にささげてきた。それをついで、殿下にすすめると、

「海岸のどこかで、セバスチアンにお会いではございませんでしたか？　今夜の十一時ころ、殿下のご上陸だと、王党の者の秘密通知によりまして、かれを海岸へ使わしたのでございますが」

「ウム、いかにも岩また岩のかげを、わたしが出てきた時に、それこそ大岩のごとき男が、暗の中から現われた。しまった！　と思ったが、敵ではなくて、それこそセバスチアンだった。わたしをすぐ後からまもって、この別荘の門まで来たようだったが」

「それこそ、お幸せでございました。それで敵も、殿下を追いかけながら、なんとも手が出せなかったのでございましょう。忠実なセバスチアンは、この近くを今も見まわっていることと存じます」

「しかし、敵の探偵どもの警戒が、このように厳重では、ナポレオン討伐の旗をあげるのも、なかなか手がつけられぬではないか？」

と、殿下はブドー酒を、しずかに飲みながら、表情が暗くなり、まゆをひそめて、

「兄君陛下を英国からおむかえするのは、はたして、いつの日になるだろう？　ナポレオンの威力が今すでに、この海岸地方にまで、このように、すきまなく行きわたっている。これを見ると、王党秘密団の旗あげは、望み得ないのではないか？」

「いいえ、そのように失望あそばすことは、決してございません！」

と、大僧正の老年の顔に、不屈の力がみなぎって、

「わたくしども王党秘密団の者は、むろんのこと、国民の多くが、勝手に成りあがったナポレオンをきらいまして、

ルイ国王陛下を心から、おしたい申しあげております。殿下は、この別荘の中に、しばらく、おしのびになりまして、旗あげの計画を王党の私どもと共に、くわしく、どこまでもお立てになりますよう、これこそフランス国家のためでございます」

「ウム、それこそ、むろん、わたしも同じ決意だ。が、しかし、ナポレオンの探偵どもは、今夜、上陸したのはダルトアだと、たしかに感じとったのにちがいない。大僧正の別荘といえども、皇帝ナポレオンの直命をもって、家探しを断行することは、ないだろうか？」

「さて、たとい家探しを探偵どもが、すみずみまでいたしましても、およそ一時間前後のことでございましょう。そのあいだ、殿下には、ぜったいに発見されない場所に、おかくれをねがいます」

「そうか、そのような安全な場所があるのか？」

「ございます。かねて私が作っておきました。知っている者は、セバスチアンのほかにはございません」

「どこだ？」

「はい、ここでございます」

大僧正がすぐ立ちあがると、かべに作ってあるストーブの前へ行った。冬には石炭をいれてもやす、上にある桃色の美しい大理石をなでまわし、その一点を、指さきでグッとおした。すると、バネじかけになっている横の板かべが、音もなくスーッと下へすべり落ちて、人ひとりくらい、くぐってはいれる場所が、すぐ中にボカリとひらいた。[▼26]

「ホー！」

と、殿下はおどろきの声をあげて、

「そこにはいると、すぐあとに板かべが上がって、もとのとおりになるのか？」

「このバネは、きわめて強く作ってございますから、だんじて失敗はございません」

大僧正はさらに大理石の一点を、指さきでおした。すると、板かべがまた音もなくスーッと上がって、ピタリと元のとおりになった。

いかにも安全な、かくれ場所である

皇帝ナポレオンが後に

ダルトア殿下は、さすがに、つかれきっている。暗の海岸へ、ひそかに上陸し、生死の冒険と暴風雨の中を、突きぬけて来たからだ。

大僧正は、この殿下を寝室へつれてはいった。ベッドにつかせて、しずかにやすませると、居間から応接室の方へ、ランプの灯を持って、ふたたび出てきた。すると、そこに、ひげだらけの大男が、ムッと岩のように突っ立っている。

大僧正を見るなり、ニヤリと歯をむき出してわらった。ランプをテーブルにおいた大僧正は、立ったまま声をかけた。

「セバスチアン！　いつのまに、はいってきたのだ？」

身のたけ二メートルくらいあるだろう、大男セバスチアンも、頭の上から、ずぶぬれになっている。どなるような太い声で、

「なあに、三十分ほど前でさ」

「家のまわりに、異常はなかったか？」

「いや、しくじりを、やらかして、すまないです！」

「おまえが何をしくじった？」

「うら門のところで、後をつけてくる者が、雨と暗で何者だが、わからない。しつこく、つけてくるんで、さては殿下をねらって来やがったな、と、近くまで来おったところを、飛びかかってしめあげた。強くしめあげたから、グッグッと息がなくなって、……」

「死んだのか、それきり？」

「そうなんで、ところが、門の灯の下まで、ズルズル引っぱってきて見ると、敵の探偵じゃない。ヤッ、しまった！と思ったが、もう死んでいる、グラン・セルフなんで、……」

おちついている大僧正も顔いろをかえた。

「グラン・セルフを殺したか！　わたしは彼を、ナポレオンの探偵を見はるために、外へ出しておいたのだ」

「すまないです、グラン・セルフだとは、まったく気がつかなかったんで」

「ああ、おまえの腕は、あまりに強すぎる！」

「いや、ナポレオン探偵の『フェルナン』とかいう小人だったら、見つけしだいに、ひねりつぶすんだが」

「おお、小人フェルナンのことを、おまえは、どうして知っているのか？」

「なあに、シューアンの連中から聞いたんでさ。なんでもアランソンの方の森で、『銀足』という首領の行くえが、わからなくなった。親分の『口びる』と『モグラ』というのが、ふたりともピストルでやられた。手に入れた金貨の大ぶくろも、とりかえされた。それがみな、ナポレオン探偵の『フェルナン』という小人の奴に、やられたんだ！　なんとしても仇《かたき》を打たなくちゃならねえ。その小人の奴がまた、この海岸に、いつのまにか出てきやがる！　と、シューアン賊の連中が、ソッと知らせてくれたんで、今度こそ、やっつけるぞ！　と」

「しかし、大男のおまえが、むやみに出て行っては目にたつ。気をつけるがよい」

「ヘッ、たかが小人いっぴき、ひねりつぶすのは、わけないでさ」

「いや、そのように軽く見てはいけないのだ。その小人の後には、皇帝ナポレオンが立っている。フェルナンを無き

ものにしてしまうのは、もっとも秘密のうちに、王党の我れらには少しの関係もないようにしなければ、ナポレオンの怒りを我れらの方に引きつけて、旗をあげるのに非常なさまたげになるのだ。わかるな？　セバスチアン！」

「ヤア、わかったようで、わからないでさ」

「グラン・セルフの死体は、どうしたのか？」

「うら門の中まで、引きずりこんでおきました。すまないです！」

「………」

　だまりこんだ大僧正が、まっ白な長いまゆをしかめて、なにかジーッと考えているうちに、顔をあげてセバスチアンを見つめ、声をひそめてささやいた。

「われら王党のために、グラン・セルフの死体を使うことにしよう。死んだ肉体に霊魂はないのだ」

「ホー？」

　と、大男セバスチアンが、たくましい目をギロギロさせた。

　死体を使う？　どうするのか？　セバスチアンにはわからないのだ。

虎が野へ出た

　あくる日の朝、十時すぎ。

　海岸の町はずれにある小さな料理店に、とても見すぼらしい小男が、すみの方に、ひとり、スープを飲んでいる。雨は小ぶりになり、風もしずまったが、小男の灰色の服は、すっかり、ずぶぬれだ。よほど腹がすいているらしい。パンをちぎると、スープといっしょに、すぐにモクモクと食ってしまった。

　そこに、おもてから、はいってきたのは、ムーラン市長だ。えらく苦い顔をしている。市長が朝から、こんな小料理店にはいるなど、実に見っともない。が、使いが呼びにきた。ナポレオン皇帝陛下の密偵フェルナンが、ここへ出てこいと呼びつけたのだ。なんとも仕方がない。苦い顔をしたまま、小男フェルナンと向きあって、いすにつくなり、

「お呼びつけのご用は、なんですか？」

　朝のあいさつなど、だれがするもんか！　と、さっそく、きいてみると、

「まあ！　お早くいらしてくださいまして」

　まるで女みたいな声が、フェルナンの小さな口からもれて、

「ゆうべの嵐の中に、こちらの警察の探偵さんたち、ずいぶん、活躍なさったようですが、市長さん、あなたのお手もとに、どんな報告が、来ていますのでしょう？」

「そのことですか。実は重大な報告が、今さっき警察署長から来たのです。元の国王ルイ第十八世▼27の弟ダルトアが、ゆうべおそく上陸したらしい。その行くえを、今なお厳探

中、というのです。なにしろ、ひどい暴風雨の中に、これだけのことを探りあてたのは、相当の賞与を出すべきだと、わたしも署長も言っているのですが、……」

「ダルトアの行くえが、わからないのは、虎が野へ出たようなものですね、捕えなければ」

「ですから、今なお厳探中なので」

「ダルトアが秘密に乗ってきたのは、帆船のデルフィーヌ号ですね」

「オッ、そうですか。どうして、あなたがそれを知っていられるのですか？」

「わたくし、ゆうべは海岸へ出ていましてね、ホホホホ」

「いや、どうも、わらいごとじゃない。そうですか、はじめて聞くことです」

「デルフィーヌ号から上がって来たのは、ダルトアと、なお、ふたりでしたが」

「エッ、それも、はじめて聞くことです。三人ですか？」

「その三人が、岩のあいだをくぐりぬけて、しばらく行くと、すごく大きな男と出会いましてね。前もって打ちあわせておいたものでしょう」

「すごく大きな男？」

「拳闘の大選手みたいでしてね。ダルトアらしいこえが、『セバスチアンだな』と言っていましたよ」

「エッ、あなたは、そんなことまで、聞いていられたのですか？」

「波と風と雨の音で、よくは聞こえませんでした、けれど、すぐそばの岩のかげに、すくんでいましたからね」

「お、おどろくことばかりです！」

「ホホホホ、そのセバスチアンという大男は、フランソワ大僧正の秘密のさしずを、受けていましてね」

「エエッ、待ってください、そ、そんなことが、あるものですか！」

「ないと、おっしゃるのは？」

「大僧正閣下こそ、ナポレオン皇帝陛下に対して、この上もない忠誠なお方ですぞ。それが、皇帝陛下に反逆するダルトアなどと、どうして関係があるものですか！　そんなことは思いようもない、想像もできないことです！」

「市長さん、コーヒーを召しあがりませんか？　おいしいですよ」

「エッ、コーヒー？　いや、わたしはいらない。それよりも、あなたは、とんでもないことを言う人だ。いやしくも大僧正閣下に、反逆の罪があるようなことを！」

「ホホホ、では、なおさら飛んでもないことに、わたくし、今から手をつけますのでね。市長さんに、おねがいがありますのです。それでわざわざ来ていただいたのですが」

「な、なんです？　ねがいと言われるのは？」

「ねがいです、けれども、わたくしの言うことは、ナポレオン陛下の命令だと思ってください！」

「ヤッ、はっ、はい、かしこまりました」

「今夜、十時に、二頭だての馬車一台、それに六人の護衛乗馬隊をつけて、大僧正の別荘の前庭に来るよう、警察署長に伝えてください！」

「オオッ、それは、なんのためですか？」

「行ってみると、わかるでしょう。同時に、二十人の武装警官隊をもって、大僧正の別荘を取り囲み、内外の出入りを禁止するよう、同じく警察署長に伝えてください。もっともみな、秘密のうちに」

「フェル、フェルナンさん、いやしくも大僧正閣下に、そんなことをすると、大変ですぞ！」

「いいえ、ちっとも、小変でもないでしょう」

小人密偵フェルナンが、すました顔してスープの残りをまだ飲みつづけて、市長ムーランは、ひたいに汗をタラタラ流して、すっかり青くなった、どえらいことを小人が言いだした！

旗をあげる秘密本営

またまた異変の突発だ！

海岸地方の警察署長ファンタンは、パリから来ている「皇帝陛下の密偵フェルナン」の命令を、市長から伝えられると、これまた青くなって言った。

「あの小人の奴、まったく気ちがいじゃなかろうか？」

ムーラン市長は顔をブルブルッと横にふると、

「なにしろ、自分の言うことは皇帝陛下の命令と同じだと、そう言うのだから、仕方がない。どうもその、大変な奴が、まいこんで来たものだよ、署長さん」

「そうですとも、学徳の高い大僧正閣下は、世界的に貴い人じゃないか。その方の所へ、武装警官隊をさしむけるなんて、新聞にも出ることだし、署長の私が、国民から攻げきされるです。小人の奴は、かげにかくれていれば、それでいいんだから、実にけしからん！　ウム、まったく、大変な奴だ！」

署長は、いきりたって、市長が帰って行った後も、署長室の中をドスドスと歩きまわっていた。

昼になり、夕かたになった。いよいよ武装警官隊の出動命令を、出さなければならない！　それに二頭だての馬車一台と、六人の乗馬護衛隊だ。気ちがい小人の奴、その馬車に、いったい、だれを乗せて護衛させて、どこへ行かせるつもりか？　と、署長が夕飯も食わずに、ブリブリしていると、巡査がひとり、あわただしくはいってきた。

「署長殿っ！」

「何だっ？」

「ただ今、フランソワ大僧正閣下の別荘から、乗馬の使いが、署長殿に至急、お目にかかりたいと、受付に来ております」

「ヤッ、何かな？　すぐ通せ、ここで会おう！」

「ハッ」

巡査がつれてきたのは、大僧正の召使のひとり、「グスタブ」といって、署長も前から知っている、おとなしい青年だ。

「ヤア、君か！　急に何か起きたのか？」

「別荘に強盗がはいって、それに火事になりかけまして」

「オッ、そいつはまた突発事件だ！　強盗はひとりか、何人だ。つかまえたか逃げたか？」

署長がガンガンと大声できいているところへ、スッとはいってきた者がある。見ると小人フェルナンだ。今までどこにいたのか？　すましきった顔をして、署長にあいさつもせず、そばのいすにチョコンと、こしをかけた。署長の方も、気ちがい小人が、なんだい！　と、見るなり顔をそむけて、グスタブに、

「エッ？　強盗はどうした。つかまえたか逃げたか？」

「死んだのです、ひとりです」

「死んだ？　だれかピストルでも射ったのか？」

「火をあびて、焼け死んだのです」

「ホー、まれにある変事だぞ！」

「大僧正閣下が、すぐ署長さんに急報するようにと、ぼくに言われたのです」

「よろしい。今すぐ署長自身がまいりますと、閣下に申しあげてくれ！」

「おねがいします」

グスタブは署長に敬礼しながら、フェルナンの方を見ると、とても変な小さな奴がいるな！　と、顔をかしげたまま出て行った。

署長は部屋の中を、またドスドスと歩きまわって、フェルナンに声をかけた。

「お聞きのとおり、大僧正閣下の別荘に異変です。ぼくは今すぐ臨検に出るから、これで失礼するです！」

子どもみたいなフェルナンの小さな顔が、ニコッとわらうと、

「わたくしも、いっしょに行きますよ、署長さん」

「ウウン、あなたも臨検するですか？」

「それよりも、市長さんから伝えられたはずですね。出動の用意は、できていますのですか？」

「いや、それよりも、今の異変突発だ！　この方の臨検をさきにして、武装隊の出動は、ひとまず見あわせたい、と思うですが」

「いけません！」

「ウウム、あくまでも出動、というわけですか？」

「むろん、わたくしの言ったとおりに！」
「フウム、……」
ドスッと立ちどまった署長は、くそっ、なまいきだ！が、「皇帝陛下の密偵」だから、こいつの言うことに、そむけないんだ、と、目をつりあげて歯ぎしりした。

黒こげの強盗？

フランソワ大僧正は、臨検に出張してきたファンタン警察署長の一行を、自分の居間へ、ひとまず入れた。意外な異変の突発におどろいて、老年の上に気もちがみだれたのだろう。ストーブの前に、大きな安楽いすをおかせ、グッタリともたれて、ひざかけの中に足をつつみ、右の手にカップをもっている。カップの中に半分ほど、はいっているのは、レモン水らしい、においが高くする。そばに付きそっている青年の召使[28]が、酢と冷水にしぼったタオルを、大僧正のひたいにあてている。

このありさまを見た署長は、帽子を片手にぬぎ、大僧正の前へ、おそるおそる出て行くと、声も静かにひくめて言った。

「閣下、おもいがけないことが、おやしきの中に起きまして、まことにおそれいります。しかし、わたくしが、まいりましたから、どうぞ、ご安心をねがいます」

「ああ、……」

かすかに、うなずいた大僧正が、署長の後に立っているフェルナンをジーッと見ると、

「小さな人が来ているな。署長さん、あなたの子どもか弟かな？」

「ハッ、いや、その、決して私の子どもでも弟でもございません。これは、ナポレオン皇帝陛下の直命によって、パリから来ております探偵で、フェルナンと申します」

「パリから、それはまた、ご苦ろうなことだな」

そう言う大僧正に、フェルナンはチョコンと頭をさげた。子どものあいさつみたいだ。

「現場の方を、しらべるように」

と、大僧正はカップのレモン水に口をつけ、召使がそばから、ひたいのタオルを新しくかえた。

ドアのよこに立っているグスタブが、

「こちらへ、どうぞ！」

と、署長とフェルナンのさきに立って、ろうかを案内して行ったのは、おくのほうの広い食堂だった。

「ムッ、これは、ひどいぞ！」

と、立ちどまって顔をしかめた署長に、グスタブが、

「署長さんが見えるまで、なにひとつも、手をつけてはならないと、閣下が言われまして、そのままです」

「ウム、それは、適当なご注意だが、……」

大きなテーブルの足のそばに、黒こげの死体が、ころが

っている。頭も顔も焼けただれて、はなも口も耳も、くずれている。上着も燃えてしまって黒い腹が見え、ボロボロのズボンに黒皮の長ぐつをはいている。よこに大きなランプが落ちてくだけたまま、燃えた敷物も黒こげだ。向うの柱の下まで、どす黒く焼けたあとがつづいている。ムーンと変なにおいが、はなをついて、立っていられないくらいだ。

署長は、みじめな黒こげの死体を、そばへ行って見おろすと、グスタブにきいた。

「こいつが何か、金品をとったのかな?」

「さあ、それはまだ、調べていませんが、八時すぎでした、まもなく閣下がおやすみの時分ですし、いつものように僕は、方々の戸じまりを見に、ピストルをさげて、ろうかをまわってきたのです」

「フム、それで?」

「すると、この食堂の中に、何か変な物音が聞こえるのです。今夜はこの食堂を、お使いにならなかった。だれもいるわけはない。変だなと、いきなりバッとドアをあけてみたのです」

「ウム、この男がおったんだな!」

「そうなんです。ぼくはビクッとしましたが、ピストルを向けると、この男もビクッとして、テーブルの下へもぐりこもうとした、とたんに、テーブルかけをつかんだものだから、上の物がテーブルかけといっしょに引っぱられて、おいてあった大ランプが落ちたんです。この男は敷物にすべって倒れた、とたんに、頭かどこかをテーブルの足にガクンとぶつけて、気を失ったのか、たおれたきりでした」

「はじめて強盗にはいった奴らしいな」

「ところが、たおれた顔の上へ、落ちた大ランプが音をたててこわれて、たちまち火がついたのです。油と火がながれだして、この男はさけび声をあげると、顔から胸に火がついたまま、必死にころげまわって、テーブルの中へ、はいって立ちあがると、ガクンと頭がつかえてまた倒れました。敷物にも油がながれて、火はひろがるし煙が出て、この男はテーブルの下から、もがきながら出てきましたが、とうとう動かなくなったのです[29]」

「待ちたまえ。君はその時まで、だまって見ていたのか?」

「むちゅうで、『火事だっ火事だっ!』と、さけんだものですから、召使たちがおどろいて出てきまして、ようやく火を消しとめたのです」

「ウム、前後の事情は明白だな。しかし、この男が強盗だったかどうか、それだけでは、まだわからん。はいってきたのは、こちらの窓からだな。ヤッ、フェル、フェルナンさん! どこへ行くですか?」

あけはなされている窓から、小人フェルナンが外へ飛び出そうとしている。おどろいて声をかけた署長を見ると、ニッコリわらって言った。

「警官隊の皆へ命令に行きますよ」

「な、なに、なんの命令だ？」

「この別荘の捜査！」

「ヤッ、いよいよ気がちがったか？　オイ、止まれっ！」

「わたくし、あなたの命令をきくようには、だれからも聞いていないのですよ」

声はやさしいが、ヒラリと敏しょうに、小人フェルナンが窓の外へ飛び出して行った。

神聖な身のまわりに

「この神聖な別荘を捜査するとは、奴、けしからん小人だ！　グスタブ君、早く閣下に申しあげねばならぬ。さ、早く！」

「そうです、これこそ異変です！」

あわてた署長とグスタブが、ふたりとも血相をかえて、黒い死体のころがっている食堂から大僧正の居間へ、長いろうかを走りつづけてきた。

ストーブの前の安楽いすに、大僧正がグッタリともたれて、そばに青年の召使が、心配そうに付きそっている。あわててはいってきた署長とグスタブが、前へ行くなり、

「申しあげます！　じ、実に、おそれいりますが、今さきお目にかかりましたフェルナンが、このご別荘を捜査すると、むやみに言いはりまして、なんともこれは、決して私の存じませんことで、『止まれ！』と、彼を引きとめましたのは、グスタブ君も知っております」

と、顔じゅうにタラタラと汗をながして、けんめいに言いわけする署長に、大僧正は、おごそかな口調になってたずねた。

「この別荘を、あの小人ひとりでもって、すみずみまで捜査ができるのか？」

「ハッ、それが、実は、これまた彼の命令によりまして、その、武装警官隊が、まわりを取り囲んでおりますので」

「意外なことを聞くものだ。警官がこの邸の中へ、ふみこんでくるというのか？」

「ハッ、まことに、どうも、それも彼フェルナンが、自分の言うことは、ナポレオン皇帝陛下の命令と同じだ！　と申しまして、なんとも、わたくしの力には、およばないのでございます」

「皇帝陛下の命令、フウム、むやみに権力をもってするのだな。しかし、なんのために、わたしのいるところを、あえて捜査するのか？」

「ハッ、それが、彼フェルナンの気ちがいは、その英国からダルトア殿下が、こちらの海岸へ上陸され、このご別荘にはいられた、と、そのようなことを、小人の頭で勝手に

想像しておりますので」

「ますます意外なことだ。いや、よろしい！」

「ハッ？」

「そのような大それた疑いをもっているならば、あくまでも十分に捜査するがよかろう」

「ハハッ、お、おそれいります」

「ダルトア殿下などが、この別荘の中に、かくれていられないと、捜査によって判明するのは、当然のことだ。その時は、ナポレオン皇帝陛下に対して、わたしは厳重に抗議しなければならぬ。むやみに権力をお使いになるのは、決して良い政治とは言えませぬぞ！　と、そうではないか？」

「ハハッ、ハイ、わたくしは、その、存じませんことで」

「ウム、あの小人はそれで、食堂の現場を検視したろうが、どのように探偵したのか？」

　青年のグスタブが署長にかわって、

「まったく変な小人でございます。あの死体を、まるで見むきもせずに、わたくしの言いますことも、耳にいれない顔をしておりまして、そのうちに突然、窓から飛び出して行ったのでございます」

「ウウム、……」

　まっ白なまゆをひそめた大僧正の顔いろが青ざめた。カップのレモン水を、ふるえる手で飲みほすと、付きそっている青年の召使が、そばから銀の盆をさしだして、カップを受けとった。

「もう、レモン水よりも、ひたいを冷やしてくれ」

　と、大僧正は、どうしたのか、ジッと目をふさいだ。

「ハイ、……」

　召使の青年が銀盆を、そばのテーブルにおき、新しいタオルを、洗面器の中からつまみあげた時、にわかに大ぜいの靴音が、ろうかの方々にふみこんできた。ガタガタと階段を上がって行き、同時に、おくの方へ、ろうかを走って行く。武装警官隊の家宅捜査だ！

　大僧正の神聖な身のまわりに、犯罪をしらべる警官の大ぜいが、武器をもって不意に突入した！　広い別荘の上から下まで、靴音、わめく声、さけぶ声、いちどきに、わきかえるようにさわぎだし、署長は立ちすくむと、

「閣下！　わたくしは小人の奴を、だんだん追っぱらって、ごらんにいれます！」

　と、顔をまっかにし、ふるえ声で言った。

「……………」

　大僧正は、ひたいに冷たいタオルをあてられたまま、しずかに目をふさいだきり、何を考えているのか？　だまってしまった。

　この居間の天じょうにも、ガタガタと荒い靴音、何かガターンと投げ出したひびきが、はげしく下の柱へ伝わって

きた。

怪しい人間も、怪しい物も

城のような大別荘の捜査は、およそ一時間あまりかかった。さいごに大僧正の居間へ、カーテンのすきまから、スッと音もなくはいってきたのは、小人フェルナンひとり、大僧正の前へチョコチョコと歩いてくると、すました顔をして言いだした。

「ここを捜査いたします。法律の権利によりまして」

大僧正は目をふさいだきり、おごそかに声をかけた。

「おまえの思うとおりに、するがよかろう」

ファンタン署長が、こみあげている怒りを爆発させて、フェルナンにどなりつけた。

「このお居間に、何があると思うかっ？」

「まあ！　それは、探してみないと、わかりませんですね」

「け、けしからん！　今までの捜査に、どこで何を発見したか？　閣下の前に申しあげろ！　なにひとつ怪しいものは、なかったのだろう。どうだっ？」

「ホホホ、ホホホホホ」

大僧正の前で不敵に、女みたいな笑い声をあげたフェルナンが、

「ほんとうに今までは、怪しい人間も怪しい物も、なにひとつ見つかりませんでした、けれどもね」

と言いながら、大僧正のもたれている安楽いすの後へ、チョコチョコとまわって行くと、大きなストーブを正面から見つめて、ピタリと立ちどまった。

署長がまたどなった。

「無礼だぞっ、そんな所に何があるか？」

「さあ、あるかないかは、見てみませんとね」

フェルナンが小さな右腕をのばした。ストーブの上にある美しい大理石のかざりを、まばたきもせずに見まわすと、きざまれている花びらのまん中を、指さきで強くおした。横にストーブのはしから、かべの一部分がスーッとさがって、そこにボカリと長方形の穴が現われた！

「オオッ？」

と、目を見はったのは、ファンタン署長だ。

グスタブは青くなって口をむすんだ。

大僧正は目をふさいだきり、付きそっている青年の召使は、忠実に身動きもせず、ジッと像みたいに立っていた。

入口のように開いた長方形の穴の中を、小人フェルナンはストーブの横から、のぞきこんだ。射とおすような目つきをしている。

この奇怪な作り穴のおくに、何者がひそんでいるのか？あるいは、どんな物が、かくされているのか？　もしかすると、ダルトア殿下が!?　と署長はブルブルとふるえだし

た。

　すると、突然、

「オホホホ、ホホホホホ」

　わらいだしたフェルナンが、小さな顔を引っこめると、

「だれも、いませんですね。なんにも、ありませんですね」

　と、おもしろいみたいに言いながら、大理石にきざまれている花のかざりのまん中を、また強くおした。

　ストーブの横に、かべの一部分がスーッと上がって、もとのとおりに音もなくしまった。

「なかなか上手な仕かけですね。どなたが、なさったのでしょう。まことに感心いたしました」

　と、フェルナンは、ひとりごとみたいに言いながら、大僧正の前へ、まわってくると、うやうやしく敬礼して、

「閣下！　思いのほかに、お身のまわりを、おさわがせいたしまして、まことに、おそれいります」

　と、やさしい声で、ていねいにあやまった。

　大僧正はカッと目をひらいた。この小人の心のそこを見とおすかのように、ジーッとにらみつけると、おごそかにきいた。

「おまえの捜査は、すべて終ったのか？」

「ハイ、おわびを申しあげまして、ただ今すぐに、おいとまをいたします。警官もひとり残らず、引きあげるように言いつけました」

「世にもけしからんことだ。このようなさわぎを、わたしは二度と見たくないぞ！」

「かしこまりました。まことに申しわけございません」

　フェルナンはまた敬礼すると、署長をそのまま、ひとりでチョコチョコと後へさがって、カーテンのすきまから、サッと飛び出して行った。

　署長は、いきりたって、

「けっ、けしからん、なんとも、けしからん！」

　と、顔がまっかになり、大僧正に、

「わたくしも、おいとまいたします。無礼きわまる小人を、パリに追いはらいまして、あらためて、うかがいます」

　と、汗をながし怒りにふるえて、ろうかへツカツカと出て行った。

実に苦しい計略

　城のような大別荘が、上から下まで武装警官隊に捜査された。ひどいさわぎが、ようやくしずまって、召使たちの気もちも、しばらくすると、おさまり、それぞれ自分たちの寝室に、はいってしまった。グスタブも大僧正に、

「おやすみあそばしますよう」

　と、つつしんで、あいさつすると、ろうかへ出て、寝室のある二階へ、ソッと上がって行った。

すっかり静かになった。波の音も、今夜は、かすかに聞こえる。風もない。

この広い別荘のどこかに、針ひとつ落ちても、ぜんたいにひびくだろう。それくらい静かだ。

ストーブの前の安楽いすから、大僧正がムクッと立ちあがった。よこに今まで付きそっていた召使の顔を見て、えしゃくすると、ささやいて言った。

「おかけくださいませ。さぞかし、おつかれでございましょう」

「ウム、……」

ダルトア殿下である。今まで持っていた冷しタオルを、そばのテーブルへ投げすてると、安楽いすにもたれて、青白い顔に苦わらいした。

大僧正が、今度はかわって殿下に付きそうようになり、瓶のレモン水をカップにそそぎ入れ、銀盆と共にさしだすと、

「このような経験をあそばしたのも、陛下へのお話のひとつに、なりますでございましょう」

「フム、……」

殿下はレモン水を、うまそうに飲みながら、また苦わらいして、

「いや、あの小人探偵が、そばへ来て顔を見おった時は、ヒヤリとした。見やぶられたかと、かくごをきめたがね」

「あれの体格が小さいのは、探偵的神経▼[30]が特別に幼年のじぶんからすすみまして、そのために、からだは人なみに育たなかったものと思われます。どうも非常な神経をもっております。女のようなところもございまして」

「すると、探偵の天才かな」

「まず、そのような、めずらしい小人なので、ナポレオンが直接に使っておりますのも、なるほど！　と、あの小人を、きょうは初めて見まして、ハッキリとわかりました」

「ハハア、そいつを、うまく計略にかけた大僧正は、なおさらすごい腕まえじゃないか。きわどい芝居を打ったからな」

「その仰せは、どうも、……」

と、大僧正は初めて微笑して、

「殿下が秘密にご上陸の時、すでにそれを敵の探偵どもが知っていたと、わたくしは聞きまして、この別荘の捜査を、あのナポレオン密偵の小人が、きっと断行するものと、かくごいたしました。それには、こちらから先きに、まねきよせてやろうと、セバスチアンがあやまって殺したグラン・セルフの死体を、使ってみたのでございます」

「フウム、実に苦しい計略だな」

「偉大なる敵ナポレオンをたおすためには、いかなる計略も用いなければなりません。はたして小人密偵が警察署長を、同行してまいりました。しかも、武装警官隊をひきい

ての捜査、このストーブのおくのかくれ場所さえ、かれの天才的探偵眼は、すぐに発見いたしました」

「ウム、おどろくべき奴だ！」

「しかし、今後は、この別荘も安全でございます。おそらく二度と捜査することは、あり得ないと存じます。署長は小人をパリへ追いかえしましょうし、わたくしはナポレオンに対して厳重な抗議文を送ります」

「よかろう。まことに愉快だ！」

「この上は、ナポレオン討伐の旗をあげる秘密本営を、この別荘の中におきまして、早速、王党の同志たちに、殿下ご上陸の成功を、かねての暗号によって通知、……」

ハッと口をつぐんだ大僧正が、まっ白なまゆをさかだてて、後をふりむいた。

「アッ！」

と、殿下は安楽いすを立ちあがった。

いつのまに、はいってきたのか？　カーテンのすきまの前に、チョコナンと立っている小人密偵フェルナンが、ニコッとわらっているではないか！　しかも、やさしい声で言いだした。

「きわどいお芝居は、わたくし、はじめから知っていました。おふたりとも仮面をおぬぎになる時を見はからって、このとおり、またおたずねしましたのです」

うらみと感謝と

むらさき色の厚いカーテンの前に、ニコッとわらっている小人フェルナンが、「また、おたずねしました」と言いながら、右手を前へ突きだした。もっているのは、おもちゃみたいな小さい銀色の呼び笛だ。

「殿下と閣下！　おさわぎになると、わたくし、これを吹きますです。外には武装警官隊が、まだ立っていましてね。ファンタン署長は、えらく怒っていますけれども、わたくしには何とも言えずにいます。そこで、ダルトア殿下、ただ今から海岸のアバランシュへ、わたくし、お供いたしましょう。うら門に、二頭だての馬車と六人の乗馬護衛を、用意させておきました。アバランシュ[31]には、帆船のデルフィーヌ号が、殿下を英国へ、ふたたびお送りするように、わたくし、待たせておきました。今までの船長は、きょうの昼すぎに捕えまして、パリの牢獄へ送りましたです。皇帝陛下に対する反逆の罪は、重く罰しられましょう。殿下と閣下、いかがですか？　ここで私の言うことを、お聞きいれになりませんと、武装警官隊によりまして、おふたりと、この別荘の人たちを、ことごとくパリの牢獄へ、お送りいたしましょう！　この呼び笛を吹くことにいたしましょうか？」

スラスラと声は女みたいに、しかし、言うことは強烈だ。

しかも小さな顔がやさしくわらっている。このフェルナンを、大僧正は、まばたきもせず、にらみすえると、老年のからだに気力があふれて、堂々と言いだした。

「フェルナン！　君は殿下を英国へお送りしようという。それはナポレオンの意思なのか？」

　フェルナンが小さな左手で、自分の上着のポケットを、ソッとおさえて見せると、

「わたくし、ここに、皇帝陛下がサインなさった委任状をもっています」

「ナポレオンが君に、何を任せたのか？」

「王党秘密団の計略をおさえ、フランス国家の平和をまもるべく、そのための全権をフェルナンに一任する、皇帝ナポレオン！　と、書かれています。お目にかけましょうか？」

「見なくてよい。すると、きみは皇帝の密偵であると同時に、わたしたちを捕縛するか、許して自由にするかの全権をさえ、任せられているのか？」

「そのとおりです。殿下と閣下、おふたりを、ここに捕縛してパリに送り、反逆の罪によって断頭台へ上げることも、わたくし、やればできますのです。どういたしましょうか？」

「フム、わたしは死を恐れない。殿下においても、君に助けてもらいたいとは、おっしゃらないだろう。しかし、ナポレオンに忠実なきみが、殿下を英国へ、なぜ安全にお送りしようというのか？」

「わたくし、元の陛下や殿下に、また大僧正閣下にも、敬意をもっているからです。心ざすところは反対でも、フランス国家のために、一身をささげていられる方々を、断頭台へ上げる気になれません。ナポレオン皇帝陛下もまた、このフェルナンの気もちを、おゆるしくださいますでしょう[32]」

「それは私たち王党の者として、まことに感謝すべき気もちだ。しかし、そういうきみが、カシュ・シュナールの森において大検事サントロペズを、なぜ射ち殺したか？」

「いいえ、射ち殺された時は、大検事サントロペズ氏ではなく、シューアン賊の首領銀足でした。殺したのは同じシューアンの親分の口びるとモグラ。閣下はこれらの連中を、みんな、ご存じでしょう！」

「ウウム、知らないではない」

　と、大僧正はフェルナンに問いつめられて、口ごもった。

「その前に口びるは、銀足の言いつけによって『今度はコランヌだ』と暗号に使う本の名まえを、閣下に伝えるはずでした。ところが、彼はモグラと秘密に話しあわせて、金貨のかくし場所を知るために、モグラは閣下の図書室から『コランヌ』をぬすみだし、口びるは暗号数字を持って行く赤毛を、とちゅうで射ち殺しました[33]」

と、小人フェルナンは、なおスラスラと話しつづけると、一足前へ出て、ズバリとたずねた。

「ところで、赤毛が暗号数字を持って行くさきの『マダム』とは、何者でしょうか？　お聞かせください！」

大僧正もまたズバリとこたえた。

「それはわたしの生命にかけて言えない！」

「では、さらに探偵しなければなりません。さて、すでに、かなりの時間がすぎました。殿下！　デルフィーヌ号へお供いたしましょう！」

だまりつづけていたダルトア殿下は、青白い顔に痛ましい苦わらいを見せると、フェルナンにはじめて言った。

「ぼくは君に、うらみと感謝を同時に言いたい気がする。この気もちをそのまま英国へもって行こう。しかし、また必ず祖国フランスに帰り、あらためて君に会う日がなければならない！　敵であり友人であるようなフェルナン君！」

小人フェルナンは、ニコッとわらって言った。

「わたくし、世の中の人はみんな、敵であり友だちであると思っています」

都のパリへ直行

夜あけの海は、この日も静かだった。

アバランシュ湾。

あかつきの風を受けて、はるかに湾を出て行く帆船デルフィーヌ号を、浜に止まっている馬車の上から、見おくっているのは小人フェルナンだった。

ダルトア殿下よ！　さらば！

世の中の人はみんな、敵であり友だちだ！

「パリへ直行！」

小人フェルナンは、しずかに言った。しかし、警官馭者は、おどろいて、

「エッ、ここからパリへですか？」

「まちがいはない！　わたくしの言うことに！」

警官馭者は、むちをあげた。

パリは遠い。だが、駅々に馬を休ませて行ける。小人フェルナンひとりを乗せて二頭だての馬車が、ひづめの音も高く走りだした。

馬車の前後に付いて行くのは、六人の乗馬警官だ。「皇帝陛下の密偵フェルナン氏」を護衛して行く。都のパリへ直行、そこに何がフェルナン氏を待っているのか？……？

第三部　アカシヤ館の大爆発

今に太陽が帰ってくる！

指も太く字も太い

パリ警視庁。

　コンクリートの角材を高く積みあげた、ものすごく大きな建物だ。ナポレオン皇帝の命令によって、パリ市を中心にフランス国内の治安をまもり、あらゆる犯罪を探偵する。[34]

　二階のおくの総監室に、まるで大きな樽みたいな体格のオトラント総監に向きあって、コーヒーを飲みながら話しているのは、小人フェルナンだ。ドッシリと大きい総監の前へ出ると、両方の小さな足をブランブランさせているし、いよいよ子どもみたいに見える。

「君がきょう帰ってきたのは、神のたすけじゃよ、ウム！」

　と、うなずいたオトラント総監が、口にかぶさっている長いひげを、手のひらでカサカサとなでまわして、

「なにしろ陛下が命令を出されるのは、君の知っているとおり、いつも不意じゃからな、警備にあたる者は、ぼくをはじめ、ことごとく面くらうのだ」

　コーヒーを飲んでしまった小人フェルナンは、ここでまたニコッとわらうと、

「神のたすけなんて、大げさだなあ！」

　と、パリに帰ってくると、なかなかどうして、えらいみたいだ。総監と対等の口をきいた。

「大げさじゃない。いや、大げさに考えねばならんのじゃ」

　と、総監のダブダブにふとってる顔じゅうの肉が、まじめに引きしまって、

「カーン市[35]という所は、どこもかも道はせまいし、港じゃから、いろんな怪しい奴が巣を食っとる。実に警備が困難だ。やっかい千万なんじゃよ」

「やっかいでないように警備するのが、総監、君の腕だろう」

「だから、今度こそ、フェルナン、おれの片腕になってくれよ、いっしょにカーン市へ行ってじゃ」

「陛下は、いったい、どこへおとまりになるのかな？」

「コルミエ元帥の邸だ。もともと元帥から、おまねきしたのが、陛下のお気にいったらしい。やっかいじゃよ」

「ホホホホ、おとまりになるのは、いく晩なのかな？」

「ただ一晩のご予定だ。ところが、この一晩が、一秒といえども、ゆだんはできんのじゃ」

「ゆだんしなければ、安心のはずだね」

「理くつを言うな、フェルナン！　ゆだんしなくとても、安心のできぬ奴が、今度また現われたのじゃ」

「だれが、どこに？」

「きのう、おれの手[36]にはいった情報だ。リバルドオの奴が、今、ジャージ島にひそんでいる。こちらの海岸へ、上陸の機会をねらっているというのだ。ジャージ島に近い海岸に、陛下の行かれるカーン市があるのだからな。実に不安だ！」

　フェルナンが小さな腕をくみしめると、つぶやくみたいに言った。

「リバルドオか！　王党秘密団の大首領だな。いかにも、ゆだんはできない」

「だから、君が帰ってこないかと、おれは神にいのる気もちでいたのじゃ。フェルナン、おれといっしょにカーン市へ行ってくれ、たのみじゃ。なにしろ敵はリバルドオだ！　大敵じゃ」

「わかった、が、ぼくひとりで行こう。警視総監といっしよだと、かえって、じゃまだからね」

「なんじゃと？　おれが、じゃまだというのか？」

「むろんだ。ぼくはひとりの方がいい。今までも、そうなのさ。そのかわり、カーン市長と警察署長に、君から手紙を、この前と同じように書いてくれ、『このフェルナンの命令に、ぜったいに従え！』と。敵はリバルドオ、まだお目にかからないが、相当の大物だからね、相手にして不足はない！」

　と、小人フェルナンは、愉快らしくニコッとわらった。

　すぐにペンを取りあげたオトラント警視総監は、用紙を引きよせて、カーン市長と警察署長への手紙を、ベタベタと書きだした。指も太く字も太い。

ドブネズミの命令に従え？

　ナポレオン皇帝陛下が、海岸のカーン市にあるコルミエ元帥の邸に、一泊の予定でこられる。この発表と共に、カーンの全市民が子どもまで、こうふんした。その日は家々にみな、フランス国旗を高くかかげ、陛下の通られる道の両がわにならんで、

「われらの皇帝ナポレオン陛下、バンザーイ！」

　いっせいに歓迎の声をあげ、国歌を合唱するようにと、市長ローランが新聞の第一面に大きく発表した。

　ところが、市民の中にはまた、ヒソヒソと小声で、

「なんだい、ナポレオンなんて、コルシカの小島から出てきやがった、成りあがり者じゃないか！」

「そうさ、ルイ国王陛下の敵なんだ。おれは歓迎しないぞ、

ばかばかしい！」

「シッ、気をつけろ。ナポレオン探偵が、市内に動きまわってるっていうんだ。聞こえると、引っぱられるぜ」

「ナポレオン探偵も動いてるけれど、シューアンも大ぜい、はいりこんでるって、だれか言ってたわよ」

「ウン、おれも聞いた。王党秘密団にシューアンが味方してるって、ほんとうらしいぜ」

「そうすると、こりゃ何か、暴動が起きるんじゃないかな？　ナポレオンの命を目あてに」

「大変だわ、あたし歓迎なんかしないで、家の中に引っこんでるわ」

　市内の空気が、不安におびえている。何か変事が起きそうである。

　市長ローラン、警察署長カルテレ、ふたりとも責任があるだけに、実は市民よりも不安なのだ。陛下が来ていられる時に、少しでも変事が起きたら、それこそ免職だけではすまない。そこにパリから突然、警視総監の手紙をもってたずねてきた、名まえを「フェルナン」という探偵に、市長と署長が同時に会ってみると、

「わたくし、今から二、三日、ここの市内にいなくなりますから、あとの警備を、どうぞ十二分にねがいますよ、市長さんと署長さんにね」

　と、なんだか気みがわるいほど、やさしい女みたいな声でネチネチと言う、こんな変な小男の「命令に絶対の服従を、皇帝陛下の名によって、ここに通達する！」などと、警視総監が書いてきたのは、まったく二重に変だ！　と、市長と署長は顔を見あわせた。

「二、三日、どこへ行かれますので？」

　と、市長が、とにかく、ていねいにきいてみると、小人フェルナンは、すました顔をして、

「さあ、市外の方々を、ブラブラあるいてみますから」

　と言う、これを聞くと警察署長は、勝手にしやがれ！「あとの警備を十二分に」などと、えらそうに言いおった、なまいき千万なチンチクリンだ！　と、腹の中でムカムカしながら、たずねてみた。

「市外のどの方面へ行かれるですか？」

「さあ、行ってみないと、わからないことでして」

「なにをっ、いや、陛下のご到着までには、帰ってくるですか？」

「さあ、それもハッキリしませんので、いそぎますから、さようなら！」

　ニコッとわらった小人のフェルナンが、いすを立ちあがるなり、チョコチョコと出て行ってしまった。

　市長と署長は、また顔を見あわせた。

「こんなネズミのような変チクリンな奴を、わたしは初めて見たが、……」

「実に気にくわん奴、ネズミならドブネズミだ。灰色の服を着とるし、きたないし、わしはドブネズミの命令をきこうとは、だんじて思わん！」

署長は怒ったあまりに、ガクンとテーブルをなぐりつけ、上にある灰皿と茶碗がみなふるえた。


ポッポッホー！


夜、すでに一時すぎ。

カーン市の町々は、ヒッソリと深いねむりにしずんでいる。

せまい路次のおくに、ガッチリと立っている古い二階家が一軒、窓のすきまから灯がもれて、家の人がまだ起きているようだ。

ところが、家の人ではない、外からあつまってきた男女が十八人、一階の部屋に、ほそ長いテーブルをかこみ、みんなの目いろが殺気だっている。あたりまえの連中ではない。

「オイ、今さっき二階で鳴ったのは、一時じゃねえか。おそいぞ、『十二時までに会合』って、大首領は、そう言ってきたんだろう？　青心臓！」

と、テーブルのはしの方から、男のひとりが、するどい口調で言いだした。

まん中にガッチリと腕をくんでいるのが、「青心臓」といわれる親分だ。

「ウム、まちがいはねえ！」

と、ギロリと目をむくと、みんなを見まわして、

「ジャージ島から来た大首領の使いが、『夜十二時までに会合』と、おれにむかって、たしかに言ったんだ！」

と、おさえつけるように太い声で言う青心臓に、よこの方から若い女のひとりが、

「だってね、『大首領』といわれるリバルドオ先生が、自分の命令した会合の時間におくれるなんて、変じゃないの？」

と、口をとがらせて言うと、みんなが急にザワザワしだして、

「そうだぞ、とちゅうで何か、大首領に異変があったんじゃねえかな？」

「そいつは、なんともわからねえ。だが、どんなことがあったって、大首領のことだ。きっと切りぬけてくるだろうぜ」

「オイ、おめえはそう言うが、だれかこの中に、リバルドオ先生と会った者がいるんか？」

「いないわよ。いるわけがないじゃないの。大首領は長らく英国に、ひそんでいたんだからさ、ルイ国王といっしょに」

「ウム、おれも会っていねえんだが」

と、青心臓が太い葉まきをすいだして、モヤモヤと煙をはきだすと、

「ジャージ島から、おれのいうところへ来た大首領の使いは、シュバリエ▼37という奴でさ、おれが元から知ってるんだ。今度の暗号も言ってきたしさ、『夜十二時までに会合』と、たしかに、リバルドオ先生の指令なんだ！」

「そのシュバリエって、同志なんだわね？」

「ウム、同志は同志だが、シューアンじゃねえ。王党秘密団の青年部長だ」

「待てよ、そのシュバリエが、おめえと会って帰るとちゅう、ナポレオン探偵の網に引っかかって、大首領に会えずにいるんじゃねえか？」

「だから、大首領は、ここにおれたちが集まっているのを、知らずにいるんじゃねえか？」

「そうかも知れないわ。だったら、ここも危険だわ！　どうする？」

と、シューアンの女親分が、キラキラする目いろをそのまま、みんなを見まわした時、

「ポッポポッホー！　ポッポポッホー！」

窓の外、路次のおくから、鳥のミミズクみたいな声が、かすかに聞こえてきた。

「アッ、来たわ！」

「それっ！」

みな、にわかにドカドカと立ちあがった。

会った。彼は死んだ！

路次から出はいりするドアの内がわに、青心臓をはじめシューアンの親分たちが、かたまって立つと、

「今に太陽が帰ってくる！」

太い声で青心臓がささやいた。

すると、ドアの外から小声で、

「ポッポポッホー！　にせの太陽は沈むんだ▼38！」

と、こたえたのは、むろん、暗号だ。

ドアの内がわから、女親分のテレザが、

「リバルドオ先生？」

と、声をひそめてきくと、

「あけろ！」

外から、いかめしい声がズシッとひびいた。

大首領リバルドオ先生が、ついに来た！

みなが新たにグッと気を引きしめ、青心臓がガチガチと鍵をまわすと、ドアを外へおしあけた。

「ウム、……」

と、はいってきたのは、三角形の古帽子を、まぶかにかぶり、黒マントにからだを包んで、長ぐつを重そうにはいている。顔は茶色のひげだらけ、三角帽のひさしの下から底光りのする目が、いっしゅんに皆を見まわすと、

「これだけか、少《すくな》いじゃないか？」

と、いきなり突きさすような声に、シューアンの親分たちもギクッとした。

「いや、おくにまだ、集まっているんで」

と、青心臓が、しめたドアの鍵を、まわしながらこたえると、

「よし！　おまえが青心臓だな!?」

「そうなんで、へえ、……」

と、さすがの青心臓も、この大首領のすごい気力におさえられて、ドギマギしながら、

「シュバリエに、お会いでしたか？」

「会った。彼は死んだ！」

「オッ、どこで？」

「あとで話す」

ここが自分の家でもあるかのように、大首領リバルドオが先きに立って、ドスドスと靴音も強く、おくの方へ歩きだして行った。

あとに、みんなが付いて行く。中からテレザがささやいた。

「さすがだわ、すてきだわ、すごいわ！」

死力をつくして格闘

二階の窓のすきまから、外を見はっていたシューアンの親分が六人、これも下の広間へ、あつまってきた。

大型の丸テーブルをかこんで、王党秘密団の大首領リバルドオ先生を中心に、シューアンの親分どもが二十五人、男女ともみな、不敵な顔つきをしている。

「世界の歴史を変えようとする英傑皇帝ナポレオン！」

と、ヨーロッパ各国に言われている、偉大な人物にちがいない、そのナポレオンの命を、このカーン市で地獄へおくる、もっとも秘密の計略を、いよいよ実行するのだ！

皇帝を殺す！　この決行に二十五人の表情が、みな、不敵にこうふんしている。中からテレザが、大首領リバルドオに初めて話しだした。

「先生！　十二時がすぎてしまって、みんな、とても気にしたんです。もしも先生がいらっしゃらないと、さしずする人がないし、王党秘密団の協力が得られないからです」

リバルドオ大首領は、まだ三角帽をかぶったまま、黒マントもぬがずにいる。ジロッと底光りのする目を、テレザの顔にそそぐと、

「フウム、おまえが銀髪のテレザ▼39だな!?」

「そうです。先生は、あたしたちの名まえを、どうして知ってるんです？」

「シュバリエから聞いて、おまえたちの人名表を作ってみたのだ」

「どこでシュバリエは死んだんです？　殺されたんです

か?」

「ウム、おれの身がわりになって死んだ、が、同時に、もっとも有力な敵を殺した!」

みなが気を張りきって、耳をすました。

もっとも有力な敵とは、何者だ?

青心臓がグッと胸を張って、

「それぁ、どこであったことです?」

と、みんなの質問を代表してきくと、

「ジャージ島を、ひそかに出帆したフォーム号に乗って、おれは予定のごとく夜八時半、フリーク湾についた。ただちに上陸、シュバリエと犬の歯岩の下で会った。約束どおりだ。ふたりだけで、今後の計略を、しばらく打ちあわせた。シューアンのおまえたちが、みな、かねてのおれの命令どおりに、気をあわせて、爆発の準備をなしおわったと、シュバリエの報告を聞いて、おれは少なからず感動したのだ」

「その準備は、すっかり、できてまさあ。ぬかりはねえ!」

と、青心臓がまた皆を代表してこたえた。

「ウム、そこで、すべてよし! と、犬の歯岩の上に、おれとシュバリエが立ちあがった時、とつぜん、岩の間からおどり出た奴が、おれに飛びかかった。まったく不意だった。おれは深い長ぐつをはいている、両足ともに重い。あやうく岩の上から、たおれるところだった。犬の歯岩の下は、知っている者もあるだろう。高い崖になっている」

「そうです。高さ七、八十メートルあるんだ、がけの下も岩ばかりだ。落ちたら骨もくだけて、波にさらわれるだけだ!」

「おれは、あやうく、ふみとどまって、とっさに相手と格闘した。星あかりに死力をつくして闘いながら、この相手の体格が小さく、しかも、おそるべき力とレスリングの術をもっているのを、気がついた。さては、こいつこそナポレオン密偵のフェルナンにちがいない! と、なおさらおれは、気力をふるいおこした。フェルナンの名まえを、おまえたちも聞いているだろう」

「むろんでさ! 銀足首領と口びるとモグラのかたき、シューアンぜんたいの敵なんだ!」

「ウム、王党秘密団にとっては、ダルトア殿下が奴のために追いかえされ、フランソワ大僧正の計略が、一挙に打ち破られた。しかも今、おれとシュバリエが話しあった爆発準備を、奴は岩かげにひそんで、ぬすみ聞いたのにちがいない。むろん、生かしておける奴ではない! と、おれが、はげしく死力をつくして組みあった格闘を、シュバリエが見るなり、抜いた短刀を相手の横腹へ、一気に突きさしたのだ!」

「ムッ、シュバリエ、やったな!」

「やったが、ナポレオン密偵フェルナンは、横腹の重傷そのまま、おれを突きはなすなり、シュバリエに組みついた！　おれがシュバリエを助けるひまもない。ふたりは組みあったとたんに、足をすべらして犬の歯岩の上から、ドッと崖の下へ、いっしゅんに落ちて、すがたを消した！」

「えらいわ、シュバリエ、先生の身がわりになったんだから」

「いや、しかし、……」

　大首領リバルドオ先生は、黒マントの下から厚い一枚の紙をとりだすと、テーブルの上にひろげた。

　みんなが顔を突きだして、それを見た。どこかの広い邸と庭の平面図だ。

大牙、白眉、長耳

「がけの下へ、敵と共に落ちこんだシュバリエを、そのまま見すててはおけない！」

　と、深くいたましい顔いろになって、声をひそめたリバルドオ先生は、目の下にひろげた平面図を、ジーッと見つめながら、

「敵フェルナンは、重傷を横腹に受けている。たすかる見こみはない。だが、シュバリエは生きているかも知れない。生きていてくれ！　と、おれは崖の下へ、岩のはしをつたわって、おりて行った。いくどか、すべって落ちそうになった」

「まあ！　……」

　と、銀髪のテレザが感動して、深い息をはきだした。

「これまた死力をつくしての冒険だった。ふみはずして落ちたら、おそらく自分も、ここに最後を告げるのだ。ほとんどすい直の崖を、犬の歯岩の上から下の波うちぎわまで、おりるのに、およそ三十分はかかったろう」

　みんなも感動して、耳をかたむけている。自分の手下のためには、どこまでも力をつくすリバルドオ先生こそ、立派な親分だ！　すなわち大首領だ！　と。

「波うちぎわもまた、岩ばかりだ。星あかりに波と岩が見える。どの岩も犬の歯のように、とがっている。シュバリエは、どこにも見えない。敵フェルナンも、波にさらわれたらしい。おれは岩と岩のあいだを、さがしてまわった。しかし、ふたりとも見えない。岩にくだける波が高く散って、おれをあざけるような気がした。おれはあきらめた。シュバリエもついに、フランス復興のための、ぎせいになった。フェルナンは敵だ、が、彼もナポレオンのために、ぎせいになった。おれは、ふたりに永く別れを告げて、ふたたび崖をのぼってきた。シューアンのおまえたちと会合の時間を、わすれたわけではない。しかし、おくれたのは、今言ったような危害に会ったからだ。これからさらに、今度こそナポレオンに最後の危害をあたえるのだ！　見ろ、

これはアカシヤ館の平面図だ。青心臓、爆発の準備を、どのように終ったか、この図によって説明しろ！」

と、図面の上へ視線をそそぐ大首領リバルドオ先生の表情に、まざまざと殺気があふれた。

「ハッ、それは、……」

と、青心臓が先生の殺気に打たれて、ギクッとしながら、

「この図面は、寸分もちがっていねえ。コルミエ元帥の邸だ。ウム、ここが別館のアカシヤ館だ。先生がジャージ島からの言いつけどおりに、まず大牙が、ここの庭仕事にありついたんでさ。ヤイ、大牙、あとは手めえが言えっ！」

上口びるの横に大きく長い歯が、牙みたいに突き出ている、まん丸い顔の「大牙」が、ヌッと立ちあがって、図面の上を見まわすと、

「そうだ、ここだ！　庭木の手入れだけでも、このように広いから、むやみに手間をかけたんでさ。すみずみまで掃除しながら、だれにも見つからねえように、さがしてみると、やっと六日目に見つかった。古い立て穴が、ここでさ。このアカシヤ館のすぐそばだ。ヤイ、白眉、あとは手めえが言えっ！」

この男は、どうしたのか？　顔つきは二十代のくせに、眉が両方とも白く、かみの毛は茶色だ。パチパチとまばたきして図面を見すえると、

「そうだ、ここだ！　今は使っていねえ古い立て穴が、ここから地面の下の穴庫《あなぐら》へ、深く掘りさげてあってね。むかし、酒樽や何かを、ここから穴庫へおろしたものだな、と、おれはおりてみたんだ。するてえと、このアカシヤ館の広い地下室が、すっかり、穴庫になってやがって、やっぱり酒の空樽がゴロゴロしてやがる。ヤイ、長耳、あとは手めえが言えっ！」

と、白眉が長耳に話をわたして、図面の上から顔を引っこめた。

小針と大樽が親友だ

決死の爆発に行く

耳が両方とも、ダラリと長く、たれさがってる。顔もむやみに細長い。ヘチマの実に目とはなをつけたみたいだ。この「長耳」が同じ仲間の「白眉」から、話をわたされて、

「おれも庭仕事の手つだいに、まい日、うまく変装してはいったんで、ウン、ここだ！」

と、平面図の上を、ほそ長い指のさきでなでまわすと、

「ここの、うら門の掛け金を、いつだって外からあくように、はずしておいたんだ。そこで、おれたちが夜なかに、ふたりずつ、うら門から庭づたいに、アカシヤ館の、ここの穴庫へ、爆薬を運びこんだわけでさ。なあに、だれにも

目《め》っからずに、こんなことくらい、シューアンのおれたちの手でやりゃ、フン、そんなに骨の折れる仕事じゃねえ！」

と、自まんそうに言いながら、ジロリと上目になって、

「だがね、あれだけの爆薬が穴庫で、ドカンと爆発すれぁ、アカシヤ館くれえ、一気に飛んじゃってさ、本館の方だってグラグラと、くずれ落ちるぜ。ナポレオンなんか、皇帝だって天に飛んじまわあよ」

だまって聞きすましている大首領リバルドオ先生が、殺気だっている顔を、銀髪のテレザにむけると、

「テレザ、おまえも穴庫へ、爆薬を運びいれたひとりか？」

「むろんだわ！　あたしは何だって引けをとるのが、大きらいですからね」

「導火の管を、むすびつけたか？」

「先生、安心して大じょうぶ！　あの管は十二、三メートルの長さだったわ。あたしが爆薬の包みに、グルグルとシッカリ結んでおいたから、はずれっこないですわ！」

「よし！　おれは今、おまえたちに感謝しなければならない。成りあがり者のナポレオンを一挙に爆死させ、光栄あるルイ国王第十八世陛下を、われらのフランスにむかえる機会が、ついに来たのだ。もっとも確実な情報によると、ナポレオンの一行が、このカーン市に到着するのは、あすの午後だ。それを発表するのは、二時間まえだろう。彼といえども、おれたち王党秘密団とシューアンの不意の動乱を、極度に恐れているのだ。警備のために警視総監オトラントが付いてくる」

青心臓がグッと口をゆがめると、

「オトラントって奴も、小人フェルナンも、おれらシューアンの敵だ。小人は死にやがったが、オトラント警視総監の奴、ナポレオンに付いてくるなら、ついでに地獄まで供させてやるんだ！　先生、そうでしょう？」

「ウム、あすの夜、アカシヤ館に盛大な宴会を、コルミエ元帥がひらくのだ。上流階級の者に八百通の招待状を出したというからな」

「ヤッ、そいつは、すばらしいぞ。上流なんていう奴らを、いちどきに爆発しちまうんだ！　先生、うまい計略だ」

「いや、おれの計略は、そうではない。あすの夜、アカシヤ館の宴会に集まる者の中には、王党秘密団の幹部も少なからずいるのだ」

「ああ、そうなのね。ナポレオンに味方してる顔していてさ、ほんとうは王党秘密団にはじめからはいってる連中が、ずいぶん多いんだって、フム、先生、そうなんでしょう」

「テレザ、おまえのいうとおりだ。おれは王党の者を殺すのにしのびない。目ざす敵はナポレオンをはじめ、かれに忠実な高官の奴らだ。それが今度、そろってパリからくる。

まさに絶好の機会だ！　宴会が終ると、パリ以外から招待されてきた者と王党の者は皆、四方へ帰って行く。夜ふけになるだろう」

「わかったわ！　そのあとで火をつける！　そうでしょう!?」

「ナポレオンをはじめ、高官どもが皆、階上の寝室にはいる。おまえたちの敵の警視総監オトラントも、軍隊と警官隊の二重三重の警備に、ようやく安心して眠るだろう。アカシヤ館ぜんたいが静かになる。この時だ。前から穴庫にひそんでいて、導火の管に火をつけるのは、この時だ！　火が管をつたわって、爆薬にはいるのに、七、八分を要する。この間に、すばやく外へ、うら門から、なるべく遠くへ、走って出なければならない。決死でやるのだ！」

「…………」

「まさしく決死だ！　この決死の重大な任務、祖国フランス復興のために、われらのルイ国王陛下のために、敵ナポレオンを一挙に倒すために、だれがこの任務を断行するか？　敵の警備がまだ十分に網を張っていない、今のうちにアカシヤ館の穴庫へ、ひそみに行く者は、むろん、おれ自身リバルドオだ。今から行く！　おれに付いてくる者は、だれなのか、手をあげろ！」

「あたし、あたしが行く！」

銀髪のテレザが決死の顔いろになって、まっさきにサッと白い手をあげると、

「おれも行くぞっ！」

「なにをっ、おれもだっ！」

「先生、あたしもです！」

青心臓、大牙、白眉、長耳、そのほか、女も、あらそって手をあげた。

死ぬことを何とも思わないシューアン賊が、しかも、皇帝と高官の大ぜいを爆発する異常な感動に、ひとりのこらず、こうふんしたのだ。

暗を縫う小針

あくる日の午後五時。

英傑皇帝ナポレオンのカーン市訪問！

フランス国旗が家々に高くひるがえり、コルミエ元帥邸への通り道は、両がわとも市民が三重四重にギッシリと立ちならんで、身動きもできないほどだ。

「見ろ見ろ、あのすばらしい夕焼を、あしたも晴天だぜ」

「まあ、ほんとう！　まっかね、天もナポレオン陛下をお祝いしてるんだわ」

「フフン、血の色をしてるぜ。なにか悪いことが起きるって、天の知らせじゃねえかな」

「だまれっ！　めでたい時に何を言やがるんだ、出ろ！」

「出ろとは何だっ、オッ、やる気か？」

「何をっ、この野郎！」

「な、なぐりやがったな！」

　方々で、けんかする者がいる。たいがいのフランス人は気が早い。それに、こうふんしているからだ。

　皇帝ナポレオンを実さいに歓迎する者と、反対に国王ルイの帰国を望んでいる者とが、市民の中に入りまじっている。ひとりがさけびだした。

「それっ、来たぞ！」

　遠くの方から、

「われらのナポレオン皇帝陛下、バンザーイ、バンザーイ！」

　つづいてフランス国歌、

「アロンザンファンドラ、パトリーユ！」

　合唱する声が、波のようにつたわってきた。

　市の北がわにある城あとから、歓迎の花火をあげはじめた。

「気をつけえっ！」

　警備に立っている軍隊に、士官が号令をかけた。

　ひづめの音が何十騎となく聞こえてくる。先頭の護衛騎兵隊だ。きらめく槍のさきが夕日にきらめいて、まん中に皇帝旗をささげて行く。つづく馬車また馬車も、美しく二頭だてが幾台も行く。さらに四頭だての箱馬車の中に、ゆったりと微笑しているのが、英傑皇帝ナポレオンだ。市民が国旗をふりまわしてさけぶ「バンザイ」に、右手をあげて答礼し、すぐ前に向きあっている金ピカ制服の大きな体格の高官に、何か言いながら通りすぎて行った。

　馬車また馬車の行列が、なおつづいて、最後にも護衛騎兵隊が四列に馬の首をそろえたまま、早足行進で付いて行った。これを見おくった市民たちが、にわかに話しはじめた。

「皇帝陛下は、さすがに、世界の歴史を新しく変えようという英傑だけあって、とても威厳のある顔をしていられるな」

「ウム、おれもそう思った。しかし、ひげがないのは、なんだか、ものたりない気がしたぜ」

「そうよ。そう言えば、▼40そうだわ。ひげのない皇帝は、ナポレオン陛下だけかしら？」

「そうかも知れないな。陛下に向きあっていたデブの高官は、だれなんだ？　大きな樽みたいだったのは」

「あれか、あれは警視総監のオトラントさ。何か陛下と話してたね」

　ナポレオン皇帝とオトラント警視総監が、馬車の中で話して行ったのは、

「一回の報告も、フェルナンから来ていないのか？」

「ハッ、彼はこのカーン市へ、先行したはずでございます

が、それきり、何の連らくもしてまいりません」

「ひとりで先行したのだな」

「そうでございます。きっとまた敵の中に深くはいりこみまして、ひそかに動いていることと存じます。警視庁では『暗を縫う小針』と言っております」

「うまい名まえをつけたものだな。いかにも彼はするどい小針だ。しかも、かならず敵の急所を刺しとおす。刺された者のほかは、だれも気がつかない。天才的な小針だ」

「ハッ、陛下のご信頼を、彼がいただいておりますのは、わたくしも彼の親友といたしまして、まことに光栄に存じます」

「ハハア、くだらぬお世辞を言うな。しかし、小針と大樽が親友なのは、おもしろいぞ」

「おそれいります、ハッ」

　ナポレオン皇帝が市民の「バンザイ！」と国歌の合唱に、右手をあげて答礼しながら、笑って行き、大樽のオトラント警視総監が、かしこまって頭をさげているうちに、長い行列がコルミエ元帥邸の正門へ、堂々とはいって行った。

　花火がさかんに上がり、市の音楽隊が「皇帝行進曲」を合奏し、市内ぜんたいが、いよいよお祭りさわぎになった。

　歓迎の大宴会が、まもなく開かれるアカシヤ館は、高い屋根の上から四方へ万国旗がひるがえっている。東の空に星がまたたいて、西には夕焼の雲がまだ赤く流れている。

地下の深い穴庫に、王党秘密団の大首領リバルドオとシューアン賊の親分どもが、多量の爆薬をかこんで、ジーッと息をひそめているのを、ほかのだれひとりも、気のつきようがなかったのだ。

空に立つ火柱

　夜がふけて、風が出てきた。空は晴れきって、何十億かの星がまたたき、月はまだ出ない。

　いつもだと海岸の方から波の音が、風につたわって夜ふけのカーン市にひびく。今夜は市民のお祭りさわぎが、なかなかしずまらない。町から町へゾロゾロと人通りがつづき、男も女も浮かれている。子どもたちまで口ぶえをふいて行く。おぼえたばかりの「皇帝行進曲」だ。

「われらの皇帝ナポレオン陛下、バンザーイ！」

　酔っている男の声が、十字路から聞こえる。

「バンザイ、バンザイ、バンバンザーイ！」

「オホホ、ホホホッ、みんなバンザーイ！」

　うら道のキャバレエ▼[41]から、むやみに「バンザイ！」をさけびだして、バンドの合奏がわきあがる。ダンスのステップが聞こえる。

　アカシヤ館の各階とも、あらゆる窓から明かるい光りが、四方の庭木を青くてらしている。枝も葉もザワザワと動きだした。風が強くなってきた。

教会の鐘が塔の上から高く二時を鳴らして、

「コーン、コーン……」

と、これこそ波のように消えて行った。

コルミエ元帥の正門から、花やかな馬車が何台となくつづいて、あとから後からと出て行った。アカシヤ館の大宴会が、ようやく今終ったのだ。

星の空に何発か上がった花火も、それきり終った。

夜はますますふけて行く。

市内ぜんたいが、しずまってきた。さわぎまわっていた大ぜいの男女たちも、つかれて家へ帰り、クタクタになって寝たらしい。

波の音が風と共に聞こえてきた。

「コーン、コーン、コーン……」

三時、鐘の音もすんで高くひびき、しばらくただよっていた。

夜あけが近い。

カーン全市の町々が、深い眠りにしずんでいる。平和な眠りだ。

この深い静かさのうちに、

「ズシーン！　ズシーン！　ドドドッズシーン!!」

ものすごい爆音と震動に、全市民が目をさまし、あわてて飛び起き、男も女も子どもたちも、ふるえながら外へ走り出た。

方々の窓ガラスがくだけて飛び散り、石や瓦がバラバラと落ちてきた。

「アアッ！　……」

「アカシヤ館だっ！」

「すごい！　火の柱！」

だれも彼もさけびだした。

「爆発だ、大火事になるぞ！」

「陛下は？　陛下は？……」

星の空に高く突っ立った炎々と太い火の柱が、またたくまにグラグラと真赤にくずれて落ちた。バッと四方が赤く明かるくなり、そびえ立っているはずのアカシヤ館が、まるで消えたように、あともない。下から燃えあがる炎がひろがって、急に火の海のようになり、火の粉が高く風に散って行く。

「アカシヤ館の爆発だ！　陛下は、どうされたろう、ナポレオン皇帝は？」

「皇帝も元帥も高官も、みな爆発、全滅だ。暴動が起きるぞ！」

「これゃ王党秘密団のやったことだ、そうにちがいない！」

道にかたまって、ふるえている市民の顔が、炎にうつって皆、赤く見える。

市内の方々に、異変を知らせる鐘が、ジャンジャンと鳴りだした。犬がほえ、風が強くなり、さけぶ声、わめく声、消防隊がポンプの長い車を引いて、ガラガラと十字路から走って行った。

黒帽黒服の男ふたり

アカシヤ館の大爆発！

消防隊が走って行き、警鐘が鳴りひびき、警官隊が応援に行き、市民は道にあふれ、カーン全市の町じゅうが、わきかえるさわぎだ。炎々と空にひろがる火は、コルミエ元帥邸の本館に燃えうつって、火の粉が高く風に飛び、バチバチとくだける音が、鉄砲を射ちだしたように聞こえる。

ところが、うら町の一つ、せまい道がまがっている「ジュイフ通り」は、ヒッソリしている。家はみな古く、路次のおくにある二階屋の一軒も、窓にカーテンをしめたきり、あけもしない。家の前に、男がふたり、ジッと立っている。黒い帽子のひさしを深くさげて、上着もズボンも黒だ。

路次のおもてから、男が三人と女がひとり、スタスタと急がしくはいってきた。四人とも相当の服装をしている。こんなうら通りの古い路次へ、しかも爆発さわぎの中に、どうしたのか？　二階屋の前へくると、先頭の男が小声で言った。

「大変だね、しかし、今に太陽が帰ってくる！」

前から立っている男のひとりが、

「ウム、成功だ。にせの太陽は沈むんだ！」

と、声をひそめてこたえると、後のドアをおしあけた。

四人がドアの中へ、あらそうようにはいって行った。

この路次の中からも見える、星の空が一面に赤くなり、大小の火の粉が高く風下へ飛んで行く。

「市内の方々へ飛び火するぞ！」

「爆発した以上、早く消火しないと、市民の反感をまねくが、……」

「消防隊が早く出たから、大火にはならないだろう」

「いや、この風だ！　なんとも言えないぞ」

「アカシヤ館だけを爆発するのに、それ以上、よほど多量の爆薬を使ったのだな、リバルドオ先生が」

「大首領のことだ。失敗しないために、十二分の爆薬を集めたのだろう。シューアンどもをさしずして」

「シューアンの親分たちも、地下の穴庫へ行ったのだな。大首領は、うまくぬけだしたか、どうか？」

「まさかナポレオンといっしょに、爆死することはないだろう」

「だから、ここへ来るはずだが。ここを秘密集合所に指令したのは、大首領じゃないのか？」

「そうなんだ、今に来るだろう。すばやく穴庫をぬけ出したろうし、だが、ほかの方面へ応急の指令を出しに行ったかも知れない」

ドアの前に立っている黒帽黒服の男ふたりが、ささやきながら、路次のおくを、ゆだんなく見はっていると、おもての方から、今度は三人、男ばかりがスタスタと急いできた。こちらのふたりはズボンのポケットに、ピストルをつかんだまま、空の火にうつる三人の顔をすかして見た。リバルドオ大首領ではない！　すぐ前へ来ると、

「ヤア、すごいことになったね。今に太陽が帰ってくるぜ！」

「そのとおり。にせの太陽は沈むんだ！」

王党秘密団とシューアンの共通暗号を言いかわして、ドアの中に三人がはいって行った。

怒った土グモ

ドアの中は、すぐ右がわが広い階段になっている。

この古い二階屋は、路次のおくにあって、人の目につかない。実は王党秘密団のカーン市における密会所なのだ。

二階の広間には、団員の男女がすでに六十人あまり集まっている。肩と肩がすれあってギッシリだ。アカシヤ館の大宴会に列席してきた礼装のままの夫人、市の有力者たち、パリから招待されてきた実業家、新聞社長、芸能家など、そのほか、有名人の多くが、実は王党秘密団の幹部連である。もっとも秘密のうちに連らくしていた大首領リバルドオから指令されて、この「ジュイフ通り」の二階屋に、ぞくぞくと集まってきたのだ。

「窓を皆、あけはなせ、カーテンも！　今は、だれにはばかることがあるんだっ！」

老紳士のひとりが、みんなの中から手をふりまわしてさけびだした。

すると、まっ白な絹のドレスに盛装している三十才くらいの夫人が、

「そうですとも、国賊ナポレオンの爆死！　わたしたち王党が今は一日も早く、ルイ国王陛下をむかえて、フランス国家を、ふたたび立てなおす時がきたのです！」

と、キイキイ声でさけぶと、よこの方から男の声が、

「演説はやめろっ！　今こそ実行の時だ。夜あけと共に市庁へ行進、このカーン市から全フランスと世界各国に、ナポレオンの急死とルイ陛下の王権再生を、われら王党の名によって発表するんだ！」

「そのとおりっ、フランス王党バンザーイ！」

方々の窓が、ガラガラとあけられた。強い風がカーテンをひるがえす。空は一面の炎だ！

「見ろ、世界の歴史を変える火だ！」

「国賊は爆死した！　ルイ陛下バンザーイ！」

「夜があけてくるぞ、市庁へ行進！　リバルドオはどうしたっ？」

「大首領がいないと、中心になる者は、だれなの？」

と、きれぎれにさけぶと、ドアのはしにいる土グモを見つけて、

「アッ、つ、土グモ！　ここにいるのは、みんな、王党秘密団だろう？」

「そうだ。どうしたっ、リバルドオ先生は？」

と、ききかえした土グモは、テーブルの上の男と皆に知らせた。

「シューアンの女親分、銀髪のテレザだ！　リバルドオ先生といっしょに、爆発してきたんだ！」

天外へ飛んだ国賊？

総裁公爵プレラン

飛びこんできたシューアンの女親分「銀髪のテレザ」を、みんながおどろいて見た。

アカシヤ館を爆発した女！　歴史に書かれるだろう、皇帝ナポレオンを爆死させた銀髪の女！

テーブルの上から王党秘密団の委員長ウルネエが、声高くきいた。

「銀髪のテレザか。大首領リバルドオは、どうしたっ？」

今にもたおれそうに、よろめいてるテレザが、よこから土グモにかかえられて、

「しずまれ、しずまれっ！　大首領は今に帰ってくる！」

「おそいぞ、早く帰ってこないと、機会をなくする！　この中にシューアンが来ていないか？　大首領は今夜、シューアンと行動しているんだ」

「おれはシューアンだ！」

ドアのはしに立っている見すぼらしい職工服の若い男が、目をキラキラさせてさけびだし、みながそのほうをふりむいた。ひとりがテーブルの上におどりあがると、

「オイ、大首領の行くえを、君は知らんか？」

と、きかれたシューアンが、顔をしかめてこたえた。

「リバルドオ先生は、アカシヤ館の穴庫へ爆発に行ったんだ。それからさきを、おれは知らねえ！」

「君の名まえを聞かせろ」

「仲間うちの呼び名は、土グモだ！」

「土グモ、土の下をもぐるからか。なぜ穴庫へ行かないんだ？」

「チエッ、そんなに大ぜい、穴庫にもぐりこめるか。ばかにするなっ！」

土グモが怒ってどなりだした時、階段を上がってくる早い足音が、たちまちドアの外から飛びこんできた。若い女だ、銀髪をふりみだして顔が青ざめ、ハアハアと息をつきながら、

「来る、ここへ、おしよせて、軍隊が、……」

「せ、先生は、導火の管に、火がつたわるのを、見さだめてから、穴庫をぬけ出した！」

　土グモがそばから、

「青心臓や大牙は、どうしたっ？」[42]

「う、うら門の外で、捕えられた、長耳も、白眉も、みな、軍隊に捕えられた！　とても、虫いっぴき通れない、すごい警戒だった。あたしは横門の方を、くぐりぬけた。捕われかけて、その時、爆発した！　あたしは門の柱の下に身を伏せて、たすかった。その時、先生はどうしたか？　あたしは知らない、……」

　銀髪をふりみだし身をもだえて、あえぎあえぎ言うテレザに、テーブルの上からウルネエ委員長が、またきいた。

「ここへ軍隊がおしよせてくるって、どういうわけだっ？」

「あたしは見た！　来る、歩兵隊だ！　士官がさけんでいた、『ジュイフ通りへ前進！』と、た、たしかだわ！」

　盛装している真白な絹服の夫人が、急に朗かな声で、

「じぶん勝手に皇帝になった国賊ナポレオンは、天罰を受けて地獄へ行った。勝利は私たち王党のものだ。フランス軍隊は、今もう国王陛下に付くべきもの、王党の命令に従うのが、当然だわ！　これは演説じゃない。ウルネエ委員長！　わたしたちが用意しておいた宣言を、今こそ発表すべきだわ！」

「そうだっ、そのとおり！」

と、さんせいの声々が、広間をふるわせた。

　ウルネエ委員長は、ひたいにバラリとさがった茶色の髪を両手でかきあげると、テーブルの横に立っている老紳士にたずねた。

「プレラン公爵、どうしますか？」

　公爵、最高級の貴族である白髪の老紳士が、うなずいてこたえた。

「ウム、同意じゃ。すべて堂々と発表するがよい。国賊は天外へ飛んだ！」

　それっ！　と、団の幹部たちが、広間のすみから引きずり出したのは、まっ白な長い布だ。ひろげて、のばすと、

フランス王党最高司令部、ここにあり！[43]

　ペンキで太く黒々と書かれている。

「よし、出せっ！」

「フランス王党、バンザーイ！」

「軍隊が来たら命令するんだ、『今から、われらを護《まも》れ！』と」

「最高司令官は、予定どおりプレラン公爵だ！」

　口々にわめきながら、幹部委員の四、五人が、窓べりから乗り出して、外がわに、その長い布を張りまわした。

空の炎に白い布が赤く映り、黒いペンキの字が太く、おもて通りからも、ありありと見える。窓から首を出している委員たちは、

「どうだ、この発表に民衆は何と言うか?」

「むろん、バンザイをさけぶだろう」

「リバルドオは、どうして来ないのか?」

「もしかすると、さすがの彼も捕われたか?」

「いや、もしかすると、爆発の火をあびて、ぎせいになったか?」

「ヤッ、来た!」

路次のおもてから、にわかに、なだれこんで来たのは、武装警官隊だ。みな、剣つき鉄砲をもち、くつ音も荒く、先頭に剣を引きぬいている三、四人は、警部の隊長らしい。銀髪のテレザが軍隊と見あやまったのだ。

王党委員たちは、窓から見おろしてどなった。

「止まれっ、警官隊、しずまれっ!」

「この発表を見ろ!」

「君たちは今夜から、王党に従うんだ!」

三角帽に黒マント

先頭の警部が長い剣を、ふりかざすと、

「囲めっ! 階上も階下も、ドアと窓をねらえっ!」

命令の声が路次にひびいて、武装警官隊が列をくずすと、この二階屋をバラバラと取り囲み、剣つき鉄砲のさきを、あらゆるドアと窓へ向けた。

「何をするかっ?」

「おれたちに手むかうと、反乱だぞ!」

「政権は王党が取ったのを知らんか?」

窓から王党委員たちが、血相をかえてさけび、入口に立っている黒帽黒服の団員がふたりとも、警官隊に剣と鉄砲を突きつけられ、ピストルを投げすてると、たちまち手錠をはめられた。

せまい路次に武装警官隊が、あとから後からと、おしこんできて、いっぱいになった。ネズミいっぴきも、にげだせないだろう。

「わからんか、隊長! フランス政権が、ここにいる我れら王党の手に帰ったのを、理解しないのか?」

窓へ出てきたウルネエ委員長が、長い髪をかきあげて、窓の下を見ながらさけぶと、下から警部の隊長が、するどくきいた。

「君は王党のだれかっ?」

「ウルネエ委員長!」

「ここに『最高司令部』とあるが、司令官はだれか?」

「プレラン公爵、ここにいられる! 君たちはその命令に従え!」

「こちらから命令する。全員、降伏しろ!」

「なにをっ？」

「抵抗すると射つ！　見るとおりだ！」

ギラギラと剣のさきが、空の炎に映って、ドアと窓へ鉄砲が皆向いている。隊長が号令をかけると、いっせい射げきだ！

ウルネエ委員長も、ほかの委員たちも、窓べりに立ちすくんだ。なんと言ってもわからない警部の隊長だ。「射て！」と号令をかけると、王党の幹部が総裁のプレラン公爵と共に、四方から銃弾を受けて血と共に倒れる！

どうするか？　と、立ちすくんだウルネエ委員長を、後からおしのけて窓べりに顔を出したのは、銀髪のテレザだ。目をきらめかせて路次を見おろすと、

「チェッ、巡査連か。おどかしやがる、射つなら射ってみろ！」

死ぬのを何とも思っていない、女親分の負けない気が、青白い顔にハッキリ現われた、とたんに、右手をさしだすと、

「アアッ、変だ、せ、先生がいる！」

と、おどろいて左の方を指さした。

ウルネエ委員長が、その方を見ると、

「先生ってだれだ？」

「リバルドオ先生！　それ、そこに、警部の奴のむこうに！」

「エッ、大首領か？　そんなことが、どこに？」

「そら、三角帽をかぶって黒マントを着て、アッ、こっちを向いた！　先生だ、変だっ！」

「ちがうぞ、大首領じゃない！　リバルドオ氏は、よく似てるが、もっと顔が大きいんだ」

警部の隊長が、窓のすぐ下から、

「答えろ！　降伏か否か？　ウルネエ委員長、答えろ！」

殺気だってさけびだした。

警官は皆、鉄砲のねらいをズラリとつけたまま、「射て！」の号令を待っている！

空の炎はまだひろがっている、が、路次の中は、うすぐらい。テレザが「リバルドオ」と言い、ウルネエは「ちがうぞ」と言った、三角帽に黒マントの男が、警部の横から窓を見あげると、ゆっくりと言いだした。

「王党秘密団の委員長ウルネエというのは、君なんだね。君たちの総裁プレラン公爵が、そこにいるなら、窓まで顔を出してもらいたいが、どうだろう？」

ウルネエ委員長は、きかない顔になってどなった。

「君はだれだ？　それから言えっ？」

「公爵と会えば、わかるのだ」

テレザが銀髪をふって、さけびだした。

「先生だっ、変だ！　わからない。リバルドオ先生！　あたしに何か言って！」

ムザムザと落ちた！

三角帽に黒マントの男が、ニコッとわらうと、テレザを見て、

「銀髪のテレザ、おまえだけは逃げたが、ここへ来ていたのは、さすがに早いね、えらいものだ」

と、ひやかすみたいに言いだした。

テレザは胸から上を窓べりに、ズッと乗りだした。およぐように手をふりまわして、

「あんたは、リ、リバルドオ！　先生じゃないの？」

「横によれ！」

と、テレザの後に声がして、白髪のプレラン公爵がウルネエ委員長のそばへ出てきた。

「フウム、警官隊の包囲じゃの。降伏しろとは何事か？射げきする決意か、……わしに会いたいと言ったのは、何者なのか？」

すこしも心を動かしていない老総裁が、窓の下に立っている三角帽の男と、顔を見あわせると、

「ウウム、……」

ビクッとして胸を引いた、が、おちつきをとりかえして、

「おまえか！　さては、この警官隊を指揮しているのも、おまえか!?」

と、たずねる声がふるえた。

三角帽の男が、にがわらいして、

「このような場面でお会いするのは、意外だ。パリの宮殿でお目にかかったのは、二月前でしたが」

「この場合に余計なことを言うな。ナポレオン爆死の後は、おまえこそ、われら王党に従え！　この警官隊を、おもてへ出して整列させろ！」

「いや、公爵！　あなたに命令の権利は、ないはずですが」

「この発表を見ろ、フランス王党最高司令部、ここにあり！　最高司令官は、すなわち公爵プレラン、わしじゃ」

「公爵プレランと王党の全員に対し、わたしは皇帝ナポレオン陛下の名によって、ここに降伏を命令する！」

「死んだ者に命令権があるか。おろかなことを言うな」

「皇帝陛下は安全でいられる！」

「な、なにっ？　ナポレオンが安全じゃと？」

ズラリと鉄砲をむけてる武装警官も、窓べりに顔を出している王党の幹部たち、窓の中に動いている者も、ざわついていたのが、みなシーンとした。

空にまだ炎がひろがっている。アカシヤ館の大爆発、しかも、ナポレオン皇帝が安全なのか？

ウルネエ委員長が、ブルブルふるえだすと、三角帽の男を上からにらみすえてきいた。

「爆発の火をつけたのは、だれだっ？」

にがわらいを深く顔じゅうに見せた三角帽の男が、

「まことにすまないが、シューアンの連中に火をつけさせたのは、わたしだ。三時二十分すぎだったがね」

と、ゆっくりした声で、

「三時にはすでに、皇帝陛下をはじめコルミエ元帥、オトラント警視総監、そのほか、館にいた者すべてが、立ちのいていたのだ。本館からも皆、ひとりのこらず、市外の城あとに立ちのいた。わたしの計画どおりに、すべて、うまく行ったので」

と、おかしそうに言いつづけた。

プレラン公爵が、意外さと失望に打たれて、ムッと顔をしかめると、

「ナポレオンは、おまえによって救われたのか!? そうか、しかし、だれもいないアカシヤ館を、なんのために爆発したのか?」

「それはまた、プレラン公爵、王党総裁に似あわない質問ですな。爆発しなければ、あなたは自分の計略の失敗を、たちまち知るだろう。同時に、王党秘密団の幹部連は、この二階屋に集まってこないだろう。『フランス王党最高司令部、ここにあり!』とも発表しないだろう。アカシヤ館の爆発によって、プレラン総裁公爵をはじめ、王党の有力なる幹部諸君を、こうして一挙に生け捕ることができるのは、まことに、わたしの喜びなので」

シーンとしていた窓の中に、王党の連中が急にさわぎだした。一挙に生け捕られるのだ。敵の計略に、ムザムザと落とされた!

ウルネエ委員長は青ざめて身ぶるいしながら、三角帽の男に投げつけるような声できいた。

「リバルドオは、どうした? きさまが捕えたのか?」

囚人馬車十四台

大首領リバルドオも、この三角帽の男が仕くんだ計略に、落とされたのか?

窓べりにかたまっている王党の幹部連が、ことごとく三角帽の男を上から見すえた。おかしそうに苦わらいする実に不敵な三角帽の男が、着ている黒マントをゆすぶってこたえた。

「リバルドオは、すばらしい格闘の選手だった、が、惜しいことには、シュバリエという手下といっしょに、海岸で犬の歯岩の上から、がけの下へ、まっさかさに落ちて行った。ふたりとも、下の岩にあたったきり、波に呑まれたろう。惜しいことをしたものだ」

プレラン公爵が、今は絶望したらしく、白髪の頭を力なく横にふるわせて、

「リバルドオと格闘したのは、おまえだな!?」

「お察しのとおり、彼が上陸するのを、わたしは前から待

ち受けていたのだ。岩かげで、ところが、なお別にひとり、彼の上陸をむかえに出ていた男が、リバルドオと出会うと、ふたりで話しはじめた。シューアン賊を使ってアカシヤ館の爆発、王党最高司令部の宣言、市庁へ行進、国王ルイ政権回復の発表など、聞いてしまったわたしが飛び出すと、短刀で突っかかってきたのは、シュバリエだ。三人の格闘になった！　まっさかさに落ちて行ったのは、ふたりでね、残ったわたしは、リバルドオ大首領になりかわって、シューアン賊の親分たちに、会いに行った。とてもすごい連中が、そろって待っていた。オイ、銀髪のテレザ、そうだったなあ！」

　二階の窓べりに、胸から上を乗りだして、ジッとだまりこんでいた銀髪のテレザが、

「チッ、死ねっ！」

　さけび声と共に、サッと下へ飛びおりた。三角帽の男と警部の間に、身を伏せるより早く、かくしていた短刀を抜きはらい、三角帽の男を目がけて、足もとから一気に突きあげた。

「ヤッ！」

　気あい一声、高く飛びあがった三角帽の男が、いっしゅんに横へ、さらに飛んだ。長靴が地面に残った。横へ飛んでスッと突っ立った三角帽の男は、身のたけが急に低くなった。長靴の底に何か入れていたらしい。短刀に突かれた黒マントを後へぬいだ。灰色の服を着ている。マントの肩のところにも何か入れていたらしい。からだも急に細くなった。小人だ！▼44

「女！」

　どなった警部が、テレザを足もとにねじ伏せ、短刀をもぎとると、

「突っこめっ！　抵抗する者を射て！」

　と、警官隊にするどく命令した。

「オーッ！」

　今まで突げきをこらえて、ムズムズしていた警官隊が、みな、剣つき鉄砲をとりなおすと前にかまえてオーッと声をあげ、二つある入口の中へ、われさきに飛びこんで行った。すごく勇ましい！

「キーッ、チ、ククク！」

　と、銀髪をふりみだし、鳥の鳴くような声を出したテレザは、警部に手錠をはめられた。

　三角帽をぬぎすてた灰色服の小人は、二階の窓を見あげて、プレラン公爵とウルネエ委員長に、

「つまらない抵抗をやめて、降伏したらどうですかな!?」

　と、声を高くして降伏をすすめた。

　が、二階も下も窓の中に、射ちあうピストルと鉄砲のひびきが、すごくわきあがり、どなる声、わめく声、悲鳴、たおれる音、窓から飛び出した者は、たちまち警官隊に捕

えられ、盛装している夫人たちも手錠をはめられた。弾を受けて血を流している者が、二、三人たおれた。

「しずまれ、やめろっ！」

「降伏！　降伏して再挙するんだ！」

プレラン公爵とウルネエ委員長が、窓べりから後をむいて、ついに「降伏」を団員に命令した。

乱闘と混乱の路次へ、おもてから走ってきたのは、警察署長カルテレだ。これも血相を変えている。どなりだした。

「どこですか？　フェルナン氏は？」

「ホホッ、ここだ！」

小人フェルナンが、わらって右手をあげた。が、小さくて見えない。

「どこですかっ？」

「ホホッ」

サッとフェルナンが飛びあがって見せた。

「ヤア、そこですか。おもてに囚人馬車十四台、今、そろったです！」

「よろしい。捕えた者を全部、負傷者も、ここから護送、予定どおりに！」

王党秘密団の全員を捕え、ここから護送することまで、小人フェルナンはすでに予定し、署長と打合せを終っていたのだ！

手錠をはめられたテレザが、銀髪をふりみだし、フェルナンを見すえてさけんだ。

「このかたきを、きっと、とるぞ、小人！」

さらに大変な話

夜があけてきた。

星が消えて、炎の色も、うすくなった。

アカシヤ館の大爆発から、燃えひろがった火が、必死の消防隊によって、ようやく下火になり、しずめられた。鎮火だ。

あかつきの空に、風もしずまって、警鐘のひびきも消えた。

カーン全市に渦をまいたさわぎが、昼ごろになると、どの町も、おちつきをとりかえして、市民の顔いろもホッと息をついたようになり、話し声もゆっくりしてきた。

「おどろいたねえ、一時はどうなるかと思ったぜ」

「まったくだわ！　また戦争かと思ってさ、でも、ジュイフ通りでは、警官隊と王党秘密団が、射ちあったというじゃないの？」

「ウム、それはたしかだ。オイ、リシャール！　おまえは、その射ちあいを見てきたんだろう？」

「射ちあいは見ないよ。こわくって、そばへ行けるもんか。パチパチヒューンて音は聞いたがね」

「ヒューンて、なんなの？」

「頭の上を、弾が飛んで行く音だ。ヒューン、ピチピチッと、すぐ上だもの、足がすくんで、道ばたの家の下へ、ジッと平《へい》つくばっていたんだ」

「オイ、リシャール、それでよく帰ってこれたな」

「ウン、パチパチヒューンピチピチッが、やっと聞こえなくなってさ。足が立ったから、走りだそうとすると、前の方の路次から、ゾロゾロと出てきたのが、手錠をはめられてる連中でさ。両わきに剣つき鉄砲をもってる警官隊が、大ぜい付いてくるんだ。おれはまた足がすくんじまって、天水桶のかげに、小さくなっていたがね」

「すると、警官隊の方が勝ったのね」

さまざまな話が、市内のいたるところに、みだれ飛んでいる。

「皇帝陛下は安全に、城あとから出発されたそうだ。そば付きの者も、みな、ぶじだって、運のいい皇帝だね」

「今までに何度も死にかけたっていうから、不死身の皇帝ナポレオンだわ」

「パリに帰ったら、また何かやりだすんじゃないかな」

「それぁやるだろう。だが、戦争はもう、まっぴらごめんだぜ」

「生け捕られた王党秘密団の連中も、パリへ護送されたって、警察署の話を、あたし聞いたわよ」

「それはそうさ。パリの最高裁判にかけられるんだ」

「みんな死刑だわね。皇帝を殺そうとしたんだもの」

「おとなしくしてれば、いいものを、プレラン公爵だの、貴族の連中が、ずいぶん大ぜい、はいってたっていうから、絞首台も大変だ」

ところが、二日すぎると、さらに大変な話がつたわって、みんなをおどろかせた。

「オイ、聞いたか？　王党秘密団の大物連中が、護送の途中、見はりの目をぬすんで、うまく逃げてしまったって、ほんとうだぜ」

「エッ、どこでさ？」

「ウーブルーの町だ。シューアンのすごい親分連が、やっぱり護送されていて、ウーブルーの町に前からいる手下が、警察の留置場を、ぶち破ったんだ。そこで王党秘密団の大物連中も、うまく逃げてしまったのさ、ひとりのこらず▼45」

「そんな話を、おまえ、どこから聞いてきた？」

「今さっき、新聞社にはいった急報だ。おれの友だちに、記者がいるものだからね」

「おまえ、おくびょうのくせに、耳は早いんだな、リシャール！」

このおどろくべき異変は、カーン市ばかりではなく、パリにも、むろん、急報された。

王党秘密団の幹部たちとシューアン賊の脱走！　獅子や虎を野原に放ったようなものだ！

第四部　百姓天国の活劇

皇帝を追っかけるピクニック

手におえない皇后

パリのヴェルサイユ宮殿。

大きく美しく世界に有名な建築だ。

皇帝ナポレオンが、自分の居間に、ただひとり、いすにもたれて、あごの下へ左手をやり、目いろをしずめて、なにか考えこんでいる。

年三十五で皇帝の位についた。今年は三十九だ。スペインを征服した。去年はロシヤ皇帝と会って、平和条約をむすんだ。その前の年は、プロシヤ軍と戦って勝ち、ドイツの首府ベルリンに進入した。そこで各国が、おれを恐ろしがっている。「英傑」だの「風雲児」だの「怪物」だの、中には「野蛮人」だの「成りあがり者」などと言う。なんとでも言え、おれは世界を統一して、全人類を平和に幸福にする、このために生まれてきたナポレオンだ[46]！

世界を統一するためには、反抗する国を、征服しなければならない。いや、フランス国内にも、「王党秘密団」などというバカな奴ばらが、「シューアン賊」などという群盗とむすんで、おれを打ち倒そうと、まだ動きまわっている。なかなか根絶やしができない、しつこい奴ども、やっかいな存在だ。

いや、国内どころか、おれの身近くに、もっとも手におえない奴がいる。こいつも反抗する。皇后ジョセフィーヌだ！

これこそ、おれの秘密だ。「世界の歴史を変える英傑ナポレオン」[47]などと言われるおれも、ただひとりの女、ジョセフィーヌの我がままな反抗を、おさえきれない。皇后に皇帝が頭をさげているなど、だれにも言えない奇妙な秘密だ。

おれはジョセフィーヌを、はじめから愛してきた。男の愛に女があまえて反抗し、わがままをあえてする！「王党秘密団」や「シューアン賊」とちがって、力ではおさえきれない。実にやっかいな女だ。なんとかギュッと、おさえてしまう方法はないものか？

こんなことを、しきりに考えこんでいる時のナポレオンは、「英傑」でも「怪物」でもない。あたりまえの男だ。妻の我がままを、もてあましている。

そこに、はいって来たのは、偉大な体格に金ピカの制服

を着こんでいるオトラント警視総監だった。ドアの前に気をつけの姿勢をとって、ハッと敬礼の目を強めると、

「お召しによりまして、オトラント、参上いたしました」

ナポレオンは、ひげのない口びるを、神経的にゆがめて、

「来たことを、いちいち言うなよ。顔を見れば、わかるのだ」

「ハッ、おそれいります」

「おそれいらなくていいから、ここに来てかけろ」

「ハハッ、……」

きょうは、皇帝陛下、ごきげんがわるいぞ！ と、オトラント警視総監は腹の中で、とても注意しながら、皇帝の前にあるテーブルをへだてて、ソッといすにかけた。

すると、急に目をかがやかした陛下が、

「オイ、きょうは、君に一つ相談があるのだ」

「ハッ、……？」

いつもに似あわない、命令でなくて「相談」と言われるのは、ますます注意せずにいられないぞ！ と、警視総監はヒクヒクと太いまゆ毛を動かした。

やりきれない話

ナポレオンは目をかがやかして、警視総監にまた言った。

「オイ、どうだね。この葉まきをすってみないか？」

「ハ、ハハッ、おそれいります」

「エジプトから来たんだ。うまいぞ、すってみろ」

「ハッ、ご前で直接、喫煙は、さしひかえたいと存じます」

「オイ、オトラント！」

「ハッ？」

「ここにいるのは、今、ふたりだけだ。おれを陛下あつかいにするな。葉まきぐらい、えんりょなしにすえよ」

「相談と、おっしゃいましたのは？」

「ウム、皇帝が警視総監に、相談するのじゃない」

「ハハッ？」

「そう固くなるなよ。ナポレオンという男がオトラントという男に、相談するのだ。いいかね？」

「どうも、ハッ、なんでございましょうか？」

「フフフッ」

と、わらいだしたナポレオンは、きげんがなおったらしい。おもしろそうに、

「おれがね、もっとも秘密のうちに、ひとりの女を、たずねて行きたいと思っているのさ」

「そ、それは、どうも、……」

「いけないことだなんて、言うなよ。女の方から、ぜひ来てくれ！ と、熱望してきたからね。おれも行かずにいられないんだ」

「ハッ、どうも、その、おそれいります」

「ところが、なにしろ、おれが出て行くとなると、警視総監という奴がいて、かならず護衛を付ける。やっかいだよ」

「それは、総監の役目、義務でございまして、皇帝陛下のお出ましを、厳重に警護いたしますのは、当然、わたくしが、……」

「待て、待て。だから相談だ。今度、出て行くのは、皇帝じゃないのだ。コルシカ島に生まれた野蛮人のナポレオンという男が、ソッとだれにも知れないように、女のところへ通って行く。護衛など、ひとりもいらない。付けると人目について、じゃまになるばかりだ。わかったろう、オトラント!」

「いいえ、わかりませんので、すこしも」

「頭がよくないね。なにがわからないんだ？」

「女々と、おおせられますが、いったい、そのような女性が、どこにいますので？」

「ウム、パリにいると、会いに行くのに、わけはないがね。ズッとはなれているのさ。シャルトル市[48]だ」

「それでは、なおさら途中を警護いたしませんと、わたくしは警視総監として、当然の役目が、はたせませんので」

「固いことを言うなよ。秘密に行って、ひと晩とまってさ、秘密に帰ってくるからね。なにしろ会いに行かないと、女が、しょうちしないのだ」

「ハハッ、どうも、その女性は、シャルトル市の、どちらにいますので？」

「フフフッ、警視総監は、何でも探偵するのだな。女のいるところは、シャルトル市のナショナル・ホテルだよ」

「ハッ、アッ!?」

「どうだ、わかったろう」

「女々と、おおせられますが、シャルトル市のナショナル・ホテルに、目下おとまりの方は、皇后陛下であらせられると、警視総監は役目の上から、しょうちしております」

「フフッ、むやみに固いね、こまったものだ。おれは、まちがったことを言っていない。皇后だから女だ。男じゃない」

「ハハッ、皇帝陛下が、ご静養中の皇后陛下を、ご訪問になりますのに、秘密秘密との仰せは、いよいよもって、わかりません」

「オイ、同じことを何度も言わせるなよ。皇帝の皇后訪問じゃない。男が女にソッと会いに行くんだ。わからないかなあ？」

「ハッ、わかりません、すこしも」

「皇帝ナポレオンに、最近、すばらしい結婚の話があるのを、君は聞いていないか？」

「ハハッ、それは、ひそかに、うかがっております」

「それ見ろ。オーストリーの皇女マリー・ルイズ▼49が、フランスの皇帝ナポレオンの新しい皇后になりそうだ。年はまだ十七、すばらしい姫だ。ところで、この結婚を成り立たせるためには、今の皇后ジョセフィーヌが、じゃまになる。そうじゃないか、どうだ？」

「ハッ、なんとも、わたくしには、わかりかねます」

警視総監オトラントは、この上、こんな話を聞かされるのは、やりきれない気がした。こんなことを自分勝手に言われる陛下は、なるほど「野蛮人」だ！　と、腹の中で思いながら、しかし、つつしんだ顔をしたきり、かしこまっていた。

一発三中のピストル

野蛮人ナポレオンは、どこまでも自分勝手だ。警視総監オトラントを相手に、グングンと話しつづける。

「よし、わかるまで話してやろう。よく聞けよ。フランス皇帝ナポレオンは、オーストリーの皇女と結婚して、フランスとオーストリー両国の平和を深くむすぶ。ヨーロッパ各国を統一するための準備工作だ。いいかね、ところで、この新結婚のためには、今の皇后ジョセフィーヌを離縁しなければならない。だから今のうちに離れて、シャルトル市へやってあるのだ。どうだい？」

「陛下！　そのようなお話は、すこしも、よろしくございません」

「だまって聞けよ。よくてもわるくても、フランス国家の外交のためだ。ところで、ジョセフィーヌから『ぜひとも会いたい！』と言ってきた。こいつは会いに行かないと、根が我がままな女だから、あばれだすのにきまっている。離縁の話など聞きいれずに、すごく反抗するだろう。もとからやっかいな女だからね」

「ハハッ、どうも、お話の結果は、どうなりますので？」

「いそがずに聞け！　ところで、皇帝ナポレオンが、すでに別居している皇后ジョセフィーヌを、今なお訪問しているなどと、オーストリーの方に聞こえてみろ、せっかくの新しい結婚の話を、取り消してくるかも知れない。こいつは、こまるんだ。だから、ナポレオンは最も秘密のうちに、シャルトル市のナショナル・ホテルへ往復してくる。むろん、うまく変装してだぜ。顔を知ってる奴に見つけられると、これまた、やっかいだからな」

「陛下のお顔は、みんなが、しょうちしておりますので」

「なあに、だから帽子も服も変装して、付けひげをして行くのさ。どうだい？　よくてもわるくても、おれは出て行くんだ。秘密だから護衛はやめろという相談だ」

「ハッ、そのように、ご決心の上は、なんとも仕方がございません。それではお馬車に、わたくしがお付きいたします」

「バカなことを言うな。大樽の警視総監が来てみろ、それこそ目にたつ。どんなに変装したって、小さくはなれまい。どうだ？」

「ハッ、どんなに身をちぢめましても、小さくはなれません」

「それ見ろ。しかし、小さい奴は工夫すると、大きく見せられるな。ひとりだけ、つれて行くとすると、フェルナンはどうだ？　あいつがいると、どんなことがあっても、およそ大じょうぶだからな」

「彼はただ今、ウーブルー町[50]とその付近へ、プレラン公爵をはじめ王党秘密団の主要人物と、シューアン賊の行くえを、探偵に行っております」

「すると、おれの出発には間にあわないな」

「ご予定は、いつでございますか？」

「フフッ、おれは、ほかの国の皇帝とちがって、気が早いからな。今夜出発だ。うまく秘密にぬけだして、街道をまっしぐらに全速力さ。フェルナンの小針が間にあわないとすると、ゲルビエをつれて行こう。こいつはまた、ピストルを射たせると、一発三中だからな。一弾で三人をたおす。ふしぎな奴だ。よろしい、オトラント、相談は終りだ。すべて秘密！　ナポレオンという野蛮な男が、今夜、宮殿をぬけ出す。だいたい本《もと》から宮殿などという所は、きゅうくつで大きらいだからね」

　皇帝が自分で「野蛮な男」と言いだして、いすを立ちあがると、居間の中をノッシノッシと野蛮人らしく歩きだした。

「相談は終りだ」と言われた、が、「相談」ではなく、やはり命令なのだ。それも「終り」だから仕方がない！　と、オトラント警視総監も立ちあがった。うやうやしく敬礼し、大樽がころがるみたいに皇帝の部屋を出てきた。[51]

一直線に駆け飛ばす

　大樽の警視総監オトラントを小人フェルナンが、総監官舎にたずねてきたのは、夜九時すぎだった。ウーブルーの町から帰ってきたのだ。いつものとおりチョコナンと、すました顔をしている。カーン市における爆発の動乱など、まるで忘れてるみたいだ。

　警視総監の方は、デブデブの大きな顔が青ざめている。心配でたまらないからだ。

「フェルナン、今度こそ、君の帰りがおそかったぞ。陛下はすでに出発された。ああどうも自分で『野蛮な男だ』と言われて、こちらの申しあげることなど、ひとつも聞いておられない。こまったものじゃ」

　口にかぶさっている長いひげを、手のひらでカサカサとなでまわし、つぶやいて言う警視総監に、フェルナンは平気な顔いろのまま、やさしい声できだした。

「オトラントさん、えらく心配してるみたいだね。陛下がどこへ出発されたの？」

「シャルトル市へ、皇后陛下に会いに行かれたのじゃ。それはよいとして、護衛隊を付けることはならん！　と、お供して行ったのは、ゲルビエひとりと馭者だけじゃ。たとえゲルビエがピストルの名人にしても、大ぜいにおそわれると、それきりじゃからな」

「ホホッ、陛下も冒険がおすきだからね。『おれは自分の運命をためすのだ』と、よく言われる。冒険好きの野蛮人だよ。このような皇帝は、ほかの国にないだろうね」

「ウム、カーン市でアカシヤ館の爆発を、あやうく二十分前に、のがれられた時は、『見ろ、おれは運命の皇帝だ。が、フェルナンに感謝すべきだ』と、心から言っていられたのじゃ」

「そうかね。なあに、ぼくが陛下のために力をつくすのは、ヨーロッパからアジヤを統一して、▼52新しい世界をつくるのは、ナポレオンさんのほかにないと思うからだよ」

「オイ、口をつつしめ！　皇帝陛下を『ナポレオンさん』とは何だ。けしからんぞ」

「ホホホッ、まあいいよ。友だちだものね」

「こら、ますますけしからんことを言うな。それでウーブルー町の探偵は、どうしたのじゃ。何か重大な手がかりを、君のことじゃから、つかんできたろうが」

「だめだね。あそこの署長のゴールという奴が、すごい間ぬけでさ。留置場を破られていながら、夜あけまで気がつかずにいたんだ。見はりの警官が六人とも、シューアン賊の短刀に刺されたきりでね。なんの音もしなかった、というんだから、あきれたものさ」

「プレラン公爵と王党秘密団の行くえも、それきり、わからないのか？」

「空へ鳥が飛んで行ったみたいだよ。何十羽いたって、なんのあとも残っていない」

「大変な失敗じゃ！　しかし、今夜の陛下のご出発を、まさか奴らが感づいてはいないだろうな？」

「さあ、馬車は何に乗って行かれたんだ？」

「四頭だてのベルリーヌ馬車▼53じゃ。早いのは一等じゃからな」

「あぶない！」

「な、なにが危険じゃ？　早くても引っくりかえる恐れはない！」

「いや、宮殿へ自由に出入りしていた公爵プレランが、王党秘密団の総裁だった。大検事、大僧正などと、大のつく奴が反逆の首領だったからね」

「それらは君が、今までにおさえたのじゃ。フェルナンの探偵ぶりは、後世の記録に残るじゃろう、ナポレオン陛下の伝記と共にじゃ」

「ホホッ、そんなことよりも、ナポレオンさんが乗って行った馬車のことを、警視総監が考えないのかね？」

「ウウム、今も言った四頭だての、すばらしく早いベルリーヌ馬車じゃよ」

「四頭の馬を引きだして馬車に付ける。その馬車を車庫から引きだしてくる。だれが乗って行くのか？　陛下だ。どこへ？　シャルトルへ、しかも、護衛隊は付かない！　と、馬屋や車庫の者たちが聞かずにいるわけはない。そのうちのひとりでも、王党秘密団員がいたら、どうなるかね、あぶないよ、警視総監！」

「いかにも危険じゃ、どうするか？　フェルナン、知えを貸せ！」

「貸すのは、君の方だよ。もっとも早い乗馬を一頭、いますぐ出してくれ」

「ヤッ、君が乗って行くのか？」

「むろん、ほかにだれが乗って行く？　四頭だての馬車に、追いつくつもりだよ」

「ウウム、道はしかし二つあるぞ。パリからシャルトルへ、どちらの道を陛下がえらんで行かれたか、不明じゃ」

「そう、その二つの道は、マーントノン▼54で一つに合っているからね。なに、野原、畑、森、一直線に駆け飛ばして、追いつくんだ。さあ、こうきまった！　もっとも早い乗馬一頭、小さな長靴、小さな乗馬ズボン、すぐ出してくれ！　ナポレオンさんが危険だ！」

「き、君ひとりで、大じょうぶか？」

「余計な者は、じゃまだよ。マーントノンで追いついたら、しめたものだがね。ついでにサンドイッチと水筒だ。皇帝追跡のピクニックだからね」

　小人フェルナンが、真けんな目をしながら、両手をふりまわして、はしゃぎだした。まったく子どもみたいだ。

銀髪令嬢と金髪令嬢

オヤッ、なんでえ？

　村の名まえが「マーントノン」古い農家が方々に遠くはなれている。

　パリからシャルトルへ行く二つの広い街道が、マーントノン村の中で一つになって、森の中を通って行く。この森が深いのだ。ケヤキ、クリ、カシ、ヒノキなど、大木がしげっていて、昼でも、うすぐらい。

　森へはいる道ばたに、とても古いボロボロの家が一軒、おもての看板を見ると、

百姓天国

ペンキの青い字が、はげかかっている。

宿屋でもあるし、飲み屋でもある。「百姓天国」だが、百姓の客は、めったにはいらない。街道を往復する乗合馬車が、ここへ来て止まる。下りた客が休んで行く。待っていた客が乗って行く。商売人が多い。

ところで、主人のおやじは「アラン・ゴロー」といって、五十才あまりだ。かみの毛も白くなり、しわだらけクシャクシャの顔をしてる。それに、がん固だ。人のいうことなど、めったにきかない。

「さあ、飲むなら、これを飲んでみろ！　『神酒』っていうんだぞ」

と、自分のつくった酒を、どの客にも自まんしてすすめる。

名まえは「神酒」と、おやじが勝手につけたんだ。くさくて強くて、酔うと頭がカーッと熱くなり、グラグラと目がまわってきて、足が立たなくなる。歩けないし馬車にも乗れないから、この「百姓天国」にとまってしまう。すると宿料を高く取られる。「天国」どころではない。

夜になると、森の中から宿なしのゴロツキどもや、村から村を荒らしてるカッパライたちが、ゾロゾロと集まってくる。浮浪の連中だ。集まると、けんかする。だが、「ゴローおやじ」だけには、みんなが一目も二目もおいている。うっかり手むかうと、

「なんだと、野郎、これでも食えっ！」

おやじの左手の突きが、目にもとまらず、ガンとあごへ下からくる。拳闘のアッパー・カットだ。これにかなう者はない。バッタリたおれて、のびてしまう。

「こっちの方だと、のびるだけじゃあ、すまねえぞ」

と、おやじが右手をゴシゴシと、さすって見せる。

きょうはまた、「百姓天国」の酒場が、昼のうちから、えらくこんでいる。飲む連中が方々にかたまって、くさい「神酒」を平気で飲みながら、ガヤガヤと何かしゃべっている。たばこの煙がモウモウと立ちこめて、向うのすみのテーブルには、これも男ばかり五、六人が、なにか肉みたいなものを食っている。窓が小さく、きたないカーテンがダラリとさがっている。部屋じゅうが、うすぐらい。

「オッ、遊覧馬車が来やがったぞ」

「貸しきりだな」

車の音でわかる。ガラガラギギギと、おもてに止まった。「神酒」のカップをおいた連中が、入口の方を見た。

はいって来たのは、身なりのキチンとした上品な老紳士だ。すぐ後から、これも上品な銀髪の若い女が、スラリとはいってきた。ゴローおやじは目を見はった。こんな立派な紳士と令嬢など、今までに来たことがない。親子かな？　ふたりだけで貸しきり遊覧馬車を、乗りまわしているんか。すごい上客だ。すばらしいのが、まいこんで来た！

「いらっしゃい、ようこそ、こっちがあいてまさあ！　ヘヘッ！」

　元気にわらって見せて、ズッとすみの方のテーブルへ、老紳士と令嬢をつれて行くと、

「ええ何か、お食事を？　それともお飲みもので？」

　と、ほかの客にはしない、変なもみ手をやりだした。

　いすにもたれた老紳士が、モウモウと立ちこめている煙に、まゆをひそめながら、

「メニューを見せてくれ」

「ヘッ、そんな上品なものは、ないんでしてね」

　と、ゴローおやじは、いすにかけた令嬢の顔を見ると、オヤッ、なんでえ？　と、急に、ゆだんのできない気がした。

ものすごく太っ腹

　年は十八か九、いや、きれいな顔だから、二十一、二かな？　若い女の年はハッキリしねえ。銀髪の上品な令嬢がいすにかけると、青い美しい目をパチパチとまばたきして、むこうに飲んでるゴロツキ連中と、なんだか合図みたいに目くばせしたのは、どういうわけだ？　はてな、これぁ変だぞ！　と、ゴローおやじは急に、ゆだんのできない気がして、老紳士にもう一度、言ってみた。

「ええ何を、めしあがりますんで？」

「そうだね、スープはすぐできるかね？」

「ヘッ、すぐできますんで、かしこまりました」

「おまえは？」

　と、老紳士にきかれた銀髪の令嬢が、ツンとすました顔のまま、

「あたし、なんでもいいわ」

　と、口の中でいうと、目くばせをやめてしまった。きれいな顔が、すましきっている。

「オーイッ、スープ二つ、いそぎだ！」

　台所の料理人の方へ、ゴローおやじは声をかけながら、後をふりむいてみた。

　ゴロツキどもが七人ほど、一方のテーブルをかこんで、神酒をグイグイ飲んでいる。すごく酒に強いらしい。みんな新顔だ。どれもこれも、やくざなボロ服を着こんで、腕っぷしも強そうだ。こんなゴロツキどもが、きれいな銀髪の令嬢と、知りあってるはずはねえ。目くばせを令嬢がしたと、おれが見たのはまちがいで、そんな目のくせをもっているんかな？　と、ゴローおやじは顔をかしげた。

「この百姓天国の主人は君なのかね？」

　老紳士に後からきかれて、ゴローおやじは、またふりかえると、

「ヘッ、そうなんで、スープをただいま、すぐもってまいります。主人がボーイもやっていましてね、へへへ、いそ

がしいんで」

「いそがしいのは、けっこうだ」

「へへッ、だんなは遊覧の方で、いらっしゃいますね、それこそ、けっこうで」

「ウム、いなかの景色を見てまわるのが、たのしみなのだ。この村へ来たのは、はじめてだがね。このような、おもしろい名まえの酒場があろうとは思わなかった。ホテルもやっているのかね」

「ウへッ、ホテルなんて気のきいたもんじゃ、ねえんでさ」

「いや、人をとめればホテルだ。今、何人かとまっているのかね」

「へへッ、それが今のところ、ガラあきなんで、へエ、おくに部屋が六つありやすがね。だんながおとまりくださるなら、どの部屋だって、おこのみしだいでさ。今のうちに、ごらんくだせえまし、お嬢さまも、ごいっしょに！　なにしろガラあきなんで、へエ、えらくまた不景気なもんですからね」

「ウム、それなら主人、一つ景気をつけてやろう」

「ウへッ、しめた！　いや、おとまりくださるんで？」

「とまるよりも、この百姓天国を今から、……」

　と、老紳士はチョッキのポケットから、金時計を出して見ると、

[▼55]「およそ一時間、貸しきりにしてもらいたい。どうかね？」

「へへエ、だんなは貸しきりが、よほどおすきなんで？　今から一時間、というと、そりゃ料金しだいですがね」

「さよう。君ののぞむだけ出そう」

「ウワッ、のぞむだけ？　じょうだんじゃ、ねえでしょうね、だんな！」

　ものすごく太っ腹な客だ！　いったい何者なんか？　この百姓天国を借りきって、どうしようってんだ？　と、ゴローおやじは、いよいよ目をまるくした。

ピストルや短刀くらい

　台所から黒いドアをあけて、料理人がスープを二皿、スプーンといっしょにもってくると、テーブルにならべて行った。

　老紳士と令嬢が、すぐにスプーンをとりあげると飲みはじめた。ふたりとも腹がすいてるらしい。

「かなりいい味だ。主人、わしは、じょうだんなど言わないのだ。君がのぞみの料金は、いくらかね？」

　老紳士がスープを飲みつづけながら、おうようにきく。

　よしきた、それならウンと欲ばってやれ、こんな客なんて二十年に一度もくるもんじゃねえ！　と、ゴローおやじはゾクッと、からだじゅう熱くなって、

「ヘエ、それなら、だんな、せっかくの商売を、一時間でも打ち切りにしますんで、ええと、三万フランはいただけやすかね？」

「ウム、別に打ち切らなくても、よろしい。これから一時間のあいだ、はいってくる客があれば、何者といえども君がだんぜん、ことわればいいのだ」

と、スプーンをおいた老紳士が、右手を上着のポケットに入れると、抜きだしてテーブルのはしに乗せたのは、千フラン札の厚いたば、何十万フランあるのか、ドッシリと重そうだ！

「ワワッ、だんな、た、大変な札たばで、……」

と、のけぞったゴローおやじに、

「この中から三万フラン、とるがよろしい」

と、老紳士はスプーンをまたとりあげて言った。

「ウヘエッ、さ、さっそく、いただきやす、ヘエ、三十枚で、これぁみな、千フランだ！」

札をかぞえるゴローおやじの指さきが、両手ともふるえている。

方々のテーブルから、こちらを見つめているのは、酔いどれのゴロツキどもだ。この何十万フランかの厚い札たばを見て、「待てっ、そいつを分けねえか、こっちにも！」と、まわりからバラバラッと立ちあがってきそうだ！　と、ゴローおやじは、すばやくかぞえた三十枚を、自分のズボンのポケットへねじこむなり、まだ残ってるゴッソリ重い札たばを、老紳士のそばへおしかえすと、声をひそめてささやいた。

「早く、おしまいなすって、だんな、早く！」

「なに、よろしい。スープのほかにできる料理は、なにかね？」

「なんでも、おこのみを、つくらせますんで、台所に料理人がいますから、ヘイ、なんでも！」

「料理人は、いくたりいるのかね？」

「ヘッ、ひとりでさあ、だんなさま、そのかわり、わたしも手つだいますんで、どんな料理だって、腕におぼえがありやすからね。それよりも、この札たばを、おしまいなすって！」

ウンと欲ばって、「三万フラン」と言ったが、しまった！　「五万フラン」と言ったって、この大金もちの年より紳士は、「この中から、とるがよろしい」と、平気でとらせるだろう。ああしまった！　と、ゴローおやじは、からだじゅうムズムズしながら、なお声をひそめて、

「ごらんのとおり、気の荒い連中が見ていやすから、あぶねえんで、ヘイ、今から一時間、ここは貸しきりだからと、わたしが、うまく出て行かせますから、……」

「それには、およばないのだ」

「ウヘッ？　みなピストルや短刀くらい、身につけていや

すんで」

「できるだけの料理を早く作って、みんなに出してくれ」

「エエッ？　だんなさま、そんなことを、なすったって、この札たばに奴らが目をつけたら、お嬢さまも、あぶねえ目にあって、それこそ、とんでもねえことに、……」

と、ゴローおやじが、ささやきながら見ると、銀髪の令嬢は、自分の危険なことなど、まるで気にならないのか？すずしいみたいな顔して、スープを飲んでしまった口びるを、上品に緑いろの絹ハンケチでふいている。

「そのように、気にすることはないのだ」

と、老紳士は飲んでしまったスープの皿を、よこの方へおしやると、

「この札は、君だけじゃない、ここにいるみんなに分けるのだ。まだ少いがね」

と、聞いたゴローおやじは、ギョッとして、

「そ、それぁまた、なんのためで？　いったい、だんなさまは、どこからいらしたんで？」

「いや、今から一時間のうちに、すべてがわかるのだ。くりかえしてきくが、部屋はガラあきで、台所に料理人はひとりだけだね？」

「ヘイ、わたしのホテル、わたしの酒場、わたしの台所ですから、まちがいはねえんで」

「よろしい。借りきったのだから、今から一時間、わたしの許しなしに、おもてからも、うらからも、何者といえども入れてはならない！」

「ヘッ、ヘイ、それはもう、心得ていやす。だいじょうぶでさ」

「ただし、ふたりだけ、馬車に待っている者を、ここに入れるのだ」

「あたしが、行ってきます」

すずしい声で言った銀髪の令嬢が、立ちあがるなり、スタスタと歩いて行き、おもてへドアをおしあけると、身がるく飛びだして行った。

まもなくはいってきた、新しい客のふたりを、ゴローおやじは見るなり、ワワッ！　と、またまた、どぎもをぬかれた。

親分、やらねえか？

ふたりとも女だ。ところが、あたりまえの女じゃない。ゴローおやじは、今までに見たことがない、すばらしく上等の「夜会服」というのは、これかも知れない、ふたりとも、まっ白な腕をスンナリと出して、胸にダイヤと真珠のかざりをさげたまま、わき目をふらずに、スッスッとはいってきた。顔つきも貴婦人と令嬢だ！

この令嬢は金髪だ。後にドアをしめた銀髪のにくらべると、これはまた、ぜったいに上品で高尚だ。

「い、いらっしゃいまし、ヘイ、こちらへ、どうぞ、……」

どぎもをぬかれたゴローおやじは、この金髪の令嬢を見るなり、声もふるえて、まぶしい気がした。

老紳士が、やさしく声をかけた。

「コンスタンス、ここへ[56]、……」

金髪令嬢の名まえが、「コンスタンス」らしい。老紳士の右わきのいすへもたれた。まるで天女が来たみたいだ。左わきに貴夫人がこしをおろした。これは東洋の美人みたいに髪が黒くて美しい。美人ぞろいだ。

うすぐらくて変にきたない酒場の中が、にわかに明かるく美しくなったようだ。ゴローおやじは、いよいよ面くらって、

「な、なにを、さしあげましょうか、ヘイ、その、スープで？」

ドギマギしながら、たずねてみると、老紳士に言われた。

「このふたりには、水でよろしい。カップを清潔に洗って」

「ヘッ、かしこまりました。わたくしが、その、いたします」

ペコリと頭をさげたゴローおやじは、台所の方へ行きかけた。ふと気がつくと、銀髪の令嬢が見えない。どうしたんだ？　と、あたりを見まわすと、

「アッ？」

とたんに、またビクッとした。

神酒を飲んでる気の荒いゴロツキどもの中に、銀髪の令嬢がわりこみ、ほおへあてた両腕をテーブルに突き立てて、上目にジーッと、こちらをにらんでいる。令嬢だった上品な顔が、今は急にゴロツキ女みたいだ！　すっかり変ってる！

いよいよもって、なにがなんだか、わからねえ！　なんでもいい、ここでウントコサと、もうけてやれ！　えれえ大金もちと貴夫人と金髪令嬢を、おくの部屋へとめるんだ！　と、ゴローおやじは台所へ、よろめくように、はいってきた。

料理人のロメーヌが、酒樽のそばに、あきれた顔してノッソリと立っている。ゴローおやじを見ると、

「変な手あいが来たもんだねえ。どういうことになるんで？」

と、おやじのきたない耳へ、口をよせてボソボソときいた。

「どうもこうもねえ。手っとりばやく、ウンと料理を、いいか、おれも手つだうから、いく皿でも出すんだ！　ブドー酒はまた一樽、とっときのやつを、あれも出しちまえ！」

「いく皿でもって、肉が少いですぜ」

「なんだってかまわねえ、ゴテゴテともりあげて出しゃあ、食っても食わなくても、一皿百フランだ！」

「すげえな。払いは大じょうぶかな？」

「テーブルに千フラン札が、ゴッソリ重なってるんだ。早いところ皿のあるだけ出しちまって、ブドー酒でよわして、おくの部屋でおやすみ、おとまりと、おれの腕しだい、おめえもがんばれ。ヤッ、なにか言ってるな？」

欲ばって顔を赤くしてるゴローおやじが、樽の栓をぬきながら、耳をすました。

ドアの向うから、老紳士にちがいない、おちついている声が、

「どうだ、手はずどおりに、すべて終ったのだな。青心臓、おまえがさしずして、……」

ゴローおやじはロメーヌと顔を見あわせた。

「オイ、青心臓て何だろう？　変だぜ」

「なんのことだか、青い心臓なんて、わからねえ！」

ふたりが顔を見あわせたまま、なおさら耳をすますと、今度はゴロツキのひとりにちがいない、ふといガラガラ声が、

「やりやしたとも、ここから半キロもねえ、すぐそこからズッと向うまで。大牙、長耳、とても、けんめいにやったなあ！」

と、わめくように言いだした。

ゴローおやじは、ブドー酒樽の栓にかけていた右手を、おもわず止めた。

（とても変だ！　大牙だの長耳だなんて、おめえは何だと思う？）

と、目いろでロメーヌにきくと、ロメーヌは顔を横にょって、ヒソヒソとこたえた。

「わからねえ！　大きな牙だの長い耳だの、青い心臓だなんて、すごく気みがわるいや。フム、そんなに千フラン札をもってるなら、親分、やらねえか？」

「ウウム、やるか！」

と、ゴローおやじの顔が、急にものすごくゆがんで、一方の棚の上をジロリと見すえた。

人間の情愛というもの

きょうを記念日に

黒いドアの向うから、やはりゴロツキの太いガラガラ声が、ふたり一時に、

「やりやしたぜ、閣下！　ズーッと向うの方まで、いっぱいに、ガラスのかけら、鉄くず、ボロ釘、まき散らしたんでさ！」

「とがってる物は、なんでもゴチャゴチャに、ぶちまけて

ね。その上へ、あたりの土を、アッサリ振りかけといたんで、ハハッ、ちょっと見たって、わかるもんじゃねえ！」

と、わめくように言ったのが、「大牙」と「長耳」らしい。

するど、別の声が、これは酔っていないのか、ハッキリと、

「そうです、わたくしも見ていたので、実にみんなが、うまくやりました。成りあがり者が四頭だてをいそがせてくると、おそらく四頭とも、ひづめに重傷を受けて、立ちすくむにきまっています。車輪も傷を受けるでしょうし、成りあがり者を生け捕るのは、今すでに成功したものと、わたくしは思っているのです！」

と、力強く言うと、老紳士の声が、

「ウム、今度こそ失敗のおそれは、ぜったいにないと、ウルネエ[57]、君は保証するのかね？」

「そうです！　カーン市では意外にも、あの小人のために、残念ながら降伏の恥じを見ました。きょうこそは成功、爆発どころか生け捕る！　きょうは歴史の変る日です。フランス復興の記念日になるでしょう！」

ゴローおやじと料理人のロメーヌは、また顔を見あわせた。

「大変なことを言ってやがる！　なんだろう、こいつらは？」

「なんでも『成りあがり者』っていうのを、四頭だての馬車ぐるみ生け捕る計略らしいぜ」

ヒソヒソとささやきながら、おやじは、一方の棚の上から、酒の黒い瓶を一本、つかみとって、料理台のはしへおくと、

「早いところ、眠らせる方が勝ちだぜ。そんな馬車ぐるみ生け捕りを、やっちまったら、みんな逃げ出しやがるにきまってるからな」

「そうだ、親分、やっちまえ。何十万フランだ！」

「もっと持ってるぜ。『歴史』だの『記念日』だのって、すごい大物だ！」

ロメーヌが料理台の上に、ズラリとならべた二十あまりのカップの中へ、おやじも手早く黒瓶の中の液を、はしからタラタラとそそぎ入れた。この上にブドー酒を満たして出す。口あたりがよくって、うまいんだ。貴夫人も金髪令嬢も銀髪の女も、飲むだろう。ゴロツキどもは、むろん、ガブ飲みだ。胃から頭へすぐ上がる、この眠り麻薬は強いんだ[58]！

「見はりに出てるのは、土グモと白眉と、だれだい？」

と、キンキンひびく声は、あの銀髪の女だな！　と、ゴローおやじは麻薬の液をカップにそそぎながら、耳をすました。

「六人、出てるんだ。ぬかりがあるもんか、大じょうぶ

だ！」

「合図は、どうするのさ？」

「四頭だての音が聞こえたら、ポッポッホーの呼び笛だ。ここへ次ぎ次ぎにつたわってくらあ」

「閣下！　もうすぐじゃないんですか、奴が乗りこんでくるのは？」

「おそくとも、今から三十分と思うが」

「では、もう出かけないと、合図を待ってるなんか、グズグズしすぎるわ。青心臓、飲むのはよしなよ」

「ウーイ、なんでえ、テレザ！　きょうが記念日になるんだぞ」

「そんなことより、あたしは、ひとりでもやって見せる！さあ急ぐんだ。付いてくる者はこい。皇帝を生け捕るんだ。こんなこと、一生に二度とあるもんか！」

「そうだ、行けっ！」

「おれも行くぞ！」

ガタガタと方々のテーブルから立ちあがった。

「ロメーヌ、大変だ！　皇帝を生け捕るんだって、こいつらは王党秘密団だ！」

「ちがいねえ。ゴロツキどもはシューアン賊だ！　出て行くまえに飲ましちまえ！」

ゴローおやじもロメーヌも、野蛮な風雲児が皇帝に成ったナポレオンを、前から大すきである。ナポレオン・ファンだ。▼[59] 麻薬にブドー酒を入れたカップを、すばやく四つの盆にならべると、二つずつ両手に持って、料理台の前をはなれた。酒場へ出る黒いドアを、おやじが靴のさきであけて、

「みなさん！　百姓天国に取っときのブドー酒ですが」

と、ふるえる声をしずめて言いだした。

この時、樽のかげからサッと飛び出した者がいる。いつのまに、ひそんでいたのか▼[60]？　おやじがあけたドアのはしから酒場の中へ、いっしゅんに飛びこんだ！

おまえは公爵か

ハッと息がつまった、ゴローおやじもロメーヌもドアの横に立ちすくんだ。飛びこんだ灰色の者が、おどりあがった、と見たいっしゅんに、すぐ前のいすにかけてる金髪の令嬢へ、サッと後から飛びついた！

「なにをする？」

どなった老紳士が立ちあがり、髪の黒い貴夫人も立ちあがった。

ガチャーン、ガラガラガラと、おやじもロメーヌも、盆ごとカップを投げすてた。王党秘密団とシューアン賊の中へ、ひとりで飛びこんだのは何者だ？

「ロメーヌ、加勢だ！」

「よしきたっ！」

ナポレオン・ファンのふたりが、目の前の大勢を相手に決闘をかくごした。

この目の前に、金髪白衣の令嬢が、いすごと後へ引っくりかえされ、上から灰色服の小男が左手でおさえつけ、右手につかんでるのは小型ピストルだ！

方々のテーブルに、皆が総立ちになった。

「チッ、フェルナンだ！」

左の方のテーブルからさけんだのは、銀髪の女だ。

そのフェルナンが金髪令嬢を目の下におさえつけ、白衣の胸へピストルを突きあてると、ふりむいて老紳士に、

「プレラン公爵！　今一度、降伏を、わたしはすすめに来たのです。やっと間にあいましたがね」

と、息もみだれずに、

「夫人もごいっしょですね、大検事サントロペズの銀足が、『マダム』とシューアンに言っていたのは、公爵夫人だったとは、気がつかなかったです。▼61 今は、このコンスタンス令嬢の生死にかけて、皇帝へ降伏か反逆かを、こたえていただきたい！」

と、今にもピストルの引金をひきかける、フェルナンの小さな指さきを、公爵も夫人もすぐ目の下に見た。

夫人は両手をあげると、切りさかれるようにさけびだした。

「みな、しずまって！　動かずに、……ウルネエ、わたしは降伏します！」

ウルネエ委員長、ほかの幹部、シューアンの親分たちが、ピストルや短刀を抜き出している。まわりから飛びかかろうとしながら、公爵総裁の令嬢コンスタンスが敵の手の中に落ちている！　銀髪のテレザは歯を食いしばって身もだえすると、ピストルのねらいをフェルナンにつけてさけんだ！

「お嬢さん！　かくごしない!?」

コンスタンスは身動きもせずに、あおむけのまま目をふさいでいる。両親といっしょにカーン市で捕えられ、護送された途中からのがれ出て、ここにまた、生きるか殺されるか？　不意の危険に落とされて、気を失ったのだろう。

「みな、だまれっ。わかったぞ！　手むかう奴は出てこい！」

わめきながら、ドスドスと前へ出てきたのは、ゴローおやじだ。両手をにぎりしめて身がまえ、老紳士たちをにらみすえて、

「ヤイ、おめえは公爵か、王党秘密団の大将だな。おれはナポレオン党だ。さあこいっ！」

と、大声でどなった時、

「ポッポッポッホー！　ポッポッポッホー！」

鳥のミミズクの鳴くような声が、外の道に遠くから聞こえてきた。

ナポレオンの馬車が、森の中へはいって来たのだ！

馬に気あいの号令

来た！

皇帝ナポレオンの乗っている四頭だての早い馬車が、今にも森の道に立ちすくむ！　土グモ、白眉、ほかに四人、シューアンが見はりに出ているのだ。

ナポレオンを生け捕るのは、今だ！

公爵プレランとウルネエ委員長、王党秘密団員が皆、シューアンも血相が変った。一秒も早く森へ出て行くときだ、が、コンスタンスをどうするか？　母の夫人は「降伏」をさけんだ！　小人フェルナンはコンスタンスの左胸へ、ピストルの引金をひこうとする！

息づまる危機の中に、

「ポッポッポッホー！　ポッポッポッホー！」

シューアンの合図が、すぐ外へ近づいてきた。

白髪のプレラン公爵は、みんなの視線の中に立って、青ざめている顔を苦痛にゆがめた。コンスタンスの父なのだ。何か言おうとする、口が動いて引きつり、声が出ない。そばにガクリと膝をついた母の夫人が、両手を顔にあてたきり、ゆかに打ち伏した。

サッと小人フェルナンが立ちあがった。左わきに金髪白衣のコンスタンスをだきかかえ、その胸さきへ右手のピストルを突きあてたまま、と見るまに、いきなり出口へ走りだした。

「ナポレオンが来たぞっ！　出てこい、早く！」▼62
外からどなってドアを引きあけた、シューアンの土グモが、おどり出たフェルナンとぶつかって、

「アアッ、手めえは？」

おどろく目の前に、

「パーン！」

たちまち一発、左ひざを射ぬかれて、

「くそっ、……」

よろめいて倒れる横を、フェルナンがコンスタンスをだきかかえたまま、道ばたへ走り出た。

二頭だての遊覧馬車が止まっている。そばに下りて休んでいた馭者が、目を見はると、

「ど、どうしたんだ？」

と、おどろいてパクッと口をあけた。

車の中へフェルナンはコンスタンスを投げ入れた。ドアをしめて掛金をかけると、おどり上がって、馭者台に飛び乗った。

「アアッ、オイ！」

あわててさけぶ馭者に、

「うらにおれの馬がいる。乗ってこい、森へ！」

と、声をかけるより早く、四本の手綱を取って、

「マルシュ！」

馬をはげます、気あいの号令をかけた。

二頭とも栗毛だ。はげまされて長い顔をあげ、手綱をしぼられてグッと前へ躍り出るなり、たちまち走りだした。

百姓天国の出口へ、だれよりも先きに、フェルナンを追って出た銀髪のテレザが、目の下に起きあがっている土グモの横から、むこうへ走って行く遊覧馬車を見るなり、足ぶみしてさけんだ。

「チッ、追えないか？　土グモ、まぬけっ！　なぜ逃がしたっ？」

左ひざの傷口と流れ出る血を、両手でおさえてる土グモが、顔をしかめてどなった。

「何がなんでえ！　手めえら今まで、何をしてやがった？　ナポレオンの馬車は止まったぞ！」

ホホッ、弾は飛ぶぜ

松、杉、ケヤキ、ヒノキ、カシ、あらゆる大木がしげっている。深い森を目がけて、フェルナンは二頭だての遊覧馬車を、まっしぐらに走らせてきた。

道ばたに、見すぼらしいボロ服の男が、歩いていたり、立ちどまっている。シューアンだ。中にひとりまゆ毛の白い男は、アカシヤ館爆発につれて行った白眉だ。馭者台の上にフェルナンを見ながら、気がつかない。カーン市ではフェルナンが大首領リバルドオに、成り変っていたからだ。

「オイ、白眉、どうだい？」

走って行く馭者台の上から、声をかけると、

「ヤッ？」

おどろいて見あげる白眉が、たちまち後になって、ほこりの中に立っている。こちらは二頭だての全速力だ。

車の中にいるのは、コンスタンスひとりだ。金髪白衣の公爵令嬢、かわいそうだが、人じちだ。全速力で走って行く車にゆられて、気がついたか？　と、フェルナンは、森へ近づいてきた。道に鉄くず、ガラスのかけらなど、ばらまかれてる、王党秘密団の計略だ。いよいよ気をつけろ！と、長い手綱を両手に引きしぼると、

「ルルルッ、ルルッ、ルルル！」

舌を鳴らして、馬の気もちをしずめた。

競馬みたいに走ってきた栗毛の二頭が、たてがみを振って歩きだした。汗ビッショリだ。馭者台の上にフェルナンは耳をすました。すぐ前の森がシーンとしている。なんの音も聞こえない。道はまっすぐだ。

ナポレオンさんは、どうしたか？

車の中から、シクシクと泣く声が聞こえる。人じちの令嬢コンスタンスだ。まだ出してやれない！

後の方から、ひづめの音が、にわかに近づいてきた。いっさんに走ってくる。さては馭者が追っかけてきたか？

と、ふりむいて見たフェルナンは、

「ホホッ、うまいぞ！」

ニッコリわらって小さな右手を高くあげた。

ほこりの中から現われたのは、ゴローおやじだ。フェルナンが警視総監に借りてきた乗馬を、ここに乗りつけてきた。しわだらけの顔じゅう、ほこりと汗に、どす黒くなって、

「ヤア、陛下は、どうされた？　馬車が止まったちゅうぞ、オイッ！」

と、馭者台のそばに馬を歩かせながら、大声でわめいた。

フェルナンは手綱をゆるめると、

「そんなことを、だれから聞いた？」

「おめえがピストルで射った奴だ」

「おやじさん、君はナポレオン党だと言ったね」

「言った！　だから、陛下をたすけに来たんだ」

「公爵の連中は、どうしたかね？」

「知らねえ。おめえがその馬車の馭者に言ったろう。うら口に馬がいるって、だから、おれは飛び出して、こいつに乗ってきたんだ。陛下はどこだ、わからねえか？」

「今から見つけるのさ。おやじさん、陛下のために、おれの言うことをきけ！　この馬車とその馬を交換だ」

「なんだと、なんのためだ？」

「ここから先きは、道があぶない。うっかり行くと、この馬車も立ち往生だ。おれはその馬で、陛下を見つけてくる。おやじさんはこの馬車に乗りかえて、敵を見はっていてくれ！」

「ウウン、ヤッ、泣いてるのは、あの金髪か？」

「かわいそうだが、人じちだ。公爵の連中やシューアンが、おしよせて来たら、この人じちで防ぐんだ。ピストルをもってるかね？」

「おれはピストルより腕だ。何人きやがったって！」

「ホホッ、弾は飛ぶぜ。これをわたしておこう、おやじさん、ぬかるなよ」

ズボンのポケットから、小型ピストルをぬきだしたフェルナンは、馭者台をヒラリと飛びおりた。

パリ第一の美人

道は危険だ！

森の中の木と木のあいだを、馬上のフェルナンは通りぬけて、道のわきをつたわってきた。

すると、はたして、四頭だての快速馬車ベルリーヌが、道のまん中に、かたむいたまま止まっている。屋根の上に両足をふんばって、スックと突っ立っているのは、ピストルの名手ゲルビエだ。両手にピストルをさげて、あたりを見はっていたのが、

「オオッ、フェルナン氏！　ありがたいっ！」

と、馬を乗りつけてきたフェルナンを見とめて、にわかに大声をあげた。

「ルルッ、ルルル、陛下はどうされた？」

と、そばへ行ったフェルナンは、車の中をすかして見た。だれもいない。空《から》だ！

「ゲルビエ！　陛下は？」

「後の方です。こんな目にあわせおったのは、何者ですか？」

「要するに、ナポレオンさんは後の方で、安全なんだな、よろしい！」

「よかないです！　敵は大勢ですか？」

「二ちょうピストル、一発三中！　さすがに陛下は、君をえらばれたわけだ。お目が高い。感心だ！」

フェルナンの声も高く、森のおくへひびいて行く。すると、ケヤキの幹の向うから、

「オイ、ここだ！」

まぎれもない皇帝ナポレオンの声が、さわやかに聞こえた。

その方へフェルナンは、馬をすすめて行った。

太いケヤキの幹の下に、ナポレオン陛下が立っている。付けひげもしていないし、変装もしていない。皇帝の略服を着こんで、なんのかざりもなく、長靴のさきで何か調子をとっている。土をタタッタタッと靴さきにけっているのは、パリに流行してる歌の曲らしい。そのくせにフェルナンを見すえる目の光りが、射とおすようにきらめくと、

「なんだ、追っかけて来たのか？」

と、ひげのない口びるに微笑した。

そばに付きそっているのは、「ダルニエ」という忠実な馭者だ。

馬を止めたフェルナンは、敬礼しながら言った。

「ほかの道から、陛下を追いこしたのです、パリ出発はおくれていましたが。ところで、あまり冒険なさるのは、感心しませんですな」

「フフム、……」

わらった皇帝が、長靴のさきでまだ歌の調子をとりながら、

「ナポレオンさんは、冒険がおもしろいからな」

「ヤッ、お聞きでしたな、失礼を申しあげました」

「これは、やはりプレランのやったことだろう？」

「そうです。すぐ向うの一軒家に、公爵を中心に王党幹部とシューアンどもが、かたまっています。ここへ、おそってくるかも知れません。この森のはしに、遊覧馬車を待たせておきました。パリへお帰りください！」

「おれはシャルトルへ行くのだよ」

「いけません！　皇后陛下には、この次ぎの機会まで、待っていただくのです」

「ハハア、オトラントから聞いたね。おまえたちは人間の情愛という機微なものを、知らないのだな」

「なんだか知りませんが、が、遊覧馬車の中に、ひとりの処女が、はいっています」

「だれだ、それは？」

と、ナポレオンが目を見はった。

「令嬢コンスタンス・プレランです！」

「オイ、コンスタンスか、知っているよ。いくたびも宮中へ来おった。カーン市でも会った。パリ第一の美人だ。おまえがつれて来たのか？」

「人じちに捕えて来たのです。プレラン公爵をはじめ王党の幹部たちを、コンスタンスによっておさえたのです。いっしょにパリへ、お帰りください！」

ほかの相手よりも皇帝に対して、ツケツケと言う小人フェルナンだった。

即時死刑だ

「フウム、……フェルナン！」

と、腕ぐみした皇帝ナポレオンが、靴さきの調子とりをやめると、

「馬をおりろ！」

と、命令みたいに言った。

フェルナンは、またツケツケと言いかえした。

「今から私は引きかえすのです。王党幹部の行くえを、突きとめるために、この馬が必要です。馬上の失礼をおゆるしください！」

「遊覧馬車は、何頭だてか？」

「二頭だて、そろって良馬です」

「一頭をはずして、ゲルビエにわたせ！」

「どうなさるのです？」

「おれはシャルトルへ行くのだ！」

「いけません！　この上の冒険は、お止まりください」

「オイ、馬をおりろ！」

「この馬は必要です」

「必要なのは、おれの方だ」

「アッ！」

「おれが乗って行くのだ。ゲルビエに馬車の一頭をわたしてやれ。彼は、はだか馬に乗れるはずだ。おれは彼をつれて、シャルトルへ行く！　このためにパリを出てきたのだ」

なんと言っても、目的を変えないナポレオンだ。

「陛下！」

「なんだ？　グズグズするな！」

「これからさき、陛下のお身の上に、フェルナンは責任を負いませんぞ」

「くだらんことを言うな。おれには勝利の運命が付いてい

るのだ」

「遊覧馬車は、お入用がありませんか？」

「入用だ。コンスタンスをそのまま乗せて、返してやれ！」

「アッ！」

「おまえたちは、人間の情愛という機微なものを知らない。コンスタンスの母が来ているだろう」

「来ています。しかし、シューアン賊と前から気脈を通じて、反逆の綱をにぎっている、憎むべき女のひとりです」

「それ見ろ」

「なんですか？」

「わからんか、そのような女だから、なおさら情愛が深いのだ。コンスタンスを安全に、ナポレオンが返したのだ、と言ってやれ。同時に、ルイ国王が帰ってフランスが栄えるか？　祖国のためを思うならば、いさぎよくナポレオンに従え！　あえて反逆の罪をゆるしてやろう、と、プレランをはじめ彼ら同志どもにつたえろ！　オイ、ダルニエ！」

「ハッ？」

と、そばに立っている馭者が、からだを引きしめた。

「おまえは、ベルリーヌの四頭と車を、ここで護っていろ。今にパリから騎兵隊か警官隊が、駆けつけてくるからな。オトラントの大樽が、いっしょに来るだろう」

「かしこまりました」

「オイ、フェルナン！」

「なんですか？」

「プレラン夫妻がコンスタンスを返されて、なおかつ反逆の意思をひるがえさない、とするならば、オトラントが指揮してくる騎兵隊か警官隊を、おまえが引きつれて、王党全部を捕えるよりも、一挙に全滅させろ、即時死刑だ！」

「コンスタンスも死刑にしますか？　人間の情愛という機微なものを、陛下は、……」

「だまれ、コンスタンスは、おまえに任せる。馬をおりろ！　ウム、来おったぞ！」

ナポレオンが腕ぐみをほどいて、フェルナンの馬のそばへ、ツカツカと歩いてきた。

秘密史の記録

森のおくから、ひづめの音が地ひびきさせて、まっしぐらに近づいて来た。

フェルナンの手綱を、横からつかんだナポレオンが、どなりだした。

「オトラントが来おると、また止めおる！　オイ、おりろっ、皇帝の命令だぞっ！」

「ホホッ、フェルナンの耳が聞こえなくなりました！」

言うより早く、フェルナンは馬の横腹を靴そこで、はげしく突いた。

おどりあがった馬が走りだし、手綱をはなしたナポレオンは、よろめいて立ちどまった。

森のおくへ、いっさんに馬を飛ばしてきたフェルナンは、道をむこうから走ってくる武装警官隊とぶつかった。先頭に白馬の手綱をとってくるのは、はたして警視総監オトラントだ。大デブのからだが右に左にゆられて、今にも、ころがり落ちそうに見える。

「止まれえっ！　道は危険だぞ、止めろ、総監！」

と、前へ行ったフェルナンがさけびつづけた。

「この警官隊を、おれが今から指揮する。陛下の直命だ！」

汗だらけのまま真赤になってる総監が、あえぎだして、

「陛、陛下は、どこに、いられるんじゃ？」

「すぐそこだ、心配するな。だが、なんと言われても、君は断然、パリへお供しろ、いいか！」

「この隊を、君が指揮して、どうするんじゃ？」

「フム、オーイ、皆聞けえっ！　今からパリ第一の美人を護衛して、王党秘密団の幹部全員、およびシューアン賊を、降伏させるために前進！　皇帝陛下の直命によって、この隊の指揮を、おれフェルナンがとる！　おれの後につづけえっ！」

馬の上から小人フェルナンが、あるだけの声でさけぶと、クルリと馬をまわして、木と木のあいだを走りぬけて行った。

いっしゅん、あっ気にとられた警官隊は、

「フェルナンに、つづけえっ！」

オトラント総監の太い声を聞くと、

「ワワッ、ワーッ！」

いっせいに声をあげて、フェルナンの行った後へ、森の中を走りだした。三百騎あまり、すごい地ひびきだ。

パリ第一の美人、金髪白衣のコンスタンスを護衛して行き、プレラン公爵夫妻をはじめ王党秘密団の幹部全員、シューアン賊の親分どもを、百姓天国の中に捕えて降伏させた、小人フェルナンは、カシュ・ルナールの森における最初から、「皇帝の密偵」「灰色服のスパイ」として、ナポレオンの秘密史に記録されているのである。

▼1　『世界大衆文学全集　第四十九巻　闇を縫う男　他三篇』（浅野玄府訳、改造社、一九三〇）。詳しくは、解説を参照のこと。

▼2　『運命の皇帝　ナポレオン』（山中峯太郎、ポプラ社、一九五二）。本書の冒頭でも、同様に「『ナポレオン』の伝記を書いたもの、今までに四万人あまりという、すばらしい数である」（一四頁）とある。

▼3　以下の馭者とエクトルの会話は原作では宿に到着した後

だが、逃げる途中に設定し、残された客がパニックになる様子を加えて、峯太郎は緊迫感を高めている。しかし子分（原作では「馬丁」）が、客席にいるだろうか。原作では明らかではないが、馭者と並んでいたか、それとも馬車の後部外の席にいたのではないだろうか。

▼4　フランス西部ノルマンディー地方にある市。パリからは西南だが、距離は約二百五十キロが正しい。

▼5　原作では「ファレーズ区の収税吏がアランソン市の長官へ送る」「六千二百法《フラン》」（一一頁）だった。

▼6　註5にあるように、原作のほうがずっと金額が少ない。金額を水増しするのは、峯太郎版の特徴である。

▼7　フランスには野生の猿はいない。

▼8　十四世紀に建設が始まった、アランソンに実在するカトリック教会。

▼9　フランスには「サントロペ（Saint-Tropez）」という地名があるが、この名前は「Saint-Tropeze」と、最後にeがつくので、浅野訳に従ったこの表記は正しい。

▼10　原作では「オトラント公爵のフーシェ閣下」（一一頁）とあるように、一般にはフーシェの名で知られている。ジョセフ・フーシェ（一七五九～一八二〇）は、フランスの政治家であり、ナポレオンの下で警察大臣を務め、秘密警察を駆使したと言われている。オトラント公爵はナポリ王国の称号で、一八〇八年に授爵した。

▼11　ルイ十八世（一七五五～一八二四）は、フランス革命で処刑されたルイ十六世の弟である（ちなみにルイ十七世は、十六世の息子だが、獄死した）。フランス革命後はドイツ、ポーランド、イギリスなどで亡命生活を送っていたが、一八一四年にナポレオンが失脚するとブルボン王朝の復古を果たした。その後ナポレオンの百日天下で追われることもあったが、再び返り咲いた。

▼12　実在した王党派の名称で、ブリタニー州、メーヌ州でシューアンの反乱（一七九四～一八〇〇）を起こした。文豪バルザックは、これをモデルにして小説『ふくろう党』（一八二九）を書いた。一八〇〇年十二月にオペラ鑑賞に向かうナポレオンの馬車が爆弾で襲われた事件について、峯太郎は『運命の皇帝ナポレオン』で、「やはり王党の一派で、シュアンという陰謀団が、まえから計画していたものです」（一八〇頁）と述べている。このときの首謀者ジョルジュ・カドゥーダルは、シューアンの幹部の一人だった。別の幹部ジャン・クトーがジャン・シューアン（ふくろう）というあだ名だったのが、その名の由来であり、峯太郎が書いているような、ミミズクの声で合図をするせいではない。

▼13　原作では、膝に負傷して路傍で気絶していたという言い訳を述べた。

▼14　原作では、市長がこれらの二事件の相談をフェルナンに持ちかけていた。二事件の裏を検事が知っていたならば、フェルナンに目をつけられたくないはずだが、峯太郎版ではむしろ挑戦をしたのだろうか。

▼15　原作ではただの夫人ではなく、公爵夫人。

▼16　アンヌ・ルイーズ・ジェルメーヌ・ド・スタール（一七六六～一八一七）、フランスの作家。最初ナポレオンに好意的だったが、その後対立して追放される。『コランヌ』は、現在は普通『コリンヌ』（一八〇七）と呼ばれており、旅物語であると共に最初期のフェミニズム文学とも言われている。大僧正

から盗まれた本の書名が言及されていないにもかかわらず、どうやってフェルナンは知ったのだろうか？

▼17　原作では五人。

▼18　不詳。原作には出てこない。サミュエル・バトラーの『エレホン』（一八七二）だろうか。

▼19　原作では署長は負傷していない。ダルニエ警部は登場しない。

▼20　原作では「二三週間」。この暗号はシャーロック・ホームズ・シリーズの『恐怖の谷』と同じ、単行本と鍵を使ったものだと思われる。ホームズはその場ですぐに解いてしまうほど簡単な暗号だったから、一週間でも二、三週間でも、時間がかかりすぎではないだろうか。しかもフェルナンとほぼ同時期にシューアンたちも暗号を解いている。またこの間、検事がやつれきっていたという原作の描写が、峯太郎版では省かれている。

▼21　原作でははっきりしていない、なぜ銀足が金貨をほり出そうとしたのかという説明。

▼22　原作では、シューアンの二人を射殺したのはフェルナンであり、署長は全員が死亡した後に姿を現している。生け捕りにしたほうがよかったという峯太郎の意見は、合理的である。

▼23　第一部で本を盗まれた大僧正が、第二部で敵役を演じている。原作ではこの二つの間に三つの章があるが、峯太郎版では省略している。第一部で軽い役を演じた大僧正が、続けて前面に出てくるのは、峯太郎の巧妙な選択である。

▼24　フランスのノルマンディー地方にある保養地。

▼25　（一七五七～一八三六）、ルイ十六世、ルイ十八世の弟。ダルトア（またはアルトア）伯爵の称号を受けていたが、フランス革命後イギリスに亡命した。王政復古後、ルイ十八世の後を継いでシャルル十世として即位したが、七月革命で王位を追われて再びイギリスに亡命した。

▼26　コナン・ドイル『恐怖の谷』では、「ピューリタン革命のさ中には、チャールズ一世が数日間あそこに隠れていた」（『シャーロック・ホームズ全集　第七巻』日暮雅通訳、東京図書、一九八二）。

▼27　この時点では、まだルイ十八世は亡命中で正式に即位をしていないので、王党派の自称にしかすぎない。だから正確には、「元」ではなく「未来」のルイ十八世である。

▼28　後述するように、この物語の舞台は、ナポレオンがジョセフィーヌと離婚してマリ・ルイーズ王女と結婚する直前のようなので、一八〇九～一〇年頃だろう。この時すでにダルトア伯爵は五十五歳になっていたので、とても「青年」とはいえない。原作では「侍者」（一五六頁）とだけある。もっともこの歳では、荒海を越えてフランスに密入国するのは躊躇するだろう。

▼29　法医学が発達した今日では、このような偽装工作はまったく通用しない。死亡推定時刻が異なり、しかも死因は絞殺である。それを頭部負傷から焼死に至ったと誤魔化そうとしても、ホームズの時代でもすぐにばれてしまうだろう。死体が完全に灰になっていたならともかく、ランプの油程度では表面に火傷《やけど》を負う程度だろう。

　もっともこうした科学的捜査が発達したのは十九世紀末からであり、本書収録の『モルグ街の怪声』の原作が書かれた十九世紀半ばであってもほとんど法医学は知られていないのだから、そのさらに一世代前のナポレオン時代ならば、なおさらである。

▼30　『モルグ街の怪声』の註29で「探偵神経」から「推理神

経」への変遷について解説をしたが、『モルグ街の怪声』より前に出版された本書では古い形の「探偵的神経」と表現している。

▼31　アヴランシュともいう。フランスのノルマンディー地方にある町。近くにモン・サン・ミシェルがある。

▼32　原作では「我が陛下には、復讐とか血腥《ちなまぐさ》いこととかは、殊の外《ほか》お嫌いあそばします」（一六五～一六六頁）という理由からであり、フェルナンの独断ではない。

▼33　原作では明言されていない第一部で残った謎を、峯太郎版では平易に解明している。

▼34　以下の総監との会話は、峯太郎版独自のもの。原作では命令の手紙の形式になっている。

▼35　フランス北西部カルヴァドス県の市。

▼36　イギリス海峡にあるチャンネル諸島の一つ。イギリス王室直轄領。

▼37　原作では「あの人の父御のムシュウ・ル・シェバリエ」（二〇七頁）とあるように、リバルドオ本人の苗字である。

▼38　原作の合言葉は「恐ろしい野禽はお留守だよ」に対して「そこへ野鴨が羽根をくわえてやって来る」（二〇九頁）という、意味不明の言葉であり、国王を太陽に擬した峯太郎版の合言葉のほうが、雰囲気が出る。

▼39　ここでも峯太郎版の女性は銀髪である。原作には登場しない。

▼40　ブルボン王朝のルイ十四世、ルイ十五世、ルイ十六世はひげがない。またナポレオン以後のルイ十八世、シャルル十世にもひげがない。もっとも彼らは国王であって皇帝ではない。第二帝政のナポレオン三世は、立派なひげがある。

▼41　キャバレーの起源はフランスだが、十九世紀末のことなので、ナポレオン時代にはまだ存在しない。

▼42　原作では青心臓が失敗を報告していた。

▼43　原作にはない、派手な行動。峯太郎版は劇的な効果がある。

▼44　原作にはないフェルナンの変装。シューアンや貴族にはフェルナンの顔を見覚えている人物もいるかもしれないので、姿かたちを変えるほうが当たり前だと、峯太郎は思ったのだろう。

▼45　脱走への言及は、峯太郎版第四部の原作である「皇帝の馬車」という章にある。

▼46　皇帝即位は一八〇四年で、一七六九年生まれのナポレオンがまさしく三十五歳のときである。三十九歳とあるので、この事件の舞台は一八〇九年である。スペイン征服はその前年一八〇八年、ロシア皇帝アレクサンドル一世とニエーメン川中央部の筏《いかだ》の上で会見したのは一八〇七年六月二十五日である。ベルリン入城は一八〇六年十月二十七日。一年ずつ遡《さかのぼ》った記述である。

▼47　ジョセフィーヌ・ド・ボアルネ（一七六三～一八一四）、ナポレオンの最初の妻。彼と出会ったときはボアルネ子爵の未亡人で、子供もいた。夫が戦場に出向いていた間に不貞をはたらいたり、大金を浪費したりしていた。一八〇九年十二月に離婚した。

▼48　フランス中部の市で、大聖堂が有名。

▼49　（一七九一～一八四七）、神聖ローマ皇帝フランツ二世の娘で、一八一〇年にナポレオンの二番目の妻となった。

▼50　エヴルーともいう。フランス北西部ノルマンディー地方

の町。
▼51　以上のナポレオンとオトラントの会話は、峯太郎のオリジナルである。原作では、地方から急いでパリに到着したフェルナンと長官の会話で同様の内容が説明される。終盤になってようやく峯太郎の奔放な翻案の片鱗を見せたといっていいだろう。
▼52　峯太郎の『運命の皇帝　ナポレオン』では、「『世界王国の建設、各国の統一』を、ナポレオンは小青年期から、すでに空想していたらしい」（五〇頁）と記されている。
▼53　四輪有蓋の高級馬車。
▼54　マントノンは、ボース地方にある町。
▼55　原作では金を支払うまでもなく、酔っ払いを廊下に放り出す。
▼56　峯太郎版では、プレラン公爵と銀髪のテレザが先に百姓天国に入り、後から公爵夫人と娘のコンスタンスが入ってくる。しかし原作では、プレラン公爵と姪のコンスタンスだけが登場する。原作のコンスタンスは、「女心の謎」と題した章でフェルナンの命を狙う活躍をしていたが、峯太郎版では割愛された。
▼57　これも前章「アカシヤ館の大爆発」に登場した峯太郎版独自の人物だが、彼を含むシューアンのメンバーらをこちらにも登場させることで、物語の連続性をつくっている。
▼58　原作では、亭主のゴロオが一服盛ろうとはしない。結末で「一同は頭がぐらぐらし、体が萎えたようになって、犯行をこころみる段ではなかった」（二九四頁）とあるが、これは気力が萎えたにすぎない。
▼59　原作にない設定。一服盛るのは、最初は身ぐるみ剝ぐつもりだったのだろうが、とんだ瓢箪《ひょうたん》から駒である。
▼60　原作では、廊下に放り出された酔っ払いがフェルナンの変装だった。
▼61　「マダム」がコンスタンスの母親のプレラン公爵夫人だというのは、翻案時に割愛された「女心の謎」で言及されている。
▼62　以下の活劇は原作にはなく、百姓天国に駆けつけた警官隊に全員がおとなしく逮捕され、大団円を迎える。

魔人博士

サックス・ローマー

この本を読む人に

『**魔人博士**』ほんとうの名まえは「フーマンチュー」と言って、中国人であり、原作者サックス・ローマーの多くの探偵小説に、その悪魔的な奇怪さがえがき出されている。

サックス・ローマーは英国の探偵小説家なので、『ロンドンの秘密』[1]を書き、『フーマンチュー博士の秘密』[2]『続フーマンチュー』[3]『竜の娘』[4]など、三十冊[5]ほどの作品が、ほとんどみな、特作映画になって、ヨーロッパ各国とアメリカに宣伝され、日本にも来てフーマンチュー・ファンの人気をあつめた。この『**魔人博士**』は、『フーマンチューの再生』のシナリオ[6]を書きかえ、探偵小説ファン諸君の愛読を期待して、『**世界名作探偵文庫**』の第四巻に加えたのです。

山中峯太郎

この物語に活躍する人々

魔人博士フーマンチュー

中国人の老博士、大暴動が起きて白人連合軍のために、妻も子どもたちも殺され、白人にかたきを打つべく、悪魔のごとき性質に変った。英国のロンドン、アメリカのワシントンなど、白人の大都会を焼き打ちの計画をたて、しかも、方々に殺人をおかす怪人。

外科医者ペトリー

魔人博士フーマンチューに命をねらわれ、正義のために断然、魔人博士を生け捕るべく、あらゆる冒険をあえてする。いくたびも生死の中をくぐり、「食うか食われるか」という探偵戦の第一選手になり、さいごには全く意外な場合に出会うまで、自分の経験を物語る。

探偵課長スミス

外科医者ペトリーの親友、「英国の快探偵」と言われる、快活で剛胆。魔人博士を相手に探偵戦をたたかい、危機せまる古塔の上からぬけ出して、勝敗ついに決せず、怪女カラマネが終りの幕を引く。

怪女カラマネ

魔人博士に使われ、あらゆる場面に、さまざまの怪行動を現わし、さすがの探偵課長を迷わせ、黒猫、黒ヘビ、黒サルなど、奇怪な動物を使い、自分も変装して、さいごに意外きわまる場面を見せる。

青年探偵カーター

探偵課長スミスの部下、とても敏しょうで風みたいに早く、課長をたすけて外科医者ペトリーを敵の手からまもり、いたるところに手がら現わし、敵の魔人博士に先手を打たれて、なおさら戦う。

外交官エルサム

外科医ペトリーの親友。魔人博士と怪女にねらわれて、フーマンチュー秘密団の怪家に捕えられ、さかさにつるされる。探偵課長スミスが、そこに「万能鍵」をもって現われ、ようやくたすけ出す。

謎の賊スランチン

魔人博士と力をあわせて、怪犯罪をあえてすべく、たがいに計略をたてる。ところが、魔人博士を反対に打ちたおそうとする、それを見やぶられ、使いにきた怪女のために、意外なさいごをとげる。

看護婦ハーリイ

ペトリー医院につとめている。おしゃべりで勝ち気なところに、思いがけない魔人博士と怪女を相手に、探偵課長スミスとペトリー先生の冒険を見て、自分も口を出し、女探偵みたいになって乗り出す。

第一部　迷路の怪家に魔人の声!!!

青年快探偵ネイランド・スミス

死んで生きている？

この奇怪きわまる、ぜったいに奇怪な冒険と探偵記は、ぼくが、自分でやったことだ。それを今から書いて行く。本にして出版するつもりだ。だから、読者の人たちに、話す気もちで書く。しかし、小説家じゃないから、文章がまずいのは、がまんしてください。

読者諸君！

ぼくは医者です、専門は外科。名まえは「ジャック・ペトリー」年二十八。まだ博士になっていない、が、評判は大いによろしい。

「ジャック・ペトリー先生は、まだ若いけれども、外科の手術は、まず一流だろう」

と、近所の人たちが言っているそうだ。

この「まず一流」の「まず」と「だろう」が、ぼくは気にいらない。「だんぜん一流」と、だれでも言うように、おれはなるんだぞ！　と、今でも大いに勉強している。その診察室に、夜十時すぎ、とつぜん、親友のエルサム[▼7]が、たずねてきた。なんだか顔いろをかえている。

「ヤア、どうした？　エルサム、どこかわるいんか？」

と、おどろいて、きくと、

「わるいのは、からだじゃない！」

と、いすにかけたエルサムが、あたりを見まわして、

「看護婦は、どうした？」

と、声をひそめて、ソッとたずねた。そのくせソワソワしている。

「彼女はもう帰ったさ、夜は十時までというのが条件だからね。それよりも何だい、なにか急用か？」

「ウム、今、君のほかには、だれもいないんだね？」

「女中は自分の部屋に、ろう下からこちらには、ぼくひとりだ」

「たしかに？」

「なんだい？　ぼくが自分で言うんだぜ。おちついて話さないか、水でもやろうか？」

「いや、すごくわるい通知がきたんだ」

「どこから？」

「中国の北京から、今さっき、秘密暗号の手紙で、待てよ」

エルサムは、上着のポケットを、左も右も、いそいでさがしながら、

「しまった！　おいてきたな。オイ、ジャック、大変だぜ。フーマンチューが、生きてるというんだ！」

「エエッ？　……」

ぼくの顔いろも、おそらく変ったろう。腹のそこからギクッとして、

「そんな知らせを、君は、ほんとうだと思うのか？」

と、エルサムの、あごの長い顔を見つめた。

小学校の時から、エルサムは、あごが長かった。中学校から高等学校にはいると、ますます長くなった。同窓生だ。よく知りあっている。ウソをいう男ではない。

しかし、読者諸君！　今の話は信じられないことです。フーマンチュー博士が生きてるなんて、かれは今から二年前、このロンドンで、自分で毒を飲んで死んだ。その死体を、まったく息のたえている大きな死体を、ぼくは、この目で見たのです。[8]

外科の医者だって、完全に死んでいる者を、見まちがえることは、だんじてない！

フーマンチュー博士は、中国人です。ズッと前は、中国の首府・北京にいた。しかし、いったんロンドンで死んだものが、二年すぎて、また北京に生きている！　こんなバカな話は、だれだって信じないだろう。

ぼくは、おどろいてギクッとしながら、エルサムにきいてみた。

「だれだい？　そんな手紙を、北京から君によこしたのは？」

「ギブソンだよ」

「アッ、ギブソンか、フーム、……」

ぼくは二重におどろいた。

ギブソンも、ウソをいう男ではない。すると、ほんとうにフーマンチュー博士が、英国のロンドンで死んで、中国の北京に生きているのか？

こんなふしぎなことが、あるだろうか？

魔人と青年の決戦

ギブソン、エルサム、ぼく、三人とも小学校からの同窓生です。
ぼくは医者になって、ひとりでペトリー医院を開いている。エルサムは外交官になって、外務省につとめている。ギブソンはロンドン・タイムスの新聞記者になって、今は中国の北京に行き、タイムスの通信員をやっている。かれの北京通信は、すばらしいニュースを、いくども打ってきて、世界的に有名なものです。[9]
しかも、このぼくたち三人は、おそるべきフーマンチュー博士が、ロンドンに来ていた時、快探偵スミスと力をあ

わせて博士と決戦し、ついに博士は自分で毒死した。ぼくたちは、だから、フーマンチューを悪魔のごとき敵だったと、今なお、ハッキリおぼえている。

「ギブソンだと、フーマンチューを見ちがえることは、まさか、ないはずだな」

と、ぼくは二重におどろいて、エルサムに言うと、

「むろんだ。それにギブソンが北京で探偵した結果、フーマンチューはすでに一週間ほど前、北京にいなくなった。おそらくまたロンドンへ、ひそかに出発したのじゃないか？　タイムス本社へも急報したが、おまえたちも気をつけろ！　ジャックに、おまえから知らせてやれ！　と、いってきたのだ」

「その手紙の暗号は、おれたちが、前に使っていたものか？」

「そうさ。フーマンチューが死んで、こんな暗号など、いらなくなったと、おまえは破いてしまったろう。おれとギブソンは、まだもっている。それが役にたったわけだ」

「しかし、どう考えても変じゃないか？　死んだフーマンチューが、また生きているのは？」

「いや、これは、おまえの方の領分だぜ」

「エッ、どうして？」

「いったんは毒を飲んで死んだ。完全に死んだようだ。ところが、その毒は、フーマンチューが特別に作っていたもので、ある時間がすぎると、ふたたび生きかえるものじゃなかったのか？　こういうことは、医学上できないことか？」▼[10]

「それは薬学の領分だ。外科のおれには、わからない」

「いや、あの魔人のことだから、中国の毒草などを使って、そのような死んで生きかえる毒薬を、前から作っていたかも知れないんだ」

「魔人博士フーマンチュー！」

ぼくたち三人は、快探偵スミスも前からそう言っていた。

その魔人博士と、なぜ、ぼくたち青年が、決戦したのか？

読者諸君のために、ぼくは、まず、魔人博士フーマンチューについて、要点を書いておこう、でないと、この奇怪きわまる冒険と探偵事件の原因が、ハッキリしないと思うからです。

黄色い竜の怪画

フーマンチュー博士！

かれは元、中国の北京に、家族といっしょに住んでいた。その時は、魔人でも怪人でもない、ごくおとなしい学者だった。近代科学のあらゆる方面を研究し、人類の平和と幸福のために、有力な研究の結果を発表して、

「東洋の偉大なる博士フーマンチュー！」

と、各国の学界から尊敬されていたのです。

ところが、その時、北京に中国人の大暴動が起きた。[11] これは近代史に書かれています。

「外国人を皆殺せ！」

と、大勢の中国人が武器をもって、北京にある外国公使館をかこみ、いく日も射げきし、白人の居住地に火をつけ、あらゆる乱暴をあえてした。しかも、中国の政府は、この暴動を目の前に見ながら、おさえようともしなかった。

そこで、英国、フランス、ドイツ、アメリカ、日本など、各国の軍隊が連合して、中国に急行し、北京に進み、苦戦しつづけて、中国人の暴動を、ようやくしずめた。

ところが、戦場の近くにあったのが、「東洋の偉大なる博士フーマンチュー」の家だった。しかし、そんなことを、連合軍の白人隊は知らなかった。

戦争は人間を猛獣にする。白人の兵隊が、フーマンチュー博士の家の中へ、あらそって飛びこむと、銃剣をふるって荒らしまわり、博士の愛する夫人と子どもたちと使用人を、ことごとく殺してしまい、家じゅうを破かいし、家具や貴重品をうばいとり、えらそうに歌をうたいながら引きあげて行った。[12]

博士は研究室の天じょうに、身をひそめていた。ただひとり生きのこったが、夫人と子どもたちの、さいごの声を聞き、血の中にたおれている死体を、目の前に見たのです。

この時から、フーマンチュー博士の性質が、すっかり変ってしまった！　白人に復しゅうすべく、悪魔のようになったのです。前のおとなしい平和な学者ではない。しかも、研究していた化学、薬学、理学、そのほか、あらゆる方面の科学的知識を、白人に対する復しゅうのために使いはじめた。これを、だれも知らなかったのです。

北京の動乱がしずまって、各国の兵隊は、それぞれ自分たちの本国へ帰ってきた。すると、英国のペトリー将軍、フランスのラサール将軍、ドイツのハウプト将軍、[13] など、いずれも北京の暴動に出征して手がらをたてた人たちが、つぎつぎに急になくなり、その家族たちも、にわかにバタバタと死んでしまう。これが皆、なんの病気なのか？　各科の専門医者が診察していながら、まるで原因がわからない。皆、世にも奇怪な死なのです。

実に奇怪な恐ろしい急死！　しかも、死ぬ前に、どこからともなく黄色い竜の画が、きっと送られてくる。

これらの奇怪さに、だんぜん、ふるい立ったのが、「英国の快探偵」と言われるネイランド・スミス氏[14] です。青年快探偵スミス！

スミスは今、ぼくたちの親友であり、ぼくの命の恩人です。今から二年前、おそるべき黄色の竜の画が、とつぜん、ぼくにあてて、どこからともなく送られてきた。なぜか？　奇怪な死をとげたペトリー将軍は、ぼくの父の父、すなわち祖父なのです。父は早くなくなった。祖父をすでに殺し、さらに孫であるぼくの命をねらうのは、何者なのか？

青年快探偵スミスが、ぼくをまもり、同窓生のエルサムとギブソンが力をあわせ、この奇怪きわまる相手が、中国人のフーマンチューという博士であるのを、ついに探りあてたのです。

その時から、ぼくたちは言いだした。

「魔人博士フーマンチュー！」

と、ことにスミスが、

「実さいに、こいつは魔人だ！　何度となく殺人をあえてして、なんの証拠ものこさない。すがたも現わさない。しかも、四方八方、あらゆる方面へ腕をのばして、同時に警戒の網を張りまわしている。あたりまえの人間じゃないようだ！」

と、くやしがって、歯ぎしりして言った。

その魔人の張りまわした網を、快探偵スミスと共に、ぼくたち同窓の三人が、ついに突き破って、さいごの決戦に勝ち、敵のフーマンチューは、毒を飲んで死んだのです。

その魔人博士が、いや、魔人だからこそ、今なお生きているのか!?

読者諸君は、このような不思議なことを、はたして信じられるだろうか？　ぼくとしては、あった事を、そのとおりに書いて行くだけです。科学が発達すればするほど、なおさら恐るべき不思議な事が、科学的に起きてくる。博士フーマンチューが、死んで生きている事実も、その一つだと思わずにいられない。ぼくはエルサムに言ったのです。

「フーマンチューは、ギブソンが手紙を書くより一週間ほど前、すでに北京を出発したらしいというんだろう。すると、今もう、このロンドンへ来ているかも知れない。やはり、あくまでも、ぼくをねらって来たのかな？」

混血の美女カラマネ

エルサムは、まだ顔いろをかえていた。あごの長いのが、なお長く見える。うなずいて、ぼくにこたえた。

「ウム、あのとおり復しゅう心の強い魔人だから、むろん、今でも、おまえをねらっているのに、ちがいない。それにスミスも、おれも、この前の敵だったのを、あいつは、きっと、おぼえているだろう」

「すると、今度また、命がけの探偵戦か？」

と、ぼくは、おそろしさと烈《はげ》しい敵対の気もちで、からだじゅう、きゅうに熱くなった。

「そうだ。今すでに魔人博士が、ロンドンに来ている、とすると、おれたちは、一分間も、ゆだんができない！」

「フーマンチューが、ロンドンへ出発したらしいという、そんな重大な知らせを、ギブソンは、なぜ、電報で打ってこなかったのだろう？」

「それはギブソンのことだ。もちろん、急電を打ったろう。

だが、魔人の手に、どこかで、おさえられたかも知れないんだ。それをギブソンも、あらかじめ心ぱいして、電報のほかに秘密暗号の手紙を、発送したのだろう」

「そうか、そうも思えるな。フーマンチューはまた、あのカラマネを、つれてきたろうか。おまえは、どう思う？」

「アッ、あのカラマネか、そうだ。魔人はあの女を、今でも手ばなさずにいるだろう」

と、エルサムは、二年前のすごかった探偵決勝戦を、いよいよ思いだしたらしい。ジッと目いろを強めた。

「カラマネ」というのは、魔人博士フーマンチューに付きそっていた美少女です。白人と中国人の混血児らしい。すきとおるように白い顔をしていながら、かみの毛も目も純黒、北京にいた白人宣教師の娘だったのを、大暴動のあった後に、フーマンチューが、むりに自分の手もとへ、うばいとってきたものだろう、と、これはスミスの探偵的判断でした。▼15
美少女カラマネが、前の決勝戦には、ぼくたちを、ひどく手こずらした。今度また来ているかも知れない。いや、きっと来ているだろう！

「カラマネは、この前、十六、七だったな」

と、ぼくもその美少女の顔を、ありありと思いだして、エルサムに言うと、

「年か。彼らの年は、まったくわからないぜ。中国の北京暴動が起きたのは、今からもう、五十年ほど前じゃないか」▼16
「あ、そうか、そうだ」

「すると、フーマンチューは、この前、すくなくとも八十才になっていた老人のはずだ。九十才より上かも知れない。それが、あのように、すごく動きまわって青年みたいだった。カラマネにしたって、五十才より上のはずだ。それが、まるで美しい少女みたいだったのは、どういうわけだ？」

「やはり、魔人と魔女なのかな」

「これも薬学の領分だろうが、中国に昔からあるという不老長生の薬でも、彼らが用いているのじゃないか？　こう思わないと、これも解けない謎の一つだ。オイ、ジャック！　こんなことを話しあってるよりも、スミスに早く知らせておく必要があるぜ」

「ウム、必要よりも、第一条件だ！」

ぼくがテーブルの上に、電話器を引きよせると、それがジリジリと鳴りだした。

「ヤア、スミスからかな？　何か魔人の情報を聞きこんで、……」

ところが、受話器にひびいてきたのは、女の若々しい声だった。

「夜分におそれいりますが、ペトリー医院でいらっしゃいますか？」

わがまま夫人は歌劇に

医者にとって、夜の電話は、あまりありがたいものではない。不意に往診をたのまれるからです。

「そうです、ペトリー医院ですが、あなたは？」

「ハイ、おそれいりますが、ペトリー先生に、どうぞ！」

「ぼくです」

「まあ！　こちらはヒウエットの宅でございます。ただ今、おくさまが急におわるくて、先生にぜひ、どうぞ！　夜分におそれいりますけれど」

　おそれいってばかりいる。はたして急病人だ。ヒウエット夫人がわるい。

「どんなようすですか？」

「ハイ、今さっきから急に、左のむねに引きつりがきまして、心ぞうがおわるいのではないかと」

　それは内科の領分だ。が、ヒウエット夫人は、どういうわけか、ぼくでないと診察を受けないなど、いつも言っている。一種のわがまま夫人だ。そのかわりに、すばらしい礼をもってくる。最上客のひとりなのだ。

「すぐ行きます。いや、車はいいです。歩く方が早い。近いですから」

　電話を切るなり、女中のメリー▼17をよんで支度させ、注射器と薬をカバンに投げ入れて、ぼくはエルサムといっしょに、医院の玄関を出た。

　月が雲のあいだから、にぶくかがやいていた。エルサムは帰り道だ。ポプラ並木の下を、ぼくは、いそいで行きながら、

「エルサム、長くはかからないと思うんだ。そこいらを散歩していてくれよ。まだ相談することが、のこっているぜ」

「ウム、そうだ。スミスに知らせて、彼に来てもらわないと、……」

「むろんさ。ヒウエット氏の家は、そら、そこの三階だ。この近くで待っていてくれ」

　ぼくはカバンをかかえて、そこの石段をかけあがった。入口のベルボタンを、いそいでおした、が、ドアの中はヒッソリしている。

　変だな！　と、思っていると、スリッパの足音がきこえて、ドアをあけたのは、前から知りあっている丸顔の女中だった。ぼくはドアの中に、はいると言った。

「昼でも夜でも、医者が診察にくるのは、商売ですよ。あんなにおそれいらなくても、いいでしょう。おくさんのようすは、今、どうですか？」

　女中の丸い顔が、キョトンとして、ぼくを見つめると、

「先生、それは、なんのことですの？」

「なんのことって、おくさんが急にわるいからと、電話し

たじゃないですか？」

「いいえ、おくさまも、だんなさまも、今夜は歌劇を見に行ってらして、まだお帰りじゃありませんわ」

「それは変だ！　では、ぼくに今さっき、電話しなかった？」

「変ですわ。お電話をかけませんもの」

「こちらはヒウエットの宅でございますと、たしかに言ったんだが」

「あら！　どうしましょう？　きっとだれかのいたずらですわ」

「フーム、おかしいな、では、失礼。変だなあ！」

　こんなバカを見たことはない！　ぼくは顔をかしげたまま、道を出てきた。

　すると、むこうから、スタスタと歩いてきたエルサムが、

「もうすんだのか、むやみに早いな。今夜はペトリー先生、大はやりだぜ」

「エッ、なんだって？」

「いや、今ね、若いお嬢さんが、ペトリー医院へ行ったが、先生はヒウエットさんのお宅へ往診だと、女中から聞いてさ、すぐそこまで先生を追っかけてきて、ぼくにぶつかったんだ」

「ぶつかって、どうした？」

「ペトリー先生を、ごぞんじありませんか？　というから、ぼくはここで先生を待ってるんです、というと、父が今、右足をくじいて苦しんでいますから、と、ぼくに、ことづけを言うなり、走って帰って行ったんだ。家は並木町の二八〇、ジョージ・フランク[18]だって、知っているのだろう」

「知らないね。はじめての家だ」

「すぐ行ってやれよ。その若いお嬢さん、息をきって、泣きだしそうな顔をしていたぜ」

「足をくじいた、といっても、外科の道具が、ここにないからね」

「医者は、いやにおちついているな。すぐ行ってやれよ。外科の道具は、ぼくが取ってきて、並木町二八〇、ジョージ・フランク氏の家へ、持って行くからさ」

「なんだい？　その若いお嬢さんに、おまえは同情してるんだな」

　こんなことを、道ばたで、なんの気もなく、ぼくは言った。これが、今度の冒険探偵のはじまりだったとは、エルサムも、まるで気のつきようがなかったのです。

白対黄の第二回戦

来ていた快探偵

エルサムは、ぼくにひやかされて、あごの長い顔が、に

がわらいしながら、いつもの早口で、

「じょうだん言うなよ、ジャック！　若いお嬢さんよりも、足をくじいて苦しんでるおやじさんに、おまえは同情してやらないのか？」

「ウム、それは行ってみるがね。ヒウエット氏からの電話は、まるでウソだったんだぜ」

「ウソか？　だが、今度のは、ほんとうだ。お嬢さんが泣き声を出していたからね」

「またお嬢さんか、ハハッ、きれいだったらしいな」

「オイ、バカなことを言っているひまに、早く行ってやれよ。手おくれになっては、気のどくじゃないか。おれは外科の道具をとってくる。今夜はおまえの助手だ」

エルサムの気が早いのは、もとからだ。クルリと、からだをまわすなり、まっすぐに歩きだして行った。ふりむきもしない。

ぼくはポプラ並木の下を、いそいで行った。月の光りが、うす明かるい。くつ音が、あたりにひびく。

二八〇番地、ジョージ・フランク氏の家は、はじめてだ。この近くかな？　と、道の右がわを見まわした時、ハッと気がついて立ちどまった。

ヒウエット家からの、にせ電話は、女中が言ったように、果して「だれかのいたずら」だったろうか？　もしも迎えの自動車が来て、それに乗ったとすると、それきり、どこかへ、つれて行かれたのではないか？　フーマンチューの魔の手が、すでにここまで、のびてきたのではないか？

ぼくはゾクッとして、からだじゅう、つめたくなった。

もしかすると、エルサムが会ったという「若いお嬢さん」も、怪しいぞ！

道の両がわと自分の前後を、ぼくは急に見まわした。月の光りの下に並木道が、シーンとしている。

ひとりでは危険だ！　帰ろう！　どこに魔の手がひそんでいるのか、わからないのだ！

フーマンチューの巨大な顔、切れの長い大きな両目、ふとかった鼻、肉の厚い口びるを、ぼくは月の光りの中に、ありありと思いだした。ふるえながら帰り道を、いっさんに急いだ。

二八〇番地のジョージ・フランク氏へは、行く気がしなかったのです。医者の役をはたさないじゃないか、と言われても、しかたがない。そういう人は、魔人博士フーマンチューの恐ろしさを、知らないからです。

外科の道具をとってくるはずのエルサムに、道で出会わないのは、気の早いかれが、こまっているらしい。どんな外科の道具なのか、くじいた足の手あてに必要なものが、外交官のかれにわからないのは、当然だ、と、ぼくは、玄関にはいると、出てきた女中のメリーに、きいてみた。

「エルサムは、まだ手術室にいるんだろう？」

「あらっ、エルサムさんは先生といっしょに、お出かけだったじゃありませんの」

「なに、帰ってこないのか？」

「いいえ、あれきり。お見えになりませんわ」

「それは変だぞ、どこへ行ったろう？」

「今さっき、お客さまが見えまして」

「エッ、それはだれだ？」

「あたしの知らない方ですわ」

「すぐ帰って行ったのか？　名刺をおいて行ったか？」

「いいえ、今、お部屋に、……」

「エエッ、そんな知らない者を、かってに通したのか」

ぼくはギョッとすると、自分の部屋へはいって行く気がしなかった。

何者が来ているのか？

すると、ぼくの声を聞きつけたらしい。ろう下へスッと出てきた男を、ぼくは見るなり、

「ヤアッ！」

生きかえったみたいな声が、口から高く出た。

青年探偵ネイランド・スミス！　親友スミス！　いい時に来てくれた！

これまた魔術的の頭

スミスとぼくは、さっそく、ろう下で立ち話をはじめた。

「何か急用か？　スミス！」

「いや、おまえに何かありはしないか？」

「何かって何が？」

「二年前に死んだ巨大な魔人が、また出てきたらしいんだ！」

「ウム、それは今さっき聞いた、エルサムから」

「オッ、エルサムがここへ来てたのか、そして？」

「いっしょに出て、道で別れたきりだ。もう一度、ここへくるはずが、どこへ行ったのか？　それに、にせ電話が、おれにかかってきた。その上、若い娘が、おれの往診をたのみにきた」

「見ろ、怪しいぞ！　するとと危険なのは、今、おまえよりもエルサムだ。すててはおけない。探しに出よう！」

「よし！」

ぼくはカバンをメリーにわたして、スミスといっしょに外へ飛びだした。

北京にいるギブソンから、秘密暗号の通知がエルサムに来たことを、ぼくがスミスに言うと、

「そうか、おれは国家警察本部▼19から、今さっき知らせを受けたんだ。おどろいたね、二十世紀の奇跡だ！」

「ロンドン・タイムスが、特別記事にするだろう。今度もロンドンじゅうのさわぎになるぜ。生きかえった魔人博士、……」

「いや、記事は差止めだ。民衆をさわがせるばかりではない、相手を警戒させるからね」

「ウム、黄色人種の奴は一生、死ぬまで白人をにくんで、あくまでも恨みをはらそうとするんだな」

「恨みに生きている魔人だ。しかも、不死身ときている！　だが、今度こそ、白のおれたちが、黄のかれを、おさえずにはおかない！　白対黄の第二回戦だ！」

「やろう！　こうなったら、もう、食うか食われるかだ」

「動物的だな」

「どうせ人間は動物だぜ」

　ふたりがヒソヒソと話しながら、並木の下を、いそいで行くと、スミスが、

「おまえとエルサムの別れたところは、どこなんだ？」

「むこうの右がわに、太いポプラが枝をひろげてるだろう。あそこの下だ」

「すると、エルサムはペトリー医院へ、おまえの家の方へは、こなかったな」

「どうして？」

「こちらへ向いてる靴あとが、今まで一つもない」

「ホー、そうか」

　話しながらスミスは、くつあとを見てきたらしい。いつも三つか四つのことを、同時に考えているスミスは、これまた魔術的な頭の持主である。

「そうさ、九時すぎから十時前まで、大雨がふったろう」

「ウム、そう、スコールみたいだった」

「それまでの靴あとは、あの雨で洗われた。待てよ」

　太いポプラのかげに、立ちどまったスミスが、右がわを見わたすと、

「ヒウエットの家は、あれだな？」

「そう、あの三階だ」

「ここの向うに、池があるだろう」

「ある！　どうして？」

「行って見よう」

「池をか？」

「ウム」

　だれも歩いていない。ヒッソリしている静かな広い道を、ふたりは横ぎって、むこうがわへわたった。

　まさかエルサムが池へ投げこまれたのじゃないだろう、と、ぼくは思いながら、むやみに胸がさわいで、スミスの顔を横から見た。

　すると、スミスが足もとの左の方を、ふと指さした。見ると、うすぐらい月あかりに、土がぬれたまま、くつあとがみだれている。

「オッ、ここへ来たのかな、エルサムが」

「三人だ！　ひとりは女だ！」

「ウム、かかとの小さいのがある！」

「ここで、やりあったらしい。……ジャック！」

「エッ？」

「伏せっ、来たぞ！」

スミスが木のかげへ、いきなり身を伏せた。ぼくはわからずに、そばへ腹ばいになった。

どうしたのか？　何が来たのか？

二ひきのヘビみたい

何かの危険が、せまっている！　と、ぼくは快探偵スミスのそばに、ガバッと身を伏せたきり、息をこらし、あたりにジッと気をつけた。

後の方、百メートルあまりに、くぼ地が、いつも池になっている。かなり深いのを、ぼくは前から知っている。

池の方向から、かすかにエンジンのひびきが、風につたわってきた。これをスミスの敏感な耳が、早く聞きつけたのか？　自動車だ、が、トラックか乗用車か？　ぼくはスミスの耳に口をあてて、

「車だ！　怪しいのか？」

と、ささやいてきくと、

「たぶん、エルサムが乗っている、いや、乗せられている！」

「オッ、相手は？」

「この前を通るだろう。見つけられずに見つけろ！」

「よし、こいっ！」

ぼくは張りきると、腹のそこから強くなる性質だ。

親友エルサムを、たすけださなければならない！

エンジンのひびきが、ハッキリ聞こえてきた。乗用車だ！　「どうせ人間は動物だ」と、ぼくは言ったが、スミスとならんでからだを伏せたきり、首だけ上げて、すぐ前の広い道を見はっている。まるで二ひきのヘビみたいだった。

左の方から、青色の流線型乗用車が、まっしぐらに走ってきた。ヘッドライトをつけていない。大雨のあとの雲が切れて、月が明かるくなった。ぼくたちの伏せている前を、すぐ四、五メートルはなれて、右の方へ飛ぶように走りすぎた。いっしゅん、窓の中に見えたのは、月の光りをあびて、おどろくほど大きな黒目の白い顔、女だった。

「スミス！　カラマネだ▼20！」

「ウム、たしかに！」

と言った時、ふたりとも立ちあがっていた。

「靴あとは三人、エルサムとカラマネ、なおひとりは、魔人博士が今の車に乗って行ったのか？　どうするんだ、今から」

と、ぼくはききながら、道へ飛び出したスミスの後について走った。

「あの車の番号を見たか？、ジャック！」

「見てるひまがなかった」

「カラマネに、目をひきつけられたな」

「あいつは二年前より、なお若く見えた。魔女だ、怪女だ！　おまえは車の番号を見たのか？」

「西53074、なに、にせ番号だ。ヤッ、しめた！」

道のむこうから、ヘッドライトを一面に流してくる乗用車一台、桃色のマークがタクシーだ。

「オーッ！」

どなったスミスが、いきなり道のまん中へバッと躍り出ると、両手をひろげた。

おどろいた鳥うち帽の運転手が、スミスのすぐ前に、あぶなくギギギと車を止めた。前へのめりながら、

「バ、バカッ！」

わめいた時、早くも身をひるがえしたスミスが、ドアを引きあけた。中に客はいない。[21]

「乗れっ、ジャック！」

ぼくも飛びのるなり、ドアを力いっぱいしめた。

運転手がふりむいて、スミスに、

「む、むちゃするなっ！　あんたは何だっ？」

「客だ！　一秒もいそぐ！　今さっき、この車とすれちがった青色のキャデラックを、すぐ追っかけてくれ、たのむ！」

スミスは名刺をとり出すと、運転手の顔の下へさしだした。

「な、なんだと？　……ヤッ、スミス先生ですか！」

ハッと運転手がスミスの顔を見つめると、

「わかったです！」

ふりかえってハンドルをもちなおすなり、クラッチをふみつけ、ギヤを入れた。たちまちスタート！　右へまわるなり全速をかけた。

追いつけるか？　前の車に魔人フーマンチューが乗っているのではないか？

スミスも、ぼくも、宙を飛んで行くようなフロント・グラスをすかして、道のむこうを見わたした。

月が明かるい。はるか向う、赤いテールランプが一つ、見えたいっしゅんに消えた。左へまがったのだ。

ムッと全身に気あい

読者諸君！

ロンドンの中に、「ホワイト・チャベル[22]」という実に変な所が、古くからあるのです。

ここには、英国人よりも、ユダヤ人、ロシヤ人、ポーランド人、ルーマニヤ人、セルビア人、ハンガリヤ人、イタリー人、スペイン人、ポルトガル人、など、インド人もいれば中国人も日本人もシャム人も、インドネシヤ人もフィリピン人も、あらゆる人種がゴミゴミと住んでいて、みん

ながが貧ぼうです。

町もせまいし家はゴチャゴチャしているし、路次が方々にまがりくねっている。だから、知らない者が、このホワイト・チャベルへ、ウッカリふみこむと、たいがい迷ってしまって、なかなか元の道へは出てこれない。そばの者に道をたずねてみると、英語を知らない者が多い。

ここでは、各国のことばがまじりあって、ペチャクチャ、キンキンと、やかましくて、ジャズの雑音みたいに聞こえるのです。

道に迷ってウロウロしていると、近くの路次や家の中から、ゴロツキみたいな男が、たちまち出てきて、おどかし、なぐりたおし、帽子から服から、あらゆる持物をはぎとって、はだかにしたまま行ってしまう。

町いったいに、いつも変なにおいが、モヤモヤとひろがっている。

スミスとぼくが、全速のタクシイに乗りつづけて、怪自動車の後を追っかけてきたのは、ゴミゴミしているホワイト・チャベルの中だった。はいってみると、まるで迷路です。ぼくには方角もわからなくなった。

百メートルあまり向う、いきなり止まった怪自動車の中から、三人がおりるなり、右がわの家へはいった。うすぐらく狭い中に、三人とも黒く見えたきり、すばやく消えてしまった。が、ひとりは、たしかに女、カラマネだ！　と、スミスもぼくも、フロント・グラスをとおして、すかさず見てとった。ほかのふたりは、エルサムと魔人フーマンチューか？

「ストップ！」

スミスが運転手に声をかけて、

「君の名は？」

「ぼく、トムです」

「よし、トム君！　ぼくたちは今から、あそこの家を探りにはいる。おもてからか、うらからか、はいったあとに呼び笛を聞いたら、すぐかけつけてくれ！　いいね」

と、言うスミスは、車のよこから前へ歩きだしていた。

街灯がない。まるで裏町だ。両がわとも皆、戸をしめている。狭くて月の光りもささない。前の乗用車がスーッと走りだして行った。三人をおろしたからだろう。後の赤い灯が、ゆれながら右へまわって消えた。この小路《こみち》は突きあたりではない。

ぼくはスミスの右わきについて、ひさしの暗い下をいそいで行った。

怪女カラマネたち三人が、今さきはいった家が、意外に広いらしい。一階も二階も、よろい窓がズラリと並んで皆しまっている。まるで人がいないようだ。

おもての大戸もピッタリと、どす黒くしまっている。全体が木造で古い。

「右へ、……」

スミスが、ささやいた。

家のかどから右へ、これこそ細い路次だ。今さきの三人は、おもての大戸をはいらず、この路次へ消えたらしい。エルサムは前後をはさまれてむりにつれて行かれたのだろう。ふたり並んでは通れない。スミスがさきに、すぐ後にぼくが、くつ音をたてずに、ソッとはいって行った。いよいよ暗い。

左がわが家の横がわだ。新しくとりつけたらしい鉄のドアが、ネズミ色のペンキにぬられて、ガッチリとしまっている。三人は、ここをはいったらしい。すぐ前に黒く大きくヌッと立っているのは、雨水をトイから受けるオケだ。

立ちどまったスミスが、左手で鉄ドアをおしてみた。ビクとも動かない。とり手をさがすと、まわしてみた。やはり動かない。そんな不注意な相手ではない。

ムッとスミスの全身に気あいがこもったのを、ぼくは暗い中で、とっさに感じとった。

万能鍵

スミスが、うつむいた。ズボンの右ポケットから、つかみだした物を、ぼくは知っている。二年前の探偵戦にも使った万能鍵だ。▼23
どれほど複雑な鍵穴でも、この一本の鍵と指さきの力の加減によって、ピタリと合わせてしまう。しかし、万能鍵が、どんな形をしているかは、スミスの大事な秘密の一つだ。ここには書けない。かれはまだ多くの敵に目をつけられている。

鉄ドアの鍵穴へ、万能鍵をさしこんだスミスは、しばらく動かしていた。すると、音もなくドアが向うへあいた。

立ちあがったスミスが、大事な万能鍵をポケットへ入れると、ドアの中の気はいを、うかがった。何者も動いていない！　と、スッと影みたいにはいって行った。後に、ぼくもはいると、しずかにドアをしめた。

天じょうの電灯が、うすぐらい。長いろう下だ。両がわとも古く白いかべ、茶色のドアが四つずつ向きあって、どれもしまっている。

これが魔人博士フーマンチューのかくれ家か？

ろう下の突きあたりにも、茶色のドアがしまっている。両がわのより大きい。スミスとぼくは息をつめたきり、左と右とドアの中の気はいに、外から神経をこらしながら、スッスッと歩いて行った。

どのドアの中も、しずまっている。

今さき、はいってきたはずの三人は、どこへ行ったのか？

突きあたりまで来かかると、右がわに階段が現われた。しきものはなしに、これまた古い。階段のはしが、すりきれている。

スミスが立ちどまった。階段をのぼるのか？　と、ぼくが二階の気はいに、耳をすました時、突きあたりのドアの中から、

「ムウーン！」

うなる長い声が聞こえた。

ぼくはギョッとした。エルサムらしい！

「ムムッ、ウウーン！」

また聞こえた。たしかにエルサムだ！　やられている、ひどいめにあってる！　と、飛び出そうとするぼくを、スミスが右手でおさえた。黒い物をつかんでいる。六連発ピストルだ。それをぼくの顔の下へおしつけた。

（持って行け、これを！）

と、スミスのするどい目が言っている。

ぼくはピストルを受けとると、安全弁をはずした。むろん、弾は六発はいっているのにちがいない！

（エルサムだ！　たすけに行こう！）

（いや、待て！）

とっさに目と目で言いあった。スミスが階段の下から前へ、音もなく飛んで、ぼくはハッとした。

突きあたりの右に、なお一つのドアがある。となりの部屋らしい。スミスが万能鍵をさしこむと、すばやくおしあけた。

「ムムムッ、ウウームッ！」

エルサムのうなり声が、突きあたりのドアの中から、つづいて聞こえた。

もうたまらない！　たすけに行くぞ！　と、飛び出しかけたぼくの右腕を、スミスがつかむなりグイと引きよせた。

森の中から上がった怪火

逆さにつるされて

（こっちだ、はいれ！）

と、するどい目で言ったスミスが、万能鍵であけたドアの中へ、ぼくの右腕をつかんだままグッと引きいれた。すごい力だ。引っぱられてぼくは、よろめきながら、まっくらな部屋へはいると、スミスがドアをしめた。

すると、となりの部屋から、

「ムウーン、ウウッ、な、なにをっ！」

エルサムが、うなり声のおわりに、ことばを出した。

ぼくはもう、からだじゅうタラタラと、冷汗がにじんだ。聞いているのも苦しい。エルサム、しっかりしろ！　たすけに行くぞ！　と、右手のピストルをにぎりしめると、

「まだ言わぬか？　このまま、切りきざまれるぞ、ここで死ぬか？」

ほら穴のおくからひびいてくるような太い声に、ぼくはギクッと立ちすくんだ。

二年前と同じ、フーマンチューの声だ！　魔人が、となりの部屋にいる！

ぼくのよこにスミスもビクッとした。

魔人の太い声が、また、つづいて、

「白人のくせに、胆《きも》の太い奴！　命をおしまぬか？」

「ウウムウ、こ、国家の秘密を、ムーン、ウムッ、言えるか、ムーン、……」

エルサムが、必死に苦痛をこらえている。かすれて何かを引きちぎるような声だ。

「秘密じゃから言わすのじゃ。中国と日本にたいする英国の外交方針が、さいきん、急に転向したのは、重点を、どちらにおくのか？　言えっ、今のうちに、[24]……」

魔人の太い声が、スーッと消えると、あとにヒソヒソとささやきだした、女の若い声は、カラマネにちがいない。魔女もここに来ている！[25]

殺人を計画している犯行の証こ、すでに目の前に明白だ！　今は一秒も、ゆうよすべきではない！　と、ぼくがまた躍り出そうとする、まっ暗な中にスミスが懐中電灯をつけた。青白い光りが映し出したのは、すぐ目の前のドアだ。ろう下へ出るのではなく、となりの部屋へ行ける！　と見たとたんに、スミスが光りを消した。

万能鍵をスミスが、ここでも使った。一秒も惜しい。ぼくの手のひらに汗がにじみ出て、ピストルがヌルヌルした。

バッとスミスがドアをおしあけた。ふいに飛びこんだ僕とふたり、部屋のまん中に、天じょうの高い棟木から、手足をしばられたまま逆さにつるされているのは、エルサムだ。すぐそばに青服の中国人が、ギョッとふりむいた。目がつりあがり、右手に長い中国の剣をつかんでいる！　と、見たとたんに、

「ピシッ！」

ぼくの右手に、ひびきがつたわった。

射ったのだ！　とっさに一発、ぼくの指が引金をひいた。エルサムをすくうために！　と、目の前の中国人が、

「キーッ！」

さけんでクルリと右へまわった。右腕にあたったらしい。バタリと剣をおとすなり、よろめいて横の方へ、うつむけにたおれた。

「エルサム！　しっかりしろ！」

「気を失うな！」

ぼくとスミスが同時に声をかけ、さかさにつるされているエルサムを、ぼくは両腕にささえた。横の方に中国人の剣をひろいとったスミスが、エルサムの手足に巻きついている綱を、ズタズタに切りすてた。

「な、なにをっ、……」

と、エルサムは僕にささえられて、ゆかに足をつけると、ヨロヨロしながら、あえぎだして真青になった。

「おれとスミスだ！　わかるか、オイッ、エルサム！」

「…………」

なんとも言わずにエルサムが、ぼくのかたへグッタリと、もたれかかった。

フーマンチューとカラマネは？　魔人と魔女は？　いない！

ぼくはスミスに、目できいた。

(奴らはどこへ？)

スミスが剣のさきを、部屋のすみの方へとのばすと、目で言った。

(ここを見ろ！)


さては魔女！


部屋のすみ、古いかべの上から、ラッパ形の物が、ヌッと長く部屋の中へ突き出ている。拡声器らしい。かべを通して、となりの部屋から、さらにどこかへ、電線を長く引いているのにちがいない。エルサムの声も、このラッパ形の中へ、すいこまれて行く、とすると、送話器であり受話器なのだ。

すがたを見せずに対話する魔人博士！

ヒソヒソとささやいた魔女カラマネも、この家のほかのどこかに、ひそんでいるのではないか？

うつむけにたおれたきり、右腕を左手でおさえている青服の中国人が、ビクッと動いた。ぼくたちの様子を、うかがっているらしい。

「オイッ！」

そばへ行ったスミスが、中国人の黒い頭へ、剣のさきをピタリとあてると、

「立て、顔を見せろっ！」

英語で命令した。この声も、魔人と魔女が、どこかで聞いているのだ。

グラリと動いた中国人が、あおむけになった。立とうとしない。うす暗い電灯の光りをあびて、目をきらめかし口をゆがめ、実に険悪な黄色い顔をしている。

スミスが剣のさきを、胸の上へ突きつけてきいた。

「言え！　博士は二階か下か？」

「…………」

険悪な黄色い顔の表情が、まゆをしかめて、なお険悪に動いた。

この中国人の表情は、ぼくにもわかった。博士フーマンチューは、この家の中にいないのだ。

剣をとりなおしたスミスが、いきなり横へ飛んだ。左手に拡声器をつかんで引きずりだし、ズルズルと、延びて出た二すじの電線を、右手の剣でスパッと切りはなすと、

「出よう、危険だ！　エルサム、気を失うな！」

と、ドアの前へ行くなり、ここもまた万能鍵で引きあけた。

危険だ！

この家の中に魔人博士が、どんな秘密の殺人的仕掛を作っているか？　しかも、まわりはホワイト・チャベルだ。王のような魔人の命令一下、たちまち大ぜいのギャングどもが、おしよせてくるだろう。その時こそ、ぼくたち三人のさいごだ。ここに殺されて、犯罪のあとは残らない。今が三人とも危険だ！

ぼくによりかかっているエルサムをたすけて、スミスと共に、ろう下へ急いで出た。

あおむけになってる中国人は、そのままだ。ざんねんだが捕えているひまはない。

一秒も早く！　と、ぼくたち三人は、前の小路へ、家の横から出てきた。エルサムが、ようやく気力を回復した。

青年運転手のトム君が、タクシーの横に、鳥打ち帽子をかぶったまま、ボンヤリと立っていた。

「トム君、だれもここに、出てこなかったか？」

スミスがそばへ行ってきくと、

「ひとり、通って行ったですよ、女でした」

「どこから、どこへ行った？」

たずねながらスミスが車内へ、つづいてエルサムと僕も乗り、運転台にはいったトム君は、すぐスタートさせると言った。

「なに、今の小路をスタスタ歩いて行ったきりです、若い女でしたよ」

「白人か？」

「さあ？　とても大きな黒目をして、純白のブラウスに青のスカート、スラリとしてたんです。先生の手がかりになるんだったら、もっとよく見とくんだったなあ」

トム君も、「英国の快探偵スミス」の名まえを、新聞か何かで知っているのだろう。

「それで君は何か話でもしたのかね、その女と」

「するもんですか。そばをサッサと歩いて行って、きれいな女だなと見てるうちに、ああそうだ、『ごくろうだわね』って、たったひとこと、それきり行っちまったんでさ。声もきれいでしたね」

ぼくは聞きながら、むろん、気がついていた。カラマネにちがいない！　さては魔女！　何かたくらんで、家の近くを、うろついていたのだ。「ごくろうだわね」と、あざけって、しかも、魔人のそばへ行って、何かヒソヒソとささやいていたのだ。

ホワイト・チャベルの迷路を後に、広い道へ出てきた時、ぼくは、エルサムをたすけ出してきたんだ、今夜は勝ったぞ、見ろ、フーマンチュー！　と、やっと息をついて思った。

始めたぞ、奴らしい

家の医院へ帰ってきた僕は、すぐにエルサムを二階の寝台へ休ませた。

スミスは国家警察本部へ、トム君のタクシーを飛ばして行った。ホワイト・チャベルの怪家を捜査！　夜ふけに探偵課の全員を、スミスが動かして、もっとも敏速に、あの二階の家をかこみ、武装して乗りこんだ、が、

「さすがはフーマンチュー、まんまと空家にしてしまって、なに一つの置きみやげも残していない。先生とくいの早わざだ、ハハッ」

と、朝になって、ぼくをたずねてきたスミスが、声をあげてわらった。

すっかり気力を回復したエルサムは、ぼくの家から外務省へ出て行った。▼26

この一日は、ぶじだった、が、魔人博士フーマンチューが生きていて、すでにロンドン市内にひそんでいるのは、いよいよ明白なのだ。食うか食われるかの巨大な敵が、こちらの命をねらって、すきを見るなり、どんな方法でおそってくるか？　この心配は、ぼくにとって、実さい、たまらないほど大きな不安でした。

夜になると、スミスが、たずねてきてくれた。どんな苦しいことに会っても、今まで一度だって、まいったことがない、いつも精力あふれているスミスの顔を見ると、ぼくも急にモリモリと元気が出てくる。二階の部屋で、窓から夏の風をいれながら、テーブルにむきあって、こしをおろすと、スミスがすぐきいた。

「どうだ異状なしか？」

「ぶじだ。そちらに何か手がかりは？」

「残念ながら、すべて無し」

「敵の行くえ、まったく不明か？」

「魔人だからな。ゆうべから全市に、非常捜査線を張っているのだが、引っかかるのは、奴と関係のないものばかりさ」

「いよいよ第二回戦開始だな」

「ウム、エルサムから何とも言ってこないか？」

「今さっき電話をかけてきた。たがいに異状なし。今夜は休むといってたがね」

「ひどいめに会ったから、休んだ方がいいだろう」

「実さい、大変な奴に見こまれたものだ」

「何を、こちらは正当防衛だ。正義によって悪魔を打つ。なんとしても勝たなければならない！　ジャック、どこまでも気を強くもて！」

スミスと僕が、こうふんして話しあってる時、女中のメリーがはいってきた。▼27

「先生、患者さんです」

「今ごろ、だれだ。新患か？」

「いいえ、フォーシスさん」

「ああそうか、すぐ行く」

　フォーシス君は、郵船会社の若い船員だ。あやまってマストの上から落ち、頭と肩に傷をして▼28、ぼくの治療を受けている。手術室へ入れて診察してみると、ほとんどもう全快に近い。

「ほう帯を、今夜からとっていいですよ」

「ありがたいです。多分そうじゃないかと思って、夜でも来たんです。一時間も早くとっちまって、セイセイしたかったですから」

　と、よろこんで快活に言うフォーシス君は、若いくせにチョビひげをはやしている。

　たくましい顔つき、生き生きしてる目、チョビひげのほかは、スミスに似ているフォーシス君だな、と、ぼくは初めて気がついた。そう思ってみると、からだつきも身長も、似ているようだ。これはスミスに聞かせて、おもしろがらせてやろう！　と、フォーシス君の治療をすませた僕は、二階へ急いで上がった。ところが、ドアを引きあけると、中は真暗だ。ハッとしてきいた。

「どうした？　スミス！」

「変だ、来て見ろ！」

スミスの強い声が、窓ぎわから、

「始めたぞ、奴らしい」

ゆだんのない気はいで言った。

幽霊火か狐火か

「エッ、なんだ？」

　窓ぎわに、スミスとならんで、ぼくも外の方を見わたした。

　空いちめんに雲が流れて、今夜は月が見えない。道のポプラ並木をこえて、むこうの方に、うす黒く高くしげっているのは、ニレの森だ。その方をスミスが、一心に見つめている。

「どうしたんだ。何かあるのか？」

「今さっき、火が上がった。なんのためだか、まだやるかも知れない」

「火？　どんな火だ？」

「いくつも上がった。青白い火だ。むろん、人工的だ。正体がわからないだけに怪しい。患者は帰ったのか？」

「帰った。アッ、あれか？」

「ウム、なんだと思う？」

「…………」

　ニレの森の中から、メラメラと燃えあがった青い火！　と見るまに、スーッと高く空へ、ほそ長くわかれてのぼる。

青白いすじになって、いくすじも、およそ十三、四メートル高く上がると、そのままスッと消えてしまった。ぼくは目を見はり耳をすました。音は聞こえない。

「変だな、花火でもないようだ。これで二度なのか?」

「おれが見るのは二度めだ。池の方向だぜ。だから、なお怪しい」

「ウム、エルサムがつれて行かれたのも、池のそばだったからな」

「まだ上げるかも知れないぞ。子どもの時に話を聞いた、幽霊火とか狐火とかいうのは、これかな、ハハッハハハ」

「あのニレの森は、こちらから行くと、池の右がわにあるんだ。今さっき帰った患者の社宅は、あの方向だがね」

「会社員だな」

「船員だ。頭と肩だけの傷だから、歩いて行ったろう。今夜はじめて気がついたが、君とよく似てるんだ、名まえはフォーシス君だが」

「それはいけないぞ、わるい!」

「エッ?」

「危険だ! おれに似ている者が、あの方向へ行って、敵のワナに落ちはしないか? もしかすると、今の火は、おれたちを誘いだすためのトリックかも知れないんだ」

「アッ、そうか。魔人のやりそうなトリックだな」

「すてておけない!」

スックと立ちあがったスミスが、ぼくを見つめると、

「そのフォーシス君を、たすけに行こう! 同時に、あの火の正体を、たしかめるんだ!」

「よし、行こう!」

「ウム、二手にわかれて行くのが、今は有利だ。何かあったら、これを吹け!」

スミスが呼び笛とピストルを取りだした。

「いや、君が持って行け!」

「ハハッ、おれは探偵、君は医者だぜ。その消毒衣をぬいで、大至急、出動!」

スミスが呼び笛とピストルを、ぼくに突きつけて、むりにわたした。

森の中の怪死

池の右がわに、高くしげっているニレの森を目ざして、スミスとぼくは、並木道を出ると、両方にわかれていそいだ。
ふたりが同時に、敵のワナに落ちると、それきり最後だ。わかれていると、ひとりが落ちてもひとりが助けにこれる、と、スミスの考えらしい。▼29
スミスは左の方から、ぼくは右の方から、くつ音をたてずに急いだ。張りきると強くなる僕は、スミスとわかれると、なお強くなった。あたりが暗い。月が雲にかくれたか

らだ。

ニレの森は近くへ来てみると、むやみに高く見える。みきも太く枝もひろがっている。ぼくは呼び笛をズボンのポケットへ、思いきって投げ入れた。スミスの助けを呼ぶよりも、ひとりで闘う決心だ。ピストルの安全弁を指さきではずした。が、ほんとうに敵が、フーマンチューか手下が、この森の中に、ひそんでいるのか?

夜の森の中は暗く、ヒッソリしている。

あの青白く上がった火は、何だったのか? この近くか森の中から、上がったようだったぞ! と、ぼくはピストル右手に、森のおくを、ジーッとすかして見た。ウッかりはいれないぞ! と、前後左右に気をつけた時、とつぜん、森の中から、

「ワッ、な、なんだ、アアッ!」

わめく声、バタバタと靴音が聞こえた。

スミスじゃない! と、ぼくはハッとして身がまえた。

「うぬっ! アッ、た、たすけてくれっ、アアッ!」

さけびつづける同じ声、靴音に、ぼくは森の中へ走ってはいった。が、おそかった。おくの方にバタリとたおれた地ひびきと、

「ヒーッ、……」

息を引きとるような声が、それきり消えた。

だれか死んだ!

ぼくは立ちすくんだ、が、ジッとしていられない、息を引きとったのは何者か? と、その方へまた走りだした。すると、左の方から走ってきた黒い形は、

「スミス!」

「シッ!」

ふたりは、ニレの大木の下にたおれている黒い影を見つけた。動かない。

これだ! さけびつづけて息を引きとったのは、怪死だ!

スミスがそれを抱きおこし、ぼくは手首の脈をとってみた。すでに止まっている。暗くて顔がわからない。このままにしてはおけない! 「なんだ? うぬっ、たすけてくれ!」と、さけんだのは、何者かに殺されたのだ。ぼくたちも危険だ、が、あたりはシーンとしている。

「かかえて行け、早く!」

と、スミスが抱きおこした死体を、立たせるようにして、ささやいた。

ぼくは死体の足の方をかかえた。くつの皮があつい。重くて身長が高く肉づきがいい。死因は何か?

怪火の正体を、探りだすひまがない。それよりも、この死体を早く運びだし、死因をしらべなければならない。グズグズしていられない。危険だ!

ニレの森の中から、スミスとぼくは怪死体をかかえだし

てきた。外へ出て、うす暗い月の光りに、死体の顔を見ると、ぼくはギョッとして、スミスに言った。

「フォーシスだ!」

「ムッ、はたして、おれの身がわりになった。敵はおれだと思って殺した! フォーシス君だな、気のどくに、……」

と、スミスは自分の顔を、フォーシス君の死顔へ、グッと上から近くよせると、

「むざんだ! どうしたのか? 傷だらけになっている。この死因をしらべなければならない!」

「なにしろ危険だ、早く行こう!」

ポプラ並木の道へ、スミスとぼくは、なんとも気のどくなフォーシス君の死体を、かかえたまま運びだしてきた。▼30

黄色のハンケチ、黒ネコ、ゴムテープ

ミルクと魚か肉も

医院の家へ、スミスとぼくはフォーシス君の重い死体を、ようやく運び入れて、手術台に寝かせた。

死因は何か?

さっそく、しらべてみると、ひたいの上、右の目の下、あごに、引っかいたような傷が、ほそく、いくすじも、血のあとが赤黒く、かたまっている。

いつも快活なスミスが、いたましく悲しい顔になって言った。

「ジャック! これこそ君の領分だぞ。この細い傷のほかに、打たれたあとさえない。このくらいの小さな傷だけで、フォーシス君が、どうしてすぐ死んだのか? 君は何と思うんだ?」

ぼくも悲しさをこらえて、

「見ただけの検査だけでは、わからないんだ。解ぼうしてみると、わかるかも知れないが」

と言うよりほかに、なんとも、こたえようがなかった。

これこそ怪死そのものである! 医者の僕にもわからなかった。

「傷あとは七つ、みな小さい、浅い、ほそい。ふしぎだ!」

と、スミスは、きゅうに怒った顔になって、

「フーマンチューの仕わざだ。奴は魔人というよりも、実さいに悪魔だ、悪魔博士だ! このような不思議な方法で、殺人をあえてするのは、奴のほかにはない。電話を借りるぞ」

と、電話室へサッサッと出て行くと、すぐ帰ってきて、

「本部から救急車がくる。大学病院に運んで解ぼうする。その結果を待たないと、死因がわからない。犯人の手がか

りもない。おれもダメな探偵だなあ！」
と、顔をしかめたきり、ドカッといすにかけると、両腕をくみしめて、目をふさいだ。

　それから僕が、なにを言いかけても、スミスはだまったきり、目をふさいだまま、ひとこともこたえずに、ジーッと身動きもしないでいた。すっかり考えこんでしまった。

　敵は巨大な悪魔博士だ！　あたりまえのことでは、とても勝てない、と、ぼくもフォーシス君の死体のそばで、腹のそこから残念だった。勝つ方法が、なんとも考えつけない。それに、死体をしらべても死因がわからない。おれもダメな医者だなあ！　と、すみのいすに、こしをかけたきり、グッタリと力がぬけた。とても失望し落胆したのです。

　国家警察本部から救急車が来て、フォーシス君の死体を運びだして行った時、夜があけてきた。が、スミスは救急車に付いて行かなかった。二階の部屋へ、ぼくといっしょに上がってくると、まだ何にも言わずに、部屋の中を歩きまわっている、と、ふいに立ちどまって、

「オイ、ジャック、ハハッハハハ」

　がぜん、わらいだした。

　おどろいた僕が、顔を見ると、いつもの快活なスミスにかえって、生き生きしている。

「なんだい、にわかに、なにがおかしいんだ？」

「ハハッ、ミルクがあるだろうね」

「なに、ミルク？　台所に残ってるだろう」

「すまないが、もってきてくれ」

「君が飲むのか？」

「ハハハハ、魚か肉も、のこっていないかなあ、あったら、皿もいっしょに、たのむ！」

「おれも腹がすいてるんだ。今にメリーが起きてくるから、すぐに朝飯をつくらせよう」

「ちがうよ、ハハッ、しかし、いそぐんだ。今すぐたのむ！」

　読者諸君！　だしぬけに、こんなことを言いだしたスミスの考えを、およそ何だと思いますか？　ぼくはわからなくて、あっけにとられたのです。

出て来た黒ずくめの女

　ミルクの残っているビン、魚のヒラメ、皿、ぼくが台所からもってきたのを、スミスは受けとると、わらいながら、

「ありがとう！　しくじると、はずかしいからね、わけはあとで話そう。ピストルをかえしてくれ。君はこない方がいい」

　と、弾のこめてある六連発ピストルを、上着の右ポケットに突っこんで、二階から飛ぶようにおりて行ったのです。▼31

　なにが何だかわからない、ぼくは、つかれているし、寝台へあおむけになったきり、しばらく休んでいた。

起きてきたメリーは、ゆうべのさわぎなど、まるで知らないらしい。よほど寝ぼうだ。それでも朝飯を、ぼくが言うとおり二人分、すぐに作ってくれて、

「どなたか、こんなに早く、いらっしゃるんですの？」

「ウム、スミス君が、もうすぐ来るだろう」

ところが、そのスミスが、なかなか帰ってこない。どうしたのか？　ミルクとヒラメと皿をもって、どこへ何しに行ったのか？　ぼくは気になって、朝飯はそのまま、外へ出てみた。

ゆうべの雲は晴れて、さわやかな朝だ。風もすずしい、が、まだ早くて、だれも歩いていない。ポプラ並木のむこうに、ぼくは一生わすれないだろうニレの森が、コンモリと黒く高くそびえている。

スミスは、やはり、あの森の中へ行ったのではないか？　フォーシス君怪死の原因を、たしかめに。それにしても、ミルクとヒラメと皿は、おかしいぞ！　しかも、ピストルをもって行ったのは、危険だからにちがいない！

ますます気になって、ぼくは並木道を向うへわたると、ニレの森を目がけて、まっすぐに急いで行った。怪火がもえあがり、怪死があり、今は朝になっているが、ゆだんはできない！　くつ音をたてずに、ソッと近よってみると、森のおくは、うす暗くヒッソリしていて、スミスもいないようだ。

待てよ、エルサムがつれられて行って、敵の車に乗せられたのは、池の方だった。池の近くに悪魔博士の秘密のかくれ場所が、あるんじゃないか？

おれもウッカリすると、悪魔のワナに落ちこむぞ！　気をつけろ！

ぼくはゾッとして立ちどまった。

すると、この時、森のおくの方に、人間の黒い影が見えた。ハッと僕は足もとに、からだを低くして、草むらへかくれた。

黒い影が、こちらへヒタヒタと歩いてくる。スミスじゃない。からだつきが細い。あたりに気をつけているらしく、足音をたてずに急いでくる。追われて逃げてくるみたいだ。女だ！　黒い麦わら帽をかぶり、服も黒くよごれている。顔は？　黒いベールをさげていて見えない。なんだか変だ！

ぼくが草むらに、身をひそめているのを、まだ気がつかないらしい。黒ベールに黒服の女が、森の外へスタスタと急がしく出てきた。右手に何か黒い物をかかえている。帽子も黒、黒ずくめだ。

こんな朝早く、この怪しい森のおくから出てきたのは、悪魔博士の手下の女じゃないか？　スミスと出会わなかったのか？　と、ぼくは草むらの中から、この黒ずくめの女を、息もつかずに見つめていた。

いそいで来ながら、黒い帽子の下から、あたりを見まわすと、左手で黒いベールを上げた女、とたんに、ぼくはギクッとした。

カラマネ！　魔女の白い顔、大きな黒目！

よし、こいつを、ここで捕えるんだ！　が、方法は、どうするか？

耳の中にセミが鳴く！

棒きれ一本もっていない、が、ぼくは人体の急所を知っている。外科医だ。鉄けん一げき、魔女の急所へ突きあてて、たちまち気を失わせる。このほかに捕える方法はない！▼32　相手は魔女だ。ピストルか短刀を、かくしているだろう！

草むらの中で、ムラムラと張りきった僕は、がぜん、強くなった。すぐ前へ近づいてきた魔女カラマネを目がけて、

「止まれっ！」

どなったとたんに、バッと飛びかかった。

「キッ？」

さけんだ魔女が、サッと胸を引いた。

鉄けん一げき！　かためた僕のげんこつが、魔女の急所へ、まともに突きあたる、いっしゅんに黄色いものが、ぼくの目をかすめて、はなと口にピタッと引っかかった！

「ムッ？」

ハンケチだ！　においは毒液！　と、顔をそむけた僕は、グラグラと目まいを感じて、なにか大声をあげた。自分の声がキーンと耳にひびいて、バタバタと靴音が聞こえた、が、それきり神経がしびれて気を失い、たおれたのも知らなかった。

気がついた時は、頭の中にミーンミーン、ツクツクツク、ミーンミーンと、まるで何十ぴきかのセミが鳴いてるようだ。やかましくて、たまらない。目があけられない。あけると、なおやかましくなりそうだ。

「なにをっ、なにをっ！」

と、どなったように思った。いや、人の声かも知れない。

「ジャック！　しっかりしろ！」

今度こそ人の声だ。すぐそばから聞こえた。スミスらしい！　と、いよいよ気がつくと、頭の中のミーンミーン、ツクツクが、小さくなった、と思うと、ボカリと目があいた。

「どうだ？　やられたな！」

と、ぼくの顔を上から見つめているのは、はたしてスミスだ。医者みたいに僕の手首をにぎって、脈をみている。

あおむいていた僕は、なにをっ！　と、気ばって起きあがろうとした。とたんにまたグラグラと目がまいそうになって、グッタリした。

「ここは、どこだ？」

「待て待て、しゃべるのは早い。ジッとしろ。目をふさげ、おちつけ！」

スミスの声が、ゆっくりと快活に、

「さあ、口をあけろよ」

と言うと、ぼくの口の中へ、つめたいものをソッと流しこんだ。

ミルクだな、家からもって出た、と、ぼくは生きかえったような気がして、

「もっとくれ、スミス！」

と言った、自分の声がハッキリ聞こえた。

すると、スミスが急にわらいだして、

「ハハッ、この残ったミルクが、ジャックの役にたとうとは、思わなかったなあ！　これは、すてきなミルクだ▼33」

なにが「すてき」なのか？　これも、ぼくにはわからなかった。

しばらくして、やっと立てるようになった僕は、身長の高いスミスにつかまったまま、ヨロヨロと歩きだした。ニレの森の外、まわりは草むらだった。朝の光りが明かるい。目がチカチカする。

「やられた、魔女に！　ざんねんだ、くそっ！」

「だまって、だまって！　ハハッ、大じょうぶ！」

スミスはわらって、力づけてくれた。

医院の家へ帰ってくるまで、四十分あまりかかった。なにしろ足がフラフラして、頭の中にセミがまだ鳴いていた。

メリーがおどろいて、たすけにきた。二階の寝台へ、ぼくが、やっとあおむけになると、スミスが看護婦のハーリイ君に言いつけて、手術の時に使う眠り薬を注射させた。

スミスが医者で、おれは患者だな、ええくそ、大失敗だ！　が、フォーシス君のようにならなくて、よかった、と思いながら、ぼくはコンコンと眠ってしまった。

一つはネコのツメ

目がさめたのは、夕かたであった。すごく腹がすいている。スミスはいない。メリーにきくと、

「とっくに警察へいらしたきりです。それからエルサムさんが、見えましたけれど」

「なぜ起こさないんだ？」

「でも、グウグウ眠ってらして、とても大きなイビキをかいて」

「すぐ食事にしてくれ。グウグウいってるのは、腹だ」

「できていますわ、ここに」

見ると、寝台のわきのテーブルに、ちゃんと食事ができている。ぼくは起きあがると、洗面所へ出て行った。頭の中にセミも鳴いていない、足もシッカリしている。いつもと同じだ。ああよかった、幸いだった！　と、顔を洗いながら、おれは生きてるぞ！　と腹のそこから思った。

看護婦のハーリイ君が、二階にきて言った。

「本日は休診と書いて、おもてのドアに、はっておきましたけれど、患者さん、きょうは八人、ふたりは初診でした」

「どうも、しかたがないんだ」

「いったい、どうなさいましたの？」

「なに、ちょっと失敗したんだ。スコポラミン[34]は、よくきくね」

と、ぼくはメリーのつくった野菜サラダを、バリバリ食いながら、ごまかしを言った。「スコポラミン」は、注射の眠り薬なのです。実さいによくきいた。

夜になると、スミスがまた来てくれた。ふたりの話は、むろん、秘密だ。二階の部屋にドアも窓もあけはなして話しあう。ところが、スミスは大声でわらいだして、

「ハッハハッ、もう一歩か二歩、おれがおくれたら、ジャック、君はあぶなかったぜ」

と、おかしいみたいに言う。ぼくは何と言われても、そのとおりだから、しかたがない。実さいにスミスが、ぼくの危機をたすけてくれたのだ。

「黒ずくめでもって、女の先生みたいに変装していた、あのカラマネが毒液をしませたハンケチを、いきなりかぶせようとは、まったく不意だったからね」

「おれだって、おどろいたぜ。あの魔女のあとを、森のおくからつけて、きょうこそ手じょうをはめるぞ！　と、意気ごんで行くと、いきなり君がバッと飛びだしたからな。まったく不意さ、ハハッ」

「ウン、失敗した」

「そうさ、余計なところへ出てきたもんだ。しまった！　と、おれは思ってさ、かけつけてみると、君は黄色のハンケチをかぶって、草むらにたおれた。すててはおけない。まんまと魔女を逃がしてしまった。あいつも、きっと、おどろいたろう」

「いや、重々の失敗だ。あのハンケチは、どうしたろう？」

「ほかの証こ物件といっしょに、大学病院へおくって、化学的にしらべてもらったがね」

「何だ、ほかの証こ物件は？」

「二つあるんだ。一つはネコのツメさ」

「エッ、ネコのツメ？」

「そうだよ、悪魔博士フーマンチュー、今度はネコを使いやがった！」

「どういうわけだ、それは？」

「なにしろフォーシス君の死因が、わからないからさ。あの七つの小さな傷あとを、どこまでも考えてみると、ひたいの上、右の目の下、あご、どれも引っかいたあとだ。あのようなところを引っかいたのは、上から顔へ飛びついた

者が、なにかいたのにちがいない。としても、人間が引っかくわけはない。身のかるい獣だろう。傷は七つとも、その獣のツメあとだ、と、考えついたのさ」

「そうか、なるほど、わかった。ネコだな」

「ウウン、いや、ネコだかサルだか、何だか、まだわからなかった。フォーシス君も、まっくらな中で、いきなり顔へ上から飛びつかれて、何がなんだか、あわてたのにちがいない。『なんだっ？　うぬっ！　たすけてくれ！』と、すごくさけんだのを、君もあそこで聞いたろう」

「ウム、必死のさけび声だったから、ゾッとしたんだ」

　スミスの探偵的説明を聞きながら、ぼくはフォーシス君のさけび声を思いだして、またゾッとした。かわいそうに、フォーシス君は、さけんでそれきり、さいごの息を引きとったのです。

大学病院の回答

「ところが、あのくらいの引っかき傷で、すぐたおれたきり、息がたえたのは」

　と、快活なスミスが悲痛な顔になって、

「引っかいた獣のツメに、おそるべき毒素を、ふくませておいたのにちがいない。いかにも悪魔博士らしいやり方だ。実に憎むべき極悪魔だ！」

「そうだとも、一日もゆるしておけない奴だ！」

「奴の使った獣が、あの森の中に、まだひそんでいるかどうか？　わからなかったが、ミルク、ヒラメをもって、おれは行ってみた。悪魔博士の奴にぶつかるかも知れないと、ピストルもポケットにしのばせてさ。ところが、人間はいなくて、ニレの枝の上に目を光らせているのが、なんと中くらいの黒ネコときたもんだ」

「黒ネコか、フーム」

「全身まっ黒、猛悪な顔をしてやがる。ヤッ、こいつだな！　と、木の下からミルクとヒラメでおびきよせたが、とても、なれる奴じゃない。しかたなくピストルでなぐり殺した。すこしでも引っかかれると最後だから、おれは黒ネコと奮戦したがね、一つの証こ物件として、ツメを切りとった。死体は木の下へ、うずめたんだ。▼35ツメまで黒い奴さ」

「待ってくれ。そいつは、ミルクを飲んだのか？」

「飲んだね。ゆうべから、よっぽど腹がすいてたとみえて、だから、枝の上からおりてきたんだ」

「オイ、その黒ネコの飲んだ残りを、おれに飲ませたんだな」

「ハハッ、あの時、君は気絶してたんだぜ」

「いや、気がついていた。『口をあけろ』と、君は言ったぞ。黒ネコのあとを飲ませるなんて、ひどいぜ！」

「ハハハハッ、だって、そうしないと、君は黄色ハンケチの毒素をすいこんで、今一歩というくらい、グッタリしてたんだぜ。おこるな怒るな。『もっとくれ！』と言ったじゃないか。黒ネコの残りだって、ミルクはミルクだ」

「しかたがない。ほかの証こ物件の、もう一つは何だ？」

「怪火の正体さ」

「オッ、わかったのか？」

「長いテープだ、ゴム製でもって、ニレの木の上から、いくすじもさげて、そのゴムテープに何かの燃える液を、ふくませてある。下から火をつけると、たちまち上へテープがひるがえって、いくすじも炎々と燃えあがる。燃え残りが落ちていたのを、証こ物件として、これも大学病院へ黒ネコのツメといっしょに、おくったが、火をつけたのは、あの魔女の仕わざだろう」

「そうか、すべてのやり方が、なんだか中国的だな」

「ウム、黒ずくめの魔女が黒い物をかかえていたのを、君は気がついたか？」

「ああそうだ。ハンドバッグにしては、大きかったが」

「黒皮の大きなバッグだ。放しておいた黒ネコをさがして、あの中へ入れて帰るはずだったらしい。ところが、黒ネコはいない。しかも、自分はおれに見つけられた。しまった！　と、あわてて森の外へ、出て行ったところに、君が草むらから目の前へ飛びだした、間一髪さ、ハハッ、どうだ？　わかったろう」

「ひやかすな。命がけの勝負じゃないか。大学病院から回答は来たのか？」

「化学的分析の結果、フォーシス君の血液から出された毒素と、黒ネコのツメから出た毒素は、まったく同じものだが、まだ何だか根元がわからない。化学構成式によると、おそらくストリキニーネの一種[36]らしい、というのだが」

「悪魔博士の発明だな。黄色ハンケチの方は？」

「別の毒素だ、さらに研究をつづける、というだけだが、病院の博士連中、非常な興味をもって、こうふんしているらしい。ゴムテープの方は、敏感な可燃物質によって、特別に造られたものだと、あたりまえの回答さ。学者は断定して言わないからな」

「しかし、そのような悪魔博士のやり方に対して、こちらは、防ぎようがないじゃないか？」

「ウム、そこでだ！」

　と、スミスが声をひそめて、

「食うか食われるかの闘いに、防いでばかりいては、とても勝つ見こみがない。まして敵はすごい極悪魔だ。断然、こちらから攻勢に出て食ってやる！　奴の手がのびてくるのを、待っているよりも、逆しゅうするんだ。きょうで第一巻の終り、まだ勝敗なし。今から第二巻の始まりだ！」

　と、生き生きと顔をかがやかして、いかにも快探偵らしく断こと言いきった。

第二部　あなたが僕なら、どうしますか？

怪敵の巣へ突進!!!

風みたいな十七才の青年

おそるべき怪敵、悪魔博士フーマンチューに向かって、わが怪探偵ネイランド・スミスが、断然突進する手はずは、すでに、できていたのです。

もっとも秘密のうちに、スミスが僕に知らせてくれた。

「あの迷路また迷路のホワイト・チャベルに、悪魔博士とその一党の中国人たちが、ひそんでいるのは、およそ明白だ。エルサムが逆さにつるされた怪家には、なんの証こも残っていなかった。しかし、あれから今まで、ぼくの敏しょうな部下たちが、ホワイト・チャベルの内外を、極力、さがしまわっているのだ。中にも一等に若いカーターが、これはまた風みたいに、どんなすきまでも、くぐりぬけて行く青年でね、とうとう、有力な手がかりを、つかんできたのさ」

「はじめて聞く名まえだ。風みたいなカーターか」▼37

「ウム、まだ十七だがね、どうも生まれつき探偵がすきらしい。高等学校を出るとすぐ、志願して僕の部下にはいってきた。今度のこの事件に、すごく張りきっているのさ」

「名探偵のタマゴというわけだな。どんな手がかりを、つかんできたのか？」

「ホワイト・チャベルのおくに、アベル・スランチンという四十才くらいの男が、ズッと前からひそんでいる。アメリカ人だがね」

「フーム、アメリカ人か」

「こいつが、中国人と秘密に行ったり来たりして、アヘン、ヒロポン、コカインなどの毒薬を買いとっては、方々に売りつけている。その中国人仲間の首領が、悪魔博士らしい。いや、そうにちがいないと、カーターの報告なんだ」

「ちがいない、というわけは、どこにあるんだ？」

「そのアベル・スランチンの家へ、時々たずねてくる女がいる。すばらしく美しいが混血児らしい。色はすきとおるように白い、かみは純黒、おどろくほど大きな目も黒い、というと、あのカラマネだろう」

「魔女だ！　あんな大きな黒目の女が、めったにいるものか」

「そこで、このアベル・スランチンから、おれは探りを入れて、悪魔博士の秘密の巣を突きとめる。断然、攻勢だ！

「ひとりで飛び出さないこと、いいかね。むやみに行動すると、またミルクが入用になる」

「余計なことを言うな。さあ行こう！」と、われながら勇気りんりん、あらゆるものを、突破する決意だった。

相手が相手だから、命がけです！

あすの夜〇時、十五人！

迷路の町、ホワイト・チャベルの外がわを、スミスと僕は、ソッとまわって行った。夜、十一時をすぎていた。
ほそい道だ。右がわに竹やぶ、左がわはアカシヤ並木、そこをまがった。また右がわに竹やぶがつづく。やぶの中を通りぬけると、低い生けがきがズーッと現われた。あたりが暗い。
「ヒュッ！」
かすかにみじかく、スミスが口笛を鳴らした。
すると、生けがきの影から、黒くスッと立ちあがった、ほそい人間が、風のように近づいてきた。これがカーター君だな、と、ぼくはすぐ思った。竹やぶの中へ、三人がはいった。
ほっそりと黒く立っているカーター君とスミスが、ささやきあって、
「奴、二十分ほど前に、帰ってきたです」
「なんの約束？」
「よろしい。ただし、約束がある」
「おれも行くぞ、いいか？」
今から出動！　攻勢だ」
「むろん、だが、その報告を待ってばかりはいられない。
っているのか？」
「風みたいなカーターが、今夜も、そのスランチンを見は
「そうさ、なにしろ曲者《くせもの》だから、ゆだんはできない」
「前は腕きき警部だというと、これまた相当の敵だな」
るかを、知らないわけはない」
カラマネと何度も会っている。悪魔博士の巣が、どこにあをむすんでいるのは、アメリカにいた時からだ。こいつが
ホワイト・チャベルにひそんでいる。中国人と秘密の関係共同して汚職をやったところから、ロンドンへ逃げてきて、
という腕ききだった。こいつが、ニューヨークの中国人と
はアメリカのニューヨーク警察につとめて、ペプレー警部
ると、アベル・スランチンなんて、むろん、変名でさ。前
「なに、これがまた、ふとい奴らしい。身もとを洗ってみ
るのは、ちょっと意外だね」
「よし、おれも行くぜ！　しかし、アメリカ人がはいって
魔をほろぼして見せる！　世界的ニュースになるだろう」
させる！　おれは英国探偵の名まえにかけて、中国人の悪
敵の巣へ突進、包囲、さいごの決勝戦さ。きっと手をあげ

「そのままか？」

「五分ほど前に、いつもの女が、自動車で。ベールをさげていたです」

「その車は？」

「おもてに。ウェイマスが見はっています」

「よし！」

スミスが僕をつれて、生けがきの影を歩きだした。風のようなカーター君は残っていた。

ここは、うらの方らしい。おもてに「ウェイマス」という、なおひとりの部下が見はっている。

「いつもの女」は、魔女カラマネにちがいない。長い生けがきについて行くと、小さな木戸があらわれた。あたりを見まわしたスミスが、立ちどまると、すばやく木戸をおしあけた。万能鍵を使ったらしい。

木戸に何の仕かけもない。スミスと僕は中にはいった。芝の庭だ。向うに二階家がそびえている。灯のついている窓は、こちらのはしの一つだけだ。その方へスミスと僕は、ソッと近づいて行った。張りきっている僕の耳に、自分の心ぞうのひびきがハッキリ聞こえた。むやみにドキドキと早い。

窓の下へ、ふたりは靴音をたてずに、一歩また一歩、芝をふみながら進んで行った。

太い鉄の棒が七本、窓にはまっている。これでアベル・スランチンは、安心しているのか？　それに部屋の中は暑いらしい。風を入れるために、みどり色のカーテンも窓ガラスもひらいたままだ。が、スミスも僕も、顔は出せない。窓のすぐ下に立ちどまったきり、からだを低くし、耳をすました。

「フム、あすの夜〇時、たしかに！」

底力のある男の声が、グッとおすように聞こえた。これがスランチンらしい。

「そう、では、博士の望みどおりだわ。それで何人くらい？」

とても音楽的な、まるで歌うような声が、ころがるみたいに窓から流れてきた。魔女の声だ！

「何人？　必要とあれば、こちらは全員をあつめて見せよう！　だが、相手は、わずかに八人じゃないか？」

「いいえ、たとい八人だって、あたりまえの敵ではないもの、味方は多いほど、勝ちみも多い！　すくなくとも十五人は必要だわね」

「フム、それは博士の意思かな？　あんたの希望じゃないのか？」

「どちらにしても、あしたの夜〇時、十五人！」

「フム、くりかえす必要はない」

「そう、さすがにスランチン親分だわね」

「なにを、へヘッ、おだてには乗らねえぜ」

「なお、えらいわ。腹のそこが知れなくて」

「用談おわりか、博士は今夜、どこにいる？」

「あたしも知らない、帰ってみないと」

「フム、そんなことだろう」

「………」

だまった魔女カラマネは、立ちあがったらしい。

ぼくの全身の神経が、耳にあつまって、スミスもジッと息をこらしていた。

さては悪魔博士フーマンチューが、ここに魔女カラマネを使いによこし、アベル・スランチンと力をあわせて、何者か八人の敵を相手に、あすの夜〇時、十五人の手下をスランチンに集めさせ、何かの怪行動を起こすのだ！

捕えて吐かせる！

ふたりの靴音、ドアのひびきは、魔女とスランチンが、ろうかへ出たらしい。今だ！　と、思った僕は、スミスの耳に口をよせて、

「魔女が帰る！　巣がわかるぞ！」

と、ささやくと、

「ウェイマスが、おもてにいる。後をつけるさ」

おちついているスミスが、小声で快活に言いながら、窓の下を右の方へ歩きだした。

かべの外がわを、ふたりは、おもての方へ、まわって行った。どうするのか？　ぼくにはわからない。おもての庭には、アカシヤの太い木がしげっている。ふとスミスが立ちどまった。

自動車のひびきが、門の方へ出て行った。魔女が乗っているのにちがいない。後をウェイマスがつけて行ったか、車の用意をしていたのか？　悪魔博士の秘密の巣を、はたして突きとめてくるか？

「攻勢だ！」

と、スミスがささやいて歩きだした。

「どこへ？」

「スランチンへ突げき！　捕えて吐かせる！」▼38
断然、決意しているスミスが、アカシヤの木の下から、玄関の正面へ進んで行った。

突げき！　と、ぼくは上着のポケットから、つかみ出した六連発の安全弁をはずした。

大きなネズミ色のドアが、ガッチリとしまっている。今すぐ前、魔女が出て行ったあとだ。上に電灯がついている。スミスが片手で音もなく万能鍵を使った。引きあけたドアの中は、ひろい上り場だ。スランチンは早くも部屋にはいったらしい。ろう下へスミスと僕がソッと上がって行った。

すぐ右がわに、黄色のドアがしまっている。帽子かけに黒のソフト帽が一つ、下にステッキが立てかけてある。スランチンの物らしい、ステッキの握るところが、ヘビの黒

い頭にできている、と、見たとたんに、ドスドスと靴音が部屋の中に聞こえた。

何者か？　スランチンか？　靴音も荒く歩きまわっている。三、四秒、耳をすましていたスミスが、ドアの取手をつかむなり、サッと引きあけた。突げきだ！　が、スミスも僕も、いっしゅん、目を見はった。

広い応接室だ。テーブル、いす、だんろ、天じょうの電灯が明かるい。上から光りをあびて、ただひとり、モーニング服の男が、テーブルの向うに、ドスドスと足ぶみしている。身のたけが高く、灰色のかみの毛がみだれて、足ぶみしながら、こちらを振りむいた。右の目に片目がねをかけて、ほそい白リボンをさげている。ぼくたちを見ながら、気がつかないのか？　ジッと目をすえたきり、まだドスドスと足ぶみしている。

これは変だ！　これがアベル・スランチンか？　気がくるったのじゃないか？　部屋の中へ、ツカツカとはいったスミスが、右手を突き出すと、

「オイッ、スランチン！　どうした？」

ズバリときいた、が、

「ムッ、マママア、ムッ、ハーッ」

わからないことを、口からふきだすみたいに言った、スランチンにちがいないのが、よろめいて横のいすにつまずき、フラフラと両手をあげると、

「く、くるしい、ムッ、マママア、ハーッ」

と、息をはきだし、およぐみたいに両手を動かして、テーブルの下へ、よろめきたおれた。

ドカッとテーブルのたおれた音が、ろう下へひびいて、身のたけの高いスランチンが、うつむけになったきり、テーブルの下にモグモグ動いている。

どうしたのか？　わからない僕は、スミスの顔を横から見た。

ブルドッグみたいな男

スミスが顔を横にふって、ひとりごとみたいに言った。

「魔女の仕わざだ！」

「エッ？」

と、ぼくがおどろいた時、階段をおりてくる足音がろう下の方に、ドカドカと急に聞こえた。

テーブルのたおれた音を、二階で聞きつけて来たらしい。と、スミスと僕はドアのかげにかくれた。足音はひとりだ。はいってくるなり、

「オッ？　親方、どうしたんで？」

テーブルの下にたおれているスランチンを目がけて、飛びこんだ男に、サッとドアのかげから躍り出たスミスが、いっしゅんに手錠をかけた。すごい早さだ。

「な、なにをっ？」

どなって振りむいた男は、まゆと目をしかめて、はなが低く口は大きく、ブルドッグみたいな顔だ。

スミスが前に突っ立って言った。

「国警本部の手入れだ、しずかにしろ！」

「チェッ！　親方を、ぶったおしたなあ、手めえらだな」

ブルドッグみたいな顔が、ぼくの突きだしている六連発を、ジロリと見ると、

「フン、国警だと？　おれは、なんにも、おぼえがねえぞ。悪いことはしてねえんだ。ヤイッ！」

と、スミスの方へ顔をむけるなり、かみつくみたいにどなった。

「おれはバークってんだ！　くそっ、手錠をはめやがって、手めえの名まえを聞こうじゃねえか」

「よろしい。ネイランド・スミス」

「ヤッ、……」

バークのギロギロしている目が、まばたきすると、

「スミス探偵て、あんたか！　おれはね、あんたに会いたかったんだ」

と、ガッチリしている両肩を、急にすくめて見せた。

スミスはそれにかまわず、ぼくに言った。

「スランチンをみてくれ、動かなくなった！」

テーブルの向うへ、ぼくはまわって行った。うつむけにスランチンが、ひらたくのびている。手首を僕はつかんでみた。あたたかく、体温がのこっている、が、脈はない。おどろいた僕は、あおむけにして目を見つめた。ひとみが、すっかりあいている！

「おわりだ！」

と、ぼくがスミスに言うと、飛びあがったバークが、

「おわりだと？　や、やられたんか、親方が、エッ？」

わめきながら、スランチンのそばへ来た。ガックリと頭をさげて、スランチンの顔を見すえると、

「ムッ、だめだ！　見ろ、だから、おれは言ったじゃねえか、フーマンチューなんて奴の計略に、乗っちゃあいけねえって、ああ、とうとう、やられたじゃねえか、親方！」

と、からだをふるわせて、わめきながら泣き声になった。

スミスがまわってくると、バークの手錠をはずして、

「オイ、敵はフーマンチューだな。おまえが僕に会いたかったわけを、話してみろ。フーマンチューにかたきを討つのは、それからだ」

「ウウン、……」

うなずいたバークが、ゆかの上に、あぐらをかくと、親方スランチンの死んでいる顔を、上からのぞきこんで見ながら、

「もう、いけねえな。そうだ、このかたきは、フーマンチューの奴にちがいねえんだ。エエッ、くそっ、どうしてやられたんだ？」

と、スミスと僕を見て、たずねるような目になると、

「スミス探偵といわれるものが、なんだって、もっと早く来てくれなかったんだ？　あんたが、フーマンチューをねらってるってことは、あのカラマネって女から、おれは早くに聞かされてたんだぜ」

　と、恨むように言いだした。

手首に小さな傷あと

読者諸君！

　ブルドッグみたいなバークが、さらに話しだしたことは、みな、悪の世界のことです。ぼくも、それを書いて行こうとすると、いろんな悪人が悪魔博士フーマンチューと関係しているので、おどろかずにいられない。実にフーマンチューの毒手は、どこまでのびているのか？　まったく、わからない！

「ああ、親方は前から、大ぜいの中国人を相手に商売をしていて、その大ぜいの中にいやがったのが、博士フーマンチューって奴でさ。あいつばかりは、まるで底が知れねえ、気みのわるい魔ものみてえな奴だ！」

　と、苦いものを飲みこんだような顔をしたバークに、スミスがそばから突っ立って、

「そのフーマンチューと、このスランチンが知りあったのは、どういう関係だ？」

「それはさ、シンガポール・チャーリー[39]が、ふたりを引きあわせたんでね」

「ホー、そうか！」

　と、さすがのスミスも意外らしく、

「シンガポール・チャーリーは、行くえ不明の奴だ。今、どこにひそんでいるのか？　おまえが知っているのかね？」

「いいや、今は知らねえ。前はラトクリフ通りのうらでさ、アヘンを秘密に飲ませる地下室に、奴の巣があったんだ」

「あそこは焼けたぜ、放火の犯人は、だれだ？」

「アッ、そいつは知らねえ」

「知っている顔じゃないか、それよりも、フーマンチューとシンガポール・チャーリーが、ひそかに前から、手をつないでいたのだな？」

「そうだとも、そこにまた現われてきたのが、ニューヨークの七人組[40]でね」

「ホー、大した先生がみな、そろっているな。ニューヨークの七人組も、フーマンチューと手をつないでいるのだろう」

「だから、あの博士は恐ろしい奴なんだ。それがまた、この親方まで手をのばしてきやがって、いつも使いにくるのが、カラマネってすごい混血の女でさ。こいつにジッとにらまれると、おれだってゾッとするんだ」

バークとスミスの話を、ぼくは聞きながら、あおむけになっているスランチンの死体を、しらべてみた。たおれる前に、気がくるっていたようだった。これも死んだ原因がわからない。医者の僕が真けんになって、スランチンのからだじゅうを、しらべてみると、

「これか？」

ひとりで言ったのを、スミスが聞いて、

「なんだ、わかったか？」

「この左の手首に、小さな傷あとがある。まだ新しい」

「なんの傷あとだ？」

「注射のあとよりも小さい。刺されたものらしい、が、これが原因か、どうか？」

「………？」

だまりこんだスミスのひたいに、考える時の深いしわが、きざんだみたいに現われた。

ぼくの顔を、バークが下からにらみつけると、

「オイ、そんな小さな傷で死ぬような親方じゃねえぜ。おめえは何でえ？」

と、突っかかってきた。

ブルドッグみたいな顔がゆがんでいるバークを、そばからスミスがおさえて、

「待てよ、バーク、それよりも、目ざす相手は、フーマンチューだ。シンガポール・チャーリーとニューヨークの七人組、そして、このスランチンと、みなが集まって、なにを秘密に計画していたんだ？ これが大事だ。おまえが知っているだけ、聞かせろよ！ フーマンチューを今から、やっつけるために！」

と、引き出すような口調で言うと、

「ウン、よし、そうだ！」

と、バークが太い腕をくみしめて、スミスにこたえた。

フーマンチューの秘密計画こそ、世にも恐るべき反逆の大謀略だった！

毒ヘビの頭がステッキに

全市の大火事を

世にも恐るべき反逆の大謀略！

「フーマンチューの奴は、おれたち白人を一生のかたきだと、のろってやがるんだ！」

と、ブルドッグみたいなバークが、あぐらをかいたまま、ギリギリと歯ぎしりして、

「このロンドンの方々の盛り場へ、秘密に火薬を運ばせて、いっせいに爆発させれぁ、全市を一夜のうちに焼きはらうのに、わけはねえ！ 男も女も焼け死ぬ白人が、大ぜい出るんだ。そのつぎは、アメリカへ渡って行って、ワシント

ンとニューヨークの大都会を、二つとも焼きはらって見せるんだ！　と、あのカラマネが言ってやがった。フーマンチューの秘密計略は、とほうもねえ大火事を、やらかそうってんだ！[41]」

　と言うのを、スミスも僕も聞いて、ハッと顔を見あわせた。

　悪魔博士の実に大がかりな復しゅう！　彼の考えそうなこと、彼ならば実行するだろう！　とぼくは恐ろしさに身ぶるいしたのです。

「ところが、シンガポール・チャーリーは英国人だ[42]。おれの親方とニューヨークの七人組はアメリカ人だ。自分の国の都会を焼きはらう中国人の博士に、力をあわせて味方するなんか、やることじゃねえ。反対に博士と手下の中国人を、このロンドンで残らず、息の根を止めちまえ！　と、おれたちは、みんな、そういう腹でいたんだ。くそっ、それをフーマンチューの奴が、どうして知りやがったのか？　親方をこんなことに、しやがって、おれは、このかたきを、討たずにいられねえ、……」

　と、くやしさに声をふるわせて言うバークを、スミスはジッと見つめて、

「オイ、おまえはそう言うが、あすの夜〇時に、この親方が十五人の子分をあつめるのは、なんのためだ？」

　ズバリと、するどくきくと、

「エッ？　そんなこと、まるで知らねえぜ、おれは、……」

　と、まったく知らないらしく、バークが疑うみたいに目を見はった時、ぼくはスミスの後に、スッと立っている黒服の男を見た。

　いつのまに、はいってきたのか？　スラリと身のたけが高く、顔も細長い、ゆだんのない目つきをしている。外の竹やぶの中で、スミスと話しあったカーター青年だ。まったく風みたいに、はいってきている。それを早くも知っていたスミスが、後をふりむきもせずに、小声で言った。

「急報！」

「…………」

　こたえもなくカーター君が、たちまち身をひるがえすなり、ドアのすきまから、ろう下へスッと出た。玄関から外へ行くのだろう、が、音もしない。

　この家の中の怪死事件を、カーターが警察本部へ急報するのだな！　と、ぼくはすぐ気がついた。

「行こう！　失敗だった」

　と、スミスが僕に言うと、あぐらをかいていたバークが、にわかに立ちあがって、

「これきり行くのか？　オイ、この殺された親方を、どうしてくれるんだ。おれは、探偵スミスのあんたに会って、フーマンチューの奴の秘密計略を知らせようと、早くから

思ってたんだぜ！」

と、顔をしかめて、すがりつくみたいに言った。

「今にすぐ本部から検視にくる。この事件の捜査はそれからだ」

と、スミスがバークに言い、僕といっしょに、ろう下へ出ると、うしろへ付いてきたバークが、なおきいた。

「あんたは知らねえんか、親方を殺した奴を」

「それは明白にカラマネだ！」

「エッ、あの女か？　いつだ？」

「おまえは、今夜、スランチンとカラマネが、うらの部屋で会ったのを、知らないのだろう」

「ウウン、そうか、知らねえ。うらの部屋で、すると、カラマネの奴、あの顔でもって親方に、うまく毒を飲ませやがったのか？」

「毒は毒だが」

と、スミスが帽子かけの前に、スックと立ちどまった。


ずぬけて上手だ！


帽子かけの下に、立てかけてある黒いステッキ、握るところがヘビの頭にできている、それをスミスが上から見つめると、バークにきいた。

「このステッキは、スランチンの物か？」

「ウン、親方が、いつも持って出るんだ。外へ行く時は、はなしたことがねえ」

「いや、ちがってるはずだぞ、よく見ろ！」

「なんだと？」

天じょうの電灯が、うすぐらい。黒いステッキをつかもうと、バークが右手をのばした。とたんに、

「やめろっ！」

スミスが横から、バークの右手をハッシとなぐりつけた。▼43
「なにをっ？」

と、バークがどなった時、

「アッ！」

と、ぼくはさけぶなり身を引いた。

ステッキの黒ヘビが、ムクッと動いた！　彫刻ではない、生きている黒ヘビの頭だ！

「ワッ、くそ、こいつ！」

と、バークがわめいて、

「生きてやがる！　な、なんだ？」

「オーストラリヤの毒ヘビだ」

と、スミスはジッと黒ヘビの頭を見つめながら、

「こいつにかまれると、全身に毒がまわって気がくるう。心ぞうまひを起こしてたおれる。スランチンの手首の傷あとは、こいつの歯のあとだ」

その黒ヘビの頭が、またムクッと動いた。目が両方とも僕を見ているようだ。ぼくは後へさがるなり、スミスを引

つぱって言った。

「飛び出すと危険だぞ！」

「なに、ステッキの中へ、しばられているんだ、危険は危険だがね」

「ウウム、う、うまく細工しやがったな、くそっ！」

と、バークのブルドッグみたいな顔が、さすがに青ざめて、

「こいつを、カラマネの奴が持ってきやがったんだな？　スミス先生！」

と、スミスを「先生」と言った。今すこしで黒へビにかまれるところを、すくわれたからだろう。

「むろん、そうだ。カラマネはスランチンと約束した時間どおりに、この玄関へたずねて来た、このステッキを持って。ところが、スランチン親方は、子分のおまえにさえ、カラマネと会うのを秘密にしている。だから、ここのドアを自分ひとりで約束の時間に、あけておいたのだな、まちがいなく」

と、スミスが説明すると、バークはまた歯ぎしりして、

「そ、そうか。おれは親方を、うらむぞ。なぜ、おれに言ってくれなかったんだ」

「カラマネはドアをあけて、ここに、はいってきた。スランチンと約束どおりだ。しかし、持ってきたこの毒へビのステッキを、ここに立てた。元からある同じようなステッキは、乗ってきた自動車の中へ、持って出てかくしたろう。うらの部屋へ通って行くと、待っていたスランチンに会った。秘密の使いに来たカラマネは、フーマンチュー首領の希望を伝えた。あすの夜〇時、十五人の子分を集めるようにと」

「ウウン、親方はそんな話に、うまく乗せられたんだな」

「いや、スランチンの方も、そんな話に乗せられたらしく見せかけて、あすの夜〇時には、シンガポール・チャーリーやニューヨークの七人組と力をあわせて、一挙にフーマンチューと手下の者どもを、からめ捕る計画だったろう」

「アッ、それにちがいねえんだ！」

「ところが、フーマンチューはスランチンなどの計略を、はじめから見ぬいている。だから、この毒へビのステッキを、カラマネにもたせてよこした。悪だくみもフーマンチューの方が、ずぬけて上手だ」

ぼくは聞きながら、悪党どうしが対抗する「悪だくみ」のすごさに、今さらおどろかずにいられなかった。まったく悪の世界である。

黒ステッキになっている毒へビの頭が、まだヒクヒクと気みわるく動いていた。

〇時をすぎた。一時……二時

「今に警察本部から、検視にくる医者と探偵たちに、バー

ク、おまえはすべてを話すがいい。この毒ヘビは有力な証こだ」
と、スミスは玄関の外へ歩きだして、

「親方スランチンは、うらの部屋からここまで、カラマネを送りだしてきた。自分のステッキがおそるべき毒ヘビにかわっているのを、気がつかない。電灯がこのとおり、うすぐらいからだ。カラマネは自分が運転してきた自動車に乗って、スーッと帰って行った。スランチンは、ここのドアに鍵をかけた。引きかえそうとして、愛用のステッキがたおれそうになっているのを見た。左手を出してなおしたとたんに、手首をかまれた。おそらくチクッとしたろう。おどろいて手を引いた、が、かまれた傷から血の中に猛毒がまじって、たちまち脳をおかされ、目まいしながら応接室へはいった。その時すでに気がくるって、ほとんど意識を失っていたろう」

そう言いながら玄関の石段をおりて、アカシヤの木の下を、スミスは僕といっしょに、鉄門の外へ出てきた。

バークは石段の上に、ムッと突っ立ったきり、ぼくたちを見おくっていた。

生けがきにそうて歩きながら、ぼくはスミスにきいてみた。

「今夜ほど、おどろいたことはない。これから、どうするんだ?」

「ウム、君は帰れ。おれは本部へ行く。カラマネをつけて行ったウェイマスの報告が、本部に来てるだろう」

「すると、悪魔の巣が、いよいよわかるんだな」

「ウェイマスの腕しだいさ」

「わかったら、すぐ知らせてくれ。おれは家で待っている！」

「往診に注意するんだな。むやみに出て行くのは危険だ」

「気をつける。あすの夜○時、悪魔が何をやるのか、まだわからないか?」

「本部の連中が、ウェイマスの報告によって、悪魔の巣を探りだそうとするだろう」

「ああそれも、わかったらすぐ知らせてくれないか」

「よろしい、心得た」

「さよなら！」

「さよなら、気をつけて行けよ」

すでに夜ふけだ。タクシイも通らない。しかし、さいわいに月が明かるい。スミスと別れた僕は、医院の自分の家へ、いっさんに歩いて帰ってきた。

ベッドについても、なかなか僕はねむれなかった。今までの冒険が、あまりに烈しく、神経にこたえたからです。考えてみると、スミスも僕も、まだ結婚していない青年です。目ざす相手のフーマンチュー博士は八十才より以上、しかも魔人のごとき怪敵です。実に巨大な老敵！　これと闘って、ぼくたちが、はたして勝てるだろうか？　と、ぼくは非常な不安に打たれて、朝になるまでねむれなかった。

あくる日は、ぶじだった。スミスもたずねてこない。夕方になった。

今夜○時には、おそるべき老敵フーマンチューが、何事か実行するのだ！　彼は魔女カラマネを使い、アベル・スランチンを毒ヘビによって殺した。さらにシンガポール・チャーリー、ニューヨーク七人組などという者を、今夜○時、毒手にかけるのではないか？

我がスミス、「英国の快探偵」は、いったい、どうしたのか？

ぼくは不安のあまりに、夜十時すぎ、国家警察本部のスミスへ、電話をかけてみた。が、スミスはいない。行くさきを、交換手は知らないと言う。カーター氏かウェイマス氏に、電話へ出てもらいたいと、たのんでみた。が、ふたりともいない。これまた行くさきは、わからないと言う。

ぼくの不安は、いよいよ時間と共に深くなって行った。

十一時……○時をすぎた。一時……二時、

「わかったら、すぐ知らせてくれ！」

と、ぼくはスミスに二度も言ったのだ。

「よろしい、心得た」

と、こたえたスミスは、今まで一度だって約束をまちがえたことがない。ところが、今夜は、どうしたのか？


ぼくはこの夜も、とうとう朝までねむれなかった。

夜があけて、いろんな患者の診察、手術にも、神経を使ってイライラした僕は、看護婦をしかりつけたりした。往診はみなことわって、今にスミスがくるか、でなければ、何か知らせてくるだろう、と、電話の信号が鳴るたびに、ビクッと飛びあがった。またまた夜になって、

「こんなことだと、おれは神経衰弱になるぞ。気をつけろ、おちつけ！」

と、二階の部屋で、自分が自分に言い聞かせていると、暑くてあけはなしたドアの横に、スッと現われた黒い人影は？

「だれだっ？」

ギョッとしてきくと、

「カーターです、はいっていいですか？」

いつのまに上がってきたのか？　風みたいな十七才の探偵カーター君が、とつぜん、たずねてきたのです。

課長の「四十八時間」

カーター君が何の用で来たのか？

ぼくは、さっそく、部屋へ入れると、テーブルに向きあって、こちらからきいた。

「どうしたんだ？　スミス君から、なんとも言ってこないんだが」

キリッと敏感な顔のカーター君が、とても心配らしく僕を見つめると、

「ぼくは、スミス課長が、こちらに何か言っておかれなかったか？　と、聞きにきたのです」

知った。彼自身はそんなことを、すこしも言わない男です。

スミスが国家警察本部の探偵課長なのを、ぼくは初めて
「課長」というと、かなり重要な位置らしい。

「いや、きのうも、きょうも、まるで何とも連らくなしだから、ぼくも心配しているんだ。とても変だと思って」

「本部では極力、探しているのですが、課長は行くえ不明です」

「エッ、いつから？」

「きのうの夜、十時すぎに、本部を出て行った、それまではわかっているのです」

「行ったさきの心あたりが、探偵課の者にないのかな？」

「いや、心あたりはあるんです。先生には言っていいと思うのですが、……」

と、カーター君の細長い顔が、きんちょうした。

医者の僕は、「先生」にちがいない。世の中には「先生」が多い。道ばたに立って手相や人相を見ているのも、「先生」だ。

「スミス君と僕は、一心同体のつもりなんだ。なんでも言ってくれたまえ」

「アベル・スランチンが殺された時、カラマネという女のあとを、ウェイマスが追って行ったのを、先生は知っていられますか？」

「知っている、そのウェイマス君の報告が来たのか？」

「そうです、あのよく朝、きのうの朝です。ウェイマスが本部に帰ってきました。よほど苦心したらしい。フーマンチュー一党の秘密の巣は、多分これだ！　と、カラマネがはいって行った所から、突きとめてきたのです」

「どこだ、それは？」

「ホワイト・チャペルの中です。テームズ川の近くにある、ライムハウス▼44といって、古い六階のレンガ建築、この中に、フーマンチュー一党が、前から巣を作っていて、博士もそこにひそんでいるらしい、と、ここまでウェイマスが捜査してきたのです」

「その報告を、スミス君が聞いたのだな」

「むろんです。ぼくたちは、いよいよ総出動！　と、みな張りきったですが、課長は、『いや、待て！　フーマンチューをウェイマスが、見てきたのではない。総出動はまだ早い。ウッカリ網をかけると、魚をみな逃がしてしまう。いちど逃がすと、また探しだすのは、今より以上にむつかしい。おれが今夜、ひとりで突きとめてくる。止めるな、おれが四十八時間、帰ってこなかったら、敵の巣はたしかにライムハウスだ、と、その時こそ部長の許可を受けて、

総出動！　おれの死体を取りに来てくれ！』と、課長は必死の覚悟で、みんなが止めるのを振りきって、ゆうべ十時すぎに、単身、本部を出て行かれたのです」

「四十八時間というと、あすの夜十時すぎまでだな」

「そうなんです。課長のことだから、『それまでは出てくるな！』と、ぼくたちは固く止められたのも、同然なんです。先生には何とも言っておかれなかったんですな？」

「そう、スミス君のそんな冒険は、今聞くのがはじめてだ。ますます心配だが、本部では、あすの夜十時すぎまで、何の行動も起こさずにいるのだろうか？」

「部長が、『スミス課長の言ったとおりに、四十八時間、待つがよい。早まって手を出すのは、課長の活躍を、かえってさまたげはしないか』と、心配しながら課長を信じているのです。しかし、相手はフーマンチューです。謎の女カラマネもいる。どちらも、あたりまえの人間じゃない。課長ひとりで、どうされたか？　と、本部の者は皆、あすの夜十時すぎを、心配のうちに待ちきっているんです」

カーター君は「先生」の僕に、これだけ言うと、一分間も惜しいみたいに、スッと風のように出て行った。

ぼくは下まで送って行くと、

「わかったら、すぐ知らせてくれたまえ！」

と、カーター君にも言った、が、この夜、ますます神経がイライラして、ジッとしていられなかった。

ねむるどころではない。スミスは今、どうしているのか？　カーター君が言ったように、フーマンチューもカラマネも、あたりまえの人間ではない。スミスはすでに彼らの毒手にかかって、殺されてはいないか？　と、ぼくは親友スミスのために、ホワイト・チャベルへ行き、「ライムハウス」という六階建築を探検すべく、だんぜん、決意したのです！

四十八時間、あすの夜十時までなど、待ってはいられない！　親友が生きているか死んでいるか？　わからないのです。

ああ不思議な魔女!!!

赤いスカーフの女

夜ふけの路には、なおさら変なにおいが、息がつまるほど、ムーッと流れていた。あらゆる人種が、ゴミゴミと住んでいる。ホワイト・チャベルの迷路また迷路のおくへ、ぼくは、わざと酔っぱらいみたいに、フラフラと歩いてはいった。スミスのために、非常な冒険を断行するのだ。

大きな鳥うち帽をかぶり、古いレインコートのポケットに両手を突っこんで、右手に六連発をつかんでいた。左にヨロヨロ右にヨロヨロと歩きながら、全身の神経はゆだんなく張りきって、前後に気をつけて行った。

目ざすのはテームズ川の近く、「ライムハウス」という六階レンガの建物なのだ！

せまい路の両がわとも、戸も窓もしめきって、ところどころ、ほそいすきまから灯がもれている。まっくらな家も並んでいる。中には何者が住んでいるのか？

ひとりにさえ出会わずに、ぼくはテームズ川の岸へ、酔っぱらいみたいに出てきた。

流れが止まっているのか、と思うほど静かな広い川だ。チラチラと青や緑や白い灯が水に映って、眠っているように見える。風もない、月もない、今にも雨がふってきそうだ。

すぐ向うに、ほそ長い舟着場が、岸から突き出ていて、低く細い橋のように見える。そこから黒い人影がヌッと顔をあげると、こちらへ歩きだしてきた。今まで手すりにもたれていたらしい。

ぼくは、ここへくるまでに、後をつけられたとは思っていない。酔っぱらいの労働者、と、だれにも見えるはずだ。前へ歩いてきた人影を、くらい中にすかして見ると、頭から赤いスカーフをかぶっている、女だ。顔が見えない。茶色のワンピースも、しわだらけで貧ぼうらしい。まさかこれがカラマネの変装ではあるまい、と、しかし、ぼくはゆだんせずに、ポケットの中の六連発をつかんだまま、わざとフラフラしていた。

すると、すぐ前へきた女が、赤いスカーフの中から、ぼくをジッと見つめると、

「あんた、こんなところで今ごろ、なにしてるの？」

声がにごってガラガラとひびく。ぼくはフラフラしながら、

「なんでえ、おめえこそ、なにしてんだい？」

と、下品な調子で、ききかえした。

「あんまり暑くて眠れないから、すずみに出てるのさ。もう何時ころだろう？」

と、女が男みたいに太い声を出した。

「時間なんか、知らねえな。この近くにライムハウスってのがあるって、どこだか、おめえ知らねえか？」

「ああライムハウスか、知ってらあ。すぐそこだよ」

「どこだい？　おれは、そこにいる友だちを、たずねて行くんだがね」

「そう、あそこの左がわに、灯がついてるだろう」

と、女がその方を指さして、

「あそこを左へまがると、突きあたりが、ライムハウスだわ。うら口だわよ」

「そうか、六階だというんだが、まちがいねえか？」

「フン、ライムハウスをまちがえるほど、あたしはバカじゃないよ」

「ヘエン、そいつはすまなかったな。行ってくらあ。あばよ！」

　ぼくは女を見すてて、ヨロヨロと歩きだした。

　向うの左がわに、街灯が一つボンヤリと見える。悪魔博士と魔女カラマネ、その一党の手下ども、はたしてライムハウスの中に、ひそんでいるのか？　我がスミスは、どうしたか？　二重の疑いと不安が、ぼくの胸の中にうずまいていた。

　街灯の下を、ぼくは左へまがった。赤いスカーフの女は、後をつけてこないようだ。なんの足音も聞こえない。

　ヒッソリしている、せまい路だ。ここの両がわも、みな、戸も窓もしめていて、いやに暗い。突きあたり百メートルあまりに、暗い空をくぎって高くそびえているのは、いかにも六階レンガの建物！「ライムハウス」にちがいない！　どの窓も灯をけしている。

　張りきると強くなる僕は、ここまでくると、いよいよ胆がすわった。

　赤いスカーフの女は、「うら口だ」と言った。ここはライムハウスのおもてじゃない。よろしい！　おれは、うら口からしのびこんで、中の様子に探りを入れるぞ！　と、右へヨロヨロ左へヨロヨロ、どこまでも酔っぱらいみたいに、ぼくは路の突きあたりへ出て行った。

白い毒ガス

　突きあたりは、広いコンクリートの階段の上に、大きな古いドアが、あけたこともないみたいに、ドッシリとしまっている。うら口にちがいない。両方にある窓も、とじたままだ。左も右も路はない。ここは、ふくろのような路地なのだ、と、ぼくはドアを見あげて気がついた。フラフラと階段をあがった。これからだ！

　呼び鈴ボタンは、どこにもない。よし、窓が外からあくなら、あけてしのびこむか？　このドアをたたいて、中から出てくる奴に、探りを入れるか？　と、いっしゅん、ぼくが考えた時、ヒタヒタと後の方に走ってくる足音を聞いた。ハッと振りむいて見ると、今さっきの女だ。赤いスカーフをかぶったまま、ぼくを目がけて、まっすぐに走ってくる。

「な、なんでえ？」

　ぼくはわざと大声でどなった。怪しまれないためだ。が、待てよ、この女はフーマンチューの手下のひとりで、まい夜、テームズ川の岸を、見はりに出ているのじゃないか？　と、急に気をひきしめると、女がピタリと立ちどまった。三、四メートル前だ、が、スカーフの中に顔が見えない。右手をあげて何か口へあてた、と見るまに、

「ヒュー ッ！」

たちまち鳴らした、はげしいひびきの呼び笛！　つづいて、

「ヒュッ！」

みじかく切った笛の音が、路地の両がわにひびいた。とたんにサッと身をかわした女が、すばやく向うへ走りだした。せなかを僕にむけて、

「ざまを見ろっ！」

するどくさけんだ、高い声が僕をギョッとさせた。

ふくろの路地だ！　女の呼び笛を聞いて、両がわからフーマンチューの一党が、飛び出してくるのか？　と、身がまえた僕は、右手の六連発をポケットから抜きだした。うしろの窓がドアの横に、ガラッとあいた音を、聞くなりまた振りかえった。

「シュッシューーッ！」

変な音と共に窓べりから白い煙のすじを、何者かが僕の顔へ吹きつけた。アッと僕はよろめいた。煙をよけるひまもない。顔から胸が白く包まれた。

ガスピストル！　毒ガス！　と、いっしゅん、気がついて、耳にのこっている「ざまを見ろっ！」と、女の声がまた聞こえた気がすると、あたりが暗くなり、あらゆるものがスーッと消えて、たちまち僕は自分を知らなくなった。

かすかにチラッときらめいた、さいごの一念は疑いだった、赤いスカーフの女はカラマネだったか▼45？……？

口をふさがれている男

夜あけ前か？

うす白い光りが、あたりにただよっている。ここは、どこなんだろう？

「ジャック・ペトリー」

呼ぶ声が、どこからか聞こえる。

「ペトリー！」

また呼んだ。

だれだ？　おれを呼ぶのは、と、耳をすますと、いきなり気がついて、ハッと目があいた。とたんに、うす白い光りが、頭の中にスッと消えて、まっ暗な中に、自分があおむいたままでいる。ぼくはビクッと動いた。

ああ、おれは眠りガスにやられて、それきり気を失ったのだ！　あのガスの成分は何だったのか？　と、医者の僕は、白かったガスのにおいを、思い出そうとした。が、においは特になかったようだ。悪魔博士フーマンチューの発明したものにちがいない。何の成分とも、あたりさえつかない。

しかし、おれを眠らせただけで、なぜ、殺さなかったのか？

このように考えるだけ、ぼくはおちついていた。

なにか、しずくの落ちるような音がする。耳をすますと、

雨がふっているのだ。

　あたりに気をつけながら、ゆっくりと立ちあがった。ここは、どこなのか？　おそらくライムハウスの中の何階かへ、あのうら口から、はこびあげられたのにちがいない！　敵のワナの中に自分から飛びこんで、捕えられた！　女がさけんだ、「ざまを見ろっ！」と、あの声が耳に残っている。ぼくは無念さにカッと体じゅう熱くなった。すると、悪魔博士フーマンチューや魔女カラマネの恐ろしさなど、一時に何でもなくなった。今から怪敵に死ぬ覚悟でぶつかるんだ！

　まっ暗な中を、ゆっくりと僕は歩きだした。足のさきが、しびれている。眠りガスが神経をしびれさせる。それがまだ足のさきに、手の指にも、すこし残っている。その指さきが、何かにさわった。

　かべだ！　部屋のかべにぶつかった。窓はないか？　と、左の方へ僕は歩いて行った。足が何かにつまずいて、よろめくと、ひざをついた。

　テーブルやいすではない。やわらかいものだ。なにがおいてあるのか？　と、さわってみるとギョッとした。人間だ！　たおれている。なおさわってみると、からだじゅう太い綱でグルグル巻きにされて、からだつきは男だ。

　死んではいない、生きている。あたたかい。顔にふれてみると、口を厚い布《きれ》にふさがれて、あおむけにジッとしている。何者なのか？　ここに捕えられているのは、すくなくとも僕の敵ではないだろう。

　何者かわからない、が、口をふさがれている厚い布の結びめを、ぼくは上から、ほどいてやった。すると、いきなり、

「ハハッ！」

　わらいだした声に、ぼくはビクッと飛びあがるほど、おどろいた！

だから、一つの謎さ

　スミスだ！　スミスの声だ！

「オイ、ジャック！」

と、スミスがわらったあとに、小声で僕を呼ぶと、

「また来たね、ひとりで。ここにミルクはないぜ」

と、こんな危険に落ちていながら、ひやかすみたいに言った。

　とてもビクッとした僕は、やっと気をおちつけて言った。

「ひとりで飛び出したのは、君だぞ。ここが敵の巣だろう！」

「ウム、おれひとりだと、何とでもなる。君が来たのは、今度も、じゃまだな」

「何とでもなる？　しばられてるじゃないか！」

　スミスのからだに巻きついている太い綱の結びめを、ぼ

くが探しかけると、

「よせよ、大じょうぶだ」

「なにが大じょうぶ？」

「手首と足首のところは、ゆるめてあるんだ。すぐ抜けるさ▼46」

「エッ、自分でゆるめたのか？」

「こんなしばり方は、あまいものさ。手下の奴が三人で、やりやがったがね。その布を、もう一度、おれの口に結んでくれ、ものが言えるくらい、ゆるくだ。それから君は、そこいらにゴロリと、寝ころんでろよ。今にまた、あの女が様子を見にくるだろう」

「あの女？　カラマネか？」

「ウム、君が目をさますまでに、二度も来やがった。オイ、早く、おれの口を結べよ」

　スミスの言うとおりに、ぼくはその口の上からほおへかけて、厚い長い布を、ゆるく巻きつけて結んだ。が、まっ暗な中だ。灯を敵がもってくると、元どおりには見えないだろう？

「よし、これでいい」

　と、スミスの声が、布の下から聞こえた。

　ぼくは横の方へ、あおむけになって、ソッときいた。

「ここへ、おれが運ばれてきたのを、君は知っていたのか？」

「見ていたさ。中国人が三人で、かついで来た。しまった！　と、おれは思ったがね。ここを君に知らせたのは、カーターかウェイマスだろう」

「それよりも、なぜ、おれを敵はしばって行かなかったのか？　ガスで死んだと思ったのかな」

「そこに一つの謎がある。おれにもわからない」

「謎？　なんだ？」

「手下の中国人が三人、持っている綱で、君をしばりつけようとした。すると、それを止めたのが、カラマネだ！」

「魔女が、どうして？　その時、ここに来ていたのだな」

「君を見に来たらしい。ランプをさげていた。手下の中国人はカラマネに止められて、長い綱を投げだしたきり、君のレインコートをぬがせると、それを持って、なにか中国語でブツブツ言いながら、出て行ったがね」

「六連発がポケットに、はいっていたんだ」

「おれも取られた。武器なしだ。ハハッ、おもてに立っていた奴にかこまれて、わざと手をあげたところを、このとおりグルグル巻きにされてね、かつぎ上げられた。ここは四階だぜ」

「君と僕を、どうしてすぐ殺さないのか？」

「悪魔博士が、なにかの実験にするつもりだろう」

「来たか、奴がここに？」

「待っているんだが、まだ現われない。来やがったら、飛びかかって一気に勝敗を決するんだが、なにしろ、こちらは腹がすいてるしね」

このような危機に落ちこんで、しかも、のんきらしく言うスミスの大胆さは、底が知れない。ものすごい男だな！と、ぼくは、まっ暗な中に目を見はりながら、

「カラマネが、どうして僕をしばらせなかったのか？君にもわからないのだな」

「だから、一つの謎さ。いろいろ考えてみたのだが、今にやってくるだろう。しかし、あの女だけだと、おれは動かないぜ。本尊の博士が出てくれれば、一挙に逆しゅうだ！締めてしばりあげる。奴だって人間だろう」

スミスのささやく小声に、すごい気力がこもっていた。

意外また意外！

雨の音が、はげしく聞こえてきた。この部屋の一方が、すぐ外なのだ、窓がなければならない。ぼくはスミスにきいてみた。

「今、何時ころだろう？」

「さあ、三時をすぎたろう。もうすぐ夜があける」

午前三時すぎから午後十時すぎまで、十九時間だ！長い。本部の総出動！武装警官の大勢が、ここに駆けつけてくるまで、まだ十九時間は長すぎる！怪敵フーマンチューは、スミスとおれを生かしておいて、なにかの実験にするつもりだろう、と、スミスは言う。生きている人間を実験に使う、まさしく悪魔そのものだ！と、ぼくは、その悪魔がここに現われ、スミスが飛びかかろうとする、その時こそ、おれが先に飛びついて締めあげるぞ！と、フーマンチューの首の太さまで考えだした。

「足音だ、来たぞ！君はまだガスに眠ってるんだ。動くと危険、ジッとしてろ！」

と、スミスがささやき、ぼくは耳をすました。

雨の音の中に、遠くの方でドアをしめた音が聞こえた。かすかな靴音が近づいてきた。小さくて早い。ひとりだ。女らしい。魔女カラマネか？

ガスに眠らされているはずの僕は、あおむけのまま身動きもせず、まっ暗な中に、目だけあけていた。何者がはいってくるのか？見ずにいられない。

左の方に、スッと灯の光りが動いた。そこにドアがしまっていたのだ。音もなくあけた。光りがなお動いて、小さな靴音がはいってきた。ぼくは目をふさいだ、が、見ずにはいられない。うすく細く目をあけてみた。

灯がボーッと動いている。さげランプらしい。あたりのかべも、天じょうも、かすかに見える。その中に立っている女ひとり、おおカラマネだ。魔女！黒い髪に、いくつか光っているのは、ダイヤモンドらしい。ジイッと見ひらいている大きな黒目が、ぼくとスミスを上から見つめてい

る。ぼくは目をふさげない。なにを魔女がするのか？

小さな金網の中のランプを、魔女は左手にさげている。うす緑のツーピースを着ている。赤いスカーフの女ではない。それとも着かえてきたのか？　すごく大きな黒目、すきとおるような白い顔、はなすじが高く、口びるは小さい。その口びるから、しずかに英語が、

「ペトリー先生！　スミスさん！　すぐ立ってください、今すぐに！」

と、ささやいた、やさしい音楽的な声に、ぼくはギョッとした。

立ってください！　というのは？　と、ぼくは目をあけたまま、ジッと動かずにいた。

横の方から、スミスの声が、布の下からこたえた。

「立つのは、むりだね。全身しばられている。ころげるだけだと、できるんだ」

すると、その方へ、魔女がランプの灯をさしむけて、

「いいえ、あなたは、手と足の結びめを、ほどいているのでしょう！　立ってください。どうぞ！」

まるで心から願うみたいにささやく。これを聞いた僕は、変だぞ！　と非常な意外さに打たれて、起きあがろうとした。

ぼくよりも早くスミスが、スックと立ちあがると、目のまえにカラマネを見すえて、

「おまえは博士を、うらぎったか？」

と、気力をこめてきく、口の布と体じゅうの綱が、足もとへすべり落ちた。

ぼくは魔女の横に立ちあがった。なお意外！　悲しそうな音楽的な小声が、魔女の口びるから、泣くように聞こえた。

「あたしは知らない、すこしも、なんにも知らない！」

同じ女なのか？

さすがに気力のあふれているスミスも、おどろきに打たれて、手も出さずにきいた。

「おまえはカラマネか、たしかに？」

うなずいた魔女が、やはり悲しそうにこたえた。

「ええ、そう、あたし、……」

「何しにここへ来た？」

「早く、あなたも、ペトリー先生も、早く外へ出て！　今のうちに、……」

「博士はどこにいるのか？」

「あたしは知らない、すこしも、なんにも知らない！」

「変だ、ジャック！」

と、スミスが僕に言うと、

「出よう、これを貸せ！」

カラマネのさげているランプを取ろうとすると、

「いいえ！」

サッと身を引いたカラマネが、ドアのそばへヒラリと飛んだ。ランプがゆれて、動く光りの中から、

「こちらへ早く、おふたりとも！」

と、片手でドアをおしひらいた。

すぐ外に、ろう下のかべが、ランプの灯に映って見えた。そこに立っているカラマネは、なんとも悲しそうに、やさしく、しとやかに、ぼくとスミスを見つめて、

「おふたりとも、どうぞ、今のうちに！」

と、音楽的な声でまた言った。

これがニレの森のおくにエルサムを捕え、黒猫を使ってフォーシス君を毒殺し、ぼくに黄色の毒液ハンケチを投げつけ、アベル・スランチンを毒へビのステッキによってたおした恐るべき魔女なのか？　はたして同じ女なの▼47か？

「綱を持って行くんだ、君も！」

と、スミスが僕に言うなり、足もとにすべり落ちている綱をつかみあげると、すばやく輪につくって左手にさげた。

中国人が投げすてて行ったという長い綱が、ドアのこちらにのびている。ぼくはそれを、スミスと同じく輪にしてさげた。ドッシリと太くて重い。

なんとも不思議なカラマネが、ドアの外へスラリと出た。よほど身がるに敏しょうだ。からだつきも細い。実に不思議な女！　これこそ謎の女だ！　と、ぼくはスミスの後から、ろう下へ出ながら、あたりに気をつけた。六階建築のろう下、敵の巣の中だ。

雨の音だけが耳を打つ。そのほかはヒッソリしている。悪魔博士はいるのか、いないのか？

すぐ左にある広い階段を、カラマネが先にランプをさげたままおりて行く。まっ黒な髪にキラキラと大きなダイヤの光りが、ぼくの目にしみた。

このカラマネの行動は、何を意味するのか？

階段をおりてみると、同じようにヒッソリしている。三階だ。手すりのそばに、大きな窓がしまっている。外は暗く雨がはげしく、この建物ぜんたいが、雨の音につつまれているようだ。

カラマネがランプを足もとへおいた。なにをするのか？　と見るより早く、左手をあげて窓の掛金をはずした。指環のダイヤが、むらさき色にきらめいた。

「この外はベランダですの。ドアから出られません。鍵がしまっています。この窓から出てください。鉄の手すりがあります、その綱をむすびつけて、すぐ、おりてください、早く！　おふたりとも、今のうちに▼48！」

と、ささやいて、窓を上にあけたカラマネが、ランプの灯を足もとにおくと、ぼくを見つめた。

ぼくもカラマネの顔を、すぐ目の前に見た。とたんにハッとした。清らかな悲しみ、恐れ、危ぶみが、美しい顔じ

ゆうに現われて、見ひらいている大きな黒目に、あふれているのは、涙ではないか！　灯に映って、ジッと僕を見つめながら、

「お出になって、どうぞ、早く！」

またささやくと、悲しみ恐れている黒い目から、ほおへしたたりおちる涙を、ぼくは実に不思議な感じに打たれて見た。

これが魔女カラマネなのか!?

落ちている黒い手首

あの涙の意味は？

怪館ライムハウス、三階のベランダから、鉄の手すりに、むすびつけた太く長い綱をつたわって、ぼくが先に、スミスが後から、スルスルと地面におりた。

せまい空地だ。三方ともレンガの古い建物が立ち、まっ暗な中に、ふりそそぐ雨は、まるで滝のようだ。

ぼくは、ずぶぬれになりながら、上の方を見た。顔にあたる雨の中に、今おりてきた三階からランプの灯が動いている。カラマネ！　謎の魔女が、まだいるのだ。

（左へ！　左へ！）

というように、灯が横に左の方へ動く。

スミスも、この灯を見つめていた。

「フーム？」

つぶやいたスミスが、ぼくの腕をつかむと、左の方へ歩きだした。

ぼくの肩さきに、ズシンとさわったのは、太い綱だ。三階からカラマネが引きあげている。

レンガのかべにそうて、スミスと僕は、せまい出口から路地へ出てきた。雨はますますふっている。まるで方角がわからない。立ちどまったスミスが、しばらく考えると、

「まっすぐ！」

と、きゅうに早足で歩きだした。

まっすぐに細い路地を、ふたりはヒタヒタと歩きつづけた。あとを追ってくる者は、いないようだ。

広い路へ出ると、スミスは右へまがった。

「わかったのか？」

と、ぼくがきいてみると、

「もうすぐ十字路へ出る。いそげ！」

と言うスミスに、ぼくは、なおきいてみた。

「カラマネの行動を、なんと思ったらいいのだ？」

「まだわからない。ふしぎな女だ」

「おれたちは今夜、魔女にすくわれたのだな」

「フム、あいつを締めあげて、フーマンチューを攻げきするか、と思ったが、涙をこぼしている女を、やっつけるな

どは、男らしくない気がしたのさ。今は一応、ここでは許しておけ！　そう思って出てきたんだ、が、ハハッ、なるほど、おれたちは、あいつにたすけられた形だ。おどろくね、われながら」

「あの涙は、なんの意味なのかなあ？」

「謎だよ。謎の涙だね」

ざあざあぶりの雨の中を、ふたりは十字路へ出てきた。遠くに近くに街灯がついている。が、だれひとりも通っていない。車も見えない。

「まだホワイト・チャベルの中か？」

「いや、はずれだ。いそげ、まっすぐに！」

頭から全身、服からシャツまで、雨水がしみとおって、胸から腹から足のさきへ流れおちる。くつの中は水びたしだ。からだじゅう、ぬれないところはない。ぼくは気力をふるいおこして言った。

「このまま帰るのは、ざんねんだな」

すると、スミスの方からきいた。

「ハハッ、では、どうする？」

「敵の巣がわかったのだ。おれが君だと、ただちに総出動を断行する！」

「よかろう、だから急げと言うのさ」

「車が見つからないのも、ざんねんだな」

「なに、もうすぐだ。三つめの十字路に、タクシイの車庫がある。たたき起こしてやろう。しかし、君は帰れよ」

「エッ、なぜ？」

「本部の出動に、ほかの者を同行させるわけにはいかない」

「医者が臨時に、やとわれて行くのだ。ことにおれは外科医だぜ」

「ハハッ、医者は本部にもいるしさ、臨時やといなんて、できることじゃない」

「チェッ、ざんねんだなあ！」

「家へ帰って、待ってろよ、悪魔を捕えたという、すばらしい電話を！　それ、あそこがタクシイの車庫だ。おれの顔を知ってるから、すぐに二台、出させてやろう！」

と、スミスは右手をあげると走りだした。

総監の命令です

女中のメリーは、まだ起きていた。帰ってきた僕が、頭から全身、ずぶぬれなのを見ると、両手をひろげたきり、あっけにとられて、わめきだした。

「まあ大変！　どうなすったんですの、レインコートは？」

「なんでもいい。ゾクゾクするだけだ。寒くてたまらない」

夏でも寒い。おどろいているメリーに手つだわせて、さっそく寝まきにきかえた僕は、ベッドにもぐりこんだ。風邪をひくと、それこそ大変だ。神経もたかぶっている。眠りぐすりを飲んで、グッスリと寝てしまった。

目がさめると、雨はやんで、頭はスッキリしているくせに、腹がヘトヘトだ。しかし、飯をいそぐよりも、メリーにきいてみた。

「電話はこないか？」

「いいえ、どこからも。電話よりも患者さんが四人、いらしてますわ。先生のお目ざめを、みなさんがお待ちかねですの」

「四人か。ハーリイ君は来ている？」

「ええ、もうとっくに」

ハーリイ君は看護婦なのだ。

「よし、すぐ行こう。何時かな？」

「もう十一時すぎましたわ」

「エッ、くすりがききすぎたな」

あわてて服と消毒衣を着るなり、ぼくは診察室へ出て行った。

ペトリー先生は寝ぼうで、むやみに患者を待たせるなど と、そんな評判がたつと、これまた大変である。

「どうもお待たせしました。ゆうべは意外な急用で、夜あけごろ帰ってきたものですから、つい寝すごしまして」

言いわけしながら、さっそく診察にかかった。「意外な急用」実さいに、そのとおりだった。ぼくは患者にウソを言わない。

国家警察本部の総出動は、スミスの敏しょうな指揮によって、成功したのにちがいない！

電話がまだこないのは、探偵課長のスミスが、いそがしいからだろう！

ライムハウス六階の上下に大乱闘！　悪魔博士フーマンチューの捕縛！　あの魔女カラマネはどうしたか？

待て、待て！　スミスの言った「すばらしい電話」が、今にくるんだ。医者が診察と治療に、こうふんしてはいけない！

そう思いながら、ぼくは内心、ワクワクしていた。

四人の患者を診察し、治療がおわった、が、電話はどこからもこない。ぼくはワクワクしながら、食事もすませた。

さあ変だぞ！　失敗したかな？　それにしてもスミスから、何とか言ってきそうなものだが、はてな？

いよいよ僕はワクワクして顔も熱くなり、二階の部屋の中を、歩きまわっていると、あけたままのドアのわきに、スッと人影が黒く立った。見ると顔の細長い十七才のカーター君だ。

「オオ、はいりたまえ。どうした？」

カーター君が風のようにはいってきた。まゆをしかめて、しずんだ顔をしている。

「スミス課長に言われてきました。総監の命令です」

「エッ、総監の命令？　何だって？」

「ジャック・ペトリー先生の身辺を、今から行って護衛せよ！」▼49
「ぼくを今から、君が護衛するのか？」

「ハッ、そのとおりです」

と、カーター君が、すましきってこたえた。

「それは、どういうわけだろう？」

「先生の身辺が、もっとも危険だからです」

地下室に十二人の死体

ぼくは青年探偵のカーター君に、断こと思いきって言った。

「ぼくの危険は自分でまもる！　腕ききの君を僕の護衛のために、本部から抜くのは、ぼくの気にすまない。帰ってくれたまえ！」

すると、カーター君も断ことして、まゆをしかめながら言った。

「ぼくは総監の命令を、スミス課長から言われて来たのです。先生の言いつけで帰るわけには、いかないです！」

「総監が、どういうわけで、そんな命令を出したんだ？」

「フーマンチューが、ジャック・ペトリー氏をねらっている。英国警察の名誉にかけて、ペトリー氏を護衛しなければならん！　こういうことです」

「スミス課長も、そんなことを言っていた、が、スミス君自身も、フーマンチューにねらわれているのだ。ぼくを護衛するというのは、本部の総出動が失敗したからだな？」

「ざんねんながら、そうです。総監まで出動されたですが、ライムハウスの上から下まで、生きている者はネズミいっぴきも、いなかったです。奴らは皆、すごく敏速に立ちのいたものです」

「しまったな、そうか。君も行ったのだね。立ちのいた敵の行くえが、わからないのかなあ？」

「総監の命令で、目下、大がかりに捜査中です。時間を考えても、遠くへ引きあげたとは思えない。ホワイト・チャペルの中の、どこかにひそんでいるのだ！　と、あの町ぜんたいが、けさから捜査で大さわぎです」

「生きている者は、いなかったといって、なにか死んでいる者がいたのか？」

「地下室に、十二人の死体です」

「エッ、十二人、何者だ？」

「スミス課長の判断では、シンガポール・チャーリー、ニューヨーク七人組、八人はちがいない。が、あとの四人は不明です、その中のふたりは、若い女でした」▼50
「どうして殺したのかな、十二人も、まったく悪魔だ！」

「どの死体にも、外傷なしです。おそらく毒ガスによるものだろうと、警察医の判定です」

「やはり医者が行ったのだな」

地下室に残されている十二の死体、ズラリとならんで、ころがっている、そのありさまを、ぼくは想像して、ゾクッと寒い気がした。悪魔のしわざだ。

「アベル・スランチンの解ぼうの結果は、わかったのか？」

「大学病院の通知では、あの毒へビの歯と舌にあるツバの毒素と、スランチンの血にまじっていたものとが、まったく同じで、非常な猛毒だそうです。黒猫のツメにはいっていたものとは、また別だし、この犯人が同じ者だとすると、毒物研究に余ほどの専門的知識をもっていて、毒へビなどを、ひそかに飼っているのだろう、というのです。ライムハウスの屋根うらには、なにか動物の足あとらしいものが、点々と残っていたです。フーマンチューが、いろんなものを飼っているのは、たしかです」

まったくフーマンチューは怪魔だ！　が、あのカラマネの清らかな表情と涙は、ほんとうに何を意味するのか？　と、ぼくはフーマンチューへの恐れと憎みと、カラマネへの疑いに打たれて、カーター君を相手に、いろいろと意見を話しあってみた。ところで、「総監の命令」を聞いて来た青年探偵カーター君は、ぼくの言うことなど、まるで耳に入れずに、あくまでも「ペトリー先生を護衛」するのだ、と、しまいには、

「ろう下でも、いや、外に立っていてもいいです。帰りません！」

と、えらくがんばりを見せた。

どうも、しかたがない。といって、夜じゅうカーター君を、ろう下や外に立たせておくわけにはいかない。二階の僕の寝室に、なお一つベッドを入れると、ならんで寝ることにした。

悪魔博士とその一党は、どこにひそんだのか？　まさか今夜、ぼくをおそってくることは、ないだろう、と思ったのが、まちがいだった。

さすがにスミスは、ぼくに危険がせまっているのを、早くも判断して、カーター君をよこしてくれたのだ。

手か足をねらって

カーター君に言われて、ぼくは右わきに六連発を、左わきにジャック・ナイフを、からだのそばへおいて寝た。

カーター君自身も、小型ピストルを右手にもって、あおむけになると、シーツを胸の上までかけた。

「暗くした方がいいです」

「よろしい」

枕もとのテーブルにあるスタンドランプを消した。

こうなると、神経がするどくなり、眠れなくても、くす

りは飲めない。グッスリ寝てしまって、おそわれると、いよいよ大変どころか、命が危険だ！

ドアも窓もしめてしまった。暑いのにも、へいこうである。ぼくはカーター君に言った。

「まさか今夜は、逃げたばかりの奴らが、やってこないだろう。窓をあけようじゃないか、すこしはすずしくなるんだ」

ならんで寝ているカーター君が、またまた断ことこたえた。

「いかんです！　ぼくの言うとおりになさい！」

「まるで命令だね。汗がもう出てきたぜ」

「汗くらい何です。命にかえられますか」

「いや、生きているから汗が出るんだが、窓をあけたって、下からのぼれないはずだ」

「いかんです。こちらは『はずだ』といっても、敵はのぼってくるでしょう、どんな手を使うかも知れないです」

「そんなこと言うと、ねむれないぜ、夜があけるまで」

「あなたは、ねむりなさい！」

「君は？」

「このまま起きています。護衛です！」

こんな護衛が来ては、こちらも眠れない、と、ぼくは感謝しながら、おかしい気がした。しかし、カーター君がいるから安心しているうちに、いつしか眠ってしまった。何時間すぎたか知らない。

「ピチッ！」

ふいに変な音が、耳にはいって僕は目をさました。まっ暗な中に、

「ピチリッ！」

また変な音だ。頭の方の窓らしい。ハッと体じゅう神経が張りきって、

「何だっ？」

と、どなりかけると、横からカーター君の声が、

「先生、起きていますか？」

と、ささやいた。これも張りきっている。

「ウム、起きている」

「しずかに！」

「ピチリッ！」

窓ガラスの音だ！

「のぼって来たです。ガラスを破ってる！　先生、大じょうぶですか？」

「エッ、何が大じょうぶ？」

と、ぼくはベッドの上に起きあがった。

「ピチリッ！　ピチッ！」

「こいつを逃がしちゃならない。ぼくは下へ行って、逃げ道をふさぐです。先生は、はいりかけたところを、うまくピストルで、いいですか？」

と、ベッドの横に立っているカーター君のささやく小声が、おちついている。なかなか大胆だ。

「うまくピストルで？　どうするんだ？」

「殺しちゃいけない。手か足をねらって、いいですな！　窓から逃げだした奴を、ぼくが下で生け捕るです！」

と、カーター君が今こそ風みたいに、そう言う小声が、早くもドアのそばから聞こえると、音もなく出て行った。

「ピチッ！　ピチリッ！」

窓ガラスを外から破いている。手を入れて掛け金をはずし、窓をあけて飛びこむつもりだろう。かべに、はしごでもかけたか？　フーマンチューの手下にちがいない！　いや、本人がおそって来たか？

ベッドをよけて横の方に、ぼくは立ちあがるなり身がまえた。「手か足をねらって」と、カーター君は言った、が、まっ暗な中に、そう「うまくピストルで」ねらいはつかない。それよりも、おそいかかってくる奴を、ジャック・ナイフで刺すか切りつける！　と、ぼくは右手の六連発を、思いきってベッドのはしにおくと、かわりにジャック・ナイフをつかんで、長い刃《は》をぬき出した。

さあこいっ！

外科医の僕は、ナイフを使うのに、なれている。ビクともせずに、おちついていた。「先生、大じょうぶですか？」なんて言ったカーター君を、おどろかしてやるぞ！　と、窓の方を見すえていた。

これまた怪物だ！

窓にカーテンがさがっている、が、まっ暗だ。見えない。ガラスを外からくだく音が、もう聞こえない。しずかだ。さては手を入れるだけ破いたらしい。掛け金をはずすな！　と、ぼくはジリジリしながら耳をすました。右手につかんでいるジャック・ナイフがふるえる。

掛け金をはずす音が、まるで聞こえない。たくみにはずしたらしい、が、窓をあける音も聞こえない。よほど手なれている奴にちがいない！　悪魔博士か？　ぼくの全神経が耳にあつまった。

「シュッ、シューッ！」

風を切るような音が、窓の外に聞こえた。下の方だ。何の音か？

「シューッ、シュッ！」

また聞こえると、すぐ消えた。何者か外に、かべの下にいるのだ。カーター君はどうしたか？

窓ガラスを破った奴が、まだ飛びこんでこない。掛け金をはずさず、窓もあけずにいるのか？　かべの下と、二階の窓と、敵はふたりか？　いや、三人か四人か？　ぼくはスタンドランプの方へ、左手をのばした。スイッチをまわそうとすると、

「パタッ、……」

　カーテンの下に小さな音、と、まっ暗な中に何者かバッと僕に飛びかかった気はいを、顔の前に感じた。とっさに身を引いた僕は右手のジャック・ナイフを、サッと突きあげ切りさげた。手ごたえと同時に、

「ギャッ！」

　奇怪なさけび声をあげた、何者とも知れない敵が、とたんに暗《やみ》の中に消えた、と思うと、

「パタパタッ、……」

　カーテンの下あたりに、小さなひびきは足音らしい！　カーター君、こいつを生け捕れ！　とぼくはスタンドのスイッチをまわした。パッと灯がついた。何者もいない！　緑のカーテンがゆれている。下をくぐって飛び出したな、と、カーテンを見つめると、

「ピシッ！」

「パーン！」

　外から聞こえたのは、ピストルの音だ。同時に射ちあった!?

　ハッと僕は窓べりに走りよるなり、カーテンを引きあけた。ガラスが破れている、掛け金をはずして上へおしあけると、

「カーター！」

　力いっぱい呼んで下を見まわした。

　玄関の灯が消えている。暗い。せまい前庭から門の方へ、だれもいない。

「カーター！」

　しずかな夜ふけの空気に、自分の声が高くひろがって、それきり、なんにも後に聞こえない。

　カーター君は、どうしたのか？

　ぼくのジャック・ナイフに切られて逃げた奴は、どこへ行ったのか？

　窓の下に、はしごはない。窓べりから綱もさがっていない。ふしぎだ！

「カーター！」

　ぼくは三度さけんだ。

が、なんのこたえもない！

　下へ行って探そう！　ピストルを射ちあったのは、たしかだ。変だぞ！　と、ぼくは窓べりから身を引くと、ジャック・ナイフを投げすて、六連発をつかんでドアの方へ行きかけた。とたんに足もとを見ると、ギョッと立ちすくんだ。

　何か？　黒く小さなものが、ゆかに落ちている。子どもの黒い手ぶくろみたいだ。ただ一つ、何だろう？

　これまた怪物だ！

レースの世界選手に

ぼくはギョッとしながら、スタンドランプを持ってきた。うつむいて、ゆかの上の黒い小さな手ぶくろみたいなものを、ジッと見ると、

「ワッ!?」

おもわず声が出た。

血がにじんでいる小さな手首からさきだ！　黒い指が五本、ちぢんでいる。切られて落ちた手首！　さては僕がまっ暗な中に、ジャック・ナイフでザクッと手ごたえがあったのは、これを切ったのだ！

さけび声をあげた敵は、カーテンの下をくぐりぬけ、窓ガラスの破れから飛び出して逃げた。小さな動物にちがいない。しかも、窓ガラスをピチッピチリと、こまかく破いたのは、りこうな動物だ。この黒い五本の指は、サルだろう。かべをのぼってきた小さなサル！

悪魔博士はサルも使っているのだな▼51！

黒い手首の上に、まっ黒な毛がこまかくはえている。黒サルだ！

ぼくは投げすてたジャック・ナイフに、灯をさしつけて見た。するどい刃に、はたして血がついている。力いっぱい突いて切りさげたが、よくも切りすてたものだ！　あぶなかった、この黒いツメにも猛毒がはいっているのじゃないか？　と、ちぢんでいる五本の指と黒いツメのさきをぼくはしばらく見ていた。

カーター君があけはなして行ったドアのそばに、出てきたのはメリーだった。青ざめた顔をして、

「先生、どうかなさいましたの？」

と、声もふるえている。

「ウム、えらい奴が飛びこんできたんだ」

「えらい奴って、今さっきの大きな声は、先生でしょう？カーター、カーターって」

「ぼくだよ。その前にピストルの音を聞かなかったか？」

「アッ、あれ、なにか、はじいたみたいな音がしましたわ。まあ！　ピストルを誰が、先生！」

ふるえあがったメリーが、こわがって僕のそばへ、はいってきた。足もとに落ちている黒い血まみれの手首を見ると、

「キャッ！」

サルみたいにさけぶなり、たちまち脳貧血を起こして、フラフラと横へたおれてしまった。

ふとっているメリーは、とても重い。やっと僕はだきかかえた。下の部屋へ運んで行き、ベッドに寝かせて、二階へ引きかえしてきた。すると、そこにはいってきたのが、カーター君だ。右手にピストルをさげている。

「ヤッ、どうした？」

「逃げられたです。風みたいな奴！」

「風みたいなのは、君じゃないか。君よりも早い奴がいたのか。射ちあったろう？」

「一発、奴のはそれたです。ぼくのはたしかに、あたったはずです、が、逃げられた。頭にターバンを巻いていたから、インド人かビルマ人か、いや、変装かも知れない。左手にムチらしい物をもっていながら、とても早い！　あれだとレースの世界選手になれるです」

「シュッシューッと聞こえたのは、そいつが下からムチを振ったのだな。これを見たまえ。黒サルの手首だろう」

「アアッ、……すごいですな、これも大学病院だ。夜があけたらもって行くです」

カーター君は窓べりへ飛んで行くと、そこいらを見まわして、

「ここのガラスにも、血と毛がついている。たしかにサルだ。そうか、奴はサル使いだったんだな」

「しかし、サルが高いカベをスルスルと、のぼってくるかしら？」

「なに、手と足の長いクモサルって奴だと、このかべくらい、クモみたいにのぼってくるです」

「そうかなあ？」

クモサルというのを、見たことのない僕は、顔をかしげずにいられなかった。動物学者にきくと、すぐわかるだろう。悪魔博士こそ、むろん、知っているのだ。

殺人博士の科学実験室

？？？


夜があけて、快晴、すばらしく青く明かるい空を、ぼくはガラスの破れている窓から見た。

カーター君は黒サルの手首を、大きなガーゼの中に包んだ。本部へもって行こうとして、

「やって来た奴を逃がしたですから、報告しにくいです」

「しかし、風より早い奴だもの、しかたがないだろう」

「黒サルも、そいつのあとを追って逃げたんですな。気がつかなかった。先生のピストルの音を、今か今かと待っていたんです」

と、いかにも残念らしく出て行った。

脳貧血のなおったメリーは、まだ青い顔をしていた。

「こんな恐ろしい家は出て行く」などと言いだすと、こまるぞ、と、ぼくが心ぱいしているうちに、看護婦のハーリイ君が出てきた。きょうは新患者が三人、診察と治療と手術に、ペトリー先生の僕は、この日も、なかなかいそがしい。しかも、前からの患者が十一人、ようやく治療を終ったのが、午後一時すぎだった。

「きょうも往診は、お休みですか？」

と、ハーリイ君が早口でハキハキときいた。今年二十四才である。

「休みたいな。つかれているから」

「先生、それではズベラですわ。いけませんわよ」

「いや、ズベラじゃないんだ」

ひとり歩きは危険なのだ。スミスからも注意されている。が、看護婦に「ズベラですわ」と言われてみると、医者が往診もしないで家の中に引っこんでいるのは、むやみに危険をこわがっていて、意くじないみたいな気が、ムラムラとわきあがってきた。

「つかれ休みがズベラでなければ、先生、あたしも休みたいですわ」

と、ハーリイ君がまたツケツケ言うと、

「あら、きょうの患者さんのうちに、だれかしら？　お天気がいいのに、レインコートを着てきたのは？」

と、入口の方をむいて、おかしいみたいな声を出した。なるほど、待合室の帽子かけに、ダラリと灰色のレインコートが、さがっている。よく見ると、ぼくの物らしい。ライムハウスのうらでガスに眠らされ、その時に取られたのが、ここにさがっている！　ぼくはおどろいて、

「待てよ、ぼくのレインコートらしいぜ」

「あら、先生の、いやだわ。あすこにかけたまま、おわすれでしたの？」

「いや、外出さきで忘れたんだが、変だな。だれが持ってきたか、君、おぼえていないか？」

「いいえ、ちっとも知りませんわ」

「待てよ、ぼくの見まちがえかな」

待合室へ出て行った僕は、そのレインコートをはずして見た。まぎれもない、古くてゴワゴワしている僕の物だ。右のポケットに入れていた新型六連発は、なくなっている。左のポケットをさぐってみると、何か厚い紙きれが底の方から出てきた。これはおぼえていない。よほど前に入れたものだろう、と見ると、鉛筆で細く何か書いてある。ところが、ぼくの字ではない。

ニュー・オックスフォード町
美術品店　ゼー・サラマン

どうも！　これまた変だ！　美術品店など、ぼくの記おくに全然ない。こんなものが、どうしてポケットに、はいっていたのか？　と、探偵の気もちになって、くわしくしらべてみると、紙は新しい、鉛筆の字の色も新しい、ほそくやさしい書き方は、女らしい。ますます変だ！

「待てよ、はてな？」

ぼくは、ひとりごとを言った。

これは、あの涙をながしたカラマネが、書いたものではないか？　奇怪な謎の魔女！　ぼくのレインコートを持って来て、待合室へ患者にまぎれてはいり、帽子かけに掛けて行った、とすると、この厚紙に書いてポケットへ入れてきたのは、ぼくへ何か知らせるためではないのか？

？　？　？

ぼくはジッと考えこんでしまった。

読者諸君！　もしも、あなたが、この時の僕だったら、どうするですか？　ぼくはこのわからない厚紙の上の住所と名まえを見て、断然、この「美術品店」を探りに行くぞ！　と、決意したのです！[52]

あの黒目の魔女カラマネが、ぼくの判断どおり、これを書いたとすると、この「ニュー・オックスフォード町」の「美術品店　ゼー・サラマン」は、フーマンチューと何かの関係がなければならない！

夕方になると、風のようなカーター君が、また護衛にやってくるだろう。なに、おれは護衛にたよるよりも、ひとりで敵にぶつかって、悪魔博士と食うか食われるかの勝敗を、一挙に決してやろう！　いよいよ決戦だ！

たとえ敗れても、あとでスミスが知ったら、とてもおどろくだろう。痛快だ！

いや、待てよ！　こんなのは向う見ずの冒険だぞ。おちつけ、こうふんするな！

いろいろ考えたですが、いちど決意すると、もう引っこめないのが、ぼくのクセなんだから、しかたがない。よし！　ここで一つ、おれも名探偵になれるか、どうなのか？　ためしてやろう。命がけの試験だ！　と、ぼくは、ふるいたったのです。

銀ピカの仏像

新型六連発は、ライムハウスで敵にとられた。古い型のを上着のポケットに入れて、ぼくはひとり、医院の家を出て行ったのです。

われながら向う見ずの冒険だ！　が、成功してみろ、すばらしいぞ！　すくなくとも何か有力な手がかりをつかむ！　悪魔博士と決戦だ！

ニュー・オックスフォードの通りは、[53]世界に有名な大英博物館に近い。ぼくは両がわの店を、それからそれへと見て行った。ゆっくり歩いていながら、むやみに胸さわぎする。が、ここまでくると、いよいよもう引きかえせない！

右がわの小さな入口に、「美術品店　ゼー・サラマン」と金文字が太く、つやけしガラスに光っている。よし、これだ！　そこのドアをおしあけて、ぼくはグッと中にはいった。

「いらっしゃいまし、……」

ボソッと低い声が聞こえた。

店のまん中に、丸いテーブルをへだてて、顔の青白い三十五、六才の男が、いすにかけている。ジロリと僕を見ると、

「どなたのごしょうかいでしょうか？」

と、ことばつきは、ていねいだ。

「いや、しょうかいはない。ぼくは美術品がすきなものだから、散歩ついでに、見せてもらいたいと思って、……」

と、まわりの棚や台の上の仏像とか花瓶とかを、それとなく僕は見ながら、

「君がゼー・サラマン氏ですか、おもてに名まえが出ている」

と、まずは探りを入れてみた。

「いいえ、主人はただ今、おりませんので」

「そうですか。フーム、この銅のツボはおもしろくできているな。よほど古い物らしいが」

「へえ、よくごらんになりますな。それは四百年ほど前の物だそうでして」

「どれも古い美術品だな。骨とうばかりですね」

「へえ、さようで、そのかわり珍しい物が、そろっていますんで」

「なるほど、中国の物が多いようだが」

中国人の悪魔博士と関係のある店だな！　と、ぼくはおくの方へ、それとなく目をつけた。茶色のドアがしまっている。その中は、どうなっているのか？　ドアの右がわに棚が四段、上の三段は何一つおかれていない、空《から》だ。下の四段目に光っているのは、銀色の仏像である。これは古くないらしい。

「おもしろい銀ピカ仏像があるな、古いのかしら？」

その方へ、ぼくがスタスタと行くと、後から、

「アッ、それは売物じゃないんでして」

と、あわてた声が引きとめた。

「売らない？　どうして？」

「そ、それは売約ずみなんで、こまるんです！」

と、青白い店員が急に立ちあがって来た。

さては怪しいぞ！　と、ぼくは、

「見るだけならいいだろう」

と、言うより早く、銀ピカ仏像を左手にもちあげようとした、が、重くて動かない。変だぞ！　と、グッと力を手にこめると、

「アッ？」

横のドアがスーッとあいた。銀ピカ仏像にドアの仕かけがある！　と、気がついた僕はドアの中へ一気に飛びこんだ。探検だ！

足もとに階段が下へ、赤い敷物が長く見える。ぼくは下へ突進した。地下室だ。すぐ後におりてくる足音は、青白い店員だろう。何かさけんだ。階段の下がまたドアだ。ぼ

くは体あたりにズシンとぶつかった。両方へひらいたドアの中に、ヌッと突っ立っている者を、ぼくは目の前に見るなりギクッと立ちすくんだ。

悪魔博士フーマンチュー!

石の柱につながれて

巨大な岩みたいな赤い顔、太い毛虫のような眉の下に目は細く、まるで眠っているみたいだ。鼻が大きくひろがって、ムッと厚い口びるを引きしめ、白絹の中国服に大きな体を包んでいる、と、見たいっしゅんに、

「フー、……」

ぼくが思わずさけびかけた時、後頭の下に何か突き刺さった。

猛烈な刺突! 青白い店員が、……と、きらめくように思った、それきり僕はグラグラッと目まいを感じて、足もとへくずれた。あとを知らなかった。

気がついた時、何か注射されたな、と思ったとたんに、バッと強い光りが僕の目にはいった。

とても広い部屋だ。方々に明かるい光りが、コーコーとかがやいて、まん中ごろの太い大理石の白い柱に、ぼくはしばられている。気をつけて見ると、両手に鉄の手錠をはめられ、柱についている鉄の環《わ》から鉄のくさりが、両方の手錠につづいている。鉄また鉄だ。しかも、ぼくは柱の下にたおれている。

負けた、みじめにやられた! が、今度も殺さなかったな。どうともしろ! と、ぼくは大胆に、ゆっくりと起きあがると、この広い部屋の中を見まわした。

悪魔博士! 怪人がここにいる!

とても大きなテーブルに向いているフーマンチューの横顔を、ぼくは見た。ドッシリと巨大な像が、いすにかけているようだ。身動きもしない。目の下に黄色の厚い書物をひろげて、一心に見つめている。髪は灰色、フサフサと長く肩とせなかへさげて、耳たぶもすごく大きい。いかにも怪物だ!

書物の前に、ズラリと並んでいる試験管、フラスコ、カップ、秤《はかり》、顕微鏡など、すぐ横に血のような赤黒い液が、平たいフラスコの中にフツフツと沸いている。下に赤く燃えているのは電気炉だ。

悪魔博士、何か実験しているらしい。

ぼくは自分の最後を覚悟した。胆がすわるというのは、この時の気もちだろう。すこしの恐れもなく、おちついて声が出た。

「フーマンチュー! こっちを向け!」

何か話してやろう! と思ったのだ。

怪物の顔がムーッと僕の方を振りむいた。眠っているような横に細長い目が、ジーッと僕を見すえると、おかしそ

うにわらった。奇怪な笑い顔になって、いきなりパクッと口をあけた。あたりにひびく声が、おどろくほど朗らかに、

「ホホー、よくいらしたですな、ペトリー先生！」

と、歓迎するみたいに言った。

ホワイト・チャベルの秘密の家に、エルサムを逆さにつるしあげ、拡声器からどなった、あの時のすごい声とは、まるでちがう。これまた同じ人間がふたりいるようだ。

この怪人を、ぼくはにらみつけて言った。

「よくはこない。だが、このような手錠のもてなしは、フーマンチューとして、ひきょうじゃないか？　きさまは、ひきょう者だ！」

「ホホー、ひきょう者？　そういうことばを、わがはいは知らんのじゃよ」

と、おかしそうにニヤリとわらうと、悪魔博士があおむいて、またわらった。

ぼくもあおむいた。何かあるのか？　と見ると、高い天じょうの方々に、きれいな色どりの日本チョーチンが、いくつもさがっていて、どれにも灯がついている。東洋の祭みたいだ。

国家警察本部は総出動を断行し、六階の怪家ライムハウスを中心に、ホワイト・チャベルの迷路街を、今なお捜査中だ。その二重三重の網を後にして、このような広い東洋趣味の部屋に、ゆうゆうと何か化学的実験をためしている悪魔博士！　ライムハウスの地下室には、十二人の死体を残してきたのではないか！

ぼくの全身に憎みの血が、猛然とわきあがった。が、石の柱につながれているのだ。

黒いリスザル

腹のそこから憎みの一念が、今さらに燃えながら、手錠と共に柱へしばりつけられている。ぼくは悪魔博士を、ハッシとにらみつけたきり、歯を食いしばって言った。

「この手錠をはずせ！　堂々と決闘せんか、フーマンチュー！」

「………」

天じょうに美しい日本チョーチンを、あおむいていた悪魔博士が、なんとも言わずに、ゆうゆうと立ちあがった。巨大な全身にドッシリと気力がみなぎっている。僕の方を見むきもせずに、

「このフラスコには、チベットのおくから取った、めずらしい毒草の実が、今、フツフツとにえているのじゃ。しばらくすると、ペトリー先生に、さしあげられるじゃろうよ」

ひとりごとみたいに言いながら、ゆっくりと歩きだした。白絹の中国服をきている岩のような後すがたが、向うの桃色のカーテンへ近づくと、サッと両方にカーテンがひらき、

殺人魔が灰色の長い髪と共に中へはいると、あとにカーテンが両方からスーッとしまった。

広い部屋の柱の下に、ぼくはひとり残された。

怪敵フーマンチューは、「しばらくすると」出てくるにちがいない。「毒草の実」の液をにている。相手の僕を実験に使うモルモットくらいに思っているのだ。化学的殺人魔！

今のうちだ！　おれが自分をすくいだすのは今だ！　どうするか？

ぼくは身をもがいた。左に右に、からだを動かしながら、必死になって考えた。

鉄の手錠は両方とも手首にはまっている。指は右も左も十本とも自由だ。右の手錠には鍵穴がある！　柱の鉄環と手錠をつないでいる鉄のくさりは長さ三十センチほど、だから、手錠さえはずすと、くさりに手錠がぶらさがって、おれは自由になれるんだ！

殺人博士の大テーブルに、赤黒い毒液がフラスコの中に、グラグラとにえている。下の電気炉はそのままだ。ぼくは部屋じゅうを見まわした。自分をすくいだす道はないのか？

ズッと右の方に高く大きな本棚が、並んで立っている。上から下までギッシリと大小の書物だ。その前に低い安楽いすと長方形のテーブル、と見ると、いすの下に何かチラッと小さく黒いものが動いた。かくれた。また出てきた。

何か動物がいる！　それがピクッピクッと、おどるみたいに、いすの下から出てきた。黒い小さい変な形のサルだ。顔が小さく手足がみじかく尾が太い。はいだしたのを見ると、サルではなくリスみたいだ。リスザルか？▼54　からだじゅう黒い。

黒ネコ、黒ヘビ、黒クモサル、この黒いリスザル、悪魔博士は黒い動物を飼うのだな！

いや、こんなことに気がついても、しかたがない、と、ぼくはリスザルから目をはなそうとした。とたんに、ヒョイと飛びあがった黒いリスザルが、テーブルの上に乗った。何かつまみあげた、と、すぐヒラリと飛びおりると、ぼくの方を見た。キョトンと小さな目をしている。人になれているらしい、おどるみたいに手をあげて、ぼくの前へ近づいてきた。小さな環をつまんでいる、と、見るなり僕はハッとした。

小さな鍵が環についている。しめた！　手錠の鍵じゃないか!?

ふたたび現われた

ぼくのすぐ前、一メートルほどに、黒いリスザルが立ちどまった。右手につまんでいる細い環に、ブラブラとさがっている小さな鍵！　いよいよしめた、手錠の鍵にちがいない！

はじめて僕を見るリスザルは、いつもと違う人間がいるな！　と思ったらしい。小さなクルクルしている目を、ぼくにむけたきり、一メートルほどしか近づいてこない。ぼくは、たまらなくイライラと気が急いだ。

もっと近くへこい、リスザル！　その鍵を、おれに取らせろ！　この手錠の鍵穴へさしこんで、まわせばすぐに、手錠がはずれて、おれは自由になれる。今のうちだ、早く！　悪魔博士が出てくるんだ！

この僕の命にかかわる鍵を、目の前にリスザルが持っている。こいつを何と呼んでいいのか？　名まえを知らない僕は、

「こいっ、チッチッ！　こいっ、ここへ！」

と、やさしく小声で呼んでみた。

黒いリスザルが、キョトンとしている。顔をかしげたようだ。

「チチッ！　こい、ここへ、チッチッ！」

ぼくは両腕に力をこめて、できるだけ前へ出た。柱の環につながれている鉄のくさりが、手錠からのびきって、これ以上は前へ出られない。

リスザルがピョンとおどった。太い尾を後にあげて、もうすぐ目の前へ来た、が、まだ僕の手の指が鍵へとどかない。ぼくはソロソロと右足をのばした。ドタッと足のさきでおさえつけ、すばやく引きよせてやろう！　だが、しくじって逃がしたら、それきりだ！

「チッチッ！　チチッ！　……」

この声に、リスザルは耳をかたむけて、ぼくの口びるを見つめている！

ソロソロと僕は右足をあげた。横から一げき！　今だ、と思った時、後から不意に高い声が、

「タララッ、ヒナ！　タララッ、ペコ！」

と、さけびだした、この声を聞くなり、リスザルは鍵の環をカチンと前へ投げだして、身をひるがえすと、いきなり向うへ逃げて行った。

いっしゅんに僕は右足の下へ、鍵の環をおさえつけると引きよせた。そこに後から前へまわってきた靴音、と思うまにスッと目の前へ立ったのは、カラマネ！　見ひらいている大きな黒目が、ぼくをジッと見おろすと、

「フム、……」

口びるの中で小さくつぶやいた。

ぼくはハッと息がつまって、カラマネの顔を下から見つめた。

怪館ライムハウスの三階から、スミスと僕をたすけ出したカラマネ！　悲しみと恐れにふるえ、「どうぞ、早く！」と、心からねがって涙をながした謎の女カラマネ！　今ここに、ふたたび僕の危機に現われて、悪魔博士の手の中か

ら僕を、すくい出してくれるのか？

「……カラマネ!?」

名まえを呼んでみた僕の声には、疑いと願いがあふれていた。

ところが今は、なんというカラマネの冷たい目だ！　まるで何の表情も無い。目いろも顔つきも氷のように冷たい。これこそ魔女の顔なのか？　そうだ、ニレの森のおくで、ぼくに黄色のハンケチを投げつけた時、ベールの下に見えた一瞬の顔が、これだった！

氷のような魔女カラマネ！　これを下から見た僕も、からだじゅう冷たくなった。

まっ黒な髪に、今は何のかざりもつけていない。むらさき絹の中国服をスラリと着ている、カラマネが僕の顔を、上から冷たく射とおすように見すえながら、腰をかがめると右手をのばして、ぼくの右足の下から鍵の環を、さぐり出すなり拾いあげた。スッと立ちあがると、

「フム、……」

また口の中で小さくつぶやいた。

しかし、氷のような顔に何の表情も動いていない！

ぼくは手錠を急にガチガチと動かして見せた。

変化する怪女

謎の女カラマネの冷たい目が、チラッときらめいて、ぼくが動かしている両方の手錠を見た。鉄のくさりもガチガチと音をたてている。

「はずしてくれ、たのむ！」

と、ぼくは下から、すがりつく気もちで言った。

ところが、

「…………」

あくまでも冷たく、だまりこんだカラマネは、右手の指に鍵の環をさげたまま、いきなり後へ振りむいた。

「待てっ！」

ぼくの必死の声が、謎の女に聞こえないのか？　右の方へカラマネはスタスタと歩きだして行った。

身のたけが高く、スラリとしている、それだけだ。何の感情も動いていない謎の女の後すがたを、ぼくは、だまって見おくった。

絶望！

鉄の手錠……鉄のくさり……鉄環……石の柱に、両方の手首をつながれている、自分は殺人魔フーマンチューに実験されて、ここに最後をとげるのだ、絶望！　と、ぼくは覚悟しながら身ぶるいした。

右の方の桃色カーテンの前に、謎の女カラマネの後すがたが、ピタリと立ちどまった。黒い髪、ほそい首すじ、むらさきの絹の中国服が、そのままジッと動かずにいる。出て行かないのか？　何を考えているのか？

三、四分間すぎたろう。ぼくは息もつかずに、謎の女の後すがたを見つめていた。

グラリと向うへカラマネが、うつむいた。カーテンがゆれたのは、髪がさわったからだろう、と見ると、顔をあげたカラマネが、ぼくの方を振りむいた。またジッと見つめる大きな黒目、まっ白な顔、それが今度は、まるで気力がなく、なにか迷っているようだ。右手に鍵の環をさげたまま、フラフラと力なく近づいてきた。何だか人形のようである。

どうしたというのか、このカラマネの行動は？　ますます謎の女、怪女だ！

気を失ったきり目をあけているように見える、カラマネの変な顔つきを、ぼくは、まばたきもせずに見ていた。

すぐ前に来てヨロヨロと立ちどまった、カラマネは左手をさしだすと、手錠をつかんだ。

「オッ!?」

ぼくはビクッとして声が出た。

手錠の鍵穴に、カラマネが鍵をさしこんだ。

「カチッ！」

と、鍵をまわした小さなひびき、ぼくをすくう音だ！

手錠がはずれた、両方とも！　ぼくは柱からはなれた、と、カラマネの顔を見るなりハッとした。

ありありと悲しそうな、恐れにふるえている黒目が、ぼくを見つめて、

「外へ、早く、どうぞ！」

ささやくと、ぼくの腕を右手につかみ、グングンと引っぱって、後のカーテンの方へ、つれて行くのだ！

「どこへ？」

と、ぼくがきくと同時に、

「早く！　博士がくる、……」

と、カラマネはブルブルとふるえながら、ここにもさがっている桃色のカーテンを、サッと横へひらいた。

広い階段が前に現われた。青い敷物をふんでカラマネと僕は、飛ぶように上がって行った。ろう下へ出た。右がわにドア、それをおしあけた。せまい部屋を通った。またドア、おしあけると、またも階段、上がる自分とカラマネの靴音が、かたくコツコツと聞こえた。ほとんど僕は、むちゅうだった。

階段を上がってしまうと、どこなのか？　暗い道だ。顔に風があたった。木が見える。夜だな！　と、あたりを見まわす僕に、

「さ、向うへ、今のうちに！」

と、強くささやくカラマネを、ぼくが振りむくより早く、サッと身をひるがえした怪女カラマネが、今上がってきた階段を、アッというまにおりて行った。

いっしゅん、立ちすくんだ僕は、急に走りだした。道を

自由に走れる！

たすかった！

十字路へ出た時、ぼくは、やっと歩きだした[55]。

どこだかわからない、が、たすかったのだ。夜の空の一方に、高くそびえているのは、黒い森だ。道の左の方からカーッと光りがさしてきた。タクシイのヘッドライトである。ぼくは手をあげた。

第三部　魔女の正体を見よ!!!

広場で堂々と決闘!!!

エッ、白状しろ！

風のような青年探偵カーター君は、ぼくを護衛するために、夕かたからペトリー医院へ来ていた。ところが、護衛されるペトリー先生が、昼の二時ころ、なんとも言わずに出て行ったきり、電話もかけてこない、どうしたのか？

「それきり、まだ、お帰りになりませんのよ、変ですわ」

と、看護婦のハーリイ君が、まゆをひそめて言う、そのまま夜になった、が、ペトリー先生はまだ帰ってこない。

「ヤッ、これはすてておけない。先生は今、もっとも危険なんだから」

と、気をもみだしたカーター君が、国家警察本部のスミス探偵課長に、ペトリー先生の行くえ不明を電話で急報した。

スミスはその時、迷路街ホワイト・チャペルの大捜査を、

さらにつづけていたのだ、が、本部からの知らせに、

「さては、またやられたな、ジャックが！」

と、ペトリー医院へ早速、本部の自動車を乗りつけてきた。

そこにタクシイで帰って来たのが、みんなに心配されてるペトリー先生の僕だから、快活なスミスがこの時は、ガンガンと僕にどなりだした。

「どこへ今まで行ってたんだ？　エッ、白状しろ！」

ハーリイ君もそばから、ぼくをにらみつけている。カーター君は変に苦わらいしている。メリーの大きな下ぶくれの顔が、ドアの横からのぞいている。

ぼくはスミスにどなられて、先生たるもの憤然とやりかえした。

「白状しろなんて、おれは罪人じゃないぞ。いくら探偵課長だって、あたまごなしに言うなっ！」

「ハハッ、みんなに心配をかけただけでも、すでに加害者じゃないか、すなわち罪人だ！」

「ウウム、そう言えば、そうだが、……」

「そう言わなくっても、そうだぞ。どこへ行ってた？」

「フーマンチューに会って来た！」

「オオッ!?」

スミス探偵課長も、さすがにギクッとした。

ぼくは、それ見ろ！　という気になって、

「奴は今でも、堂々と生きていやがる。前よりも、ふとったようだ」

と言うと、目をきらめかしたスミスが、いすを乗りだして、

「毒死した二年前のフーマンチューと、たしかに同じ人間だったか？」

と、声をひそめて、とても真けんになった。

「まちがいない！　ただ声だけは、エルサムをつるしあげた時と、ひどくちがってたようだ」

「あの時は、拡声器を使っていたんだ。すがたは見せなかったし、ほかの奴だったかも知れない。それよりも君が、実さいにフーマンチューと会った前後を、手っとりばやく話してくれ！　今一分が大事だ、奴はまた後をくらますかも知れない！」

カーター君も乗りだしてきた。ハーリイ君はビックリして顔いろをかえている。メリーはこわがって、はいってくるなりドアをしめた。

「奴がひそんでいるのは、広い化学実験室だった。ニューー・オックスフォード町、ゼー・サラマンという美術品商の地下室だ」

と、その前後の奇怪なできごとを、ぼくが息もつかずに、「手っとりばやく」話してしまうと、

「そうか、奴はそのような秘密の巣を、方々に前から作っ

ていたのだな。カーター！　ただちにニュー・オックスフォードへ、方向転換！　ぼくは今からこのために、本部へ引きかえす。君はこのままペトリー先生を護衛！」

　と、すばやく立ちあがった探偵課長スミスが、ぼくを見すえて、

「ジャック！　ひとり出歩きは、いよいよ、こりたろう。もう止《や》めろよ、ハハッ！」

　わらいながら部屋を出て行った。

　門の方に自動車のスタートするひびきが聞こえた。スミスが乗って行ったのだ。

妖女の涙は？

　夜〇時をすぎていた。

　ぼくの護衛に残された青年探偵カーター君は、しきりにムズムズと体を動かしていた。怪敵フーマンチューを捕える、ニュー・オックスフォードの地下室へ、自分も出て行きたくて、たまらないらしい。

　ところが、看護婦のハーリイ君は、

「こんなにおそくなって、あたし、ひとりで帰るのは、いやですもの。今夜はとめていただきますわ、先生」

　と、いつもツケツケ言うくせに、今夜は、よほどこわいらしく、声をふるわせて僕に言った。

「よろしい、とまりたまえ」

「まあ、よかった！　カーターさんが、いらっしゃるから、大じょうぶですわね」

　カーター君が、にがわらいして、

「ぼくがいたからって、安心できないですよ」

「あら、なぜですの？」

「フーマンチューという奴は、ぼくらが二十人や三十人いたって、ビクともしない、ものすごい怪人です。けっして、なまやさしい相手じゃない」

「まあ！　ほんとうですの？」

「事実は、スミス課長もペトリー先生も知っていられる。今さきの先生の話を聞いても、そうじゃないですか？」

「でも、今ごろスミス課長さんに、何とかいう美術品の店の地下室で、つかまえられているんでしょう、先生、そうでしょう？」

「そうだと実さいに安心なんだ。ハーリイ君、ぼくの後頭の下を、ちょっと見てくれないか。注射のあとが、残っているはずだ」

「おいたみになりますの？」

　ぼくの後にまわってきたハーリイ君が、電灯にてらして、そこを見ると、

「やっぱり、たしかに注射ですわ。もう止血してますけれど」

「何を刺したのかな、猛烈に深く感じたんだが」

「消毒しときましょう」

「今となっては、おそいがね。とにかく拭いておいてくれたまえ」

刺されたのは、後頭部の延ずいだ。神経の急所に、何かの毒液を注射された。ぼくはすでにその時、実験に使うモルモットにされたのだ。実に限りなく憎いのは、あの岩みたいな悪魔博士フーマンチューなのだ[56]!

ぼくはハーリイ君に、後頭部の注射のあとを消毒されると、あの地下室へおりる階段で、後からせまってきた青白い店員の顔を思い出し、さらに謎の女カラマネの意外きわまる変化を、ハーリイ君にきいてみずにいられなかった。

「今さっき話したカラマネという不思議な女のことだがね。ああいう気もちの変化と、わけのわからない行動を、ハーリイ君、君は婦人だから、なんとか解いてみてくれないか?」

「ええ、先生のお話を聞いて、あたし、とても変な人がいるものだなあ! と思いましたけれど、……」

「けれど、なんだ?」

「先生、お怒りになりません?」

「おこるつもりはないね」

「どんなことを、あたしが言っても?」

「ウム、おこらないと約束しよう」

「では、あたしの思ってるとおりを、言いますわよ。そのカラマネって女の人、先生を、きっと愛しているんですわ、だから、先生をたすけて、……」

「バカなっ! そんなことがあるものかっ!」

「先生、おこらない約束、……」

「ウウム、おこらないが、それこそ意外きわまる、ありえないことだ[57]」

「だって、そうじゃないって証こも、別にないんでしょう」

「探偵みたいなことを言うな。いや、カーター君、失礼!」

カーター君がまた苦わらいして、

「なに、探偵としてカラマネの変化を考えると、それが、どうも、ライムハウスでも、その奇怪な女は、泣いて先生をたすけ出したんでしょう、そうじゃないですか?」

「そうだ、しかし、その時は、スミス課長もいっしょにいたんだ」

「いや、いっしょでもです、その妖女は先生の顔を灯で見て、涙をながしたというじゃないですか?」

と、カーター君まで変なことを言いだした。

窓の下に封筒

ぼくはまたムカムカと腹が立って、カーター君に言った。

「妖女が僕を見て泣いたなんて、スミス課長、そんなことまで話したんだな」

「課長は、ぼくたちの探偵訓練として、なんでもくわしく話してくれるんです。妖女カラマネについても、さらに奇怪なことは、課長と先生を外へ出してしまった、それをフーマンチューは後で、むろん、知ったのにちがいない。ところで、自分をうらぎったカラマネを、なぜ、そのままゆるしているのか？　これは、ぼくたち探偵として、特に注意すべき点だと思うんです」

「あら、それはフーマンチューが、やっぱり」

と、ハーリイ君が口をとがらせて、

「そのカラマネという妖女を、愛しているからですわ」

「ハハッ！」

と、カーター君が、スミス課長と同じような笑い声をひびかせて、

「あなたは、なんでも愛という感情にむすびつけますね。ところが、フーマンチューという殺人魔は、そんな人間らしい感情など、みじんもない。われわれ白人に対する復しゅうの鬼なんだ。そいつが、なぜ、カラマネのうらぎりを、ゆるしているのか？　愛なんていうことではなく、ほかに何かのわけがなければならない！　この点、どう思うですか？」

「さあ、そうなると、あたしにはわかりませんわ、女探偵じゃないんですもの」

「先生は、どうです？」

「試験されてるみたいだな。そういう探偵の問題は、医者や看護婦にはわからないよ。本職のスミス課長や君にさえ、わからないんじゃないか？」

「すると、みんな落第ですな。今に課長から電話で、フーマンチュー捕縛を知らせてくると、すべて解決するんですが、……」

その電話を、今か今かと待ちきって、こんな話をつづけている。ぼくたち三人とも、一時をすぎたが、寝るどころか、神経がたかぶっている。眠っているのは、自分の部屋へ行ったメリーだけだ、と思っていると、そのメリーがドアをたたいて、はいってきた。

「なんだ、まだ起きてたのか」

と見ると、おびえた顔をしているメリーが、なにか右手に白い紙をもっている。

「どうしたんだ、それは？」

「ろう下の窓の下に、落ちていたんですの」

ぼくの横のテーブルへ、その白い紙をメリーが、こわいみたいにソッとおいた。

紙だが封筒なのだ。何だろう？　と、カーター君もハーリイ君も顔をのばして見た。こうふんしているから、どんなことにも敏感だ。

「窓の下に落ちていた？　すきまから投げこんだのかな」

と、ぼくは封筒の字を、上から注意して見た。

タイプライターの青い字が、

ジャック・ペトリー先生に急告

FMC

ぼくはカーター君の顔を見た。

カーター君の細長い顔が、見る見る青白くなって、

「FMCは、フーマンチューでしょう！」

ぼくも、そう思ったのだ。悪魔博士がなにを「急告」してきたのか？　封筒を手にとろうとすると、

「先生、ちょっと！」

カーター君が横から僕の手を引きとめた。

「エッ、なに？」

「中に何がはいっているか？　指にふれてもいけない猛烈な毒素が、入れてないとは言えないです」

「あ、そうか、……」

ぼくは手を引っこめた。

いろんな化学的毒素を研究し実験している悪魔博士！　ゆだんのできない封筒なのだ！

小さな歯のあと二つ

「ハーリイ君！　手ぶくろとハサミをもってきてくれ」

手術の時に使う厚い皮の手ぶくろとハサミを、ぼくは、この危険な封筒に利用しようと思った。

「……」

よくしゃべるハーリイ君が、だまって口びるをふるわせている。

「どうしたんだ？　早くもってきてくれ」

「カーターさんも、いっしょにいらして、……」

「なんだ、こわいんですか。ハハッ、行きましょう！」

カーター君がスックと立ちあがると、ハーリイ君といっしょに手術室へ出て行った。あとにメリーが、これまた青くなって、今にも泣きだしそうな顔をしている。よっぽど恐ろしいんだ。

「なんだい。こんな手紙がきただけじゃないか。こわいことは、ちっともないんだぜ」

「ガリガリと音が、しましたのよ」

「どこに？」

「ろう下の窓ガラスに、……」

そう言ってるところに、カーター君とハーリイ君がはいってきた。ぼくは皮の厚い手ぶくろを両方ともはめた。長くて手首の上までくる。危険な封筒をソッとつまみあげると、

「待ってください！　まず、おもてとうらを、あらためて」

と、カーター君が僕によりそって言った。

なるほど、探偵だな！　と、ぼくはスタンドランプの下に、白い封筒を近づけて、タイプライターの青い字から、まわりの方を、ジーッと見てみた。すると、カーター君が、

「アッ、上のはしに、なにかおさえたあとがある！」

「ほんとう！　なんでしょう？」

と、ハーリイ君がビクビクしながら見つめると、

「こんな小さなあと、二つですわ。ならんでるわ！」

「わかった！」

と、カーター君がさけびだして、

「これは歯のあとだ！　先生の話された黒いリスザルが、これをくわえて来たんじゃないか？　ぼくはそう推定するです。どうですか？」

「ろう下の窓ガラスに、ガリガリという音を、メリーが聞いたんだ」

「キャッ！」

と、顔いろをかえたハーリイ君が、

「メ、メリーさん、ほんとう？」

ふとっているメリーが、大きな目をふさいだきり、フラフラしている。顔が汗だらけだ。

「そこへかけろよ、いすがある。メリー、また目をまわすと、こまるぜ！」

ぼくが言うそばから、風のようにカーター君が飛び出して行った。

ドタリと腰をおろしたメリーが、顔をあおむけて目をふさいだまま、大きな息をハアハアとはきだした。

帰ってきたカーター君が、

「窓にすきまがあるです。そこから入れたのにちがいない。リスザルって奴は、りこうだから、でなければ、この前に来た奴と同じようなクモサルかも知れない。だが、いくら利こうでも、ひとりで、この封筒をくわえてくるはずはない。やはり妖女カラマネが、だいてきたか、ハンドバッグに入れてきたんだと、ぼくは推定するです。窓べりにも外にも、さらに手がかりを残していないですが」

と、早口で一気に言った。

「そう思えるな。リスザルはカラマネに、なれていたようだから」

と、ぼくは、あの地下の化学実験室で、「タララッ、ヒナ！　タララッ、ペコ！」と、黒いリスザルを呼んだ怪女カラマネの奇妙な声を、ありありと思いだすと、

「今ごろ、こんな『急告』なるものを、ぼくによこしたのを見ると、このＦＭＣのフーマンチューは、スミス君が出動する前に、またどこかへ早く、のがれたらしいぞ。残念だな、カーター君ひらいて見よう」

手術用の手ぶくろを使って、白い封筒のはしを、大事に切ってみた。

中にはいっているのは、まっ白な厚い紙だ。これにもタイプの青い字が打たれている。毒素をぬりつけてある心配は、なさそうだ。

ビクビクしていたハーリイ君が、いつのまにかドアの前へ行き、いつでも逃げだせるように、こちらを見ながら立っていた。メリーはまだ目をふさいでいた。

今一歩の前に

ジャック・ペトリー先生！

君は前後二度、われわれの手の中から、さいごの時に、のがれ去った！

われわれもまた前後二度、さらに今夜をあわせて三度、君たちの捜査と追走から、あとをくらました！

勝敗、いまだ決せず、しかも、君は我れフーマンチューに対し、

「ひきょう者！」

と呼び、同時に、

「堂々と決闘せよ！」

と、直接に宣言したのを、忘れずにいるだろう！

我れフーマンチューは、君の決闘宣言に応じて、ここに急告する！　すなわち堂々と決闘すべく、次ぎのごとく日時と場所を選定する！

明夜、七月十五日、午後十一時。

トラファルガー広場。

武器は自由、たがいに、もっとも有利なるものを選ぶ。

来たれ！　ジャック・ペトリー！　君の希望のごとく、「堂々と決闘」すべし！

君の生死の敵　フーマンチュー
▼58

読みながら僕は、猛然と血がわいた。よし、来たれ、フーマンチュー！　いかにも「生死の敵」だ！

食うか食われるかの勝敗を、あえて一挙に決する！　早くてよろしい！　暗い変な術を使って、探偵的に頭をなやまし、神経を苦しめる今までのやり方は、悪魔博士といえども決して愉快ではないだろう。こちらは、むろん、初めからたまらなく、おどかされてきたのだ。

「よおし！　行くぞ、生死の敵フーマンチュー！」

と、ぼくが決闘を覚悟して、この「急告」の紙をテーブルへ投げだすと、そばからカーター君が、

「そうか、『さらに今夜をあわせて三度』という以上、先生が行かれた地下の化学実験室からも、『あとをくらました』のだ。フーマンチューの奴、そしてすぐまた、決闘に出てこようとする。まるで我れわれをバカにしてやがるん

だ！」

　と、口びるをかみしめて、無念そうに目をきらめかした。ぼくの後へきているハーリイ君が、ふるえ声で、

「先生、いけませんわよ。こんな変な手紙にのせられて、出て行ったりしては、相手の計略に、見す見す落ちるんですわ。フーマンチューなんて、名まえから怪しくって、殺人魔じゃありませんか！」

「君はフーマンチューを、見てもいないじゃないか。怪しい奴なのは、初めからだ。今さらおどかされるものか」

「まあ！　では何ですの、決闘なさるつもり？」

「もちろん、こちらから言いだしたことだ。アッ、メリーがまた目をまわしている。寝室へ運んで、赤酒を飲ませてくれ」

「あら、いけないわ、メリーさん！」

　デブで重いメリーを、ハーリイ君ひとりでは運べない。カーター君が手つだって、やっとかかえあげた時、すみの方のテーブルに電話の信号が、ジリジリと鳴りだした。

　受話器をとりあげた僕の耳に、

「ジャックか？」

　と、さわやかなスミスの声だ。

「そうだ、スミス！」

「異状なしだろうな」

「敵から急告の手紙が、今さっき舞いこんできた」

「ヤッ、そうか。今一歩という前に、危うく逃げやがったが、さっそく君に手紙か。奴、やりやがるなあ！　カーターはいるんだな」

「いる。出そうか？」

「いや、すぐ行こう、その手紙を見に」

　受話器をかけたスミスの快活な声が、ぼくの耳に残った。

一対一では勝てない

　まもなく国警本部の自動車を乗りつけて来たスミスが、出むかえたカーター君を見るなり、

「フーマンチューも風みたいな奴だ。つかまえるより早く、どこへ行ったか、あとが見えない。急告の手紙というのを、見せてくれ！」

　二階の僕の居間に、スミス課長、カーター君、ぼく、三人が対フーマンチュー計略を話しあった。目をまわしたメリーの代りに、ハーリイ君が紅茶とジャムパンを運んでくると、そばで話を聞いていた。ジッと目をこらしている。よほど聞きたいらしい。

「ニュー・オックスフォードのゼー・サラマン、あの美術品店は、フーマンチュー一党の巣だった。店の骨とう品、地下の実験室、つづく寝室とアヘンを吸う室、ことごとくそのままだった、が、黒いリスザルどころか動物は、ネズミいっぴきいない。化学薬品、書物、そのほかをもって、

悪魔博士と謎の女が手下の一党と共に、風のごとく、あとをくらました。おれたちがふみこんだ十分間ほど前だったらしい。ガラスの皿に、葉まきの灰が新しく残っていたからね。フーム、これにも『あとをくらました!』と、フーマンチューの奴、得意らしくいってるじゃないか、ハハッ」

と、スミスがその「急告」の手紙を、ゆっくりと読みながら、

「ペトリー先生、悪魔博士と決闘に、トラファルガー広場へ出て行くつもりかね?」

「ウム、一挙に決勝だ!」

「待てよ、おれたちは、それを、だまって見ていられないぜ」

「いや、応援はやめてくれ。でないと、こちらが、『ひきょう者』になる。決闘は一人対一人でやるものだ」

「それは、あたりまえの人間にいうことだ。敵は悪魔じゃないか。しかも見ろ、『武器は自由、たがいに、もっとも有利なるものを選ぶ』と、これが危険だ! 何をもってくるかわからない、今までの例を見たって、おれたちの想像より以上の奇怪なものを、奴が今度も使うのにきまっている。一対一で勝てる相手では、断じてない!」

「そうですわ!」「そうです!」

と、ハーリイ君とカーター君が同時に言って、ぼくの顔を見た。

スミスも僕の顔を見すえて、

「今度こそ悪魔博士を生け捕る! このためには、どんな方法でもとるのだ。ひきょうだの何だの、そんなことは問題じゃない。エルサムは僕のいうことを聞いて、あれから一歩も外務省官舎を出ない。だから、安全だ。君は出るたびに、もっとも危険な目にあっている。そうじゃないか」

「それはそうだが、出て行かずにいられないんだ」

「いや、今度こそいけない! この家にジッとしてろ!」

「決闘はやめか?」

「いや、断行だ。君の言うとおり、一挙に決勝!」

「ぼくが行かなくて、だれがやる?」

「君に変装して、ぼくが行く! 君は医者だ。犯人捕縛は本職じゃない。ぼくは探偵、変装して行くのは、ひきょうじゃない」

「いや、しかし、君が命がけで出て行くのに、ぼくが家の中に、引っこんではいられない。医者は医者だが、見に行くのは断然、ぼくの自由だ! これを禁止する権利は、君にないはずだぞ」

「ハハッ、それなら車の上から見ているさ」

「なんの車だ?」

「本部の自動車だと、フーマンチューの奴は、たちまち気がつく。市内のタクシイが、およそ六、七十台、バラバラ

に各方面から乗りつけて行って、トラファルガー広場をとりかこむ。乗っているのは、あたりまえの市民に変装している本部の巡査と探偵だ。君はカーターといっしょに、その中の一台に乗って行けばいいさ」

「それじゃ決闘どころか、広場で戦争じゃないか？」

「すごいわ、ほんとうに！」

と、ハーリイ君が目を見はって息をついた。

「そうさ、相手は悪魔博士だ。広場が戦場になるのも、やむをえない。このくらいにしないと、またまた取りにがすかも知れないからね。奴は実さいに、あとをくらます名人なんだ」

と、探偵課長スミスは、今度こそ！　と、あふれる気力をそのまま、フーマンチューの手紙を見すえて言った。

星の空に怪オートジャイロ

計略戦

トラファルガー広場。

ロンドン市内のまん中にあって、名所なのだ。平たい四角の広場が、まわりは高いビルにかこまれている。

夜十一時五分前。

一方の道から、ぼくとカーター君はタクシイに乗って、広場にはいってきた。まわりのビルの窓々に電灯が、まだ明かるくかがやいている。広場のまん中に高く突っ立っているのは、英国の誇りである海将ネルソンの銅像だ。空は晴れきって、あらゆる星がふってくるような気がする。

「ヘッドライトを消せ！」

ぼくの横からカーター君が、運転手に言った。

運転手も国警本部の探偵だ。帽子なしに古服のまま、ハンドルを左手につかんで、ヘッドライトもルームランプも消すと、暗くなった車を、広場のすみの方へ、ゆるい速度でまわして行った。

さまざまの新型や古型の乗用車が、すみの方にズラリと止まっている。道からはいってくるのもある。自動車の展覧会が、この広場で開かれるみたいだ、が、夜十一時の今、そんな会のあるはずはない。

国警本部の秘密指令を受けてきた自動車は、どれなのか？　ぼくにはわからない。

「皆、集まっているのだろう？」

と、カーター君に、きいてみると、

「むろん、その時間です」

と、カーター君も張りきって、あたりを見まわしている。

「どれがそうだか、わかる？」

「いや、そばへ行ってみないと、わからんです。ぼくにわかるくらいだと、むろん、敵も気がつくです。君！　もっとまわってくれ」

と、カーター君に言われた運転手の探偵が、ゆっくりとハンドルをまわして行く。

来ているはずのスミス課長は、どの辺にいるのか？　これを第一に見つけなければならない！

黒の中折帽に茶色のハーフコート、ズボンは灰色、ぼくの外出の服装そのままを、スミスが着ているのだ。

銅像の下の方、止まっている車の近くを見ると、男女が幾組《いくくみ》も、夏の夜のすずみに散歩している。女だけウロウロしているのもいる。

「見えないですな」

と、カーター君もスミス課長を見つけようと、真けんになっている。

この広場のどこを、悪魔博士は決闘の場所にえらんだのか？

十一時をすぎた。スミス課長のすがたは、まだ見つからない！

あるいは、スミスの変装を見やぶった敵が、こちらの計略を知って手を引いたのではないか？

いや、スミスも前から敵がねらっているのだ。変装を見やぶったとしても、そこで手を引くような悪魔博士ではない！

暗い車の中から、あたりを、ぼくもカーター君も探偵運転手も、するどく見まわして行った。

「フーの奴も、はじめから何か計略してたんですぞ」

と、カーター君がささやいた。

そうだ！　ぼくを生け捕るために、悪魔博士もまた、どんな方法を実行するか知れない！　計略戦だ！

しかし、今この一台のタクシイの中に、ぼくがひそんでいようとは、いかにフーマンチューといっても、まさか気がつかずにいるだろう⁉

巨大な岩みたいな体格の彼！　一目ですぐわかる彼のすがたも、まだ見つからないのだ。

黒く長い物は何か？

「君！　銅像の右がわ、あれを見ろ！」

と、ギクッとした僕は、カーター君にささやいた。

高い銅像の下、右がわに五、六メートルはなれて、スッと出てきた女ひとり、黒くとがっている帽子、スラリと黒のワンピース、からだつきが、謎の女カラマネらしい！　手になんにもさげていない。

「なんです？」

と、カーター君もその方を見すえた。

が、変化する魔女カラマネを、まだ一度も見たことのないカーター君は、

「エッ？」

と、口の中で言った。

「あれだ！　黒服の女、フーの手下、……」

「オッ、あれですか、たしかに？」

「多分、おそらく、……」

「ストップ、ストップ！」

カーター君がささやき、探偵運転手が車を銅像の方へ向けて止めると、

「ヤッ、課長だ！」

と、カーター君がグッと前へ乗りだした。

「そうだ！」

ぼくも坐席から前へ出た。

銅像の下、左がわからツカツカと、すがたを現わした、黒の中折帽に茶色のハーフコート、ぼくに変装しているスミス探偵課長だ！

ビルの窓の灯が、広場の地面を、うす明かるくてらしている、が、銅像の下は、うすぐらい。スミス課長と謎の女カラマネが両方から、たがいに相手を見きわめるように、ちかづくと足を止めた。ぼくたちの車の前から百メートルほどはなれている。

「たしかにカラマネだ、まちがいない！」

と、ぼくがカーター君にささやくと、

「フーの命令を受けて、あんないに出てきたんだ、決闘の場所へ、ヤッ、見やぶったな！」

と、カーター君の声が高くなった。

怪女カラマネが、ぼくに変装しているスミス課長の顔を見るなり、サッと身を引いて後へさがった。すごく敏感だ！

スミス君がすぐ前へ行った、これまた敏しょうだ！

「捕えるか？　いや、フーにぶつかるまでは、……」

「そうです、まだまだ！」

と、ぼくとカーター君は、まばたきもせずに見つめていた。

スミス課長が怪女カラマネに、なにか話してるようだ。カラマネは身動きもしない、スラリと立っている。この時、ぼくは頭の上の方に、ブルブルとつづく爆音を聞いた。

カラマネがスッと身を引いた。スミスが歩きだし、後をむいた怪女とならんで、ふたりとも銅像の下からはなれた。

「どこへ、決闘の場所へか？」

と、ぼくが言うと同時に、カーター君が運転手に、

「銅像の向うへ！」

と、スミス課長と怪女の行く方へ、さきにまわろうとした。

スタートした車が、たちまち右へ方向を変えた。

ネルソンの銅像は、すばらしく高い。星の空にそびえている。そこに今さき聞こえた爆音をひびかせて、ズーッとおりてくるのを見ると、一機のオートジャイロだ。星あか

りの中にプロペラの回転が、ありありと見える。

「今ごろ、どこの会社の宣伝だ？」

「新聞社のか？」

カーター君とぼくは、右がわのガラスをとおして、オートジャイロを見あげた。青い灯をつけている。これよりもスミス課長と怪女の行くさきを、見うしなってはいけない！　と、その方へ目をむけようとした時、

「なんだっ？」

「アアッ？」

ふたりともさけんだ。

何か？　おりてくるオートジャイロから、黒く長い物を投げおろした！　何か？

右手の発射信号？

バラリと黒く長い物が、たちまち二すじになった！

「オッ、綱だ！」

「変だぞ！」

どこかの会社が宣伝にオートジャイロを使って、何か曲芸みたいなことをやるのか？

いや、夜十一時に変だぞ！

ぼくは、いっしゅん、そう思った。投げおろした二すじの長い綱、そのさきに何か輪のような物が付いている、と見た時、

「ヤッ!?」

「大変だっ！」

ぼくもカーター君もギョッとして、ガラスにカーター君が顔をぶつけた。

スミス課長と怪女が、ふたりとも長い綱の輪にしばられたのか？　スーッと上へ、ななめに、つるしあげられて行く。

「あそこへっ、君！」

カーター君が探偵運転手に、言うより早く車はスピードを出した。

スミス課長も怪女も高くつるしあげられ、空中をおよいで行くように見える。すぐ上にオートジャイロが爆音をひびかせて、まわるプロペラと共にグーンと浮きあがった。▼59
その下、銅像の右がわへ、広場の方々から自動車が十数台、あらそって走ってきた。

スミス課長をすくえ！

ぼくとカーター君の乗ってる車だけではない。急に集まって来た四、五十台、乗ってるのも運転してるのも皆、探偵と巡査の総出動だ。オートジャイロにうばわれて行くスミス課長をすくえ！　と、上を見て気が急ぎ、たちまち何台か突きあたった！　ガクン、バリバリッ、ガラスのくだける音、エンジンのひびき、さけぶ声！

「バック、バック！」

「ストップ！」

ぼくとカーター君の車も、あぶなく横から突っかけた他の一台と共に、ガラスがくだけ飛んで運転手が急にブレーキを引き、ガクン、ギギギとストップした。

カーター君と僕はドアをおしあけるなり飛び出した。

ほかの車からも飛び出た者が、皆、上を見つめる。星の空にそびえ立っているネルソン銅像の上、スミス課長は両手に綱をつかみ、すぐ横に怪女カラマネも綱にすがりつき、黒いスカートがひろがって、ほそい両足と靴がチラチラと動いて行く。

スミス課長をすくえ！　今これを、どうして上空からすくい出せるか？

ぼくの横からカーター君がさけびだした。

「だめだっ！　ペース班長は、どこにいる？」

「ここだ、何だっ！」

と、すぐ前から太い声がこたえると、

「班長！　あなたが本部へ急報、飛行機で追跡！」

と、カーター君が足ぶみしてどなった。

「そうだっ、そのほかに方法がない！」

と、ぼくもどなった。

ペース班長の声が、

「急報にウェイマスが、ビルへ走っている！」

と言った時、銅像の上の方にスミス課長が右手を、しきりに振りだした。グングンとつるされて行きながら、左手は綱をつかんでいる。

何の信号か、右手を振るのは？

わからない僕は、

「カーター君、何だっ、何だっ？」

と、カーター君のうでをつかんで、ゆすぶった。

「パーン！」

一発、すぐ近くからピストルの音に、つづいて方々から、

「パーン、ピシッ、ピシッ、パパーン、パン！」

にわかに何人か射ちだした。

スミス課長の右手は、発射信号か!?

危ない！　自分にあたると、それきりだぞ！　と、ぼくはまばたきもせずに、からだじゅう冷たくなっていた。

皆がねらって射つのは、上のオートジャイロの操縦席らしい！　だが危ない、機体と共にスミス課長が落ちると、それきりじゃないか!?

ぼくは見ていられない気がした。

グラリとオートジャイロが上にゆれた。ハッと僕が立ちすくむと、ペース班長の声が高く、

「やめえっ、射げき中止！　課長にあたると、オイ、中止！」

わめきつづけて、ピストルの音がやんだ。

星の空に高くオートジャイロが、スミス課長と怪女カラ

マネをつるしあげたまま、爆音をひびかせて、まわるプロペラと共に遠くなって行く。機の中から綱を引きあげるらしい。スミス課長と怪女が空中に、ふたりとも、ななめになりながら、上へ機体に近くグングンと引かれて、そのまま空へ消えて行った。

何者が操縦しているのか?

今なお空中捜査

カーター君と僕が、ペトリー医院の家へ帰ってきたのは、夜〇時すぎでした。

スミス探偵課長と怪女カラマネを、つるしあげて行ったオートジャイロは、むろん、悪魔博士の指令から出てきたものだ！　ぼくは奴からの「急告」の手紙を、カーター君といっしょに読みかえして、

「このとおり、『堂々と決闘』と言ってきながら、オートジャイロなどを使って、実に『ひきょう者』は奴のことだ。本部から追跡の飛行機が、出ただろうか？」

「むろん、出たと思うです。爆音は聞こえなかったが、きっと広場の遠くの方を、さきまわりして行ったでしょう」

「気になるなあ、この結果が、どうなるか？」

「きいてみましょう、本部に」

カーター君が、すぐ電話にかかった。

ぼくは、こうふんする胸さわぎを、ジッとおさえたきり、耳をすましていた。

「ハロー、ウェイマスか、カーターだ。今、ペトリー医院にいる」

むこうの電話に出ているのは、ウェイマス探偵だ。

「出たんだろう？　空中捜査に、……ウム、何かの報告は？　……エッ、相手はスピードのおそいオートジャイロじゃないか。……そうか、何かわかったら、すぐ知らせてくれ、たのむ！」

受話器をおいたカーター君が、ぼくに、

「四機、出ているそうです。今なお空中を捜査しているが、オートジャイロの行くえ不明、時間の上からみて、おそらくすでに、どこかへ着陸しているだろう、と、さらに各方面を、地上も捜査している。いよいよ国家警察本部対悪魔博士の決戦です」

「あのオートジャイロに、フーマンチューが乗っていたろうか。君はどう思う？」

「わからんです。機の中がよく見えなかったから」

「スミス君が右手をふったのは、実さいに『射て！』という信号だったのか？　そういう打合わせが、君たち本部のものに、前からきまっていたのか？」

「いや、そんな打合わせはないです。課長が右手をふったのは、上下にじゃない、横にふったから、ぼくは、むしろ、『射つな！』と信号だなと思っていたんです」

「そうだ、横に大きくふっていた」

「ところが、みな、あわてているですから、だれか一発うった音を聞くと、にわかに、あらそって射ちだしたんです。課長にあたったら、どうするかと、ぼくは気が気じゃなかったですよ」

「しかし、何発かオートジャイロの操縦席か機関部には、たしかに命中したと、ぼくは見たんだが」

「そうです、グラッと変にゆれたですから」

この怪オートジャイロの行くえ不明！　国警本部の四機による空中捜査の結果は？　スミス探偵課長は、どうしたか？

カーター君も僕も、心配のあまりに話しつづけて、とうとう朝になった。

待ちに待ちきっている知らせは、ウェイマス探偵から一度さえなく、電話の信号はチリッとも鳴らなかった。

ついに絶望か？

我がスミス探偵課長も、ついにやられたか？

ぼくは、悪魔博士フーマンチューのあざわらう大きな顔を、まぼろしに見て、ゾッとしながらくやしくて歯ぎしりした。

読者といっしょに

この日のロンドン・タイムスの朝刊は、

中国人フーマンチュー博士の再現!!

トラファルガー広場における怪事件!!


と、特号活字の見出しをつけて、大きな社会記事をのせた。

なにしろ夜に怪しいオートジャイロが、名所のトラファルガー広場に現われたりして、国警本部も新聞社に「記事差止」の通知は、できなくなったらしい。ロンドン・タイムスだけでなく、ほかの新聞もみな、あらそってデカデカと、この事件の記事を朝刊の一等上にのせている。

このために、ロンドンじゅうの話が、ことごとく「フーマンチュー！　フーマンチュー！」で朝からえらいさわぎになった。

二年前に皆をふるえさせた魔人フーマンチューは、さいごに毒死したのだ！　その記おくを、ロンドン市民は今さらによびおこした。

「魔人フーマンチューの再現！　しかも、ロンドンにまた来ていたのですな」

「ほんとうに、おどろくべきことですわ。今まで国警本部は、何をしていたのでしょう？」

「いや、警察だけでは、まだ不安ですよ」

「そうですとも、こういう時こそ、保安隊が出動しなければ、なにしろフーマンチューとその一党は、二年前にも、あらゆる犯罪をあえてしたんですから」

「オートジャイロみたいな大きなものの行くえが、わからないなどと、そんなことが、ございますのでしょうか、ねえ、あなた！」

「さあ？　……」

ぼくの医院の待合室でも、お客の患者たちが、「フーマンチュー」の話ばかりワイワイと言いあっている。その恐るべき魔人と、この医院のペトリー先生が、今までひそかに戦っているとは、患者のだれも知らずにいる。看護婦のハーリイ君は、ぼくを見るたびに、変な顔をしていた。

夕かたになり、ぼくはメリーに言いつけて、あらゆる夕刊を買ってこさせた。見ると、どれにもまたデカデカと「フーマンチュー」の記事が、中には写真が大きく出ている。どこから取ってきたのか、ほんものの悪魔博士には、すこしもにていない、が、どの新聞もみな、スミス探偵課長が現在、どうなっているかを、ひどく気づかって、読者の投書もまた、「われらの快探偵スミスの無事を心からいのる！」と書いて、国警本部の捜査活動を期待している。

「ほんとうだわ！　まったくだわ！」

と、ハーリイ君は、この投書を読んで、しきりに、こうふんしていた。

夕かたから夜になり、ハーリイ君はいそいで家へ帰って行った。本部からカーター君が、まだこない。護衛はやめかな？　と思っていると、電話で知らせてきた。

「フー一党の巣に、手がかりがついたですから、ぼくは今から、その方へ出て行きます。先生ひとりだから、極力、注意してください！」

「よろしい。スミス君の手がかりは？」

「おそらく今夜、敵の巣を突くと同時に、わかるでしょう。しかし、今、電話では言えない。後報を待っていてください！」

と、受話器をガチャリとおいてしまった。風のようなカーター君、今夜こそ活躍するな！　と、ぼくは成功を期待して、親友スミスの安全を、新聞の読者と共に、いのらずにいられなかった。

この前の夜と同じように、六連発を右わきに、ジャック・ナイフを左わきにおいて、ぼくはベッドについた。「極力、注意」も、このほかにしかたがない。

窓ガラスは、まだ破れたままだ。ガラス屋をよぶひまもなかった。「後報を待て！」と、カーター君からの電話が、いつかかってくるか？　なかなか眠れない、ぼくは、いくども寝返りして、六連発をベッドから落としかけた。ジャック・ナイフは刃が出してあるし、これまた危険だ。自分を切るかも知れない。

「またリスザルでも、よこしやがるか？」

と、ひとりごとを言ったりしたのを、ぼくは今でもおぼえている。

そのうちに、ゆうべもまるで寝ていないし、神経がつかれていて、いつのまにか眠ってしまった、が、深くは寝ていなかったらしい。何かの気はいを感じて、ふと僕は目をさました。まっ暗だ。スタンドランプを消して寝たからだ。

「フムッ、フムッ、フムッ」

ベッドの右がわに、左がわにも、何者かが立っている！　ハッと僕は息をこらした。心ぞうの動きが急に高く、にわかに神経がするどくなり、ベッドの両わきの気はいを、まっ暗な中に、ジッと、うかがった。

何者か、はいって来ている！

ソロソロと僕は右も左も手をのばした。六連発とジャック・ナイフをつかんだ。今、殺されるか？　右へ一発、左に一突き！　正当防衛だ、が、相手は何者か？　おれを実さいに殺しに来たのか？　と、これだけが頭の中にきらめいた。とたんに起きあがろうとすると、ひたいから顔じゅう、両うでから全身、足のさきまで、ジーンと不意に、しびれを感じた。

あおむいているまま、起きあがれない。まるで動けない！　何か、しびれる薬を注射されたのか？　ひたいから電流をかけられたような、しかし、意識はハッキリして、まっ暗な中を見つめている！

見つめている目も動かない。両手の指さきまでしびれて、六連発とジャック・ナイフを、つかんでいるきりだ。

「ムッ！　よし、灯を！」

右がわの太い声を聞くと、ぼくは動けない全身からスーッと血の引いた気がした。

フーマンチューの声だ！　奴、ここに来ている！

「ピチッ」

左がわの何者かがスイッチをまわした。

灯がついた、スタンドのカサは青い。ボーッと青い光りに映って、悪魔博士の巨大な岩みたいな顔が、ぼくの目に右がわから見えた。灰色の髪が長い。大きな頭に白く、ほう帯している。

左がわに立っているのは、まぎれもない怪女カラマネだ。青い灯にてらされて、ボカッと見ひらいている大きな黒目、すきとおるような顔いろ、まるで氷のような冷たさ！　それが手をのばした、と思うと、あおむいている僕の胸から、白いシーツをはぎとった。

からだじゅうしびれて、ビクとも僕は動けない。両手につかんでいる六連発とジャック・ナイフを、カラマネにもぎとられた。もう、だめだ！　と、ハッキリしている頭の中で、自分のさいごを、死をかくごした、とたんに、舌と口びるが動いて、

「ウウン、きさまら、ど、どうともしろ！」

と、うなるような声が出た。

「フムッ、……」

と、あざわらったのか、うなずいたのか？　フーマンチューの太い声が、ほら穴のおくからひびいてくるように、

「ペトリー先生！　君の外科手術は、第一流じゃというから、たのみにきたのじゃ、フムッ、……」

と、これこそ意外なことを言いだした。

「な、なに、手術だと？」

と、ぼくはきかずにいられなかった。

「そうなのじゃ、フムッ、君の親友スミス課長の手下どもが、射ちだした弾の破片が、わがはいの頭に飛びおって、フムッ、脳神経にふれておる。このままでは、わがはいも危険なのじゃ」

と、フーマンチューの太い声が、説明するように言いつづけた。

ぼくは動けないからだのうちに、ジーッと気力が回復してくるのを感じながら、

「きさま、あのオートジャイロの中に、いたのだな」

と、フーマンチューの巨大な頭にまきついている、ほう帯がまた目にはいって、

「スミスは、どうしたっ？」

と、これをこそ、きかずにいられなかった。

スミスと同時につるしあげられた怪女カラマネが、ここに来ているのだ！

「フムッ、スミス課長は、今のところ、生命をたもってある。わがはいの手の中に、フムッ、……」

悪魔博士が、いくどか「フムッ、フムッ」と、うなずくように言う、そのたびに、ぼくのからだのしびれが、すこしずつ、ほぐれて行く。

何か精神的な一種の術を、フーマンチューの奴、おれに感応させているのだな！　と、ぼくは初めて気がついた。

古塔の窓に爆音を聞く

今から手術室へ

からだじゅうに、気力が、いっぱいにあふれて、しびれもなおり、ぼくはムクッと起きあがった。が、左がわから怪女カラマネが六連発を、ぼくの頭へ冷たく突きつけている。起きあがったきり僕は動けないのだ。

氷のようなカラマネの顔に、すごく殺気がみなぎっている！　これが僕を二度もすくい出した同じ女なのか？　ふしぎと思うほかはない！

「ペトリー先生、気力を回復したろうが、フムッ！」

と、フーマンチューが右がわから、ぼくの心の動きを見とおすような目になって、

「脳神経の手術は、あやまると、それきりじゃ。しかも、

はいっとる弾の破片、射ちだした動機は、君に関係があるのじゃ。君の手術によって、わがはいの脳の中から、弾の破片を安全に抜き出すのは、フムッ、外科医として君の義務じゃろ▼60う！」

　と、えらそうに、命令するみたいに、しかも、ゆっくりと言った。

　この前に地下の化学実験室で見た白絹の中国服ではなく、今夜は悪魔博士、黒セルらしいクラバネット外とうを、岩のような体格にドッシリと着こんでいる。怪女カラマネは茶色のレインコートを、スラリと身につけている。ふたりともスタンドの青い灯に映し出されて、すごく気みがわるく両方から僕を見つめている。

　だが、この時、実さいに僕の胆はすわっていた。ジーッと気もちがおちついて、われながら恐れも不安も感じなかった。今さっき自分のさいごを、かくごしたからだろう。

「フーム、手術か、フーマンチュー！」

　と、ぼくは悪魔博士と目を見あわせて、

「きさまも知っているだろう、手術していいかどうかは、まず診察して初めてわかることだ」

　おれを殺しに来たのじゃないのか？　と、疑いながら、そう言ってみると、

「フムッ、その診察は、わがはい自身、すでに試みて来たのじゃや。しかし、手術だけは、ペトリー先生すなわち君の技能に、よらねばならぬ！」

「ハハア、しかし、おれが、しょうだくして手術する。わざとあやまって、きさまを殺したとする。それが法律の犯罪にならないのを、きさまが知らないわけはないだろう、フーマンチュー！　それでよければ、今から手術室へ行こう！」

　医者の義務としては、手術の必要をみとめた時、むろん、それを実行しなければならない。だが、ぼくは悪魔博士の命をたすけるために、診察し手術する気には、なれなかった。

　またしかし、わざと手術をあやまって殺す気にもなれなかった。医者としての良心が、そんなことを許さなかったのだ。

「わがはいを手術によって殺す、フムッ、君がそれを、あえてするならば」

　と、ぼくを見すえているフーマンチューの巨大な目が、青い灯の中にギロリときらめいて、

「その時、君も死にスミス課長も死ぬのじゃよ」

　と、まるで僕に教えるみたいに言った。

「おれとスミス君と、きさまとか、フム、二対一だな。どういう方法だ？」

　と、ぼくもあざわらって、平気にきいてみると、

「ペトリー先生は、このカラマネの発射のもとに、スミス

課長は、わがはいの手下の者によって、今からおよそ一時間すぎにじゃ」

　と、殺人魔フーマンチューは、ゆうゆうと僕を見すえながら、

「この手術は、頭だけの局部ますいによって、完全に終るはずじゃ、およそ三十分間以内に。わがはいは君に殺されるほど、おろかではないのじゃよ」

　と、あくまでも僕を教えるみたいに言う。ふとい声が自信に満ちているのだ。


実に巨大な男！


　ぼくは、この時、しまった！　と、腹の中で思った。

　カーター君の電話によると、「今から敵の巣を突くと同時に、スミス課長の行くえも、わかるでしょう！」と、だから、フーマンチューに時間を、ここでなるべく長くすごさせる。手下の者どもを一挙に根こそぎ、国警本部の出動が、生け捕りの網にかけるように！　と、これが僕の計略だった。

　ところが、目の前に悪魔博士の奴、スミス課長の命は「今からおよそ一時間」と言い、手術を「およそ三十分以内に」と言う。しまった！　しかし、スミスが敵の巣の中にいながら、生きているのを知って、なおさら僕は胆がすわった。国警本部の出動！　早く今のうちに敵の巣を突け！　一分間も早く、スミス課長をすくい出せ！　と、胸いっぱいにいのると、ベッドをおりるなり、フーマンチューに言った。

「来い、手術室へ！」

「行け、さきに！」

「下だ。知ってるだろう」

　と、ぼくは怪女カラマネのすきとおるような青白い顔を見て、

「おれのレインコートを持ってきたのは、きさまだったな」

　と、おちついて言ってみた。

「………」

　口びるをむすんだきり、なんの表情を動かさない、氷のような怪女だ。しかも、ぼくの左胸へ六連発のさきを右手で突きつけ、指が引金にかかっている。左手にさげているのは、刃を抜き出したままのジャック・ナイフだ。

　ぼくはベッドの下にあるスリッパを、両足にはいた。われながらビクともしていない。ゆっくりと歩きだした。ドアがあいている。ろう下に出ると、電灯のスイッチをさげた。

　明かるくなった階段を、ぼくがさきに、すぐ後から怪女と悪魔博士がおりてきた。

　今、何時ごろか？　家じゅうシーンとしている。メリー

はなんにも知らずに、自分の部屋で寝ているらしい。

　手術室にはいった僕は、電灯をつけた。外科医としての神経が急にするどくなって、消毒衣を寝まきの上に着ると、両手をきれいに消毒しながら、フーマンチューに言った。

「手術台につけ！」

「フムッ、局部ますいで終るはずじゃ。いすでよかろう」

「医者に服従しろ。きさまは診察を受けるんだ」

「いかにも、だが、服従しなければ？」

「診察しないだけだ」

「ペトリー先生、大いによろしい！」

　ふとい声で、ひやかすみたいに言った悪魔博士フーマンチューが、白い手術台の上へ、黒の外とうを着たまま、グーッと長くあおむけになった。らんらんと両目が僕を見つめている。

　実に巨大な男だ！　手術台の両わきに、はみ出すくらい大きい。灰色の長い髪がダラリと肩へさがった。頭にまいているほう帯を、ぼくは、ほどいて見た。

　横から怪女カラマネが、六連発を突きつけている。だが、これを僕は気にするよりも、目の下に見る傷口の診察に、外科医の神経をそそがずにいられなかった。

ここに一つの生命を

　悪魔博士フーマンチューは、自分の頭に受けた弾傷のあとを、すでに自分で診察して来たらしい。下から射たれた弾の破片の傷口が、左の耳の上に小さく、今は止血している。破片は脳の左上に深くはいって、そのまま止まっているらしい。「脳神経にふれている。このままでは危険。局部ますいで抜出の手術」と、いかにもフーマンチュー自身が言ったとおり、ぼくも同じように診断した。

　夜ふけにも、急に手術の必要な患者が時々ある、このための準備が、いつもできている。ぼくはフーマンチューの左耳の上の傷口を、とりあえず消毒した。

　手術台にあおむいている悪魔博士は、今、ぼくの患者なのだ！

　このような場面を、ぼくは実さい想像もしなかった。

「生死の敵」どうしが、医者と患者として相対しようとは！

　局部ますいによって傷口をひろげ、深くはいっている弾の破片をさぐり、抜き出して傷口をふさぐ。この手術は実にむつかしい！　だが、むつかしいだけに、やりとげてみたい！　ぼくは外科医なのだ！

　しかし、この患者は食うか▼61食われるかの怪敵なのだ！

強力なますい薬のパントポンかスコポラミンを、多量に注射する。局部ますいではない。この怪敵フーマンチューの巨大な全身を、ますいにかけて、たちまち深くねむらせる、そして生け捕る！　いいではないか、かまわないではないか!?

ぼくの医者としての良心が、なおグラグラと動いた。

左わきに怪女カラマネが、ぼくに六連発を突きつけたまま、氷のように立っている。フーマンチューを深く眠らせるのを、まさか気がつかないだろう。悪魔博士を眠らせ、同時に怪女へぶつかる! 六連発とジャック・ナイフをもぎとり、おさえつけ、しばりつけ、国警本部へ急報! ここで一挙に勝つ!

スコポラミンの液へ注射器を入れながら、ぼくは、からだじゅう熱くなった。どんな小さな手術にも、冷静でなければならない。まして脳神経にメスを入れようとする、むつかしい、きわめて細かな技能を要する、今、こうふんしては失敗しやすいぞ! と、ぼくは、グラグラ動く自分の良心に、いよいよ迷ってしまった。

メリーが目をさまして気がつき、国警本部へ電話しないか? いや、前から聞いている「フーマンチュー」という恐ろしい奴が、家に来ていると気がつくなり、すぐまた目をまわすだろう。

ぼくが迷いに迷いながら注射器に入れた、ますい薬は、コカイン液の弱い少量だった。医者としての良心が、ついに勝ったのだ!

ぼくの使う小さな注射器は、むらさき色のガラスなのだ。針のさきからこぼれる液のにおいを、あおむいているフーマンチューが、すぐかぎつけたらしい。

「コカインじゃの、……」

と、注射器にはいっている液の分量を、下からギロリと見つめて、

「よろしい、フムッ、ペトリー先生!」

と、うなずいて言った。

ぼくの神経は手術に集中した。敵でも味方でもない、ただここに一つの生命をあつかうのだ! 助手になるハーリイ君が、そばにいない。ペトリー先生の僕ひとりで、各種のメスを使い、傷口をひろげて止血し、破片をさぐって抜き出し、ふたたび傷口を消毒し、ほう帯を新しくまきかえて、

「よし、終った! 後で少しは痛むだろう」

と、言った時、この患者が恐るべき「生死の敵」であるのを、ほとんど忘れていた。

手術は二十分間あまりだったろう。ぼくは自分の両手から腕を消毒しながら、急にハッとした。できるだけの力を、この怪敵フーマンチューのためにつくした! 医者としての良心にはそむかなかった、と思うと、とても、すがすがしい気がしたのです。

この僕に対して、しかし、悪魔博士フーマンチューは今から、どうするか?

氷が熱くなるのは？

巨大なる怪人フーマンチューは、手術台の上にあおむいたきり、左耳の上から脳のおくへ手術されながら、およそ二十分あまり、ジッと目をこらしていた。

敵である僕に自分の生死をあずけ、危険な手術をまかせている怪人の大胆さ！　これは、すばらしいと言っていいだろう。手術が終ると、

「フムッ、今しばらく、このまま十分間は休んでおろうよ」

まるで他の者が手術されたみたいに、ゆったりと言ったフーマンチューは、ぼくの顔を見ると、

「ペトリー先生、たしかに第一流の腕まえじゃよ。報しゅうは、先生の望みどおり、どのくらいかの？」

と、気力をこめて、礼のことなど言いだした。

ぼくは手術台のそばに立ったまま、消毒衣をぬぎながら、おちついて言った。

「ただ『ありがとう』と感謝しろ！」

「ムムッ、カラマネ！　チンケエチョールセンション、シーアルチュン▼62！」

悪魔博士がカラマネに言ったのは、底力をふくんでいる中国語だ。ぼくにはわからない、が、口調は何か言いつけたらしい。

怪女カラマネが左手のジャック・ナイフをそばのテーブルにおいた。レインコートのポケットからつかみ出したのは、ポンド紙幣の厚い何百枚かだ。スッと僕の方へさしだした。

一ポンドも受けとる気のしない僕は、フーマンチューに、

「ジャック・ペトリーは紳士として、悪魔の手から報しゅうを受けるのを、心よく思わない！」

と、言った時、紙幣をテーブルにおいて手をはなしたカラマネの気はいに、ハッとした。

怪女の表情と気はいが、今また思いがけない変化をわきあがらせている。大きな黒目に感情が動き、すきとおるようだった冷たい顔に血がのぼり、スラリとしている全身が、何かこうふんしている。今までの氷が急にあたためられ、とけはじめて水から湯になり、さらに熱くわきあがろうとしている、このような、ふしぎな変化を、ぼくは目の前に、ありありと見た。

謎の女カラマネ！　これは、どうしたというのか？　ぼくに突きつけている右手の六連発も、こまかくふるえだし、今までの殺気も消えて、まるで感じられない。しかも、大きな黒目が、悲しそうに僕を見つめだした。おちついている僕もゾクッとした。

「パーン！　ピシッピシッ！　パパーン！」

にわかに、はじくようなピストル発射のひびきが聞こえ

た。玄関の方だ！

手術台からフーマンチューがグーッと起きあがり、たちまち横の方へスックと突っ立った。

「ピシッピシッ！　ヒュッ！」

射ちあうひびきがつづき、窓ガラスのくだけた音、くつ音がみだれて、ろう下から手術室へ飛びこんできたひとりを、ぼくは見るなりさけんだ。

「オッ、スミス！」

悪魔博士と怪女がならんで立ち、とっさに僕はカラマネの手から、六連発を下へたたき落とした！

わがスミス探偵課長が、トラファルガー広場から敵のオートジャイロにつるしあげられて行き、ぼくの手術室に現われるまで、彼の行動は、スミス自身が後で話したとおりを、つぎに書いておこう。悪魔博士と僕たちと手術室における最後の決勝戦は、実に意外きわまる場面を現わして、スミスの行動の次ぎのことになるのだから。

白人と有色人

スミス探偵課長の話。

「いや、どうも、すっかり、どぎもをぬかれたね、ハハッ、『決闘の武器は、自由にえらぶ、もっとも有利なものを』と、フーマンチューの奴、君に急告してきやがった、が、まさかオートジャイロを武器にえらんでこようとは、ぼくも気がつかなかったからね。

それにまた、あの長い綱は、あたりまえの綱じゃない。なんだと思う？　やわらかい鉄の綱さ、太い針金をあみあわせたロープだ。ハサミのようになる環が、さきについていて、こいつに、からみつかれたから、はなしようがない。ジリジリと固くしめられて、同時に上へつるしあげられて行く。

おどろいたね、謎の女カラマネもまた、ぼくのそばに、つるしあげられ、ゆられている。顔がまっさおだ。

ぼくが右手で信号したのは、『射つな！』というつもりだった。ところが、いきなり下から、みんなが射ちだした。ハハッ、これまた、おどろいたね。ヒュンヒュンと下から弾の雨だ。

こんな空中からのしわざは、むろん、フーマンチューの計略だ。奴、オートジャイロを操縦して、指揮しているのにちがいない。こうなった上は、奴と空中で決勝だ！　と思ったから、『射つな！』と僕は信号したのさ。奴だけを射ち殺したって、有力な手下の党員が、まだ、どこかに残っているからね。この『どこか？』を探りとるために、首領の悪魔博士を殺してはいけない、生け捕っておけば、手下の奴らが必死になって、とりかえしにくるのにきまっている。それに、生きている悪魔博士は、いろんな研究の材料になるからね、ムザムザと殺しちゃならない！

ところが、オートジャイロの中へ、引きあげられてみると、果然、操縦しているのは奴だ、が、左耳の上に負傷して血を流しながら、手下のひとりに、ほう帯されている。しまった！　と思ったね。そこに僕とカラマネが引きあげられて、せまい機の中は動く所もない。

『ウムッ？　スミスか！』

と、奴、ぼくの変装を見るなり、うめいたがね。さすがに意外だったらしい。

鉄ロープの環にはさまれているぼくは、実のところ胸と腹をしめつけられて、息もたえ絶えさ。百発百中を自信していたピストルも、とられてしまって、鉄の環と長いロープを体からほどかれたのは、カラマネだけだ。

オートジャイロの中に、ころがされたきり、ぼくは、どこへ運ばれて行ったと思う？　ますますおどろいたね、郊外のソマーセットにある古塔の上だ。あれは『クラマイヤー塔』といって、古代建築の別荘といっしょに、岡の上に立っているんだ。▼63

この古い別荘に、アメリカと東洋の旅行家として有名なバン・ルーン博士が、前から閉じこもっていて、何千ページかの旅行記録を書いている、と、デイリー・テレグラフの朝刊記事に出ていたのを、ぼくはおぼえていたがね。だれか知ろう、そのバン・ルーン博士こそ実はフーマンチューだった。ぼくもそこへ生け捕られて行って、今度はじめて気がついたわけさ、ハハッ、スミス探偵課長、いよいよもって、なってねえんだ！

クラマイヤー古塔の上に、ぼくは閉じこめられた。なに一つも武器はない。小さな昔の窓が両がわにあるだけだ。のぞいて見ると、塔の下のすぐ右がわに沼がある。

フーマンチューの奴、オートジャイロを沼のそばへ着陸させると、ぼくを引き出して塔の上の一室に閉じこめた後、手下の党員に言いつけて、オートジャイロをそのまま沼の中へ、すっかり沈めさせてしまった！

党員の奴らは、ぼくが塔の窓から見たところ、ざっと五、六十人、星あかりでハッキリしない、が、顔つきと服装、しゃべっていることばから、中国人、インド人、インドネシヤ人など、さまざまなんだ。

悪魔博士との探偵戦を、ぼくは『白対黄の決勝戦だ！』と言ったが、実さいはフーマンチューの計略が、ロンドンとワシントンやニューヨークの焼討まで予定している。その手下の党員を見ると、これは、われわれ白人とアジアの有色人の戦いだ！　まさに世界的探偵戦なんだ！　と思っていると、さらに果然、上空に聞こえてきたのは、国警本部の探偵機じゃないか！

ぼくは塔の上の窓から、星あかりの上空を見まわした」

振りあげた白い爆弾

ドアの外の格闘

「来たなっ、本部の探偵機！　と、ぼくは、その機影を星の空に、塔の窓から見つけて、しめたぞ！　と思ったのさ、ところが、……」

と、スミス探偵課長の話がつづいて、聞いている僕たち、カーター君やウェイマス君、そのほかの探偵がみな、耳をすました。

「持っている物は、ことごとく、うばいとられた。窓から空の飛行機へ、信号する方法がない。しめたぞ！　と思っただけさ。実さいは、なんにもならない。とても残念だったね。

偵察機は上空を探しまわったり、そのうちに低空へおりたきり、あつまって来たのを見ると、四機だ。ところが、敵のオートジャイロはすでに沼の底に、沈んでしまっている。空にも地上にも手がかりはない。探されているスミス課長の僕は、古塔の窓から顔を出している、が、暗くて機上から見えるはずがない。

なんとも方法がない！　が、しかし、

『すべての方法がなくなっても、望みをなくなさない！』

ということばが、聖書にある。これが、いつも僕に力づけるのだ。ぼくは、だから、まだ一度も失望したことがない。四機とも十分あまりして、爆音と共に消えて行った、が、ぼく自身は、この塔の上からぬけ出す方法を、すぐ考えはじめたのさ。

せまい一室だけで、ほかに部屋はない。ドアはむろん、外から閉じられている。高さは三階だ。昔の小窓はガラスも戸もない。ところが、とても外へおりられない、がけのような高い古かべが、外がわなのだ。

考えているうちに、夜があけてきた。なんの方法も考えつかない。窓から見ると、四方とも郊外の森また森だ。

フーマンチューの奴、左耳の上に傷を受けたが、まだこの塔の中にいるのか？　謎の女カラマネは、どうしたか？　塔の中も、まわりも、ヒッソリしている。あれだけいた手下の奴どもが、どこへ行ったのか？　それとも、首領フーマンチューが傷のために死んだのか？

いろんな疑いばかり、渦をまくが、ぬけ出す方法は、まだ考えつけない。昼になり夕かたになり夜になった。

水いっぱい持ってくる奴もいない。さては悪魔博士、おれを何かの実験にするつもりで、まだここでは殺さずにおくのか？　と、考えていると、階段をのぼってくる足音が聞こえる。何者か、ここにはいってくるか？　こいつをおさえるほかに、ぬけだす方法はないぞ！　と、おれはドアのそばに、身をひそめた。

さあ来い！　と、腹はへってるが気力はいっぱいだ。ジッと息をこらしていると、足音がドアの外に止まった。ガチガチと鍵をまわす。バッとドアを引いた。すきまから一躍、おどりかかって、のどをしめあげた。格闘だ！

古塔の中に電灯はない。ガチャッと下へ落ちたのは、カップのくだけた音だ。まだおれを生かしておこうと、水をもってきた奴だ。しめあげられて、声も出ない。グッタリとなると、足もとへくずれて、ドサリとたおれた。さわってみると服が長い。中国人だ」

夜の空を急飛行

「窓から星あかりが、うすぐらい。おれは服をぬぎ、気絶している中国人の服をぬがせて、すばやく着かえた。かべに手をあてて、階段をおりてきた。ジャック！　君の服は、だから、クラマイヤー古塔の中に、おいてきたきりだ。ハハッ、ゆるしてくれよ。帽子は、オートジャイロへ引きあげられた時、落ちてしまった。

中国服に着かえた僕が、塔の中の暗い階段をおりながら、ポケットをさぐってみると、小型ピストル、ハンケチ、葉まき、マッチ、札、何か将棋のコマみたいなもの、ゴチャゴチャにはいっている。ピストルだけをつかみだした。下へおりきって、前に見える石段へ行くと、

『だれだっ？』

そう言ったらしい中国語が、右がわの部屋の中からどなった。

おれは中国語を知らない。でたらめに、

『シャンチュイ！　シャンチュイ！』

とか何とか、わめいた時は、石段を飛びおりていた。

ドカドカと後に、三、四人の足音だ！　おれは沼のわきを走りぬけた。ヒュッ、ヒューン！　と、後から耳のそばをかすめる弾が、ハハッ、有色人の先生たち、射げきはあんまり上手じゃないようだ。一発もあたらない。

おれは沼のわきから森へ飛びこんだ。モミの木と木の間をくぐりぬけると、小道へ出た。方角はわかってる。が、ロンドンまでは遠い。小道から街道へ出た。車など夜にくるところじゃない。これには、よわったね。

はだしでロンドンまで遠足か、と、いそいで行った。小型ピストルをポケットへ投げこんで、かわりに出したのは、葉まきとマッチさ。うまかったね、この時の葉まきのいっぷくは！

いそいで行くと、左の方の上空に爆音がきこえて、ゆっくりと飛んできたのは、ヘリコプター一機、緑と白の灯は本部の偵察用だ。今夜まだ捜査しているな、よし、しめたぞ！　と、おれは火のついている葉まきを、グルグルと上に振りまわして見せた。

さあ、見つけるか、操縦しているのは、だれだ？　と、見ていると、いよいよしめた、グーッと低空へおりてきたヘリコプターに、おれは下から葉まきの火で、信号をつづけた。

パッと一しゅん火を見せて、後にかくしたのは点だ。しばらく上下に振りながら見せておくのは線だ。点と線をつづる電信符号と同じ方法でさ、

『おれは、スミス。近くへ、着陸たのむ』

やったところが、ヘリコプターの操縦者は、さすがに本部の者だ、葉まきの火の信号どおり、プロペラの回転を止めると、すぐ近くの畑地へ、たくみに着陸させた。うれしかったね、それを目がけて、いっさんに走った時は！

ヘリコプターを操縦して来たのは、ペース班長だ、助手にホフマン、ふたりとも目を見はっている、が、くわしいことを話しているひまはない、おれは乗りこむなり、

『本部へ無電！』

と、これを聞いたペース班長が、たちまち上昇させた。ホフマンが無電機にとりついて、ぼくの顔を見る。ぼくはすぐ、

『スミス急報！　敵の巣はソマーセット、クラマイヤー古塔とその下の建物にあり。バン・ルーン博士は、すなわちフーマンチュー、その一党を、ただちに打尽せよ！』

言うとおりを、カタカタとホフマンが無電機にたたきつけた。

すると、ペース班長が、

『課長！　そのソマーセットの古建物に、地上捜査の手がかりがついて、今、本部は総出動。この機はそれを、上から偵察に出て来たのです！』

『ヤッ、そうか。あの古塔の上へ行くか』

と、言ったが僕は、ハッと直感がきらめいて、ペース班長にきいた。

『カーターは、どうしたか？』

『総出動に参加を志願したから、出て来ているはずです』

すると、ジャック・ペトリー先生は今夜、護衛なしにひとりだな、危ないぞ！　ムラムラと危険な直感がわきあがって、

『本部へ、このまま急行！　責任はおれが負う！』

夜の空をヘリコプターの急飛行だ！

本部の飛行場に着陸すると、おれは自動車に乗りかえた。ヘリコプターをさらにソマーセットへ飛ばせて、おれは車をペトリー医院へ走らせて来た。見ると一台のキャデラックが、玄関さきに止まっている。急患か？　と、横のガラスからのぞいて見るおれに、運転手の中国人が不意に射ちだした。さては！　と、かわして射ちあったきり、そのまま玄関から飛びこんでみると、灯が手術室についている。さらに飛びこんでみると、ギョッとしたね。ここに悪魔博

士と魔女カラマネ！　ピストルをたたき落としたのは、ジャック、君だ！

いや、どうも、すごく面くらったぜ！」

スミス探偵課長の話は、このとおりだった。後は僕が書かなければならない、さらに意外きわまる場面を！

四人同時の死！

たたき落としたピストルを、ぼくは足の下にふみつけた。ひろってるひまはない。テーブルの上のジャック・ナイフを、すかさずつかみとった。

「フーマンチュー！　ここか！」

と、どなったスミスは小型ピストルを、怪敵のひろい胸さきへ、ピタリと突きつけた。

「手をあげろ、ふたりとも！」

と、わめいたのは僕だ。

変化している怪女カラマネが、スッと両手をあげた。その手がワナワナとふるえている。恐れ悲しんでいる目いろが、ぼくを見つめて、何か、うったえるようだ。

悪魔博士フーマンチューも、ついに両手をあげた。ヌーッと高く。――今や降伏したか？　ゆだんはできないぞ！と、ぼくは見るなり、ギョッとしてさけんだ。

「なんだっ？」

怪敵の右手が白く丸いものをつかんでいる。何だ？　ちょうど野球のボールと同じだ。

「ムムッ、見ろ、カーッ！」

カーッと怪敵が巨大な口をあけた、まるでライオンのほえるような声が、

「わがはいの造った爆弾の力を、ここに今、四人で見るかのう、ムムッ！　同時に四人、ここで死の門をくぐるのじゃ」

堂々と言うフーマンチューの猛然たる顔は、まったく怪魔そのものだ。すごい威力があふれて、

「スミス、射て！　ペトリー、突けっ！　ムッ、あるいは、同時の死をさけて、ここに別れ、ふたたび、あらためて闘うか？」

ズシッと投げつけるように言った時は、左手をおろしていた。右手に振りあげている白い爆弾を、スミスもぼくも見た。

「………」

なんともこたえないスミスは、ぼくも口がこわばって、立ちすくんだ。

四人同時の死！　いっしゅんに、くだけ飛ぶ爆弾！　ぼくは立ちすくんだが、決意した。あらゆる白人に災害を加えようとするフーマンチュー、この怪魔の死は、数百万人の生命をすくうのだ！　スミスとおれのふたりは、ぎせいになれ！

「ハッ！」

　切るような声は、怪女カラマネだ。さけんだ一声に、ぼくはその方を見た。大きな黒目がランランと燃えている！　と見るより早く、上げている両手そのまま、サッと横からフーマンチューに怪女が飛びついた！　不意をうたれた怪魔は、カラマネに気をゆるしていたのか？

「ムムッ!?」

　振りあげている右手をかわすひまなく、飛びついたカラマネに爆弾をうばいとられた！　ぼくは見るなり前へ、今だ！　と、フーマンチューの胸を目がけて、ジャック・ナイフを突き刺そうとした、右腕を横からつかんだのはスミスだ。

「生け捕るんだ！」

　と、スミスの声に僕はハッとした。

「フーマンチュー、降伏しろ！　アッ!?」

　これを止めるひまが、ぼくにもスミスにもなかった。爆弾をうばいとったカラマネが、うつむいてそばにおき、すばやくポケットからつかみだした銀色の六連発を、フーマンチューの頭へ横から突きつけた、と見るより早く引金をひいた。

　自動ピストルの六連発、つづくひびきと共に六発とも、怪魔の頭に、横からピシピシと射ちこまれた！▼64
　フーマンチューは両手をあげた。カッと見ひらいた目が宙をにらみつけたきり、巨大な全身がグラリとゆれ、よろめくと手術台へドサッとよりかかった、が、重みそのまま、ゆかへ横になった。

「し、しまったぞ！」

　さけんだスミスが、横へ飛ぶなり、カラマネがゆかにおいた爆弾を、とっさにひろいあげた。

「クックックー！　クックックー！」

　小鳥のなくような声が、ぼくの耳にひびいた。どうしたのか？　怪女カラマネが、ゆかに打《う》っぷしている。射ちつくしたピストルを投げだし、両手の中に顔をうずめて、

「クククックッ！　クックックー！」

　わらっているのか、ないているのか？　からだをもんで、小鳥のなくような声が、顔の下からもれてくる。

　スミスがそばへ行くと、ピストルを片手に、うっぷしている怪女を上からジッと見おろした。

あらゆる結果

読者諸君!!

　ぼくの経験した奇怪きわまる事実を、そのまま書いてきた、この記録は終りにちかくなりました。

　悪魔博士フーマンチューは、巨大な頭の傷から、おびただしく血を流し、ついに、さいごをとげたのです。傷口の

まわりに、うす黒く一面についていたのは、すぐ近くから六発もカラマネに射たれた、ピストルの煙のあとです。

　彼の死体を、すぐ検査したのは僕です。そばからスミスが、

「たしかに死体だろうね、今度こそ！」

と、念をおすみたいにきくのです。

「たしかに死んでいる。今度は毒をのんだのとちがって、頭を弾が二発、貫通している。四発は脳の中に残っているはずだ。今度こそ、生きかえるはずがない」

　そう言っているところに、電話の信号が鳴りだした。診察室の方です。

「ぼくにだな、きっと」

　出て行ったスミスが、まもなく引きかえしてくると、

「カーターからの報告だ。ソマーセットの古建物とクラマイヤー古塔を包囲、すごく抵抗した有色人六十七人と乱闘して、双方、死傷者を出したが、ついに降伏させて捕縛、本部へ連行して留置したところだ。しかし、首領フーマンチューとカラマネの行くえ不明、今からさらに、ホワイト・チャベル方面へ出動する。ペトリー先生に異状ないですか？　というんだ。カーター先生、大いに活躍したらしい」

「ここの、このフーマンチューのさいごを、言ってやったのか？」

「ウム、すると、カーターも電話口で、だまってしまった、どぎもをぬかれたらしい。すぐやってくるだろう」

　怪女カラマネは、まだ打っぷしている。ないているのか、わらっているのか、わからない声がやんで、からだをちぢめたきり、動きもしない。ぼくが行って横から見ると、目をふさいだきり、ほとんど生気がないようです。

「スミス、変だぞ！」

「どうした？　診察してみろ！」

　ぼくはゆかの上に、この不思議なカラマネをあおむけにして、まぶたをひらいて見、手首の脈をはかってみました。

「死んではいない。深く眠っている」

「脳貧血で気を失っているのじゃないか？」

「それだけではないらしい、が、ぼくにはわからない」

　ぼくは、とりあえず、強心剤をカラマネに注射してみました。

　謎の女カラマネ！　ぼくにもスミス探偵課長にも、この女の奇怪な変化は、なんとも正体がつかめなかった。読者諸君は、なにか診断されたでしょうか？

　トラックらしい高いひびきが、玄関にきこえて、ドカドカとはいってきたのは、国警本部長、検事、探偵、武装巡査、警察医など、大ぜいの中からカーター君が、ぼくを見るなり、目をかがやかしたのは、「とうとう、やったですな！」と言わなくてもわかる明かるい顔いろでした。

手術室に大ぜいが、とてもはいりきれない。それでも部長をはじめ皆が、怪魔フーマンチューを見ようとして、ザワザワと後からおしこんでくる。

「待った待った！　危険な爆弾があるんだ！」

スミス課長の声に、みんなビクッと顔いろをかえた。

「爆弾？　フーマンチューの爆弾か？」[65]

と、どなったのは、本部長ガンサー氏でした。

「そうです、これです！」

スミスがポケットから、つかみだして見せた白いボールみたいな爆弾に、みんなが目をみはりながら、急にタジタジとしたようです。

青い中国服をスミスが着ている、と、ぼくはこの時、はじめて気がついた。それほど、むちゅうだったのです。

フーマンチューの白い爆弾は、保安隊の科学研究所におくられて、くわしくしらべられた結果、今までどこにもない強力な爆薬からできている。この種類の猛烈な爆発力をもってすると、フーマンチューが計画していた大火災は、同時に一切の建造物を爆破するだろう、と、おそるべき報告でした。

怪女カラマネは、検事局に捕われて行き、きびしい取調べを受けた結果、さらに大学病院の精神科へおくられた。専門の医者と心理学者によって、さまざまに研究試験されたのです。スミスが、いつも付きそっていたのですが、

「フーマンチューのために、カラマネは少女の時分から一種の催眠術をかけられていて、すごい人格変換をやるんだな。その術のきいている間は、実さいにフーマンチューと同じような魔人的性格の女になる。ところが、元来の自分にかえる時があって、その時は生まれつきのやさしい女になるんだ。いわゆる二重人格でさ、魔女にされたり、清い女にかえったりする。フーマンチューを射ち殺した時は、かけられていた精神的魔術から、とつぜん、心の目がさめた時なんだろう。魔女にされている間は、法律的に言って『精神喪失』だから、無罪になるだろうと、医者も学者も、そういう意見なんだがね」

と、ぼくに聞かせてくれたのです。

すると、ほんとうのカラマネは、「魔女」でも「怪女」でもない。あわれむべき女なのです。

悪魔博士フーマンチューの死体を解ぼうされた結果[66]、これはカーター君が大学病院で聞いてきたのですが、

「やっぱり悪魔だったんですな。老人だとも若い者だとも言えない。あたりまえの人間には見られない異常な体質をもっていると、各科の先生たちが、今までにない研究材料だと、おどろいていましたからね」

と、これは僕にとっても、非常な興味のあることですから、ぼくの先生のオーレス教授[67]を大学病院にたずねて、ぼくもいっしょに、研究の一員に今なお加えてもらっている

のです。
フーマンチューの党員八十三人が、裁判中であることは、各新聞の記事のとおりです。
この記録を、ここで終ります。ジャック・ペトリー「サイン」

▼1　これはローマーの小説でなく、彼の作品を原作にした映画『倫敦の秘密』*The Mystery of Dr. Fu-Manchu*（一九二三、英）のこと。フーマンチュー博士はハリー・エイガー・ライオンズが演じた。

▼2　これも映画で、原題*The Mysterious Dr. Fu Manchu*（一九二九、米）。

▼3　映画『続フーマンチュー博士』*The Return of Dr. Fu Manchu*（一九三〇、米）。

▼4　これも映画で、原題*Daughter of the Dragon*（一九三一、米）。日本人俳優早川雪洲が探偵役として登場する。以上三本の米作品は、ワーナー・オーランドがフーマンチューを演じた。
以上註1〜4の作品は、原書の序で訳者寺田鼎が言及し、「ドーター・オブ・ドラゴン」は「現在米国パラマウント映画会社で撮影中」と述べている。

▼5　寺田は序で、ローマーには「二十四種の著がある」と述べているが、実際一九三〇年当時、その通りである。峯太郎版が出た一九五五年当時、四十六冊の小説を発表していた。

▼6　フーマンチュー・シリーズ第二作である本書の原書*The Devil Doctor*（一九一六）の米題は*The Return of Dr. Fu-Manchu*であり、註3の映画の原題と同じであるから、「シナリオ」という誤解が生じたのだろう。

▼7　峯太郎版ではエルサムがフーマンチューに狙われる理由がはっきりしないが、原書では「彼は『戦う宣教師』の異名をとっていた。そしてそのあだ名は伊達《だて》ではなかった。実はこの穏やかそうな紳士が、義和団の乱の直接の原因を作ったのだった！」とある。

▼8　毒を飲んで自殺するのは、映画『フーマンチュウ博士の秘密』の結末。小説第一作『怪人フー・マンチュー』*The Mystery of Dr. Fu Manchu*（一九一三）では、フーマンチューがいた空き家が大爆発をして、姿を消した。

▼9　原書に登場しない交友関係。上述のようにエルサムは外交官でなく、宣教師。しかしキリスト教の宣教師が帝国主義の侵略の尖兵になっていたのは、ご存知の通りである。ギブソンは原作には登場しない。

▼10　映画『続フーマンチュー博士』の冒頭で、いったん棺《ひつぎ》に入った博士が生き返る場面が、描かれている。また小説第一作『怪人フー・マンチュー』中でも、同様の薬が登場する。

▼11　義和団の乱（一九〇〇）のこと。

▼12　映画『フーマンチュウ博士の秘密』では、実際に軍楽隊のパレードの場面から、フーマンチュウ博士の自宅の庭に義和団の敗残兵が紛れ込み、博士が窓を閉めにいったすきに白人兵の撃った砲弾が壁に命中し、仏壇に祈りを捧げていた妻と子供が下敷きになって死ぬ。これが博士が白人社会に敵対する動機になった。しかし原書でも寺田訳でもそのような場面はなく、世界の転覆をはかり、ヨーロッパとアメリカを中国の支配下に置こうと画策しているとだけしか、描かれておらず、漠然とし

た黄禍論に基づいていて、説明不足の感を免れない。

▼13　映画『フーマンチュウ博士の秘密』では、イギリス軍のペトリー将軍の命が狙われ、その場に居合わせた孫のペトリー医師が、スミス探偵の協力者になる。

寺田訳で「仏国のラサール大佐、独逸《ドイツ》のフォン・ハウプト将軍等、義和団事件によって、功を立てた人々と、その家族を密かに殺し」（二七九頁）とあるのは、映画のプロットを取り入れたと思われる。また「黄色い竜の画」が送られてくるのも、映画の設定。

▼14　原書ではスミスはビルマの弁務官であり、警視総監から特別の捜査許可証を交付されている。

▼15　原書（カラマニ）および寺田訳（カラマネ）では、東洋系の美少女奴隷として登場する。『怪人フー・マンチュー』では「砂漠の奴隷狩り」（一四二頁）で妹は死に、弟のアジズと共にフー・マンチューに奴隷として売られた。映画『フーマンチュウ博士の秘密』では、カラマニの代わりにリタ・エルサムという白人の少女が登場する。義和団の乱の最中に、博士の屋敷なら安全だろうとリタの父親が娘を預けたのだが、父親は戦死し、博士の家族も亡くなった。博士はリタを育てるだけでなく、催眠術をかけて悪事の手先として使ったのである。カラマニと同様に、リタはピートリーと愛し合い、次作映画『続フーマンチュー博士』で結婚をする。

▼16　カラマニが初登場する『怪人フー・マンチュー』の初出は一九一三年、『悪魔博士』はその二年後という設定だが、発表は一九一六年である。峯太郎版の初出は一九五五年なので、前述の義和団の乱から五十五年後だ。舞台を現代に移したために、原書では可憐な美少女だったカラマニが、不気味な魔法使いの老婆扱いになってしまい、しかも原書ではカラマニとピートリーの恋愛の行方がサブストーリーだったのが、かすんでしまった。

▼17　原書ではピートリー家の召使いは、名前のない家政婦である。また、看護婦はいない。

▼18　原書ではレクトリー・グローヴ二八〇番地。

▼19　原書では、スミスは香港からフー・マンチューを追って来た設定になっている。中国国内で、彼が再び暗躍しているという情報を得たようだ。第二次世界大戦後、アメリカの影響で、日本の警察組織は国家地方警察（国警）と自治体警察に分離されたが、一九五四年に警察庁および都道府県警察に再編成された。

▼20　原書ではこの時点ではテールランプしか見えず、誰が乗っているかわからない。峯太郎版のほうが劇的効果を上げている。

▼21　原書では紳士の自家用車を、運転手ごと借用した。

▼22　ロンドン東部のスラム街。切り裂きジャック事件の舞台にもなった。この場面は原書ではテムズ川沿いの波止場に近い場所としかなく、ホワイトチャペルかどうかははっきりしない。しかし十一章に「そこには、ポーランド人や、ロシア人や、セルビア人や、ルーマニヤ人や、猶太人、またハンガリヤ人やイタリ人など、あらゆる人種が入り雑って、東西混合融和し、ここにホワイトチャペルの巷を成しているのである」（寺田訳、三四七頁）とあり、この記述によく似ている。なお、本書に見られるように、峯太郎版ではすべて「チャベル」と表記されている。

▼23　原書には万能鍵は登場せず、樽を積み上げて窓から侵入

した。

▼24　原書では、エルサムが文通しているのは、南京のエン・スンヤではないかと、問い詰めていた。峯太郎版ではギブソンになっているので、変更をしたのだろう。

▼25　原書では、カラマニが拷問を止めさせようとして折檻を受け、部屋から出て来たところをスミスらに捕まった。

▼26　原書ではエルサムはそのまま入院している。

▼27　次の事件は「暫《しばら》く経ってから後」（寺田訳）だが、峯太郎版は息をつかせない展開だ。

▼28　原書では「手にかなり深い切り傷」を負った。

▼29　「君の家から出て来たと思われてはいけない」（寺田訳、三〇四頁）と、正体をごまかすほうに力点が置かれている。

▼30　原書では、警邏中《けいらちゅう》の警察官が通りかかって、手助けをした。

▼31　原書では、さらに移植ごても持っていった。

▼32　原書では、第一作『怪人フー・マンチュー』でピートリーとカラマニの心が通じ合ったことを、彼女は忘れていたので、ピートリーはそれをなじっている。殴ろうなどとはしていない。また彼女は毒液のハンカチをかけたりせずに、走って逃げている。

▼33　原作では気を失っていないのだから、ミルクも飲まない。

▼34　鎮痙《ちんけい》、鎮静剤の一種。

▼35　峯太郎版のスミスは、移植ごてを持っていないのに、どうやって猫を土の中に埋めたのだろうか？　原書では、さらに用心を重ねて、池の中の島に埋めた。

▼36　原書ではまったくその正体は解明されない。さらに翌日、スミスとピートリーは黒猫をもう一匹退治する。新しく連れてこられたのだろう。

▼37　原書では、カーターは私服刑事。ポーの翻案と同じように、読者層に近い登場人物がいたほうがいいという判断だろう。

▼38　原書や寺田訳では、この前にスラッティンと面談をしてフー・マンチューを裏切らせるよう、スミスは説得していた。そのときにステッキに言及して伏線になっていた。

▼39　『怪人フー・マンチュー』にも登場する悪人。

▼40　原書には登場しないが、寺田訳には登場する。

▼41　寺田訳にない、フー・マンチューの計画。先ほど電話で話していた内容と関係があるのだろうか。原書や寺田訳では回収されない伏線である。

▼42　原書や寺田訳では「支那人」（三三五頁）。

▼43　原書のスミスは、昼間中考えて、次の晩になってようやくトリックに気がついて、再び屋敷に忍び込み、謎を解き明かす。峯太郎版のスミスのほうが、優秀だ。

▼44　ライムハウスは、ホワイトチャペルよりも東側にあるテムズ川沿いの地区で、造船業が盛んだった。峯太郎は建物の名称と誤解したようだ。原書には同じ場面に言及があるが、寺田訳にはない。峯太郎独自の調べによるものだろうか。

▼45　寺田訳には赤いスカーフの女は登場しないが、ガスで意識を失うのは同じ。原書では、この前に白い孔雀《くじゃく》を捕まえてタクシーに預け、暗がりで投げ縄で捕まる。もちろん女はいない。

▼46　原書や寺田訳では、スミスは手首足首の縄を切ってもらう。峯太郎版のほうが優秀だ。

▼47　原書では見た目通りの年齢の少女奴隷が博士の催眠術で操られており、しかも彼女はピートリーに好意を抱いているので、こうした心変わりもありえるだろうが、峯太郎版では年齢

不詳の魔女なので、いささか無理がある。
▼48　原書では上げ蓋から下に降りようとして、博士に捕まる。しかしさきほどピートリーが捕まえた白い孔雀は、祖国の親王殿下から博士に授与されたものだった。それと引き換えに、スミスとピートリーは解放された。
▼49　原書や寺田訳では、ピートリー家の上階に泊まったスミスが明け方に襲われて、ピートリーは驚いて飛び起きている。さっそく患者を診察する峯太郎版のほうが、元気だ。
▼50　原書にない設定。
▼51　前述のように、原書で襲われるのはスミスであり、さらにバークが隠れ家で同じようにして殺害される。
▼52　原書では、たまたまミュージアム街を散歩していたピートリーが、骨董店の中にカラマニがいたのを目撃した。偶然に頼る記述が、峯太郎は気に入らなかったのかもしれない。
▼53　原書では、前作『怪人フー・マンチュー』でカラマニと会ったニュー・オックスフォード街の古本屋の前にさしかかり、さらに歩いて行くとミュージアム街の古物商で、註52の場面になる。ミュージアム街は、大英博物館正面から伸びている通り。
▼54　原書では、マーモセット。寺田訳は栗鼠猿。
▼55　原書では、ミュージアム街の向かい側の建物まで渡したロープを滑って脱出するという大がかりな冒険をした。これは、その前にスミスが打ち明けた、カラマニがラングーンで脱走した方法と同じである。
▼56　原書では、手下が砂袋で頭を殴った。延髄に注射とは、危険なことをする。
▼57　原書では、相思相愛である。恋愛に潔癖なのは、峯太郎版の登場人物らしい。
▼58　原書に登場しない挑戦状。その代わりに原書や寺田訳では、博士の変装ではないかと疑っているヴァン・ルーンの住む屋敷を訪問する。その後、博士は沼で溺れ死んだと思われた。
　原書では、その後の筋書きがまったく違う。

　スミスとピートリーは、ゲーブル屋敷と呼ばれる幽霊屋敷を探険し、フー・マンチュー博士の地下の隠れ家を発見する。夜中にピートリーを訪れた東洋人の若者がいた。カラマニの弟アジズが、姉の救出の手助けを求めに来たのだった。ゲーブル屋敷で再びスミスとピートリーは博士に捕まり、スミスをネズミで拷問死させるか、ピートリーにサムライの刀でとどめをさすか、選択を迫る。危機一髪のところで、カラマニが博士を銃撃した。彼らは危ういところで脱出、地下室は崩壊した。スミス、ピートリー、カラマニ、アジズはエジプトへ向かう船に乗る。船上でミイラがカラマニを襲った。その後スミスが海に落ちて行方不明になる。エジプトの港に入る直前の夜、ピートリーはミイラを発見し発砲する。スミスが隠れていた救命ボートから飛び出して追いかけた。ミイラは司教が変装していたのだった。

　寺田訳では、カラマネからシンガポール・チャーリーの居場所を知らせる手紙が届く。夜、隠れ家に警察が手入れしてチャーリーは逮捕された。フーマンチュウの使いカラマネが来て、ペトリーにトラファルガー広場へ来いと呼び出す。この部分を峯太郎版は改変したのだろう。

　映画『続フーマンチュー博士』では、カラマニのかわりであるリアを博士が誘拐し、ピートリーを荒野に呼び出して、飛行機でさらう。
▼59　寺田訳ではオートジャイロでなく飛行機。映画でも飛行機である。戦前はまだヘリコプターやオートジャイロは発達し

ていなかった。しかしトラファルガー広場のネルソン提督像はかなり高い。ロープが絡《から》まる心配はしなかったのだろうか？その点、海外で製作された映画は、荒野に呼び出したという点で、合理的である。

▼60　寺田訳では、ヴァン・ルーンに変装したときに受けた銃撃が原因だと博士は言い、スミスを人質にする。映画では、スミスを誘拐して廃工場に潜んでいたときに受けた警官隊の襲撃で撃たれたと言い、リアを人質にする。スミスを捕まえ、カラマネから思考力を奪って元に戻さないと脅してはいるものの、まず医師の倫理観に訴える峯太郎版の博士は、かつての悪人になる以前の姿を彷彿とさせる。

▼61　鎮痛剤の一種。太宰治、坂口安吾らの作品にも言及されている。

▼62　原作にない中国語。中国語が堪能な峯太郎なら、何らかの意味があるのだろうか。解読できる方のご教示をお願いいたします。

▼63　前述のように、原書では地上からスミスとピートリーが訪れた場所。寺田訳では「何処であるか、少しも見当はつかなかった」（四三〇頁）とある場所だった。信号用の煙草《たばこ》で合図をするのは同じ。

▼64　原書でもカラマニが博士を銃撃して殺害した。一方寺田訳では、博士は爆弾で一蓮托生か、それともペトリーが毒薬で自殺をするかの選択を強要する。ペトリーが自殺を応諾するけれども、博士が毒薬を車の中に忘れて来たと気がついて隙を見せた瞬間、スミスに銃殺された。

▼65　原書にない登場人物。

▼66　原書では、死体は埋もれて行方不明になった。解剖されてしまっては、シリーズの先が続かない。

▼67　原書にない登場人物。

変装アラビア王

サックス・ローマー

この本を読む人に

この本の原作者サックス・ローマーは、英国の探偵小説家であり、いろんな作品を三十冊ほど発表し、それが、ほとんどみな映画化されている。

その中で、もっとも有名なのが、中国人の「フーマンチュー博士」を主人公としたもので、この『**世界名作探偵文庫**』の第四巻に入れた『**悪魔博士**』は、「フーマンチューの再生」の映画シナリオを、新しく書きかえたのです。[1]

この『**変装アラビア王**』は、前に翻案され、『**愛国侠盗伝**』という名まえで「世界大衆文学全集」に加えられた、やはり映画のシナリオを、すじをなおし整理して、書きかえたのです。[2]

山中峯太郎

この物語に活躍する人々

新聞編集長トム・シアード

青年編集長、いつも社会の第一線へ飛びだし、すばらしい特大ニュースをつかんでくる。自分で記事を書く。すごい腕ききだ。ロンドンから世界じゅうを、おどろかせた「バブロン嵐」の正体を探偵して、謎の怪主人公バブロンと親友になってしまう。

怪傑バブロン

「バブロン嵐」の若い首領、ロンドンだけでも千六百人あまりの手下をひきいて、嵐のように荒れまわり、しかも英国政府の内閣と秘密の関係をもっている。これこそ怪傑だ！　と、腕ききの青年編集長トム・シアードが、いっしょに行動して、各方面に活躍する。

捜査部長セフィールド

「名探偵」と言われて、怪人バブロンを捕縛すべく、必死に後を追う。深夜の英国大博物館に、あるいは一流ホテルの夜会に、市外の怪屋に、さいごは王宮の奥にまで、秘中の秘を探ろうと苦心する。

老博士レバルドー

フランス人だ。いつも長いマントを着ながして、いろんなところに現われる。ロンドンにも、よく来る。歴史的古物を研究して、有名な学者だ、と言われている、が、これまた一種の怪人なのだ。

大財閥ローシアイマー

英国からヨーロッパの経済界を動かし、日本貿易にも手をのばしている。ロンドンのホテルに大夜会をひらいた時、怪ギャングにおそわれ、後さらに怪人バブロンを相手にたたかって復しゅうする。

米国石炭王オップネル

これも大富豪だ。米国からロンドンへ来て、英国の財閥と手をむすび、「バブロン嵐」におそわれて、ホテルの六階から行くえ不明になる。ふたたび現われた時は、一億ポンドを寄付させられた。

大富豪ゼッソン

不正な方法で大富豪になっている、が、慈善事業には一ポンドの寄付も出さない。バブロンからにらまれ、英国大博物館の怪事件にまきこまれ、ホテルの六階から、これまた行くえ不明になる。

温泉成金マーレイ

ロンドン市内の方々に、温泉大ホテルを新しく建て、とても金をもうけた。「バブロン嵐」におそわれるのを、こわがって、対抗方法を富豪たちと秘密に相談する。その夜、はたしておそわれた。

私立探偵アルデン

大富豪の秘密会議を警戒するために、ホテルへ出張し、会議室の外に立ち番している。たずねてきた新聞編集長シアードに言われて、会議室のドアをあけてみると、富豪たち六人ともいないのだ。

怪漢レーガン

青年紳士に変装して、ぜいたくな生活をしている。ついに殺人をあえてするが、たくみに後をくらます。この殺人現場に、大財閥ローシアイマーが現われ、さらに老博士バルドーが呼ばれてくる。

警視総監ハリマン

怪人バブロンを捕縛すべく、セフィールド捜査部長と共に、高速自動車で後を追う。市外の怪屋に追いこんで、総監は外がわを警戒し、屋内へ突進した捜査部長が、また出てきて謎の行動をとる。

第一部　怪青年首領セベラック・バブロン

「不思議な救世主、突然と現わる!!!」

新聞記者と世界的大財閥

冬、一月十五日の夜。

ところが、この花、あの花、さまざまの色どり美しく、においも高い、みんな温室に咲いていたのを、何千という花たばにして、この宴会のテーブルに、かざりつけたものだ。まるで花園をそのまま、うつしてきたように見える。

「ぜいたくだぞ！　フリージャ一本だって、何ポンドという金が、かかっているんじゃないか？　フム、……」

ひとりごとを、小声でささやいたのは、英国第一流の新聞「グリーナー毎日」の青年編集長トム・シアードだ。年二十八、若くて編集長にえらばれた、それだけ今までに、あらゆる方面から特別ニュースを抜きとってきて記事に書き、読者をおどろかせてきたことが、何度あるか知れない。すばらしく敏感の上に、すごい腕ききだ。

「グリーナー毎日のシアード！」

これは、ほかの各新聞社から、こわがられている。シアードの取ってくる特ダネ記事によって、「グリーナー毎日」の読者の数が、さいきん、ことにグングンふえているからだ。

編集長というものは、どこの新聞社でも、社内編集室のデスクの前に、ゆったりとかまえていて、大ぜいの記者たちを、さしずしているのが、あたりまえだ。ところが、シアード青年編集長は、そんなデスクの前におさまってるなんて、大きらいである。社内編集の仕事は次長のフランクに任せたきり、自分は第一線へ特ダネ探しに、獲ものを見つける鷹みたいな目をギロギロさせて、むやみに方々を飛びまわる。

今夜も飛んで来た！[3]　このグランド・ホテルにローシアイマー氏の大夜会へ！

「ローシアイマー」

名まえは呼びにくい、が、英国ロンドンの大財閥だ。各方面の有力な会社事業その他を、ほとんど一手に握ってしまって、英国からヨーロッパ、米国の経済界まで動かしている。年ちょうど五十、まさに働きざかり、超特級の実業家だ。今にアジアから極東日本にまで、貿易経済の力をのばすのが、ローシアイマー氏の希望であり前からの予定なのだ、と、さいきんの記事に書いたのが、青年編集長シアードである。

大財閥ローシアイマー氏の大夜会、だから、ロンドンの一流実業家、その夫人、令嬢たちが、ほとんど皆、あつまって来ている。今、大広間のホールにダンスが終曲を告げて、ゾロゾロと大ぜいが食堂に、はいってきたところだ。

シアードは今さっき、みんなよりさきに、食堂にはいってきた。すみの方の長いすにもたれて、鷹みたいな目を光らせている。今夜ここにあつまっている財界連中の夫人や令嬢たちの顔を、この機会に見ておいてやろう。婦人雑誌の口絵写真などで、お目にかかってるが、実物を一か所にあつめて、展覧会みたいに、はしから見れるのは、こういう時でないと、ちょっとできないからな、フム、わるくないチャンスだ！　と、こんなことを、頭のはしで思っている時、右の方の入口から出てきたのは、今夜の主人公ローシアイマー氏だから、ちょっと意外だった。

世界的大財閥の一流人物ローシアイマーが、ここに現われた！　からだは小さな男だ。顔も小さい。髪が白みがかって頭の上から靴さきまで、まるで鋼鉄をかためたみたいに、ガッチリしている。モーニング服の小がらな全身に、寸分のすきがない。ジーッと見つめる精力的な視線を、長いすの上のシアードにそそぐと、

「フフム、……」

と言ったように、キュッと口びるをゆがめた、ひげはない。なんと思ったか？　一足ずつふみかためるような歩き方で、シアードの前へくると、いきなりグッと右手をのばした。

シアードは立ちあがった。灰色の背広を着ている。靴も中古の赤皮だ。この大夜会に、礼服でないのは、自分だけだ。平気で右手をさしだした。シャツの袖口がインクでよごれてる。

（新聞記者と大財閥の握手だ、チャンス！　ここで何か特ダネを取ってやろう！）

と、シアードは、いっしゅんに決意した。

首かざり、耳かざり、腕輪、指輪

「フフム、……」

と、ローシアイマーがシアードと手をはなすと、また口びるをゆがめて、

「君はグリーナー毎日の記者だったね、このあいだ、実業家クラブで会った、ウム、シアード君と言った、ね、そうだろう！」

と、小男のくせに、相手をつつんでしまうような、精力の張りきっているわらいを、顔いっぱいにニヤリと見せた。

いちど会った人間だと、男でも女でも、何年たっても、その名まえをハッキリおぼえている、まちがえたことがない、これがローシアイマー自まんの一つだ。フランスの皇

帝ナポレオンも、そうだったという。

　まして相手が新聞記者だと、自分を宣伝してくれる、よく書くといいが、わるい記事になって出ると、人気をそこねて、それだけでも損だ。ゆだんできない新聞記者が、ここに現われた！　よろしい、こいつを一つ味方に付けて、おれの事業と勢力を、うまく宣伝させてやるぞ！　と、ローシアイマーの顔いっぱいの微笑は、これだけのことを、いっしゅんに腹の中で考えついている。どんな機会でも、自分の利益のために、のがさない。これまたチャンスだ！と、

「ウム、そうだ、ぼくが近く極東の日本貿易に、手をひろげるなどと、すっぱぬきの記事を書いたのは、シアード君、君じゃないのかね？」

（なんでも知っているぞ！）

　と、もういちどニヤリと笑って見せた。

「そうですとも、ハハッ！」

　と、シアードは快活にわらった。

　こちらも今、チャンスをつかんだところだ。三、四分間の立ち話に、何かのヒントを引き出してやろう！　と、シアードの快活さにも、すきがない。

「実業家クラブでのお話を、そのまま記事にしただけですよ。極東貿易も成功なさるでしょうが、この夜会もすばらしく、ごさかんなので、おどろいてるところです。お客の総数は何人くらいですか？」

　と、微笑しながらシアードが、目の前の材料を、まずつかまえて、探りを入れてみると、

「フフム、おどろくほどのことも、ないだろう。オイッ、エドラー君、今夜の客は、何人くらいかね？」

　ローシアイマーは、えらそうに、ふりむきもしないできいた。

　後に立っているのは、青年秘書のエドラーだ。ヌッと背が高い。シアードを目の下に見すえると、（今夜は新聞記者を招待してないはずだ、君はもぐりこんで来たな）と、目つきをするどくしながら、

「お客さまは百八十二人、ご出席の返事をいただきましたが、ほかにまだ、返事の通知なしにお見えの方が、かなりございますので、はい、……」

　と、主人のローシアイマーには、ていねいにこたえた。

「フフム、出欠席の回答なしに出てくるのは、よくない習慣だね」

　と、右の方をふりむいたローシアイマーが、そこに立っている赤ら顔の首の太い老人紳士を見つけると、

「ヤア、これはヘアデールさん、ようこそ！　あんたも回答なしに出てきた組じゃないのかね？　ハッハハッ」

　小さな顔をそらせて、ふきとばすように笑った。相手を何とも思っていない、えらさを見せたのだ。

ところが、この赤ら顔の首の太い相手は、「英国の紡績▼4王」と言われる、これまた富豪のリチャード・ヘアデールなのだ。

「いや、わしは家内と娘と三人の連名でもって、出席の回答を出したはずじゃよ、ウム、出した！　だまって出てくるような、わしは気まぐれじゃないでのう」

と、赤ら顔が苦わらいすると、シアードにききだした。

「あんたは何かの、グリーナー毎日の記者ということじゃが、きょうの夕刊に出ていた『不思議な救世主、突然と現わる！』という記事は、ほんとうなんかのう？」

シアードがグッと眉をあげて、

「グリーナー毎日は、うそを書かない！　すべての記事に、責任をもつですから、『ほんとうか？』という質問は、失礼でしょう！」

と、憤然と言うと、目の前に立っているローシアイマーが、

「待て待て、その『不思議な救世主』というのは、いったい何なのだ、キリストが天からおりてきたのかね？」

と、おうように、じょうだんみたいに言ってるところに、さまざまの客が夫人も令嬢たちも、今夜の主人公ローシアイマーを見つけて、まわりに集まってきた。とても花やかだ。

長いすにかけているのは、服もきたないシアードひとりだ。目の前にゾロゾロと集まってきた夫人と令嬢たちの首かざり、耳かざり、腕輪、指輪など、キラキラとまぶしく光りかがやいて、ぜいたくそのものだ！　フウム、これだけの宝石を金にすると、大新聞社が一つ建って余るかな？　と腕をくみしめた時、みんなの後から令嬢らしい若い声が、はしゃいで聞こえた。

「ねえ、『不思議な救世主』が、どうしたっていうの？　そんなのが今時、どこに現われたんでしょう？」

金百ポンドの二千倍

（よしきた、これまたチャンス、「グリーナー毎日」を宣伝してやるぞ！）

と、シアードはスックと立ちあがった。上着のポケットから、つかみだしたのは、自分が編集を監督した夕刊だ。バラリとひろげると、左手にふりあげた。右手を腰にあてて、

「これは、すなわち、グリーナー毎日の夕刊であります。おどろくべき特ダネ記事が、このグリーナー毎日だけに、きょうの夕刊にも、大きくのっている！　ところが、今、『グリーナー毎日の記事は、ほんとうか？』と、おどろくべき質問を、ぼくは受けた。実に意外きわまる、と、いうのは、この『不思議な救世主、突然と現わる！』という特ダネ記事を書いたのは、だれでもない、ぼく自身だからで

す！」

「アラー!?」

と、令嬢らしい若い声が、また聞こえた。

シアードは声をはりあげて、

「エッヘン！　『そんなのが今時、どこに現われたんでしょう?』と、疑《うた》がいの声さえも、今さっき叫ばれたのは、ぼくにとって、ますます意外であります。事実はすなわち、『ルネック』という製粉会社が、突然、およそ二千人の従業員に、解雇の通知を出して首を切った。このために失業した七千人あまりの家族たちは、生活困難に直面した。これは一つの社会問題であります」

秘書のエドラーが、目いろをかえてささやいた。

「君、ここで演説はやめろ！」

「いや、ところが、どうです？▼5　およそ二千人の失業者は、自分の家に、それぞれ金百ポンドと一枚の名刺入りの封筒を、配達されたのであります。百ポンドの二千倍は、いくらになりますか？　大きな金額である。この奇特な慈善家は、だれなのか？　名刺にしるされている名まえは、『セベラック・バブロン』今まで聞いたことがない。新聞記者の僕も知らない。みなさんのうちで、ごしょうちの方はありませんか？　おしえていただきたいのです」

ざわめきの声々が、わきあがった。

「セベラック・バブロン？」

「知らないわね、あなた知ってる？」

「初めて聞く名まえだ、変名だろう」

「百ポンドに二千かけるは、いくらだ？」

シアードは夕刊を左手にふりまわして、

「実はグリーナー毎日においても、この『セベラック・バブロン』なる慈善家が、だれであるかを明らかにするために、ほとんど全力をあげた。本名なのか変名なのか？　正体は誰なのか？　敏腕な記者が二十人あまり、けんめいになって探った、『セベラック・バブロン』というほかには、いっさい不明、謎です！」

「名まえをかくしているのは、ほんとうの慈善家でございますのね」

と、年よりの夫人らしい声が聞こえた。

「二千人あまりの失業者が、これからどこかへ職を得るまで、家族と共に救われたのです。彼らは心から感謝して、『不思議な救世主が現われた！』と、口々に言っている。これは新聞記者が書いたのではない、民衆の声だ！　しかも、ほんとうの事実そのままであり、グリーナー毎日は一行といえども、うそは断じて書かない！」

「君、そのくらいにしとけよ、料理が冷えるんだ」

と、背の高いエドラーが、前へかがみこんで、シアードの耳にささやいた。

さらに声をはりあげたシアードは、夕刊をバラリと、ふ

りまわして、

「ところが、みなさん、お聞きください！　我がグリーナー毎日の、けんめいなる捜査によって、謎の『セベラック・バブロン』なる人物の正体が、わかりかけてきたのです。これは僕が、ここへ来る直前に編集室で、報告を聞いたのであり、さらに調査の結果を、あしたの朝刊に出す、が、ここに、いち早く皆さんのお耳にいれておくです、エッヘン！」

「よろしい、熱いニュースだ、早く言いたまえ！」

と、今度は男の声が、すぐそばからわめきだした。

「そうです、湯気があがってるホヤホヤの熱いニュース！　すぐにお耳へ入れたい、が、今、『料理が冷える！』と言われたから、エッヘン！　ねがわくはグリーナー毎日を、おわすれなく、みなさんでお読みください、さよならっ！」

ハッと、みんなが目を見はるより早く、長いすに飛びあがったシアードが、夕刊を頭の上に高くふりまわしながら、スルスルと長いすのはしをつたわって、むこうへ飛びおりると、ドアの外へサッと姿を消した。

あとに皆が、いっしゅん、あっけにとられた。

二挺ピストルのギャング

ロンドン一流の富豪と夫人と令嬢たちが、このグランド・ホテルの大夜会に集まっている、ぜいたくな食事のあとに、みんなが談話室に引きあげて、かおりの高いコーヒーを楽しみながら、

「セベラック・バブロン、謎の人物って、だれだろう？」

「そういう変名の慈善家が、もしかすると、この夜会に来ているのではないの？」

「百ポンドの二千倍は二十万ポンドだ。一時に投げ出せる財産家が、そう方々にいるはずはないぜ。そうだ、この中にいるんじゃないか？」

みんなの話が、「セベラック・バブロン」から、なかなか放れずにいる。ふしぎなことを探り出したい、おもしろい気もちが、だれにもあるからだ。しゃべりながら、コーヒーを飲み、たばこをくゆらすと、またダンスホールの方へ、みんながゾロゾロと流れこんで行った。さっそく、手に手をとって踊りまわる。バンドが合奏しはじめたのは、さわやかに軽いワルツの曲だ。

主人公のローシアイマーは、背の高い青年秘書エドラーをつれて、棕櫚《しゅろ》の葉のかげに立っていた。たのしそうに踊りまわっている連中を、葉のすきまから見わたすと、

「フフム、新しい顔が、かなり多く来てるようだな」

「おくさまのご意見で、招待状を出しましたから、わたくしの知らない顔も、ずいぶん見えています」

「むこうの壁の前に立っている四、五人は、だれかね？

みな若いのは」

「はあ、存じません。あれも初めてのお方なので」

「や、またひとり、はいって来たぜ。そら、並んで立った。六人とも、そろいの夜会服を着てるじゃないか」

「さようで、どなたですか？　……」

「食堂と談話室には、みなかったようだ。ダンスだけに来たのかな？　それにしては踊りもしない。どういう方面の連中か？　みな、立派な青年たちだが」

「さあ、どうもわかりかねます」

「や、またひとり、はいって来たぜ、待てよ、方々に立ってるじゃないか？」

「はあ、……」

（なんだか変だ！）

と、エドラーも初めて気がついた。

いつのまに、はいってきたのか？　まるで目だたないように、このホールのまわりに、まったく同じ夜会服の青年紳士が、三十人あまりも、壁の前に並んでキチンと立っている。身なりも姿勢も礼儀ただしく社交的だ、が、踊りもしなければ、たがいに話もしない、ジーッとダンスを見つめている。なんだか変だ！

ローシアイマーは顔をふりむけると、エドラーにささやいた。

「どうも様子が、おかしいじゃないか。それとなく行って、しらべてこい。招かれて来たのか、どうなのか？」

「は、……」

（招かれない客だとすると、青年紳士が三十人あまりは、なにしろ変だ！）

と、エドラーが棕梠の葉かげから、いそいで歩きだした時、バンドの合奏が急にピタリと止まった。踊ってた皆が、おどろいて手をほどいた、と、見たいっしゅんに、エドラーはビクッと立ちすくんだ、大変だ！

まわりの壁の前に、礼儀ただしく立っていた青年紳士が皆、両手を前へさし出している、にぎっているのは右も左もピストルだ！　ほそく黒い銃さきが、ズラリと前にそろって、ダンスとバンドの皆へ向けられた！

「アアッ、ヒイッ！」

夫人か令嬢か、さけぶとよろめきたおれた。

それきりホールの中が、目の前の恐ろしさにシーンと静まって、みんながふるえだした。

ホテルの外に自動車のクラクション、バスの走って行くひびきが、にわかに高く聞こえる。男たちは婦人を後にかばって、顔が青白くなった。バンドの連中は楽器を前においたきり、身動きもできないようだ。

エドラーはスッと体を低くするなり、主人のローシアイマーに、ささやいた。

「わたしたちは、見つかっていません。温室の方へ、ぬけだして！」

「ウム、……」

さすがにローシアイマーは、おちついていた。うなずいて棕梠の葉かげから後の方へ、ソーッと身を引いた。

このホールの後に、花の温室がある。そこからぬけだして、急変を外に知らせる！　夜会のダンスがギャングに、強盗団におそわれた！　来て救え！

何十人の顔がみな同じ!?

怪青年の声

「おふたりとも、お待ちください！」

ふいに後から、さわやかな声が聞こえた。

ローシアイマーもエドラーも、キッと振りかえると、

「ムムッ！」

うめいて口をつぐんだのは、エドラーだ。

スラリと背の高い夜会服の青年紳士が、ここにも立っている。髪が黒く、顔の半分に黒絹のマスクをかけ、両手に突き出した二挺ピストルの銃先を、ローシアイマーとエドラーの心ぞうへ、ピタリとあてると、

「さ、後を向いて、お客さまの見えるところへ、お進みください、おふたりとも！」

ていねいに、さわやかに言いつづけた。

ローシアイマーは、ビクともせずに、この奇怪な相手の顔を見すえた。黒絹の半マスクにかくれて、目つきも鼻も見えない、が、口のまわり、あご、耳、顔のぜんたいが上品だ。

（こいつがギャングの首領か？）

と、見すえながら、グッとおちついてきいた。

「何しに来た？　欲しいのは、おれたちの命じゃあるまい」

「ホーッ、さすがに、おっしゃるとおりです」

「ピストルをさげろ！」

「そうは行かない。あなたの命など、欲しくはない。しかし、この六連発は、おどかしでもない。みんなの前へ、出て行きなさい！　でないと、この引金の指を曲げなければならない」

さわやかな声だ、が、すごい決意と殺気がこもっている。今にも射ちそうだ！

「フフム、……」

ローシアイマーは、口びるをまげたきり、ゆっくりと後を向いて歩きだした。

背の高いエドラーが、小さなローシアイマーに付いて行く、ふたりの後から二挺ピストルを突きつけて、これも背の高い半マスクの怪青年が、棕梠のそばからホールのまん

中へ出てきた。

　豪華なダンス連中が、みな、手をあげたきり青白くなって、まわりから三十人あまりのギャングに、二挺ピストルを突きつけられている。夫人や令嬢たちは、ゆかに膝をつけて顔を両手にふせ、夜会服の長いスカートがもつれあい、金髪も銀髪も、裸の両肩も腕も、ワナワナとふるえている。まるで花園が荒らされたみたいだ。

「よろしい、止まれっ！」

　と、ローシアイマーとエドラーに、後から声をかけた怪青年が、ふたりを立ちどまらせると、黒絹の半マスクの中から、みんなを見まわして、

「貧ぼうということを、ごぞんじのない淑女たちと紳士のみなさまに、今夜は、いささか博愛という気もちをもっていただきたい！」

　と、どんな相手の反抗もゆるさないような、すごく底力をこめた声が、

「そのために今、お持ちあわせの宝石その他を、いさぎよく寄付なさるように、おすすめする！　まず第一に主人公のローシアイマーさん、あなたはダイアモンドのかざりボタンをすべて、ならびに指環の二個、はずしとって、横の台の上に、おのせください！」

　ローシアイマーは、ひげのない口びるを、またキュッとゆがめると、すぐ考えた。

（かざりボタンと指環《ゆびわ》、このくらいのものは、自分の全財産にとって何でもない。パンのかけらと同じだ。ここに集まってる富豪連中にしても、かざりのアクセサリーを皆、ことごとくギャングに与えたところが、たいしたことはないはずだ。それより一秒も早く、夫人と令嬢たちを、この恐怖の底から救い出すのが、今夜の主人であるおれの義務だろう！）▼6
「フフム、寄付か、ピストルでおどかさなくても、話せばわかるじゃないか」

　と、大胆に、ゆっくりと、チョッキのかざりボタンを五つとも、上からはずしとった。さらに指環を二つ、横の台の上へならべながら、

「このような奇怪な場面が現われたことを、わたしは皆さんに深く、おわびしなければならない、ことにご婦人たちに！　みなさんは、かすり傷ひとつ受けてもいけません。どうぞ、いわゆる『寄付』を、ざんねんながら、なさってください！」

　と、ひとりごとのように言うと、ふりむいて、青年秘書エドラーの顔を横から、はげしい気はいで見あげた。

（なんとかして、この変事を外へ知らせろ、早く！　その方法はないか？）

　と、主人ローシアイマーの気はいが、横からはげしくグッとせまって言う、これをエドラーは、たちまち感じとっ

た。

　しかし、すぐ後に、ギャングの首領にちがいない奴が、六連発の銃《つつ》さきを背なかの左へ、突きあてている。「動くと射つぞ！」固い銃さきが、そう言っている。一発、弾が出ると、背なかから心ぞうを、つらぬくだろう！　エドラーは歯がみすると、

（動けないのです！）

　と、やはり気はいで主人にこたえた。

大ホテル全部を占領

（世界的大財閥ローシアイマー氏がギャングに降伏した！　むろん、いのちが惜しいからだ。ぼくたちも同じことだ、しかたがない！）

　と、青白くふるえてる、みんなが目と目で話しあうと、

（ローシアイマー氏の言うとおり、「寄付」を一秒も早くすまして、この危険をのがれよう。ピストルに射たれたら、さいごだ！）

　夫人や令嬢たちの首かざりから腕輪、耳かざり、指輪、時計など、キラキラしているのを、実業家の紳士たちが、いそいではずしとると、自分たちのカフスボタン、時計とくさり、ネクタイピンなども、まるで先をあらそうみたいに、台の上へ両手に持ってくるなり、ザラザラとならべておいた。

　何千万ポンドに上るだろう、さまざまの宝石と純金の装身具などが、台の上に、うず高くかさなって、天じょうの飾り電灯に反射し、光りかがやいて、まぶしいくらいだ。

　さいごに台のそばへ出てきたのは、紡績王へアデール氏だ。赤ら顔が青ざめて、チョッキのポケットから取りだしたプラチナの時計と長く太い金くさりを、台のはしにおくと、口の中でつぶやいた。

「これだけじゃよ。指環はあるが、サインがきざんであるから、かんべんしてもらいたいのう」

　ギャングの怪青年が、黒絹マスクの下から、いきなりさけびだした。

「寄付しめきり！　ドアをあけろ！」

　一方のドアを、横に立っているギャングのひとりが、グッと引きあけた。

　みんながその方を見ると、なおさらギョッとした。ドアの外の廊下にも、同じ夜会服を着ているギャングが、ズラリと二列に並んでいるではないか、これも手に手にピストルをさげている。

（ああ、これではホテル全部が、おさえられた！　大がかりの強盗団！）

　と、みんなが青い顔を、また見あわせた。

「さまざまのご寄付を、ありがたく感謝します！」

　怪青年がマスクの下から、さわやかな声でさけびだした。

「今からどうぞ、ドアの外の廊下を、みなさんは一列になって談話室の方へ、おはこびください！　混雑して少しでも反抗なさると、ごらんのとおり、見はりの者が立っております。どうぞ、おしずかに、一列に！　ヘアデールさん、サイン入りの指環は、ご寄付におよびません、あなたが皆さんを談話室の方へ、ごあんないをねがいます」

（いよいよこの黒絹マスクの怪青年が、首領だな。この危険な場面を、ゆうゆうと指図している。身ぶりはスラリと上品に、ことばつきも、ていねいだ。奇怪な団長である。正体は何者じゃろう？）

と、ヘアデール氏は胸をドキドキさせながら、

「みなさん、どうぞ、談話室の方へ、ええ、お気をおつけになって、……」

と、ふるえ声が切れたまま、あいているドアの方へ、ヨロヨロと歩きだして行った。

夫人と令嬢たちを、父や主人がたすけて、みんなが一列になり、ローシアイマーも中にまじって、ギャングの立っている廊下を談話室へ、さいごに背の高いエドラーが、はいってしまうと、後に厚いドアがしまって、ガチッと鍵をまわされた。

（客も主人がわもバンドの連中も、ひとり残らず、みごとに閉じこめられた！）

と、カッと顔が赤くなったエドラーは、ドスドスと足ぶみして、みんなを自分に注意させると、

「あわてることは、ございません！　むこうのドアに近いお方は、そこのドアに力いっぱい、ぶつかってみてください！　賊が外から鍵をかけたかも知れませんが、……」

と、大声でさけびだした。

そこのドアを、近くにいる紳士たちとバンドの連中が、ひしめきあって押しにかかると、すぐ前のふたりが、

「オッ、これは何だ？」

「ギャングの文句だ、けしからん！」

ドアに一枚の紙が、ピンで止められてる！

> 皆さまがご寄付のお名まえは、あすの新聞広告にかかげまして、受取りのしるしにいたします。なお今夜、われら一同の使ったピストルには、一発の弾もこめてなかったことを、ご寄付への感謝と共にお知らせするのは、われらの光栄とするところであります。
>
> 世界正義青少年連盟[7]

「ばかにしてやがる！」

「ギャングが世界正義とは何だ？」

わめきながら、ドアを四、五人が両手で押し、肩をぶつけて、動きだした厚い板を、メリメリと突き破った。ワッと誰かさけんだ。

スーッと下りた

場面が変って。

グリーナー毎日新聞社の編集室。

まん中のデスクに、両足を靴ごと投げ上げて、あおむけに回転いすへ、ふんぞりかえってるのは、青年編集長シアードだ。

行儀がよくない。カッと目を見ひらいたまま、次長のフランクに、

「オイ、『不思議な救世主、セベラック・バブロン』の正体は、まだ手がかりなしか？」

と、きかれた編集次長フランクは、気どった鼻目がねをかけている。デスクの上に朝刊記事の原稿をひろげて、文章を赤鉛筆でなおしながら、

「ウム、まだ何とも言ってこない。外まわりの猛者《もさ》連中も、今度ばかりは、まいってるらしいんだ」

「チェッ、だらしねえな。朝刊で発表するから、ごらんください！　と、おれは予告してきたんだがね」

「そいつは早まったぜ。どこでまた、そんなデマを言ったんだ？」

「デマじゃねえさ。今夜じゅうには、きっと正体をつかむだろうと、外まわりの腕を信じたからだ。グランド・ホテルのローシアイマー夜会でさ、フム、財閥の社交界は、さすがに豪勢だったがね」

「そこで何か特ダネは？」

「ウム、主人公のローシアイマーをつかまえたが、秘書の奴が、じゃましやがって、……」

「りりりッ、りりりッ！」

デスクの電話が鳴りだした。

受話器を取りあげたフランクが、

「そう、デスクだ。……エッ？　それぁ、なに？　ホー！　そうか、みな行けっ！　各社が行くぞ、負けるな！」

ガチャッと受話器をおくなり、シアード編集長に、

「グランド・ホテルが、大がかりのギャングにおそわれた！　ローシアイマーの夜会客が宝石その他を、ことごとく、うばわれた！　急報によって警視庁全員の非常出動！」

と、聞くと、回転いすからガバッと、はね起きたシアードは、

「しまった！　おれがホテルにねばってたら、現場にいたんだ。何をっ、こちらも出動だ！　朝刊三面を全部、これで、うずめるから、今の印刷を止めさせろ！」

地下の印刷輪転機が今すでに、ゴーゴーとまわっている。朝刊を刷ってるさいちゅうだ。これを中止させて、グランド・ホテルのギャング事件を新たに入れるんだ！

シアード編集長、今から自分で飛び出す、一秒も急ぐ！

ほかの社に負けるもんか、と、鷹みたいな目を光らせて、

「フランク、行ってくるぞっ！」

どなりながら、編集室のエレベーターに飛んではいると、自分でハンドルをまわし、スーッとおりて行った。

同じ顔の三十人？

夜十一時二十分すぎ。

グランド・ホテルの前は、あらゆる大小の自動車が、正面の玄関から道の両わきに、ギッシリとならび、そこにまたクラクションを高くひびかせて、新形の高級乗用車、警視庁のマークを付けてる救急車、新聞社や通信社のオンボロ自動車などが、ガタガタと乗りつけてくる。ヘッドライトをかがやかして、光の流れ動く中に、武装巡査が立ちならんで警戒している。

ギャングにおそわれた非常異変の後だ。

一台のオープン自動車が、まっしぐらに乗りつけてきた。運転台から飛びだしたのは、シアードだ。社から自分で飛ばしてきた、ドアをバタッとしめると、

「チェッ、後の警備が何になるんだ！」

舌うちしながら、正面の玄関へ、スタスタと上がって行った。

横の方の広い廊下から、ゾロゾロと出てきたのは、今夜の客の夫人や令嬢たちだ。大ぜいが付きそって、みな青ざめている。中に黒の背広服を着ているのは、呼ばれてきた医者らしい。客はみな自家用車で、これから家へ帰るところだ。ホテルの事務員が玄関へ出て、

「スイフトさまのお車、すぐ、こちらへ！」

などと、大声で呼んでいる、そこにも巡査が立ち、手帳を片手に目を光らせてる四、五人は、ほかの社の記者たちだ。カメラを片手の写真班もいる。

シアードは、ホテルの支配人に会って特別ニュースを取ってやろう！　と、ろうかのわきの支配人室に行きかけた。するとまた横の方から大ぜいが、つながって出てきた。中に赤ら顔の首の太いヘアデール氏が、後に夫人と令嬢をつれて、よろめくように歩いてくる。おびえた目つきをしながら、シアードを見つけると、

「オオッ、君は早く帰って、よかったのう！」

と、むこうから声をかけた。

(紡績王もやられたんだな！)

と、前へ出て行ったシアードは、いきなりきいてみた。

「ギャングにおそわれたのは、どこだったんです？」

「ダンスホールでのう、なにしろ三十人も、ギャングの奴らが、まぎれておったのを、だれも気がつかずにいたのじゃ。ホテルの大失敗じゃと、グリーナー毎日に書いてくれ。このようなけしからんことがあるものじゃない！」

「ギャング三十人!?　大がかりですね、どんな身なりをし

てたんです？」

「わしは、さいごに出て行って、時計とくさりだけを、わたしたくらいじゃから、おちついていたつもりだ。見ていたことに、まちがいはない。ギャングの奴らは、みな、同じような夜会服をキチンと着とって、ピストルを二挺ずつもって、それに三十人ほどが、まったく同じ顔をしていたから、ふしぎじゃ」

「同じ顔の三十人、そいつは変だな、マスクをかけてたんじゃないですか？」

「いや、マスクをかけていたのは、団長の奴だけで、ほかの奴らは、ブロンド色の髪を、みじかくして、どれも、これも、すこし左に分けていた」

「そこまで見ていられたのだと、まちがいないですね、三十人の同じ顔か？　名探偵ホームズだと、これを何と判断するかな？」

シアードは記者神経[8]を、するどく働かせると、急に探偵気分になり、とたんにムラムラと腹の中で思った。

（よし！　おれだって「名探偵シアード」に、なれねえことがあるもんか！）

また俄然の変事

紡績王へアデール氏が夫人と令嬢をつれて、玄関から帰って行った後、シアードは、このホテルの支配人ハッチンソン氏に会って、一問一答をこころみた。

「今夜の異変は、ホテルの大失敗だ！　という客があるのですが、どうなんですか？」

「いや、なんとも、それは何とおっしゃられても、重々、申しわけがないのでして、……」

「三十人あまりのギャングが、どんな方法で、はいりこんだのです？」

「それが、実のところ、かんたんなので、二、三人ずつか、ひとりずつ、ちゃんとローシアイマーさんの招待状をもって、夜会の受付に出てきたんです、だからだれも怪しまずにいたので」

「すると、にせの招待状を前から作っていたんだな」

「それにホテルには、ごしょうちのように、どなたさまでも、はいったり出たりなさいますから、その点、まことに自由なので」

「事務員や案内人や給仕など、なにをしてたんです？」

「それがどうも、ダンスホールで変事が起きると同時に、要所の鍵が皆かけられて、あっというまに、みんなが方々で後手に、口もタオルでしばられたので、わたしまで、……」

「すると、ギャングは三十人くらいじゃなかったんだな」

「そうですとも、ろうかも控室も電話交換室まで、すっかり占領されたんですから」

「十二分に計画して来たものだな、しかし、それだけ多くのギャングが、一時に消えてなくなったのかなあ？」

「うそみたいですが、そうなんです、まったく、すばやい奴らで、談話室のドアをローシアイマーさまたちが突きやぶって、一時に出ていらっしゃる。事務員や給仕のしばられてたのが解かれて、すぐに電話を八方へかけると、線はみな切られてる。近くの交番へ知らせに、事務員が走って行った時は、あれだけいた大ぜいのギャングが、ひとり残らず、方々の出口から、いっせいに出てしまったらしいんです、まるで風のような奴らで」

「そいつらが皆、同じような顔をしていたというのは、ほんとうかな？」

「そうなんで、今さっきも皆がそれを話しあって、ふしぎに思ってたところです」

「警視庁の探偵連が、捜査に来たろうが、何か見こみがついたですか？」

「それは、『二、三日のうちに必ず捕縛して見せる！』というこことでして」

「警察連中の、それは口ぐせだ。これは今までにない大がかりのギャングが、大胆不敵にやってのけたんだから、おどろくべき異変だ！」

「まったく、このホテルの災難でして、ロンドンに犯罪の大天才が現われて、ローシアイマーさまの夜会をねらって来たのだと、わたしは思っていますがね。ほかには被害がなかったのでして、……」

支配人ハッチンソン氏は、白い眉をしかめて、ため息をついた。

シアード編集長はさらに、ホテルの中の方々を、しらべてまわった。朝刊のしめ切りまでに原稿を、他社の記事を引きはなすだけの特ダネを書くんだ！　いそぎに急いで玄関へ出てくると、愛用のオープン自動車に飛び乗り、社への近道を、テームズ川の岸へ、いっさんに飛ばして来た。

するとここにまた、俄然《がぜん》、意外な変事にぶつかったのだ！

二十世紀の新義賊

キラキラ金貨だ

ロンドン市の中を流れてるテームズ川の岸には、古い掘立て小屋が、ところどころに、かたまっている。中に電灯など一つもない。ランプか、ろうそくの火が、ほの暗く、またたいて、小屋さえない浮浪人たちは、男も女も子どもまで、岸の並木のかげに、モゾモゾと黒く動いている。パンくずも食えない、「ロンドンの、どん底に生きている」と言われる、その日ぐらしの、いや、雨がふると働きにも出られない、その日はくらせずに、あわれな貧民の群れが、飢え死ぬまぎわまで、すき腹をかかえているのだ。

昼のうちでも、ジメジメと見すぼらしい掘立て小屋が、ことに夜ふけはヒッソリしている。ところが、今、シアード編集長が愛用自動車を運転して、社への近道を、このテームズ川岸へ、いっさんに飛ばしてくると、

「ヤッ、何だ？」

眉をあげて、道のむこうを見すえた。

変な歌を大ぜいが合唱している、女の高い声のソプラノがさけび、男の低い声のテノールがみだれ、子どものキンキン声もまじって、流行歌のコーラスだ。その中に、わめいてる大声も聞こえる。

「金貨だ、金貨だっ！」

「ワーッ、キラキラ光るぞ！」

「キラキラ金貨だ！」

「金の洪水、ゴールド・ラッシュ！　ワワーッ！」

流行歌を合唱しながら、一方にワーッワッとさわいでいる。

（変だぞ、何だ？）

と、シアードは自動車を、その方へ向けた。

ヘッドライトに照らして見ると、並木の下から岸の川ぶちに、ボロボロの貧民連中が幾組《いくくみ》もかたまって、歌いながら踊りまわってる。コーラスとダンスのさいちゅうだ！

「どん底連中の異変か!?」

と、シアードは、おどろきながら、これまた特ダネになるぞ！　と、並木の下にストップするなり、運転台から声をかけた。

「オーイ、何してるんだ？」

「キラキラ光るぞ、金貨だ金貨だっ！」

と、男のひとりが、踊りながらわめいて、運転台の横へくると、グリーナー毎日社の旗を見つけて、

「オーッ、新聞社の旦那だね。早いな、もう知れたんか？」

と、あかだらけのきたない顔を、シアードにむけた。髪がバサバサだ。

ほかの男と女も子ども達も、自動車のまわりへガヤガヤと集まってきた。みな、きたなくて、目ばかり光っている。白髪のおばあさんもいる。むこうの方に踊っていた組も、こちらへバラバラと走りだしてきた。

シアードは記者神経がイライラして、鷹のような目を、みんなにそそぐと、すぐきいた。

「金貨金貨って、君たちと金貨と何か関係ができたんか？」

すぐ前にいる十二、三才の少年が、サッと右手をあげると、さけびだした。

「関係って、おじさん！　金貨をそこに、おじさんは何枚

もってる？」

特大ニュース二つ

これまた髪がさかだってバサバサだ、ブラシュみたいな頭をしてる、青白い貧民少年に、シアードは突然と質問されて、ハンドルを左手におさえたまま、

「何だと？　金貨など、ここに一枚もないさ。それが、どうしたというんだ？」

と、きいてみると、

「ワッ、なんでえ、おじさん貧ぼうなんだね」

と、自分こそ貧ぼう少年のくせに、ニッと歯をむき出して、えらそうに両手をポケットに突っこんでいる。

さすがのシアードも、ますます意外な気がして、運転台から乗りだした。

「ホホー、君は金もちか？」

「なんでえ、見ろよ、ホラ、このとおり！」

右手をポケットから抜き出した少年が、ヒョイと上に何か投げた、と見ると、ヘッドライトの明りにキラキラとかがやいたのは、三、四枚の金貨だ。アッ!?　と、シアードがおどろくと、またヒョイと右手に金貨を受けとめた少年が、

「おじさん、どうだい？　ヒューッ！」

と、あおむいて得意そうに口ぶえをふいた。


すると、まわりに立っている貧民の男も女も、白髪のおばあさんまで、

「キラキラ光るぞ、金貨だ金貨だ！」

「見ろ見ろ、金貨だ、ゴールド・ラッシュ！」

口々にさけんで両手をふりながら踊りだした、みんなが手の中にキラキラさせてるのは、いかにも金貨だ！

声をはりあげたシアード編集長、

「その金貨を、みんな、どうして手に入れたんだ？　聞かせろ！」

きたない娘のひとりが、ふりむいてこたえた。

「すごいだろう、新聞のおじさん！　これみんな、もらったのよ」

「もらった、だれから？」

「慈善団体の人が、大ぜい来てさ。紙ぶくろにはいってる金貨を、みんなに、わけてくれたんだわ」

「なんという慈善団体だ？　紙ぶくろに名まえが、書いてあったろう」

「名まえなんか、一字もないのよ」

と、娘が言うと、そばからまた少年が、

「みんな黒の外とうを着てたぜ、救世軍みたいだと、おれ思ったんだ」

「何人くらい来た？」

「灯をもってないから、わからなかったけれど、二、三十

人いたぜ」

「もっといたかも知れねえ、なにしろ、すばやい連中でね」

と、目のほそいおやじが、シアードを見あげて、こうふんしながら、

「金貨入りの紙ぶくろを、くばっちまうと、おれたちが、ビックリしてるまに、その連中ひとり残らず、サッサと、どこかへ行っちまったんだ。こんなことって、あるもんじゃねえ、ところが、このとおり、キラキラ金貨が何枚も、すげえ慈善だ。これぁ新聞に出して、何という団体のしたことだか、おれらに知らせてもらいてえんだ！」

「ワッ、そうだ、そうだっ！」

「そうだわよ、新聞のおじさん、たのむわ！」

ワイワイと皆がまたさわぎだした。生まれて初めてだろう、おもいがけない金貨を何枚も手にして、むちゅうになってるようだ。

「よおし、わかった！　みんな、あすのグリーナー毎日を見てくれ、うんと大きく出すからな」

シアードは貧民たちにも、「グリーナー毎日」を抜けめなく宣伝すると、たちまち愛用オープンをスタートさせた。いよいよ時間がない、しかも、特大ニュース二つ！　編集長の自分が記事を書くんだ。フル・スピード！　社への近道をテームズ川岸から、いっさんに飛ばして来た。

精力の汗だ

グリーナー毎日の編集室。

地下室の工場には、何百万人の読者のために、十二台の大輪転機が朝刊を刷るべく、今まだ待機している！

シアード編集室はデスクにしがみついたきり、特大ニュースを書き飛ばす、ワイシャツを腕まくりして汗だくだ。書いた原稿を、そばに立ってる夜勤少年が、はしから引ったくると、印刷工場へエレベーターでおりて行く。またすぐ上がってくる。

グランド・ホテルにおける空前の大異変！　数十人の夜会服ギャング行くえ不明の怪事件！

テームズ川岸における金貨の洪水！　黒外とうの慈善団体、たちまち姿を消して、後に貧民男女の合唱と舞踊、少年も叫ぶ！

鉛筆で記事を書き飛ばす方が、タイプより早い、それほど指さきのきくシアードは、しきりに書き飛ばしながら口もきく。

「オイ、フランク！　この慈善団体の名まえを、グリーナー毎日に出すから読んでくれって、約束してきたんだが、君に心あたりはないか？」

フランク編集次長は、すぐ横に突っ立って、シアードの書き飛ばす記事の早さ、生き生きしてる文章のおもしろさ

に、目を見はりながら、

「その口ぶえをふいた少年が言ったように、救世軍じゃなかろうか？　と、書きそえておくんだね」

「いや、救世軍だと一時に姿を消しちまわないはずだ。『貧しい者は幸いだ！』などと、アコーディオンをブウブウ鳴らして、説教して行くぜ。このテームズ川岸の金貨洪水とグランド・ホテルのギャング異変は、時間的に見ても、関係がある！　と、おれは見てるんだ」

「そうかも知れない、それを書くか？」

「書くとも！　金貨洪水の方こそ、グリーナー毎日の特大ニュースだ、ほかの社の奴は、来てなかったからね」

「グランド・ホテルの方だって、ギャングがみな同じような顔をしてたなどは、他社の知らない特ダネだろう」

「ウム、紡績王へアデールが、そんなことに気がついたのは、実さい、おちついていたらしんだ。君はこの同じような顔というのを、なんだと思う？」

「むろん、ギャングの計画的な変装じゃないか？」

「よしきた、おれもそう思ってるんだ。かつらの髪の同じ物を使ってさ、ゴムと化粧で同じように顔をつくった！　それを警視庁の探偵連が、同じブロンド色の髪をしてる数十人というのを、方々に探しまわったって、ひとりも、つかまらないね。ところが、ギャングの若い首領だけは、黒絹の半マスクを顔にかけていた、というんだがね」

「それはまた、どうしたわけかな？」

「わからない、が、首領の奴は顔の変装など、かつらをかぶったり化粧したりするのが、きらいなんじゃねえか？　と、おれは考えてみたんだが」

「なるほど、そうかも知れない、オイ、たばこ！」

フランク編集次長は、火をつけた紙まきたばこを、シアードの口へ横からくわえさせた。

「ウム、……」

原稿を書き飛ばしてるシアード編集長、ひたいから顔じゅう、まっかになって汗をながしている。精力の汗だ。たばこを横にくわえたまま、すごい早さでグングン書きつづける。

原稿の初めの方を、早くも印刷にかかった輪転機のひびきが、地下室の工場からゴーゴーと聞こえだした。読者のために工場も徹夜だ。

エレベーターで上がってきた夜勤少年が、これも張りきって、顔がキリッとしてる。記者になるたまごだ。

「次長！　今こんな原稿を、受付に持ってきたですよ」

と、一枚の厚い紙にタイプされてるのを、フランク次長にわたした。

（新聞社の受付へ、夜ふけに原稿を持ってくるなんて、ちょっと変だぞ、何かの投書かな？）

と、そのタイプの文章を読んでみたフランク次長は、急

にハッと目をきらめかすと、

「シアード、すごいぞ！　半マスクの首領は、セベラック・バブロンだ！　名のりを上げてきやがった！」

第二のホームズになる

「ヤッ、何だと？」

シアード編集長も、さけびだした。記事を書き飛ばしながら、

「セベラック・バブロンが、何だと言うんだ？　そいつを読んでくれ！」

「ウウム、こういうんだ。『グリーナー毎日、シアード編集長様！』君への手紙だ。『左記の広告を、朝刊の余白にお入れくださると、まことに幸いなのです。広告費を失礼ですが、ここに同封いたしました』待てよ、あっ、十ポンド札が三枚、広告料があまるぞ」

ハラリと紙の間から落ちた札をそのまま、フランク次長は、インクの色の新しいタイプの文章を、熱心に読みつづけた。

「広告文は、こういうんだ、『われら世界正義青少年連盟は、テームズ川岸の貧民のために、多大の寄付を送られた資本家の諸氏へ、心からの感謝をささげます。なお、寄付の一ポンドも、この慈善事業の手数料には使わず、いっさいの費用は、われら青少年のアルバイトから出したものであり、資本家諸氏の寄付は金にかえて、今後なお慈善と博愛のために、広く貧民階級へ散らされるであろう。今回のグランド・ホテルにおける試みは、まず最初第一回の成功を見たのにすぎない！　セベラック・バブロン』と、それから、ローシアイマーをはじめ、うばい取られた宝石その他の装身具に相当する金額と、グランド・ホテルにいた資本家連と夫人と娘たちの名まえが、ズラリと並んでいる。くわしく調べたもんだね、これを見ても、よほど前から計画してかかったギャングだぜ。どうする？　この広告を、このとおり朝刊に出すか？　前金払いときた！」

「フム、果然、おれの思ったとおり、ホテルのギャング異変と川岸の金貨洪水は、同じ手から出てる、その怪首領がセベラック・バブロンだな。そんな奴の宣伝に、グリーナー毎日を使われてたまるもんか！」

と、シアード編集長は原稿を書き飛ばしながら、たばこも口から吹き飛ばした。

「いや、ギャングの広告文だから、読者はおもしろがるぜ。それに、『今回の試みは、まず最初第一回の成功を見た』というんだ。これから第二第三回とまた大がかりに出て行くぞ！　と、まるで予告してるじゃないか？　ものすごいニュースの一つだ。きっと他社へも、これと同じものを送りつけているだろう。こちらも朝刊に出そうじゃないか？」

「よし、それなら、『本社はつぎの広告文を、前金払いで受けとった。読者の興味のために全文をのせる』と、前書きして記事にするんだ。『セベラック・バブロン』！　大変な奴が出てきたもんだ。グランド・ホテルをおそった大がかりの、しかも、十二分に計画してきた方法を見ても、こいつは尋常のギャングじゃないぜ。正体は何者か？　おそらく警視庁の探偵連には、手におえないほどの大物らしいじゃないか？」

「たしかに、そのとおりだ。そら、たばこ！」

「ウム、フランク、おれは決意してるんだ、君のほかには言わないがね。この怪奇な大ギャング『セベラック・バブロン』なるものの正体を、おれが探り出して、グリーナー毎日の超特大ニュースにかかげたいのさ、どうだ？」

「ヤッ、そうしたら、それこそ君はさらに一躍、『名探偵シアード』になるぜ、がんばれっ！」

「よしきた！　なあに、新聞記者と探偵の神経は、同じものじゃねえか。おれは前から、第二のシャーロック・ホームズになってやろう！　と思ってたんさ、フム、この『セベラック・バブロン』という怪人相手に、今夜から腕だめしだ！」

記事をまた書き飛ばしながら、シアードは意気ごんで、フランク次長のくわえさせた紙まきたばこを火のついたまま、また一メートルほどむこうへ、デスクを越して吹きとばした。

ものすごい記者競技

あくる日の朝刊は、どの新聞も皆、グランド・ホテルのギャング異変と、その奇怪きわまる半マスクの首領「セベラック・バブロン」の広告文を、いっせいにあらそって第一回の特大記事にした。

読者のロンドン全市民が、ほとんど皆、おどろきと疑いと興味に打たれて、

「こんな大ぜいのギャングが、ひとりもつかまらないのはどういうわけなんだ？」

「警視庁の捜査部だの保安部だのって、ほんとうは腕なしなのね」

「ウム、つまるところ、シャーロック・ホームズのような名探偵が、いないからさ」

などと、警視庁を攻める声が、どこの町にも聞こえ、同時に一方では、

「大がかりの強盗行為を、『慈善事業』などと宣伝広告するギャングは、これがはじめてじゃないか？」

「その上に、『今後なお慈善と博愛のために』とは、実に大胆不敵だ。警察など眼中にないんだと、新聞を利用して公言しているようじゃないか？」

「これでは、われわれの手で武装自衛隊か何かをつくる必

要がある！」

などと、恐怖におそわれて、たがいにヒソヒソと話しあっているのは、「資本家」の金もち連中なのだ。

「テームズ川岸の金貨洪水」は、グリーナー毎日だけの特別記事だった。はたして市民の評判が、この方にも高くなり、町売りのグリーナー毎日は、どこの十字路でも、たちまち売り切れになった。

「セベラック・バブロンて、ぜいたくな富豪のお金を貧民にばらまく、義賊なのね」

「そうよ、二十世紀の新義賊にちがいないわ。あたしだって貧民だから、金貨入りの紙ぶくろを分けてくれないかなあ！」

「いいわねえ、そうしたら、あたし断然、セベラック・バブロンを尊敬するわよ、ギャングだって、かまわないわ」

「そうよ、黒絹の半マスクを顔にかけていた、背の高い青年団長だって、なんだか、すばらしいじゃないの」

などと、はしゃいで話しあってるのは、会社の若い女事務員とか、方々の売店に出ている少女たちだった。

まったく俄然、「セベラック・バブロン」と名のる謎の怪人に対して、おどろき、疑がい、恐れ、あこがれの声まで、ロンドンじゅうに高く、やかましく、うずまいて流れ、だれも見た者がない「バブロン」の人気が、一朝で風のようにひろがってしまった。

「セベラック・バブロンの正体を、一日も早く知らせろ！」

と、さらに、この声こそロンドン市民だけではなく、英国人ぜんたいの希望であるのが、各新聞への電話と投書によって、各社の記者を動かさずにいなかった。

「謎の怪人は何者だ？」

と、新聞記者と通信記者の何百人かが、皆、探偵になって各方面を捜査してまわる。ものすごい記者競技だ！

グリーナー毎日の青年編集長シアードこそ、この記者競技の第一線に自分から出動した。超特大ニュースを、むろん、自分の手で発表しなければならない！　血の出るばかりの決意と熱情に燃えたのだ。

頭にみだれる疑問記号「？」

何者だ、正体は？

(名探偵シアードになってやるぞ！)

この決意と熱情に燃えて、青年編集長シアードは、グランド・ホテルの内外を、テームズ川岸の貧民の群れを、ギャング団がひそんでいるらしい市内の暗黒面を、自分ひとりで探ってまわった。ところが、なんの手がかり一つも、つかめないのだ。

三日すぎた。シアードには残念きわまる、歯ぎしりの三日だった。

「グリーナー毎日」をはじめ、あらゆる新聞が、朝刊も、夕刊も、謎の怪人物「セベラック・バブロン」について、いろんな記事をのせている。怪人バブロンの記事がないと、読者が承知しない。しかし、どの新聞にもまだ、バブロンの正体をさぐりあてた特ダネはない。記者競技の勝敗未決なんだ！

警視庁捜査部は、どこまで探ったか？　これは極秘をかたくまもっている。

シアードも毎日、怪人バブロンの記事を書かずにいられない。ほかの新聞の競争紙に負けるもんか！　だから三日つづけて書き飛ばした、が、実は特ダネが一つもない。夜おそく外から社のデスクに帰ってきて、歯ぎしりしてると、

「やあ、シアード！　おれの方へも怪人バブロンについて、今すぐ書いてくれよ。何枚でも、多ければ多いほどいいんだ」

と、顔を見るなり言いだしたのは、「週刊グリーナー毎日」の編集長ホリンズだ。ひょろ長い顔に、目をパチパチと、まばたきしている。

週刊誌も、むろん、ほかに競争紙がワンサと出ている。これまた負けてなるもんか！「怪人バブロンの記事」が、特別に必要なんだ。

「ウウム、よし、書いてやろう、だがね、ホリンズ！」

と、腕ぐみしたシアードは、とても苦い顔になって、

「新読者をグーンと引きつけるだけの特ダネが、今のところ、なに一つなくてさ。くさってるところなんだ。この点、かんべんしろよ」

と、あやまるみたいに言うと、相手のホリンズは、

「フウム、君に似あわない弱音をはくね。なあに、いいさ、君が書いてくれさえすれぁ、特ダネでなくったって、なんとなく、ほかの記事とは、ちがうからね」

「タハッ、おだてるなよ。ギリギリの締めきりは何時だい？」

「あすの午前、十一時！　ここでわたしてくれ」

「チェッ、徹夜つづきを、やらせようというんか。もう眠くて、ねむくってフラフラしてるんだ。今からアパートに帰って、すこし眠って、それから書いて、十一時にここでわたすとしようぜ」

「ありがたい！　たのんだぞ！」

「よし、たのまれた！」

シアードは、社から自分のアパートの部屋へ、五日ぶりに帰ってきた。

実さい眠くってフラフラなんだ。上着とチョッキをぬぎすてて、ズボンと靴のままベッドの上へ寝ころんだ、が、頭の中にモヤモヤと動きまわってるのは、

（??怪人バブロンは何者だ??……?）

この（?）の疑問記号が、頭の中を無数に入りみだれて飛びまわる、チクチクと刺すみたいだ。眠る気がしない。ガバッとはね起きると、ワイシャツのままテーブルにむかって、「週刊グリーナー毎日」への原稿を、鉛筆で一気に書きはじめた。

（??怪人バブロンの正体は?……?）

（これが書けたら、週刊も俄然、飛ぶように百万部以上、売りきれだが、チエッ、残念、名探偵ホームズのようには、なかなか、なれないものだなあ、……）

原稿を書きながら、そんなことを考えてるうちに、スタンド電灯のかげで急に眠くなり、鉛筆をにぎったまま両手を前へ投げだすと、うつ伏してフラフラと寝てしまった。

徹夜つづきの眠り不足だ。

ふと目がさめた。神経がまたイライラして、

「ヤッ、そうだ、原稿！」

ひとり怒なったシアードは、鉛筆をもったまま顔をあげるなりギョッとして、また怒なった。

「だれだっ、君は?」

美しい怪人

スタンド電灯の青い光に照らされ、テーブルをへだてて、ひとりの男が、いすにもたれて、シアードの書いた原稿を読んでいる。いつのまに、はいってきたのか?　シアードは怒なりつづけた。

「オイッ、おれの部屋だぞ、何しに来たっ?」

「まことに失礼しています」

と、しずかに、きれいな声で、やさしくこたえた、男の笑顔を、シアードは見つめると、ハッとした。

すばらしい美青年だ！　英国王族の中にも、これほど美しく気品の高い青年はいないだろう。しかも、東洋的だ。髪は純黒、ひたいは円《まる》くて知識の深さを思わせ、すみきっている黒いひとみが、シアードを視線で包みこむように、ジッと和《なご》やかに見つめている。気だかい鼻すじと口もと、ほおも耳も彫刻したように美しい。まさに理想の男性美と気品をそなえて、礼服モーニングの上に高貴な毛皮のオーバーを、ぴったりと着こなし、シアードの原稿をテーブルの上へ、ソッとおいた指のかたちも、しなやかに上品だ！

「フウム、君はだれだい?」

と、あらゆる方面の人に会っているシアードも、この相手の美しさと気だかさに打たれて、思わずタジタジとなりながら、

「おどろくね、時計を見たまえ、二時十八分だぜ。この夜ふけに、人の部屋へはいってきて、人の書きかけのものを、勝手に読んでるなんて、すごい芸当をやるじゃないか、『失礼しています』だけじゃ、すまないと思わないのか

ね？」

と、こちらも、まずグッとおちついて、探りを入れてみると、

「すごい芸当？」

と、さらに上品に黒水晶のような目が、深い光をかがやかして、

「ふいに、ここへ来ましたのは、もっとも有力なグリーナー毎日だけでも、ぼくの行動について、正しい事実を書いていただきたい、と、思ったものですから」

「ヤッ、何だと？」

テーブルのはしをつかんで、スックと立ちあがったシアードは、

「君は、すると、……？」

「そうです、初めてお目にかかります。あらためて失礼を、おゆるしください」

ていねいに、しずかに、一枚の名刺をスタンドの青い光の下へ、さしだした。

セベラック・バブロン

「ウウン、……」

シアードは、この名刺を見ると、うなったきり、急に口がきけなかった。

すごく大がかりなギャング団の首領、怪人セベラック・バブロンが、この美しく上品な貴族みたいな青年なのか!?

「セベラック・バブロン、変名じゃないか、そうだろう？」

と、シアードが、おどろきの息をはきだして言うと、バブロンが、うなずいて見せて、

「名まえは、いくつも付けています。しかし、みんな仮りの記号にすぎませんね。そうでしょう！」

と、きれいな声でニッコリと笑った。魅力のあふれてる微笑だ！　と、シアードは、ますます引きつけられて、

「すると、本名は？　それから聞かせてもらいたい！」

「セベラック・バブロンでいいでしょう、ぼく自身、そのように名のっていますから。それよりも、ぼくの正体が何者であるかを、あなたはグリーナー毎日の編集長として、むやみに探っていらっしゃる。けれども、『むやみに』です。今ここで拝見しました、この書きかけの記事にも、ぼくの真相については、なにひとつも現われていません」

「ウウム、それは、そうなんだ！」

と、シアードは、ひそかに歯ぎしりした。

（いよいよ残念！　この美青年の怪人セベラック・バブロンに、目の前で負けてる。すばらしい敵だ！　ここで警視庁に、うまく電話急報、こいつを捕縛すると、これこそ空前の超特大ニュースだ！　夜なかでも号外を出す。朝刊に

はおれが全面記事を書く！）

　と、鷹みたいな目に烈《はげ》しい力がきらめいた、シアードの顔いろの変化を、バブロンが微笑して見ながら、しずかに言った。

「いいえ、それはいけません。むやみに人をさわがせるだけですよ」

　さすがのシアードも、自分の心の動きを、ズバリと言いあてられて、またギョッとすると、さっそく言いかえした。

「君は読心術を、知っているんだね。そうだろう!?」

目かくし

「読心術、それは、新聞記者であり編集長であるシアードさん、あなたの方が僕よりも、よくごぞんじでしょう」

　と、美しい怪青年バブロンは、あくまでも静かに、なごやかに微笑しながら、

「政府や警視庁や保安隊などを、ぼくが、すこしも恐れていないのは、こうしてお話している顔いろと気はいで、おわかりでしょう。今は黒絹の半マスクも、かけていません。そこで、いかがですか、ぼくが何ものをも恐れず、どれくらいのことができる人間なのか、同時に、世界のどこのドアも皆、バブロンには閉ざされていない、これらの事実を、今から見たいものだと、あなたは思われないでしょうか？」

「今から、すると、君と僕が、いっしょに行動しようというのか？」

「そうです、およそ二時間！」

「フウム、……」

（突然と目の前に現われた怪人セベラック・バブロン！こいつと行動を共にすると、それこそ生々しい特ダネ記事が書ける！　同時に、こいつの正体もわかるだろう。その上で捕縛させる！　いや、待てよ、うっかり顔いろを動かすと、たちまち見やぶる相手だ。一秒のゆだんもできねえ！）

　と、たちまち考えついたシアードは、ほがらかに言った。

「よし、二時間の約束だ。行こう、どこへでも！」

「では、どうぞ、おもてへ」

　バブロンは微笑したまま、ゆっくりと立ちあがった。ていねいに静かに、どこまでも上品なのだ。ギャングらしい気はいは、すこしもない。

　シアードは上着とオーバーを、すぐに着た。すっかり眠気がさめて、新聞記者の神経が張りきっている。これほどすごい冒険を、今までやったことがない！

（ギャングの怪首領と同行、どこへ何しに行くんだ？）

　青年貴族のようなバブロンの後に付いて、アパートの外へ出てみると、町の家々はみな、シーンとしている。夜ふけの静かさのうちに、緑色の小型自動車が一台、すぐ目の

前に止まっている。バブロンがドアを引きあけると、ささやいて言った。

「さ、どうぞ、お乗りください」

（よし、冒険出発、おもしろいぞ！）

ビクともしないシアードが、ドアの中へ飛びこむと、つづいてはいったバブロンが、座席にならんで、こしをかけた。

たちまちスタート、気もちよく軽い最新式の小型乗用車を、運転して行くのは、後から見ると茶色の鳥打帽をかぶってる、十六、七才の少年だ。ギャングの子分にちがいない。こいつもグランド・ホテルとテームズ川岸に来たのか？　と、いよいよ神経をするどくしてるシアードの横から、首領バブロンが窓のカーテンを、すっかりおろしてしまうと、すずしい声で力強く言いだした。

「あなたは、今から二時間、すべてを僕にまかせてくださる約束ですね。そのためには、今すぐハンケチで目をかくし、なにものも見ないようにしてください」

「そんな必要があるのか？」

「必要のないことは言いません。恐ろしいのですか？」

「なにを、おもしろいだけだ」

「それならば、どうぞ！」

「フム、……」

シアードは、オーバーのポケットから、つかみ出したハンケチを、バラリとひろげると、自分の目にしばりつけて、首の後にかたく両手でむすんだ。なんにも見ずに、どこへでも運ばれて行くんだ。

（これこそ冒険探偵のおもしろさじゃないか!?）

と、耳をすますと、車は今や全速度を出している、タイヤのひびきがすごく早い、が、窓の外には何にも聞こえない。サラッとカーテンを上げた音がして、

「なにか見えますか？」

と、バブロンの声が、きれいに音楽的だ。

「見えるもんか、きつくしばったんだ」

「さすがに、あなたは大胆でいらっしゃる」

「チェッ、変におだてるな」

「あと二十分で着きます」

「なんとでも、よろしいように！」

フル・スピードをつづけて行く車の中に、シアードは目かくししたまま、グッと腕をくんだ。

（ああ、こんな経験は初めてだ。相手は「大胆」と言やがったが、心ぞうはドキドキするぞ！）

奇怪な立像の列

シアードは目かくしのまま、フル・スピード全速力の小型自動車に運ばれて行った。耳をすまして、窓の外の音を聞きながら、なにしろ夜ふけだ、タイヤのひびきのほかは

シーンとして、町から町を通っているのが、なんとなく気はいでわかる、が、どこの町なのか、方角は？　十字路を今までに三度、左へまた左へ、さらに右へまわった。このために方角は不明、ざんねんだ！

　十五分あまりすぎた。「二十分で着きます」と、よこにいる怪青年バブロンが今さき言った。あと五分たらず、どこかへ着く。ところで、目かくししたシアードの「名探偵」になりたい神経が、相手のバブロンから「敵」の感じを、すこしも受けない。じぶんからも敵意など、まるで感じない。

（これはまた、どういうわけだ？　ギャング首領の怪青年と同乗してるんだが、気もちの和やかな親友といっしょに、映画でも見に行くみたいな、あたたかい、たのしい気分がする。ああのバブロンは、ふしぎな人物だ！　なんとなく相手を引きつける、ふしぎな精神力をもっているんだな）

　編集長シアードは、この不思議さに感動し、「若い怪人バブロンの魔術的精神力」を、百万人の読者に知らせたい、と、胸の血がゾクゾクと高鳴った。

　スーッと車が軽く、やわらかくストップした。どこかに着いた！

「出ましょう、ぼくの腕につかまってください、今しばらく」

　ドアをおしあけたバブロンが、しずかに、ささやいて言う、その左腕に手をかけたシアードは、車の外へ出た。どこなのか？　地面はコンクリートだ、固い。

「こちらへ！」

　バブロンが歩きだした。あたりはヒッソリしている。ふたりの靴音がひびく。

「階段です」

　固いコンクリート階段を、ふたりは静かに上がって行った。

（八段、……）

　と、シアードが数えた時、後の方にエンジンとタイヤのひびきが聞こえて、しずかに車が出て行った。

（帰りは車に乗らないんか？）

　と、シアードが思った、とたんに、すぐ前にガチリと、鍵をまわした音が、同時に重いドアを引きあけた気はいを感じた。

「さ、おはいりなさい！」

　と、バブロンは、シアードが感じているとおりを、すぐそばから知っている。

　ふたりはドアの中へはいった。

　大きな建物の中らしい。身のまわりに空気がつめたく、天じょうが余ほど高い気もする。

「靴をぬいで、ここにおいてください！」

　バブロンのきれいな声がささやいた。

(さては靴音をたてないためだな。ここはどこなんだ？　いよいよ冒険探偵！)

と、シアードは、うつむくと手さぐりで両方の靴をぬぎ、すぐそばに、そろえておいた。

バブロンも靴をぬいだ気はいがした。まるで音をたてない。シアードは右腕をとられて、いっしょに歩きだした。靴下をとおして足のうらにさわる感じは、たしかに平たい石だ。

(石をしきつめた廊下だな、長くて広いぞ。大建築のおくにちがいない！)

歩きつづけた、二分間ほど、するとまたバブロンが鍵をまわした。ドアを引きあけて、中へはいった。

「階段です、上り！」

また階段を上がった。ここも広そうだ。

(六段、……)

またも鍵をまわしドアを引きあけた。

ふたりは中にはいった。

なんの物音も聞こえない、実にヒッソリしている。シアードはブルッと身ぶるいした。こわいのじゃない。冒険探偵のすごさ、おもしろさが、火のように燃えあがったのだ。

「ハンケチを、おとりなさい」

バブロンが、ていねいに、ささやくと腕をはなした。

(よし！　見てやるぞ！)

待ちかまえてたシアードは、目かくしのハンケチを、さっそく、両手ではずしとった。

自分もバブロンも、青白い光にかこまれている、目の前と左右を見まわしたシアードは、ギョッと立ちすくんだ。

青白いのは月の光だ、高い窓ガラスをとおして、この広間のなかへ流れこんでいる。ほかに灯はない。左に右に大きな円柱がスクスクと立っている。その根もとまで、月の光が青白く照らして、むこうの方にズラリと立ちならんでいるのは、さまざまの奇怪な像だ。みんな今にも動きだしそうに、いろんな身ぶりをしている。

(奇怪な化けものばかり、ならんでやがる！)

と、立ちすくんだシアードは、グッと腹に力をこめると、とたんに気がついた。

(待てよ、ここは見おぼえがあるぞ。はじめてじゃないんだ)

真っ暗な大迷宮

男女の神々と悪魔

(奇怪な化けもの!?)

と、シアードが青白い月の光の中に、ジッと気をおちつけて、さまざまの像を見つめると、

（あ、そうだ！　古代ギリシャの男女の神々、悪魔、怪奇な動物などの像だ！）

　と、見さだめた時、そばからバブロンがソッと小声でささやいた。

「ここを、どこだと思いますか？」

「ウム、英国大博物館[9]だ！」

「そうです、世界の有名な宝物を、ここに英国が集めている。ぼくが帰ってくるまで、およそ五分間、あなたは待っていてください！」

　力強くささやいたバブロンが、サッと身をひるがえすと、いっしゅんに飛んだ、暗い方へ、と、たちまち影をかくした。音もなく、初めからいなかったようだ。どこへ行ったのか？

（フウム、……）

　と、ひとり残されたシアードは、おどろいて、かすかに息をついた。

　今は三時ごろだろう、ま夜中だ。英国大博物館のおく深く、「グリーナー毎日」の編集長シアードが、ひとり突っ立っている。まったく思いがけない、これこそ変事だ！　しかも、謎の怪ギャング首領セベラック・バブロンが、ここにつれてきたのだ！

（超特ダネ！　すごい記事になるぞ、だが、読者がみな、こんな奇怪な出来事を、はたして信じるだろうか？　「およそ五分間」おれをここに待たせて、怪青年バブロンは何をするんか？　このまま逃げたのだと、おれは彼の計略に、うまく引っかかったんだぞ！）

　突っ立っているシアードは、ひたいに冷たい汗がにじみ出てきた。

（夜番の監視人が、ここにまわって来たら、どうするか？）

　すぐ右がわの向うから、こちらを見つめているのは、古代エジプト国王セチ第一世の座像だ。月の光に上から照らされて、あざけり笑ってるみたいな、ぶきみな顔をしている。そのまたむこうに、見あげるばかり高く黒く巨大な奴は、古代アッシリヤの牡牛二頭の像だ。これも生きていて、ノッソリと動き出してきそうだ。

　昼に見た時とちがって、夜中は、あらゆる像がみな生きてるような気がする。

（彫刻した者の魂が、像に宿っているのかな？）

　と、さすがのシアードも、からだじゅうに冷汗がながれた、とたんにハッと足もとへ、すばやく身を伏せた。

　アッシリヤ牡牛の影から、さらに黒い者がスッと浮いて出た。生きている！　こちらへ動いてくる、何者だ？

これこそ永眠だ

（人間だ！　ヤッ、バブロン！）

と、シアードは見さだめるなり、スックと立ちあがった。のどの下に汗がたまっている。

まぎれもないバブロンが、音もなく風のようにスーッと近づいてきた。左手に何か黒い袋をさげている。前には持っていなかったのだ。

「早く、ぼくについて!」

と、青白い光の中に、目いろを強めたバブロンが、ニッと上品に微笑しながら、左の方へスーッと歩きだした。

(何か危険がせまっているんだ!)

と、直感したシアードは、バブロンのすぐ後について行った。

高い窓からの月の光をさけて、暗い中を音もなく歩いて行くと、また新しい階段の前へ出た。上がると、突きあたりを右へまがった。ドアをバブロンがあけた。ふたりが中にはいると、まわして引きぬいた鍵を、ポケットへ入れたようだ。ささやくバブロンの声が、

「エジプト室!」

「ウム、……」

古代エジプト王国の歴史的宝物が、大切に陳列されている、これをシアードは昼に何度も見ている、が、この室には窓がない。今は真っ暗だ。

(怪青年バブロン、しかし、暗やみで目が見えるんじゃあるまい。この真っ暗なエジプト室で何をする計画だ?)

と、バブロンの気はいと動きに、シアードは、するどい神経をそそいだ、とたんにハッと目の前が真っ白に光った。

バブロンが懐中電灯を照らした。強烈な白い光が、すぐ右がわの厚いガラスを通して、巨大な箱の中に寝そべっている異様な人物を、暗《やみ》の中に現わした。エジプト国王の墓ピラミッドの近くから掘り出された大王の死体だ。くさらないミイラになっている。ここに運ばれてきて、ガラスの中に保存され、永遠に静かに何千年前から眠ったままでいる。これこそ永眠だ。この大王の名まえは「ツータン・カーメン」世界に知られている。

厚いガラスが鉄の格子にはまっているのを、バブロンが急に引きあけた。エジプト大王ツータン・カーメンが、目の前に、あおむいて眠っている▼10。

(あっ、どうするんだ?)

と、シアードがビクッとすると、

「中へ、早く!」

耳のふちにささやいたバブロンが、ガラスドアの中へ、シアードをグッと力強くおし入れた、同時に懐中電灯を消した。

あとは真っ暗だ。シアードは不意におされて、よろめいた。すぐ後に鉄格子のガラスドアがしめられたらしい。バブロンはどこへ行ったのか? と、疑がって立ちすくんだ、とたんに人声を遠くか近くかに聞いた。

（ヤッ、見つかると捕えられるぞ！）

ギョッとした。深夜に大博物館のおくへ、しのびこんでいる。捕えられると調べられ、おそらく警視庁へ送られる、となると、怪ギャング首領セベラック・バブロンと行動を共にしている。重大な疑がいは、まぬかれない。超特大ニュースを書くのが、間にあわなくなる。

（こいつは、いかんぞ！）

と、シアードはツータン・カーメン大王が眠っているそばへ、サッと入ってかくれるなり、うつむけに伏せて身をちぢめた。

人声と靴音が、だんだんと近くなり、高く聞こえてきた。六、七人だ。

ソッと顔をあげたシアードは、大王のミイラのにおいに息がつまりながら、人声と靴音のする方を、いっしゅんに見た。厚いガラスドア、鉄の格子をすぐむこうに、灯がチラチラと明かるく四つ、巡査、背広服など、刑事と監視員が、このエジプト室を見まわって来たのだ。

（ヤッ、危ないぞ、今や危機一髪！）

シアードはまた顔を伏せた。

ムーッとミイラのにおいが、鼻のおくまでしみて、いまにも「ハックション！」と、くしゃみが出そうだ。このミイラのツータン・カーメンは、およそ五千年前のエジプト大王、歴史上の英傑だ。

（こんな箱の中に、おれと大王がいっしょに寝ようとは、おれもおどろくが、英傑大王もビックリしてるだろう。五千年後の新聞記者が、もぐりこんできたんだからな、ハハッ！）

と、シアードは大胆に、くしゃみをこらえながら、腹の中でおかしくなった、が、

（バブロンは、どこへ行ったのか？）

と、彼の行くさきが、急に気になった。

（見つかると、彼も捕えられるぞ！　見まわっている巡査と刑事と監視員が、このほかにもいるんだろう）

「近代の名探偵」セフィールド部長

「たしかに、後すがたを見たんだ！」

「おれも見た、スラリとしてる奴、黒い影のようだったぞ」

「このエジプト室に、はいったんだな」

「はいりました！　スッとドアの中へ消えたんです」

「ひとりだな」

「ぼくが見たのは、ひとりです、身のたけの高い奴」

「探せっ、見つけろ！　向うのドアに鍵は、かかっているんだな？」

「むろん、かかっています、しかし、今さっき、ろうかで消えた奴の様子だと、どこのドアでも出入りするようで

す」

　厚いガラスドアをとおして、ヒソヒソと口早くささやく、刑事と監視員の声が、シアードの耳のおくまでひびく。ツータン・カーメン大王のミイラのかげに、ピタリと身をちぢめたきり、あらゆる神経を耳にあつめていると、

「何をっ、鍵のかかっているドアを、どこでもあけて出入りする奴は、ロンドンに何人もおらんぞ！　グランド・ホテルをおそったセベラック・バブロンも、そのひとりだが、どこまでも探せっ、靴あとはないか？　見つけろ！」

　ズシッと力強く命令する声は、

（オッ、セフィールド部長が出てきてるぞ！）

　と、シアードはギョッとしながら、いよいよ体じゅうが熱くなった。冒険の熱血だ。

　警視庁捜査部長、「近代の名探偵」と言われるセフィールドが、この大博物館の急報によって、手下の刑事たちを引きつれ、時をすごさず乗りこんで来たらしい。シアードはニュースを探りに警視庁へ出て行くと、そのたびに会って話す、機敏、英知、腕のすごさ、たしかに「名探偵セフィールド」なんだ！

（ますます危ない、えらいのが乗りこんできてる！　バブロン、見つかるなよ、どこへ行ったか？）

　と、顔を伏せたまま目をあけてるシアードは、ひたいの左の方から、灯がチラチラする、と、今まで熱かった体じゅうが、スーッと冷たくなった。危機の冷汗だ。

（ガラスドアの外から照らしている、見つけるか？　ミイラの大王、おれをまもれ！）

　と、息をつめたきり、亀の子が甲らの中へかくれたみたいに、すっかり、ちぢまっていた。

　灯がスッと上へ行った。懐中電灯の円い光だ。

「分かれて探せっ！」

　セフィールド部長のするどい声だ。

　靴音がにわかに三方へ分かれた。いそがしく遠くなって行く。

（たすかったぞ、しめた！）

　と、シアードはソッと顔をあげると、息をついた。とたんに、

「ハクション！」

　出かけた、くしゃみを、あわててこらえた。鼻のおくがムズムズする。

（さすがの名探偵セフィールドも、おれがミイラ大王のかげに寝てるとは、気がつかずに行ったな、ハハッ！）

　と、急に笑いがこみあげてきた、が、体じゅう冷たい汗だ。

　名探偵セフィールド部長、そのほか、六、七人の靴音が、遠くへ行くと聞こえなくなった。エジプト室を探しまわって、外へ出たらしい。あとはシーンとして真っ暗だ。

（よし、おれも出て行くぞ、バブロンを探すんだ。ミイラ大王、さよなら！）

と、両手を立ててムクリと体を起こしたシアードは、いきなり右腕をギュッとつかまれた。

（ワッ、ミイラ大王、生きかえって、おれを引き止めるんか？）

と、真っ暗な中に、おもわずふるえあがった。

めずらしい共寝

「しずかに、まだ早い」

と、シアードの右がわから、足の方に聞こえたのは、バブロンのささやきの声だ。

（オッ、こんなところに、ひそんでいる！　さすがに機敏な青年首領、おれはこの怪人とミイラ大王と共寝したんだな、ますますもって超特大ニュース！）

と、シアードはまた体じゅうが、急に熱くなった。すごい記事が書ける、こうふんと喜びの熱血だ。

四分ほどすぎた。シーンとしている、なんの物音も聞こえない。捜査部長セフィールドのひきいる刑事と監視員も、ついにバブロンとシアードを発見し得ず、このエジプト室を出て行ったらしい。真っ暗な中に、バブロンがスッと立ちあがった、気はいがすると、

「出ましょう！」

きれいな上品な声が、おちついて、ささやいた。自分が探されていることなど、まるで平気らしい。この大胆さに、シアードは今さら感心すると、

（怪青年だが、たのもしい奴だ！）

と、またグッと強く引きつけられた。なんだか前からの親友みたいな気がするんだ。

「こちらへ！」

さわやかにささやくバブロンが、シアードの右腕をとると、ガラスドアを中からあけたらしい。外がわへ、ふたりはソッと出た。

（五千年前のエジプト大王ツータン・カーメン陛下に、これで「さよなら！」だ。めずらしい共寝だったぞ、ハハッ！）

と、シアードも大胆に、腹の中でわらいながら、バブロンと腕をとりあったまま、真っ暗な中をスッスッと歩いて行った。

エジプト室のはしへ来たらしい。バブロンがドアに鍵をまわしておしあけた気はい、外へ出ると、

「階段、……」

と、さわやかな小声だ。

（英国大博物館のはしから、いたるところを、どこでも知ってるんだな。しかも、このバブロンを通さないドアは、どこにもないみたいだ。おそるべき怪青年！）

と、シアードは階段をおりきると、バブロンと腕をとりあったまま、今度は長い廊下を通りぬけた。

右へまがった。突きあたったのが、またドアだ。バブロンがまたあけた。ふたりが外へ出ると、そのたびにドアを後に音もなくしめる。片手ですばやく、まるで魔法を知ってるみたいだ。すると、またささやいた。

「靴！」

「エッ？」

「おはきなさい、早く！」

と、腕をはなした。しずかに笑ってる気はいだ。

足のつまさきで下をさぐってみると、なるほど、前にぬいだ自分の靴が、こんなところにそろってる！　前の所とは、まったくちがう。これまた変に不思議だ！

（いや、待てよ、すると、このバブロンの手下が、この大博物館の中を、影のように動きまわってるんじゃないか？　きっと、そうだぞ、そいつが、ふたりの靴を、ここにもってきておいたんだな！）

と、おもわずにいられない、靴をはいてしまうと、

「いよいよ外へ！」

と、バブロンがそばから、またドアをおしあけた。

（今までにドアが、いくつあったか？）

名探偵を気どっているシアードも、ドアの数がわからなかった。

（なにしろ真っ暗な大迷宮の中を、引きまわされたみたいだ。これからまた、どこへ行くんだ？）

黒い袋の中は？

いよいよ外へ！　ふたりは出た。

シアードの顔に空気が、つめたくさわった。目の前が青白いのは、星あかり、大博物館の建物の外へ出たのだ。

（さては、うらの方らしいぞ！）

かこいの塀が高くつづいている。そこの出口の大きなドアを、バブロンがまた音もなくおしあけた。ふたりが出ると後にしめた。

出口のすぐまえに一台の小型自動車が、星あかりの下に止まっている。運転台から鳥打帽の男が、こちらをふりむいた。

「お乗りください」

と、バブロンの上品に美しい顔が、星の光に映って、なお気だかく見える。

ふたりは車内にはいった。ならんでクッションにかけると、音もなく走りだした。前の車とちがう、が、同じように軽快だ。このような最新式の快速車を、バブロンは何台かもっているらしい。

夜ふけの町を走る。街灯のあかりが両がわから、車の中にチラチラとかすめてはいる。シアードはバブロンの顔へ、

よこから観察の視線をそそいで見すえた。

（高貴な横顔！　しかも、大胆不敵な熱情をたたえて、上品に強く美しく、東洋的な黒いひとみが、なにを考えているのか？　車の前の方を、はるかにジイッと見つめていながら、ふしぎに人を引きつける和やかな力を感じさせる、ああこれは「青年怪傑」というべきだな）

と、おもったシアードは、きかずにいられなかった。

「君、どこへ行くんだ？」

「あなたの部屋へ」

「オッ、何しに？」

「ふたりの友情を深めるために」

「ウウン!?」

シアードは感動して、変な声を出した。あおむくと、

（怪ギャングの首領と「友情を深める」!?　だが、このバブロンには引きつけられる。どうも不思議だ、ずっと前からの親友みたいな気がする！）

と、おもった時、自分も知らずに右手がのびて、同時にバブロンも右手をのばした。

かたく固く、ふたりは握手し、どちらも、はなさなかった。

深夜の町に、交番の巡査が立っている、その前を、この怪ギャング首領の乗用車が、いっさんに走りぬけて行く。乗っているのは、外から見ると、青年紳士ふたりだ。巡査は平気に見すごしている。バブロンはシアードと手を固く握ったまま、ゆっくりと話しだした。

「ぼくに対して、ひらかないドアは一つもないのを、実さいに知られたでしょう。英国大博物館の宝庫も、ぼくの思うとおりになる。あそこに陳列されている世界的宝物の多くを、思うままにぬすみだす。外国へ送って売る。すると僕はたちまち外国で大富豪に成れる！　しかし、そんなことをやる気は、みじんもない。自分で金もちになろうなどとは、はじめから思ってもいない。このことをまず、あなたにわかっていただきたい！」

「よろしい、わかった、が、しかし、グランド・ホテルにおける君の行動、盗賊を正義だとは、だれも思わないだろう。ぼくは社会の平和と君のために言う、ギャングをやめたまえ！」

「ありがとう。目的をはたしたら、それきり断然、やめる予定です」

「何の目的だ？」

「それは今、あなたにも、まだ言えない！」

と、青年怪傑バブロンが、シアードの顔を見つめて言った時、車がスッと止まった。

アパートの横の入口だ。

ふたりは車を出ると、入口から階段を上がって行った。

バブロンが左手に黒い袋をさげている。博物館のおくから

さげてきたものだ。シアードは記者神経が急にたかぶって、
また体じゅう熱くなった。
(なにかな、袋の中は?)

第二部　幻のアラビア人

怪奇から怪奇へ突き入る!

男と男の熱情

編集長シアードは、歴史がすきだ。居間のまわりの本だなに、世界史はむろん、各国の古代史、神話、物語、風俗史などが、ギッシリならんでいる。日本近代史[11]も見える。

「今夜は、ツータン・カーメン大王といっしょに寝たが、あのような冒険も、おもしろかったでしょう」

と、バブロンの黒い目が、シアードの気もちの動きを見とおして、ほおえみながら、

「そこに『古代国王とエジプト』という、めずらしい本がありますね。ちょっと拝見させてください。ツータン・カーメン大王の伝記も書いてあるでしょう」

と、本だなの下の方を指さした。

「ウム、なんでも出して読みたまえ。ところで、のどが、かわいたね、君がウイスキーをすきだと、ハイボールを、

ごちそうするぜ」

「ありがとう、ぼくは何でも飲みますよ」

ふたりは顔を見あわせて、ほおえみあった。友情がむすばれている。

ウイスキーと炭酸水をまぜる「ハイボール」をつくりに、シアードは、となりの部屋へ出て行った。冒険的に愉快な気もちだ。なにしろ超特大ニュースの怪人、問題の「セベラック・バブロン」を自分の部屋にむかえて、夜ふけにハイボールを飲みあう友だちになっている！　思いがけない冒険、思いがけない愉快さだ。テーブルのうえに、二つのカップをならべて、英国最上等のウイスキーをつぎ、真新しい炭酸水をあふれるほど入れた。一方には小皿に、これまた飛びきりうまいチーズを手早くサクサクと切って入れると、前の部屋へもってきた。

「さあ飲もうぜ、バブロン！」

と、とても愉快に、この不思議な相手に言ってみると、

「よし、飲むとも！」

と、バブロンは力のみちている美しい笑顔になって、

「エジプト国王の中に、なんといっても大王ツータン・カーメンが、第一級の英傑だったね、古代エジプトの文化はすばらしい、すでに五千年以前、二十世紀の今日のヨーロッパ文化よりも、すぐれた方面をもっていたのだから。この本はその点を、十分に説明している。おもしろかった！」

と、本だなの下の方へ、厚い「古代国王とエジプト」を、もとのとおりに、さし入れた。

またおどろいたシアードは、目を見はってきいた。

「今十二、三分の間に、その本を読んでしまったのか？」

「なに、要点だけをね。さあ飲もう、シアード編集長の健筆とグリーナー毎日の発展を祝して！」

「セベラック・バブロンの健康を祝して、しかし、怪ギャングの成功を、ぼくは断じて望まないぞ！」

「よろしい。今にわかる時がくる」

ふたりはカップをあげて、うまいハイボールを一気に飲みほした。たがいに気もちが、ぴったりと合って、ますます親友のようだ。

シアードは男どうしの熱情がもえあがって、

「オイ、もう一杯、つくってくるぞ！」

と、心よく立ちあがると、

「ウム、ハイボールよりも、この原稿だ」

と、バブロンの美しい顔が、やはり熱情にもえて、シアードの書きかけの原稿を、横の方に見ながら、

「君は今夜、ぼくと行動を共にして、生々しい特ダネ記事が書ける、しかし、この一度だけのニュースで終るのは、いかにも残念じゃないか？　ぼくは君の手に捕えられない。博物館まで出てきたセフィールド捜査部長も、今ごろまだ、

あそこの内外を探しまわって、歯ぎしりしているだろう、なんの手がかりも、ぼくは残していないからね。警視庁、保安隊、それらは僕の前に、なんのさまたげにもならない。今夜ここで君が、ただ一度だけの特ダネ記事を書いて、そのために僕を永遠に逃がしてしまうよりも、せっかく友情をむすんだのだ。最後まで僕の行動を知りつくして、いよいよ最後に、いわゆる『怪人バブロン』の連載記事を、シアード編集長、独特のものとして書きつづけるのが、それこそ新聞記者としても、今までにない記録的なすばらしさじゃないか!」

と、すごく熱心に、黒水晶のような目をかがやかして言いつづけた。気力にみちてる勧告だ。しかも、「怪人バブロン」と、自分のことを、ほかの人間みたいに言う。

(フウム、そうか、待てよ、どうするか?)

と、腕ぐみしたシアード編集長は、鷹のような目をきらめかした、が、

(この親友みたいになったバブロンは、こちらの心の動きを、すぐ目の前で見やぶる相手だ! うっかりできないぞ!)

と、からだじゅうの神経を引きしめた。

大帝の首と花瓶

(美青年怪傑バブロン! こいつを十分に研究してやろう、それには最後まで、こいつの行動を見つくす、そして最後に大記事を書くと、英国じゅうの読者を、きっとおどろかせる。各国語に訳されて、全世界読者の興味をわきたたせる。これこそ新聞記者の本望だ!)

と、記者神経の熱血おどって、こうふんしたシアード編集長は、テーブルを右手でガンとなぐりつけると、

「よし、バブロン、君の言うとおりに同意しよう、だが、そのかわりに、これからの君の行動は、ことごとく僕に知らせるだろうね、どうだ、ちかうか?」

と、気力をこめて言うと、

「むろん、それを親友として約束しよう、それには、たがいの友情を、ますます深めなければならない。近いうちにまた来るぜ、シアード!」

「よし、待っている。きッと来いよ!」

ふたりはさらに固く、かたく握手した。

手をはなしたバブロンが、なごやかに微笑するなり、サッと身をひるがえすと、ドアを出た。左手に黒い袋をさげている。

「オイッ、その袋の中は何だ?」

「夜があけるまでに、わかる!」

愉快そうな音楽的な声をのこして、美青年怪傑バブロンが階段をおりて行った。

(夜あけまでに、もう一時間ないぞ。それまでに、あの袋

の中の物を、だれかがおれに知らせるのか？　バブロンの言動は謎ばかりだ！）

と、シアードは顔をかしげた。

ところで、「週刊グリーナー毎日」への原稿を、十一時に編集室で、ホリンズにわたす約そくだ。

（新聞にも週刊にも、すごい超特大ニュースができたんだ、が、こいつはまだ書けないぞ。だが、最後になったら、世界じゅうを一時におどろかすんだ！）

ころがってる鉛筆をとりあげると、前の原稿のつづきを、グングン書きとばした。

（特ダネをかくしておくなんて、今夜が初めてだ！）

胸がワクワクして眠気はなくなり、ハイボールを飲んだから、頭がピチピチと張りきっている。

（矢でも鉄砲でも、もってこいだ！「怪人バブロン」と親友になった新聞記者なんて、おれひとりだろう！）

元気りんりん、書きとばしてると、テーブルのはしの電話がジリジリと鳴りだした。

（ヤッ、今ごろ何だ？）

受話器をとりあげて耳にあてると、

「編集長ですか？」

「オッ、社からだな、何だい？」

「警視庁記者クラブから急報！　今夜二時四十分ごろ、英国大博物館の中に奇怪な盗難が起きた。巧妙きわまる方法によって、古代ローマ大帝シーザーの首が、台座から取り去られ、世界的名宝と言われるハミルトンの花瓶も失われた。警視庁からセフィールド捜査部長と刑事八人が急行、あまねく捜査したが、さらに何の手がかりも得られない。号外を出しますか？　クラブからの報告は、今のところこれだけです」

聞いてるうちに、シアードはグッと息がつまった。

（バブロンの黒い袋にはいっていたのは、シーザー大帝の首とハミルトンの花瓶だったな！）

ハーッと息をはきだすと、

「夜あけまで、次の報告を待って、夜があけたら号外を出せ！　博物館へ、だれか行ったか？」

「今、夜勤のジャックとサムが、飛んで行ったです」

「フム、ぼくは九時、編集へ出る」

「エッ、博物館へ行かないんですか？」

いつも第一線に飛び出して活躍する、腕ききのシアード青年編集長が、ゆっくりしてる。どういうわけだ？　と、電話記者の声が、いかにも意外そうだ。

「なに、セフィールド捜査部長が探しまわしたあとへ、今から行ったたって、なんになるものか」

と、シアードは顔を横にブルッと振った。

（おれ自身、博物館のおくでツータン・カーメン大王と寝てきたんだ。そのミイラの変なにおいが、はなの穴にまだ残ってる!)

電話を切ったシアードは、さらに急いで原稿を書きおわると、ベッドに服と靴のままもぐりこんで、あおむけにのびた。

(シーザー大帝の首、ハミルトンの花瓶、どちらも世界的名宝の二つを、うまく取ってきやがった、美青年怪傑バブロンの奴、ほかの物に手をつけなかったのは、なぜかな?)

おどろき疑がいながら、グッスリ眠ってしまった。

寝るために寝るんじゃない、精力をモリモリと張りきるためだ。とても深く眠ったシアードは、八時半すぎ、いきなりガバッとはね起きた。さっそく、顔を洗い、パンとハムと半じゅく卵四つ、コーヒーの黒くドロドロの熱いやつを、自分でつくると、これが朝飯だ。食って飲んで口を動かしながら、アパートの外へおりてきた。

すると、ドアの前で自転車を飛びおりた使い走りのメッセンジャー・ボーイが、

「こちらに、トム・シアードさんの部屋は、何号ですか?」

「シアードは僕だぜ、何だい?」

「この手紙をもってきたんです、サインしてください」

白い大きな封筒を、メッセンジャー・ボーイがさしだした。

受取証の紙きれに、サインしてわたしたシアードは、ドアの前に突っ立ったまま、封を切った。中のライト・ペーパーを引きだし、ひろげて見ると、きれいなペンの字が、インクの色も新しくならんでいる。

(女が書いたんかな、だれだ? おれあての投書か?)

すぐ前に来て止まったタクシイに、乗りこむなり、その手紙を読みだした。とたんにハッとして朝の精力が、からだじゅうにあふれた。

探偵冒険熱愛の虫

親愛するトム・シアード君!

ぼくの行動を、君はすべて見つくそうとする。その希望を満たすべく、ぼくは新たに次の事を君に告げる。

本日、午後四時三十分、君も知っているはずのレオポルド・ゼッソン氏を、君は新聞記者として訪問し、同氏が集めている有名な陶器類を見るように申しこむのは、君にとっても興味のないことではないだろう。同氏は世界各国の歴史的陶器類を、前から金のあるままに集めているからだ。

それらの陶器類はすでに、富豪ゼッソン氏の巨大な財産になっている。そのために使った巨万の金は、彼が高利の金を多くの民衆に貸しつけ、もっとも不正な

方法によって、大ぜいの者からしぼり取ったものである。しかも、彼は法律をのがれているのだ。

　一方、これまた君も知っているはずのスレイドン慈善病院は、経営困難のために、長らく休業している。慈善病院が休んでいるのは、寝るところなく食う方法のない正直な貧民たちに、非常な苦難をあたえている。

　君がゼッソン氏と会見し、スレイドン慈善病院の再開のために、一万ポンド以上の寄付をすすめるのは、多くの貧民のために、正しい勧告ではないだろうか！　しかし、彼はむろん、一ポンドといえども寄付をことわるだろう。その時、君としては、

「ストーブの上にある青い壺のなかを見ると、黒木の箱がある。それを見せろ！」と、断然、申し出る必要がある。

　その黒木の箱を、君は受けとると、同時に、それと合わせて一万ポンド以上の小切手証書を、慈善病院への寄付として受けとらなければならない！

　今夜〇時四十分、ぼくは君の部屋に、君がひとりいるところを訪問しよう。話はその時だ。

　ぼくが読んでおもしろかった▼12「古代国王とエジプト」の後を、こころみに見てみたまえ！

　　　　君に心から親しさを感じている、**セ・バ**

怪人親友バブロンの手紙だ。字は女が書いたように美しくてほそい。シアードはそれを上着の内ポケットへ、深くしまいこむと、

（ウウン、あくまでも、おれを共同的に引き入れやがる。ますますおもしろいぞ！　奴の動きは、怪奇から怪奇へ進んで突入する！）

と、腹の中がムズムズした。探偵冒険熱愛の虫が、腹の底で動いたのだ。

　社の編集室にはいってみると、「英国大博物館の怪盗」の号外を、グリーナー毎日をはじめ他の新聞社も、すでに出していた、が、どこの社も特ダネを取っていない。セフィールド捜査部長の発表は、

「このような謎の怪事件は、初めから迷宮にはいったらしく思われる。しかし僕は断じて、この謎を解かずにはいない。事件の真相は、いずれ発表されるだろう」

と、名探偵が固い決意を、新聞記者のみんなに話している。

　シアードは読みながら、おかしくてたまらなかった。

（ハハッ、「事件の真相」は、おれこそ知ってるんだ！　それに美青年怪傑バブロンと名探偵セフィールドの勝負は、見ものだぞ！）

　号外を出したあと、朝刊にも夕刊にも、「英国大博物館の怪盗」の記事は、書くだけのニュースが、どこからも集

まってこない。警視庁記者クラブからの電話報告は、
「怪盗の手がかり、今なお、まったくつかめずにいる。しかし、セフィールド捜査部長の行くえも不明、どこかの方面を探偵中らしい。記者たちの目を、部長は完全にくらましてしまった」

と、各社の記者がみな、ウロウロしているのだ。

シアード編集長は、書いてきた約束の原稿を、「週刊グリーナー毎日」のホリンズにわたして言った。

「どうもセベラック・バブロンという奴は、流星みたいな怪人だね。スーッと光って見せたが、たちまち消えてしまってさ、どこへ流れて行ったかわからない。すばらしい特別記事など、一字も書けなかったぜ」

「いや、ありがとう。なにしろセベラック・バブロンという見出しだけでも、読者が飛びつくからね」

と、なんにも知らないホリンズは、よろこんで原稿を受けとった。

新聞編集長は、もっともいそがしい。政治、経済、外交、社会、あらゆる方面から生きてるニュースが、刻々に集まってくる。これを記者たちが原稿にする、それを編集長が目をとおして選ぶ。編集長自身も書く。夕刊の第三版が印刷輪転機をはなれて積み出された。午後四時すぎ、

「フランク！　ちょっと出てくる、あとをたのむぜ」

編集次長フランクに声をかけるなり、シアードは帽子もかぶらず、いきなりサッとエレベーターに飛びこむと下へおりてきた。

（バブロンの奇怪な手紙は、何を意味するのか？　この実験に今から、富豪レオポルド・ゼッソンを訪問だ。ああ探偵冒険熱愛の虫が、腹の底でムズムズするぞ！）

赤い頭と青い壺

世界各国の歴史的陶器類を集めている、富豪レオポルド・ゼッソンは、年六十三才、頭がツルツルに赤く、はげあがっている。一本の毛もない、が、はなの下にチョビひげをはやし、目は太くギロギロと相手をにらみつける。応接室で握手したシアード編集長は、

（オッ、一見して欲ばりの金ためおやじだな。こいつは、なるほど、一ポンドも寄付しないだろう）

と、握った手のひらに、いやな感じが残った。[13]

「わしの集めとる陶器類は、みな、世界の一流品でのう。君が見て新聞に出すのはよいが、いや、それによってギャングの奴らが、ここをおそってきては、それこそ取りかえしがつかない、わしの大損害になるでのう」

しわだらけの顔をしかめたまま、ガラガラ声で言いだしたゼッソンおやじに、シアードは、なお不快な気がして、

「しかし、世界の一流品だと、用心堅固に皆、金庫のなかにでも、はいってるんじゃないですか？」

と、たばこを勝手にふかしながら、きいてみると、

「それぁ、もちろん、わしは用心堅固にしとるが、このごろ有名になった『セベラック・バブロン』というような大ギャングが、わしの陶器類に目をつけおったら、それこそ君、大変じゃからのう」

「ハハア、なあに、『セベラック・バブロン』なんて、ぼくたち新聞記者が書いたから、有名になってんでさ」

「いや、新聞に書かれずに有名になった者は、ひとりもおるまい、それに大博物館から、ゆうべ、シーザー大帝の首とハミルトンの花瓶が、ぬすみ出されたというじゃないか、えっ、その犯人もまだ、いっこうにわからん、というのでは、なんとも、わしは安心がならんのじゃ。いったい、警視庁の探偵連中は何をしとるんかのう」

「ハハア、探偵連は大いに活躍してるでしょう、が、なにしろ相手が怪賊だから、手におえないらしいですね。あなたがそれほど心配の陶器類は、金に見つもると、およそ、どのくらいなんですか?」

「ウウム、それは、わしにもわからんのう」

「しかし、あなたの財産じゃないですか?」

「ウム、ウム、いかにも、わしの財産じゃが、なにしろシーザー大帝の首や、ハミルトンの花瓶と同じように、今となっては金では買えない。一つでも千万ポンドするか二千万ポンドするか、価のわからんものが、いくらでもあるでのう」

「すごい財産ですね。あなたひとりで、そんな莫大な物をもっていられる。ところが、一方には、慈善病院の再開ができずに、飢え死にするかも知れない貧民が大ぜい苦しんでいる。これは実さいに何とかしなければならない、現代社会の罪悪じゃないですか?」

「な、なんじゃと、慈善病院じゃと?」

「そうです、スレイドン慈善病院が、現に今、再開できずにいる」

「ムムッ? スレイドン!」

と、大声でわめいたゼッソンのはげ頭が、見る見る真赤に、カッと火のようになった。すごい頭だ。

「そうだ、スレイドン慈善病院を、君は知っているのだな、よろしい、それだと、さらに言うことがあるんだ」

と、シアードはゼッソンの真赤になったはげ頭よりも、ストーブの上に立っている大きな青い壺を見すえた。

(あの中に、何か黒木の箱が、はいっているんだな!?)

「日本」という奴、小さいくせに

赤から青に

はげ頭が火のようになったゼッソンおやじは、鼻の下の

チョビひげを左手でグイグイこすると、

「待て、なにを言うつもりか？　わしは、こういうものを、受けとっているんじゃ、見ろ！」

と、ガラガラ声でわめきながら、上着のポケットから右手でつかみ出したものを、テーブルに強く投げつけた。

一枚の白い厚いカードだ。シアードが手にとって見ると、

最後通知
スレイドン慈善病院を再び開くための、あなたの寄付は、今なお送られていない。これを最後通知として、あなたは意外な目に会うであろう。

太いペンの字がゴツゴツしている。バブロンの美しくほそい字とはちがう。

「フウム、最後通知とあるが、すると、これまでに何回か、これと同じカードが来たのだな」

シアードもこのカードを投げつけて、ゼッソンおやじのギロギロしてる目を、にらみかえすと、

「これで四度めじゃ、書留郵便で送ってきおる。えっ、これは何者なのか？　君は新聞記者じゃ、それに今、スレイドンのことを言いだした。このカードについて、何か知っているのじゃな、言えっ、言うてみい！」

「ハハア、すこしは知らないでもない、だが、それよりも君は、スレイドン再開のための慈善寄付を、あくまでも送らないつもりかね？」

「もちろん、一ポンドといえども、わしは今までに一度も寄付したことがないでのう」

「チェッ、なにが『もちろん』だ。オイ、そこのストーブの上に、青い壺が乗ってるね。その中に黒木の箱がはいってるはずだぞ。出して見ろ！」

「な、なんじゃと？」

ストーブの方を振りむいたゼッソンおやじが、

「壺の中に黒木の箱じゃと？　そんなものを、わしは知らんぞ、第一、入れたおぼえがないのじゃ」

「グズグズ言わずに、出して見ろっ！」

と、シアードは不快なあまりに、どなりつけた、が、

（バブロンの手紙が、まちがってると、ここで引っこみがつかんぞ！）

と、胸の中がゾクッとした。急に不安、心配だ。

ゼッソンおやじが、両手をのばすと、ストーブの上から青い大きな壺をおろした。はげ頭がテラテラして、壺の中をのぞいて見るなり、

「ムムッ、な、なんじゃ、これは？」

しわがれた声でどなりだし、右手で壺の中からつかみ出したのは、細長い黒木の箱だ。それをテーブルの上に立てると、

「ムッ、知、知らんぞ、こんなものを！」

と、ギロギロとおどろきの目が、シアードをまたにらみつけた。

（さてはバブロン、これを入れておいたな。怪傑親友、なかなかやるぞ！）

と、シアードはまた急に安心し、得意になると、

「フム、はたして、あったじゃないか。この箱の中に何があるのか？　あけて見ろ！」

「わからんことじゃ、えっ、わからんことじゃ」

真赤なはげ頭をふりながら、ゼッソンおやじが、黒木の箱のふたをあけた。中にはいっているのは、黒く厚いビロードの布につつまれている、小さな美しい花瓶だ、と、見るなり、

「ワワッ、ウウム、こ、これは、……」

わめいて、うめいたゼッソンおやじのはげ頭が、血の気をなくしてスーッと青みがかった。


そんなことが、どうして？


「た、大変じゃ、これは、……」

と、顔まで急に青ざめたゼッソンおやじが、

「世界に二つとない、ハミルトン花瓶じゃぞ！」

と、蚊の鳴くような小声で言った、が、シアードはワッとおどろいて、いすから飛びあがると、

「ゆうべ、大博物館からぬすまれたのが、これか!?」

「これじゃ、わしは何度も、陳列されてるところを見て、知っとる！　これじゃ、ハミルトン花瓶じゃ」

「フウム、……」

と、シアードは、突っ立ったままで、

「大変な物が、この部屋に来ているんだね。陶器類を前から集めている君が、ゆうべ、博物館にしのびこんで、たくみに盗みだしてきた！　この疑がいは十二分だな、ゼッソン君、どうなんだ？」

「ムムッ、そ、そんなことが、どうして、あるものか！」

「ないといっても、このとおり、現に目の前の事実だ。どうしようもあるまい。疑がい十二分だぞ、証人は僕だ」

「ムッ、いや、き、君こそ、これが、この壷にはいっとったのを、どうして知っとったのじゃ、えっ？」

「ハハア、ぼくは新聞記者だ、同時に名探偵だからね」

「め、名探偵じゃと？」

「そうさ、だから、君がこの世界的名宝を盗み出したと、十二分の疑がいをかけられて、世間に恥をさらすよりも、どうだ、ここでおもいきって、一万ポンド以上の寄付を、慈善病院にしないか？　その方が、君のためによくないのかな！」

「ウッ、一万ポンド、出すと、どうなるのじゃ？」

「そうだな、レオポルド・ゼッソン氏の寄付が各新聞に出

るように、ぼくが取り計らうさ。高利貸しゼッソンが慈善寄付をしたのかと、読者がおどろくだろう、ハハッ！」

「し、しかし、このハミルトン花瓶は、どうなるのじゃ？」

「フム、ぼくが持って帰って、博物館へ返しておくさ。この方は一字だって、新聞に君のことを書かないから、安心してよろしい。どうだ、一万ポンド以上の小切手証書を、今すぐ書く気にならないかね？」

「ムムム、……」

チョビひげをヒクヒクさせて、ゼッソンおやじが、うめきながら、いすについた。はげ頭も顔もまた赤くなった。上着の内ポケットから小切手帳を、胸ポケットから万年筆を抜き出すと、顔をしかめて、一万ポンドと、ようやく書きはじめた。

（ヤッ、このおやじ、富豪と言われてるくせに、一万ポンドの寄付が、よっぽど惜しいんだな、チェッ！）

と、シアードはたばこをふかしながら、腹の中で舌うちした。こんな不快な相手は、初めてだ。

さあ来いバブロン

ゼッソンおやじの一万ポンド小切手、黒木の箱にはいってる世界的名宝ハミルトン花瓶、二つをシアードは持って、社よりも自分のアパートの部屋へ、いっさんに帰ってきた。

（《ぼくが読んでおもしろかった「古代国王とエジプト」の後を、こころみに見てみたまえ！》と、バブロンが書いてきた、この一つの謎を、今は一秒も早く解くんだ！）

探偵熱愛の血が、顔をカッカッと熱くする。ハミルトン花瓶の箱を、テーブルにおくと、本だなの前にうつむくなり、厚い「古代国王エジプト」を右手でグッと引き出した。

（後が何だというんだ？）

ジッと目をこらしてみると、本だなのおくに何か立っている。動物みたいだ。つかみ出した、とたんに、

「ヤッ!?」

ギョッとして声が出た。それきり口もきけない。

（シーザー大帝の首だ！）

古代ローマの大帝シーザーの、いかにも英傑らしい深みのある顔、首から上が、今、シアード自分の手につかまれている！

（バブロンの奴！　いよいよ、おれを引きずりこんだぞ！世界的名宝の二つとも、ここに今、この部屋にある！　これが、ほかの者に見られると、ゼッソンおやじに言った「十二分の疑がい」は、おれにかかってくる。しかも、ゆうべ、博物館のおくにはいっていたのは、おれだ！　すごく危険だぞ！）

シアードの全身に冷汗がダラダラ流れた。

ハミルトン花瓶の箱とシーザー大帝の首、二つとも本だ

なのおくへ深くおしこむと、「古代国王とエジプト」をさし入れた。おどろきのあまりに、指がふるえる。立ちあがってフーッと息をついた。

（フーッ、やりやがった！　「今夜〇時四十分、ぼくは君の部屋に、君がひとりいるところを訪問しよう。話はその時だ」と、書いてきやがったが、セフィールド捜査部長に密告して、〇時四十分、彼が来たところを捕えさせるか!?）

フウフウと息をつきながら、シアードは部屋じゅうを動物園の虎みたいに歩きまわった。

（いや、待てよ、そんなことは、卑怯な気がするぞ。親友みたいに気のあう彼が、「話はその時だ」という。その「話」をまず聞いてやろう！）

と、やっと気がおちついて、冷汗が止まった。

部屋に外から鍵をガッチとかけて、シアードは社へ出て行った。編集長の仕事は、年中、一日一時間も、絶えまがない。

（おれはまだ名探偵になってないが、ロンドン切っての名編集長だぞ、いや、世界各国の新聞社に、おれくらい若くて腕ききの編集長が、めったにいるものか！）

と、毎日、張りきってグングン腕をふるう。ところが、この日は、さすがの名編集長のシアードも気もちがみだれて、むやみに記者をしかりとばした。

「なんだい、この君の原稿は、まるで新聞記事になってねえぞっ！　もっと、かんたんに、要点だけを、わかりやすく書きかえて見せろ！」

編集長が荒れている。記者たちは、そばへよりつかずに、なにを荒れているのか、わけがわからなかった、が、シアード自身は、

（なにしろ「英国大博物館の怪盗」にぬすみ出された物が、二つとも、おれの部屋にあるんだ、しかも、その「怪盗」のひとりが、おれじゃねえか。今夜〇時四十分、怪傑親友バブロンが、やってくるんだ！）

だから、気もちがみだれて、たばこをすいつづけて、コーヒーを十三杯も飲んで、ジリジリしながら待っている、夜の〇時すぎになると、

（さあ来いバブロン、今夜こそ、取っちめてくれるぞ！）

と、われながらすごい意気ごみで、社からアパートへタクシーを飛ばしてきた。

手下千六百人

夜〇時四十分！　今、三分前だ。

アパートの、どの部屋も寝しずまっている。起きてるのは、シアードだけだ。今夜もハイボールをつくり、新たにサンドイッチもこしらえた。なかなか手ぎわがいい。怪傑親友をむかえるためだ。

（さあ来い、バブロン、取っちめてくれるぞ！「話」は何だ？）

　階段の方もシーンとしてる、靴音が聞こえない。すみのテーブルの置時計を、シアードはチラッと見た。すると同時にスーッとドアが外からあいた。音もなくはいってきたのは、身のたけ高くスラリとしてるバブロンだ。やはり気だかく和やかな顔をしている。後にドアをしめて、テーブルの前へくると、シアードを見つめて微笑しながら、しずかに、うなずいて言った[14]。

「ありがとう！」

「何がありがたい？　ハイボールにサンドイッチか？」

「これもありがたい、が、ゼッソンの小切手さ」

「フム、これだ。欲ばりおやじ、とうとう書きやがったぞ」

　上着のポケットからそれを、シアードはバブロンの目の前へ投げだした。

「よろしい！　君の話しぐあいが、うまかったからだ。これをすぐ慈善病院へ送るんだ」

　と、バブロンの黒いひとみが、うれしそうにかがやいて、

「ほかにも寄付させる、いわゆる富豪なる者が、まだ四人もいるのさ。ところが、どれも皆、ゼッソンにおとらない欲ばりときている。一ポンドも出さないだろう。最後にまた、意外な目にあわせなければなるまい」

「すると、あの『最後通知』のカードを、書留郵便で送ったのは、やっぱり君だな」

「やっぱりとは何だ？　ぼくのほかに、だれがいるかね？」

「字がちがっていたからだ」

「これはおどろいた。編集長の言うことじゃないね。ぼくの手下はおよそ千六百人、それぞれ字を書かすと、当然、ちがうぜ」

「千六百人、大ぜいいるな、みなギャングか？」

「ギャング、ギャングと言うな。欲ばり富豪のあまっている金や宝石そのほかを、時々、頂だいするが、自分のものにしたことはない。そのために費用を使っているのは、こちらだ」

「フウム、千六百人の手下を使って行くのは、かなりの費用がいるだろう」

「当然、それ相当の金が必要さ。ただで活躍できるものか」

（このバブロンと怪ギャング団の真相が、だんだんわかってくるぞ、おもしろい！）

　と、シアードは探偵熱愛の血が、いよいよ燃えあがって、

「それは、およそ莫大な費用だろう。それを出している首領の君も、富豪のひとりじゃないか？」

「アハッ！」

愉快そうに笑ったバブロンが、黒水晶のような目いろを強めて、

「世界正義青少年連盟の活躍費を出している、正しい富豪が、ほかにいるのさ。セベラック・バブロンじゃない」

「正しい富豪、だれだ？　富豪だと有名だろうが」

「もっとも有名さ」

「だれだ？　言えよ、親友にかくすな！」

「アハッ、あててみろ」

「もっとも有名な正しい富豪、ひとりか、ふたりか、それ以上か？」

「それ以上、このハイボールを飲むぜ、サンドイッチも、うまそうだね」

「オイ、それよりも今、飛んでもない物が二つ、この部屋にかくれてるんだ。君の仕業《しわざ》だぞ、すごく危険だ。どうするつもりか？」

シアードは真けんになって、怪傑親友バブロンの美しく微笑している顔を、まともに見すえた。いよいよ取っちめる時だ。

青少年スパイ三十八人

「そうだ、ぼくの仕業さ。君に責任はない。夜があけると博物館へ、二つとも無事に返すよ、こういう冒険のいたずらが、ぼくは大すきでね、アハッ！　冒険心は、だれだってあるからね、みんな好きだろう」

美しく快活にニコニコしているバブロンを見ると、シアードは、

（おれを引きつける柔しさで笑ってやがる。取っちめるすきのない奴、ふしぎな人物もあったものだ！）

と、またいっそう、このバブロンに親しみを感じて、

「飲もう！　いろいろ聞きたいことがあるんだ。『話はその時だ』と書いてきたね、それから聞かせろ」

と、ハイボールのカップを愉快に上げた。

「よろしい、シアード編集長に対して」

と、バブロンもカップをあげて口びるをつけると、ますます快活に、

「ぼくの友情から、すばらしい特ダネニュースを、ここで聞かせよう」

と、ハイボールを半分ほど一気に飲みほした。

「何のニュースだ？　だれもまだ知らずにいる、ギャングの活躍か？」

「ハハッ、これからの活躍さ。今、着々と準備中でね」

「ウウム、言ってみろ」

「今から話す。われらの英国が最近、ドイツの巨大な軍備から圧迫を受けて、外交の上にも、もっとも不利な立場におしつめられている。君は大新聞の編集長として、この祖国の危うさを、むろん、知っているだろう!?」

「知らなくてどうする、ドイツの軍備、ことさらに新空軍の、ものすごい威力は、われわれ英国国民にとって、非常な危険だ！　この前の大戦のように爆弾の雨を、このロンドンじゅうに降らされてみろ、今度こそ敗戦の恐れ十分だからな」

「そればかりではない。科学国のドイツのことだ。どんな新兵器を発明して、秘密のうちに造っているかも知れないのだ！」

と、青年怪傑バブロンの柔《やさ》しかった黒いひとみが、この時、猛《たく》ましい底光りをたたえて、

「実は、ぼくの手下のうちから優秀な青少年三十八人を、えらびぬいてドイツの各要所へ、前から送ってあるのだ、が、さすがにドイツ国内の警戒は、もっとも厳重だ。新空軍と新兵器の秘密に関しては、三十八人とも何の情報も、まだつかめずにいる、まったく残念なのだ！」

「フウム、初めて聞いた！　三十八人、君の手下の青年スパイだな」

「ウム、みんな腕ききだ。セフィールド捜査部長を相手にしたって、ムザムザと敗れることはない、おそらく勝つだろう。ぼくが鍛えあげた連盟員だ！」

「おどろくべき特ダネだ、超特ダネと言っていい、だが、書けないね、ドイツ政府に知れると、君の苦心も、その三十八人のスパイ活躍も、それきりだからな」

「そうさ、国家的な秘密に関しては、一字も書かない君だから、信頼して話すんだ。それにドイツは、イタリーと日本と三国同盟をむすんでいる。おそるべきはイタリーより日本じゃないか？」

「ウム、おれもそう思っている。『日本』という奴、小さいくせに、たたいても打ちなぐっても、起きあがってくる気力を、腹の底にもっているんだ。『殺されても死なぬ、生きぬくぞ！』という奴が、『日本』だ。こいつを敵にすると、いつまでも危険なのにちがいない」

「よろしい。君と僕は、はたして同意見だ。そこで、われわれの英国をまもり、国民全体の危険を安全にするために、ぼくは今夜、君との共力《きようりよく》をもとめたい。話はこれだ！」

と、すごく真けんに気力をこめて言うバブロンの、何者をも恐れない猛烈きわまる意気そのものに、シアードはヒシヒシと打たれた。

嵐の怪盗

もっとも不正な大富豪

（ああ意外！　怪ギャングの青年首領が、「われわれの英国をまもり、国民全体の危険を安全にする」と言う、このバブロンの猛ましく真けんな表情は、国の運命を思う熱情

に燃えている！　これこそ超特より以上の、意外きわまるニュース、だが、新聞に一字も書けない、しかも、異常な大事件だ！）

　シアード編集長は、今や完全にセベラック・バブロンの不思議な性質に引きつけられて、決然と言った。

「よし、国家のための共力ならば、何でもしよう、何でも言ってくれ！」

「ありがとう！」

　と、強くうなずいたバブロンが、

「君の作ったサンドイッチを、いっしょに食いながら話そう。ドイツ新空軍の威力にまさるだけの、もっとも優勢な英国航空大艦隊を、至急、建設しなければならない、この実行を、三日前の内閣会議で決定したのだ。君はこれを知っているのか？　どの新聞もまだ出さないようだが」

「いや、すこしも知らないぞ。そうか、秘密閣議だな」

（これまた特大ニュースだ！　だが、重要な秘密閣議の決定を、ギャング首領のバブロンが、どうして早く知っているのか？　奇怪きわまる謎だ、ますます不思議な親友バブロン！）

　と、さすがの名編集長シアードも、今は、ほとんど、あきれてしまった。

「むろん、秘密閣議の決定だが、近く発表するさ。航空大艦隊の新建設を、いつまでも、かくしておけるものじゃない」

　と、真珠をならべたような美しい歯なみにサンドイッチを、バブロンは上品にかみきった。

「近く発表か、オイ、君は内閣書記官長みたいなことを言うね」

「なに、それ以上のつもりだがね、そんなことよりも、ドイツの新空軍に対抗して、しかも、それをおさえ得るだけの優勢な航空艦隊を、新たに建設すべき費用が、どこから出せるか？　これが現に今、英国第一の問題だ。今までの軍事予算では、とても間にあわない」

「オイ、大蔵大臣みたいなことを言うな」

「なに、それ以上のつもりだがね、そこで、国民一般の愛国心に広くうったえて、航空艦隊建設のための基金を、できるだけ多く、政府に寄付してもらわないと、祖国の危機はすくえない！」

「ウム、それはそうだ」

「そこで、政府発表と同時に、グリーナー毎日が各新聞社と機敏に話しあって、全国民に英国空前の危機を、ペンをそろえて痛切に知らせなければならない。この点、ほかの社が出したから、おれの方は書かないと、いつもの変な意地を張るのは、よろしくない」

「オイ、新聞王みたいなことを言うな」

「なに、それ以上のつもりだがね、そこでさらに各新聞社が、全国民の愛国基金を広く受け付ける。寄付した人の名まえを、金額と共に紙上で発表する。それを君が、もっとも有力な新進の大新聞グリーナー毎日の編集長として、これも十分に、各社の編集長たちと話しあっておく必要がある。全国一致の愛国寄付運動を、各新聞社が熱心に真けんに巻きおこすのだ」

「よし、むろん、グリーナー毎日の全力をあげて、愛国運動に共力しよう。君が言った『もっとも有名な正しい富豪』は、まっさきに参加して、大いに寄付するだろう」

「言うまでもないさ、それが誰であるかを、君は知りたがっている。おもしろいね、ところが、それよりも『もっとも不正な大富豪』というべき奴が、ロンドンに今六人いる。こいつらには愛国心がみじんもない。寄付など一ポンドもしないだろう」

「するとまた、君の手からカードを、書留郵便で送るか？」

「やっかいだが、そうして然《しか》も、最後にはまた非常手段を用いなければなるまい。君の言う『ギャング』が、例によって活躍するのさ」

と、危険なことを言いながら、やさしく微笑しているバブロンが、いすを立ちあがると、

「今夜の話はおわりだ、『飛んでもない物』を二つ、もらって行こう、アハッハッ！」

と、ほがらかに笑った、と、本だなの前へ行き、「古代国王とエジプト」を抜き出し、おくにはいってるシーザー大帝の首とハミルトン花瓶の二つを、手早くつかみ出した。ここにかくされているのを、初めから知っているバブロンだ。

想像の漫画を出すか？

実に不思議な美青年怪傑バブロンが、世界的名宝の二つを持って、アパートを出て行った後、シアードは彼が言った「英国航空艦隊の新建設、全国民の愛国基金寄付」について、

（これは成功させなければならない！　十二分に必ず！）

と、自分も愛国の熱情に燃えずにいられなかった。

（セベラック・バブロン！　彼は「愛国の義賊」というべきだな、ふしぎな奴と親友になったものだ！）

ますます不思議な感じにつつまれながら、シアードは、この夜もグッスリ眠った。

あくる日の午後一時すぎ、シアードが社の編集室で、夕刊記事の組合わせを、テキパキとさしずしていると、警視庁の記者クラブから、印刷されてる発表文が急送されてきた。見ると、

警視庁発表

本日午前十一時二十分ころ、一台の自動車が英国大博物館の正面玄関に、突然と横着けになり、市内配達の一少年が白木の箱をかかえており立った。箱の上に「博物館管理人殿」としるされている。差出人の名まえはなく、玄関の守衛が配達少年に、この箱の依頼人をたずねた結果は、

「白い髪を長くのばした老人」

という答えしか得られなかった。

管理人がしらべた箱の中には、意外にも前夜に失われたシーザー大帝の首とハミルトン花瓶が、何の損傷もなくおさめられ、なお、左記の手紙が上に乗せられていた。

拝呈
シーザー大帝の首とハミルトン花瓶の二つを、今ここに配達少年によって返送いたします。お受けとりください。

この二品を、ぼくがあえて借用しましたのは、不正な手段によって莫大な富を積める者に対し、多くの人々が貧困のために病み、あるいは死にのぞんでいる時、巨額の財産をひとりで貯えているのは、人道と天意にそむく罪悪である事を、さとらせるためでした。なお、セフィールド捜査部長をはじめ部下の探偵と監視人諸兄に、いたずらなご苦労をかけましたのを、深くおわびいたします。

セベラック・バブロン

「ホホー、おどろくね、これを第一面トップに入れるんだ、フランク！」

と、シアードが目をかがやかして言うと、そばに立っていっしょに読んでいた編集次長フランクは、さっそく、見出しを原稿紙に鉛筆で太く、
英国大博物館を吹きまくったバブロン嵐！

と、書くとシアードに見せた。

「どうだ？」

「ウム、よかろう」

「欲しいね、怪人セベラック・バブロンの写真が。どんな男なのか！　いかにも怪しい想像の漫画を出して、読者を満足させるか？」

「ウウム、よかろう」

シアード編集長は、めずらしく「よかろう」を連発した。心の中では、

（バブロンの奴、「白い髪を長くのばした老人」に変装したな）

と、ほんとうは高貴上品な彼の美しい顔を、ありありと思い出した。

（それに彼は、サンドイッチが大好きらしい。のこらず食

って行きおったぞ！）

「それからフランク、古代の陶器類を集めている有名なレオポルド・ゼッソン氏が、スレイドン慈善病院へ一万ポンドを寄付したのを、記事にしておけよ。これはゼッソン氏の写真を入れて」

「エッ？　レオポルド・ゼッソン、彼の実体は、すごく悪い高利貸しのおやじだぜ。慈善病院へ寄付したなんて、ほんとうなら気がちがったんじゃないか？」

「なあに、気がちがうくらい、だれかに寄付を言われたんだろう」

「君はまた、そんなタネを、どこから取ってきたんだ？」

「オイ、新聞記者にとってタネの出所は、ことごとく秘密だぜ、アハッハッ！」

　と、わらいながら、シアードはハッとした。

（待てよ、おれは笑い方が、急にバブロンみたいになってきたぞ、親友の感化かな!?）

特種の秘密会合

　その日、あらゆる新聞の夕刊が、警視庁発表の「セベラック・バブロン」に関する記事を、その手紙と共に、特大活字の見出しでのせた。なかにグリーナー毎日の「バブロン嵐」というのが、俄然、評判になった。

「博物館だけじゃないぜ、ロンドンじゅうをバブロン嵐が吹きまくっているんだ！」

「そうだわ、嵐は吹いてたって、目に見えないわね」

「見えない嵐の怪盗セベラック・バブロン！」

　この奇怪な評判は、五、六日すぎても、なかなか消えずにいる、そこに英国人ほとんど全体を、ゆさぶり動かしたのは、政府発表による大航空艦隊の新造計画、臨時軍事費の計上、このための愛国寄付金を、国民が生活を切りつめても進んで出すようにと、総理大臣エバーセッドの名による「われらの英国全国民への要望」なのだ。同時に各新聞が「愛国基金をひろく募集」する宣伝記事を、いっせいに大きくかかげた。▼15
　英国人は元からねばり強く底力のある愛国精神を固く腹の底に、ジックリと持っている、おそるべき国民なのだ。

「祖国の光栄ある歴史と領土をまもれ！」

　グリーナー毎日のかかげた、この呼びかけに読者が同感し、寄付金が各方面から、ぞくぞくと集まってきた。ほかの新聞にも、寄付した人の名まえと金額、その日の合計が、紙面にギッシリとつまって、毎日、ふえて行く。シアード編集長は、よろこび、こうふんして、

（すばらしい成功だ！　ところが、嵐の怪青年セベラック・バブロンが、このような計画を立てて、おれを動かしたとは、だれひとりも知らないだろう！）

　と、腹の中がムズムズする、おもしろくてたまらない。

痛快だ。編集室でデスクに両足をのせ、いすにふんぞりかえって、行進曲の口ぶえをふいてると、

「編集長！」

横へ来て声をかけたのは、経済部長のホフマンだ。ヒョロ長い顔に太いマドロス・パイプをくわえている。たばこのにおいが強い。

「なんだい？　ホフマン、そんな強い煙を、おれの前でふかすなよ」

「それよりも今、外まわりからの電話だがね、今夜、アストリア・ホテルに、米国から来て泊ってる石炭王オップネルが、五人の客を招待しているんだ。その五人とも大富豪だから、何か商売上の取引を話しあうのか？　と、ホテルの支配人にきいてみると、私立探偵局のアロイス・アルデンも来ているという。こいつは何か特種の秘密会合じゃないか？　と、外まわりからの問合せ報告なんだが、君のところへ、この種のタネがはいっていないかね？」

「いや、はいっていないぞ。六大富豪の秘密会合、それに加えて秘密探偵アルデンか。招かれてる五人は、どういう連中だ？」

「ローシアイマー」

「ハハア、グランド・ホテルで手をあげた大富豪だな、それから？」

「ゼッソン」

「なんだ、陶器成金の高利貸しおやじだぜ、それから？」

「ハーグ[16]」

「土地でもうけた新興大成金ハーグじゃないか、それから？」

「マックレデー」

「フウム、むやみに金融会社をたてては、つぶしてる悪党富豪マックレデーだな、それから？」

「マーレイ」

「なるほど、方々に公衆温泉の浴場なんかを作って、何億ポンドかをもうけた、すご腕のマーレイだ。フウム、……」

（バブロンが、「もっとも不正な大富豪というべき奴が、このロンドンに今六人いる」と言ったが、さては、この連中らしいぞ。ちょうど六人、秘密の会合は、なんのためだ？　バブロンもこの会合に、むろん、目をつけてるんじゃないか？）

と、たちまち気がついたシアードは、さらにきいてみた。

「その会合は何時からか、わからないんか？」

ホフマン経済部長が、ヒョロ長い顔に小さな目をまばたきすると、かべの大時計を見て、

「六時からというから、今もう集まってるだろう、食事の最中かな」

今は七時五分すぎだ。

「よし、おれが行ってみるぞ」
デスクから両足をおろしたシアードは、ドスッと立ちあがった。[17]
（バブロンが手下をつれて、今夜は、アストリア・ホテルをおそうかも知れないぞ！）

横に角ばった顔

これまたロンドン第一流の豪壮きわまるアストリア・ホテル、六階に泊っているのが、米国から来ている大富豪の石炭王オップネルだ。

居室、浴室、応接室、食堂、書斎、寝室、控室、すっかりそろってる六階全部が、オップネルひとりの貸切りになっている。応接室のドアの前に、キリッと突っ立ってるのは、金糸のかざりを美しい緑の服につけている部屋付き少年のひとりだ。

「ヤア、君！」

と、この美少年の前へ、ツカツカと出てきたのは、シアード編集長、エレベーターから廊下をまわって来た。

「オップネル氏は今、食堂かね？　ぼくはグリーナー毎日の記者なんだが」

「ハッ、ご面会は今夜、どなたさまにも、おことわりになっていますので」

「ハハア、ところで、オップネル氏に招待された客のひとりに、ゼッソン氏が来ているはずだね」

「ハッ、いらっしゃいます」

「グリーナー毎日のシアードが、二、三分間、至急、お目にかかりたいからと、伝えてくれたまえ！」

（あのはげ頭が、おれとまた会って、どんな色に変るか？　あいつから今夜の手がかりを、つかんでやろう）

と、シアードはおかしくなって、

「アハッハッ、たのむんだ、取りついでくれよ！」

「こまるんです、今夜はオップネルさまも、お客さまも、ご面会ばかりでなく、どこから電話がかかってきても、取りついではならないと、お申しつけなんですから」

「えらくまた、きびしいんだな、変な会合だね、それじゃあ秘密探偵のアルデン氏が来てるだろう？」

「ハッ、いらっしゃいます」

「よし、アルデン氏に面会だ。グリーナー毎日のシアードは、よく知りあってるからね。たのむ！」

「ハッ、……」

丸顔のかわいい美少年が、クルリと身をまわして、応接室にはいって行った。しばらくして出てくると、

「どうぞ、こちらへ！」

「ありがとう」

かざり電灯が上からきらめいて、いすもテーブルも純金をちりばめた、ぜいたくな応接室に、秘密探偵アルデンが、

ひとり立っていた。年四十才あまり、ズングリとふとっていて、あごが左右に突き出ている、なかなか精力的な面《つら》がまえだ、が、

「オッ、シアード編集長、ここへ何しにかね？」

と、声はほそくて、ニヤリと笑って見せた。

「新聞記者はどこへだって、はいりこむさ」

と、いすにこしをおろしたシアードは、

「しばらくだったね、アルデン君、まあかけたまえ」

「オッ、どっちが客だか、わからないことを言うね」

と、にがわらいしたアルデン探偵が、そばのいすにもたれた。足がみじかくて、アヒルみたいだ。

「アハッハッ、ところで、すこしタネを欲しいんだがね、君はオップネルの依頼で、ここへ出むいて来たんだろう？」

「いや、ちがう」

「すると、ローシアイマーかゼッソンか？」

「ここの客を、君はまたよく探ったね。そのとおり、ぼくに依頼してきたのは、ローシアイマー氏だ」

「何の探偵を？」

「ウウン、君だから話すが、まだ新聞に一字も書いてはいけない、この探偵を僕が成功するまでは。いいかね？」

「よろしい、そのかわり、君が成功しても失敗しても、そのタネはグリーナー毎日だけに、よこすだろうな、どうだ？」

「フム、あいかわらず特ダネいってんばりの編集長だね。なに、きっと成功して、アルデン秘密探偵の名を、一時にあげて見せるんだ。超特大ニュースを君だけにおくるのは、実さい惜しいんだが、……」

「もったいぶるなよ、探偵の目あては何だい？」

「ウウム、……」

と、横に角ばった顔のアルデン探偵が、ほそい声をなおひくめて、切れの長い目をきらめかすと、

「バブロン嵐の正体を、つかまえるんだ！　きっと、つかまえて見せる！　大敵だから、張りあいがあるんだ」

と、ドアの方をむいて、ささやいた。

「大々異変」と書け！

内外の警戒陣

（「バブロン嵐の正体をつかむ！」角ばり探偵がえらそうになにを言いやがる、チャンチャラおかしいぞ！）

と、シアードは腹の中で、「アハッハッ！」と、バブロンみたいに笑いながら、

（この探偵から今夜の秘密会合の手がかりを、つかんでやろう、おれの方が名探偵だからな！）

探偵熱愛の血が、ムラムラとわきあがって、

「おどかすなよ、オップネル氏と客の五人を、バブロンがねらっているのか？」

と、きいてみると、

「ウム、……」

と、聞きとれないくらい声をひくめたアルデン探偵が、角ばっているあごをヒクヒクと動かして、

「今、おくの方の書斎に集まっている大富豪の六人とも、バブロンからにちがいないカードを、前後四回も、書留郵便で送られたんだ」

「フウム、何のカード？」

「今度の愛国基金募集に、すくなくとも一億ポンドを寄付せよ！　と、その四回めのカードには、『最後通知』と書いたのが、きのうの朝早く配達されたんだ」

「すくなくとも一億ポンドか、すごいね」

「だから、バブロン嵐が六人の大富豪をねらっているのは、たしかだ。そこで、もっとも秘密のうちに六人が会合して、今夜の食事の後、おくの書斎に今、バブロンに対する防衛策を協議中なんだ。表面はオップネル氏が商売上の話で、五人を招待したことになっているが、……」

「危険だね、六大富豪が一か所に集まったのは、ねらってるバブロンの一党が、おしこんでくるのに絶好の機会だ。警戒を警視庁に依頼してないのか？」

「君は正面玄関から、エレベーターで上がってきたろう」

「そうさ、どうして？」

「オップネル氏が警視総監に依頼して、セフィールド捜査部長と探偵たちが、このホテルに七、八十人も入りこんでいるんだ。皆が客やホテルの者に変装してるから、君も気がつかなかったんだな」

「フウム、そうか」

(気がつかなかった。名探偵になるのは、なかなかどうして、むつかしいぞ！)

「外がわは、私服巡査が絶えず歩きまわって警戒している。内外ともに水ももらさない警戒陣だが、敵は何しろ問題の怪人バブロンだ。手下をつれずに単身、内外の警戒陣をすりぬけて、この六階へ上がってこないとはかぎらない」

「ハハア、おれも単身、上がってきたぜ」

「君を怪人バブロンだなんて、だれが思うものか！」

「どうして？　バブロンがシアードに変装しないとはかぎらないぜ」

「ところが、君はセフィールド捜査部長と知りあってるだろう」

「そうさ、警視庁で何度も会ってるからね」

「それ見ろ、だから、君が正面玄関をはいって、エレベーターに乗るところを、セフィールド部長がどこからか見ていて、ぶじに通したんだ」

「ハハン、そうかな」

と、シアードは笑って見せた、が、

（セフィールドがどこにいたのか？　これまた気がつかなかった。いまいましいぞ、名探偵どころか、おれの点はゼロだな）

と、テーブルの上にあるエジプトたばこのすばらしいやつを、つまみとって火をつけた。

アルデン探偵も、たばこをすいはじめて、

「しかし、敵はバブロン嵐だ、どんな変装をしてセフィールド部長の目の前を通りぬけるか、ここへ上がった時こそ、おれが引っ捕えて正体をあばくのだ。このためにローシアイマー氏の希望で、おれはここに大敵を待ち受けているんだが、嵐の野郎、はたしてここへ現われるかどうか、君はどう思う？」

「さあ、わからないね、『風は自分の思うとおりに吹く、その音を聞いたって、どこから吹いて来て、どこへ吹いて行くのかわからない』と、だれかが言ったからな」

「なんだい、それは聖書にあるキリストのことばじゃないか？」

「アハッハッ、ちょっと思いだしたのさ。ところで、オップネルと客たちの対バブロン策は、どうなるのかな？　一人すくなくとも一億ポンドを寄付するのか、しないのか？」


「いくら大富豪だって、一億ポンドはこたえるだろう。六人の話が、なかなかきまらないのは、むりないぜ」

「フウム、君はまた富豪に同情するね。六人ともおくの書斎にはいりこんで、何分ほどすぎたんだ？」

「食事してから、もう一時間あまりだな」

「長いじゃないか！　アルデン君、ぼくとふたりで行って見る必要があるぜ」

「エッ、どうして？」

「バブロン嵐が、おくの書斎を吹きまくってるかも知れないぞ！」

「じょ、じょうだん言うな」

「いや、強い風が嵐だろう。どんなすきまからでも、吹きこんでくるぜ」

「おどかすな、編集長！」

角ばった顔が急に青ざめて、アルデン探偵が立ちあがった。背がひくいから、シアードの胸ぐらいしかない。シアードも立ちあがるなり、

「さあ行こう！　ひとりよりふたりの方が、たすけあえるぜ。おくの書斎を探検だ。六大富豪、はたして安全かな？」

「オイ、おどかすなと言うのに！」

二重三重のおどろき

　応接室のつぎが控室、食堂、そのおくが書斎なのだ。シアード編集長とアルデン探偵のふたり、身のたけの高いのと低いのが、各室をとおりぬけてきた。そのあいだ、むろん、だれにも会わない、どの部屋も、キラキラしている家具と立派な装飾が、シアードをおどろかせた。

（こんな豪華なホテルを使って、ぜいたくしてるんだ。一人すくなくとも一億ポンドは、祖国のために出すのが当然だぞ！）

　おどろき憤がいして、「もっとも不正な大富豪」六人が集まっている書斎のドアの前に、立ちどまると、そばからアルデン探偵が手を高くあげて、ドアをたたいた。

「コツ、コツ！」

「…………」

　ドアの中から何の答えもない。ヒッソリしている。

「コツ、コツ、コツ！」

「…………」

　いよいよ青くなったアルデン探偵の角ばった顔が、不安きわまる目になってシアードを見ると、ほそい声がふるえてささやいた。

「変だぜ、あけて見るか？」

「むろんだ！」

（六人とも、どうかしたんじゃないか？）

　あらゆる場面が、ムラムラと頭の中へわきあがった。六大富豪が口をタオルにふさがれ、後手にしばられている。でなければ、眠り薬を飲まされて六人とも、こんこんと眠っている。殺されてはいないだろう、バブロンが今までに殺人をあえてしたことはない！

　ドアに鍵はかかっていない、と、アルデン探偵が思いきっておしあけた、とたんに、

「アアッ？」

（真っ暗だ！）

　シアードが先に飛びこんだ、が、なんにも見えない。真っ暗だ！

「オイ、懐中電灯！」

「ムッ、……」

　いきなり光が流れた。照らした懐中電灯をアルデン探偵が振りまわすと、テーブル、いす、長いす、まわりの本だな、むこうに緑色の厚いカーテン、外は大きな窓だ。

「だれもいない！　どこへ行ったか？　ここは六階だ▼18ぞ！」

「大変だ、これを持ってくれ！」

　懐中電灯をシアードにわたしたアルデン探偵が、テーブルの上の電話に飛びついた。さすがにすばやい。指さきでダイヤルをまわした、が、

「切れてる、出ないぞ!」

どなって受話器を投げだすと、ころがるみたいに外へ飛び出して行った。

(やったな、おれの怪傑親友バブロン!)

と、シアードは冒険熱愛の血が、からだじゅうにカッと燃えあがって、とても痛快な気がした、が、

(ワッ、おれもギャングみたいになったかな? これはおどろくぞ!)

と、二重三重のおどろきに、

「チェッ、チェッ!」

と、舌うちしながら、柱についてる電灯スイッチをまわしてみた。

緑の光をスタンド電灯が美しく、室内を照らし出した。新聞記者はおどろいてばかりいられない。ここの異変をくわしく探りとって、ほかの新聞の書けない独特の記事を、編集長シアード自身が書くんだ!

「よし、今のうちだっ!」

どなって、鷹みたいな目をきらめかすと、この書斎の中をするどく見まわした。

(バブロン嵐のあとが、残っていないか? 大富豪六人とも、消えて無くなった行くえが、ここでわからないか? さあ今こそ名探偵になれ、シャーロック・ホームズみたいに!)

意気ごんで自分が自分をはげました。すると、にわかにガヤガヤザワザワと、このアストリア・ホテル全体に、これこそ嵐か地震のようなひびきが、わきあがった。

(アルデン探偵の急報で、ホテルじゅう、さわぎだしたぞ!)

捜査部長は、どうした?

豪壮な大ホテル全体が各階とも、たちまち蜂の巣を突ついたようなさわぎになった。

すべてのエレベーターが、皆、一時に六階へ、あらそうように上がってきた。中にあふれるほど乗っているのは、警視庁の探偵たち、私服巡査、ホテルの支配人、男女の客、給仕、武装警官など、あらそって廊下へ飛び出すなり、オップネル氏に貸切りの応接室から控室、食堂から書斎へ、われさきに、おしはいってきた。

「ホー、来たな」

と、カーテンの前に立っていたシアードは、みんなの中にセフィールド捜査部長をさがした。

(どうしたんだ? いないぞ、警視庁の名探偵、客に変装してるのか、見やぶってやろう!)

と、目をするどくする前へ、探偵のひとりが、まっさきにツカツカと来ると、おどろいた顔して声をかけた。

「シアード編集長、早いですね、もうこの事件を知ってき

たんですか？」

　警視庁でよく会う捜査部のジョージ探偵だ。

「なに、ぼくは初めからここにいたのさ。セフィールド部長は、どうした？　この中にまぎれこんでいるのか？」

「いないですよ、部長は」

「君たちをさしずして、このホテルに来てたんじゃないのか？」

「来ていたですが、この突発事件を聞くなり、ひとりで外へ飛び出して行ったです」

「外へ、何しに？」

「部長の行動は、ぼくたちにはわからんです。あなたは初めからここにいたって、六人の富豪と会っていたんですか？」

「会うもんか、はいってきた時は真っ暗でさ、だれひとりもいなかったんだ」

「真っ暗、何者かが電灯を消したことだけは、たしかですね」

　ふたりの話を聞こうと、探偵たちとホテルの支配人などが、まわりに立って耳をすましている。ほかの探偵が十二、三人、テーブルや長いすの下にもぐりこむ者、敷物の上をはいまわる者、カーテンをあけて大きな窓をひらく者など、われさきにと捜査にかかりながら、

「関係のない者は、外へ出ろっ、じゃまになるばかりだ」

「秘密探偵局のアルデンは、どうした？　今夜ここを直接に警戒してたのじゃないか？　責任があるぞ！」

「ぼくは、ここにいる」

　と、アルデン探偵の細い声が、みんなの中から、

「ぼくとシアード編集長が、食堂からここへ、各室を通ってきたんだ。だれにも会わなかった。だから富豪の六人とも、ドアから出て行ったんじゃない、たしかに、これはシアード編集長も知っている！」

　と、うったえるみたいに叫びつづけた。背がひくいから、みんなにかこまれて、どこにいるのかわからない。

　ジョージ探偵が、シアードを見つめてきいた。

「アルデン君の言うとおりですか？」

「ウム、だから不思議な異変だ。警視庁の機敏な探偵諸君が、ここに来てるじゃないか。何とか手がかりをつかみたまえ！」

「ドアから出たのじゃないとすると、出られるのは窓だけだ。外からオートジャイロでも飛んできて、六人を窓からつれ出したか？　こんな方法しか判断がつかないですよ」

「変な説明だな、いくらオートジャイロだって、そんな器用な芸当はできないぜ」

「だから、残念だが手がかりは今のところ、つかめない。しかし、新聞にまた『警視庁無能』などと書かないでくださいよ」

「だれにだって、嵐はつかめないからね」

「エッ？」

「ぼくは、ここにバブロン嵐が吹いてきたと、判断するんだ」

いっしゅん、皆がシーンとした。

そこに荒い靴音がドカドカと、また大ぜいがはいってきた。各社から駆けつけてきた新聞記者たちだ。

「ぼくもそう推定する。バブロン嵐だ！」

アルデン探偵の声が、今度は高く聞こえた。

世界の流行語

六大富豪の行くえ不明!!!
アストリア・ホテルにおける異変
バブロン嵐の謎？？

グリーナー毎日が朝刊に、この見出しを第一面にかかげて、独特の記事を書いた。ほかの各新聞もあらそって、みな、さまざまの大記事にした。どれにも六大富豪の写真がズラリとならんでいる。外国通信員が特電を各国へ飛ばし、日本、中国、インド、フィリッピンの新聞にも、この事件の怪奇さが伝えられて、あらゆる読者をおどろかせた。

「バブロン嵐！」

このことばが、世界じゅうの好奇心をそそった。奇怪な不思議なことを、おもしろがるのは、人間共通の気もちらしい。

ところが、バブロン嵐はアストリア・ホテルの六階から、どこへ吹いて行ったのか？

ロンドン警視庁の探偵、各新聞の記者が、ほとんど必死の努力をつづけて、各方面を探りながら、二日すぎても、六大富豪の行くえがまだ不明、まったく何一つの手がかりもない。いよいよ「バブロン嵐の謎？？」である。

いつもおちついているロンドン市民も、神経がイライラしだした。

「どうも警視庁無能だね、これだけの大事件に、今度も手がかりがつかめないというのは」

「セフィールド捜査部長も、行くえ不明というじゃないの。警視庁の名探偵もまた、どこで何をしているのかって、グリーナー毎日に出てたわよ」

その記事を書いたのは、シアード編集長である。ところで、だれよりもイライラと神経をたてているのは、シアード自身なのだ。「アストリア・ホテル異変」が起きて、すでに二日、何ひとつのニュースも上がってこない。「バブロン嵐」は完全に消えてしまったようだ。六大富豪も影も形も現わさない。

「オイ、フランク！　君はどう思ってるんだ？　今度のホテル異変を」

編集室でフランク次長に、シアードが、とうとう思いあまって、きいてみると、

「君にわからないことが、ぼくにわかるもんか。前のグランド・ホテルの時は、『空前の大異変』と君は書いたが、今度のは、『大々異変』とやって、『バブロン嵐』とおなじく世界的流行語にするんだね」

「くだらないことを言うな、いくら流行語を作ったって、異変そのものの真相がわからないんじゃ、意味ないじゃないか！」

「また荒れるなよ、みんなが、よりつかなくなるぜ」

「フウン、来たくない者は来るなだっ！」

そこにデスクの横へ、あわただしくエレベーターから出て来たのが、広告部長のネイランド、五十才あまりで大きな目がねをかけている。

「編集長！」

「チェッ、なんだい、君の目がねは老人用か？」

「そんなことよりも、今、これが速達郵便で来たんだ、ぼくあてに。すごいぜ、読んでみたまえ！」

と、広告部長がデスクの上へ投げだしたのは、一枚のライト・ペーパーだ。むらさきインクでタイプされている。

シアードとフランクが顔を突きつけながら読んでみると、

「グリーナー毎日」ネイランド広告部長殿
左記を至急、広告面のトップにお出しください。料金は会計部に送りずみです。なお、この広告依頼は、特に「グリーナー毎日」だけに希望したものです。
行くえ不明中の、いわゆる「六大富豪」の家族たちに告げる！　セベラック・バブロンのお客さま六人が、危害を加えられることは絶対にありません。後おそくとも二日のうちに、六人とも帰って行かれるでしょう。
バブロン嵐▼19

「オオッ、バブロンの広告じゃないか！」

と、フランクがギョッと目いろを変えてさけび、シアードはどなった。

「よし、広告面よりも、これを第一面のトップ記事にするんだ。見ろ、『特にグリーナー毎日だけ』の、すごいニュースだ！」

ネイランドが大きな目がねを、はずしながら、

「よろしい、が、バブロン嵐の奴、なんだって、ほかの新聞にも広告しないのかな？」

「チェッ、グリーナー毎日の愛読者だからだろう」

と、シアードはどなりつづけた、が、

（怪傑親友バブロン！　グリーナー毎日の読者をふやして

やろうと、これは、おれへの友情だ！）

と、気がつくなり、急に愉快になって笑い声をたてた。

「アハッハッ！」

フランクもネイランドも、ビクッと編集長の顔を見た。

（どなったり笑ったり、どうかしたんじゃないか？）

「オイ、そうジロジロと顔を見るなよ、なにかついてるんか、アハッハッ！」

シアードはまた笑った、愉快でたまらないからだ。

ところが、この夜もおそく社からアパートへ、帰ってきたシアードは、靴のままベッドにもぐりこもうとした、一時すぎ、ドアが音もなく外からあいて、

「三分間、ちょっとだぜ」

きれいな声でささやきながら、はいってきたのは、微笑している美青年バブロンなのだ。なごやかな上品な気はいで、ちっとも「怪傑」らしくない。

黄色い並木のように

グリーナー毎日、万才！

「オッ、来たな！」

と、さけんで立ちあがったシアードに、

「声が大きいね。しずかに！」

と、ニッコリ美しくわらったバブロンが、おさえるみたいに右手をあげて見せた。大きな厚い封筒を持っている。

シアードは小声になって、

「三分間はみじかいね。オイ、会いたかったぞ、どこから来たんだ？」

「アハッハッ、一分間も惜しい時だ。市外から来た」

「四方とも市外だぜ。方角ぐらい言え」

「この中に、書いておいたさ」

と、シアードの目の前へ、大きな厚い封筒を、しずかにおいたバブロンが、

「君の望んでいる超特大ニュースだ、いわゆる『バブロン嵐と六大富豪』の、しかし、君が書きなおして、あしたの夕刊に出すんだね」

ハッと目をかがやかしたシアードは、

「今からだと朝刊に間にあうんだ。そんなニュースを夕刊まで待てるもんか！」

「いや、ところが、ぼくの方で朝刊は早すぎる。警視庁の探偵諸君が、ますます血まなこになっているからね。このニュースを早く出されると、諸君がドッと追っかけてくる。うるさいのさ」

「セフィールド捜査部長は、どうした？」

「フム、今まさに僕の前へ現われようとしている。だから三分間しか、ここにいられない。夕刊だぜ、君の友情に

よって、朝刊はいけない。近いうちに会おう、アハッハッ！」

　小声でわらったバブロンが、あけはなしてきたドアから、たちまちスッと出て行くとドアをしめた。ろうかの階段をおりて行く、音もしない。風のようだ。

　シアードは、すっかり、こうふんしながら、早速、封筒の中から厚い紙つづりを取り出した。何ページもある。ほそい美しい走り書きだ。

（バブロン自分で書いたな、よし、彼の友情の現われだ！）

　と、目をかがやかして読んで行くうちに、

「ウウン、……やったな、ウウン！」

　自分をわすれて何度もうなり、こうふんの熱い汗が、ひたいにダラダラと流れだした。

（美青年怪傑バブロンの手記！　すばらしいぞ、だが、「君が書きなおして」と、[20]彼は言って行った、このままでは出せない。ウム、よろしい！）

　と、うなずいたシアードは、ひとりごとを言いだした。

「よろしい！　夕刊のページをふやして、いつもの五倍、増し刷りだ。ありがたいぞ、おれのバブロン！　グリーナー毎日、万才だ！」

異様な声の曲者

　その日の「グリーナー毎日」夕刊が、ロンドンじゅうの読者に、これこそ空前の人気を呼んで、街売りはたちまち一枚も無くなり、外国記者はあらそって本国の新聞社へ特電を飛ばし、英国政府と警視庁は非常な疑問を「グリーナー毎日」にかけた。

（「バブロン嵐」の真相ニュースを、「グリーナー毎日」は、どこから取ったのか？）

　その超特大ニュース記事は、つぎのとおり、シアード編集長が書いたのだ。


「バブロン嵐」の謎を解く!!!

六大富豪の行くえ判明！

異変の真相、ここに現わる！


　アストリア・ホテル、六階のおくの書斎に、いわゆる「六大富豪」オップネル氏、ローシアイマー氏、ゼッソン氏、ハーグ氏、マックレデー氏、マーレイ氏の六人が、もっとも秘密のうちに会合した。当夜七時すぎ、食事の終った後、会合の目的は、謎の怪人セベラック・バブロンに対する防衛方法を協議し決定するためだった。怪人バブロンからにちがいない「最後通知」としるされたカードを、六氏とも送られていたからである。

そのカードには、英国航空艦隊新建設の「愛国基金募集」に、一人すくなくとも一億ポンドを寄付すべき要望が、明白に書かれていた。これに対して六氏は、おそらく非常な不安を感じたのであろう。

六氏が食堂から、おくの書斎にはいり、外には秘密探偵局のアルデン氏が、直接の警戒にあたり、ホテルの内外には厳重きわまる警戒陣が用意されていた、このことは前に報道したとおりである。

書斎における六氏の秘密協議は、およそ二十分間あまりつづいた。最後にローシアイマー氏が特に意見をのべようとした時、突然、電灯が消えた。

室内が真っ暗になった。

「停電か？　失礼ですな、どうも！」

と、主人がわの米国石炭王オップネル氏が、つぶやいた時、

「おしずかに、皆さん！」

と、窓カーテンの外からか、思いがけなく異様な声が、

「だまって皆さん、声を出しても動いても危険なのだ！　マックレデーさん、あなたのピストルを、テーブルの上に出しなさい。あなたが一発射つと、この室内に弾の雨が降る！」

抵抗をゆるさない重々しさで、しかも、ていねいな口調で、この声が聞こえた時は、すでにテーブルのすぐそばへ、何者かが近づいていた。

六人のうちにピストルをもっているのは、事実、マックレデー氏だけだった。異様な声の曲者《くせもの》が、どうしてこれを知っていたのか？

「金融王」と言われるマックレデー氏も、生命の危険を感じると、ふるえながら六連発の小型ピストルを、テーブルの上においた、「カタッ」と、そのひびきが真っ暗な中に、ほかの五氏をビクッとさせた、が、大胆な土地成金のハーグ氏が、

「おまえは何者だ？」

と、言ったとたんに、氏は後から口を厚い布でしばられた。

声の曲者ひとりではない、真っ暗な中に影のような者が、いくつとなく左に右にヒラリヒラリと飛びまわる、それらに何かささやくような声が命令している。しかし、どこのことばともわからない。五、六秒すぎると、この室内が四すみからボーッと黄色く照らし出された。

六氏とも、あたりを見まわした。

なんという不思議な光景！

「バブロン嵐」は、こうして六大富豪をおそったのである。

この怪奇な行動

室内の四すみに、高くかかげられたのは、黄色の光を放つ奇妙な形のランプなのだ。これを左手にさしあげている四人は、どれも頭に黄色のターバンを巻き、目がギロギロと大きくするどく、黄色の長いマントを着ている。アラビア人ではないか！　ランプをかかげている四人だけではなく、ほかにも十二、三人、同じ奇怪な身なりのアラビア人が、まわりにスクスクと立っている、まるで黄色い並木のように！

これは、あだかも東洋アラビアの物語を、ここに現わしたように見える、ふしぎな怪奇な光景に、英米大富豪の六氏とも、恐れとおどろきのあまり息づまって、目ばかり動かした。生命の危険は去らない。まわりのアラビア人は右手にピストルを、左手に綱の輪と白い布をさげている。皆、窓からはいってきたらしい、カーテンが両方にひらかれている。しかし、ここは六階なのだ。どこから窓へのぼってきたのか？

黄色いランプの光の中に、突然、アラビア人の後から身のたけの高い黒い者が立ち現われた。キリッと黒モーニングの礼服をつけて、髪が黒く東洋的な上品な顔に、黒絹の半マスクをかけている。ローシアイマー氏は見るなり、ギヨッとして声をかけた。

「セベラック・バブロン！」

「そうです、この前はグランド・ホテルで、お目にかかりました」

と、バブロンは、ゆうゆうとして、ピストルも何にも手にしていない。

「君たち六人に、ぼくは約束する。君たちが反抗しないかぎり、ぼくは少しも危害を加えない。ただしかし、君ら六人を、ぼくの思うとおりに、ここから運び出さなければならない。反抗する人には、仕方なく生命の危険があたえられる！」

厳しゅくな気はいで言ってしまうと、サッと右手を振りあげた。

四すみの黄色いランプが一時に消えた。

真っ暗な中に六大富豪が、まわりのアラビア人におさえつけられた。口を布でしばられ、からだじゅう手も足も、長い綱でグルグル巻きにされた。六人ともセベラック・バブロンの怪奇な勢力を知っているのか、ほとんど抵抗しなかった。ローシアイマー氏だけが、すこし身をもがいてみたが、それきり動けないまでにおさえつけられた。

大きな窓のそばへ、ひとりずつ抱いて行かれた。アラビア人の腕の強さに、富豪たちはおどろいたことだろう。ひとりずつ窓の外へ太い綱でつりおろされた、五階の窓ぎわまで、すると、そこに待ち受けていた別のアラビア人の多くが、おろされてきた富豪たちを、ひとりずつ抱きとるなり、窓の中にかかえ入れた。

五階の窓から六階の窓へ、短かい縄梯子が三すじかけられていた。五階にいた首領バブロンをはじめ手下のアラビア人が、この縄梯子をつたわって六階へ登ったのにちがいない。またおりて五階の窓にはいると、たちまち、はずし取ってしまった。

アラビア人の行動は、実にすばやく、機敏そのものだった。六大富豪を六階の書斎から五階の広間へ、はこび入れるのに、わずか七分間、音もなく、だれの目にもふれずに行われた！　六人とも、ただおどろき恐れて青くなり、目ばかり動かしていた。直接の警戒にあたっていた秘密探偵局アルデン氏は、六階の食堂に、チンチクリンのからだを、いすにもたれたまま、何を警戒していたのだろう？

「名探偵」と言われるセフィールド捜査部長がさしずする、ホテル内外の厳重きわまる警戒陣もまた、皆が何を注意していたのだろう？

五階の広間において、さらに何が行われたか？……？

アラビア青年王

五階広間のまん中に、茶器と菓子とウイスキーとグラスなどが、丸テーブルにおかれていた。天じょうのかざり電灯が明かるい光を投げている。見たところ平和な一室なのだ。

六人とも口の布をはずされ、からだをグルグル巻きの長い綱もほどかれた、が、まわりにはピストルを右手にアラビア人たちが、ここでも黄色い並木のように立っている！

顔に黒絹の半マスクをかけているバブロンが、しずかな口調で六大富豪に言った。

「最後通知を、君ら六人とも承知しない、そのための非常手段です。ここで少しくお休みください」

ローシアイマー氏が、ブルブルふるえだした。怒ったのだ。わめきだした。

「このような悪行をあえてして、おれたちの手から一億ポンドずつを、うばいとろうとするのだな、バブロン！」

「アハッハッ！」

わらい声をマスクの中からあげたバブロンが、

「悪行は、君らのほうが、長いあいだつづけている、それによって巨大な富をしぼり取った。しかも、このような非常手段によらずには、一万ポンドも出そうとしない。なお、『うばい取る』ことを、ぼくはあえてしない。愛国心のみじんもない君たちの手から、祖国のために寄付させるだけのことだ。一人すくなくとも一億ポンドは、むしろ少《すくな》いのさ」

と、さわやかな声で言うなり、またもサッと右手を振りあげた。

「バブロン嵐」の「非常手段」が、さらに機敏に行われた！

並木のような立っていたアラビア人の多くが、ザワザワとよってくると、六人の服とズボン、下着までをぬがせ、アラビア服に黄色のマントを手早く着させた。鳶色《とびいろ》の染料を顔にぬり、まゆの形を変え、ひげのない者に付けひげをし、頭に黄色のターバンを巻きつけた。

六大富豪がアラビア人への変装！

広間のドアがあけられた。六人がふたりずつの三組にわけられ、アラビア人が両方に付きそって、行列のように廊下へ出て行った。マントの下からピストルのさきが、六人とも背なかへ突きつけられている。声をたてるのも何か言うのも、できないことだった。

アラビア人の行列が、五階からエレベーターに乗りこみ、一階におりると、正面の玄関から、しずしずと出て行った。そこに並んでいる自家用車の六台にはいり、ヘッドライトを照らしたまま夜の道を走って行った。

このようなアラビア人の行列を、ホテル内外の誰も怪しまなかったのは、なぜなのか？

アストリア・ホテルの五階に、「サイド・アブ・アザブ」というアラビアの青年王が、その王族と付きそいのアラビア人を三十人あまり従えて、堂々と泊っている。米国の石炭王オップネル氏が六階を借りきった、すぐあとからだった。だから、異様な顔と身なりのアラビア人が大ぜい、ホテルの正面玄関を出たりはいったりするのを、だれも怪しまず、めずらしく思わなかったのである。さすがの警戒陣も、これを見のがした。まことに探偵諸君の過《あや》まりである！

ところが、六大富豪の異変のよく朝、サイド・アブ・アザブ青年王の一行は、ホテルの支払いをすまし、ひとり残らずどこかへ、すがたをかくしてしまった。ここに読者は当然、判断されるであろう、アラビア青年王サイド・アブ・アザブこそ、実はセベラック・バブロンの巧妙きわまる変装ではなかったか!? と。

名探偵の大失敗

六大富豪がひとりずつ乗せられた六台の快速自動車は、どこへ行ったか？

窓に厚く青いカーテンがおろされ、一台に四人ずつアラビア人がピストルをもって乗りこみ、六台とも全速度をかけた。カーテンがゆれて、すきまができた時、もっとも大胆なローシアイマー氏は、窓の外にワンズオース遊園地を見たらしい、が、それからさきを、氏といえども知らなかったろう。全速度をつづけて、およそ二時間あまりすぎた。

六台の自動車が止まり、アラビア人に変装させられている六大富豪が、引かれて行ったのは、どことも知れない巨大な建物の中に、コンクリートの階段を深くおりた広い地下室だった。ここに六人は頭と顔を洗い、付けひげをとり、元の服装をあたえられた。

この時、別に二台の快速自動車が、同じくアラビア人を乗せて、別の方面を全速度で走っていた。これを追跡する一台を運転しているのが、敏感なセフィールド捜査部長だった。アストリア・ホテルにおいて、「六階に異変あり！」と知ると、さすがは部長、ホテルの内よりも外に探偵感覚を走らせた。警戒厳重なホテルの内こそ、「バブロン嵐」には危険である。何らかの方法によって外へ、嵐はのがれ出るだろう、と、この名探偵の判断はあたっていた。そこに、うら玄関から、ひそかに出て行く八人のアラビア人が、二台の快速自動車に乗りこんだのを、部長は「怪しい！」と見てとった。すきをおかせず、警視庁自動車に飛び乗り、部長みずから運転して、いっさんに追跡、グングン飛ばした。北の方の市外へ出た時、ようやく追いついた。

さすがの名探偵にも過まりがあった。読者の知るとおり、アストリア・ホテルの正面玄関を、しずしずと出て行ったアラビア人の中にこそ、六大富豪が変装されたまま捕えられていたのである。バブロンの計略によって、セフィールド捜査部長を、わざと追跡させてきたアラビア人の快速自動車二台は、北の市外へ出るとストップし、部長の厳しい取調べを、ゆうゆうと受けた。何ひとつ疑がわしい点はない。名探偵の大きな失敗だった。しかし、この後、何ごとにも屈しないセフィールド捜査部長は、どの方面へ探偵線を延ばしたか？

六大富豪は怪地下室に、二日、閉じこめられた。食事、寝具そのほか、ふつうに与えられた、が、アラビア人の見はりは絶えず、生命の危険は去らず、自由はうばわれ、ついに心身の苦痛にたまらくなった。

三日めの朝、黒絹マスクのバブロンが、六人の前に現われた、しずかに、

「君たちをすくい出しにくる者は、何日すぎても、おそらくないだろう。ここは誰からも発見されない。この君たちの苦痛は、しかし、君たちが今までに、多くの者の困苦をかえりみず、不正に得た富によって、ぜいたくばかりつづけていた、二重の罪の報いと思うべきだ。悪行をかさねた君たちの安全と自由は、祖国のために寄付する少くとも一億ポンドによってのみ、ただちに、ここから回復される！」

熱心に説いて聞かせるセベラック・バブロンの前に、六大富豪は、ついに屈服した！　まっさきに答えたのは、米国人オップネル氏だった。

「よろしい、君の言うことに従《した》がって、いさぎよく僕は降伏だ！」

つづいてローシアイマー氏が、ギュッと口びるをゆがめ

ると、思いきったように言った。

「一億ポンドで、よかろう！」

六人とも、こうして即日支払いの約束手形に、それぞれ一億ポンドを記入し、「降伏」した自分のサインを書いた。

「バブロン嵐」の勝利だ！

この特別ニュースを独占した本紙「グリーナー毎日」の夕刊を、読者はきっと非常な好奇心をもって読まれるであろう。すべては真実である。この夕刊発行のとき、六大富豪の寄付六億ポンドは、すでにイングランド銀行から政府に送られ、同時にオップネル氏はアストリア・ホテルへ、ほかの五氏はそれぞれ帰宅しているであろう。「バブロン嵐」は六氏をワンズオース遊園地まで送り、そこで安全に解放したからである。

（どうだい、空前の超特大記事じゃないか！）

と、書きおわって鉛筆を投げだしたシアード編集長は、満身、熱い汗だらけになっていた。

第三部　女王・総理大臣・青年怪傑

奇人レバルドー博士

深く結びついた

シアード青年編集長は、警視庁へ呼び出された。行ってみると、特別に総監室へ通され、ハリマン総監とふたりだけになって、ていねいにたずねられた。

「あなたの『グリーナー毎日』に出された、『バブロン嵐の謎を解く』という独特の記事、あれは、あなたが書かれたのですね？」

「そうです、が、どうしてご承知ですか？」

「なに、それは私の方に、間もなくわかっていますよ」

と、長いひげをはやしている警視総監が、にがわらいした。

（さては総監に直属の探偵が、すばやく探ったな）

と、シアード自身も、にがわらいすると、総監は太い声をひそめて、

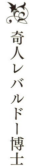

「あの独特ニュースの出所を、どうぞ私だけに、もらしていただきたい。むろん、私は責任をもって、あなたから聞いたとは、この本庁内部の者にも、ぜったいに、もらさないですから」

シアード編集長は、真けんになって答えた。

「それは総監、むりですな。新聞記者にとってニュースの出所は、これこそ、口を裂かれたって言わない！　これが記者の第一条件だし、義理なのですから」▼21
「いや、その点は私も十分に知っています、が、しかし、この際にかぎって、何とかヒントだけでもあたえていただきたい。いわゆる『バブロン嵐』の捜査には、グランド・ホテルにおける異変から、『警視庁無能』を市民に叫ばれて、多数の投書も来とるし、実は、ほとんど手をあげているのですから、シアードさん、これは僕個人としても、あなたに歎願せずにいられない」

「かさねて無理です。そのお話ですと、これきり、おやめください！」

シアードは、あえて言いきった。

（そんなことが口に出せるものか！　おれの親友バブロン！　彼の友情を思え！）

と、両腕をくみしめたシアードに、総監は、

「いや、実に今度は私もまいっているので、あれだけの記事を書かれたあなたは、『セベラック・バブロン』なる人物と、どこかで会っているのではないですか？」

「ウウン、それは『イエス』とも『ノー』とも言えないです」

「フム、……」

「しかし、総監、新聞記者が、ニュースの出所を言わないからって、裁判にかけて罰する法律は、英国にはないはずですな。ぼくはいそがしいですから、これで失礼します！」

と、立ちあがったシアードは、サッサと総監室を出てきた。

警視庁の外へ出ると、晴れきっている青空をあおいで、シアードは両手を高くあげるなり振りまわし、胸いっぱいにさけんだ。

（おれのバブロン、しっかりやれっ！　おれはおまえと共力するぞ！）

とうとう完全に、バブロンと深く結びついたのだ！

この時、一方に、昼二時すぎ、ムーアゲートの大通りを、すばらしい高級自動車が人ごみの中を走って行った。中に乗っているのは、大財閥の富豪ローシアイマーだ。鋼鉄をきざんだような精力的な顔いろを、すでに回復している。

車の中で考えていることは、

（脅迫されて出した金は、本人の意思に反しているのだ。だから、一億ポンドの寄付は無効だ。訴えて取りかえせる

のじゃないか？）

何でも相談する弁護士ダグラス・グラアムの事務所が、すぐ向うの十字路だ。

（電話をかけておいたから、グラアム弁護士▼22、待っているはずだ）

ところが、この弁護士、うらでは高利の金を方々に貸しつけて、近ごろは大分、ふやしている。この元金を出してやって、そこから利子をとっているのが、ローシアイマー自身なのだ。四方八方、抜けめなく手をのばしている。すごい大富豪だ。

グラアム弁護士事務所の前に、運転手は車を止めた。出て行った主人のローシアイマーは、石段を上がりドアをおしあけて、中へはいって行った。ガターンとドアがしまった。運転手のケナンも車の外へ出た。エンジンをしらべ、車体の外がわに、はたきをかけていると、

「ケナン！」

いきなり呼ばれた。見ると、ドアの外の石段に主人のローシアイマーが突っ立って、青ざめた顔をしている、どうしたんだ？

「ハッ？」

「今すぐに、シモンズ先生を、ここへ乗せてこい、一分も早く！」

「ハッ」

シモンズ先生は医者だ。いつもローシアイマーの健康診断をする。

（どうしたんだ？　自分がおわるいのだと、乗って行かれそうなものだが）

と、ケナンは気にしながら、運転台へ飛んではいった。

デスクの上を見ろ！

二十分あまりすぎた。

医者シモンズ先生を、運転手ケナンが全速度で乗せてきてみると、主人のローシアイマーはまだ石段の上に、顔いろが青ざめたまま突っ立っていた。

シモンズ先生は年五十才あまり、診察が上手らしく考え深い顔をしている。折カバンを左わきにかかえたまま車を出て石段を上がると、ローシアイマー氏の顔いろを、ジーッと見つめてたずねた。

「どうかなさいましたか？」

「いや、ぼくじゃない、グラアム弁護士だ、たおれている！」

「たおれて？　早速、診察しましょう」

「ウム、今さっき警視庁へ電話で知らせておいたが」

「エッ、何か犯罪が？」

「傷害にちがいない、血が流れている！」

「エエッ？」

「手あてをたのむ！　まさか自殺じゃないだろう。グラアム君が自殺する理由はない」

入口のドアをおしあけて、ふたりは中にはいった。ろうか、階段、突きあたりが事務室、茶色のドアがひらいたままだ。

「オー？」

部屋の中を見たシモンズ先生が、おどろいて中へはいった。

デスクの下の毛皮敷物に、体格のガッチリした男が、うつむけに両手をのばしてたおれ、肩さきから胸の下へ血がドッペリと赤く毛皮に流れている。シモンズ先生は近づくなり、男をあおむけにして上から見つめると、後に来ているローシアイマー氏に言った。

「死んでいます！」

「ウウム、そうか、かわいそうなことをした。死後どのくらいか？」

「およそ三十分間でしょう」

「自殺か他殺か？」

「左肩の後から心ぞうの方へ、深く刺されています。ただ一突き、致命傷です」

「オッ、見たまえ、デスクの上を！」

シモンズ先生が振りむいて見ると、デスクの上に何枚か厚い紙が、かさなっている。それを上からグサッと突き刺した奇妙な形の曲った短刀が立ち、長い黒い柄が付いている。上の紙に血がこぼれ、インクで何か書かれている。おどろきながら読んでみると、

復しゅうを僕は成しとげた！

セベラック・バブロン

シモンズ先生とローシアイマーは、青ざめている顔を見あわせた。

「セベラック・バブロンは、ついに殺人罪を犯した。いよいよ本性を現わしたのだな」

「そうです。この奇妙な形の短刀で、後から一気に突き刺した。セベラック・バブロンは、しかし、警察探偵につかまらない、『嵐』と言われる奴です。私に一つ心あたりがありますから」

と、シモンズ先生はデスクのはしの電話器を急に引きよせるなり、いそいでダイヤルをまわすと、

「ジョン・シモンズです。今すぐ、ムーアゲート通りの十字路にあるダグラス・グラアム弁護士事務所まで、お出むきいただけませんか？　殺人です。犯人ですが、問題の怪人バブロンが、サインを残しています。非常に奇妙な古い短刀を使っていますので、ぜひ、先生に見きわめていただかないと、探偵たちも、先生のご意見を聞きたがるでしょ

うし、ハッ？　では、どうぞ今すぐに！」

　ガチャッと受話器を、シモンズ先生がおいた時、あわただしく六、七人が、はいってきた。先頭に灰色の背びろ服を着ているのが、ローシアイマー氏を見るなり、

「警視庁捜査部のハーボンです。ローシアイマーさんは、あなたですか？」

「ウム、そう」

「急報を感謝します。こちらは、どなたですか？」

「このグラアム君を、ぼくは重傷だと思って、至急に来てもらった医師のシモンズ先生だ」

「すると、この現場を最初に発見されたのは、あなたですか」

「ウム、用件があって来てみると、このとおりだから、実におどろいた」

「セフィールド部長が、ここに来るといいのですが、このところバブロン嵐の正体をつかむために、まったく必死になっていますから」

「ハーボン君！」

「ハッ？」

「このグラアム弁護士を殺した犯人こそ、セベラック・バブロンだ！」

　その名まえを聞いて、ハーボンも他の探偵たちもギクッと体をかたくした。

「デスクの上を見たまえ。明白だ！」

　と、ローシアイマーが口びるをゆがめた時、ひとりの変な人物が、ドアの外からヌッとはいってきた。

探偵の親玉

　ヌッと身のたけが高い、老人だ、かぶっている古帽子の黒いふちから、灰色のバサバサした髪がはみ出てる。ムシムシと毛だらけの顔に、厚いレンズの目がねをかけ、ボロボロの古い茶色マントを着ている。こんな奇妙な身なりで、人の前へ出てくるのは、よほど変った奇人にちがいない、が、シモンズ先生はすぐに声をかけた。

「レバルドー博士、ようこそお出むきくださいました。現場はここです」

「アハハア！」

　と、ひげだらけの口をパクッとあけたレバルドー老博士は、

「犯罪の現場は、においでわかるよ。『非常に奇妙な形の短刀』と、君が言ったのは、どれじゃな？」

「ごらんください、デスクの上を」

　と、シモンズ先生は指さして、ローシアイマーとハーボン探偵に、

「古い武器そのほか、あらゆる古物を見きわめるのは、ヨーロッパ第一と言われているレバルドー博士です。何かの

意見を言われるでしょうし、探偵の有力な参考になるでしょう」

と、ささやいているうちに、そのレバルドー博士が長い古マントを引きずって、黒の古帽をかぶったまま、デスクの前へ出て行った。

「フフフ、フム、……」

と、ひげの中から言い、紙を何枚も突きさしてある黒柄の短刀を、目がねの中からジーッと見すえると、

「本物のダマスク鉄[23]を、きたえたものじゃな、フフム、この柄はペルシャ物じゃぞ。なるほど、古いのう、ウム、たしかに、これはアラビア刀ですよ、みなさん！」

「………」

だれもわかった顔をする者がない。

「なに、なんじゃと、『復しゅうを僕は成しとげた！ セベラック・バブロン』か、フフム、むやみに人さわがせをやりおる。このアラビア古刀を使ったところを見ると、バブロンはアラビア人かな？」

ローシアイマーが、キュッと口びるをゆがめて、

「アラビア王に変装していた奴です」

「ウム、そうか、アストリア・ホテルでのう、その新聞記事を、わしはパリで読みましたよ」

ハーボン探偵がすぐきいた。

「博士はパリから来られたんですか？」

「ウム、そう。わしは、いろんな古物が出るたびに、フランスとイギリスを往復して、いや、どこの国へでも出て行く。フフム、この『セベラック・バブロン』という男は、パリで探偵の親玉と、たいへんに仲よくしているのじゃ。そうそう、わしはパリで会ったことがあるでのう」

「エッ、バブロンにですか？」

「いや、探偵の親玉にじゃ」

「だれです？ 『探偵の親玉』っていうのは」

「パリーにいるレメージじゃよ、フフム」

ローシアイマーもシモンズ先生も探偵たちも、ハッとした。その名まえが前から英国に聞こえているからだ。

「フランスの偉大なる世界的名探偵レメージ！」

シモンズ先生は、きかずにいられなかった。

「大探偵レメージとセベラック・バブロンが、パリーで親しく交際しているのですか？」

「フフ、フム、親しくどころか、ふたりは兄弟のようでの、じゃから、大探偵レメージは、バブロンを決して捕えはしない。バブロンもまた、それほど悪質の犯罪をあえてせぬからのう。いや、ここでは、ついに殺人をやりおった！ 手がかりを、わしが、こころみにつかんでみようかの」

ブツブツと独りごとみたいに言いながら、レバルドー老博士は、デスクの上から下、グラアム弁護士の死体、テーブル、いす、あいている金庫の中から外がわを、ゆっくり

と見てまわると、

「アハハア！」

ひげだらけの口をパクッとあけて、わらいながら窓ぎわに行き、後を振りむいた。

死体をしらべて、まわりの捜査にかかっている探偵たちは、

（レバルドー博士なんて、変な先生が来たものだな。古物を見きわめるという学者に、探偵の仕事がわかるものか）

と、胸の中でわらっていると、

「みなさん！　この窓ぎわから外へ、あたらしいかすり傷があるでのう、犯人は、だれかがこの部屋にはいってきたものじゃから、この窓ぎわの樋をつたわって、外へ逃げたのじゃよ」

と、レバルドー博士の説明に、だれよりもおどろいたローシアイマーは、ビクッとしてきいた。

「すると、ぼくははいってきた時、バブロンがここにいたのか？　もしも会ったら、ぼくもやられたろう」

左ききの犯人

ペシャンコの黒い古帽をかぶっているレバルドー老博士が、窓ぎわに立って演説みたいに、しわがれた声をはりあげて、

「みなさん！　この犯人がじゃな、アラビア古刀をもって、この部屋にドアの外から、しのびこんだ時、弁護士グラアム君は、それとも知らずに、あけた金庫の前に立っていたのじゃ。何か入用の物を、金庫の中から取りだそうと、うつむきかけた、とたんに後へソーッと近づいた犯人が、アラビア古刀を振りあげてのう、

『ヤッ！』

と、言ったかどうか、そこまではわからんが、肩の下を目がけて柄もとおれ！　とばかりに、グサッと一突き、この手なみは、みごとなものじゃ。アラビア古刀の切っさきは、グラアム君の心ぞうまでも、おそらく刺しつらぬいたじゃろう。

『ウウン！』

と、グラアム君は、うめいたかどうか、両手をあげて前へ、ドサッと、うつむけにたおれたきり、おびただしい血を流したまま息たえた。アーメン！　まことにこれは気のどくじゃ。

ところで、みなさん！　グラアム君が突き刺された傷口は、左肩なのでのう。この犯人は左ききじゃよ。

怪人セベラック・バブロンは、左ききかのう？　みなさんのうちに知っている人はおらんかな？」

みんな顔を見あわせた、が、答える者はいない、だれも知らないのだ。

「フフ、フム、わからんと見えるのう。わしも知らない。

ところで、左ききの犯人は、そばのデスクの上に、血まみれのアラビア古刀を、またグサッと突き立てた。かさねてあった厚い紙を、ごらんなさい、十何枚も突きとおして、下の堅いデスクに刺さっている。よほど力の強い左ききじゃよ、のう、そう思わんかな、みなさんは？

それから左利き犯人は、何をしたかのう？

グラアム君があけていた金庫の前へ、これ幸いとばかりに近づいて、中から何かの書類を、すばやく引きずり出したのじゃ。

宝石や金なども、うばいとったかのう？　これは、わしにもわからない、残念じゃよ、しかしながら、何かの書類を持って行ったのは、たしかなことじゃ。引きさいたあとを、テーブルの下に投げすててあるのが、証こになる！　グラアム君が、自分の金庫に入れておいた大事な書類を、わざわざ引きさくことはせぬじゃろう。

それならば、左きき犯人がグラアム君の大事な書類を、なぜ引きさいたかのう？　というと、そこのお方の靴音が」

と、レバルドー老博士は毛だらけの顔を、ローシアイマーに向けて、

「ドアの外に聞こえたものじゃから、あわてて書類を引きさくと、いらないところを投げすてて、自分に入用なところを、ポケットへねじこんだかどうか、窓もあいているところから、外へ出るなり樋をつたわって、スルスルと下の空地におりてしまったのじゃ。

強い腕力をもっていながら、身がるでもって、すばやい男で左きき、さて、わしがまあ、とりあえずわかったのは、これくらいでのう、フフ、フム、これが、あたっているかどうかは、わし自分にも見とうがつかんのじゃよ、みなさん、アハハア！」

と、口をあけたきりニヤニヤしている。なんだか馬鹿か気ちがいみたいな博士だ。

みんなはまた顔を見あわせると、だれの目も言っていた。

（こんな奇人の言うことが、どこまで信じられるのか？……？）

怪紳士ガイズ

破れている証書

「さて、ちょっと探してみようかのう。探偵さん、来てみなされ、アハハア！」

またわらったレバルドー老博士が、長いボロマントを引きずって、テーブルの横へ出てきた。しゃがみこむと、犯人が投げすてて行ったという書類の切れはしを、ひろいあげて、目がねの中からジロジロと見つめながら、

「フフム、借金証書のつづりじゃのう」

と、そばに来たハーボン探偵に、

「これは犯人が自分の借金証書を、ちぎり取って行ったものじゃよ、金が返せんからじゃろう。あんたは、どう思いなさるか？」

テストみたいに言われたハーボン探偵は、

（何をこの奇人博士、探偵の仕事に余計な口出しするな！）

と、まゆをしかめながら、その破れてる書類を、手にとって見た。

（いかにも一ページずつ、みんな借金の証書だ。記入してある利子が、法律にきめてあるのより、むやみに高い。さては弁護士グラアムが、不正な高利貸しをやっていたのだな。それで不正な富豪を憎むバブロンに目をつけられて殺された。だが、これを引きさいて、切れはしをバブロンが持って行った、とすると、それはまた、どういうわけだ？）

疑がいの目をきらめかすと、そばから奇人博士がニヤニヤしながら、

「その証書は、借金した人の名まえのＡＢＣ順に、つづってあるのじゃよ」

「アッ、そうですか、待ってください」

（やられたぞ！）

と、ハーボン探偵が、上のページからはぐって見ると、

「そうです、なるほど、ＡＢＣの順になっています」

「アハハア、そこで金庫の中を探して来なされ。人名簿があるはずじゃ、借金した人のじゃよ」

「ハッ」

ハーボン探偵、奇人博士に使われるみたいになった。いまいましいが金庫の前へ行き、中の方を探してみると、いかにも黒皮の平たい手帳が、表紙に「人名簿」と金字でしるされている。

「これです、博士、ありました」

「フフ、フム、Ｇのところを、ひらいて見なされ」

「ハッ」

（なんだか総監に命令されてるみたいだ。口調はちがうが、この奇人博士、えらそうだな）

と、ハーボン探偵は人名簿をはぐって、「Ｇ」のページをひらいて見た。

ガラウェイ
ガードナー
ガストン
ガイズ
グリーリイ
ガスリー

「六人です」

「アハハア、よろしい、では、みなさん、さようなら！　シモンズさん、また会いましょうね、フム、フム」

うなずいてニヤニヤ笑いの奇人博士は、長マントを引きずりながら、ドアの外へスーッと出てしまった。

まだ変装してるか？

ほそ長い水雷型の競走自動車が、ムーアゲート大通りを、いっさんに走りぬけて行った。市外へ出るなり、なお速度をかけた、まっしぐらに早い！

グングンと運転して行くのは、レバルドー老博士だ。こんなに速度を出しきって、脳出血でもやったら、どうするんだ？　ところが、ハンドルをはなしてしまった。全速度で飛ばしながら、サッと長マントをぬぎすてた。黒の古帽もぬいだ。ニヤニヤしながら両手をあげて、灰色の頭を左から右へかきむしった。バサバサの髪が、いきなり上からボカッと取れてしまった、かつらだ。

赤茶けた髪になったレバルドー老博士は、それから両手で顔じゅうなでまわし、目がねをはずすと、ほおの肉をモグモグ動かした。はえている毛がみな、ゴムの付け肉といっしょに、胸の前へバラバラと落ちた。上着のポケットからつかみだした大きなハンケチをひろげて、ひたいの上から鼻の両わき、ほおから口のまわりを、ゴシゴシとふきとると、ハンケチに何か薬がしみこませてあるのか、たちまち、きれいな若々しい顔になった。「老」どころじゃない！

奇人博士は巧みに変装していたのだ。今それを、水雷型自動車の中でぬいだ。キリッとした紳士になっている、が、まだ変装しているかも知れない。どうもこれまた怪人物だ！

右手でハンドルをあやつり、左手でズボンのポケットからつかみだしたのは、「グリーナー毎日」の朝刊だ。ハンドルにおしあててひろげると、広告面へ目をそそいだ。

> 売立て、大至急！
> 珍奇な美術品の多くと高級家具すべて。フランス名画、中国の古画、日本の浮世画、英国の古代陶器など。全価格三千万ポンド。
> 右、大至急、売りたし！
> ベッドフォード・コート九番　**ガイズ**

「フム、よし、ガイズ、ガイズ！　多分これだぞ！」▼24
ひとりごとを言ったレバルドー博士は、声まで若くなっている。
（ガイズ！　これは殺されたグラアム弁護士が書いておい

た人名簿の、「G」のページの中のひとりだ。ベッドフォード・コート九番に住んでいる。「売立て、大至急」と、フフム）

ふくみ笑いしたレバルドー博士は、急にハンドルを右へまわした。

競走用水雷型がグーンと右へ、すばやくまわった！　運転して行く紳士風のレバルドー博士は、今とても、さっそうたるスポーツマンに見える。どこへ飛ばして行くのか？「ベッドフォード・コート九番　ガイズ」をたずねるのだろう。

流れだしたインク

広い部屋じゅう、すばらしい美術品にかざられている。小型の彫像、花瓶、壺、女神の胸像など、そして四方の壁には、有名なフランス名画、中国の古画、日本の浮世画など、ズラリと気品も高くかけられ、すみの方に立っているのは、古代の観音仏像だ。家具もみな高級、白大理石のテーブルに乗ってる小さな桃色の花瓶は、中国の玉をきざんだものらしい。豪華に重々しく彫刻された椅子に、もたれているのは、年四十才あまり、銀髪の顔に鼻すじがとおり、目もすずしく、緑のネクタイに黒の社交服を着ている、立派な紳士だ。

ドアをたたいて、はいってきた召使の老人が、腰をかがめながら、銀盆の上の名刺を、主人の紳士にさしだして見せた。

美術品商
イシドール・レビ
パリ・ロンドン

「フム、よし、通せ」

「はい」

やがて案内されてきたのは、レバルドー博士だ。今は「美術品商　イシドール・レビ」などと、さまざまの名刺を、いつも用意しているらしい。紳士の前へスッスッと出て行くと、両手をもみあわせて、

「突然と参上いたしまして、失礼でございますが、ガイズさまでいらっしゃいますか？」

「ウム」

と、銀髪の紳士ガイズが、えらそうに、うなずいた。チョッキに純金のくさりをかけている。

レバルドー博士のレビは、あたりを見まわして、

「なるほど、どうもすばらしい貴重品ばかりを、お集めになりまして、実はグリーナー毎日の広告を拝見したものでございますから」

「ウム、君はレビ君だね。名まえでみると、フランス人じ

やないのか？」

「はい、まったく、おおせのとおりでございます。本店はパリにございますので」

「よろしい、それではフランス語で話そう。ぼくもその方が、英語よりも話しやすいんだ」

「おそれいります。あなたさまも、フランス人でいらっしゃいますので？」

　と、急にフランス語できくと、

「そうさ、このロンドンに来て、いつのまにか二年すぎたがね、いやどうも英国人なんて、ただ重苦しいばかりでさ、ぼくはいやになった。こんな物をすっかり、きれいに売り払って、パリへ帰ると市外の土地でも買うのさ、文化的な家を新建築して、やっぱり、すべてフランス風にやって行きたいと思ってね、フム」

　と、ガイズもスラスラとフランス語で、きれいに発音すると、

「ね、レビ君！　偽物は一つもないんだぜ。およそ見つもって、ズバリと三千万ポンドさ、みんな買ってくれないか？　そうすると僕は君のことを、一生、おぼえているだろう、と、おもうんだがね」

「はい、偽物があろうなどとは、全然、思っておりません、一つ一つ拝見いたさなくても、わたくしには、すぐわかりますので」

　と、レビはテーブルの上に、小切手帳を取りだすと、

「あ、わすれてまいりました。おそれいりますが、ペンとインクを、どうぞ」

「ウム」

　ガイズが立ちあがって、デスクの上から細いペンとインク壺を持ってきた。

「ありがとうぞんじます。二千六百万ポンドで、いかがでございましょうか？」

「オイ、君、じょうだん言っちゃいけない。三千万ポンド▼25だ。一ポンドかけても、だめだね」

「いや、どうも、では、二千八百万ポンドと、がまんしていただけませんか？」

　ペンさきをインク壺に入れて、レビはすぐ小切手を書きそうだ。

（二千八百万ポンド！）

　と、ガイズの目がキラキラとかがやいて、

「商売人にかかっては、かなわないね、フム、しかたがない、よかろう。思いきったよ」

「ありがとうぞんじます、はい」

　インク壺からペンを上げた、とたんに、

「あっ、しまった、す、吸いとり紙を！」

　インク壺が横にたおれて、テーブルに黒インクが流れだした。

「オッ、君はそっかしいね、いけないぞ！」

ガイズもあわてて、顔をしかめながら吸いとり紙を、デスクの上からとってきた。

また新たに現われた顔

小切手
金二千八百万ポンド也
右はベッドフォード・コート九番にある家具と美術品すべてに対する代金として、ガイズ氏に支払います。
年　月　日　　イシドール・レビ
イングランド銀行本店
御中

書きおわったレバルドー博士のレビが、

「はい、どうぞ！」

と、ガイズにさしだすと、

「ウム、たしかに、よろしい。受取りを書こう」

紳士ガイズは、きれいだった指さきが、インクによごれて、顔をまだしかめている。小切手をつまみあげて見ながら、

「君、これも、すみの方にインクがしみこんで、きたないじゃないか、ベトベトだ」

「あ、おそれいります、どうも飛んだそそうをいたしまして、では、もう一枚、書きかえますから、はい」

あやまったレビは、新しく書きかえたのをさしだし、インクがしみこんでるのを、そのまま上着のポケットに入れてしまうと、

「まことに失礼いたしました。では、お品物のすべての一覧表をつくりに、明朝七時半、店員をふたり、つれてまいりたいと思いますが、ごつごうは、いかがでございましょうか？」

「ウム、よかろう、待っているよ」

売立て代金の小切手を受けとったガイズは、しかめていた顔が急に明かるくなった。

次の日の朝、ちょうど七時三十分、レビが、ふたりの店員をつれてきた。ひとりは顔じゅうひげだらけで、ロシヤ人らしい。またひとりは、きれいに顔をそっているが、ガッチリしていて、スコットランド人みたいだ。大きな皮カバンをさげている。

レビがふたりをガイズに、しょうかいすると、壁にかかっている画《え》の前に行き、下から見あげて、

「みごとなものですなあ、グルーズの画の中にも、これほどの物は、実にめずらしくございますね、ガイズさま」

「ウム、こればかりじゃない。手ばなすのが、みな、惜しいものばかりでね」

そばへ来た銀髪紳士ガイズが、画を見あげて、両手を後に組みあわせ、胸をそらせた。

「カチッ！」

変な音がガイズの手にひびいた。

「ムッ、何をする？」

わめいた、後手が放れない、手錠をはめられたガイズが、レビを見すえて身をもがき、怒りに青ざめて、はげしく息を吐きだすと、

「お、おれを、どうするつもりだっ？　取れっ、こんな物を！」

獣のようにわめきだした。

ニヤリとわらったレビが、

「いすにかけろ、レーガン！」

「な、なんだと？」

「ハッハハッ！」

痛快そうに笑ったレビが、左手を自分の頭へあげた。水雷型自動車の中でやったのと同じように、かつらを取り顔の変装をむしりとると、ズボンのポケットに入れてしまった。奇人レバルドー博士、二重に変装していたのだ！

新たに現われたレビの顔を、目の前に見すえたガイズ、「レーガン」と呼ばれたのが、ブルッと身ぶるいすると、よろめいて後のいすへ、ドカッと音をたてた。こしをおろすと、

「レ、レメージ先生！　あ、まいった、まいりやした！」

と、下品なフランス語で言い、ガッカリしたように体の力を抜くと、ブルブルふるえだした。

「それ見ろ！」

と、「フランスの偉大なる世界的名探偵」と言われるレメージが、

「オイ、レーガン！　おまえにパリで手錠をかける予定だったがね、ロンドンに変ったのは、ぼくの方も、ざんねんだよ。しかし、ここでどうだ、すっかり、覚悟してしまわないか？　悪党らしく」

と、教えてやるように言う、それはむしろ、あたたかい口調だった。

指紋

銀髪の上品な紳士が「悪党」だった、レーガンがジロリとすごい目になると、にがわらいして歯をむき出した。レメージ探偵を見つめて、

「くだらねえ英国探偵なんか、おれは、まったく軽べつしてたんだが、レメージ先生にあっちゃあ、かなわねえ。先生に手錠をはめられたのは、おれも本望だ。ところで一つだけ、おたずねしやすがね、どこから、このレーガンを、先生は追っかけなすったんで？」

レメージ探偵は、また苦わらいすると、

「それこそ、くだらないことを言うね、おまえがグラアム弁護士の金庫の中から、借金証書を引きさいて行った、ところが、それはABC順のGのところだ。おまえに似あわない、ばかなことをしたものだね、ドアの外に靴音が聞こえて、あわてたからだろう」

「そう言われてみると、そうなんで、そのとおりでさ」

「それ見ろ、この犯人の名まえは、Gが上についていると、だれだって判断するだろう。借金を返すのがいやさに、証書を引きさいて行った。おまえはロンドンで、これだけの美術品を集めていながら、グラアム弁護士の高利貸しから、いくら借りていたのかね?」

「なあに、三十万ポンドでさ、ところが、むやみに利子が高くてね」

「わずかそれだけのことで、殺人をあえてしたのは、いかにも悪党の心理だ。あのアラビア古刀を持って行ったのも、大まぬけのすることじゃないか。この犯人は、もしかすると、このような古代美術品に興味をもっているのか、でなければ、どこかから盗みだしてきたものだな、と、これまた誰だって判断するだろう。ぼくの頭にきらめいたのは、グリーナー毎日に出ている『売立て、大至急』の広告だ、しかも広告主は『ガイズ』Gじゃないか。おそらくこれだろう、と、来てみると、パリで一度、ぼくの手にかかった強盗七犯のレーガン、はたして、おまえだったからね」

「いや、先生、それだけでグラアム殺しの証拠は、なんにもねえですぜ」

「フム、おまえのやることは荒い、同時に頭の中は抜けだらけだね。あのアラビア古刀の柄、投げすてて行った証書、窓べり、そのほかに、おまえの指紋がいくつも残っていたのだ。それが皆、左手の指だ。きのうさらに、ここでインクによごれたおまえの左手の指紋が、ぼくの書きかえた小切手に、ありありと残っている。殺人現場の指紋と全く同じものだ。これより明白な証拠はないだろう」

「し、しまった、やっぱり、かなわねえ!」

「ところで、レーガン、アラビア古刀を突き立てたのを、おまえはあわてて、そのまま窓から逃げて行った、あのデスクの上の紙に、『復しゅうを僕は成しとげた! セベラック・バブロン』と書いてあったのは、どういうわけかね?」

「な、なんですって?」

悪党レーガンが、まばたきして、

「先生、そんなことを、おれは知らねえぜ。そんな変なことがあったのだと、そりゃあ、そいつを突きとめるのも、レメージ先生の領分じゃねえか?」

と、急に目をいからせて、どなりだした。

発見、猛追跡、決勝へ!!!

殺人共犯の疑がい

「復しゅうを僕は成しとげた！　セベラック・バブロン」

これを書いて行ったのは、グラアム弁護士を殺した悪党レーガンではない、すると、だれなのか？

レメージ探偵のつれてきた「店員」のふたりが、あらそうように自分の顔をなでまわし、これまた巧みな変装を、両手にはずしとってしまった。ロシヤ人のようだったのが、現われた顔はグリーナー毎日のシアード編集長、スコットランド人みたいだったのは、セベラック・バブロン本人なのだ。[26] ふたりは両方から手をにぎりあうと、

「ぼくの信じていたとおりだった、むろん、殺人をあえてする君じゃない！」

と、シアードは、ほがらかに目をかがやかし、バブロンは、しずかに、

「ぼくを落としいれようとした者は、レメージ先生の手をわずらわすまでもない。はじめから明白さ、わかりきっているじゃないか」

と、こたえた。

このふたりを、レーガンがジロジロと見て、

「はてね、あんた方は、レメージ先生の手下かね？」

と、きくと、シアードが、わらって、

「アハハッ、ふたりとも名探偵さ！　よし、今から探偵ぶりを見せてやろう。レメージ先生、あなたの車を、およそ三十分、貸してくれませんか？」

「よろしい、どうぞ！」

「ありがとう！」

身をひるがえして出て行ったシアード編集長は、おもてに止めてある水雷型競走自動車に飛びのった。たちまちスタート、エンジンのひびきをたてて、どこへ行く？　読者はすでに判断されたであろう、ローシアイマーの邸《やしき》へ、全速度で一気に乗りつけた。公園通りに高くそびえている大邸宅だ。

英国航空艦隊の新建設に、大富豪六人とも一億ポンドずつ寄付したのが、すでに各新聞に、アストリア・ホテル異変と共に、「グリーナー毎日」から転載されて、ローシアイマーはこのために、ひどく憤然としていた。

（一億ポンドを寄付させられ、しかも、社会は同情しないばかりか、むしろ、おれたち六人を、あざわらっているじゃないか！）

この憤がいである、が、口に出しては言えない、大財閥である自分も、朝からイライラしていると、ふいにたずねて来たのは、グリーナー毎日の編集長シアードなのだ。[27]

（あの長い記事を夕刊に書きおったのは、こいつだ！　異変の真相を、ことごとく知っているのは、あの怪首領バブロンと、ひそかに連らくしているからにちがいない。問いつめてやろう。すこしでも白状しおったら、それを証拠に訴えるのだ！）

いくつもある応接室の一つへ、シアードを通すと、顔を見るなり握手なしにききだした。

「何か用かね？　また何か書くつもりだろう」

シアードは、ニヤリと微笑しながら、

「そう、新聞記者はニュースを書くために生きているからね、ところで、君は大変な疑がいを、かけられているが、知っているですか？」

「大変な疑がい、だれが僕にだ？　けしからんことを言うな」

「アハッハッ！　ぼくだ、君を疑がって来たのは」

「なにを言うか、なんの疑がいだ？」

「殺人共犯！」

「な、なに？」

と、精力不屈のローシアイマーが、この時は顔いろをかえた。

愉快な「名探偵」

シアードは、ゆうゆうとして、ローシアイマーに、

「君は、一億ポンドの寄付が惜しくなって、グラアム弁護士へ相談に行った。ところが、何とおどろくべきことは、グラアムが血の中にたおれている、事務室の中に、だれもほかにはいない。大胆な君は、とっさに一方法を考えついた。憎むべきセベラック・バブロンに、この罪をなすりつけてやろうと」

ローシアイマーの顔いろが、いよいよ青ざめた。シアードは微笑しながら、

「おどろくべき大胆さを、君はもっている。自分のペンを抜きだして、デスクの上の紙に、しかも、奇怪な形の短刀の下に、『復しゅうを僕は成しとげた！』と、そして実は『ローシアイマー』と自分の名まえを書くべきところを、恨みある仇《かたき》と思う『セベラック・バブロン』の名まえを、わざと書いた。バブロンへの『復しゅう』だ。そうしておいて、運転手に医者を呼びにやり、警視庁へ電話急報した！　どうだ、ちがうかな？」

「それが、どうして殺人共犯か？」

「ハハア、殺人共犯と疑がわれるだけでも、ローシアイマー氏の社会的地位も信用も、たちまち落ちてしまう。つまらないことをしたものだ。新聞記者はニュースを書くために生きているが、今の僕は記者としてではなく、名探偵シアードとして、殺人現場における君の行動を、探りに来たんだ。いさぎよく白状したまえ。名探偵は秘密をまもって、

新聞記者には断じて言わない！　だが、あくまでも君が、かくしてがんばるとなると、これも特ダネニュースだ、新聞記者は書かずにいられない！」

「ウウム、そ、それは、君の言うとおりだ」

「よろしい、アハッハッ、新聞記者は一字も書かない。大富豪ローシアイマー君、一億ポンドも、いさぎよく、あきらめたまえ、さようなら！」

名探偵になったつもりのシアードは、ゆうゆうと応接室を出てくると、道に水雷型を飛ばして行きながら、口ぶえをふいていた。「名探偵」成功！　愉快でたまらないんだ！

ところが、この「名探偵」は気がつかなかった。ローシアイマーの邸宅のまわり、公園の中に、警視庁探偵二十人あまりが、すでに朝から来ていて、ひそかに警戒していたのだ。

（ローシアイマー氏を、バブロンが、なお、ねらってはいないか？）

このための警戒に、セフィールド捜査部長が、この探偵群を引きつれ、ハリマン総監まで見まわりに来ていたのである。

突破しろ！

「グリーナー毎日」の編集長シアードが、水雷型競走自動車を運転して、ローシアイマー邸に乗り入れ、十三分して帰って行った！　これを公園の木かげから、ジッと見ていたセフィールド捜査部長は、そばにいるハーボン探偵に、

「奴、ローシアイマー氏と面会したのにちがいない。何の用で来たか？　話はバブロンに関係しておらぬか？　ローシアイマー氏に、たしかめてこいっ！」

きびしく命令すると、横に立っているハリマン総監に、

「新聞記者が今の時間に出てくるのは、いささか怪しいです。奴の後にバブロンが動いているのは、あの夕刊記事によっても確実だ、と僕は見ています。いかがですか？　ぼくといっしょに、今から奴をつけてごらんになりませんか？」

「ウム、同感だ、行ってみよう。シアードの後にバブロンあり！　わがはいも、にらんでいるのは、そこだ」

公園の道に、総監用の快速自動車ダイムラーが止まっている。ふたりが乗りこむと、運転手のライトに、捜査部長が、

「今三分ほど前、水雷型競走用がローシアイマー邸を出て行った、あいつをつけろ、おもて通りを北へ行ったはずだ、全速度！」

「ハッ！」

（総監自身が捜査部長といっしょに、何者かをつけて行く、これは非常な事だな！）

と、張りきったライト運転手は、スタートするなりエンジンを全開した。

（すでに三分すぎている、しかも相手は超速の水雷型だ。見つかるか？　見つかっても追いつけるか？）

朝のおもて通りは、勤人《つとめにん》の洪水だ。それを乗せて行く大小のバス、電車、車庫を出てきた各種のタクシー、トラック、十字路の赤信号にズラリと長く行列したまま止められている。

「突破しろっ！」

セフィールド捜査部長が、またするどく命令した。

赤信号も速度制限も、無いのも同じ警視総監の公用車だ。▼28ほかの車の行列を、突きのけるみたいに飛ばして行くと、トラックの横に止まってる細長い緑色の水雷型を、ついに見つけた！　捜査部長がささやいた。

「総監、あれです！」

「ウム」

信号灯が青にかわって、あらゆる車が動きだした。

水雷型は大通りを右へまがると、ベッドフォード・コート町へ出て行った。そこの左がわに止めると、飛びだしたのはシアード編集長だ。何か愉快らしくあおむいて、イソイソと石段を上がって行った。

「ストップ！」

ライト運転手に車を止めさせた捜査部長は、ポケットから小型望遠鏡を取りだすなり、目にあてた。正面のグラスをとおして度をあわせると、

「九番、ガイズ？　何かな？」

水雷型のすぐ向うに止まっているのは、オースチンとヒーレイの二台だ。どちらにも運転手がいない。オースチンには「グリーナー毎日」社の小旗がひるがえっている。

「シアードの奴、よほど急いだのです。自分の社の車に乗らずに、水雷型を飛ばして来たのは」

「ウム、すると、水雷型の持ち主は、何者かな？」

「今に出てくるでしょう、あそこにあるヒーレイ型の持主と、すくなくとも三人が、……」

と、望遠鏡を目にあてたまま、総督とささやきながら、セフィールド部長が、とたんにギクッとした。

ドアを中からあけて石段をおりだした、ひとりの男、スラリと身のたけが高く、黒ずくめの背びろを着て軽快に、気品のある顔をしている、まれに見る美青年だ！　捜査部長の探偵的直感が、この時、キラリと電光のようにきらめいた。

（バブロンじゃないか!?）

ついに非常事だ！

英国をはじめ世界じゅうに、嵐のごとき好奇心をまきおこした「怪人セベラック・バブロン」その正体をつかんで

捕縛すべく、ほとんど毎日、寝食をわすれているセフィールド捜査部長は、「英国警視庁」の名まえと歴史にかけて、自分の捜査任務をはたさずにはいられない。だから、真けん、必死なのだ！

最初はグランド・ホテル、次はアストリア・ホテル、さらに怪地下室において、前後三回、「怪人セベラック・バブロン」を見ているのは、富豪ローシアイマー氏なのだ。しかも、対話までしている。セフィールド捜査部長は、氏に会って、バブロンの身のたけ、体格の線から身ぶり、黒絹の半マスクをかけていたという顔の肉づきと形、声と口調、歩き方、そのほか、どこかに、くせをもっていないか？　くわしくたずねて、怪人の印象を自分の頭の中に、深くきざみつけている。この想像的印象は、自分の今までの探偵経験から考えても、まちがいないはずだ！

（むろん、「怪人」といわれるだけの男だ、さまざまに変装するだろう。ローシアイマー氏の前へ出てきた時も、おそらく変装のバブロンだったろう。だが、おれの想像と判断による確かな印象によって、そいつを見つけたら最後、かならず「こいつだ！」と、変装を見やぶって目の前に捕縛してくれる！）

断然、このように自信しきっているセフィールド部長が、今、道の左がわへドアから石段をおりてきた青年紳士のひとりを、望遠鏡の中に見とめた、一しゅん、

（バブロンじゃないか!?）

きらめいた探偵的直感は、たちまち、さらに、

（こいつこそバブロンだ！）

ピタリと確定した自分の判断に、いよいよ自信を得た、とたんにゾクッと体がふるえたのは、あふれる闘志の武者ぶるいだ。ジーッと望遠鏡の中から見つめていると、ますますバブロンにちがいない、スラリとしている貴族的な身ぶりで、しずかにヒーレイ型の高級車▼29のドアを引きあけると、運転台に乗りこんだ。すべりだしたスタート、車体をまわして道の右がわをはしらせて行く！

「ライト、あのヒーレイをつけろっ！」

と、望遠鏡を目からはずした捜査部長に、ハリマン総監が横から、

「何だ、前の車に乗った男は？」

「彼！　バブロンです！」

「オッ、……あれが、そうか？」

「たしかです！　まちがっていたら、私は辞職します」

ライト運転手は「バブロン」と聞くと、ハンドルをグッとつかんだ。

（バブロン追跡！）

手のひらに汗がにじんできた。

（見ろ、ついに非常事だ！）

時速百十一マイル

怪人バブロンは、今、どこへ行く？

ロンドン市外へ、北へ出た。森、農園、牧場、岡、畑、点々と散らばっている農家、まがっている道に、バブロンはヒーレイ型高級車を、まっしぐらに走らせて行く、灰色のほこりが後に高く上がる、これを目がけて追跡する警視総監車ダイムラー、一キロほどはなれて、今なお、なかなか追いつけないのだ。

真けん必死のセフィールド捜査部長は、座席からのびあがって、ライト運転手にどなった。

「これ以上、速度が出せんのかっ？　オイ、ライト！」

「ハッ、これより出したら爆発します、エンジンが」

「敵も全速度を、つづけてるんだな」

「ふしぎです！」

「なにっ？」

「ヒーレイは時速百十一マイルの記録を、もってるんです」

「ホー！」

と、ハリマン総監も、すごい早さにおどろいた。

「だから、この車をバブロンが後に、おきざりに走って行こうと思えば、できるんです」

「ウウン、……」

と、捜査部長が、うなった。

「それが市内を出てから、このとおり一キロほどはなして、こちらと同じ速度で行くのは、ふしぎです」

ハリマン総監が振りむくと、捜査部長の顔を見て、

「バブロンの奴、何か策略をしおるんじゃないか？」

「何を、奴ひとりです。捕えるのは、この機会です！」

「六大富豪が引きこまれた怪地下室は、この方向じゃないのか？」

「わかりません。六人とも地下室から目かくしされて、ワンズオース遊園地へ送られてくるまで、なんにも見ていないのです」

「アストリア・ホテルにおった三十人あまりのアラビア人が、今なお消えとるのは？」

「皆、ギャングの変装だったのです。変装をぬいで市民にまぎれこんだ以上、残念ですが、まったく手がかりなしです」

道の向うに、古い教会堂が現われた。塔の上の十字架が、ななめにまがっている。今にも倒れそうだ。その教会堂の横の道を、バブロンのヒーレイ高級車が走りすぎると、左へまわって、いっしゅんに消えた。

「オオッ？」

わめいたライト運転手が、前かがみになった。

全速度！

見る見る近づいて来た教会堂が、いきなり車の上へドッと倒れかかるようだ。三人ともハッと息をのむまに、横から後へ教会堂が飛んで行った。ライトはハンドルを左へ切った。

「おるぞ、部長！」

「追えっ！　どこまでも、ライト！」

「ハッ！」

三人とも、あぶら汗にまみれている。

ほこりのついてる正面グラスをとおして、敵バブロンのヒーレイ車が、一キロほど向うに、ありありと見える、坂道を上がって行く。その間が浅い谷だ。

総監車は谷へおりて行った。さらに上がって見ると、広い畑の向うに、ただ一軒、古い二階の農家が立っている、その入り口の前に止まっているのは、怪敵バブロンのヒーレイ車だ！

「部長！　乗りすてて行ったぞ、奴は！」

「ライト、あそこの手前でストップ！」

「ハッ」

「バブロンの奴、あの農家に計略しとるのじゃないか？　警戒を要するぞ！」

「いいや、突進あるのみです！　彼に計略があれば、こちらは即座に対応、速戦速決、ここで勝敗を決するだけです！」

と、セフィールド捜査部長は、右手にピストルをつかみだした。

ライト運転手は、農家の手前二百メートルほどに車を止めた。

三人とも車を出た。

（怪敵セベラック・バブロンと、ここに勝敗を決するんだ！）

肩すかしの怪計略

四つの部屋

荒れはてている古い二階の農家だ。ヒッソリしている。だれも住んでいないらしい。大きな森にかこまれて、まわりが、うす暗い。

（怪敵バブロン、なんのために、この中へ飛びこんだのか？　何かあるぞ！）

と、今こそ必死のセフィールド捜査部長、

（ここで、かならず捕縛！　おれは死んでも彼を捕える！）

腹の底から決意して、

「総監！　あなたはここで、このヒーレイ車を、見はっていてください。奴が私の手をのがれて、ここへ出てきたら」

と、六連発自動ピストルを総監にわたして、

「すぐ一発、先に倒す！　いいですか、奴を車に乗せたら、それきりです。一発、その音は私への信号にもなります。きっと私は出てきます！」

と、殺気だった顔に、悲壮な目いろになり、

「ライト！　君もピストルをもっているな？」

「ハッ」

総監護衛のための新式ピストルを、ライトが上着のポケットから抜きだして見せた。敵は怪人バブロンだ！　やはり必死の顔が青ざめている。

「よし、君は、うら口へまわれ！　奴が出てきおったら、かまわず一発、先に射つんだぞ！　射たれたら最後だ！」

口早くささやき、そのままセフィールド捜査部長は、農家の中へ身をひるがえして飛びこんだ。

ピストルを総監にわたした、なお一挺、同じ六連発自動式を、捜査部長はすでに右手に抜き出し、安全弁をカチッと爪さきにはずした。

（バブロン、どこにひそんだか？　いよいよここで、お目にかかるぞ！）

せまい廊下に、かべがくずれ落ち、床板に穴があいている。ひどい荒れ屋だ。部屋にドアがない、身をしのばせてピストルをさしつけ、ソッと中をのぞいて見ると、ガランとしている、家具もない。人の気はいもない。ほこりくさい！

（さては奴、二階にひそんだか、ひとりか、手下が前から来ているか？）

靴音もたてず、捜査部長は第二の部屋から台所へ、ゆだんなく出てきた。まったく人の気はいがしない。うら口へ出てくると、いきなり目の前へピストルをさし突けたのは、ライト運転手だ。

「待てっ、おれだ！」

「アッ、……」

「だれも出てこなかったな」

「ハッ」

「物音はしなかったか？」

「ハッ、なんにも」

「二階だ、来い！」

家の中へ引っかえした。ふたりになった。今にもくずれそうな階段を、ゆだんなく上がって見ると、四角の板の間だ。まわりの壁に、ここには厚いドアが一つずつ、ピタリとしまっている。捜査部長は、ふと迷った。

（四つの部屋だ！　奴、どこかにいるのに、ちがいないが、……）

しかし、シーンとしている！

ライト運転手はピストル右手に、ブルッと身ぶるいした。

なんとも言えないほど、ぶきみなんだ。まわりの四つの部屋が、シーンとしている。

セフィールド捜査部長は、右がわのドアの前へ、ソッとしのびよると、いきなりハンドルをまわしてみた。が、ビクとも動かない！

（この中に、いるのか、いないのか？）

と、思った、とたんに、となりの方に、何か物音がした。

見えない総監

（さては、いるな！　怪敵バブロン、となりの部屋に!?）

口を引きしめたセフィールド捜査部長は、となりのドアへ進んだ。ハンドルをまわしてみるなり、まわった！　サッとおしあけて、ピストルをさし突けると、ガランとしている。何もない。むこうの窓の方へ天じょうが低くかたむいている。暗い。中へ一足、はいって見た、が、なんの変りもない、引っかえそうとすると、

「ウオッ！」

後にライトがどなった、とたんに、ドッと部長の背なかに倒れかかったライトを、部長はよろめきながら横にさけた。すばやく振りむくと目の前に、ドカーンと外からドアがしめられ、鍵の音がひびき、下に倒れ伏したのはライト運転手だ！

「立てっ！」

「ハッ、ウウム」

うめいて立ちあがったライトが、恐れに目いろをしずめて、

「後から、わき腹に突きでもって、グンと押しやがった！　気がつかなかったんです」

「…………」

さすがにセフィールド捜査部長は、あわてなかった。ドアの外の気はいに、耳をすましながら、

（閉じこめられた、ふたりとも！　バブロンの奴、間一髪にとなりの部屋から出てきおった！　なに、負けないぞ！）

必死の闘志はくだけない。鍵をかけられたドアは、あけてみるだけ、ひまをとる。外の気はいはヒッソリしている。

（怪敵バブロン、早くもすがたを消したな！）

と、部長は靴音をしのばせて、窓べりへ行って見た。深い森のかげだ、暗い。古いガラスをあけて、下を見おろすと、板壁がとても高い。飛びおりるのは、かえって危険だ。

（しまったぞ！　うら口は今、警戒なしだ。バブロンの奴、うらから、のがれたか？）

と、歯ぎしりした時、エンジンのひびきが、かすかにつたわってきた。

「ライト、このエンジンは何の車だ、わからんか？」

ハッと耳をすましたライト運転手が、

「ヒーレイです！」

怪敵バブロンが運転してきた超速高級車だ。そのエンジンのひびきを、ライトが聞きちがえるはずはない！

（そこには総監が見はっているはずだ。どうしたか、総監は？　ピストルの音は聞こえなかったが、……？）

エンジンのひびきが、遠くなって消えた。いよいよ変だ！

「ドアの鍵を、弾で破れっ！」

「ハッ」

鍵穴へピストルのさきを、突きあてたライトが引金をひいた。

自動式だ、たちまち三発、ひびきと共に錠金をつらぬいて破った。

「押したおせっ！」

「ハッ」

ふたりが猛然とドアにぶつかった。

錠がはずれてバッと開き、ふたりはおどり出ると、板の間から階段をガタガタとかけおりた。外は家の前の草むらだ。

「オッ!?」

敵のヒーレイ車が見えない、今さきスタートした後だ。

それよりもハリマン総監がいない、どうしたのか？　立ちすくんだライト運転手に、セフィールド捜査部長は、

「しまった！　総監は捕えられたぞ、奴に！」

「ピストルは、射たなかったんですか？」

「おれがぬかった！」

「エッ？」

「相手は奴だ、総監のピストルなど、子どものおもちゃくらいに、あつかったろう。追えっ、とにかく追うのだっ！」

二百メートルほど向うに、総監車ダイムラーが止まっている。ふたりとも走って行くと運転台に飛びはいった。

ふたたびバブロン追跡！　しかも、今度は総監が捕われて行ったんだ!?

ものすごい謎

「前の道へ！」

「ハッ」

浅い谷へ下り、むこうへ出て見ると、

「あれです、部長！」

「ウム、……」

二キロほど向う、森のかげをまわって行く超速高級車ヒーレイ、だが、どうしたのか？　今は速度がおそいようだ。

「総監が中で闘っているのか？　ゆれてるぞ！」

「これなら追いつけます！」

ライトは、むろん、全速度をかけた。

前の教会堂の横をまわると、一キロあまりにせまった。こちらが早い！　望遠鏡を目にあてたセフィールド捜査部長、

「ヤッ、変だぞ！」

「なんです？」

「運転して行くのは、総監だ」

「エッ、バブロンは？」

「見えない、……いないぞ！」

「そ、そんなことが」

「いや、車内にもいない」

「アッ、速度を早めたです！」

(時速百十一マイルを出されると、とても追いつけないんだ！)

と、ライトは、やっきになって、

「部長！　総監がひとりで逃げて行くなんて、バブロンが総監に変装してるんじゃないですか？」

「わからん、追いついてみないと。牧場を突っきって、向うの前へ出ろっ！」

「ハッ」

(総監に変装した怪敵バブロンか？　ほんとうのハリマン総監か？　ものすごい謎だ！)

それが速度を急に早めて、牧場の外がわをまわって行く。

こちらは牧場の中へ乗り入れた、一直線に横断！　道がない、デコボコの草むらに全速度の車体がおどり上がり、ガクンとつまずき、落ちるとまた上がる。おどろいた牛と羊の群れが、何百頭も四方へ逃げて行く。牧場異変だ！

広い牧場を一直線に横断した快速の総監車ダイムラーは、外の道へ出た。敵ヒーレイ超速車が、そこにまわってきた。

「よし、突きあたって止めろ、とっさに飛び出せ！　ピストルを落とすなっ！」

「ハッ」

部長の命令に、ライトも覚悟した。

(衝突して相手をストップ！　とたんに運転台を飛び出して、ピストルで相手をおさえる！　いのちがけのすごい芸当だ！)

両方から進む、道はせまい。両がわとも牧場の堤だ。まさに十五、六メートル、真近く両方からせまった！

「ギギギギッ」

音をたててヒーレイの方が止まった。ブレーキを引いたらしい。こちらもライトが止めた、がスルスルとすべり進んで、相手のすぐ横にストップした。

「ヤア、おまえたちか！」

むこうの運転台からどなったのは、たしかに総監の声だ。顔つきと目いろ、ひげの長さ、ほんとうのハリマン総監だ、変装じゃない。

こちらの横窓をあけたセフィールド捜査部長は、どなりかえした。

「総監！　どうされたんです？　バブロンは、どうしたですか？」

「なんだって？　部長、また逃がしたか？」

「なにを言われるんです、捕えない者を、『また逃がしたか』とは、何事です？」

と、セフィールド捜査部長は、カッと真赤になった。

興味ある計略

（さあ、わからないぞ、これは、どうしたことだ？）

と、ライト運転手が息をはきだしながら、あっけにとられてると、

「なんだと？　『何事です？』って？」

と、総監はむこうの運転台の窓をあけた。これもカッと真赤になってる顔を突き出すと、

「君は、あそこの農家の前で、この車を見はっとったわがはいの横へくると、『バブロンと手下の七、八人を全部、今、二階に閉じこめました』と、報告したじゃないか？」

「エッ、私が？　いや、ちがいます！」

「いや、待て、君はさらに言った、『敵はバブロンをはじめ多数です。私とライトだけでは、捕縛困難ですから、総監、敵の超速車を利用して、電話のある所へ急行、近くの警察へ、少くとも二十名、武装警官の至急応援を命令してください。私とライトはここで、敵を見はっていますから』と、現にその口で言ったじゃないか、どうだ？」

「ウウン、そうですか！」

「何が『そうですか』だ？　わがはいは、君の言うとおりにしたぞ。教会堂の近くまでくると、その車が急に追跡してくる！　さては君とライトが敵の反抗におさえられて、バブロンの奴が追ってきたものと、わがはいに急に速度をかけたのだ。いったい、これはどうしたことか？」

「言うまでもないです」

「エッ、なんだと？」

「総監に報告した私は、バブロンの変装したものです」

「ウウム、そいつは、しかし、顔つきから声、服装、ことごとく君だったぞ。森のかげで、うす暗かったが」

「何と言われても、相手は怪人バブロンです。おそらく彼は何者にも変装するでしょう。そして彼は、どこへ行ったのですか？」

「わがはいに報告しおわると、また農家の中へスタスタと、はいって行きおったが、その後すがたも、君そっくりだったぞ」

「ああ、負けです、完全に、こちらの」

「なに、そう落胆するな！　ウム、『これをハーボン探偵にわたしてください』と、そのとき、君は、いや、バブロ

ンが我がはいに、ことづけて行きおったが」

と、総監が窓から、こちらの窓へ、一つの封筒を投げてよこした。

それを受けとったセフィールド捜査部長は、すぐに封を切って見た。

美しく細いペンの走り書きが現われた。


尊敬するセフィールド捜査部長殿！

機敏な、あなたの追跡に、心から敬意を感じ、ぼくはヒーレイを運転してのがれながら、これを書いています。

あなたの急追を受けて、ぼくは今、自分の目的地へ行き得ずにいる、これだけは残念です。

あなたと同行の総監殿にも、この点、よろしくおつたえください。

ところで、あなたと総監の猛烈な追跡を、ぼくは今から完全にはなさなければならない、このために、ある種の計略を、あえて実行する。自分をまもるために、だから、この興味ある計略は、お許しをねがえるでしょう。

ぼくが完全に、あなたがたの追跡とはなれた後、あなたも総監も早く警視庁へ、お帰りになることをすすめます。というのは、警視庁に今ころ、グラアム弁護士を殺害した真犯人、「レーガン」というフランス人が、送られているでしょう。[30] このレーガンを誰が探偵して、警視庁へ送りつけたのか？　これを探ってみるのも、あなたにとって興味ある一つでしょう。

ぼくは最近、英国を立ち去る予定でいます。これも残念ですが、お目にかかる機会はないでしょう。

あなたのご健康を、ぼくは思いだした時に、きっと祈るでしょう。ではさようなら！

セベラック・バブロン

セフィールド捜査部長は、読んでいるうちに、ギクッとした。

（怪敵バブロン、「最近、英国を立ち去る予定」国外へのがれ出たら、それきりだ！　それまでに何としても捕縛して、英国警視庁の面目を、断然、立て直すのだ！）

まだ言わない編集長

「グリーナー毎日」の夕刊が、またも特大ニュースのクリーン・ヒットを飛ばした。ほかの新聞は、とても追いつけない！

「怪人セベラック・バブロン」が殺人をあえてしたと、ほかの新聞が、あらそって書いた「グラアム弁護士殺し」の真犯人が、何者かの手によって捕縛され、タクシーによって警視庁捜査部へ送られた。同行して来た黒服の青年は、それきり、どこかへ風のように立ち去り、手錠をはめられてきた、真犯人「レーガン」という紳士風のフランス人は、「グラアム殺し」の犯行を、ことごとく自供した。しかし、「セベラック・バブロン」の名を紙の上に書いて行ったのは、決して自分ではないと、あくまでも否定している。この点だけ、この事件の謎が残っている！　これは、しばらく、解かれないであろう。

一方、「怪人バブロン」を遂《つい》に発見し、市内から北方へ、遠く猛烈に追跡して行ったハリマン警視総監とセフィールド捜査部長が、意外きわまるバブロンの怪計略にかかって、捕えたのはバブロン使用の超速高級車ヒーレイ一台にすぎなかった、と、その前後の追跡の有様から、総監と捜査部長の大失敗、そのうえに、セフィールド部長にあてたバブロン手紙の内容まで、「グリーナー毎日」が、すっかり、すっぱぬいたのだ。

読者の興味と好奇心が、またさらに沸きあがった。「グリーナー毎日」の売行きが、これこそ毎日、ふえるばかりだ。各方面からの投書が、これまた毎日、ぞくぞくと配達されてくる。シアード編集長、すばらしい成功だ！

編集室に、山のような投書を、いちいち読んでいるのは、はな目がねのフランク次長をはじめ内勤の記者たちだ。

「やりきれないぜ、こう毎日、投書を読むばかりに時間がかかっては」

「ウン、だが、投書は読者の気もち、民衆の希望だ。大事なお客の声だからな」

「そんなこと、君から言われなくたって、……アッ、来たぞ、きょうは荒れてないな」

エレベーターから、さっそうと出てきたのは、シアード青年編集長だ。また何か超特大ニュースをつかんできたのか？　とても明かるい顔をしている、が、目の光は鷹みたいだ。自分のデスクへくると、回転いすにドカリとかけるなり、

「ヤア、すごい投書だなあ、フランク、なにか変ったのがあるかね、どうだ？」

「大多数が書いてきてるんだ。『怪人バブロン』と『グリーナー毎日』は、何か密接の関係があるのにちがいない、その真相を早く発表しろ！　と」

「アハッハッ、そいつは、まだ時機じゃないな」

と、あおむいたシアードの快活な笑顔を、フランク次長はジーッと見つめると、

「読者だけじゃない、ぼくたちみんなが、営業部の連中から印刷職工まで、『バブロンと編集長が、どこかで会っているんだ、でなければ、これほどくわしく、特別記事が書けるはずはない』と、だれでも言ってるんだがね」

敏感な記者たちが、みな、編集長の顔いろの動きを、ま

わりから視線で探ると、

「オイ、おれの顔に何があるんだ？　よせよ！　編集でニュースをつかもうなんて、君たちも、ずうずうしいじゃないか、アハッハッ！」

と、シアードが声をあげて笑った時、デスクの電話がジリジリ鳴りだした。

受話器を取りあげたフランク次長が、耳にあてると、

「編集長、君にだ」

「オッ」

受けとって耳にあてたシアードは、受話器にひびく声に、

「ヤッ、ぼくだ！」

こたえると、あおむいて耳をすました。

（このきれいな声は、怪傑親友だ！　今まで電話などかけてきたことがない彼、何の急用だ？）

海賊の血が体内に！

秘密の内閣会議

バブロンは声も変装する！　だれの声でも、いちど聞くと、そのとおりに発声し、上げ下げも、まるでかわらない。天才的な芸能をもっている。このような芸能人は、まず少いだろう。


シアード編集長のアパートに、前の日の夜ふけも、たずねてきて、警視総監と捜査部長の大失敗ニュースを話した時の、バブロンのきれいな声は、特に美しく音楽的だった。その声が今、受話器に気もちよくひびいて、

「君と今、会っているひまがないからね、シアード、今日の午後六時、バッキンガム宮殿に、女王の前で内閣の重要会議が、臨時に、きわめて秘密に開かれるのだ」

「オッ、そうか、知らなかったぞ！」

「どこの新聞社も知らないだろう」

「ありがたい！　しかし、その閣議の内容も、君が知らせてくれるのか？」

「バッキンガム宮殿へ、君自身、探訪に出てくるのさ、エバーセッド総理に会えばいい」

「秘密閣議じゃないか、総理が会うかな？」

「会う！　君の名刺を出しさえすれば」

「ホー、それは、どういうわけだ？」

「アハッハッ、行ってみるとわかるさ。名編集長の成功を待望する、さようなら！」

きれいな力強い声が、受話器をおくひびきと共に消えた。

（おれの怪傑親友、宮殿内における秘密臨時閣議を、前もって知ってるのは、どういうわけだ？　「名刺を出しさえすれば、総理が会う。行ってみるとわかる」これはまた何と重要性のある謎だ！　だが、「行ってみるとわかる」フ

ム、こんなことは初めてだ！）
シアード編集長は受話器をおくなり、記者感覚が張りきって、壁の大時計を振りむくと、

「よし、あと三時間！」

わめいて腕いすから前へ、バッと飛び出した。

みんなが、あっけにとられて、

（どうしたんだ、編集長、また、いきりだしたぞ、今の電話は何だ？）

と、目色を強めた記者たちの、はげしい視線の中を、シアードはエレベーターへ飛んで入った。

（ジッとしていられないぞ、街を歩きまわってやろう、三時間！　それからバッキンガム宮殿へ、「行ってみるとわかる」何かあるんだ、超特大ニュースが、アハッハッ！）

ニュース気ちがいの編集長、スーッと一階へおりたエレベーターを飛びだすと、社の外へスタスタと出てきた。

街は午後三時すぎの人ごみだ、さまざまな男と女が、セカセカと歩いている、どの顔もおちついていない、なんだか不平らしくて、みんな神経衰弱みたいだ。

（誇るべき歴史をもっている英国国民が、こんな顔をしているのは、いけないぞ！　いや、おれもニュース気ちがいで、変なイライラした顔じゃないのかな？　近くのショーウインドーで見てやろう）

人ごみの中へ、グングンはいって行くと、

「シアード君！」

いきなり横から呼ばれた、ズシッと重い声だ。

「エッ？」

振りむいて見ると、意外にもセフィールド捜査部長、まゆをしかめて鋭い目をつりあげ、これこそ度の強い神経衰弱みたいだ。

「ヤア、部長さん、しばらく！　どこへ行くんだ？」

「君のところへ来た」

「社へ？」

「いや、君に用があるんだ」

「ホー、……」

見ると部長の後と横に、探偵らしいのが三人、突っ立ったまま、こちらを見すえている。今にも飛びかかってきそうな目つきをして、これも神経衰弱にちがいない。

「用は何だ？　部長さん！」

「君に今から同行を命じる、警視庁へ！」

「へへエ、……」

ビクともしないシアード編集長、腕をガッシリとくみしめてきいた。

「捕縛命令書を、持っているのかね？」

（博物館でツータン・カーメン大王のミイラと共寝したのが、ばれたかな？）

腹の中の舌うち

捕縛命令書
「グリーナー毎日」編集長　**トム・シアード**
右の捕縛を命じる
ロンドン大検事局
検事　ジョージ・ガンサー

目の下に突きつけられた、この命令書を読むより早く、

「カチッ！」

くみしめてる腕そのまま手錠を、シアードは左右の手首にはめられて、

「来いっ！」

と、セフィールド捜査部長のするどい目が、つめたく蛇の目のようにきらめいた。

「おどろいたね、事件はいったい何なんだ？」

両手を前におろしたシアード編集長は苦わらいしながら、どこでもニュースを探る記者神経を、からだじゅうにあふれさせた。自分のニュースだ、ちょっとおもしろい！

「フム、セベラック・バブロンと共犯の疑がいだ。乗れっ！」

セフィールド部長が、切りつけるような口調で言う、そばに警視庁の大型自動車が獣みたいによってきた。

（これは、ほかの新聞が書きたてるぞ、特大ニュースだ。「グリーナー毎日編集長シアード捕わる！　バブロン嵐と共犯の疑がい！」か、ハハッ！）

手錠をはめられたまま自動車の中へ、はいりかけると、

「ヒュッヒュッ、ヒューッ！」

こちらを見ている人ごみの中から、突然、みじかい口ぶえが聞こえた。振りむいて見ると、大きな灰色の鳥打帽をかぶり、黄色のネッカチーフを首にまいてる少年が、向うから目を見あわせるなり、

「ヒュッ！」

高くふいた口ぶえ一つ、そのまま人ごみの中へ、すばやくまぎれこんでしまった。

（バブロンの手下の少年じゃないかな？）

ハッと、シアードの直感がきらめいた。なにしろロンドン市内だけでも、およそ千六百人の手下をひきいているという青年怪傑バブロンだ！

大型自動車の中に、シアードは右に捜査部長、左に探偵のひとり、前にふたり、きびしく付きそわれたまま、警視庁に送られて行った。

（ハハア、わかったぞ！　総監と捜査部長がバブロンに肩すかしを食わされた、ひどい大失敗を、おれが、さんざんにすっぱぬいた、その腹いせが、これだな、だが、待てよ、

「行ってみるとわかる」バッキンガム宮殿へ、これで行けなくなるのは、大きな打げきだ。まさか三時間で、おれを解放しないだろう、チェッ、チェッ！）

シアードは護送されて行きながら、腹の中で、しきりに舌うちした。

内務大臣の命令

警視庁の総監室に、ハリマン総監、セフィールド捜査部長、大検事局から出張して来たガンサー検事、三人がテーブルをかこんで、三人とも重大な顔をしたまま、ヒソヒソと話しあっている。部長が同行してきたトム・シアードを、ガンサー検事が取調べる前の打合せなのだ。

「物的証拠が一つも、あがっていないですから、本人シアードの自供を、何とか引き出して、それに今、彼のアパートの家宅捜索に、ハーボンと三名が行っとるですから、何かつかんでくると思うですが」

と、ささやく捜査部長の目いろに、シアードへの敵意がキラキラしている。

「ウム、この前は、わがはいが呼んで、個人的に話してみたのだが、サッサと帰りおった、無礼な、したたかな奴だからな」

と、総監も憤がいしている。「グリーナー毎日」のすっぱぬきで、街を自動車でとおっても、市民が総監を見て笑いだす始末だ。

「なに、留置期間七日、この間に、きっと真相を引き出して、同時にセベラック・バブロンの手がかりを、ここからつかめるものと、私は信じているですから」

と、痩せてがい骨みたいな顔をしてるガンサー検事が、セフィールド部長に、

「留置場におけるシアードの様子は、どんなのか、まいって考えこんどるのか？」

「歩きまわって、しきりに舌うちしたり、口ぶえをふいとるです」

「フウム、したたかな奴だな。なに、七日間にまいらしてやる！」

テーブルのはしの電話が鳴りだした。受話器を取りあげた総監が、大きな耳へあてて、

「わがはい、総監だが、……」

「こちらは、ベルフォード！」

「ハッ、これは」

ベルフォード内務大臣だ。総監はビクッと顔をしかめ、検事も部長も受話器の声に耳をすました。

「そちらに、グリーナー毎日の編集長シアードを、監禁したそうじゃないか？」

「ハッ、大検事局の命令書によりまして、留置いたしましたが」

「容疑の内容は？」

「かねて問題のセベラック・バブロンと共犯の形跡が、十分にあるものですから」

「フム、そこに検事は、だれが来ているのか？」

「ハッ、ガンサー検事であります」

「私は内務大臣の名によって、警視総監ハリマン、および検事ガンサーに命令する。留置人シアードを、ただちに釈放せよ！」

「……ハッ」

　三人は顔を見あわせた、意外、失望、残念でたまらない、が、

（内務大臣の命令だ、なんとも仕方がない！　しかし、これはどういうわけだ？）

囚人が王族に

　さて、親愛なる読者諸君！

　すでに皆さんが察していられるだろう、この本は初めから、ぼくトム・シアードが、熱心に書いたものです。

「怪傑親友セベラック・バブロン」に関する記録、これは、ぼくでないと書けないだろう、しかも、「英国の裏面政治」ともいうべき秘録を、今ここに、ようやく発表するわけです。

「ようやく」というのは、彼バブロンが、「英国を立ち去って」すでに十八年すぎた[31]。彼に関する真相を発表しても、さしつかえない時機が、「ようやく」来たからです。

　警視庁をその日に釈放された僕は、何がなんだかわからなかった。バブロンが手下の少年の急報によって、ぼくが捕えられたのを知った、としても、まさか彼がエバーセッド総理からベルフォード内務大臣に密令させ、ぼくを釈放させたとは、実さい後になって僕自身、はじめて気がついたのです。まことに鈍感なる編集長、なっちゃいない！

「行ってみるとわかる」バッキンガム宮殿の正面玄関へ、ぼくが石段を上がって行ったのは、すでに夕方、六時二十三分すぎだった[32]。

　女王[33]の前に開かれている秘密臨時閣議！　この重大な内容は何なのか？

　これは新聞に書けなかった。ドイツの強力なる圧迫にたいし、英国は新航空艦隊建設に全力をあげ、あくまでも自重し忍耐する。しかし、ドイツはさいきん、あえて開戦の態度をしめしている。戦争！　全国民の運命にかかわる、おそるべき戦争に、今なお勝てる見こみのない英国は、いかに対策を決定すべきか？　このための秘密臨時閣議だった。そんなことを知らない僕は、正面玄関の巨大な回転ドアをおしてはいると、守衛のひとりに名刺をさしだして言った。

「エバーセッド総理に面会！」

六十才くらいだろう守衛のじいさんが、ぼくの名まえを見ると、

「アッ、かしこまりました」

と、えしゃくしたから、ぼくだってビックリせずにいられなかった。

前もって言われていたのにちがいない、守衛のじいさんに僕はみちびかれて、宮殿の中にはいった。ところが、それから手数のかかること、豪華な長い廊下に、守衛から守衛に僕は引きわたされて、おくへ奥へと、まわりまわって行く。守衛の交代すること前後八人、ぼくは方角もわからなくなり、宮殿こそ大迷宮だ！　と、思わずにいられなかった。

大迷宮の奥の、そのまた奥の華美な一室に、やっとはいった僕は、そこで十分間あまり待たされた。「行ってみるとわかる」まだ何がなんだか、わからなかったのです。

警視庁の暗い留置所から大宮殿の奥へ！　この自分の変化が、たまらなく、おもしろかった。

三時間たらずのうちに、囚人が一躍、王族になった！　とすると、こんな気もちかな、などと思っていると、右の方のドアが音もなくあいて、しずかに現われたのは三人、だれだと思いますか？

親愛なる読者諸君！　あててみてください、こころみに！

読者にたずねる

英国の象徴である女王陛下、英国国民の意思を代表するエバーセッド総理、さらに意外にも僕の怪傑親友であるセベラック・バブロンが、三人そろって、しずしずとはいってきた！　これには僕も、まったく意外さに打たれて、目を見はったきり立ちすくんだ。今思ってみても、この時のおどろきは、きのうのことみたいに新しく、ハッキリと胸にきざみついている。

女王が僕に親しく手をのばされた。光栄の握手！　次にエバーセッド総理、この人の手は太くて肉が厚くドッシリしていた、そして重々しい声が、

「ウウム、トム・シアード氏！　あなたの一方ならぬ尽力によって、わが英国航空艦隊新建設の基金募集が、大いなる成功をおさめ得たことに対し、本日は特に、女王陛下から深厚なる謝意を、あなたに表されるしだいであります！」

と、うなずいて目を光らせた。

（ヤッ、そんなことか▼34）

と、ぼくが思う目の前に、

「トム・シアードさん、ありがとうございました」

と、女王の美しさと気だかさに、

「ハッ、……」

と言ったきり、ぼくはすっかり上がってしまった。陛下にはかなわない！

するとバブロンが和やかな微笑をたたえて、ぼくと握手しながら、なつかしそうに言ったのです。

「トム！　お別れだ、ごきげんよう！」

おどろいてる僕は、急に胸がいっぱいになってきいた。

「どこへ行くんだ？」

「きわめて秘密だ、ドイツへ！」

「何しに？」

「三か月のうちに、わかるだろう」

「ぼくは今、陛下からのお礼に恐しゅくしてるんだが、君がまえに言った『もっとも有名な正しい富豪』は、うんと寄付したのか？」

「むろん、その寄付がもっとも多額だった。陛下は深く感謝していられる」

「その富豪は誰なんだ？」

「全国民さ、ひとりひとりは貧しくても、共力すると大富豪になる、しかも正しい！」

「わかった、バブロン！」

すると、エバーセッド総理が、

「シアード氏！　英国に『セベラック・バブロン』なる存在は、初めから無かったものだ、と、思っていただきたい」

と、ぼくをおさえるみたいに言ったから、こうふんしている僕は、はねかえして、

「いや、『名まえは仮りの記号にすぎない』と、このバブロンも言ったのです。だが、それよりも、いわゆる『怪人バブロン』と英国政府が共力し、しかも、陛下がそれを知っていられる、このような秘密謀略は、いったい、いつごろから誰が企らんだのですか？」

怪傑親友バブロンが僕の肩に右手をおくと、

「ここで記者神経をたかぶらせるのは、よせよ、トム！」

そう言うバブロンの両手を僕はとって、顔を見あわせた。なんとも言えない友情の深さが、たがいの胸にしみたのです。

（別れたくない！）

バブロンと僕が両手をにぎりしめて、顔を見あわせていると、

「さようなら！」

女王の玉をころばすような美しい声が聞こえて、エバーセッド総理を後に、しずしずと出て行かれた。

ぼくはバブロンの手をはなして、陛下に敬礼した。

バブロンがにわかに凜然として言った。

「元気を祈る！　トム・シアード！」

「ウム、おまえも！　おまえもほんとうの名まえを言って行け！」

「ロバート・サンラック！」

ふたりは、こうしてバッキンガム宮殿のおくで別れたのです。

むろん、これこそ超特大ニュースです、だが、一字だって書けることじゃない。読者諸君も、ぼくが書かなかったことを、ゆるしてくださるでしょう！

美青年怪傑セベラック・バブロン、本名は「ロバート・サンラック」と僕がわかれて、二か月あまりすぎた。その時、社からドイツへ行っているベルリン特派員が、おどろくべきニュースを打ってきた。これまた「グリーナー毎日」の特ダネ記事になった。ベルリン市外にあるドイツ陸海軍の航空兵器工廠《こうしょう》、おそるべき秘密兵器の新発明爆弾その他が、原因不明の発火のために、各所から爆発を起こし、一挙に全焼した。この非常損害の回復には、少なくとも今後十年を要するだろう！▼35
この特別記事を記おくしていられる読者も、少なくないでしょう。

ドイツはこの非常な打げきを受けて、外交に軍事に、すくなくとも十年の時をかせがれた。英国は同時に航空艦隊の新建設を、十二分に成功する！　ここに両国間の平和が、ついに保たれた！

しかし、読者諸君！　「セベラック・バブロン」の、以上のような怪行動が、「正義」であるとは僕には思えないのです。ただし、痛快であり愛国的である、だから、憎めないのも、ぼくのほんとうの気もちです。なお考えてみると、われわれ英国人の先祖は、元来、海賊なのだ。

（アハッハッ、おれの体内に海賊の血が流れてるから、「セベラック・バブロン」と共鳴するんかな？）

とも思うんですが、さて、読者諸君は「セベラック・バブロン」に共鳴するですか、しないですか？……？

▼1　原作は小説であるのは、『魔人博士』の注釈を参照いただきたい。
▼2　『愛国侠盗伝』は「序」で「ローマーの中では、一番東洋臭のない物の一つである」と紹介されているが、残念ながら映画化されたかどうか、確認はとれなかった。寺田訳は原書にほぼ準じているので、映画台本から再構成したとは思えない。峯太郎の勘違いだろう。
▼3　寺田訳では、冒頭のシアードの会話はホテルの「美々しい食堂」（六頁）で開かれた宴会だが、シアードが帰った後の場面は、ローシャイマーの「公園通の邸宅」（一〇頁）だった。戦後の日本では、財閥解体や財産税のせいで、大パーティが開けるような大邸宅がなくなってしまったからだろうか。
▼4　寺田訳では、ヘアデールは「町でも有名な門閥家であったが貧しかった。で、彼は止《や》むを得ずローシャイマーの処《ところ》へ、自分の良い人達を紹介しては骨折賃を貰《もら》うという仕事をしていた。その結果、自分のところへ来る客のうちに次第に身分のあ

る人たちを数えることが多くなって行くので、ローシャイマーは非常に悦《よろこ》んでいた。然しヘアデールはその仕事をひどく恥じて『此処《ここ》九ヶ月間というもの、鏡にむかって自分の顔を見たことがない』と、ある親しい友人に話した位である」（一一〜一二頁）。つまり成金のユダヤ人が上流階級に知己を得るために、血筋はいいが貧乏なイギリス人、ヘアデールを利用していたということである。

▼5　寺田訳では「百弗《ドル》」（一三頁）。ルネック製粉会社はカナダのオンタリオにある設定のため。本作では、アメリカ、イギリス、ヨーロッパを股に掛ける財閥が、鍵になっている。

▼6　寺田訳では「いや儂《わし》は言う通りにはしないぞ！」（一八頁）と、抵抗するが、ヘアデールが「残念でしょうが、言われた品物をお出しなさい」（同）と、説得した。

▼7　寺田訳にはない名称。

▼8　『名探偵ホームズ全集』では「探偵神経」、ポーの『モルグ街の怪声』では「推理神経」という言葉が登場する。

▼9　寺田訳や原書では、大英博物館。

▼10　寺田訳では、「ミイラの函の陰」（四五頁）とあるだけで、ツタン・カーメンの名は出てこない。ツタン・カーメンのミイラや副葬品は、大英博物館には運ばれず、エジプト考古学博物館で保管されている。

▼11　寺田訳にも原書にもない、日本への言及。日本人読者への峯太郎のサービスだろう。

▼12　寺田訳では、手紙を自宅で受け取り、いったん外に出て新聞を買ってから、書棚の裏を調べる。

▼13　寺田訳では、「支那陶器」（五五頁）の専門家ラルフ・クロフターを同行させた。

▼14　以下のバブロンとの会見は、寺田訳にはない、峯太郎版のオリジナル。ドイツにスパイを送り込んだり、日本を褒めたりする言及もない。

▼15　「英国政府は、航空艦隊編制の為《ため》、百万磅《ポンド》の金の必要に迫られて居る」（五九頁）というのは、寺田訳では一般に広く呼びかけたのではなく、バブロンに狙われた資本家に届いた手紙に書かれていた。

▼16　原作では「ハーグ男爵」というユダヤ系ドイツ人の富豪。外国人にもかかわらず、英国政府に寄付をすることに疑問を呈する。

▼17　寺田訳では、ローシャイマー家で開かれた晩餐会に、シアードは最初から招待されている。

▼18　寺田訳では、第七章で晩餐会の後にハーグ男爵が誘拐されて五万ポンドの小切手とダイヤモンドを奪われる。さらにここで、バブロンの動機が、ユダヤ人の名誉回復であることが明かされる。第八章ではローシャイマーが自宅で銃口に狙われて、十万ポンドの小切手を奪われる。その銃口は、ズボン掛の金属棒を差し込んでいただけだった。これは江戸川乱歩の「少年探偵団」でも使われたトリックである。第九、十章では、ヴィグノールズ邸の晩餐会に、通りかかった警視庁探偵ペピースが招待される。招待客メッガーに、自宅にバブロンが押し入ったという電話がかかってきた。ペピースと共に帰宅し、金庫の中身を確かめた瞬間、中身を奪われる。電話は偽で、ペピースがバブロンの変装だった。第十一章でバブロンは娘ゾー・ローシャイマーを訪れて友達になる。

　その後原書の第十二章から第十九章まで、寺田訳では割愛されている。第十二章では、ゾーの友達レディ・メアリー・エヴアーシェッドがサー・リチャード・ヘアデールと恋仲であり、貧乏だった彼に伯母の遺産が入って結婚のめどが立ったことが明かされる。これが寺田訳第十二章、原書第二十章での、銀行の破綻の伏線になる。さらに原書ではアルデンがバブロンの隠れ家を捜したり、それをゾーが警告したりという競い合いが描かれている。寺田訳第十二章ではさらに、オップネル氏の宴会から五人（峯太郎版では六人）の大富豪が密室で姿を消す。ここで峯太郎版につながるのである。

▼19　寺田訳では、近親者に直接カードで連絡がいっていた。

▼20　寺田訳では、誘拐された富豪マーレイ氏の談話という形になっているが、峯太郎版のほうが面白い。

▼21　峯太郎は軍人を辞めた後、東京朝日新聞の記者をしていた経験がある。

▼22　寺田訳では特に弁護士とは言われておらず、ローシャイマーが出資者の高利貸。弁護士ではないので、ローシャイマーも上述のようなことを考えるはずもない。なお、寺田訳では、医者のシモンズが駆けつける場面から始まる。医者とローシャイマーは初対面のようだ。

▼23　ダマスカス鋼のことか。インド産の鋼をダマスカスで鍛えた優れた鋼で、現在は製法が失われている。

▼24　寺田訳では、博士はグラアムの秘書を訪れて事情を聞き、彼女のボーイフレンドのローレンス・ガスリーが借金のかたに、凶器になった刀を置いていったこと、ガイズ伯爵は多額の負債があるが近く外国へ行くことを聞き出す。新聞広告で情報を得る峯太郎版は、偶然に頼りすぎの感がある。

▼25　峯太郎版特有のインフレ。寺田訳では「三萬磅」（二〇七頁）。

▼26　寺田訳では、彼らはバブロンと「土耳古《トルコ》刀」の持ち主ローレンス・ガスリー。原書では後半に影が薄くなるシアードを、峯太郎は再登場させて全体の構成を確かにしている。

▼27　寺田訳では、シェフィールドに変装したバブロンが訪れているが、註26と同様、峯太郎版のようにシアードにやらせたほうが、寄付金への言及も加えられるし、効果的である。

▼28　寺田訳では、シェフィールド捜査係長に変装したバブロンが内務大臣を訪れ、その直後に本物のシェフィールドがやってきて、慌ててその後を大臣と共に追跡する。峯太郎版は、ページ数の関係か、第三部での省略が増えている。

▼29　イギリス製の高級スポーツカー、オースチン・ヒーレーのこと。

▼30　寺田訳では、すでにレーガンは警察に引き渡された後である。

　この後、場面はヘヤデールの結婚式になり、付添人の一人がバブロンだったとシェフィールドが知って驚く。そこへシアードが登場し、一時間のうちにヨーロッパが戦争になる危機が訪れていると告げる。バブロンをシェフィールドが追うと、バッキンガム宮殿にたどりつく。シアードが逮捕されるのは、峯太郎版オリジナルである。

▼31　寺田訳にない数字。原書は一九一四年発表。ドイツとの戦争は、その年のうちに現実になった。峯太郎版の初出は一九五五年なので、一九三七年になる。

▼32　寺田訳では、面会に駆けつけたのはシェフィールドであり、その場にいたのはエヴァーシェッド公爵、ベルフォード内務大臣、独逸大使、そしてバブロンだった。

▼33　もちろん原書発行時は、女王でなくジョージ五世治世下

である。

▼34　寺田訳では、イギリスとドイツが開戦しそうになったときに「富の力」（二六九頁）すなわち国際ユダヤ財閥が「平和を求めるという事を宣言」したせいで、平和が保たれた、それはバブロンのおかげだということになっている。原書ではさらにユダヤ人の影響が強い筋書きになっているが、寺田訳ではかなり薄められている。

▼35　寺田訳にないバブロンの活躍。

解説　山中峯太郎の探偵小説翻案について

平山雄一

『名探偵ホームズ全集』（全三巻、作品社）に引き続き、山中峯太郎が翻案した探偵小説をご紹介できるのは、喜ばしいことこの上ない。

峯太郎のホームズ翻案はこの全集が出る前から一部のファンに長年渇望されていて、発行されるやいなや大いに話題になり、全国規模のシャーロッキアン団体である日本シャーロック・ホームズ・クラブの、日本シャーロック・ホームズ大賞を受賞した。

しかし峯太郎の功績はホームズだけにとどまるものではない。『名探偵ホームズ全集』の解説にも書いたように、最初は「世界名作探偵文庫」の一部としてホームズは始まり、峯太郎はホームズ以外にも筆をとっていたことは、児童書やミステリのマニアしか知らない。さらにホームズの余勢を駆って、「ポー推理小説文庫」というシリーズも発行されたのだが、残念ながらこちらは志半ばで中絶してしまっている。

本書では、それら「ホームズ以外」の峯太郎翻案の探偵小説を集め、原典と比較をし、彼特有の手法を明らかにするとともに、今一度翻案の楽しさをご紹介したい。

そもそも翻案とはなにかということについては、『名探偵ホームズ全集』の解説で詳しく論じたので、ここで繰り返すことはしない。ただ、昭和中期の翻案児童書全盛期の後に、全訳至上主義の時期が訪れたものの、さらにその直後に、原典を大胆に改変娯楽化した映画やテレビドラマやパロディ小説が欧米から流入したという歴史を踏まえている現代の読者の皆さんならば、かつてのように翻案に眉をひそめる禁欲的な態度はとらないだろう。とはいえ、児童書の専門分野ではいかがだろうか。まだそれほど「大胆不敵」な翻案は、復活していないように思える。ここはその是非を論じる場ではないが、『名探偵ホームズ全集』は、管見では、まったく児童文学界では黙殺されているようである。「あらまほしき子供」と「現実の子供」の乖離は、いかばかりであろうか。

山中峯太郎については、『名探偵ホームズ全集』第三巻の解説で詳しく述べたので、そちらをご参照いただきたい。

「ポー推理小説文庫」について

本シリーズは、「名探偵ホームズ全集」（ポプラ社、一九五六～五七）の好評を受けて、一九六二年に発刊を開始した。

『モルグ街の怪声』　三月五日発行

『盗まれた秘密書』　三月十日発行

『黒猫』　四月十日発行

と、一カ月余の間に一気に三冊発行された。当初の計画では全五冊であり、第一巻の巻末予告には、第四巻は「題未定」、第五巻は「黄金虫」となっている。第二巻の予告でも第四巻は決定されていないが、第三巻になると、「セーヌ川の怪事件」と発表された。これは「マリー・ロジェの怪事件」のことである。

ここで誰しもが首をひねるのが、これらの作品選定である。普通ポーの探偵小説は、「モルグ街の殺人」「マリー・ロジェの怪事件」「黄金虫」「『お前が犯人だ』」「盗まれた手紙」の五篇をいう。研究家によって、それが減ることはあっても、増えることはない。本シリーズの一年前の一九六一年に長沼は「推理小説ゼミナール」と題して、『週刊朝日別冊』五月号から、ポーの探偵小説の解析を連載している。

第一回「モルグ街の殺人」

第二回「マリー・ロージェの怪事件」
第三回「黄金虫」
第四回「お前が犯人だ」
第五回「盗まれた手紙」

「モルグ街の怪声」の冒頭で、峯太郎は長沼の対談での発言を引用しているが、これも同年の『週刊朝日』に掲載されている。おそらくこれらの長沼の連載に触発されて、峯太郎は「ポー推理小説文庫」の企画を思いついたのではないだろうか。全五冊というのも、ポーの探偵小説が五篇という事実と一致する。

ではどうして峯太郎は「『お前が犯人だ』」を表題にせず、「黒猫」を先に立てて、その中の一エピソードにしたのだろうか。考えられる理由として、「『お前が犯人だ』」は、死体をトリックの材料にするという残酷な描写があるからではないだろうか。子供向けということで、なるべく残忍な場面は控えるという配慮が、峯太郎もしくは編集部にあったと、想像できる。その傍証となるのは、「モルグ街の怪声」でも原作では死者二名だったのが、一名に減り、しかも残酷さが多少なりとも減じていること、「黒猫」内の「『お前が犯人だ』」でも、被害者は死んでいないことが挙げられる。さらに第四巻の題名がなかなか決まらなかったことも、あるだろう。「マリー・ロージェの怪事件」は、殺人死体遺棄事件であり、それが事件の眼目でもある。どうしても殺人から目をそらすわけにはいかないので、最後まで迷ったのではないだろうか。このシリーズは残念ながら第三巻で中断してしまったけれども、もし「セーヌ川の怪事件」が日の目を見ていたとしたら、そのストーリーは「マリー・ロージェの怪事件」だけでなく、第三巻のように、他のポーの作品とのハイブリッドだったと、予想してもおかしくないだろう。はたして峯太郎はどの作品を想定していたのだろうか。ちなみに『黄金虫』（江戸川乱歩、講談社版世界名作全集、一九五三）でも、ポーの五篇の探偵小説のうち「マリー・ロージェの怪事件」のみ、収録されていない。

なお、巻末予告には、以下のような解説文が掲載されていた。

推理小説の始祖といわれる「**ポー**」の名まえは皆さまもよくごぞんじでしょう。でも、ポーの作品は、むずかしく、読みづらいということをよくききます。

この「**ポー推理小説文庫**」は、代表的な傑作を、山中先生独特の翻案で少年少女のために、やさしく、おもしろく書きあらためたものです。

怪事件の謎を次々と解く名探偵デュパンの活躍に、皆さまはきっと胸おどらせることでしょう。

やはり冒頭の長沼の「ポーをお読みなさい」という勧めを契機にして、そこに描かれているような、ポーは難しいという慨嘆があちらこちらでもれたのだろう。ちなみに本シリーズに先立つポー作品の翻案である『黄金虫』でも、乱歩は前書き「この物語について」で、「そこで、わたしは、いぜんから、ポーのおもしろおかしさを、どうかして少年諸君につたえたいと考えていたのですが、ポーの文章は、おとなにもむずかしいほどで、そのままやくしたのでは、とても、少年読物にはなりません。また、小説のすじも、おとなにしかわからないようなものが多いのです」(三〜四頁)と述べている。

なお、『ポーと日本　その受容の歴史』(宮永孝、彩流社、二〇〇〇)には、ポーの邦訳書誌がまとめられ、「少年少女向けの短篇」(二六一頁)という一節もあるが、「ポー推理小説文庫」への言及がない。ポプラ社という、決して小さくはない出版社から発行されたにもかかわらず、この扱いは理解できない。やはり翻案は「鬼っ子」なのだろうか、それともいまだに峯太郎は「戦争協力者」のレッテルを貼られているのだろうか。

『モルグ街の怪声』

「ポー推理小説文庫」第一巻として、一九六二年三月五日にポプラ社から発行された。原典は *The Murders in the Rue Morgue* (一八四一)。

峯太郎以前にも、数多くの邦訳が出ており、また『黄金虫』には、「モルグ街の殺人事件」として、少年少女向け翻案が収録されていた。本書では、「モルグ街の殺人」（『ポオ小説全集　第三巻』丸谷才一他訳、創元推理文庫、一九七四）と、比較した。注釈では「原作」と言及している。

この巻は、『モルグ街の殺人』のみで一冊をなしていて、残り二冊のように、他作品を混ぜ入れて助けを求めてはいない。その理由は、一つには『モルグ街の殺人』そのものに、まずデュパンと語り手の出会いから説き起こすイントロダクションの部分があること、そして短篇小説にしては登場人物が多く、数々の証言を紹介するのだが、その千変万化で一致しない証言内容が、重要な手がかりになり、決して省略ができないということがあるのだろう。もちろん探偵小説としての完成度が高く、余計な加筆を受けつけなかったということもあるかもしれない。

峯太郎は「ポー推理文庫」で、デュパンと語り手の二人を、若く対等な友人同士に設定した。原作の老成した印象とは、かけ離れている。これは『名探偵ホームズ全集』にも共通する手法で、主な読者層である小中学生には、原作通りの内省的なデュパンでは物足りないからだろう。しかしホームズの場合は、快活で大食い、ワトソンは意地っ張りという明快なキャラクター造形に成功したけれども、デュパンとロバートは、どちらも本好きというくらいしか特徴がなく、デュパンが少年新聞記者だったというのも、過去の話であり、作中でそれほど生かされるわけではない。彼らの性格づけ、書き分けが今ひとつくっきりとしていなかったのが、「ポー推理小説文庫」が中絶した一因だったのかもしれない。

さらに峯太郎は、シャルという女性記者を新たに登場させて、少女読者への配慮を見せた。注釈で言及したように、当時の子供向け翻案にもそういう潮流があったのだろう。さらに江戸川乱歩賞も、第三回（一九五七）に仁木悦子、第五回（一九五九）に新章文子、第八回（一九六二）に戸川昌子が受賞しており、それ以外の男性が受賞した年も、最終候補作に女性の名前が挙がっていた。

『盗まれた秘密書』

「ポー推理小説文庫」第二巻として、一九六二年三月十日にポプラ社から発行された。原典は *The*

Purloined Letter（一八四五）。

比較に用いたのは『盗まれた手紙』（『ポオ小説全集　第四巻』丸谷才一他訳、創元推理文庫、一九七四）である。

さらに本作では、『告げ口心臓』*The Tell-Tale Heart*（一八四三）が物語内のエピソードとして挿入されている。比較に用いたのは『ポオ小説全集　第三巻』の、田中西二郎訳である。『名探偵ホームズ全集』では、一冊に短篇が三、四篇収録されていたので、物語がぎゅっと凝縮されて軽快なリズム感が出ていたが、「ポー推理小説文庫」では一冊に一短篇なので、どうしても長さが足りなくなる。そこで苦肉の策として探偵小説でない作品の助けを借りたのだろうが、それでもよりによってどうしてこの作品を選んだのか、不思議でならない。原作は探偵小説ではなく、むしろ不条理なホラー小説とでもいうべき作品である。それを合理的な殺人未遂事件に仕立て直しているのだが、デュパンは一言「こんな敵の策に、引っかかっちゃあ、いけないぜ」とすべてを否定して、そのまま事件は解決されずに放置されるのは、消化不良である。本来なら、この事件にもしかるべき解決を与えたかったのかもしれないが、それが実現しなかったのは残念でならない。

それは峯太郎も心残りだったようで、最後の部分でエリオ編集長は「その『裏ぎった心臓』を連載したいんだが、青年名探偵デュパンの推理を入れて解決しないと、完結にならないからね」と、デュパンに促しているのだけれども、当の本人は「それは、ぼくが判断するよりも、警視庁で指紋をしらべて、明白にしてるでしょう」と、投げやりな態度だった。これを受けてシャルが「『黒猫』を連載しましょうよ！」と第三巻への橋渡しをし、ロバートは「すぐ読んでみようよ。そのあとで、『裏ぎった心臓』のきみの意見を、いっしょに聞きたいもんだな」と、先送りをしている。

『黒猫』

「ポー推理小説文庫」第三巻として、一九六二年四月十日にポプラ社から発行された。原典は *The Black Cat*（一八四三）。

この作品は恐怖小説に分類されるもので、探偵小説ではない。しかしアメリカで *The Black Cat*（一九四二）として、ユニバーサルで映画化された際には、同時期にシャーロック・ホームズを演じていたベイジル・ラズボーンが、ベラ・ルゴシと共に出演していた。偶然とはいえ面白い。

この作品は「『お前が犯人だ』」*Thou Art the Man*（一八四四）が後半に挿入されている。比較した原作、「黒猫」（河野一郎訳）と「『お前が犯人だ』」（丸谷才一訳）は、どちらも『ポオ小説全集　第四巻』に収録されている。

表題作ではあるものの、「黒猫」はもともと探偵小説ではなかったので、デュパンが活躍する余地もなく、語り手の話を聞くばかりで、シャーロック・ホームズでいえば「覆面の下宿人」のようになってしまっている。大掛かりな捜索や劇的な幕切れがある「『お前が犯人だ』」のほうが、中心に据えるにふさわしい作品であるのは明らかなのだが、子供向け翻案という制限があるので、前述のように峯太郎や編集部が配慮をした結果、こうした煮え切らない結果になってしまったのではないだろうか。そしてそれが、第四巻、第五巻の発行断念に繋がったのかもしれない。返す返すも残念である。もし「ポー推理小説文庫」が、五作の探偵小説を五巻にするのではなく、『名探偵ホームズ全集』のようにぐっと濃縮して、一冊もしくは二冊でまとめあげていたら、もう少し結果は変わっていたのではないだろうか。

『灰色の怪人』

本書は一九五五年四月二十五日に、『世界名作探偵文庫　第五巻』（ポプラ社）として発行された。このシリーズは、第一巻〜第三巻がのちに『名探偵ホームズ全集』として独立する『深夜の謎』、『恐怖の谷』、『怪盗の宝』であり、第四巻が本書収録の『魔人博士』である。シリーズ冒頭の五冊すべてが、山中峯太郎による翻案というのは、思い切った編集方針だ。ちなみに第六巻は『秘密第一号』（ホルラア、木村毅）、第七巻は再び峯太郎のホームズ『まだらの紐』、第八巻は『海底の黄金』（ボアゴベイ、江戸川乱歩）だった。早稲田大学教授で英文学者の木村毅は、博覧強記の多作作家として知られているが、山中家の近所に自宅があり、仲のいい友達どうしだった。また戦前に『少年倶楽部』で峯太郎は「亜細亜の曙」などで健筆を振るったが、彼が『少年倶楽部』から『幼年倶楽部』へ移った後に紙面を飾ったのが、乱歩の『怪人二十面相』だった。

本書は一九六三年に『皇帝の密使』と改題し、『世界推理小説文庫　第十二巻』として、ポプラ社から再発行された。

峯太郎が参照した原作は、『世界大衆文学全集　第四十九巻　闇を縫う男　他三篇』（浅野玄府訳、改造社、一九三〇）である。これおよび英語原典 *The Man in Grey*（一九一九）と比較をした。

著者のオルツィは、バロネス・オルツィのことで、『隅の老人【完全版】』（平山雄一訳、作品社、二〇一四）や『紅はこべ』（西村孝次訳、創元推理文庫、一九七〇）の著者でもある。彼女の経歴については、『隅の老人【完全版】』を参照していただきたい。海外で彼女は、ホームズのライバルの『隅の老人』の著者というよりも、『紅はこべ』シリーズの著者として知られている。このシリーズは、フランス革命時に貴族の亡命を助ける「紅はこべ」を主人公にしており、十八世紀末から十九世紀初めは、オルツィが得意とする時代だった。

本書第一部「二重の怪奇、三重の意外!!!」は、原作の「駅逓《えきてい》馬車事件」に相当し、その前の「はしがき」、その後の「『スペイン人』の正体」「疑問の地下道」「盗まれた緑玉石」は割愛されている。本書第二部「人間は皆、敵であって友だちだ」は、「僧正の忍び客」を原作とし、「女心の謎」が割愛されている。第三部「アカシヤ館の大爆発」は原作の「兇漢団の密謀」であり、次章「矢毒」は省略して、第四部「百姓天国の活劇」は「皇帝の馬車」を原作にしている。浅野訳も一部英語原典を省略しているが、ここでは言及しない。

峯太郎の翻案は、『名探偵ホームズ全集』や「ポー推理小説文庫」にあるように、大胆な改変と加筆を伴うものがある一方で、この『灰色の怪人』のように、ほぼ原作の筋を崩さず、エピソードを抜き出して長さを調節するという方法をとるものもあった。その違いの理由は、おそらく『灰色の怪人』は、ホームズやデュパンと違って、沈思黙考型でなく、波瀾万丈の派手な場面が多いから、少年少女読者もそのままで飽きることなく読書が続けられるだろうという計算からなのだろう。なんでも変えればいいというものではない、峯太郎の配慮がうかがわれる。

『魔人博士』

本書は「世界名作探偵文庫」第四巻として、一九五五年二月十五日にポプラ社から発行された。さらに一九六七年四月十日に、「世界推理小説文庫」第四巻として、『悪魔博士』と改題して発行された。その際に冒頭の「この本を読む人に」中の「魔人博士」を「悪魔博士」に、「世界名作探偵文庫」を「世界推理小説文庫」に、書き換えている。

峯太郎が参照したのは「悪魔博士」（『世界大衆文学全集　第七十六巻　愛国侠盗伝・悪魔博士』寺田鼎訳、改造社、一九三一）である。これと、原典 *The Devil Doctor*（一九一六）を比較検討した。なお『悪魔博士』（平山雄一訳）として、Kindleの電子書籍で全訳が入手可能である。

著者のサックス・ローマー（一八八三〜一九五九）は、イギリスの作家。代表作はフー・マンチュー博士シリーズで、十九世紀末から二十世紀初めにかけて横行した黄禍論を題材にして、人気を博した。

注釈でも述べたが、峯太郎がこの作品はシナリオの小説化だと誤解をしているのは、寺田の「序」で映画に言及しているからだろう。しかし寺田訳は原典をそのまま訳したのではなく、さらに前年の一九二九年公開の映画『フーマンチュウの秘密』および一九三〇年公開の続編『続フーマンチュー博士』のシナリオを取り入れているのだ。しかも峯太郎が翻案する際に、さらに手を加えているのだから、ますます複雑怪奇になった。その結果、後半はまったく原典とかけ離れた作品になってしまった。その詳細は注釈で述べているので、ご覧いただきたい。

また本作は長編小説の翻案なので、部分的にストーリーを削る『灰色の怪人』と同じ方法を使っている。その詳細についても、注釈をご覧いただきたい。

『変装アラビア王』

本書は「世界名作探偵文庫」第十六巻として、一九五五年五月二十日にポプラ社から発行された。さらに『バブロンの嵐』と改題し、『世界推理小説文庫　第十七巻』として、一九六四年に発行された。峯太郎が参照したのは「愛国侠盗伝」（『世界大衆文学全集　第七十六巻　愛国侠盗伝・悪魔博士』）である。原典は *The Sins of Severac Bablon*（一九一四）で、両者と比較検討した。

この作品もローマーの筆によるものである。「義賊もの」に分類されるのだろう。政府に飛行機生産の費用を献納するなど、かなり愛国的内容が強い（ちなみに、日本でも戦前には新聞社が音頭をとって、同様のことをやっていた）。現代のわれわれには想像もつかないが、この本が執筆された一九一三〜一四年当時のイギリスには、まさに一触即発の雰囲気が漂っていたのだろう。

また白人上流階級の没落と、それに入れ替わるようにして成金ユダヤ人が社会上層を占めるようになる姿が、原作ではあからさまに描かれているが、これは十九世紀からユダヤ人財閥のロスチャイルド家だけでなく、アメリカの新興成金たちも行ってきたことだった。しかしここでユダヤ人財閥が叩かれるのは、彼らが国際資本であり、特定の国家をバックボーンとして持っていなかったからだろう。冒頭の工場争議にしても、峯太郎版でははっきりしないが、原作ではカナダにある工場であり、海を越えた国際問題なのである。

『愛国侠盗伝』は寺田が「序」で述べているように、「一番東洋臭のない」のは確かだけれども、その代わりにユダヤ人問題を扱っている。寺田訳である程度薄められ、さらに峯太郎の翻訳で削ぎ取られているが、この作品の本来の骨子は、グローバリズムであるユダヤ資本と民族主義のぶつかり合いである。海外のウェブサイトでは、本作品はユダヤ人差別に当たるだろうかという問題提起をした論文も掲載されているが、その論議にはここでは参加しない。ただ、第二次世界大戦前、ナチスによるユダヤ人大虐殺が公になる以前は、ヨーロッパ一般大衆のユダヤ人のイメージはかくのごとしだったのであり、戦前の言説を読む場合に注意が必要だということに、気づかされる。

山中峯太郎も一九三四年に発表した『大東の鉄人』で、「おそるべきユダヤ人、その秘密の世界的同盟を『シオン同盟』という」（少年倶楽部文庫、九四頁）と、ユダヤ人国際組織を悪役として登場させているが、本作品ではできるだけユダヤ的な理由づけを避けているように見える。偽書「シオン賢者の議定書」が日本で知られるようになったのはシベリア出兵以後らしいが、軍人の人脈での普及もあったことから、峯太郎もその関係で早くから接することもあったのかもしれない。しかしこれは今後の研究を待つ必要がある。

本書をまとめるにあたって、貴重な資料をご提供くださった、推理小説評論家の新保博久先生に、この場を借りてお礼を申し上げます。また、『名探偵ホームズ全集』に引き続き、山中峯太郎の業績を一冊にまとめて現代に蘇らせられたのは、作品社の青木誠也さんのおかげです。ありがとうございます。

【参考文献】

長沼弘毅『推理小説ゼミナール　ミステリー解読術』講談社、一九六二
長沼弘毅、中島河太郎、轟夕起子「推理小説たのしからずや」『週刊朝日』一九六一年七月十四日号
長沼弘毅「推理小説ゼミナール」『週刊朝日別冊』一九六一年第三号〜第八号
ジュリアン・シモンズ、八木敏雄訳『告げ口心臓　E・A・ポオの生涯と作品』東京創元社、一九八一
宮永孝『ポーと日本　その受容の歴史』彩流社、二〇〇〇
山中峯太郎『運命の皇帝　ナポレオン』ポプラ社、一九五二
山中峯太郎『大東の鉄人』講談社、一九七六
寺田鼎訳『世界大衆文学全集　第七十六巻　愛国侠盗伝・悪魔博士』改造社、一九三一
浅野玄府訳『世界大衆文学全集　第四十九巻　闇を縫う男　他三篇』改造社、一九三〇
エドガー・アラン・ポオ、丸谷才一他訳『ポオ小説全集　第三巻』『同　第四巻』創元推理文庫、一九七四

【著者／訳者／解説・註作成者略歴】

エドガー・アラン・ポー (Edgar Allan Poe)

1809-1849。アメリカの詩人、小説家、編集者、批評家。ボストンに生まれる。「推理小説の父」であるばかりでなく、アメリカ文学の広い分野やフランスの象徴派などに大きな影響を与えた。代表作として「アッシャー家の崩壊」、「ウィリアム・ウィルソン」、「早すぎた埋葬」、「大鴉」（詩）、「赤死病の仮面」などがあり、邦訳は枚挙に遑がない。

バロネス・オルツィ (Baroness Orczy)

1865-1947。ハンガリー低地地方のターナ＝オルスに生まれる。14歳でロンドンに移住。1901年から『ロイヤル・マガジン』誌で「隅の老人」シリーズの連載を開始。本作の主人公はのちに「シャーロック・ホームズのライバルたち」に数えられ、「安楽椅子探偵」の嚆矢ともされる。他の代表作に、1905年に演劇として上演され、小説も10冊以上が刊行された「紅はこべ」シリーズなど。

サックス・ローマー (Sax Rohmer)

1883-1959。イギリスの作家。本名アーサー・ヘンリー・サースフィールド・ワール。バーミンガム生まれ。銀行業界から新聞業界に転じ、作家となる。ロンドン在住中に中国人街に親しみ、のちの作品に影響を及ぼした。フー・マンチュー・シリーズが代表作だが、他にも邦訳は『骨董屋探偵の事件簿』（創元推理文庫）、『魔女王の血脈』（ナイトランド叢書）などがある。

山中峯太郎 (やまなか・みねたろう)

1885-1966。大阪府に呉服商馬淵浅太郎の子として生まれ、陸軍軍医山中恒斎の養子となる。情話小説、宗教書、少年少女小説、軍事小説などを執筆し、『少年倶楽部』に発表した『敵中横断三百里』（1930）、『亜細亜の曙』（1931）で熱狂的な人気を得た。戦後は再び少年小説で活躍するとともに、回想録『実録・アジアの曙』（1962）で文藝春秋読者賞を受賞、テレビドラマ化された（大島渚監督）。

平山雄一 (ひらやま・ゆういち)

1963年東京都生まれ。東京医科歯科大学大学院歯学研究科卒業、歯学博士。日本推理作家協会、『新青年』研究会、日本シャーロック・ホームズ・クラブ、ベイカー・ストリート・イレギュラーズ会員。著書に『明智小五郎回顧談』（ホーム社）、『江戸川乱歩小説キーワード辞典』（東京書籍）など、訳書に、ファーガス・ヒューム『質屋探偵ヘイガー・スタンリーの事件簿』（国書刊行会）、バロネス・オルツィ『隅の老人【完全版】』（作品社）など。

世界名作探偵小説選

モルグ街の怪声　黒猫　盗まれた秘密書　灰色の怪人　魔人博士　変装アラビア王

2019年1月25日初版第1刷印刷
2019年1月30日初版第1刷発行

著　者　エドガー・アラン・ポー、バロネス・オルツィ、
　　　　サックス・ローマー
訳　者　山中峯太郎
解説・註作成　平山雄一
発行者　和田肇
発行所　株式会社作品社
〒102-0072 東京都千代田区飯田橋2-7-4
TEL.03-3262-9753　FAX.03-3262-9757
http://www.sakuhinsha.com
振替口座 00160-3-27183

編集担当　青木誠也
装幀・本文組版　前田奈々
印刷・製本　中央精版印刷株式会社

ISBN978-4-86182-734-1 C0097

【作品社の本】

【完全版】新諸国物語

(全二巻)

北村寿夫／末國善己編

1950年代にNHKラジオドラマで放送され、
さらに東千代之介・中村錦之助らを主人公に東映などで映画化、
1970年代にはNHK総合テレビで人形劇が放送されて
往時の少年少女を熱狂させた名作シリーズ。
小説版の存在する本編5作品、外伝3作品を全二巻に初めて集大成！

【各限定1000部】

ISBN978-4-86182-285-8（第一巻）　978-4-86182-286-5（第二巻）

野村胡堂伝奇幻想小説集成

末國善己編

「銭形平次」の生みの親・野村胡堂による、入手困難の幻想譚・伝奇小説を一挙集成。
事件、陰謀、推理、怪奇、妖異、活劇恋愛……
昭和日本を代表するエンタテインメント文芸の精髄。

【限定1000部】ISBN978-4-86182-242-1

探偵奇譚呉田博士【完全版】

三津木春影／末國善己編

江戸川乱歩、横溝正史、野村胡堂らが愛読した、
オースティン・フリーマン「ソーンダイク博士」シリーズ、
コナン・ドイル「シャーロック・ホームズ」シリーズの鮮烈な翻案！
日本ミステリー小説揺籃期の名探偵、法医学博士・呉田秀雄、
100年の時を超えて初の完全集成！

【限定1000部、投げ込み付録つき】ISBN978-4-86182-197-4

山本周五郎探偵小説全集

(全六巻＋別巻一)

第一巻　少年探偵・春田龍介／第二巻　シャーロック・ホームズ異聞／
第三巻　怪奇探偵小説／第四巻　海洋冒険小説／第五巻　スパイ小説／
第六巻　軍事探偵小説／別巻　時代伝奇小説
山本周五郎が戦前に著した探偵小説60篇を一挙大集成する、画期的全集！
日本ミステリ史の空隙を埋める4500枚の作品群、ついにその全貌をあらわす！

ISBN978-4-86182-145-5（第一巻）　978-4-86182-146-2（第二巻）
978-4-86182-147-9（第三巻）　978-4-86182-148-6（第四巻）
978-4-86182-149-3（第五巻）　978-4-86182-150-9（第六巻）
978-4-86182-151-6（別巻）

ISBN978-4-86182-469-2